C H V

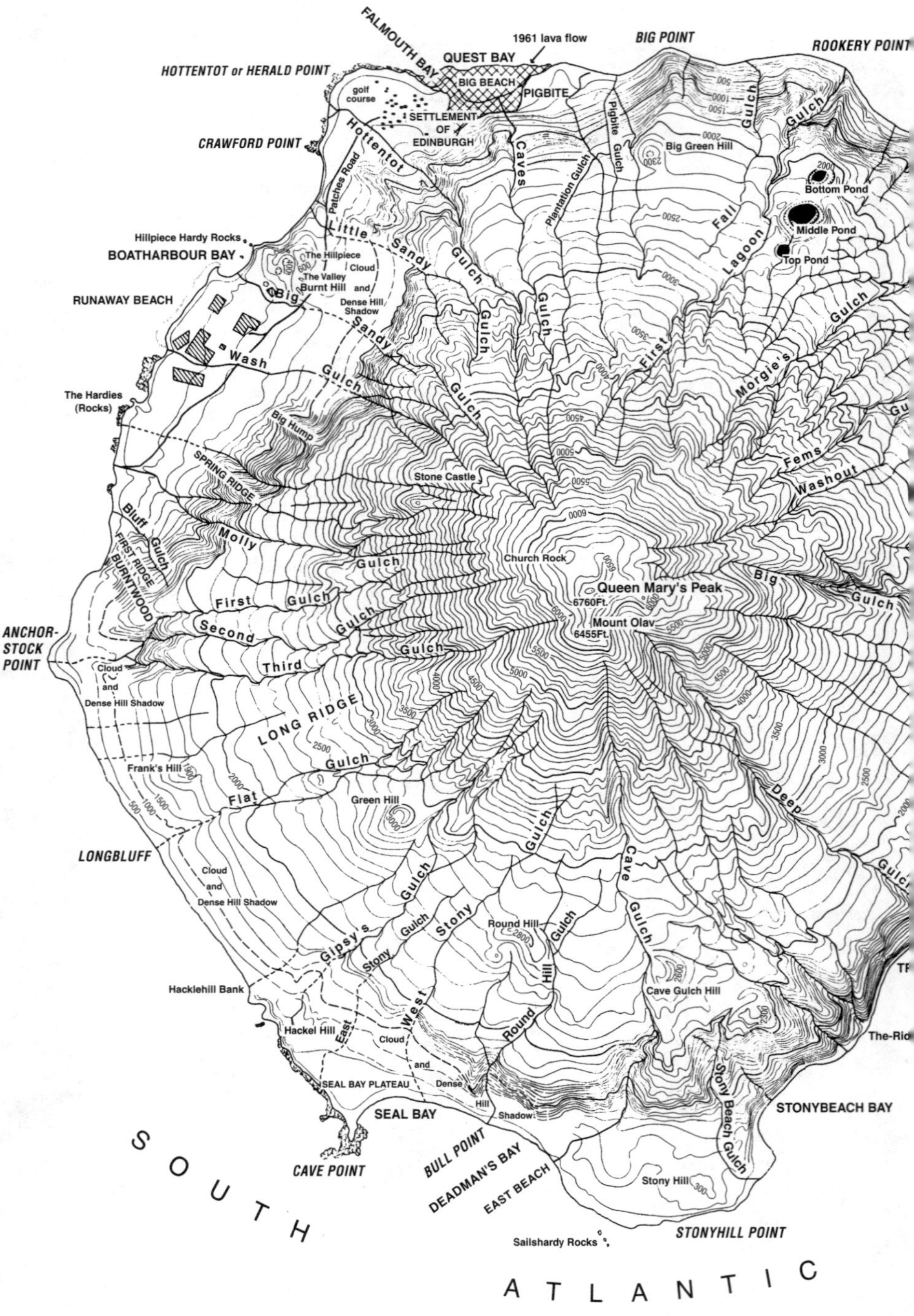

FALMOUTH BAY
QUEST BAY
1961 lava flow
BIG POINT
ROOKERY POINT
HOTTENTOT or HERALD POINT
BIG BEACH
PIGBITE
golf course
SETTLEMENT OF EDINBURGH
CRAWFORD POINT
Hottentot
Patches Road
Caves
Plantation Gulch
Pigbite Gulch
Gulch
Big Green Hill
Bottom Pond
Middle Pond
Top Pond
Fall
Lagoon
Hillpiece Hardy Rocks
BOATHARBOUR BAY
The Hillpiece
The Valley
Burnt Hill
Cloud and Dense Hill Shadow
Little Sandy Gulch
Big Sandy Gulch
RUNAWAY BEACH
Wash
First
Morgie's
The Hardies (Rocks)
Big Hump
SPRING RIDGE
Stone Castle
Ferns
Washout
Bluff Gulch
FIRST RIDGE
BURNTWOOD
Molly Gulch
Church Rock
Queen Mary's Peak
6760Ft.
Mount Olav
6455Ft.
Big Gulch
First Gulch
Second Gulch
Third Gulch
ANCHOR-STOCK POINT
LONG RIDGE
Gulch
Frank's Hill
Flat
Green Hill
Deep
LONGBLUFF
Cave Gulch
Round Hill
Round Hill Gulch
Stony Gulch
Gipsy's Gulch
Hacklehill Bank
Cave Gulch Hill
Hackel Hill
East
West
Cloud and Dense Hill Shadow
SEAL BAY PLATEAU
The-Ri
SEAL BAY
Stony Beach Gulch
STONYBEACH BAY
CAVE POINT
BULL POINT
DEADMAN'S BAY
EAST BEACH
Stony Hill
STONYHILL POINT
Sailshardy Rocks
SOUTH
ATLANTIC

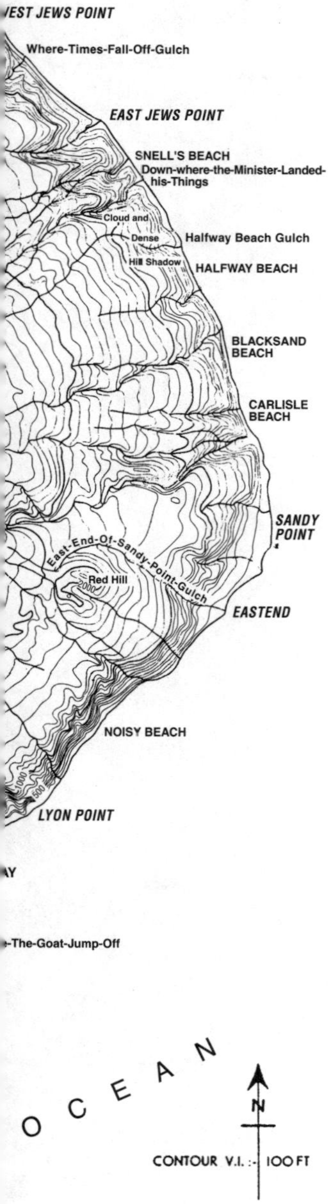

Raoul Schrott

TRISTAN DA CUNHA
oder
DIE HÄLFTE DER ERDE

Roman

Carl Hanser Verlag

3 4 5 07 06 05 04 03

ISBN 3-446-20355-9

Karten S. 318/319: Daniel Richelet
Satz: Satz für Satz. Barbara Reischmann, Leutkirch
Druck und Bindung: Friedrich Pustet, Regensburg
Printed in Germany

All mankinde is of one Author and is one volume;
When one Man dies, one Chapter is not torn out of the book,
But translated into a better language;
And every Chapter must be so translated.

Nunc Lento Sonitu Dicunt, Morieris

NOOMI MORHOLT
JOURNAL EINS
JÄNNER/FEBER 2003

PROLOG

MOND, gleitend übers Packeis, der Himmel makrelenfarben, schillernd wie die Rücken eines Fischschwarms, wenn er im Sommer an die Oberfläche steigt und einen Ball im Wasser bildet. Das war das Nordlicht einmal, oder vielleicht auch nur eine Spiegelung der Sonne; krachend aufeinanderstoßende Eisberge. Die Temperatur an diesen ersten Januartagen weit unter dem Gefrierpunkt, die Dünung hoch; Ausläufer eines Sturmes.

Die Roaring Fourties haben wir lang schon hinter uns gelassen, die Furious Fifties ebenfalls und sind jetzt in den Shrieking Sixties. Ich halte es nicht lange in der Kabine aus, obwohl es zu kalt geworden ist, um noch am Bug zu stehen, mit seinem Einstampfen in die Tiefe zu sacken und wieder emporgehoben zu werden, dieses Hieven auszureiten mit weiß klammernden Fingern, so hoch, daß man es im Magen spürt, die Arme gegen die Reling gestemmt, ihre von den Brechern eingeknickten Stahlröhren.

Conrad, mit dem ich mein Arbeitsgebiet teilen werde, steht bei jedem Wetter mit seinem Fernglas an Deck. Er ist ein passionierter Vogelbeobachter und kommt gerade aus dem Funkraum (über Satellit halten wir die ganze Zeit Kontakt mit Kapstadt); von der Uni hat er eine E-Mail erhalten, daß seit heute vormittag ein Albatros an Steuerbord auszumachen sein müßte – einer jener Vögel, die auf der Insel Gough mit einem Peilsender beringt wurden. Man will herausfinden, ob die Weibchen ihr brutfreies Jahr damit verbringen, mit dem Wind um die Antarktis zu wandern.

Es ist ein Männchen, sagt Conrad, als er ihn endlich zwischen zwei Wellengraten entdeckt. Albatros, weiß er, kommt vom portugiesischen *alcatraz* und bezeichnet einen Pelikan, stammt seinerseits jedoch wieder von einem arabischen Wort für Seeadler. Eigentlich ist beides richtig – beim Brüten ähnle er einem Pelikan; in der Luft jedoch … In unserer Sprache verwende man den Namen aber auch als Ausdruck für tiefe Sorgen, für das, was einem die Vollendung einer Sache verwehre, einem Damoklesschwert gleich. Ich habe davon noch nie gehört, aber er meint, ich bräuchte bloß an all die Legenden denken.

Ein Albatros wird beinahe so alt wie wir, der Spann seines Gefieders weiter als der zwei ausgestreckter Arme und mit jedem Jahr weißer; sein ganzes Leben segelt er ohne einen Flügelschlag hoch über der See, er sackt auf die Wellen nur ab, um Aufwind zu finden, die Spitzen der Schwingen noch die kleinsten Luftwirbel fühlend, danach tastend. Jetzt kehrt er spitz, schießt gegen den Wind beinah lotrecht hinauf und gleitet in einem langen Schwung wieder auf die Wogen herab, die Flügelspitzen nur ein paar Zoll über einem brechenden Kamm, ohne ihn zu streifen, im Flug in das nächste Wellental, das Kreuz auf dem Rücken weiß sich abhebend vom Meergrau.

Das dumpfe Dröhnen der Schiffssirene hat uns geweckt; es war kein Notsignal, sondern das Zeichen, daß wir den antarktischen Kreis passiert haben, jene 66° 33.5' südlicher Breite, die bestimmen, daß ab morgen die Sonne nur mehr einmal im Jahr untergeht.

Ich hatte mir fest vorgenommen, Tagebuch zu führen, statt dessen verbringe ich viel Zeit mit der Crew. Die meisten sind Finnen, die kaum Englisch sprechen; meistens errate ich, was sie meinen, und lasse mir die Namen nennen, die sie für das Nordlicht haben. Zuviel Interesse darf ich ihnen gegenüber nicht zeigen, sonst habe ich um so mehr damit zu tun, sie mir wieder vom Leib zu halten.

Alles, was ich über die Antarktis weiß, stammt aus dem Buch, das mir Martin einmal geschenkt hat, den Notizen und Photos zu Maxwell Davies' Symphonie. Und jetzt merke ich, daß ich unwillkürlich nach diesen Bildern suche, den einzelnen Geräuschen hinter dem Klang.

Die ersten Eisberge und dieses kindische Gefühl eines reinen Wunders; sie treiben an uns vorbei, spiegelnde Fassaden einer gläsern potemkinschen Welt. Das Guggenheim-Museum in Bilbao, aus seiner Vertäuung gerissen, zwei wie die Twin Towers zerbrochene Klötze, der durchsichtig aufragende Pfeiler des Big Ben, die Kuppel des Petersdoms, 50 Fuß hoch, mit noch einmal hundert Fuß dickem Eis darüber.

Alle leuchten sie schier blau auf, um beim Vorüberziehen wieder zu verblassen, ihren Umriß zu verlieren, in dem man sie gesehen hat, und wieder abstrakt zu werden, Klippen und Flanken, sich in ihrer Drift beständig verändernd, Skulpturen des Windes, vom Wasser verschliffen und nur noch sich selbst ähnlich.

Eine Flosse plötzlich, die das Wasser in graue und grüne Splitter teilt: Minkwale, Fontänen in die Luft blasend, aus den Wellen springend und zu Pirouetten ansetzend, zwischen diesen Schollen, die sich in der Strömung drehen und zu Spiralen verbinden.

Dazwischen Findlinge von Eis, Brocken, glitzernd wie nasser Kobalt: ihr Blau hat sich in der Tiefe des Gletschers gebildet, weil sein Druck alle Luft aus dem Eis preßte. Sind die Eisberge dagegen weiß, rührt das von den winzigen Linsen der Luft in den oberen Schichten, die das gesamte Spektrum des Lichts reflektieren.

Die *R.epublic of S.outh A.frica* fährt mit halber Kraft durch dieses dickflüssige, langsam gerinnende Meer, das von eisigem Schlamm überzogen ist, blasig wie eine Lunge (beim Gefrieren bildet es erst eine durchsichtig dünne Epidermis, die an den Wellen wieder zerbricht; schneit es dann, werden diese Hautfetzen schwerer, sinken fingerbreit ab und verdicken sich dabei zu Schorf). Seerauch, der zwischen den glasigen Scherben aufsteigt. An Backbord ein Eisberg, der kaum mehr über die Oberfläche ragt, ein Growler.

Jeden Mittag schlagen die Finnen die gefrorene Gischt von den Ankerwinden, der Reling, den Aufbauten, vom Deck, mit Eisschneidern oder alten Harpunen. Und dann dieser eine Moment, wo an Steuerbord das Weiß der Eiswand herunterbricht in Flocken und Kristallen, die über dem Schiff zerstäuben: ein lang aushauchender Atem.

Mitten im Packeis jetzt, strahlend bis zum Horizont. Zwischen den Schollen ein Pinguin, der abtaucht; ein See-Elefant, einmal. Edward, unser Arzt, ist der nächste, der mich mit Erläuterungen eindeckt, als erkläre er mir damit seine Freundschaft – eine Elefantenrobbe, sagt er, wird bereits drei Wochen, nachdem sie ihr Junges geboren hat, wieder brünftig; die Schwangerschaft dauert dann die restlichen 11 Monate und 1 Woche.

Der Bug schiebt sich auf die bereits meterdicke Eisschicht, um sie durchzubrechen, allein mit seiner Tonnage; sie splittert donnernd bis weit hinaus, und das zermahlene Eis wird dann die Seitenwand heraufgedrückt, scheckig von gefrorenem Krill.

Nach der über eine Woche dauernden Überfahrt haben wir jetzt die Barriere des Schelfs erreicht, die Pingvin Bukta. Es ist ein schierer Eiswall, hundert Fuß hoch und ebenso tief hinab in das Wasser; es ist so klar, daß es scheint, als spiegelte er sich darin nur. Einzig die von schwarzem Gummi verkleidete Bugnase, mit der wir gegen das Kliff stehen, bricht dieses vollkommene Bild.

An der Wasserlinie Kavernen, die von den Zungen der Wellen ausgeleckt wurden, der Rachenlaut der Dünung widerhallend darin. In der Stille dazwischen ein ferner feiner Klang, der von den lose treibenden weißen Trümmern am Fuß des Kliffs rührt; das Prickeln mikroskopischer Luftbläschen, die im Inneren der Gletscher eingeschlossen wurden und nun aus dem schmelzenden Eis aufsteigen.

Der Kran wird am Bug aufgebaut, aber die Kante der Bukta ist zu hoch für ihn; eine Raupe schiebt deshalb am Plateau eine Rampe aus. Auf dem Führerhaus stehend, winken uns zwei Männer zu; sie zählen zur Mannschaft, die wir ablösen.

Um Mitternacht stehe ich auf der Brücke in der niederen Sonne; das Eis im Schatten türkis. Es wird rund um die Uhr gearbeitet, um Container und Kisten an Land zu bringen; es sind die gefährlichsten Stunden, von der Stirnwand der Bukta kann jederzeit ein Klotz herausbrechen. Unser Hubschrauber ist mittlerweile zu der etwa hundert Meilen entfernten Neumayer-Station der Deutschen geflogen, um die für sie bestimmte Ladung zu verbringen.

Thermo-Büstenhalter, lange Unterwäsche, Wollhemd, winddichte Hose, zwei Paar Socken und die Mukluks (Pelzstiefel), Anorak, Fingerhandschuhe und Pickel, Kappe und Brillen und die Neoprenmaske; extra in einem Seesack die Balaklava, eine zweite Mütze und Fäustlinge, der Schlafsack und das Zelt für den Notfall, selbst für die kurze Strecke zur E-Base. Am Morgen wird der Helikopter uns dorthin bringen.

Der Rotor wirbelt das Wasser auf, zersprengt die dünne Eisfläche in Tausende von langen Splittern, die unter dem Wind zu schwanken beginnen, wie flach gedrückte Halme eines Weizenfelds. Wir steigen hoch, und da ist all die Erwartung des ersten Blicks auf den Kreis, den die Griechen den antarktischen nannten, ohne ihn je gesehen zu haben (sie setzten das Gleichgewicht der Welt ebenso voraus wie Ptolemäus seine *Terra Australis Incognita,* die Legende einer unbekannten südlichen Welt. Der erste Mensch, der ihrer ansichtig wurde, war Cook, am Ende seines Lebens; er umsegelte sie, um festzustellen, daß es auf ihr keine mythisch goldenen Äcker gab).

Dann sind wir über der Kante, und da ist: Nichts; ein Weiß wie das meines Schreibheftes hier, auf dem ich zwar die Fluchtlinien einer illusorischen Perspektive einzeichnen könnte, ohne daß sich mit ihr jedoch etwas projizieren ließe, kein Berg, keine Höhenstufe, keine einzige Umrißlinie, nur die flache Ebene des Fimbul Eisschelfs bis zum Horizont. Die Vierte Welt.

E-BASE: vier Wohneinheiten auf einem Stahlgerüst, durch einen schmalen Plankengang verbunden, Funkraum, Küche, Schlafraum, die Hütte für die Duschen und den Generator. Die Emergency-Base, die hauptsächlich zur Ein- und Ausschiffung dient, wurde 1985 errichtet, nachdem der alte Unterschlupf vom Schnee zu tief unter die Oberfläche gedrückt worden war (und jetzt hundert Fuß unter ihr liegt, verformt und zerpreßt vom Gewicht des Eises; es schneit etwa drei Fuß pro Jahr).

Das Klo besteht aus einem Brett mit einem Loch in der Mitte, unter dem ein Plastiksack hängt; er wird verknotet und draußen in eine Tonne geworfen, wo die Scheiße binnen Minuten gefriert. Ekel stellt sich so lange nicht ein, wie etwas notwendig erscheint; was mich anwidert, ist nur das verpisste Brett.

Das Eis knirscht trocken, als ginge man über Zuckerkristalle. Eine scheinbar unermeßliche Weite; man selbst wie eine Ameise auf einem Tischtuch.

Die Begegnung mit der auf unserem Schiff zurückkehrenden Mannschaft ist kurz und merkwürdig gespannt, als würden wir in ein Territorium eindringen, das sie uns nicht überlassen wollen, trotz all den Monaten der Dunkelheit, die sie hinter sich haben.

Einer von ihnen spricht es offen aus; ich habe irgendwie Angst zurückzukehren, meint er, als wüßte ich nach der Zeit hier mit meinem Leben nichts mehr anzufangen. Die anderen sehen ihn an und sagen nichts.

Nachdem wir eine detaillierte Liste von Anweisungen durchgegangen sind, bringt sie der Hubschrauber auf die *R.S.A.*, die eine halbe Stunde später schon wieder Kurs nach Simonstown nimmt.

Wir bleiben: vier Wissenschaftler, Fanus, der Anführer der Expedition, Conrad, der sich um die Magnetosphäre kümmert, Frank, der mit den Amerikanern beim AMANDA-Projekt zusammenarbeitet, ich; und die fünf Techniker, die sich um den Betrieb der Station kümmern, Karel um die Kommunikation, Mike um die Elektrik, Ryan um alles Mechanische, James und Andre als Dieselmechaniker; und Edward, unser Doktor. Zwei Schwarze, acht Weiße; neun Männer und eine Frau.

Auf dem Schiff sind wir uns nicht aus dem Weg gegangen, haben aber jeden näheren Kontakt vermieden, im Bewußtsein, daß wir die nächsten zwölf Monate nur uns und unsere Geschichten haben werden. Bis nächste Woche werden wir damit beschäftigt sein, die Kisten und Container auf die Raupen zu verladen, mit der sie der Reihe nach in unsere Station weiter südlich transportiert werden.

Fortwährend Wind; selbst wenn er lau ist, kühlt er alles um zwanzig weitere Grade herab. Alles ist ungewohnt, dadurch kaum beschwerlich; daß ich mir am Handrücken eine Erfrierung zugezogen habe, merkte ich erst, als es bereits zu spät war. Er pocht und brennt; eine Brandblase.

Das Kliff der Bukta arbeitet; Klüfte brechen auf, Schnee löst sich von der Stirnwand und rauscht ins Meer.

Unten an der Wasserlinie grummelt das Treibeis, zertrümmerte Brocken klickern in den Wellen, und Schollen schieben sich krachend übereinander; manchmal ein vibrierendes Dröhnen wie das eines Gongs, eines Kanonenschusses, oder wie von den Böllern der Feiertagsprozession in unserem Dorf, als ich acht Jahre alt war. Der Streifen offene See so grell, daß man den Horizont nur mit zusammengekniffenen Augen erkennt.

Hinter mir im Süden aber kommt über den Gletscher ein anfangs noch leises Pfeifen, das stärker wird, oszillierend höher, die Obertöne des Eises im Wind.

Weiter westlich läuft die Bukta nach zwei Meilen aus, ohne daß es einen einzigen Felsen oder so etwas wie eine Landzunge gibt. Ein penetranter Schwefelgeruch liegt in der Luft; am Meer sieht man den Brutplatz der Kaiserpinguine, eine wirr drängende Masse von

Tieren. Sie werden hier überwintern, wo es wärmer ist als oben auf dem Gletscher, und im Dunkeln stehen wie Statuen, jeder sein Ei auf Füßen balancierend, um es vor der Kälte zu schützen.

Jetzt aber sitzen sie, gehen, torkeln manchmal, schlittern auf ihren prall gefüllten Bäuchen an Eisschollen hinab und füttern die Jungtiere. Das Eis braun von ihrem Guano; eine betrunkene Parlamentsversammlung. Aber alle Vergleiche bleiben hilflos, zeigen nur, wie illusorisch jede Vorstellung von Zivilisation bereits geworden ist.

Alles Leben ist parasitär hier. Fanus lehrt mich die Namen einer Mikroflora von Bakterien, Hefen, Algen und Pilzen, aber auch die von Milben, Läusen, Flöhen und Schneewürmern (winzig schwarzen Fadenwürmer, die sich auf dem Kontinent so weit verbreiten konnten, weil sie Eier legen, die voller Frostschutzflüssigkeit sind). Das Latein für sie lerne ich von ihm zusammen mit dem Slang, den alle Wissenschafter der zweihundert antarktischen Forschungsstationen benützen.

Seine Art hat etwas Einschüchterndes; ich weiß nicht, ob es daran liegt, daß ich eine Frau bin. Aber er braucht mich; ich bin die einzige, außer ihm, die mit einem Atemkreisgerät vertraut ist.

Über uns Skuas, die es auf unsere Köpfe abgesehen haben, und Seidenschnäbler, so weiß, daß sie sich erst im letzten Moment vom Schnee abheben. Da ist ihr Krächzen zwischen dem Schrillen der kreisenden Raubmöwen und dem Murmeln der Pinguinkolonie. Doch was ich daraus instinktiv heraushören will, ist etwas symbolisch Menschliches, und weiß doch, daß es nur Geräusche sind, bedeutungslos für uns. Schneestaub, kristallen in der Luft und beißend auf der Haut: das ist unser Absolutum.

Heute morgen sind wir die Steilwand der Bukta hinabgetaucht, Kuhlen und Rundungen weich changierenden Blaus entlang, die Versuchung, immer tiefer zu gehen, eine Sucht, der man standhalten mußte – Ganglien von geripptem Eis, ihr Blau übergehend in das Große Blau des Meeres, als wäre der Himmel zu Wasser geworden. In diesem unwirklich klaren Meer schien die Oberfläche, zu der die Luftblasen aufstiegen, so unveränderlich nah, daß ich unsere Tauchtiefe am Tiefenmesser ablesen mußte. Wir hatten keine maximale Tiefe ausgemacht; doch an dem Punkt, wo wir nicht mehr genug Luft haben würden, um schwimmend aufzusteigen, falls das Gerät in der Kälte versagte, drehte Fanus sich nicht einmal zu mir um, sondern ließ sich bis auf hundertsechzig Fuß unters Eis hinab, wo das Licht immer grauer und grauer wird, so grau wie das Eis. Erst im Schein der Handlampen begann Leben in allen Farben zu wuchern, handgroße scharlachrote Klappenasseln, die kleinen Wedel der Röhrenwürmer, Seegurken; ein riesiger schuppenloser Grundfisch reglos im Schlamm, seine Schnauze abgeflacht und knorpelig, die Augen so randlos weiß, daß ich narkotisiert vor ihm im Wasser schwebte.

Nichts als Tiefenrausch, der Stickstoff in meinem Blut; und es wurde schlimmer, als wir am nächsten Eck des Kliffs in eine starke Strömung gerieten. Mit den Fingerspitzen versuchte ich, Halt zu finden, an das Eis gedrückt, mühsam mich voranarbeitend; aber obwohl ich von vielen Tauchgängen wußte, daß ich ruhig Blut bewahren mußte, weil Panik tötet, atmete ich unwillkürlich immer schneller, ohne daß ich etwas dagegen hätte tun können. Es war eine Beklemmung, die mir jetzt noch körperliche Übelkeit verursacht, ein Gefühl vollständigen Verlorenseins inmitten des unermeßlichen Ozeans.

Nach dem Auftauchen, als wir uns in der Raupe aus den Trockenanzügen in die Daunenanzüge zwängten, warf ich Fanus alles an den Kopf. Mehr noch, als daß ich vollkommen ausgefroren war, zitterte ich vor Zorn; er hatte gegen alle Regeln verstoßen, rücksichtslos auf sein Ziel fixiert. Es kam mir vor, als habe er herausfinden wollen, wie weit er mit mir gehen könne. Wie soll ich mit jemandem die nächsten zwölf Monate verbringen, zu dem ich jetzt schon das Vertrauen verloren habe?

Vor einer halben Stunde kam er, um sich zu entschuldigen. Linkisch machte er mir ein paar Briefmarken mit Abbildungen eigenartiger Barsche und Dorsche zum Geschenk. Was ich gesehen hätte, wäre ein Krokodil-Eisfisch gewesen, sagte er zu mir, als würde dieses Gerede wieder etwas gutmachen; ihr Blut sei weiß, voller Gefrierschutzproteine, die Flugzeughersteller interessierten sich dafür, um eine Flüssigkeit gegen das Vereisen von Tragflächen zu entwickeln ... Ich komplimentierte ihn aus dem Zimmer.

James, Ryan, Mike und Edward sind heute wieder mit den beladenen Raupen zur Basisstation vorausgefahren. Wir sitzen um den Tisch, ein Glas Whiskey vor uns, und reden über die getane Arbeit und die, die noch zu tun ist; es ist auch ein Abtasten, welchen Gesprächston wir für uns finden sollen. Conrad bietet mir eine Zigarette an. Ich rauche nicht, sage ich. Das wirst du noch – wart nur, bis das Dunkel erst eingesetzt hat, erwidert er, sich selbst mit einem Nicken beipflichtend. Es dauert nicht lange, und die Stimmung ist wie in der Hotelbar einer Vertretermesse nach Mitternacht. Die ersten Witze. Ich lache herzhaft, bemüht zu dieser Männerrunde zu gehören. Sie erzählen mir dafür ihre Weibergeschichten, als wäre ich einer von ihnen.

REAUMUR, Fahrenheit, Kelvin oder Grad Celsius; sie unterscheiden sich voneinander nur dadurch, in wie viele Einheiten der Abstand zwischen dem Gefrier- und dem Verdampfungspunkt auf Meereshöhe eingeteilt ist und ob man dabei von Wasser ausgeht oder einem Gemisch aus Eis und Salz. Die Wasserlinie am Rande dieses Kontinents aber bestimmt den eigentlichen Nullpunkt für all diese Skalen; und der Längengrad, auf dem wir uns hier befinden, der Meridian von Greenwich, die Hälften der Welt.

Wir haben die letzten Kisten auf den Anhängern der Raupen verstaut und bewegen uns jetzt zu unserer Basis, SANAE IV (*South African National Antarctic Exploration).* Ryan fährt, aber er hat kaum mehr zu tun, als den Ellbogen aufs Lenkrad zu legen und unter dem roten Bereich des Drehzahlmessers zu bleiben, um die Kühltemperatur stabil zu halten; zehn Meilen die Stunde machend, sitzen wir zu dritt auf der Sitzbank, in die Daunenanzüge vermummt.

Wir halten nicht direkt auf die Station im Süden zu, sondern umfahren die Spaltenfelder des Jutulstraumen, des zweitgrößten Gletschers der Welt. Nach sechs Stunden auf dem wie grob geschnittenes Holz gemaserten Schnee endlich ein Wegzeichen, ein Pfosten mit einem aufgenagelten Brett: *Flag*. Es markiert, daß erst hier, unter tausend Fuß dickem Schelfeis, das Festland des Kontinents beginnt.

Am Nachmittag ist dann der Vesleskarvet zum ersten Mal im Westen zu sehen, gegen Abend die Containereinheit der Half Way Caboose, wo wir übernachten. Ich bin müde, aber unter dem dauernd taghellen Himmel ohne jedes Gefühl für Zeit; übernächtigt bereits.

Nächster Morgen: Beim Anblick des Robertskollen lerne ich zwei weitere Vokabeln des Slangs, *sastrugi* (vom Wind in den Schnee geschnittene Wellen) und *nunatak* (aus dem Eisschild ragende Berggipfel).

An den Zacken des Grats nisten Schneesturmvögel; sie betreten nur zum Brüten je Land, da sie kaum gehen können. Aber auch ihr Flug hat etwas Unbeholfenes, flache, flatternde Flügelschläge, die sie bloß ein kurzes Stück weit tragen, ihre Schwanzfedern beinahe rechteckig, der Körper weiß vom Schnabel bis zur Spitze, daß sie sich nur an ihrem Schatten erkennen lassen.

Wir haben den Vesleskarvet an seiner Südseite umfahren, dort, wo er nach und nach aus dem Eis steigt, der ›flache Berg‹, wie ihn die Norweger genannt haben. Umrundet, wächst er sich zu zwei klotzigen Pfeilern einer Höhenstufe aus, steil wie eine Klippe. Entlang ihrer Flanken zieht sich der Bergschrund (eine Kluft, wo das Eis durch die Schwerkraft absackt). In der Schlucht zwischen den beiden Tafelbergen aber hat der Wind eine riesige Eiswelle aufgebaut, die in blau gefrorenes Schmelzwasser ausläuft; Schatten wie Gischt auf dieser Woge aus Eis, der Kamm überhängend, eine erstarrte Sturmflut.

Unsere Basis liegt an ihrer Nordseite, die oberen Kanten der Fertigteileinheiten glänzen im Licht. Drei große Wohnblöcke auf den Stelzen eines Stahlgerüstes wie Güterwaggons, hinausverschoben auf eine Pier in einem gefrorenen Meer. Eine Leiter führt die zwanzig Fuß hinauf, die Sprossen weit auseinander für Schritte, die junge, großgewachsene Männer machen, und so glatt, daß ich Mühe habe, beim Klettern einen sicheren Tritt zu finden und mich dann noch mit einem Fuß auf die Plattform zu schwingen.

Zuerst kommt man in einen Umkleideraum, dann in eine Zelle mit Sicherungen und Rauchmeldern, Holzdielen überall; die größte Gefahr, die uns hier droht, ist Feuer (deshalb steht auch eine Kiste mit Überlebensausrüstung unter den Brückenträgern der Station). Dann der Funkraum, die Dunkelkammer, ein komplett ausgestattetes Hospital mit OP, die Labore, Wohnzimmer, ein Spielraum mit Billardtisch, das Videokino, Bar, Bibliothek, Fitneßraum und Sauna; im dritten Block sind die Generatoren, deren

Abgase Wasser und Luft heizen, und ein Hangar für die Fahrzeuge im Winter. Toiletten und Duschen werden gemeinsam benützt, aber jeder von uns wird einen eigenen Schlafraum bewohnen.

Es ist die neueste Station auf dem ganzen Kontinent, erst zehn Jahre alt, hat Edward gesagt, der vorausgefahren war und mich jetzt mit einer Tasse Grog begrüßte; er überwintert hier bereits zum wiederholten Mal. Es ist alles überraschend sauber und gut ausgestattet, verglichen mit dem Schiff und der E-Base.

Das Metallgerüst der Wohneinheiten verstärkt jedes Geräusch um das Zehnfache, jedes Schnarchen und jeden Furz; dreht sich einer im Bett um, hallt es überall blechern wider. Mitten in dieser ersten, nur vom Ticken der Uhr bestimmten Nacht bin ich aufgestanden, zog mich an und kletterte die steile Leiter erst hinab, dann wieder hoch, nur um mir zu beweisen, daß ich dazu fähig bin. Schiebe ich etwas hinaus, wird es zum Problem für mich; ich bin so.

Um sechs Uhr gibt es Frühstück; Fanus teilt uns in Zwölf-Stunden-Schichten ein, um die verbleibenden Wochen Licht auszunützen. Beim Kochen, Abspülen, Putzen und Schneeräumen wechseln wir einander ab. Die Schmelzwasseranlage ist am Fuß des Bergpfeilers ins Eis gebaut, über einen Gang schaufeln wir die offene Luke voll; da der Schnee äußerst trocken ist, brauchen wir viel davon. Und trotzdem langt es nur für eine zweiminütige Dusche alle drei Tage und eine Trommel voll Wäsche pro Woche.

Das Essen kommt aus Dosen oder ist tiefgefroren; das meiste jedoch wurde dehydriert – gefriergetrocknete Fleischkörnchen (*munch*) oder Zwiebelringe (*devil's toenails*); Brot bereiten wir aus einem Fertigmix. Abends essen wir gemeinsam, obwohl es einem dann meistens schwer im Magen liegt; aber das ist das wichtigste soziale Ereignis. Zwischendurch vertilgen wir kiloweise Schokolade.

Der andauernde Durst ist unangenehm, der Rachen immer wie ausgedörrt, die Haut trocken, ob wir nun draußen arbeiten oder drinnen, wo die Hitze, wenn man in die Station kommt, im ersten Moment kaum zu ertragen ist. Wir sind hier mitten in einer Wüste, einer sehr kalten Wüste (obwohl eine meilendicke Eiskappe über der Kontinentalscholle liegt, die drei Viertel des gesamten Süßwassers der Erde speichert, gibt es hier weniger Niederschlag als in der Namib).

Kommt man herein, fällt der Blick auf das Regal mit den Schaustücken, einem Knopf aus Shackelton's Hütte, einem Handschuh von Byrd's *Little America*, dem Abdruck eines fossilierten Farns und dem Zahn eines Ankylosaurus (beide aus der Zeit, als sich Antarktika vom Gondwana-Land abspaltete; das war vor 130 Millionen Jahren), ein Stück Lava vom Erebus und ein fünf Fuß langer, verzinkter Pfeil mit einem Hakenkreuz auf einer Finne. Edward erzählt, daß er von den Deutschen stammt, die 1939 dieses Territorium für sich beansprucht haben; sie erkundeten 150 000 Quadratmeilen mit zwei Flugbooten, schossen über 10 000 Luftbilder davon und warfen diese Fliegerpfeile ab, um ein Hoheitsgebiet zu markieren, das sie *Neu-Schwabenland* nannten.

Die Berge im Osten – Mühlig-Hofmann, Wohltat oder Drygalski – heißen noch heute nach ihnen. Sechs Tage bevor die Nazis hier landeten, haben die Norweger per Regierungsdekret die halbe Ost-Antarktika jedoch für annektiert erklärt und *Königin-Maud-Land* getauft. Es war von ihnen als erste erkundet und nach dem Krieg auch am genauesten vermessen worden, deshalb sprach man ihnen davon im internationalen Antarktisvertrag von 1959 auch den größten Teil zu; ihre Interessen richteten sich dabei hauptsächlich auf die Walgründe. Die Deutschen haben damals übrigens auch ein tiefliegendes, hügeliges Gebiet entdeckt, das völlig eisfrei ist, die Schirmacher-Seen; eine richtige Oase. Vielleicht wollten sie dem Führer samt auserwählten Ariern dort eine letzte Wolfsschanze errichten; aber darüber reden sie nicht gern, die Deutschen, unsere Nachbaren drüben in Neumayer, die inzwischen schon 50 Fuß unterm Eis hausen.

Die Schirmacher-Seen; als ich den Namen zum ersten Mal hörte, hatte ich eine schwarz-weiße Photographie mit sichelförmigen Berggraten und spiegelnden Wasserflächen vor mir, das Bild eines außerhalb der Welt, am Rande aller Karten liegenden Ortes – so unzugänglich wie die Inseln St. Kilda, Pitcairn oder Juan Fernandez, und dadurch so verheißungsvoll, wie es Samarkand, Timbuktu und Katmandu einmal waren oder mythische Namen wie Shangri-La, El Dorado und Atlantis immer noch sind; allesamt nichts als Vorstellungen einer Ultima Thule. Ihre räumliche Ferne ist auch eine zeitliche; sie sind Orte, an denen die Zeit stillsteht.

Beim Auspacken habe ich bemerkt, daß versehentlich eine Kiste voll Bücher bei uns gelandet ist; sie war für Tristan da Cunha bestimmt, für das Museum, von dem der Verwalter dort erzählt hat, daß er es einrichten will. Die innen aufgeleimte Liste nehme ich besser an mich, damit beim Zurücksenden nächstes Jahr keines verloren geht:

- J. Brander, *Tristan da Cunha, 1506–1902*
- P. Munch, *Crisis in Utopia*
- E. Christophersen, *Tristan da Cunha*
- A. B. Crawford, *I went to Tristan*
- R. A. Rogers, *Lonely Island*
- D. M. Booy, *Rock of Exile*
- H. N. Moseley, *Notes by a Naturalist made during the Voyage of H.M.S. »Challenger«*
- J. Woolley, *Deliver me from Safety*
- M. Holdgate, *Mountains in the Sea*
- G. Crabb, *The History and Postal-History of Tristan da Cunha*
- A. Earle, *Narrative of a Residence on the Island of Tristan d'Acunha*
- J. G. Lockhart, *Blenden Hall*
- *Results of the Norwegian Scientific Expedition to Tristan da Cunha,* Vol. I–V

Dann folgt ein Packen Bücher, der dem Verwalter gehört, drei Bände von und über Lewis Caroll, Darwins Abhandlung über den Ursprung der Arten und das Tagebuch seiner Reise auf der *Beagle,* weiters die Pleïade-Ausgabe der Romanzen um Tristan und Yseut, ein Roman von Euclides da Cunha, Dantes Epos und ein Handbuch zum Gebrauch für Priester. Eine seltsame Auswahl; aber von der Bibliothek von Alexandria ist auch nicht mehr übriggeblieben –

und vielleicht ließe sich anhand ihrer ebenfalls eine ganze Welt rekonstruieren.

Dann ist da noch ein mit Wachstuch umhüllter Packen, laut Aufkleber das Geschenk einer *Tristan da Cunha Association, Exning, Newmarket.* Er enthält ein Bündel Briefentwürfe von der Hand eines gewissen Dodgson, ein kaum postkartengroßes, in Leder gebundenes Buch, auf dem in goldenen Buchstaben *Thomsen* eingeprägt ist, und die Aufzeichnungen eines gewissen Reval, denen ein offizieller Bericht vorangestellt ist; beim Blättern darin machte mich zunächst stutzig, daß sie chronologisch rückwärts geschrieben sind. Stelle ich das alles nicht ins Bibliotheksregal, werden die einzelnen Sachen bis zum nächsten Jahr feucht und gehen kaputt.

IM

Stillen des Tages, ehe die Wolken sich wieder über den Krüppelwuchs an der Felskante legten, war die Sonne ein Wasserzeichen gewesen, kalt in einem papiernen Himmel; doch was zuerst Schatten im Gegenlicht schienen, breite dunkle Striche in breit abgerissenen weißen Streifen, waren Äste unter frisch gefallenem Schnee, der um so grauer wurde, je weniger Licht durch die nun reglos dichte Wolkendecke drang. Derart vollkommen war diese Ruhe, daß eine Kerze hätte im Freien brennen können, ohne auch nur einmal zu flackern, solch ein Schweigen herrschte, daß die Stimmen zwischen den Häusern gleichsam schwebten, so klar vernehmbar wie das Klirren des Wassers im Email neben dem Tisch.

CHRISTIAN REVAL
AUFZEICHNUNGEN LETZTER TEIL
SOMMER 1969 ZURÜCK BIS
FRÜHLING 1969

DIE HÄLFTE DER ERDE

ICH, *Lieutenant-Commander Trevor Beddy, 01190966-E, Erster Offizier des Zerstörers* S.A.S. Simon van der Stel, *S.A. Flotte, im Dienst der Südafrikanischen Streitkräfte, unterzeichne folgenden beeideten Bericht an Flottenadmiral H. E. Martins:*

Wir liefen am Sonntag, dem 29. Juni 1969, um 8 Uhr morgens von Simonstown mit Kurs auf die Insel Gough aus, 1500 Seemeilen westlich von Kapstadt, nachdem uns über Tristan da Cunha per Funk ein Notruf erreicht hatte, zwei Mitglieder der Meteorologischen Station betreffend. Durch schweren Regen, Schneefall und die dadurch angeschwollenen Flüsse bedingt, waren sie seit dem 20. Juni von ihrer Basis abgängig; sie hatten wahrscheinlich in der ehemaligen, nicht mehr betriebenen Wetterstation Schutz gesucht. Da diese immer noch durch den Eissturm abgeschnitten war, wurden wir angewiesen, uns an der Suche zu beteiligen.

Kapitän G. N. Brits war vorerst jedoch gezwungen, halbe Kraft zu laufen, denn das Fassungsvermögen unserer Tanks würde es uns selbst bei geringem Treibstoffverbrauch allerhöchstens gestatten, 12 Stunden vor Gough beizudrehen. Nachdem wir jedoch am 30. Juni abends vom Flottenkommando Nachricht erhielten, daß uns die Engländer das Tankschiff der Royal Navy, H.M.A.S. Ennerdale, *zur Verfügung stellen würden, das inzwischen ebenfalls Kurs auf Gough genommen hatte, konnten wir maximale Fahrt machen und erreichten Gough am Morgen des 3. Juli.*

Über Funk erfuhren wir von der Wetterstation, daß ein Zweimann-Suchtrupp am Vortag bis zur alten Basis gelangt, dort die Nacht verbracht hatte und erschöpft wieder zurückgekehrt war, ohne en route eine Spur der beiden Vermißten – Reval und Caherdin – zu entdecken. Sie hatten in den Hütten dort nur einen Pullover, ein paar Socken und

Lebensmittelkonserven gefunden, die von den zwei Vermißten stammten. Daß Reval und Caherdin jedoch ihre Schlafsäcke mitgenommen hatten, deutete darauf hin, daß sie sich auf den Rückweg zur neuen Basis aufgemacht haben mußten: mehrere Routen waren denkbar, und die Gefahr, sich bei Schlechtwetter zu verirren, groß. Die Insel ist etwa zwei Meilen breit, acht Meilen lang, gebirgig und unwegsam.

Wir drehten bei und ankerten beim Archway Rock auf einer Tiefe von 90 Fuß, der alten Station gegenüber, zwei Meilen Luftlinie entfernt von der neuen Basis in der Transvaal Bay. Der Kapitän schickte sofort unsere beiden Helikopter aus, um das umliegende Gebiet abzusuchen und die Einsätze zu koordinieren, während ich die Rettungstrupps zusammenstellte. Die beiden Hubschrauber kehrten nach dreistündigem Einsatz zurück, ohne etwas gesichtet zu haben; der stark bewölkte Himmel und der lückenlos dichte Bewuchs der Insel erschwerten die Suche ungemein. Da zudem gefährlich starke Fallwinde von den Berggipfeln herabkamen, die an den Hängen und in den Tälern unberechenbar wurden, mußte zunächst von einem weiteren Einsatz abgesehen werden.

Um 12.30 gingen wir in der Quest Bay, am Fuße des Sophora Glen, an Land; die Dünung war hoch, Regen hing in der Luft, die Wolken waren tiefer herabgesunken, und heftige Windstöße jagten durch die Schlucht. Wir durchsuchten zuerst die Hütten der alten Basis und dann die unmittelbare Umgebung, mit Erfolg: Neben einem Pullover und Socken fanden sich in einer zweiten Hütte zerrissene Bluejeans – ein rotes Gummiband, eine leere Bully Beef Konserve, das Oberteil eines schwarzen Rucksacks, ein Kerzenstummel und eine leere Plastikflasche; man bestätigte später, daß dies alles den beiden Vermißten gehörte. Wir entdeckten es am Ufer des Baches, der durch den Sophora Glen fließt, etwa 60 Fuß landeinwärts vom Meer.

Daraufhin teilte ich die Suchtrupps auf, eine Gruppe mit Unterleutnant Retief als Offizier und dem Zivilisten Cooper als Führer – dieser hatte das vorige Jahr auf der Insel verbracht und kannte sie gut – die andere unter meiner Leitung. Retiefs Trupp kletterte einen steilen Felskranz hoch, der den verfügbaren Karten zufolge am Grat in eine Art Ebene überging, die sich weiter ins Binnenland erstreckte, während wir uns dem Sophora Glen entlang nach oben arbeiteten.

Der Boden war weich und schwammig, und wir kamen nur sehr langsam vorwärts, die Vegetation so dicht, beinahe undurchdring-

lich, daß wir, um die beiden Vermißten zu finden, schon direkt auf sie stoßen hätten müssen. Das Gras begann bereits am schmalen Kiesstrand bei den Hütten, Klippen und Hänge vom Fuß an mit Moos bewachsen, alles zu naß, um richtig Tritt zu finden. Dann kommt man ins Unterholz, Büsche und Palmfarne. Die Wedel wachsen flach über der Erde, ihr Stamm nach oben verdreht; wo immer sie aber den Boden berühren, schießen neue Triebe hoch, so daß in diesem Labyrinth mehrere Körper versteckt sein könnten: Es war wie der Wald von Knysna – nur ohne Bäume.

Über uns am Berghang sahen wir eine kleine Grotte, wo die beiden Vermißten vor dem Wetter hätten Schutz suchen können, stiegen hinauf, aber fanden nicht die geringste Spur von ihnen. Nachdem wir so etwa eine Meile vom Ufer flußaufwärts abgesucht hatten, machten wir kehrt, um zum verabredeten Zeitpunkt wieder bei den Hütten zu sein. Schwerer Regen hatte eingesetzt, und überall lösten sich Steinlawinen und Erdrutsche; der Weg war extrem gefährlich, und es schien unwahrscheinlich, daß ihn Reval und Caherdin genommen hatten. Retiefs Trupp kam ebenfalls erfolglos zurück, und so blieb uns nichts anderes übrig, als uns wieder aufs Schiff zu begeben.

Am nächsten Morgen besserten sich die Wetterbedingungen etwas, so daß die Helikopter wieder zum Einsatz gelangten. Wegen der heftigen Böen konnten sie nicht tief genug fliegen; ab einer Höhe von 50 Fuß jedoch war am Boden praktisch nichts mehr auszumachen.

Inzwischen hatten wir das von Retief tags zuvor abgegangene Gelände noch einmal abgesucht. Die mit vollgesogenem Moos bedeckten Hänge wiesen ein Gefälle von 70° auf, waren also praktisch senkrecht. An einigen Stellen stiegen die steilen Klippen 800 Fuß hoch an. Wir hatten große Mühe, sie zu bezwingen; hätte sich allerdings jemand während eines Sturmes hier ans Klettern gemacht, wären seine Überlebenschancen lächerlich gering gewesen. Um die Soldaten nicht in unnötige Gefahr zu bringen, gab ich daher das Zeichen zur Umkehr.

Auf dem Rückweg, etwa eine Dreiviertelmeile von der alten Basis entfernt, stießen wir auf einige relativ frische Fußabdrücke. In welche Richtung sie wiesen, war nicht zu erkennen – es schien aber, als wäre jemand ein und denselben Weg hin- und zurückgegangen. Die Spuren endeten abrupt am Fuße eines Felskranzes, wo einige Gesteinsbrocken losgetreten waren. Wir kehrten also, vollkommen erschöpft, zum Glen und aufs Schiff zurück, ohne auch nur das Geringste entdeckt zu haben.

Am dritten Tag setzte Kapitän Brits die Suchmannschaft Retiefs bei der neuen Basis mit der Order aus, von dort der Küste entlang in Richtung der alten Hütten zu gehen und eine Stelle näher zu erkunden, über der man Skuas kreisen gesehen hatte. Sie arbeitete sich durch schulterhohes Dickicht; die Männer waren angeseilt, da sich unter dem Moosbewuchs tiefe Felsspalten verbargen; im stellenweise dichten Nebel hätte man sich ohne Kompaß leicht verirrt. Wieder verlief die Suche ergebnislos.

Ich teilte meine Männer in zwei Gruppen, die die Felsküste rechts und links der alten Basis absuchten. Eine Viertelmeile weiter südlich von dem Ort, wo wir den Kerzenstummel, die Plastikflasche und die schwarze Stoffklappe gefunden hatten, entdeckte einer der Männer das Seil eines Rucksacks; es schaute zwischen Steinen hervor, an einer Stelle, die kaum begehbar war. Entweder war es beim Sophora Glen ins Meer geraten, von der Strömung weitergetrieben und durch den Sturm wieder ans Ufer getragen; oder es war vom Felskranz oberhalb heruntergeweht worden – von einem Grat, den Reval und Caherdin vielleicht zu erklettern versucht hatten, um zur Station zu gelangen.

Das Wetter an diesem Tag war erneut so stürmisch, daß ein Helikoptereinsatz nicht in Frage kam; alle kehrten wir entmutigt an Bord der Simon van der Stel zurück.

Am Morgen des vierten Tages ging ich wieder den Sophora Glen ab. Wir mußten ab und an die Ufer des Wildbaches verlassen, weil das Weiterkommen in der Schlucht gänzlich unmöglich wurde, und über Felsspalten und Klippen klettern, von denen sich nur allzuoft Lawinen lösten, Unmengen von Steinen, Erde und Moos. Natürlich fragten wir uns, ob die beiden Vermißten durch so einen Erdrutsch verschüttet worden waren. Zu graben aber hätte Wochen gedauert. Nach drei Stunden waren wir nicht einmal zwei Meilen flußaufwärts gekommen. Hier und da sahen wir etwas, das wie mit Wasser gefüllte Fußstapfen aussah, sich aber jedesmal als natürliche kleine Quellen herausstellte.

Weil die Insel so schwer abzusuchen ist, beschränkten wir die Suchtrupps auf je sechs Männer. Eine Suchkette zu bilden war angesichts des unwegsamen Gebiets hoffnungslos, zumal alle zugänglichen Pfade in der Regel vor Abgründen mit Hunderten Fuß Tiefe endeten.

Gegen Mittag warf die H.M.A.S Ennerdale *in der Quest Bay Anker; sie hatte einige Bewohner Tristan da Cunhas an Bord, ein Dutzend Männer und eine Frau, die behaupteten, die beiden zu kennen. Sie boten sich freiwillig an, bei der Suche zu helfen; es gibt niemand, der sich besser mit dem Wetter und den Inseln des Südatlantiks auskennt, und kaum einen von ihnen, der sich nicht schon einmal selbst im Nebel am Berg verirrt hätte. Zusammen mit ihnen unternahmen wir am Nachmittag einen weiteren Versuch.*

Sie schwärmten breit aus, und eine besondere Geschicklichkeit im Finden von Trittstellen und Griffen in diesem unwegsamen Gelände mußten wir ihnen neidlos zugestehen. Vier Stunden später, kurz vor Sonnenuntergang, endeten unsere Bemühungen an einer hinter dichtem Farngestrüpp verborgenen Stelle, an der wir mehrmals vorübergegangen waren, mit der schrecklichen Entdeckung zweier Leichname. Kaum 100 Yards voneinander entfernt – zuerst Caherdin, dann Reval – lagen sie, den Oberkörper an den Fels gedrückt, die Beine ausgestreckt, wie Schlafende, ihre Rucksäcke neben sich. Es blieb ein Rätsel, wie und warum sie starben – wären sie nur zehn Minuten in dieser Richtung weitergegangen, hätten sie die Wetterstation bereits sehen können.

Bei der ersten oberflächlichen Untersuchung der Leichen waren außer einer Wunde an Revals Knie keine Verletzungen zu erkennen, jedenfalls nichts, was seinen Tod bedingt hätte. Sie lagen da, als hätten sie nur eine Rast einlegen wollen. Das Wetter war an diesem Tag wohl noch warm gewesen, was den zurückgelassenen Pullover erklärte; doch dann mußte es unerwartet zu einem drastischen Temperatursturz gekommen sein.

Wir begruben sie am nächsten Tag bei den Hütten der alten Station, da wir keine geeigneten Kühlvorrichtungen an Bord hatten; zwei Matrosen schnitzten Kreuze, um die Gräber zu markieren. Die Überführung der Leichen wird bei der nächsten Visite des Eisbrechers R.S. A. *in drei Monaten erfolgen; nach der vorgeschriebenen Autopsie können die Leichen dann an die Angehörigen übergeben werden. Ihre persönlichen Gegenstände wurden diesen bereits ausgehändigt.*

IMMER DIE INSEL, so voller Geräusche. Das Schlagen der Wellen an den Strand; die zwei Elefantenrobben mit ihren Kälbern in der Bucht unten, schnaubend und stöhnend die ganze Nacht über; die im Gras nistenden Sturmvögel, gurrend und pfeifend, zahllose Vögel ununterscheidbar im Chor, ihr Crescendo im ersten Zwielicht. Maria, deren Schlaf davon nicht berührt wird; und ich, der über ihre Träume wacht. Pieter, der als erster aufsteht, um Tee aufzusetzen; das Knarren des Stockbetts im Nebenzimmer, das Knarzen der Bohlen unter seinen Füßen, ein Blubbern, wenn der Pott im Eimer volläuft, das Zischen von Butan, das leise Plopp dann beim Entzünden und das Klirren der Tassen am Tisch. Die letzten Augenblicke ein Festhalten am Dunkel, jeden Laut ausmalend zu einem Körper und seinen Bewegungen, irgendwo draußen, bevor das Schemenhafte seiner Umrisse sich verliert und nur mehr dem Licht gehört, das das fasrig helle Holz des Fensters streift, der Raum zu Ecken, Flächen und den wenigen Dingen darin zerfällt und die ersten Gedanken einsetzen, sich erinnernd, minutenlang zurückdenkend in der Zeit, zurück zu einem Anfang, ohne je ganz zum Jetzt zu finden. Dann brauchte ich mich nur umzudrehen zu Dir, mich an Deinen Rücken zu drücken, mein Kopf in Deinen Haaren, und war geborgen in Dir.

So setze ich mich vom Bett auf, und es ist die Kälte, die mich zurückholt aus der Nacht. Ich schlüpfe in die Kleider, drücke Maria einen Kuß auf die Wange, streife ihr eine Strähne hinters Ohr und greife nach ihrer Hand, bis sie mir auf dem Stockbett oben ihr Gesicht zuwendet, die Lider geschlossen. Zehn Minuten noch, sage ich, und wie jeden Morgen murmelt sie nur etwas und schläft weiter, während ich zur Warte gehe und die Daten auf dem Block notiere. Jedesmal bleiben ein paar winzige Splitter weißer

Farbe von den Lamellen auf den Fingerkuppen kleben; seit sich eine Ammer in das Gehäuse zwängte und mir ins Gesicht flog, öffne ich das Gitter vorsichtiger. Windstärke. Wolkenhöhe. Tiefe Cirren mit Fallstreifen, auseinandergerissen: wie über die Stirn gefallenes Haar. Dann auf dem Holzsteg über den Morast zur Brücke, um mit dem Lot die Meerestemperatur zu messen. Schwach bewegte See, eine leichte Brise; die Kämme beginnen, sich zu brechen, der Schaum überwiegend glasig an den Felsen, vereinzelte weiße Schaumköpfe; Windstärke drei auf der Beaufort-Skala. Zurück in der Baracke Barometer und Barograph ablesen, damit Pieter es für das 06.00-Bulletin durchmorsen kann. Combrinks Aufgabe eigentlich; aber ich habe diese erste Stunde lieber für mich allein, diese kurze, einzige Stille des Tages.

Maria stets die Vorletzte im Waschraum; nur Stergianos steht noch später auf; als unser ›Arzt‹ ist er ohnehin nur für Hilfsdienste zu verwenden, aber er beschwert sich nicht. Die anderen verschlafen und maulfaul am Tisch, sehen kaum auf, Studenten eben, trotz ihrer Bärte; die ersten paar Wochen gaben sie sich noch Mühe, Marias wegen. Der Tee bitter, auch mit dem Milchpulver, und lauwarm inzwischen. Danke, keinen Zucker; aber das hat Thomsen schon wieder vergessen. Auf dem Gaskocher getoastetes Brot, der Geruch nach Orangen-Marmelade, die Butter aus dem Verschlag hinterm Haus, meine zwei Porzellanteller, blau abgeschlagen am Rand. Der Blick auf jeder Scharte ruhend; Bruchstücke, aus denen sich der Tag zusammensetzt. Ich vergesse meist, daß ich früher einmal auch so war, so unvorbereitet, beinahe linkisch, dem Tag noch nicht gewachsen; und sehe es dann erst wieder an diesem seltsamen Respekt, den sie mir entgegenbringen, der Distanz zwischen uns, wenn ihre halbherzigen Witzeleien bei meinem Eintreten verstummen. Das Stillschweigen einer Männergesellschaft; sich keine unnötige Blöße geben, auch jetzt, nach all den Monaten noch. Als würden sie am liebsten salutieren vor mir und dann abtreten, um wieder sich selbst überlassen zu werden. Es liegt nicht nur an meinem Bürstenhaarschnitt und den graugewordenen Schläfen.

Du siehst so abweisend aus, streng, sagt Maria; und nach einer Weile erst: Morgens. Sie hat sich dieses Jahr anders vorgestellt, ich weiß, trotz ihrer Beteuerungen. Die Insel, die für uns beide Nähe versprach und Gemeinsamkeit. Statt dessen nun eine Gemeinschaft, in der es keinen Platz für Zweisamkeit gibt Wir haben zwar eine Kammer für uns allein, aber durch die Wände hört man alles; getrennte Betten. Und ich im Grunde froh darüber. Sie wissen nicht, worüber sie sich mit mir unterhalten sollen, hat Maria gemeint. Sie sind jung und verstehen einer Frau nur Avancen zu machen – mit denen sie sich meinetwegen zurückhalten müssen, erwiderte ich darauf: also ignorieren sie dich. Das tust du ebenfalls, ist deine Antwort gewesen. Später tastete ich im Dunkeln nach dir; du hast dich schlafend gestellt. Beide hörten wir auf unseren Atem. Aber Heidstra überläßt dir jetzt seinen Stuhl; du riechst nach Seife und kaltem Wasser, und da ist etwas, dessen ich nie habhaft wurde. Ich berühre dich leicht an der Schulter und gehe die Knappsäcke packen.

Essen für vier Tage, Regenjacken, warme Unterwäsche, Kleider zum Wechseln, Verbandsmull am Boden ausgelegt, ein Flickwerk von Dingen, als bestünde Leben nur daraus, Messer, Feuerzeug, Kerzen, der Theodolit, der Photoapparat und deine Salbe für die Lippen, die Daunensäcke oben aufgeschnallt. Die erwartungsvolle Anspannung, die mich jedesmal vor einer Wanderung überkommt, eine insgeheime Unruhe, als wollte ich nur mit dem losgehen, was ich am Leib trage. Ich helfe Maria die Schuhe schnüren; sie rafft ihre Haare im Nacken, eine flachsfarbene Garbe, und ihre Backenknochen dann härter. Draußen vor der Tür ist der Himmel halb aufgerissen, blau. Die anderen, um uns versammelt, rufen uns ein paar flapsige Bemerkungen zum Abschied zu. Ich lächle an Marias Stelle zurück.

South Peak. Horste von Flachsgras, die Baumheide, dazwischen Farne, Moosfarne und Moos, trocken jetzt nach den klaren Tagen, die breitfiedrigen, glänzenden Blätter und weißen Dolden des Eppich in dem ausgewaschenen Tal zum Gipfel hoch. Ich kenne den Weg, mit den Wanderungen der letzten Monate haben wir fast einen Saumpfad ausgetreten. Man kann nicht nebeneinander gehen; ich spüre ihren Blick auf meinem Rücken. Auf 1800 Fuß dann der Bewuchs ausgedünnt und bloß noch Gras, überwachsene Felsspalten und Risse, die Moospolster federnd unter jedem Schritt.

Der Blick geht frei von hier über die weit ausladenden Kronen der Baumfarne und tief eingegrabenen Schluchten von unserer Transvaal Bay bis zum Luff Point, den vier kleinen Inselchen davor: Admiral, Commodore, Number One und Midshipman. Maria mag es nicht, wenn ich wegen ihr langsamer gehe; sie hat lieber, daß ich auf sie warte, selbst wenn wir des Unterholzes wegen nicht in Sichtweite bleiben können. Die Hände am Tragriemen, mit schmal zusammengepreßtem Mund, als müßte sie sich Schritt für Schritt überwinden, mehr um mir etwas zu beweisen, als sich selbst; ohne je eine Atempause einzulegen. Ich strecke ihr die Wasserflasche hin.

Mount Rowett im Westen und der Spire Crag, die wir beide vermessen haben. Vor den Gipfeln aus Halden aufragende Felspfeiler, Spitzen, schlanke Streben und von Zinnen flankierte Wimperge, Fialen, die Berge der Insel wie eine im Erdbeben eingestürzte Kathedrale aus hellrotem Gestein, der verfallene Sitz namenloser Götter. Auf den Graten und Kämmen seltsam geformte, vom Wind verschliffene und vom Frost zersprengte Felsblöcke. Maria, die Namen für sie entdeckt, wie ich sie für die Wolken finde: Sie sagt sie beinahe so schnell, wie sie sie sieht. Vom Gehen ist uns warm geworden; wir ziehen die Pullover aus. Der Wind schmeckt nach Blattgrün, sagt Maria und leckt mit der Zungenspitze über die Lippen. Lange her, daß sie so guter Laune war.

Wir queren eine Klamm nach der anderen; der Sattelknopf im Osten und der Heuhaufen, die Maria beide so benannt hat; als ich fragte, warum Heuhaufen, hob sie nur die Augenbrauen, als müßte ich die Antwort wissen. Wasserfälle überall über die Klippen, die der Wind zerstiebt, bevor sie unten ankommen; wenn er kurz dreht, hört man das Rauschen bis hierher. Dann kommt der vulkanische grobe Stumpf des Hag's Tooth in Sicht; an einer der Flanken wird es hinuntergehen zum Sophora Glen und zur alten Wetterstation. Wie sie es ausspricht, klingt es nach ›Sufferer's Glen‹; aber wenn die Schnurbäume blühen, gibt es nichts Schöneres, gelbliche Blüten in armlangen Rispen, die Früchte wie Finger und Knöchel. Auf dem Meer ein ganzer Schwarm Möwen wie eine Eisscholle, von der Dünung angehoben. Skuas kreisend in der Luft, schrill kreischend, ihre Schwingen grau mit habichtsbraunen Flecken. Das Plateau endet überall in Felskränzen, steil abfallend in ein undurchdringliches Grün. Wir steigen langsam ab, Bachläufen nach, bis wir wieder auf dem schmalen Steg einer Klippe entlangmüssen.

Auf einer grasigen Lichtung, unter Baumfarnen, halten wir Mittagsrast und essen Brote. Ich teile meines; Maria ißt immer mehr als ich. Dann lehnt sie sich an ihren Rucksack, schließt die Augen und richtet das Gesicht zur Sonne, die beinahe warm ist. Die Kuppen eines vereinzelten Cumulonimbus wie aus Papier geschnitten, hell leuchtend an der oberen Fläche, zerknüllt und aufgebauscht von Luftwirbeln, ohne die glatte Amboßfläche eines Incus, einige gräulich sich ringelnde Altocumuli, die sich kaum bewegen; das Wetter wird noch halten.

Ich tippe Maria leicht ans Knie. Da ist eine Ralle, und dann eine zweite; ein Paar, ihr haarfeines Gefieder schwarz glänzend und nicht größer als meine Hand. Wie winzige Teichhühner stochern sie mit ihrem roten Schnabel im Gras und zwischen den Steinen, ohne Notiz von uns zu nehmen, gurrend, ein weich andauernder, leiser Unterton, bis Maria die Kamera aus dem Rucksack holt und sie dann, hilflos flatternd, die zwei weißen Streifen an der Unterseite ihrer Flügel zeigend, mit lautem hackenden Tschack-Tschack ins Dickicht rennen, die Krallen ausgespreizt. Was für Vögel das wohl waren, als sie noch fliegen konnten, will Maria wissen. Vielleicht wurden sie auf einem Baumstamm angetrieben, erwidere ich. Aus der Antarktis? Maria schüttelt den Kopf. Der Tag legt sich noch weit über die Insel, warme Luftströmungen steigen von den Felsen auf, sommerlich hoch beinahe vor der Winterwende, wenn der Eisvogel zu nisten beginnt: alkyonische Tage.

Am nächsten Felsvorsprung müssen wir uns abseilen; zwischen Flechten und Moos geht er glatt und senkrecht über in ein wucherndes Grün von Wedeln und Gebüsch, unter dem keine Erde sichtbar ist. Maria geht zuerst, ich sichere sie von oben; sie klettert bedächtig und findet mit ihren schmalen Schuhen Tritte, quert, fast schon unten angelangt, ein Felsband, läßt sich hinab und verschwindet mit dem Kopf unter dem Farn. Ich steige ab, der Fels ist brüchig und locker, und finde nur mit den Fingerspitzen Halt; hinaufklettern läßt sich die Wand nicht mehr. Am Sims dann, gut zehn Fuß über dem Boden, höre ich Maria etwas rufen. Ein Stein gibt nach und kollert; ich rutsche ab, Hände und Beine ausgestreckt an die Wand gepreßt; die Farne geben nach und dämpfen den Sturz. Ich habe mir das kaputte Knie wieder aufgeschrammt, die Hosenröhre längs geschlitzt. Es geht schon noch. Der Theodolit ist heil geblieben, aber das Stativ zerbrochen. Es ist dunkel unter dem Blätterdach, dumpf und feucht; im ersten Moment sehe ich Maria kaum. Dann weiter, mehr humpelnd als gehend; und fluchend.

Der Himmel unsichtbar in diesem modrigen Schatten. Nach kaum einer Viertelstunde haben wir die Richtung verloren und gehen abwärts, wo es gangbar scheint. Mehr als einmal in trichterförmige Senken, aus denen nur schwer wieder herauszuklettern ist. Das Rauschen von Wasser. Das muß der Bach im Glen sein, sage ich, um Maria aufzumuntern. Gleich danach wird das Geräusch lauter und härter; Regen auf die Blätter prasselnd, kieselgroße Tropfen von den Farnen und kalt, am Gesicht zersprühend; Wolkendunst. Dann endlich der Bach, zur Linken, tief unten in der Schlucht, braun zwischen den schwarzen Felsen; der Hag's Tooth ganz im Nebel. Für die letzte halbe Meile brauchen wir zwei Stunden. Eine blauschwarze Walzenwolke im Windsprung über dem Meer.

Zwei offene Hütten und die große Baracke, von dem Wetterhäuschen keine Spur mehr. Drahtseile, die das Dach niederhalten, die Läden überall zugenagelt, bis auf die Bergseite, wo der Sturm das Fenster aus den Angeln gerissen hat. Die Holzplanken aufgeweicht; es tropft durchs Dach. Die Notrationen sind da, die Gasflasche ist voll, der Kocher jedoch durchgerostet. In der zweiten Hütte ist es halbwegs trocken; wir hätten besser unser Zelt und die Ausrüstung mitgenommen, Combrink zu glauben war dumm. Nirgendwo trockenes Holz. Ich breite die Schlafsäcke am Boden aus, damit Maria aus den Kleidern und in sie hinein schlüpfen kann. Alles, was ich in der Baracke finde, ist naß. Ich ziehe eine Lade aus dem Schrank und zerschlage sie an einem Stein zu Kleinholz. Mit einem halben Dutzend Seiten aus dem Vermessungsbuch und der Hälfte der Zündhölzer bringe ich schließlich ein Feuer in Gang, die Flamme grünlich flackernd und kurz vor dem Ausgehen, das Holz zischend, aber es hält lange genug, um das Wasser in dem kupfernen Teekessel zum Kochen zu bringen und zwei Dosen Bully Beef zu erhitzen. Maria trinkt, aber hat kaum Hunger.

Der Raum voller Rauch. Ich ziehe mir trockene Unterwäsche an, stelle die Schuhe zur Glut. Das linke Bein ist stark angeschwollen, dort, wo die Narbe der Schußverletzung ist. Maria desinfiziert die Wunde über der Knieschneibe; sie geht tief, aber nicht bis zum Knochen. Es wird gleich fürchterlich weh tun, sagt sie. Sie bandagiert das Knie mit Mull, schlingt die zwei Gummibänder des Verbandskastens darum. Marias schlanke weiße Finger, Erde unter den halb eingerissenen Nägeln; beim Anblick ihrer Hände sehe ich sie, wie zum ersten Mal, die Geige spielend. Ich blicke auf und ins Graugrün ihrer Augen. Und möchte doch nur Marah vor mir sehen, sie in ihr; aber sehe sie nicht. All die Liebe, die mich dann verläßt; und vor ihren Augen verlischt. Sie weiß es, jedesmal. All das zerbrechlich Schöne an ihr; und ich, der ich wegschaue, trotz des stumpf brennenden Schmerzes. Der Verband halb durchgeblutet bereits. Maria schweigt, wie sie immer schweigt, und steht auf, um die nassen Pullover und Hosen aufzuhängen.

Ich muß eingeschlafen sein. Schwarz; ich brauche lange, um die Leuchtziffern meiner Armbanduhr zu sehen, 3 Uhr morgens. Das Gesicht naß. Etwas schlägt unablässig. Der Wind treibt den Regen herein, der von den Schlafsäcken abrinnt. Maria ist längst wach. Sturm. Ich öffne den Reißverschluß ihres Schlafsacks; ihre Haut ist klamm. Ich schiebe meinen Arm unter ihren Rücken und halte sie, den Kopf an meiner Schulter; sie läßt es geschehen.

Stunden später das grau verwitterte Holz des Türstocks, ein Streifen Himmel blau darin, das Meer mit seinen Gischtkronen heller, eine Ecke der Baracke und der Kiesstrand. Die Wolken milchig hoch, in flachen Schleiern, wie kurz vor dem nächsten Wetter, Stratocumuli, die in Castellani übergehen, ein Stück Blau dazwischen, darunter Reihen von Cumulonimbus, die hochwachsen und bereits in die Breite gehen; eine Kaltfront, aber noch fällt Licht in den Raum, die Dachbretter spiegelnd in den Regenpfützen am Boden. Ich küsse Maria auf die Augen. Beim Aufwachen ist wieder alles möglich. Das Feuer in Gang setzen. Der Rauch weckt Maria, aber dann ersticken die Flammen am feuchten Holz, und ich habe zuwenig Zündhölzer; in der Baracke finde ich keine. Einen Becher Wasser habe ich für sie, Brot, ein Stück Schokolade. Maria, die in solchen Dingen unkompliziert ist, ihre Kameradschaft vorbehaltlos.

Die Hälfte der zum Trocknen aufgehängten Sachen hat der Sturm nachts verweht; um meine kaputte Hose ist es nicht schade, aber um Marias Pullover. Ich gebe ihr meinen und mache mich hinkend auf die Suche. In dem Tal, dem Wildbach entlang aufwärts Steinhaufen, die einmal die Giebelwände von Häusern waren, ein Rudel Seebären davor, ihr ockerfarbenes Fell schütter und schorfig. Zerrostetes und verbogenes Gerät liegt noch herum, Zahnräder, Teile einer Pumpe, Wellblech, ein Schaufelende. In einem Überhang zeige ich Maria den Stein; ich muß das Moos erst abschaben, bis die Namen ›F. X. Xeigler, R. I. Garden, D. Hagan, M. Glass und Benjamin Green; 1/6/19‹ wieder lesbar werden, und darunter, ungleich grober eingekratzt, aber ebenfalls bereits abgewittert: ›Reval‹. Zwei Diamantensucher, die ein Walfängerschiff vor genau siebzig Jahren samt drei Siedlern von Tristan da Cunha und Farbigen vom Kap hier abgesetzt hatte; ein Jahr der Meutereien und Krankheiten, bis ein Schiff sie wieder auflas, ohne daß sie Diamanten gefunden hätten; ein Geologe würde ihnen das gleich gesagt haben.

Als ich das erste Mal mit Marcus hier war, standen die Häuser noch. Das war 1938; die britische Regierung hatte bemerkt, daß seit dem Jahr der Entdeckung der Insel durch Kapitän Gough keine formale Annexion erfolgt war, und beeilte sich nun, die englische Flagge zu hissen und die notwendige Erklärung zu verlesen. Der Eisenstab dort, das war der Mast; an ihn war ein kleiner Behälter geschweißt, in dem sich die schriftliche Deklaration befand. Unser Boot verloren wir dann in der Brandung und mußten deshalb zum Schiff zurückschwimmen.

Eine Weile suchen wir zwischen den Steinen nach der kleinen eisernen Schatulle und weiter nach unseren Sachen. Eine Böenlinie von Wolken jetzt. Mein Name auf dem Stein, wie der Anfang meiner Geschichte. Und doch kaum etwas, was mich mit dem jungen Mann von damals verbindet; außer die Orte vielleicht. Aber die Inseln sind längst Fels geworden, Erde, ihr Land vermessen und der Horizont, hinter dem sie lagen, abgeschritten, ihr einmal Unerreichbares nur als Wunsch eines Halbwüchsigen verständlich. Nachts jedoch denke ich anders. Das Ferne aller Sehnsucht, die dann beinahe unmerklich zum Mittelpunkt wird, auch ohne sie mit Eigenem zu besetzen; oder Namen. ›F. X. Xeigler, R. I. Garden, D. Hagan, M. Glass und Benjamin Green; 1/6/19‹; und bei jedem Zug mit dem Stein am Stein abgleitend: ›Reval‹. Geblieben ist nur die Erinnerung an die Kante eines Kiesels vom Schotter am Strand, um mit ihm dann mühsam Buchstaben in den Stein zu kratzen. Das einzige Mal, das ich eine Spur hinterließ; ich war 17 und dachte mir nichts dabei. Und jetzt, wo ich bald 50 werde, ist es wahrscheinlich das einzige, was ich hinterlasse.

Wir hätten mit dem Boot kommen sollen, sagt Maria. Sie weiß, daß es keinen Sinn hat, länger zu bleiben. Ich allein würde vermutlich noch eine Nacht ausharren, nein: sicherlich, trotz dem Knie. Wir kehren um, ohne die Kleider gefunden zu haben. In der Bucht die tiefe Landspitze des Archway, sein ausgehöhlter Bogen, durch den in der Ebbe nun der Fluß fließt, als hätte er sich durch die Felszunge gegraben. Rechts und links des sich kaum verbreiternden Tales, grau ausgestrichenes Vulkangestein; die flüssige Lava ist hier durch bereits erkalteten Fels gedrungen und in Lagen erstarrt, die die Verwitterung bis heute überdauert haben, bizarr in Schlackenhalden aufragende Formationen, über die wir nur schwer hinüberkommen. Besser, wir suchen einen Weg durchs Tal, irgendwo zurück aufs Plateau, von dem wir abgestiegen sind. Maria zuckt mit der Schulter.

Dann brechen die Wolken sturzartig ein. Das Knie pocht. Ich wechsle den Verband; wir sitzen wieder nebeneinander in der Hütte und sehen ins Leere. Im nebligen Dunst ist die Insel mit einem Mal anders, primordialer. Der Ammoniakgeruch des Meeres, als wäre sie gerade aus dem Grau der Zeiten aufgetaucht; die Farben unter den Regenschleiern wie unter ultraviolettem Licht. Der Spann der Vögel, von Flügelspitze zu Flügelspitze größer, riesig, und ihre Schnäbel knochig, die Rücken höckrig. Die Felsen schiefrig wie bläuliche Kohle. Bei jedem Atemholen der Wind scharf in der Nase wie Methan aus einer Gasflasche. Er rauht die Dünung auf, Rippel und Gischt; die Luft doppelt salzig, als reagiere sie mit dem Wasser. Ein fahles Blitzen darin, den Felskranz der Landspitze ausleuchtend bis zum Ufer, so, daß Land und Meer ihre Umrisse erhalten. Und alles Leben erst beginnend mit diesem Tertiär. Das ist das, was ich sehe; was ich bin. Sobald ich davon aber zu Maria spreche, werden meine Sätze gegenstandslos, als führte ich Selbstgespräche. In den Wolken jetzt ein orangeweißer Streifen, als wäre es der Eisblink von Bouvet.

Wir warten bis kurz vor Mittag, ohne daß das Wetter Besserung zeigt; eine Trombe über dem Meer, dann eine zweite. Wind, so fein verädert, daß ihn nur Eiskristalle sichtbar werden lassen. Der Bach ist zu einem schlammigen Schwall angewachsen und füllt den Talgrund aus. Beständig abrutschend arbeiten wir uns am linken Hang entlang, unter den Schnurbäumen und ihren naßdunklen Rinden. Nach einer Meile stehen wir vor einem Wasserfall, der auf unserer Seite steil in die Schlucht herabfällt; also machen wir kehrt, um einen Übergang zu finden, mehr als die halbe Strecke wieder; in den Wänden ist nirgends ein Steig zum Haystack erkennbar. An der Furt waten wir bis zum Bauch im Wasser ans andere Ufer. Wieder beim Wasserfall einen Felshang hinauf, der mit einer durchgeweichten Moosmatte bewachsen ist. Nach oben hin wird er immer steiler. Wir graben unsere Absätze in die nasse Erde, die sich bei jedem Schritt vom Gestein darunter löst; die Insel zu jung noch, als daß es auf ihr schon Erde geben würde. Maria geht mittlerweile voraus und zieht sich an den Baumfarnen hoch, die Wedel schlüpfrig, die Wurzeln flach und fast haltlos. Auf der Spitze sehen wir, daß der Sophora Glen unten sich verzweigt und wir auf unserer Seite nur weiter ins Landesinnere kommen, auf die Nordseite des South Peak und zum Mount Rowett. Spalten überall, trügerisch mit verrottendem Grün aufgefüllt. Bleibt nur, erneut umzukehren. Den Hang die Füsse voran hinab, Zoll um Zoll. Beim Wildbach kaum noch Kraft in den Beinen.

In der Hütte hüllen wir uns zitternd in die triefenden Daunensäcke; das Knie läßt sich nicht mehr bewegen. Ich muß die Bandagen wechseln. Wir essen eine Konserve Bully Beef. Das letzte Streichholz für die Kerze im Windschutz der Knappsäcke. Wir wärmen uns zumindest die Hände daran. Nur halbwegs trockene Socken noch zum Wechseln und jeder ein Hemd. Ich weiß nicht, was Maria denkt. Bin zu müde, sie zu fragen, ausgelaugt, dünn. Die Nacht unerträglich, aneinandergekauert, zitternd vor nasser Kälte. Das Donnern der Wellen, die sich in den Strand graben. Das Kerzenlicht rot schimmernd unter den Lidern. Über den Boden flackernde Schatten, wenn ich sie öffne. Irgendwann Tag, verschwommen. Licht unter schwarzem Wasser rauschend weiß. Die Stirn fiebrig. Wie viele Stunden. Steh auf, sagt Maria, wir müssen gehen.

EIN REINES GRAU am Rand des Dunkels. Am Ton des Lichts wird die Weite meßbar, ändert sich die Farbe je nachdem, wie es einfällt, gebrochen und gestreut wird. Je tiefer die Wolken, desto mehr verliert das Blau an Ferne; sie werden wärmer, braun wie Tonerde, nie ganz weiß, immer mit einem dunkleren Umriß um die höherliegenden, helleren Wolken. Ziehen sie dann über mir hinweg, scheinen sie kälter, kohliger; außer es donnert: dann sind sie grell wie zwischen den Fingern zerriebener Schwefel oder nasser Ginster, der fiebrig in der Sonne aufleuchtet. Im Nahen aber bleibt ihre Form unbestimmbar, nebelhaft dünn, und hebt eine Kontur sich vom Hintergrund ab, ist sie wie Sprüh, die vom Wind zersiebte Spreu des Lichts, der Rand im Leeren aufgehend wieder, zerrissen.

Ich stelle das Stativ jeden Morgen in dieselben drei Vertiefungen. Regenschauer draußen auf See. Meist erreichen sie das Meer gar nicht, zerfranste Schleier, die in der Luft hängenbleiben, im Licht, heller immer als die Wolke, aus der sie fallen, aufgebauscht zu Gaze, oder sich wellender Kanvas dann, der wieder zurück in die Wolken geweht wird, der Wind wie in einem Segel. Die Wolken bergen den Regen, tragen ihn mit sich.

Sind sie vorüber, wird es oft windstill für eine Zeit; man hört es an den Vögeln. Im zurückgekehrten Sonnenschein glitzert die Gischt des Wasserfalls oben, zu Dunst zerstäubt. Aber das Licht ist unbeständig, windgewoben gleichsam; es gleitet über das Unterholz, die Blätter, die fahlen Felsen in den Nebel, der in seiner Wärme vom Felskranz aufsteigt.

Die Fotos werden von diesen Kontrasten nur wenig zeigen. Dennoch mache ich jeden Morgen eines vom selben Punkt aus, vom immer gleichen Ausschnitt Himmel und Meer im Nordwesten. Correggio hätte sie malen können, sagt Maria; der Regen ein Engel des Meeres. Ich mag es, wenn sie so mit Worten spielt; ich habe nur Bilder. Maria macht die Runde und hilft den anderen beim Zusammenbau der Radiosonde. Sobald es wieder heiter ist, werden wir in die Berge gehen und die Höhenlinien, Einschnitte, Hügel und Gipfel auf der Karte korrigieren – die Insel wie ein Fractus, unregelmäßig zusammengeballt, zerklüftet; ordnungslos. Es regnet zwanzig Tage im Monat; an den übrigen ziehe ich mit Maria los, um die Punkte einzuschneiden und Winkel und Entfernungen zu messen.

Die einzige Karte, die es von der Insel gibt, ist fünfzehn Jahre alt. Sie stammt von derselben Expedition, die auch die alte Wetterstation im Glen baute, fünf Jahrhunderte nachdem sie von den Portugiesen entdeckt wurde. Auf dem Historischen Atlas meines Vaters hieß es in der Legende am Bildrand, daß sie 1502 St. Helena erreichten, 1506 Tristan da Cunha und 1524 diese Insel hier die der Kapitän von Vasco da Gamas Flaggschiff nach sich benannte: Gonçalo Alvarez. Die alten Karten aber verballhornten den Namen bald; aus der Abkürzung *I. de Go. Alvarez* wurde *Diego Alvarez*. Im 18. Jahrhundert dann sichtete ein Kapitän namens Gough Land vierhundert Meilen westlich von diesem Diego Alvarez, eine Insel, die seitdem keiner mehr wiedergefunden hat; vielleicht hatte er den Längengrad falsch berechnet, einen weit abgetriebenen riesigen Eisberg gesichtet oder war dem Trug einer Wolkenbank aufgesessen. Doch weil er Engländer war, schenkte man seinen Beobachtungen mehr Glauben als den alten und korrekten Karten; statt Namen zu berichtigen, korrigierte man lieber ihre Lage. Diese Dinge zu wissen, dafür werde ich bezahlt; die anderen dagegen interessiert dies kaum. Die Insel einer Fels gewordenen Wolke gleich.

Maria liest Le Carré. Während die anderen draußen beschäftigt sind, habe ich den Tisch für mich allein und kann die Karte vor mir ausbreiten. Daß sie zu überarbeiten ist, hängt noch mit einer anderen Insel zusammen, über die ähnliche Unklarheit herrscht; sie liegt tausend Meilen weiter südlich in den antarktischen Gewässern und ist der entlegenste, von Menschen unbewohnte Ort dieser Erde. Dreimal entdeckt, wurde sie auch auf drei unterschiedliche Namen getauft – Bouvet, Lindsay und Thompson Island – und dreimal ungenau auf den Karten verzeichnet. Man einigte sich schließlich darauf, daß Bouvet und Lindsay ein und dieselbe Insel sei, und überließ sie den Norwegern; Thompson jedoch ein Vulkan, der wahrscheinlich wieder in den Wellen untergegangen war. Statt dessen tauchte vor dieser schutzlos Stürmen ausgelieferten, unter einer mehrere hundert Fuß dicken Eisschicht liegenden Insel Bouvet 1957 eine rauchende Landzunge aus dem Meer auf. Als das Forschungsschiff *R.S.A.* dort vor fünf Jahren anlegte, fand man ein Walfängerboot, Ruder, Ölfässer und Wellblech, von Schiffbrüchigen jedoch keine Spur.

Nun wird dort, auf dieser unter Gletscher begrabenen und von Eisbergen umlagerten Insel eine Basis errichtet werden, die unsere Daten hier komplettiert. Dafür soll ich zuerst Gough hier nachvermessen. Und in drei Monaten wird die *R.S.A.* mich abholen, um mich zusammen mit Meteorologen dort dann abzusetzen; nachdem die Norweger die Insel wieder aufgegeben haben, sollen wir nun auf ihr eine automatische Wetterstation installieren und Bouvet kartographieren. Maria wird mitkommen, aber sie wird nicht bleiben. Was mich bewegt, fühle ich und will es doch nicht wissen; wir vermeiden beide das Thema. Es kommt einem hinausgeschobenen Abschied gleich; aber es kann auch eine Möglichkeit sein, auf dieser fernsten Insel wieder zueinanderzufinden.

Wie ist das Buch, frage ich. Spannend, sagt sie, ohne von den Seiten aufzuschauen; kurz darauf: willst du's auch lesen? Ich mag keine Krimis, antworte ich. Warum nicht, erwidert sie zerstreut; unwillig. Ich weiß nicht, sage ich. Vielleicht, weil sie dem Tod im nachhinein soviel Bedeutung beimessen, sie erzählen alles nur daraufhin – aber das denke ich mir nur. Seit langem schon sind Maria und mir die Worte ausgegangen. Kurz nachdem wir auf die Insel kamen. Es ist etwas Leises an ihr und dennoch eine Hartnäckigkeit, die mir Unbehagen verursacht. Meine Gefühle für sie sind immer unklarer geworden, mit Schuldgefühlen behaftet; als hätte ich ihrer Sehnsucht nachgegeben und sie eine Macht über mich gewonnen, die ich nicht ertrage. Wo ich schon lange nicht mehr weiß, was sie noch mit mir verbindet. Sie fordert nichts; aber in ihren braunen, hellen Augen liegt stets eine stumme Frage.

Ich übertrage die zuletzt gemessenen Winkel auf meine Skizze. An der 1 : 100 000er-Karte ist weniger zu korrigieren, als ich dachte; am meisten Arbeit machen die vom Boot aus geschossenen Küstenlinien und die Nomenklatur. Als uns die *H.M.S. Milford* vor dreißig Jahren hierherbrachte, kannten Rogers und Green viele der eingetragenen Namen nicht; und sie selbst stimmen auch nur selten mit den alten Bezeichnungen der Logbücher der Britischen Admiralität und der Forschungsschiffe *Scotia* und *Quest* Anfang des Jahrhunderts überein. Ich habe das Material in Kapstadt aufgearbeitet und die Xerox am Tisch verteilt. Bezeichnungen, die so geschichtslos sind, wie es die Insel ist; ja, so parasitär wie die Vegetation auf diesem vulkanischen Gestein. Ein Nennen und Zeigen mit ausgestrecktem Arm, gerade einmal so weit, wie die Sicht reicht in Schwaden von Nebel. Bar jeder Symbolkraft, als würde jede Vorstellungkraft an den Felsen verkümmern. Lieblos sind sie, meint Maria; der Insel bloß aufgedrückt. Ich habe sie alle auf einem Blatt stehen:

> *Die Namen der hier vor Anker gehenden Schiffe, von Kapitän Goughs* Richmond-*Hill über die* Quest-*Bay bis zu unserer* Transvaal-*Bay, mit der wir gekommen sind; oder die zu Ehren der Gönner und Geldgeber der jeweiligen Expeditionen so heißen:* Edinburgh-*Peak nach Prinz Philipps Stippvisite; Mount-*Rowett *nach dem Finanzier der Quest; auch* Wild-*Glen erinnert bloß an ihren Ersten Offizier Frank Wild, C.B.E., R.N.R.; die einzige Ausnahme ist das nach Worsley benannte Tal, Shackeltons Navigator auf der Fahrt im offenen Boot von Elephant Island nach South Georgia, der die Welle im Dunkeln kommen sah, die eine, über hundert Fuß hohe Woge, an der die Gischt abrann, gleichsam wie Cirren um den hellen Hof des Mondes, bevor sie über dem Rettungsboot zusammenschlug.*
>
> *Namen als Segelanweisungen, Haulround Point, Luff Point oder Standoff Rock; der Rest sind nüchtern beschreibende Begriffe, von North Point bis South Peak, Cave Cove bis Waterfall Point, Sophora Glen, Albatross Plain und Penguin Island, von denen überdies ein Teil irreführend sind: Snug Harbour ist als Ankergrund sicher nur bei nördlichem Wind, Spire Crag*

gleicht bloß an einer Seite einer Turmspitze, und der False Peak hat keinen Gipfel, eben.

Es sind überaus blasse Namen, die nur von groben und flüchtigen Blicken zeugen, selbst dort, wo sie Geschichten zu erzählen vorgeben: Nigels Cap die Abkürzung von Peak-Where-Nigel-Lost-His-Cap, weil der Botanist der ersten Wetterstation sie nicht mehr wiederfand; Capsize Sands, wo der zweite Maat der Tristania *sein Boot in der Brandung verlor; und Battle Bay, weil sich dort die zwei Granden Tristan da Cunhas, Hagan und Green, gegenseitig eine Flasche oder ein Ruder über den Kopf gehauen haben, je nachdem, von wem man die Geschichte hört.*

Zu allem Überfluß hat mein Vorgänger auch noch seine Instrumente hier verewigt: Tavistock Crag und Kern Crag heißen sie nach den Fabrikaten seines Theodoliten, und First Rock war nur der Ausgangspunkt seiner Triangulationen.

Bleibt nur noch der Church Rock zu erwähnen, eine 200 Fuß hohe Felsnadel wie der Glockenturm einer Kirche, und die drei Inselchen, bei deren Anblick sich die Walfänger an die Sonntagspredigten in Nantucket erinnerten: Mister, Miss und Misses Lotz.

Und wie heißt diese kleine Insel, will Maria wissen und legt ihren Finger auf einen Punkt der Karte vor der Südspitze der Battle Bay: Tristania Rock, nach dem Schiff, das den Siedlern endlich ermöglichte, ihre Fischgründe auch kommerziell zu nutzen und damit ein wenig Geld zu machen. Der Felsen, der den Norden der Bucht markiert, ist bisher unbenannt geblieben. Und ich weiß, was Maria sagen wird, weiß, daß sie ahnt, weshalb ich das Blatt Papier dort weiß belassen habe. Ich runzle die Brauen. Sie hat ihr Buch verkehrt auf den Knien und sieht mich nicht an; wie nebenbei wirft sie es ein: Nenn es doch ›Isolda Rock‹ . . .

All unsere Geschichte liegt darin. Nichts als ein winziges vorgelagertes Riff, zwei Felsspitzen darauf, flach wie Segel, die eine brüchig und schwarz mit Moos bewachsen, die andere glatt und schier abfallend, gleißend vor Nässe, weiß. Es ist der einzige Punkt, den ich nie vermessen, die Insel, vor der ich wieder mit dem Boot kehrtmachen werde, weil immer irgendein Wetter aufzieht, Cirren, tief und viel zu dunkel für einen Nachmittag; einen Vorwand wird es immer geben, nur um nicht Marias bohrenden Blick auf mich gerichtet spüren zu müssen und dann, geschlagen, in die Bilge zu sehen, das träge schwappende Wasser.

Inselberge. Und jeder Gipfel auf der Karte ein Spalt, ein Schlot, der Kegel oder der Kessel eines Vulkans; eine erstarrte Wolke aus Asche und Glut, die Tiefe emporgehoben, Erde und Ozean im ewigen Widerstreit. Eine Verwerfung; die Bruchlinie im Erdmantel. Und geschmolzene Lava aus dem Erdinneren, die dagegen drückt und durchbricht schließlich, ins Meer; unter dem Gewicht und der Kälte des Atlantik erstarrt sie zu Brocken, Beulen, Röhren und eckigen Säulen, die sich aufbauen und abbrechen wieder, beim nächsten Ausfluß rotglühender Gesteinsmassen ins Dunkel. Nadeln erst, dann ein Wall; gekuppte Ablagerungen, bis sie in der folgenden Eruption zu einem Berg unter dem Meer angehoben werden, einer Untiefe, einem Riff. Über ihrem Rücken im nächsten Augenblick schon die Dünung, einer dunklen Blase gleich, bis die Glut aufblüht, sich auswächst, sechshundert Fuß weit, zwanzig hoch, und das Wasser abfließt wie ein Katarakt, brodelnd, und ein Dom aufsteigt, sich rundend. Dann eine siedend schwarze Masse, die ausquillt, in den Himmel geschleudert wird, eine Wolke aus zischendem Dampf, die sich über der See ausbreitet, heißer Bimsstein wie Regen, zischend, wenn er auf die Wellen trifft. Bis der Ozean diese zerborstene Kuppel wieder abträgt, untergräbt; Schwaden von Rauch, weiß am Schlot, grau und immer schwärzer hoch in der Luft, bis der nächste Ausbruch Land aufschüttet, das Rückgrat einer Insel, in der sich dann Spalten öffnen, Schlote, Kegel und Kessel anderer Vulkane, Wolken von Dampf, Wasser, Asche, Bims und Lava; und wo sie unter der Wasserlinie austreten, eine Explosion, die den halben Krater wegreißt: das sind die Buchten der Insel.

Totgeborenes, nackt ausgekühltes Gestein für Jahrmillionen, brach, und zerklüfteter Fels; rotschwarz unter einer diesigen Sonne. Und der Wind, der Samen und Sporen von einem abdriftenden Kontinent herweht, das Meer, das Äste anschwemmt, Triebe, Schnecken auf vollgesogenen Stämmen von Färbeholz; von den Ufern Brasiliens. Gras, Flechten und Moos, Unterholz wurzelnd auf den kahlen Halden, bis die Seevögel niedergehen, um zu nisten und die Geräusche der Insel beginnen. Und jeder Schritt trügerisch auf dem dünn zerbrechenden, hohlen Fels, den ins Innere reichenden Spalten, die von Gras überwuchert, von Moos überdeckt, unter Farnen verborgen sind. Gough, in der kalten antarktischen Strömung; jede Erhebung auf ihr würde ich namenlos lassen, ausschließlich mit ihrer Höhe über dem Meer benennen, einer Zahl.

Das Meer kennt nur das Präsens. Unter der Klippe, sichtbar in der grauen Finsternis, nicht durch immer genauer definierte Linien und Kanten, sondern durch breiter werdende Flächen: schiefriger Stein, das Meer wie Gneis. Vor uns der Kran, mit dem wir die Ballen der Ausrüstung vom Boot heraufholten. Und das Dunkel der nächsten Wolken in reinem warmem Grau. Alle Düsterkeit, die in der Weite und Tiefe liegt, in die Ferne gezeichnet, dunkle Materie, ohne einen Strich Schwarz, und doch nicht formlos, unregelmäßig, in Stücke zerbrechend, aus dem Wind heraus, dem Sturm, und wieder zurückgeworfen in sich, abprallend von der Klippe in das aufziehende Dunkel; wenn die Wolken aber aufreißen, zeigt sich reinstes Blau, reiner als jeder Himmel sonst. Und obwohl ich es besser weiß, ist es mir letztlich unbegreiflich, wie das Licht in den Wolken so tief werden kann, und auch, was sie in der Luft hält, wo Dunst doch Wasser ist und schwerer als Luft.

Ein glänzend polierter Metallspiegel; das Licht irisierend in den winzigen Linsen des Wassers. Ich stehe neben Combrink, und er läßt mich einen Blick durch das Glas auf das Meßgerät im Gehäuse werfen. Er hat das Platinblech innen so weit abgekühlt, daß die Luftfeuchtigkeit gerade eben zu kondensieren beginnt; die Temperatur des Metalls bestimmt den Taupunkt.

Die Arbeit mit den Instrumenten hat etwas Selbstverständliches, Einsichtiges. Sie zeichnen Schicht um Schicht dieser Gouache des Himmels nach, zeigen die Farben, bevor sie zu seinem Grau zerrinnen, und die Konturen darin, beinahe gestalthaft; als hätten wir teil daran. Eine Klarheit; ein helles Denken darüber, das mir jede Langeweile und Niedergeschlagenheit vertreibt. Unsere tägliche Routine besteht darin, ab 6.00 GMT jede volle Stunde und nach 12.00 GMT alle drei Stunden die Wettermessungen nach Pretoria durchzumorsen. Die Beobachtung der Wolken, der See nach der Beaufort-Skala; Sichtbarkeit und Wetterlage mit den WMO Codes. Im Stevenson Screen sind dann die anderen Instrumente abzulesen: Temperatur, Richtung und Geschwindigkeit des Windes über Grund. Combrink entnimmt das Glas mit der Regenprobe, die später ausgewertet werden wird. Dann gehe ich zum Barographen in der Baracke, die nächtlichen Ausschläge auf dem quadrilinierten Blatt seiner Trommel wie seismische Beben, von denen wir nichts gemerkt haben; das Gewicht der Luft. Bei Sturm manchmal, wenn die Wellen an die Klippe schlagen, rutscht die Nadel über den Rand und bleibt hängen.

Mit einem Kipp & Zonnen wird die Sonnenstrahlung bei direktem Lichteinfall und im Schatten gemessen; wie sie sich mit dem Sonnenstand, den Sonnenwinden und der atmosphärischen Beschaffenheit ändert. Bei all den Strahlen, ruft Pieter aus dem Funkraum, die ihr reinkriegt, muß es doch auch eine Wellenlänge geben, die wir hören können, und trommelt dabei mit der Hand auf seine Stuhllehne; eine Amplitude, die von ihrer Oberfläche immer wieder zurückgeworfen wird, bis sie sich verstärkt wie in einer Baßtrommel. Er setzt wieder seine Kopfhörer auf; er hört zwischendurch Radio, und wenn sie Crosby, Stills & Nash bringen, schaltet er auf die Lautsprecher um, so daß in der Baracke die Störgeräusche der Mittelwelle lauter hallen als die Musik: *Long Time Gone*.

Maria ist draußen bei Heidstra und Thomsen, die die Radiosonden zusammenbauen; sie müssen sie für 12.00 und dann wieder für 0.00 fertig haben. Es sind kleine, leichte Radiotransmitter mit Druck, Temperatur und Luftfeuchtigkeitssensoren, die mit einem Kondensator verdrahtet sind, so daß jeder Temperaturwechsel eine Frequenz ändert. Damit jeder Sensor sein Signal senden kann, bauen Heidstra und Thomsen jedesmal einen Dynamo mittels eines kleinen Propellers, der von der Aufwärtsbewegung des Ballons angetrieben wird. Mit Pieter habe ich den Funktheodoliten dafür errichtet, die Antennen in einem genau bestimmten Winkel und in exakt bestimmter Entfernung, damit sich durch den Phasenunterschied im Signal die relative Position des Ballons berechnen läßt und damit Windrichtung und Geschwindigkeit. Eine Mathematik von Daten, die ich mir gern von ihnen habe erklären lassen, die Tage begreifbar als Symbole, den Piktogrammen auf der Wetterkarte: Kreise, Kreuze, Linien, Dreiecke und Vektoren.

> = *ist Dunst;* ,, *ein mäßiges Nieseln;* * *leichter Schnee;* < *Wetterleuchten;* ▲—▲ *eine Kaltfront;* o *bedeutet wolkenlos;* ⌣ *ein Altocumulus und* ∠ *ein Altostratus, die übrigen Wolkenzeichen wie astrologische Hieroglyphen oder an arabische oder hebräische Lettern erinnernd, ich weiß es nicht, es ist eine unbekannte und doch verständlich scheinende Sprache mit ihren beinahe sakralen Zeichen, der letzte Rest einer Religion, gleichsam eine Kurzschrift der Sehnsucht.*

Heidstra füllt den Ballon mit Wasserstoff; er raucht dabei. Ihn darauf anzusprechen bringt nichts; er macht sie dann zwar aus, zündet sich hinter meinem Rücken sogleich aber die nächste an. Sobald sie ihm ausgegangen sind, werde ich ihn wenigstens im Tausch gegen meine, die mir nicht mehr schmecken, dazu bringen, daß er uns beim Vermessen hilft.

Die weiße Gummihaut schwillt an; manchmal malt Thomsen irgendeinen Satz darauf. Ein seltsamer Vogel, dieser Heidstra – er ist unser Dichter; Botschaften in den Äther. Er erzählt von seinem älteren Bruder in Irland, irgendeinem Philatelisten, der sich für Tristan da Cunha begeistert und wohl ähnlich skurril sein dürfte wie er. ›Poem über die Insel Gough, Teil I: Ode an die Ralle‹ – oder worüber will er sonst hier schreiben. Wenn er seinen Satz auf den Ballon malt, tut er das im letzten Moment, damit ihn keiner liest; und auch sonst läßt er uns nichts lesen, schüchtern wie er ist. Dafür versucht er uns, Gedichtbände aufzudrängen; obskures Zeugs von irgendwelchen Amerikanern. Hab ihn einmal dabei erwischt, wie er mitten in der Nacht ekstatisch den Elefantenrobben vorlas; bis auf das ständige ›Howl‹, das darin vorkam, klang es wie Whitman. Wollte Maria schon aufwecken, habe es dann aber doch gelassen; sie versteht sich ganz gut mit ihm, und er ist wohl auch ein bißchen in sie verknallt. Ich versteh's, in dem Alter – und sie die einzige Frau hier; daß sie überhaupt mit auf die Insel durfte, passierte nur, weil man in Pretoria einfach viel zu spät gemerkt hat, daß sich hinter jenem *M. Caherdin* auf den Antragsformularen der Mädchenname meiner Frau verbarg, und außerdem, weil ich bei Chris Koch noch etwas guthatte und sich sonst niemand darum riß, mit nach Bouvet zu gehen. Ähnlich groß war natürlich die Überraschung der Jungs, als wir uns alle auf der *Transvaal* trafen. Doch sie haben sich schnell damit abgefunden.

Dann läßt er den Ballon aus. Der von letzter Nacht kam siebzehn Meilen hoch, bevor er bei minus 56° platzte. In der Sonde ist ein Bimetallstreifen für die Temperatur und die Harfe eines Hygrometers, der die Humidität in den einzelnen Schichten der Atmosphäre mißt. Heidstra paßt auf, daß der Draht, an dem die kleine Box hängt, sich glatt entrollt. Vorgestern mußten wir alles von vorne beginnen, weil sich die Schnur im Gesträuch verheddert hatte. Wir sehen ihm lange nach, sein Weiß unter dem einer Wolke im Blau des Himmels; ein vereinzelter Altocumulus mamma, der am Hags Tooth hängt und sich auflöst. Das Symbol für diese Wolkenart sind zwei volle Brüste, wie von einem Schuljungen gestrichelt. Ich sehe Maria an, der Pullover dick, ihr Haar unter den Rollkragen geschoben. Sie lächelt mir zu. Ich küsse sie dafür auf die Nasenspitze. Der eine Moment, wenn der Ballon aus dem Blick entschwindet; die Sonde ein schwarzes Komma.

Es ist ein kalter Tag, einer der wenigen klaren bisher. In einem der Meßgeräte ist ein Haar aufgespannt, das sich ausdehnt und wieder zusammenzieht wie eine Saite, immer ein blondes. Marias Haar.

Kaum einer, der hier nicht zum Amateurfunker geworden ist. Wenn die Stimmung in der Gruppe am Kippen ist, weil jeder irgendwann nach einem Sündenbock für irgend etwas zu suchen beginnt, als gäbe es so etwas wie das menschliche Bedürfnis sich in einem verzerrten Spiegel zu sehen, oder sich ein lähmendes Schweigen ausbreitet, weil jeder seine Geschichten schon ein halbes Dutzend Mal erzählt hat, verschwindet einer im Funkraum, aus dem man dann seinen Sprechgesang hört: *Hallo Zulu Sierra 2TSL, hallo Zulu Sierra 2TSL, das ist Zulu Sierra S7RC. Roger Combrink. Etwas QS Baker und massenweise QR Mord von den Brasilianern. Wiederhole: Signalschwankungen und Störungen durch andere Stationen. Meine Antenne ist eine drehbar rhombische, auf Kapstadt gerichtet, mein Transmitter ein Panda, ein Panda, hundertzwanzig Watt. Wie ist der Empfang? Over.*

Alles Reden eine Aneinanderreihung von Kodes, Kürzeln, Namen und Orten; statt Standpunkten ein Austausch von Standorten und meßbaren Entfernungen voneinander. Alpha Bravo, Charlie; auf Tristan hatten wir uns einen Spaß daraus gemacht, uns vorzustellen, wer das Buchstabieralphabet erfunden hat, und ich schaue in meinem alten Heft nach:

> *Oscar ist Südamerikaner, wo sie* Tango *tanzen, er stammt aus der* Sierra *von* Lima, *hat im Internat ein wenig Griechisch gelernt, war in den Kolonien,* Zulu *und* India, *mag die britische Königin und hat von* Victor *das* Golfen *und von* Mike *den* Foxtrot *gelernt; für* Yankees *hat er, außer ihrem* Whisky *in der Offiziersmesse, nichts über, er trägt* Uniform, *steht kurz vor der Pensionierung,* November *und* Papa, *und muß herumreisender Materialinspizient im Heer sein, der* Hotels *wegen, aber natürlich ist er ausgebildeter Funker,* Kilowatt, *und trägt eine Taschenausgabe von* Romeo und Juliett *mit sich herum.*
> *Jeder Funkkontakt beginnt zuerst mit dem Rufzeichen des Ortes, M für England, PP-PY für Brasilien; dann die Kürzel von Buchstabengruppen, die alle mit einem Q beginnen, weil jeder Satz eine Frage ins Leere ist: QRU – Habe keine Meldung vorliegen; QSK – Kann zwischen meinen Zeichen hören; QSO – Kann in Verbindung treten; QRO – Erhöhe die Sendeleistung; QRT – Ende der Sendung; QAZ – Schalte wegen Gewitter ab.*
> *Was zu sagen bleibt, kommt mit einer Liste von drei Dutzend Abkürzungen aus, CONDX – Ausbreitungsbedingungen; CLR – klar; DWN – unten; DUNNO – weiß nicht; GND – Grund; NW – jetzt, R für Roger, RPT für Wiederholen und TKS für Danke, WX das Wetter, XYL die eigene Frau, YL wenn es sich um die Geliebte handelt, 73 viele Grüsse, 88 Liebe und Küsse.*

Es ist letztlich nichts als nur wieder eine andere Geste der Sehnsucht, selbst wenn sie bloß auf das Messen und Vermessen beschränkt ist, den Blick auf die Nadel einer Anzeige am Funkgerät oder durchs Fernglas des Theodoliten. Alles, um sich einer Nähe zu versichern, wie illusorisch sie auch immer bleiben mag, als gehöre etwas davon dann uns, oder zumindest: zu uns. Das Funken unterscheidet sich kaum von einem Gebet: Es ist die Bitte, gehört zu werden.

Kurz nach der Ankunft hat jeder begonnen, mit der Manie eines Philatelisten QSL-Karten zu sammeln, vorgedruckte Postkarten samt eingetragenen Wetterbedingungen, die den Kontakt bestätigen. Dabei werden uns diese erst bei der Rückkehr erwarten, denn die nächste Post erreicht uns in einem halben Jahr. Aber es ist das einzige, was aus der Leere zurückkommt.

Die lokalen Funkgespräche sind unterhaltsamer; jeder spricht mit jedem, und die anderen hören zu; man muß sich dabei nicht um das Monopol der kommerziellen Kanäle kümmern. Wir kriegen Kapstadt, St. Helena, manchmal sogar die Insel Marion herein, Trawler der unterschiedlichsten Nationalitäten; und fast jeden Abend haben wir unseren Termin mit Tristan da Cunha. Meistens ist Chief Willi Repetto am anderen Ende, den die Jungs als ›Pressesprecher der Regierung der Insel da Cunha und ihrer Königin‹, kurz: *Prick* betiteln, wobei sie sich über seinen Dialekt lustig machen, aber das nur halb zum Spaß, und das nicht nur, weil er eine scharfe Zunge hat, auch weil mit Misses Martha Rogers nicht zu scherzen ist. Um ihre abfälligen Bemerkungen kümmere ich mich nicht. Wir halten uns gegenseitig auf dem laufenden, über Alltägliches, den Fischfang, Zukunftspläne und ganz englisch über das Wetter. Willi hat natürlich mehr zu erzählen und weiß jedes unserer kaum berichtenswerten Mißgeschicke für sich umzumünzen; schon weil wir es sind, ist der Himmel bei ihm stets blauer.

Wir, sage ich. Dabei rede ich mit Tristan nur, wenn ich ausdrücklich verlangt werde. Chief Willi unterhält sich gerade mit Stergianos, der ihm ein paar medizinische Ratschläge gibt. Dann kommt er, um mich zu holen; er ist etwas betreten, weil er Marias Blick sieht. Ich erspare ihm die Qual, eine Ausrede zu erfinden, gehe ihm entgegen und setze mir die Kopfhörer auf; Tür gibt es keine. Auf der Ablage Papiere, Stifte, Tabellen. Willi sagt laut: *Hallo, hallo*, bis ich antworte. Und dann, ohne weitere Umschweife: *Ich hab hier jemanden h'inner Leitung für dich. Aber hau mich nich h'übe'n Kopf.* Stille; aber ich ahne es längst. Ich drücke auf den Knopf und sage mein Hallo ins Mikrofon. Fragend und unsicher kommt es zurück: *Hallo; wer is' da?* Beim Klang ihrer Stimme spüre ich einen Kloß im Hals. Ich rolle den Bleistift zwischen den Fingern. *Ich*, erwidere ich, nach einer Pause. *Hallo, 'Ristian; bist du's?* Das Ch wie unhörbar im statischen Rauschen, aber sie hat es immer so gesagt. *Ja,* antworte ich. Und nehme den Kopfhörer sanft ab, als könnte sie mich sehen dabei, und lege den Kippschalter am Funkgerät um. Ich stehe auf, nehme den bekritzelten Zettel, zerknülle ihn und stecke ihn in die Hosentasche. Auf dem Papier stehen in Großbuchstaben ein M, zwei A, ein R und ein H; kein I.

Die Sonne am Green Hill beim Untergehen; ihr Rot auf den Bohlen des Steges. Cirrocumuli, aneinandergereiht wie Schrägstriche, in dreifach unterscheidbaren Höhen, von hier aus stumpfe Winkel bildend; Winde, sich übereinander kreuzend. Der Halo der Sonne verwischt darin. Und das Licht, das diese Diagonalen sich voneinander abheben läßt, das sie ausleuchtet, ihre Farben sich abstufend in den Abend; ein Bild, an dem nichts abstrakt ist. Ich hole die anderen für diesen Sonnenuntergang aus der Baracke. Wir stehen und schauen; es ist nichts zu sagen. Während die anderen Wolken langsam zu grauen Silhouetten in der Dämmerung werden, bleiben die Linsen der Perlmutterwolken weiß.

Später gehe ich hinaus in die Nacht und setze mich mit einer Tasse Whiskey auf den Stein neben der Wetterwarte. Ich habe ihn eigentlich Ed schenken wollen, aber das ist jetzt egal; er brennt, ich spüre meinen Mund, den Rachen, den Magen sich zusammenziehen, spüre das Blut in die Wangen schießen, warm in meinen Fingern dann, die über den Pullover kratzen, das ist mein Körper, ich höre mich atmen, der Geschmack des Whiskeys wie Holz, ein grüner mit der Axt gespaltener Ast. Ich lege die Hand auf die Rippen; die Einsamkeit, ein Zu Voll Von Sich Selbst Sein. Weiß, daß ich es nicht mag, über mich zu grübeln; daß es leichter ist, über die Wolken nachzudenken, oder von mir aus auch Gott, statt sich damit abzufinden, daß sich etwas verändert und unwiederbringlich verlorengeht. Gott, der sich am Berg in einer Wolke offenbart, in einer Wolke herabsteigt, ER selbst, noch im Dunkel vor aller Zeit, in einer Wolke, über der es ebensowenig Raum gab wie unter ihr; ein Wolkenschatten. Vielleicht ist etwas davon noch in meinem Blick, etwas, das sich nicht verdrängen läßt; eine Reflektion, ein Reflex. Das, was uns zufällt; der Erde Teil. Und die Nacht eines sich immer weiter ausdehnenden Universums, dessen Endlichkeit aber so unfaßbar ist, daß wir sie lieber als Unendlichkeit apostrophieren, weil diese dann, paradoxerweise, leichter denkbar scheint.

Der Himmel jetzt anthrazitfarben, die Sterne sichtbar noch durch die bläulichen Wolken, die, statt im Morgengrauen hell zu werden, mit ihr vergehen. Nachtwolken; die untere Grenze der Ionosphäre und nichts als vulkanischer Staub und Partikel von Meteoriten, an denen das Wasser kondensiert. Das Sternbild der Fliegen unter dem Kreuz des Südens, zwei namenlose und gerade noch mit freiem Auge erkennbare Punkte, mit Buchstaben und Zahlen bezeichnete Nebel und Sternenhaufen und das Dunkel des Lichts, das uns noch nicht erreicht hat. Das Sichtbare nur jetzt.

Geräusche aus der Baracke, dann Schritte; Heidstra und Stocker machen die zweite Sonde fertig. Der Whiskey harzig noch am Gaumen. Und alles so oft durchdacht, die Zweifel und Selbstvorwürfe. Auf das eigene Gewissen zu hören, bedeutet nicht, auch einer Wahrheit teilhaftig zu werden. Zwischen uns einzig das, was uns entzweit. Deine großen walisisch blauen Augen unter schwarzen Brauen; Augen und ein Gesicht. Wenn der Ballon dann Punkt 0.00 aufsteigt, wird Licht aus der Hütte auf seine weiße Hülle fallen wie Erdschein, eine schmale Sichel, ein paar Augenblicke bloß, bis es schließlich endgültig zu schwach ist.

IM

Tag aber war nichts zu lesen gewesen, außer der Stille. Kein Ring um den Mond und kein mennigrot aufsteigender Morgen hatten den Schnee oder gar Ungewöhnliches angekündigt. Die Hunde hatten kein Gras gefressen, die Katzen sich nicht an den Stühlen gerieben, noch ihr Fell geknistert; die Ammern, die am Weiher tranken, schlugen das Wasser nicht mit den Flügeln, und die Albatrosse segelten, ihr Pi-eu, Pi-eu ausstoßend, weiter über die Wellen, die sich am Ufer in immer kürzer werdenden Abständen brachen.

EDWIN HERON DODGSON
BRIEFE
1881–1882

DAS STEINERNE MEER

ICH war noch nicht lange von meinem Wechselfieber genesen, und der zwei Tage nach St. Helena einsetzende Sturm ließ mich leiden, überaus, doch um wieviel mehr noch die Stute, die im offenen Teil des Frachtraums in einen engen Verschlag gezwängt war, ihr Kopf über dem Verdeck. Sie machte jedes Schlingern und Stampfen des Schiffes mit, war in ihm befangen, anders als ich, der ich mich am Mast festklammern konnte. Das Pferd wehrte sich nicht, es wieherte auch nicht, obwohl ihm die Bretter in die Flanken drückten, schnaubte nur, wenn sich eine See über es ergoß, und versuchte, den Kopf aufzuwerfen, der im seitlich festgezurrten Geschirr steckte. Der braune Kopf und seine Blesse auf der Stirn, sie erschienen mir wie eine Bake in diesem Meer, als wäre in diesem Haltlosen gleichsam eine Mitte, die bis in die Tiefe reichte und unser Schiff hielt, unverrückbar an einer Stelle; als schlügen die Wellen über ihm zusammen, ohne daß es noch Fahrt machte, wie über einer Boje an ihrer Kette, die auf und ab schwojt, ohne aus ihrer Verankerung gerissen zu werden. Die Gischt stob über die Reling, der Schädel riß an seinen Fesseln, Schaum vor dem Mund; und ich, ich sah die Augen dieser Kreatur, ihre braunen, vollen Augen, für die alles noch größer erscheinen mußte als für uns Menschen, sah die Augen langsam sich verkehren, sich in ihren Höhlen drehen, bis das blinde Weiß des Augapfels zum Vorschein kam, sie schauten nach innen, in das Schwarz des Schädels; der Kopf des Pferdes zitterte, die Muskeln zitterten und verkrampften sich, das Maul war weit aufgerissen, der Strick schnitt hart in die Lippen ein, die Nüstern bebten, Adern dick geschwollen unter der Haut, die Mähne strähnig vor Wasser.

Nach Tagen riß der Himmel auf; er war wie mit Grünspan bedeckt, das Meer glänzte in demselben metallenen Ton; rings um den Horizont lag ein dichtes Band lichtgrauer Wolken. Ich sah immer wieder aus dem Bullauge meiner Kabine; die Insel konnte nicht mehr weitab liegen. Eine nervöse Aufregung ließ mich mehrmals an Deck gehen, um Ausschau zu halten; auch der Kapitän stand dort. Ich bilde mir ein, daß ich es war, der sie zuerst sah, eine Kuppe über den Wolken, die sich nur schwach vom Himmel abhob, sich aber mit jeder Meile, der wir ihr näherkamen, ein wenig mehr abzeichnete und zu gleißen begann; das war der Schnee an den Flanken des Gipfels. Dann kamen auch wir in den Nebel, in dem der Berg wieder verschwand; und er hob sich erst in Sichtweite der Siedlung.

Wir ankerten vor einem breiten Gürtel von Kelp, der die Brandung niederhält; um aber auszuschiffen, war dem Kapitän die Dünung noch zu hoch. Vom Ufer jedoch stieß ein Boot ab und arbeitete sich längsseits, bis die Männer an Bord klettern konnten. Ich wurde ihnen vorgestellt, ein Lächeln ging über ihr Gesicht, ohne daß ich sagen konnte, wie es gemeint war; ihr Dialekt ist schwerfällig und ungewohnt. Ich hörte aber einen Knaben, Greens jüngsten Neffen Benjamin, seinen Vater fragen, ob diese Gestalt da in ihrem schwarzen langen Rock wirklich dieser wichtige Mann sei, von dem der Kapitän gesprochen habe, nicht nur ein Priester, sondern auch ein Schulmeister und noch ein Doktor dazu; er sah mir dabei, ohne zu blinzeln, in die Augen.

Am Morgen darauf ging ich an Land. Es war Sonntag, gegen Mittag hatte sich die Dünung ein wenig gelegt; niemand war zu sehen, ein paar Hunde streunten herum, bis wir ein Signal mit dem Horn gaben; darauf lief alles vor den Häusern zusammen. Ich kletterte die Jakobsleiter hinunter und hing an ihr, um den richtigen Moment abzuwarten, ins Boot zu springen, das sich mit den Wellen hob. Der Kapitän trug seine Galauniform und ließ sich die Säcke voll Post reichen, ich war in vollem Ornat und hatte alles Notwendige mitgenommen, um sogleich die Eucharestie zu feiern, das Altartuch, den Kelch und die Monstranz hielt ich in der Hand; aufrecht stehend ließen wir uns zum Strand hinüberrudern, wo sich alles versammelt hatte. Über den groben Kies und das Seegras, über das meine Albe streifte, stiegen wir das ausgehöhlte Ufer hinauf und wurden begrüßt. Ich sang das Gloria; dann gingen wir mit den Menschen den steilen, felsigen Pfad hinauf zum Dorf, zu den Cottages mit ihren strohgedeckten Dächern. Als man mich bei der ersten Tür hereinbat, fiel es mir schwer zu glauben, daß ich mich auf der anderen Hemisphäre befand, auf der abgewandten Seite der Erde und einer Insel, die weiter als alles sonst von Menschen entfernt war, sechstausend Meilen von meiner Heimat. Im Haus, sitzend oder in Gruppen stehend, waren achtzehn Mädchen und zehn Buben, angezogen wie schottische Bauernkinder, stämmig und mit roten Wangen.

Beim Zelebrieren der Messe hörte ich zuerst nur abblätternden Grus auf die ausgebrannten Scheite am Rost fallen, ein Rascheln, nicht mehr, ein Rauschen im Kamin, dann den Wind, der sich am Dach verfing, heller wurde, höher und lauter, sich schließlich dröhnend abhob vom Chor dieser ungleichen Stimmen vor der Wandlung; in der beinah schmerzhaften Stille danach sah ich das Gesicht des Kapitäns in einer der vorderen Reihen. Alle Blicke richteten sich zum Fenster, die Finsternis zog vor unseren Augen herauf, die Wolken. Wider meinen Willen setzte ich ab; die Tür wurde aufgerissen, einige hastig geschriene Worte, und die Männer rannten hinunter zum Strand. Die Flaute hatte uns bis zur Insel begleitet; jetzt aber war der auflandige Wind umgesprungen und stürzte als Fallwind wieder vom Berg nieder in die Dünung; Brecher bauten sich bereits an der vorspringenden Felszunge auf, das Wasser schoß hoch an ihr, und der Schoner in der Bucht stampfte und schlingerte in schweren Wogen, stemmte sich gegen sie an, in den wirr aufgewühlten, schwerer werdenden Seegang verhockt.

Die Matrosen anbrüllend, ließ der Kapitän die Boote zur Wasserlinie ziehen und abstoßen. Seen hoben den Bug hoch, die Ankertrosse hart gespannt, und schlugen dann über ihm zusammen, das Schiff schnitt unter die Wellen und prallte in das sich auftuende Wellental. Da aber wurde, mit einem Ruck, die Ankerkette gesprengt und der Schoner dabei vorangerissen. Schon wenig später stieg eine Rakete im Zwielicht über dem Meer auf und erreichte ihren Zenit; ein Funken Licht glomm auf, wurde tief und tauchte dann den halben Himmel in sein Rot. Trotz des stark angeschwollenen Sturmes hing es fast unbeweglich in der Luft; es sank nur ganz allmählich an einem schmalen Streifen von weißem

Rauch ab, der dann zerriß. In diesem Brand, der das Meer ausleuchtete bis zu den Wolken, sahen wir das Schiff abdriften, zu weit, zu schnell, um es noch zu erreichen. Nur ein Mann war als Wache an Bord geblieben; jetzt aber löste sich das Beiboot von der Silhouette, entzog sich jedoch im nächsten Trog der Wellen bereits wieder unserem Blick. Gischt wehte streifig über die Aufbauten der *Edward Vittery,* der Schoner trieb vor unseren Augen ab, steuerlos; mit jedem Kamm richtete er sich leicht auf und wurde dann wieder versetzt, er geriet weiter nach Süden, ein immer fahler aufflackernder Schatten in diesem Dunkel inmitten des Tages.

Wir standen gebannt, ohnmächtig vor jenem Sog, in den alles binnen Minuten gezogen worden war, als ob ein unter dem Meer fließender Strom zur Oberfläche emporgestiegen wäre, eine dunkle Widersee. Weiter und weiter wurde unser Schiff von ihr vertragen, die *Vittery* machte immer mehr Fahrt, es war eine fliehende Kraft in ihr, und dieses Schauspiel mitanzusehen war Lust; das Blut biß mir in den Wangen, ich gestehe, ich war unfähig, auch nur einmal mit den Augen vom Schiff abzulassen, während die Signalrakete ausbrannte, tiefer sank und das Beiboot mit seinem einen rudernden Mann vollschlug. In der kaum noch vom Licht aufgehaltenen Nacht schoben sich Land und Meer flach übereinander, zwei sich gegenseitig verdeckende Kulissen, wie um jeden Einblick in die in ihnen wirkenden Mächte zu verwehren, eine Bühne, ihre Rollen und Seilzüge, die am Rumpf des Schoners zerrten. Und es gab kein Schließlich und Endlich mehr, kein Rucken, das wahrzunehmen gewesen wäre, denn mit einem Mal stand alles still, unmerklich, ohne daß zu sagen gewesen wäre, wann und wie, die *Edward Vittery* war auf ein Riff gelaufen. Die Hardy Rocks, sagte Peter Green, als er sich umwandte und in seinem starken Akzent den Namen des Schiffes aussprach, daß es nach ›Victory‹ klang; all meine Habe war an Bord.

Erst jetzt wurden Anstalten gemacht, dem Beiboot über den Brandungsgürtel zu helfen und den vollkommen durchnäßten, vor Anstrengung halb erschöpften Mann ans Ufer zu ziehen. Doch bevor die Aufregung um sich griff, drängte ich die Menschen zurück in das Haus, wo ich den Gottesdienst fortführte. Zum Schiff zu gelangen und zu bergen, was zu retten war, daran war im Sturm ohnedies nicht zu denken; doch welchen Eindruck würde es hinterlassen haben, wenn ich gleich in den ersten Tagen meines Aufenthaltes Nachlässigkeit gegenüber unseren heiligen Pflichten bekundet hätte. Ich begann meine Predigt: *Zu meiner Scham gestehe ich, daß ich Dich vergaß, Du mein Gott, als alles still um uns war und wir uns in Sicherheit wiegten. Nun aber werden wir gewahr, wie fürchterlich Du erstehst in Deinen Werken des Wunders, Herrgott, der Du vor allem zu fürchten bist; Herr, Dein Wille und Deine Wege sind unerforschlich, sie sind uns ein Zeichen, das zu deuten wir uns vergeblich bemühen, und doch sind wir in unserem Schmerz in Dir geborgen.*

Dann gab ich ihnen das Zeichen, sich wieder von den Knien zu erheben, und legte ihnen nahe, daß es nun die rechte Stunde sei, zu beichten. An jedem einzelnen war es jetzt, in sich zu gehen und über jene Sünden nachzudenken, deren sein Gewissen ihn anklagte; ich las dazu die Worte aus dem Gebetsbuch, jene Stelle, die für Matrosen in Seenot gedacht ist. Und jenem, der nur knapp dem Tod entronnen war, legte ich die Hand auf; dann erteilte ich allen die Absolution und spendete das Sakrament. Ich sah Verwunderung in ihren Augen und Scheu, sie wichen mir mit den Blicken aus, doch nicht aus Ehrfurcht; wer weiß, wann sie das letzte Mal einer Messe beigewohnt hatten. Danach entließ ich sie. Green, der Gouverneur dieser Siedlung, begleitete mich zurück zu der Behausung, die man mir bereits in den ersten zwei Tagen nach meiner Ankunft auf Tristan zur Verfügung gestellt hatte; auf dem Weg dorthin deutete er mir an, daß ich an dem Schiffbruch nicht unschuldig sei. Wer anders habe es zu verantworten, daß man einen schönen Vormittag hatte verstreichen lassen, ohne die Ladung ausgeschifft zu haben, all die Güter, die man auf der Insel so dringend benötige; es sei mehr als unvernünftig gewesen, darauf zu beharren, an einem Sonntag die Arbeit ruhen zu lassen; Feiertage gebe es viele, ein Schiff dagegen nur selten, und Gott hilft den Seinen bloß, wenn sie sich selber helfen. Ich war wie vor den Kopf geschlagen und fand kaum Worte, das Richtige zu erwidern, es war, als wäre schon meine erste Predigt ungehört verhallt.

DIE EINE HÄLFTE DIESES HAUSES wird von Greens Sohn bewohnt, die andere von mir; sie mißt acht Fuß auf sechs, daß neben der schmalen Bettstatt kaum Platz für den Stuhl bleibt, den ich als Unterlage zum Schreiben benutze. Eine Spiegelscherbe hängt an der Wand, und noch immer erschrecke ich vor meinem Anblick. Das Haar ist noch nicht nachgewachsen; nehme ich das Birett ab, steht es in steifen Büscheln auf und verleiht mir einen seltsam wilden, beinah aggressiven Ausdruck, dem alles übrige widerspricht. Der Mund ist schmal und verkniffen, die Nase zu groß, wie auch mein Gesicht eine gewisse Stumpfheit zeigt, während die Haut rosig ist, fast wie die eines Mädchens, ein Eindruck, den meine grauen Augen noch verstärken. Auch meine Hände sind viel zu feingliedrig und schmal; bei jedem Handschlag merke ich die Überraschung im Gesicht der anderen, die mich auf den ersten Blick kaum einzuschätzen vermögen; die Schultern sind zu schmal, die Arme zu lang, die Beine zu kurz. Es ist gewiß keine Eitelkeit in mir, nur viele Fragen, denen ich manchmal mehr, manchmal weniger zu entgegnen weiß.

Wie anders dagegen sieht der alte Green aus; mit seinen sechzig Jahren vermittelt er einem den Eindruck, daß sein Leben voller Leiden war, ein schwer beladenes, nur halb bezwungenes Leben, das ihn die Brauen immer noch leicht runzeln läßt. Sein Kopf ist groß und zu schwer für seinen Hals fast, seine Augen hellbraun und voll melancholischem Erstaunen. Geht er, scheint er an allen Gliedern zu schlottern, die Knie gebeugt, einen leichten Buckel aufstellend, er schlurft eher, als daß er ausschreitet, und kaum daß er spricht, gerät er in einen Singsang, rollend und so, als wäre er sich der Vergeblichkeit seiner Worte bereits im vorhinein bewußt, als gäbe es in seiner Welt einen Fatalismus, den nichts und niemand von sich abschütteln könne.

Ernst nehmen wird er mich nie, diesen Eindruck hatte ich bereits bei der ersten Begegnung; aber auch nicht, daß er sich je gegen mich stellen werde. Was er in mir sieht, kann ich nicht sagen. Ich weiß bloß, daß die *Society for the Propagation of the Gospel* einen Mann suchte, der zu lehren, erziehen und zum Glauben zu führen versteht, die Menschen von der Fessel der Unwissenheit und der Geißel des Lasters befreit, einen, der zugleich genug Intelligenz und Energie besitzt, um Rat zu spenden bei der Bebauung des Landes, Steinmauern zum Schutz der Äcker errichtet, der versucht, Korn anzupflanzen – und so jemanden glaubten sie in mir gefunden zu haben, zu meinem eigenen Erstaunen, nachdem die Bitte der Siedler hier um einen Vikar in England bekannt geworden war und ein anonymer Spender tausend Pfund Sterling für die Errichtung eines Fonds gestiftet hatte.

Was ich von der Insel wußte, war wenig genug. Ich konnte mich erinnern, in der Zeitung gelesen zu haben, daß die *H.M.S. Galatea* vor etwa 15 Jahren auf dem Weg von Rio nach Kapstadt in Tristan vor Anker gegangen war, an Bord ihre Königliche Majestät Prinz Alfred, Duke of Edinburgh, und man ihm zu Ehren die hiesigen fünfzehn Häuser ›Edinburgh of the South Seas‹ getauft hatte. Weiter bekannt wurde Tristan da Cunha jedoch erst durch die Berichte der *H.M.S. Challenger*, die auf ihrer Weltumsegelung, bei der sie die Tiefen der Ozeane nach Leben absuchte und die Auswirkungen der Meeresströmungen auf das Wetter erforschte, hier Station machte. Sie erkundete und katalogisierte den Archipel und holte bei dieser Gelegenheit auch zwei deutsche Brüder namens Stoltenhoff von Inaccessible Island, die dort mit der Robbenjagd ihr Glück versucht hatten, denen es aber schließlich schlimmer erging als Robinson. Die *Challenger* hatte sie nur knapp vor dem Zugrundegehen bewahren können, aber, beeindruckt von ihrem Gleichmut und ihrer teutonischen Hartnäckigkeit, das Felsenriff vor Nightingale Island nach ihnen benannt.

Peter Greens Ansuchen an unseren Bischof in St. Helena, er möge Tristan da Cunha seiner Diözese unterstellen, damit wenigstens die Kinder hier einmal getauft werden könnten, kam schließlich auch der Regierung zu Ohren. Die gab das inzwischen erstellte Dossier über die Insel – das in der Hauptsache Berichte über die Schiffbrüche der letzten Jahren enthielt – an das Kolonialbüro weiter. Dort gelangte man zur Auffassung, daß es nur deshalb so viele Vorkommnisse dieser Art gäbe, weil Tristan da Cunha sich außerhalb jeder Jurisdiktion befand und man deshalb die Schiffe hier ungeschoren aufgeben oder in Brand setzen könnte. Nicht, um dem abzuhelfen, sondern vor allem, um die offizielle Seite in ein besseres Licht zu rücken, wurde bestimmt, einmal im Jahr ein Kriegsschiff vorbeizuschicken und dem Kapitän obrigkeitliche

Autorität zu verleihen. Man war jedoch bereit, eine stellvertretende Funktion an Peter Green abzutreten, nicht nur, weil er der Dorfälteste, sondern auch, weil er der einzige Weiße mit der nötigen charakterlichen Standfestigkeit in dieser gemischtrassigen Gemeinschaft zu sein schien.

Letztlich aber war es wieder den Vereinigten Staaten zu danken, daß Green zu einigem Ansehen kam und die Lage der Dinge auf der Insel etwas geordnet wurden. Die amerikanische Bark *Mabel Clark* aus Boston kam drei Jahre vor meiner Ankunft in einem Sturm von ihrem Kurs ab und geriet in der Nacht auf dasselbe Riff wie auch unser Schoner. Die Rettungsboote waren alle durch schwere Seen zerstört worden, das Schiff lief voll, und die Besatzung saß hilflos in den Wanten, in Hagel, Schnee und Regen, eine Nacht und zwei Tage lang, wie Green mir erzählte, während man auf der Insel große Feuer unterhielt. Doch niemandem gelang es, an Land zu schwimmen, sechs Seeleute ertranken beim Versuch, ein Tau an Land zu bringen. Die Siedler hier hatten die Bark frühmorgens entdeckt, die auf den Felsen festsaß, die Segel zerfetzt, mit zunehmender Schlagseite, ihr Rumpf von der See weiter in Stücke zerschlagen. Männer, Frauen und Kinder, das ganze Dorf kam gelaufen und brachte heißen Tee und Brandy, aber keiner hatte sich bisher ans Ufer retten können.

Joshua Rogers und Greens Sohn Jacob warfen sich schließlich in die Brandung und schwammen zum Wrack. Ein Matrose sprang aus den Webeleinen, kam mit dem Kopf wieder hoch und wurde von beiden an den Strand gebracht. Der nächste war der Kapitän, der seine Frau und seine zehnjährige Tochter hatte an den Mast binden lassen, um dann selbst vom Achterdeck zu springen; Joshua Rogers schwamm hinaus und zog ihn ans Ufer. Dann tauchte der Maat, der einen Arm gebrochen hatte, in die Wellen, und Joshua Rogers hielt auch ihn über Wasser. Und wieder und wieder schwammen beide hinaus und retteten, wer es wagte, vom Schiff zu springen. Für die anderen aber wurde die Lage immer schlimmer. Während der Kapitän bereits bei warmem Essen in Peter Greens Haus saß, konnte seine Familie und die Crew erst am nächsten Tag, als sich der Wind legte, mit einem Boot geborgen werden.

Die Zeitungen hatten dieses Ereignis aufgegriffen, reichlich ausgeschmückt und dem ehrlosen Verhalten des Kapitäns die

Heldentaten der Siedler gegenübergestellt. Zum Dank und in Anerkennung für diesen heroischen Mut hatte das amerikanische State Departement schließlich der britischen Botschaft ein goldenes Chronometer, ein Binokular und eine eingravierte Medaille zusammen mit einer Namensliste von fünf Siedlern übergeben, die sich ausgezeichnet hatten und deshalb mit je 25 Pfund belohnt werden sollten. Die Botschaft reichte diese Auszeichnungen weiter an die Regierung, diese ans Kolonialbüro, jenes entledigte sich seiner Obligation, indem es alles an die Admiralität weiterleitete, welche sie wieder zurückreichte, bis die Presse so viel Aufsehen machte, daß das Parlament schließlich nicht anders konnte, als den Beschluß zu fassen, Tristan da Cunha nun auch *de iure* der Krone zu unterstellen. Und das erst im letzten Jahr; und ohne daß dieser Akt Rechte auf eine britische Staatsbürgerschaft und finanzielle Verpflichtungen von seiten des Heimatlandes beinhaltete! Daß sich die S.P.G. nun um die Insel bemühte, kam deshalb mehr als gelegen; dem Priester, der entsandt werden sollte, übertrug man nominell nun auch noch verwaltende Aufgaben.

Einiges davon erfuhr ich in London, das meiste dann in St. Helena, dem Sitz der Diözese, die neben Tristan da Cunha auch für die Briten in Rio de Janeiro und auf den Falklands zuständig ist. Einmal die 700 weißgetünchten Stufen vom Hafen hinauf, war die Insel bald besichtigt, auch Napoleons durchaus luxuriöses, obwohl inzwischen aus allen Fugen tropfendes Domizil. Ich fühlte mich dort gleich heimisch, man pflegte die gutbürgerlich englischen Sitten; welch ein Gegensatz zu meinen ersten Eindrücken von der Insel hier! Aber auch dort war bereits der wirtschaftliche Niedergang spürbar, da seit der Eröffnung des Suezkanals bloß noch wenige Schiffe anlegten; dies zu kompensieren, hat man eine riesige Chinarindenplantage angelegt, so daß ich mich gut mit Chinin versorgen konnte. Trotz aller Versprechungen der Admiralität aber wäre ich dort sicherlich noch weitere Monate festgesessen, da die Kriegsschiffe ihrer Majestät nur auf dem Weg nach Australien oder China die Insel passieren. Es blieb nichts anderes, als selbst ein Schiff zu chartern; die *Edward Vittery,* die in St. Helena auf der Suche nach Fracht anlegte, verlangte dafür die unverschämte Summe von 40 Pfund Sterling.

Der Bischof übergab mir schließlich die Namensliste der zu Ehrenden und das Geld samt Chronometer, Binokular und Medaille zur Aushändigung an die Siedler. Letztere war bestimmt für ›die Einwohner von Tristan da Cunha‹; ebensogut hätte man sie nach Jericho oder an die Philister schicken können, denn wem sollte ich sie übergeben? Für den Rest der Summe aus dem Fonds der S.P.G. kaufte ich Güter wie Mehl, Tabak, Saatgut, Weinstöcke, Nägel, Kleidung und dergleichen, Register für die Geburten, Hochzeiten und Todesfälle, Bücher und vieles für eine zu bauende Kirche. Dies alles, sowie meine eigenen Habseligkeiten, galt es zur Insel zu bringen, aber auch eine Stute, weil man auf St. Helena der Meinung war, daß mit ihr Maultiere gezüchtet werden sollten, die bessere Lastträger abgeben würden als die wenigen Esel auf Tristan. Kaum eine Aufgabe also, die man mir nicht zumutete und zutraute.

DU HAST LANGE NICHTS von mir gehört, Charles, seit Jahren nicht mehr, seit wir im Streit auseinandergingen. Vieles an Deinen Vorwürfen mag berechtigt gewesen sein, und Du hast mir sicherlich auch nicht zu Unrecht meine Verschlossenheit und Unzugänglichkeit vorgehalten. Und wirklich, aus der Ferne und in Briefen fällt es mir leichter, mich Dir mitzuteilen.

Bis tief in die Nacht hatte ich Dir geschrieben; der Sturm ließ mich nicht schlafen. Bei Sonnenaufgang war ich aus dem Bett. Das Licht war milchig, kam kaum hinter dem Nebel hervor und lag über der Siedlung, als würde es stocken und gerinnen; gegen den Wind kam ich kaum an. Es war ein mühseliger Marsch, einen ausgetretenen, schlammigen Pfad entlang in Richtung ›Hillpiece‹, einem überwachsenen alten Krater. Von der *Vittery*, die hier auf die Felsnadeln gelaufen war, konnte ich keine Spur mehr entdecken, nur Treibgut in der kleinen Bucht davor, Strandgut. Trotz der frühen Stunde waren mir ein paar Kinder nachgeschlichen; sie standen oben auf dem Hügel und deuteten aufs Meer. In der Dünung trieb der Kadaver der Stute und wurde wieder und wieder gegen die Felsen geschlagen, bevor er freikam, die Rippen durch die Flanke stechend, die Läufe seltsam angewinkelt. Was mich dazu trieb, die Felsen hinunterzuklettern und ein Stück weit ins Meer zu waten, weiß ich nicht. Die Karkasse war an ihrer Unterseite aufgerissen, die Eingeweide waren hervorgequollen, schlängelten sich auf und dümpelten im Wasser zwischen den Algen und dem Kelp. Den Kopf des Pferdes hatte es abgerissen; er dümpelte neben ihm in den Wellen. Ich wußte nicht, wohin greifen, bekam die Zähne zu fassen; am Maul zog ich den Schädel aus dem Wasser. Weil am Ufer nicht genug Sand war, begrub ich ihn unter Steinen, während die Kinder mich umstanden; sie hatten noch nie ein Pferd gesehen.

Am Nachmittag machte ich in allen Häusern meinen Antrittsbesuch. Sie werden saubergehalten, die meisten. Die Mauern sind der Stürme wegen an die vier Fuß dick und aus vulkanischem Gestein; es läßt die Feuchtigkeit durch, so daß in den Räumen Moos wächst. Die Dächer sind mit einem schilfartigen Gras gedeckt, das sie rund um ihre Häuser anpflanzen und Tussok nennen. Alles Holz, das sich in den Häusern befindet, stammt von Schiffswracks,

Planken dienen als Bohlen, Masten und Rahen als Gebälk, Kabinentüren bilden den Eingang. Sieht man in eines hinein, fällt einem zuerst die dunkle Leere auf, die darin herrscht. Ein festgestampfter Boden, meist schief abfallend; gekehrt wird gegen die Wand. Möbel gibt es kaum, ein grob gezimmerter Tisch, ein hölzernes Sofa, das auch als Bett benützt wird, eine Bank, ein oder zwei Stühle, eine Seemannskiste, eine offene Feuerstelle, Töpfe und Steingut auf einem Sims; gekocht wird auf zwei Eisenstäben über dem Feuer. Wie die Cottages auf den Hebriden haben sie meist nur zwei Räume, die durch eine hölzerne Wand getrennt sind; des Windes wegen gibt es Fenster nur nach Norden, wo die Sonne steht; kaum eines hat Glas, so mancher Rahmen ist nur mit Gedärm bespannt oder überhaupt nur durch Läden verschließbar. Im Garten pflanzen sie ein paar Zwiebeln, Kohl oder Kürbis an, Blumenbeete habe ich keine gesehen. Nichts wird hier verschwendet, alles wird wiederverwertet und noch der unbedeutendste Gegenstand irgendeinem brauchbaren Nutzen zugeführt. Die Frauen erleichtern sich bei den Kühen, die Männer bei den Schafen; zum Reinigen, haben sie gemeint, wäre das Seegras gut.

Auf Äußeres legen sie nur wenig wert. Das gilt auch für ihre Kleidung, die sie von den Schiffsbesatzungen gegen alles mögliche eintauschen, Milch, Kartoffeln und Gemüse, den Balg von einem Albatros, polierte Ochsenhörner, Lederbeutel oder das Fell einer Wildkatze, wie man sie mir stolz gezeigt hat. Die Frauen aber sind sauber. Man bot mir überall ein Frühstück an, Milch und Butter und Pinguineier; jedenfalls aß ich zuviel Tee, Kaffee, Zucker, Brot oder Salz gibt es oft Monate nicht, auch keine Seife. All der Vorrat, der für die Insel gedacht war, wird denn auch sehr fehlen; doch ich hörte keine Bemerkung darüber. Ihre Sprache scheint überhaupt nur aus wenigen Worten zu bestehen; sie sprechen gedehnt und ungewohnt hoch, die Hs und Rs lassen sie fallen.

Die Ausnahme davon ist Andrew Hagan, er affektiert – obwohl Amerikaner – in meiner Gegenwart einen nur für ihn aristokratisch englisch klingenden Akzent. Auch sein Haus muß sich unbedingt von den anderen unterscheiden; verglichen mit den anderen, kann man es wohl ein Anwesen nennen: Von dem hohen Mast neben dem Eingang weht die englische Flagge. Von seiner

Frau Selina bekam ich Milch, Butter und Pinguineier auf blauumrandetem Porzellan vorgesetzt; beide trugen Kleider guter Qualität, so wie sie in meiner Kindheit Mode waren. Ich hatte bereits über ihn tuscheln gehört; er sei der reichste Mann auf der Insel, ein ehemaliger Walfängerkapitän; mit seinen schwarzen Haaren und buschigen Augenbrauen aber sieht er eher aus, als wäre er gerade einer Kohlengrube entstiegen. Aus seinem schlaff und eher unentschlossen wirkenden Gesicht stechen seltsam tiefe Augen hervor, leuchtend von einem undeutlichen Schmerz; seine Haltung und Art ist freundlich und zuvorkommend, aber es ist auch etwas Verbissenes spürbar, etwas, das nie Erfüllung gefunden zu haben scheint.

Nach der Morgenandacht überreichte ich Peter Green, stellvertretend für die Gemeinde, die Uhr und die Medaille; trotz seiner 73 Jahre hat er bisher die Kinder unterrichtet und besitzt den Respekt der Leute. Dann verlas ich die Namen der fünf Siedler, die für die Rettung der *Mabel Clark* geehrt werden sollten, und sprach ihnen Dank aus. Das Geldgeschenk würde ich für sie verwahren, die Medaille in der Kirche aufhängen, die wir bald bauen würden; das gab ihnen zu reden. Auch meine Forderung nach einem größeren Haus, für die Schule und den Gottesdienst, eben jenem Gemeindehaus, in dem zur Zeit die Besatzung der *Vittery* untergebracht ist. Den Schiffszimmermann bat ich gar, mir ein hölzernes Bettgestell zu nageln.

Am Nachmittag darauf geschah das Wunder meiner Ankunft, wie es die Siedler mir zuliebe genannt haben; von allen Dingen an Bord wurde nämlich das Harmonium samt den in seinem verzinkten Behältnis verpackten hundert Gebetbüchern an den Strand geschwemmt. Und anderntags gaben die Wellen sogar noch das Taufbecken frei. Obwohl aus brüchigem Muschelkalkstein, konnte ich es unversehrt bergen; die Holzkiste dagegen hatte die Brandung in Stücke zerschlagen.

MONTE SANTO. Er steht mir vor Augen, wenn mein erster Blick beim Aufwachen durch das Fenster auf die Felsen hier fällt oder bei der Frühmesse über die Menschen wandert, um jedesmal wieder an der Klippe hängenzubleiben, den vom Wasser gegrabenen Schluchten; es ist ein und derselbe Berg, die Kalvarie, die ich auch in meinem Brasil aufragen gesehen habe. Und denke an meinen Euclides, den Zufall, daß es mich nun auf eine Insel verschlagen hat, die seinen Nachnamen trägt, und den Zufall, der mich vor ein paar Jahren mit diesem hageren Knaben aus Santa Rita do Rio Negro zusammengeführt hatte.

Obwohl wir nicht viel miteinander sprachen, war mir seine Gesellschaft angenehm; noch keine vierzehn Jahre alt, machte er einen ungewöhnlich aufgeweckten Eindruck, ohne aufdringlich zu sein. Wir waren von San Salvador westwärts marschiert – über Ödland, an dem auch noch die Sonne zu versteinern schien; bei jedem Schritt aufklirrende Schlacken, die Luft geronnenes Glas, das bei jedem Atemzug den Mund ausbrannte. Schwarz geflammtes Geröll, Säulen von Hitze und die Welt flimmernd darüber, als gäbe die Erde von innen nach. Ein unsäglich helles Licht drang aus dieser Tiefe hart, durchbrochen nur von der *silva horrida* der Kakteen, den zerschnittenen Fingern der Teufelspalmen, über und über von Schildläusen bedeckt, die ausbluteten in diesen Glast und darin rote Lachen bildeten; dazwischen die zernagten Mönchskapuzen der Opuntien, deren Dornen uns durch die Sandalen stachen und den Lasttieren in die Hufe.

Mit Stöcken hieben wir auf sie ein, um sie weiterzutreiben, hinauf in den Karst, wo das vom Kalkstein zurückgeworfene Licht blind wurde, als hätte die Hitze solch einen Grad erreicht, daß sie sich wie eine Schicht Reif auf den Krüppelwuchs vereinzelter Bäume legte, ineinander verkeiltes Astwerk dicht über dem Boden, Zweige, von denen das Weiß der vertrockneten Tillandsien herabhing, blinkend wie Harsch, ein bis zum Horizont reichender Gletscher aus stechend hellem Fels, Kreide, deren Spalten schließlich breiter wurden.

Ein Zufall, schrieb ich, brachte mich und den jungen Euclides zusammen, und habe ein Zusammentreffen von Umständen damit gemeint, das ich mich weigere als Vorsehung zu deuten. Zu seltsam scheint mir inzwischen die Vorstellung einer göttlichen Prädestination, die sich im Verborgen hält, sich dafür jedoch in äußerlichen Symbolen spiegeln will, dem gleißenden Widerschein des Lichtes auf den Schlacken der Ebene gleich, die wir durchquerten, um nach Monte Santo zu gelangen, wo mysteriöse Vorfälle einer Aufklärung harrten, die nur auf reinem Aberglauben beruhen konnten. Den katholischen Missionaren war dies zu beschwerlich, da sie aber jedem Ansatz zur Entstehung eines Sektenstaates wie jenem der Jesuiten im Paraguay des letzten Jahrhunderts vorgreifen wollten, bat man mich, dem nachzugehen, eine Aufforderung, der ich mehr aus Neugier denn aus Eifer Folge geleistet hatte. Das war der Anlaß gewesen; der Grund aber war der junge Euclides, den mich mein Bischof bat in die Obhut seines Onkels zu bringen, der eine Fazenda in der Gegend von Monte Santo besaß.

Wir gingen in der Mitte unseres kleinen Zuges, da Cunha hielt gut Schritt; seine Gegenwart gab mir mehr, als ich mir damals eingestand. Wenn unsere Blicke sich begegneten, seine dunklen Augen unter noch dunkleren Brauen in seinem fast europäisch hellen Gesicht, wußte ich, daß auch ihn diese brache Gegend im gleichen Maß wie mich beeindruckte, diese namenlose Landschaft, in der uns schien, als wären wir die ersten Menschen, die einzigen, die sie je betreten hätten. Wir fühlten uns wie auf den Spuren der ersten portugiesischen Konquistadoren; nein: als nähmen wir mit jedem unserer Schritte von etwas Besitz, das sich noch nie zuvor hatte von Menschen in Besitz nehmen lassen.

In einem kleinen, vom Wind ausgescharrten Tal, das zum Klippenrand des Plateaus führte, schlugen wir unser Lager auf.

Das Dunkel fiel ohne Dämmerung ein, und binnen einer Stunde war es kalt. Um Holz zu haben, gruben die Sertanejos an einem Cajú hinab, diesem Nußbaum, von dem nur die schmalen Sprossen der Krone aus der Erdkruste herausragen. Seine Wurzeln sind nichts als Zweige, die tief reichen, aus der immer nasser werdenden Rinde wachsen, der Stamm, der nach unten hin breiter und breiter wird, ein einziger unterirdischer Baum, der aus dem Mittelpunkt dieser Welt in die Nacht wächst; die Beile verloren ihre Schneide an ihm, das Feuer war grün vor Rauch.

Und wieder Morgen, der Aufgang der Sonne unsichtbar hinter Wänden von Gestein. Auf dem Paßweg hinunter in die Ebene sahen wir auf halber Höhe das Pferd. Ausgeglitten in einer schmalen Kehre des Saumpfads oben und die Halde hinuntergerutscht, hatte es sich noch einmal aufrichten können, eingekeilt zwischen Blöcken, die Vorderläufe auf einen schmalen Felsgrat gestemmt, und hing nun in seinem letzten Aufbäumen über uns, der Hals ein wenig länger und dünn geworden, die Knorpel des Rückgrats aus dem Fell stechend, die Muskeln am Knochen vertrocknet, ein hagerer und faltiger Kadaver, die Zähne gefletscht. Die Sertanejos schauten nur mürrisch und müde wie immer; sobald sie merkten, daß wir uns von diesem Anblick nicht losreißen konnten, hockten sie sich neben den Mulis auf die Fersen und rauchten ihren Tabak. Im Fallwind schüttelten sich die langen, fahlen Strähnen der Mähne, und ein Schatten spielte auf seiner Flanke, als spanne sich alles in dieser zu Tode geschundenen Kreatur zum Sprung ins Leere, als stecke alles Leben nur in dieser einen für immer erstarrten Anspannung des Fleisches, seinem Aufbegehren.

Je weiter wir kamen, desto grauer wurde alles; Taltröge, erneut eine Tafelfläche, Höhenstufe um Höhenstufe und schließlich der Horizont, der allmählich zurücktrat und den Blick freigab auf das matt schimmernde Grün einer Bergkette. Es war eine Wüste, von Menschen gemacht, die sich auf der Suche nach irgendeinem Eldorado ihren Weg durch Urwälder geebnet hatten, indem sie sie in Brand setzten. Und das Feuer hatte sich seine Bahn gefressen, vom Wind immer wieder neu entfacht und angetrieben, der rote Widerschein der Dämmerung, der in der Nacht hängenblieb, als fände die Sonne in den grünen Rauchschwaden keinen Untergang mehr und würde selbst von dieser prasselnden Feuersbrunst verzehrt, daß sich ihr Licht tagsüber wie aschfarbener Staub über die verkohlten Baumstümpfe legte, die wie zersplitterte Kreuzbalken vor uns die Richtung markierten, zum Vorgebirge hin.

Durch diese Glut marschierten wir, der Junge wie vertraut an meiner Seite: Wir sahen dasselbe und jeder doch anders.

Am letzten Tag rochen die Mulis Wasser, und wir kamen ihnen kaum nach; sogar die Sertanejos hatten Mühe, sie zurückzuhalten, um so mehr, wenn sie irgendwo anhielten, um nach den Stengeln der Bromelien zu graben, an denen sie ständig herumkauten. Ansonsten vermochte den ganzen Tag nichts ihre Teilnahmslosigkeit zu verscheuchen; sie wechselten kaum ein Wort mit mir, und auch der Junge, der sie nach allem Möglichen befragte, gab schließlich auf, weil sie auf alles bloß eine einsilbige Antwort hatten. Wir kümmerten sie nicht; hätte ich ihnen den Sold nicht erst in Monte Santo versprochen, sie würden uns längst im Stich gelassen haben, zumindest erweckten sie in mir diesen Eindruck.

Am Nachmittag dann riß das weit sich erstreckende Vorland unter diesem weißbrennenden Himmel, wurde zersprengt. Quadern von Gneis lösten sich, ein Gewirr von aufragenden Schroffen, tiefen Spalten und dunkelblau aufglänzendem Talkschiefer. Die Luft lag flirrend über diesem abgründigen Labyrinth; hob man den Kopf ein wenig, sah man in diesen Hitzschleiern Umrisse sich ordnen zu immer heller werdenden Bändern und Streifen, Wellen, die hinweg über das Land liefen und an der Gebirgskette vor uns anbrandeten, als zögen wir durch eine steinerne See, die sich unmittelbar auftat und hinter uns wieder schloß.

Und mit einem Mal waren wir an der Klippe der Hochebene angekommen: Aus der Tiefe eines Talkessels, in dem ein schmaler Fluß mäandernd versickerte, tauchten Bergflanken vor uns auf, stiegen aus den Schründen an und schlossen sich ringsum zu Graten zusammen, Steilhänge, verworfen und aufgefaltet wieder, aus einer steinernen Flut ragend, höher werdend und sich zu dem Gipfel eines Gebirges auftürmend: Es war ein Kataklysmus, der sich den Blicken des Jungen darbot, der ursprüngliche Aufruhr der Erde, der Berge emporgedrängt hatte.

Das Bild, das jedoch meine Augen sahen, als unser Zug den Paß erreicht hatte, war das unwirkliche Gegenstück dazu, spiegelverkehrt, als hätten Himmel und Erde sich vertauscht, ein vom Kreis der Bergspitzen gebildetes Ufer, das inmitten von Felswällen in die Tiefe wuchs, ein in den Abgrund steigender Gipfel, ein umgekehrter Inselkegel, an dem ein Ozean aus Stein wie gebannt innehielt, ohne ihn unter sich zu begraben: das war Monte Santo.

KAUM MEHR HÄUSER als auf Tristan da Cunha gab es dort am Fuß der Serra, geduckte Lehmkaten um den Turm einer mittlerweile verwahrlosten Kirche, genauso wie es mir beschrieben worden war. Der Staub, den die Mulis mit den Hufen aufwirbelten, hatte uns schon von weitem angekündigt, und die Leute liefen beim Ortseingang zusammen, sie begutachteten uns ebenso unverhohlen, wie auch meine Ankunft auf der Insel hier beäugt wurde, in bunte Fetzen gehüllt, so malerisch, wie die Armut sein kann, wenn man sie nur von kolorierten Stichen kennt. Doch unter diesem pittoresken Anstrich brauchte es kaum mehr Zeit als mit meiner Gemeinde, bis die ewig menschliche Fratze zum Vorschein kam, man fordernd danach fragte, was wir ihnen mitgebracht hätten, die Kinder erst schüchtern, dann aufdringlich um Geschenke bettelnd. Und ich teilte aus, was ich hatte, um sie zum Sprechen zu bringen; der junge Euclides übersetzte mir ihren beinahe unverständlichen Dialekt, er las mir, der ich nach der Anstrengung der Reise manchmal kaum zwei Worte hintereinander herausbrachte, meine Sätze fast vom Mund, was sie nur noch mißtrauischer machte. Abends, als ich die Messe hielt, empfing kaum die Hälfte die Kommunion; man verheimlichte mir zwar, warum, aber ich konnte mir den Grund dafür denken.

Der Junge und ich zogen dann von Hütte zu Hütte, wo wir die Männer meist damit beschäftigt fanden, aus schmutzigen Schalen zu trinken, in denen ein süßliches Gebräu schwappte, und an den langen Schilfrohren von Tonpfeifen zu saugen. Die Frauen saßen abseits; es war eine mürrische Stille, die sich breitmachte, sobald wir eintraten. Dennoch brauchte es meist nicht allzulange, bis sich in ihren verhaltenen Gesichtern Furcht ablesen ließ und sie zu erzählen begannen, einer, dann bald alle, unverständlich durcheinander.

Was an den Geschichten übereinstimmte, war, daß sich am 12. Dezember dieses Jahres 1879 etwas zugetragen hatte, was sich der Erinnerung der Menschen dort voller Schrecken einprägte. Es war der Tag des Festes von Santa Luzia, an dem die Sertanejos in der Nacht zuvor seit altersher sechs Häufchen Salz auslegen; hat sie Tau etwas angegriffen, klumpig und hart gemacht, ist es das ersehnte Zeichen für bevorstehenden Regen. Doch diesmal waren sie unversehrt geblieben und sagten damit ein halbes Jahr der Dürre voraus, was nichts Ungewöhnliches ist; sie wissen sich darein zu schicken. Und auch an diesem Morgen waren die Bauern nach Sonnenaufgang, der einzig erträglichen Zeit des Tages, bereits dabei, die Triebe der Kreuzdornbäume abzuhacken, als Futter für die Rinder, und die Wurzeln der Urucuris auszugraben, die Erde abzukratzen und sie zu zerreiben; eine Art Brot wird daraus gebacken, das nur den Bauch bläht, ohne den Hunger zu stillen. Die Frauen saßen an dem schlammigen Tümpel und klopften mit Steinen die Wäsche sauber, als gegen neun Uhr die Sonne sich rötete, mitten in ihrem Lauf unterzugehen schien und sich in dem wolkenlosen Blau zu ihren Köpfen Dunkelheit auszubreiten begann. Staub, pulverig wie geronnenes Blut, fiel aus diesem dämmernden Himmel, der Wind trieb ihn in immer dichteren Schichten vor sich her.

Plötzlich war ein durchdringendes Geräusch zu hören gewesen, sirrend hoch, ein Firmament aus Glas, das mit einem Mal zerspringt. Es war ein sich mehrmals wiederholender und dabei immer ohrenbetäubenderer Laut, gellend wie von Artilleriegeschossen; einige der Sertanejos erzählten, sie hätten zuerst gedacht, das Militär würde Kanonen testen. Die Kinder kauerten sich zusammen und pressten ihre Ellbogen schützend vor die Ohren, andere liefen schreiend zu den Hütten zurück und riefen nach ihren Müttern; die Männer ließen ihre Herden im Stich und rannten; manche fielen auf die Knie und beteten, im Glauben, das Jüngste Gericht sei nun über dieses Land des Wahren Kreuzes gekommen, wie Brasilien einmal hieß. Wer aber den Blick zu erheben wagte, sah, wie der Himmel überall in Flammen aufging und zu schmelzen begann; Feuer tropfte auf die Erde wie flüssige Glut, fiel in Klumpen herab, mit einem Donnern, von dem das ganze Becken widerhallte wie von explodierendem Schrapnell. Dann hätte der Boden zu beben begonnen, dreimal innerhalb kurzer Zeit, in immer stärker werdenden Stößen, und schließlich sei ein Aschenregen niedergegangen, der bis zum Mittag dauerte und sich weiß und fein auf alles legte, die Bergflanke, die Dächer, das wasserlose Flußbett.

Einen um den anderen von diesen Berichten hörten wir uns an, meine Geduld war rasch erschöpft; den Jungen aber hatte die Aufregung der Leute erfasst. Sie schütteten Euclides aus Lederbeuteln etwas in seine Hände, roten Staub und Asche, zum Beweis ihrer Geschichte, und er streckte sie zu mir hin, damit ich sie im Licht der Öllampe betrachtete, aber ich sah nur Staub und Asche, Staub und Asche.

Dennoch hielt ich es für meine Aufgabe, sie zu beruhigen, indem ich eine Erklärung für diese seltsamen Himmelsphänomene suchte, in der Not auch erfand. Und ich erzählte, ohne daß mir recht begreiflich war, warum, was ich vom Hörensagen über Kometen wußte, diese durch den leeren Raum irrenden Gesteinsmassen. Doch bei allem, was ich vorbrachte, kam stets wieder die Frage auf, woher diese kämen und warum; das Unergründliche daran war den Bauern nicht genug, es mußte auch dafür einen Ursprung geben und dahinter eine göttliche Hand, die dieses apokalyptische Schauspiel gelenkt hatte. Sie schenkten mir keinen Glauben, wirkten auf mich, als wüßten sie schon längst mehr. Wie sich nach und nach herausbringen ließ, hatte ein umherziehender Wanderpriester ihnen dieses Ereignis längst in ein messianisches Zeichen umgedeutet und das bevorstehende Weltende verkündet; ja, er selbst habe sich hier häuslich eingerichtet, in der letzten Kapelle der *via sacra*, die hinaufführt zum Monte Santo.

DER BERG SELBST fiel an seiner Ostseite fast senkrecht ab, ein Wall, in dessen Schatten eine Rampe wie ein Wehrgang unterhalb der Zinnen verlief. Gerade vom Dorfplatz aus führte ein etwa zwei Meilen langer Pfad hinauf, der sich über zahllose aus dem Stein gehauene Stufen zum Gipfel wand, gesäumt von weiß gekalkten Kapellen auf den Felsvorsprüngen, den Stationen dieses Kreuzwegs. Es war im letzten Jahrhundert, daß ein katholischer Missionar, beeindruckt von dem monumentalen Anblick des Berges, ihm seinen Namen verliehen hatte und einen Altar auf seiner Spitze zu errichten beschloß, die Kalvarie eines neu zu erbauenden Jerusalem. Als wäre dieser Ort dafür ausersehen, schienen sich, mit etwas Einbildungskraft, an einem seiner Hänge die aus dem Urgestein gebrochenen und abgerutschten Felsquadern zu einer Schrift zu formieren; die Lettern O, M und D, flankiert von einem Kreuz, ließen sich aus der Weite entziffern, als hätte der Herr hier die Initialen einer letzten Botschaft an die Menschheit hinterlassen, deren Sinn sich allein dem erschließt, der den Aufstieg aus der Gottverlassenheit der Ebene zum Gipfel wie eine Buße auf sich nimmt. Was die Menschen hier jedoch aus diesen Buchstaben herauslasen, konnte ich nicht in Erfahrung bringen.

Das erste Stück war das steilste, dann zog sich der Weg in einer weiten Schleife bis zu einer kleinen Ebene knapp unterhalb der Spitze, bevor er auch dieses Hindernis überwand. Unmittelbar vor uns, auf dieser Straße in den Himmel, sah man, daß die Kapellen, die von unten so verlockend weiß geleuchtet hatten, verwahrlost waren, die Mäuerchen eingefallen, die hölzernen Ikonen schmutzig und abgegriffen. Je höher wir gelangten, desto berükkender wurde die Sicht, die Ebene, die immer weiter zurücktrat und abgrenzbarer wurde, die fernen Bergketten, die sich in allen Richtungen staffelten, als hielten sie die Welt dahinter zurück, und endlich der Blick darüber hinweg in etwas, das jenseits aller Welt lag, blendend über dem Abgrund; eine bloße Luftspiegelung.

Die Feuerstelle neben der letzten Kapelle sahen wir zuerst, dann eine in der Sonne stehende Gestalt im Gegenlicht, die mich geflissentlich übersah, als wir auf sie zugingen, nur dem Jungen den Kopf zuwandte. Wir blickten in ein maskenhaft starres Antlitz, die Lider über tiefen Augenhöhlen, eine leichenhafte Erscheinung in einem langen Überwurf, der wie ein schwarzes

Totenhemd anmutete, die schulterlangen strähnigen Haare verfilzt, mit einem Bart, der bis zum Bauch reichte. Gleichmütig verharrte er in seiner Stellung, als wir ihn ansprachen, keine Regung ging über sein Gesicht, doch dafür war die Veränderung in meinem jungen Begleiter nicht zu übersehen, die offene Neugier, die sich in seinen Zügen ausdrückte, gebannt von der Widerwärtigkeit dieses Anblicks. Wie Simeon der Säulenheilige, dem die vielen Besucher zu lästig geworden waren und der sich deshalb auf einen Berggipfel zurückgezogen hatte, um sich dort mit der Sonne zu drehen, hielt er die Arme weit von sich gestreckt. Und ebenso eigentümlich verkrümmt war auch seine Hüfte, als wäre ihm wie jenem der Teufel in Gestalt eines Engels erschienen, um ihn als Auserwählten in den Himmel zu führen; doch weil er ihm dabei allzu eilfertig gefolgt war, schlug ihn der Satan mit einem Geschwür am Schenkel, das ihn, zur Strafe für seine Eitelkeit, langsam zerfressen würde. Aus dieser Bitternis heraus schien er sich nun herabgelassen und den Sertanejos vom Blut gepredigt zu haben, zu dem alles Wasser sich wandeln, und von einem Planeten, der im Osten neben der Sonne auftauchen und die Erde in die Leere des Himmels stoßen würde, in einen Untergang von Sternen, der am Ende dieses unseres Jahrhunderts unweigerlich drohe; was die Bauern gesehen hatten, die diesen Visionen nur zu gern Glauben schenkten, wäre nur ein erstes jener Zeichen, die Christus in seiner Rede auf dem Ölberg angekündigt hatte.

Euclides hatte dies in allen Einzelheiten von den Mestizen gehört, und ich beobachtete mehr ihn als diesen selbsternannten Propheten, der noch immer kein Wort an uns gerichtet hatte, sah die Scheu, die Verunsicherung und wartete auf eine ablehnende Geste von ihm, etwas, das mir zeigen würde, daß der Junge die ungewollte Wahl, vor die er gestellt wurde, zugunsten jener Seite traf, auf der ich stand. Weder das eine noch das andere geschah; die Neugierde, die der Junge an den Tag legte, blieb kalt, so als beträfe ihn das alles nicht – das war mir das Rätselhafteste und ist es mir auch jetzt noch von all den Ereignissen geblieben. Als ich mich schließlich zum Gehen aufmachte, richtete dieser gespenstische Mensch unvermittelt, als wollte er mich nicht einfach ziehen lassen, die Frage an mich, ob er bei meiner Messe abends in der Dorfkirche die Predigt halten könne. Ich schlug ihm dies selbstverständlich aus, worauf er mich anstarrte und schweigend ein Tuch unter seinem Gewand hervorzog, mit dem er den Staub von seinen Sandalen wischte. Es war der klassische, friedliche Protest eines Apostels, und mir schoß durch den Kopf, daß auch Christus selbst den träge und ungläubig gewordenen Juden als ein solch verachtenswerter Mensch erschienen ist; wir ihn heute ebenso verkennen und mißachten würden wie damals; und ob es überhaupt etwas gäbe, das wir als heilig erkennen würden.

Ich hielt die Messe; es wurde eine Prozession, die mit Kerzen in der Hand zur Kirche zog, wohl in der Erwartung, den Alten Mann vom Berg zu sehen, dessen Namen ich nie erfahren habe. Meine Predigt hinterließ keinen Eindruck; den Jungen übergab ich seinem Onkel, der ihn auf sein Gut brachte, damit er, wie er mir sagte, vom Lesen abkäme und seinen städtischen Manieren. Die Reise zurück verlief ereignislos; kaum zwei Wochen später überkam mich erstmals das Wechselfieber, mit Schüttelfrost und Krämpfen, so wie es mich auch jetzt wieder schweißgebadet aufs Lager geworfen hat und zurück in meine Erinnerungen.

IM

Nachmittag dann, mitten in ihm, brachen die Wolken. Gegen Mittag war es bereits seltsam warm geworden, eine Wärme, die etwas Kränkelndes hatte, kaum Luft zu holen vermochte, ein flach aushauchender Atem aus dem Brustkorb eines Tages, der darniederlag, brackig und faul. Eine Nebelbank senkte sich auf das Meer, löste alles in ein schmieriges Grau auf, und der Flecken Erde am Berghang, der die Insel war, schien in diesem Brodem gleichsam zu treiben, abzudriften; dort aber, wo der Dunst auf den Wellen lag, hob sich die Dünung merklich.

MARK THOMSEN
BOGEN I–VI
1434–1506

DIE ENTDECKUNG DER INSEL

MUNDUS INTELLIGIBILIS ET MUNDUS SENSIBILIS. *Von mir will ich so wenig wie möglich reden, meine Historie nicht unterbrechen, allein sie soll für mich sprechen; und doch kann ich weder an meine Arbeit noch an Marah denken, ohne van Houten vor Augen zu haben, Jacob van Houten. Und mich an das erste Zusammentreffen mit ihm zu erinnern, in einem Saal der Internationalen Postwertzeichen-Ausstellung in Gravesend, einem Vorort Londons. Sitzplätze gab es nur in den vorderen Reihen, und die Leute mußten zweimal aufstehen, weil Marah sich weit hinter mir hielt, wie sie es in all den Jahren unserer Ehe immer getan hatte, als gehörten wir nicht zusammen. Der Nachmittag war ungewöhnlich stickig, die Luft sauer vom August in der Stadt, so säuerlich wie die Gesichter der Zuhörer mit ihren zugeknöpften Trevirahemden und über den Arm gefalteten Tweedjacken. Dieser kaum erträglichen Schwüle in dem Bau aus Beton, Stahl und Glas schrieb ich Marahs unleidliche Stimmung zu, eine offen an den Tag gelegte Abschätzigkeit, als ich ihr die Ausstellung zeigte, die Raritäten und Kuriositäten erklärte, die eigentlich erst durch meine Erklärungen in den rechten Rahmen gefügt wurden; die oft bloß mit Schreibmaschine heruntergetippten Legenden sind so papieren, daß sie den einzelnen Exponaten kaum je Gerechtigkeit widerfahren lassen, und ich bilde mir sogar ein, an diesem Tag von ungewöhnlicher Eloquenz gewesen zu sein, ja, ich führte ihr eine ganze Welt vor Augen. Doch selbst, als wir dann zu der Sektion kamen, in der meine Arbeit präsentiert wurde, meine Überraschung für Marah, die Frucht langer Abende und ungezählter, immer wieder verworfener Entwürfe, der erste linkische Versuch, mich meinem großen Thema zu nähern, und allemal eine Anstrengung, die sich gelohnt hatte, das läßt sich ohne jede Eitelkeit behaupten, das Fachpublikum umstand sie, denn meine Schautafeln stachen in diesem seelenlosen Umfeld der Messehalle heraus, so liebevoll waren die einzelnen*

Stücke aufgearbeitet, Motti und Texte in einer peniblen und entgegen meiner Gewohnheit übermäßig großen und deutlichen Handschrift, von all diesen fotokopierten Blättern und schlecht gesetzten Erläuterungen der anderen Sammler sich deutlich abhebend – selbst dann hatte sie dafür bloß einen gelangweilten und flüchtigen Blick übrig, um ihrer Rolle als meine Frau genüge zu tun und darauf zu drängen, endlich essen zu gehen.

Rund um die Imbißbuden herrschte großer Andrang, wir irrten zwischen den Ständen umher, aber Marah konnte sich für nichts entscheiden, was Essen angeht, ist sie stets heikel gewesen, also kamen wir schließlich zu spät zu den angekündigten Vorträgen, von denen ich kaum noch hoffte, daß sie ihr Interesse zu wecken vermochten. Dem Programmheft entnahm ich den Namen des Vortragenden hinter dem Stehpult, der mit einem ausziehbaren Stock auf Diapositive zeigte, die von unserer Ecke aus kaum zu erkennen waren; seine Ausführungen jedoch hielten mich gefangen, wenngleich ich ihnen in nur wenigem zustimmen konnte. Obwohl ohne übergreifenden Zusammenhang präsentiert, wußte van Houten mit seinen Pfunden zu wuchern. So hatte er sich etwa billig einige Federbriefe aus der Zeit um 1500 beschafft, über Quellen, die er nicht nennen wollte; ihm zufolge bedeuteten darauf zwei weiße aufgeklebte Federn bei Tage, zwei schwarze jedoch bei Nacht überbrachte Post.

Nach weiteren, vielen Zuhörern längst bekannten Ausführungen über den Beginn des ordentlichen Postwesens kam er dann, zum krönenden Abschluß, auf die älteste je in Umlauf gebrachte Briefmarke zu sprechen, die von Rowland Hill entworfene Penny Black, *doch nur, um die Geschichte des ersten Postbetrugs zu erzählen. Einer von Hills Lakaien bediente sich einer Druckprobe dieses Vorläufers aller Postwertzeichen, um einem befreundeten Stallknecht zu schreiben; man entdeckte den Verlust, und um gleich zu Anfang ein Exempel zu statuieren, wurde dem Diener der Prozeß gemacht und er zur Zwangsarbeit nach Australien verschifft. In unserem Fach ist man einiges an solchen Anekdoten gewohnt, doch der bloß hingeworfene Nebensatz, daß das Schiff, das die Verurteilten in die englische Strafkolonie zu bringen hatte, vor der Insel Tristan da Cunha gesunken war, ließ mich aufhorchen.*

Der Applaus war nicht unbeträchtlich, und ich drängte mich in der Pause zum Podium vor, um van Houten abzufangen. Er war größer als ich und sein Auftreten selbstsicher, wenn nicht gar herablassend, mit diesem unverschämten Grinsen, das die Jugend gepachtet zu haben scheint, Dreitagebart, rotblond und das spöttische Selbstvertrauen von allen, die gerade angefangen haben, nicht nur einem Beruf, sondern auch einer Berufung nachzugehen; in gewisser Weise ähnelte er mir sogar, er hätte mein Neffe sein können, nur daß er korpulenter war, als ich es jemals gewesen bin, das Gesicht rötlich wie von zu hohem Blutdruck, Wangen und Nase von einem Geflecht feiner Äderchen überzogen, als wäre er dem Alkohol nicht abgeneigt, und vom langen Reden noch gelblich angetrockneter Speichel in den Mundwinkeln.

Damals beschäftigte ich mich schon seit über einem Jahrzehnt mit Tristan da Cunha; alles hatte damit angefangen, daß ich eine Kollektion dort herausgegebener Marken günstig von einem Sammler namens Agostino Lavarello erwerben konnte, der sich als einer der Zeitzeugen entpuppte. Die Geschichte der Insel war mein großes Thema geworden, nachdem ich zuvor jahrelang alles gesammelt hatte, was mit meinem unleugbar ominösen Vornamen in Verbindung zu bringen war, und mich zuletzt mit Brasilien beschäftigte: Es ist erstaunlich, welch umfassendes Bild der Welt man erhält, geht man bloß etwas so Zufälligem und scheinbar Eingeschränktem nach, verfolgt es in der Zeit zurück und spürt einzelnen Verästelungen hinterher. Die Geschichte ist nicht kontinuierlich, nein, sie besteht aus einer Unmenge unversöhnlicher Details, bunter Mosaiksteine, die sich nicht zu einem einzigen Bild zusammensetzen lassen, sondern zu vielen möglichen, niemals jedoch ganz vollendbaren Mosaiken, denn nichts anderes sind meine Marken: Tesserae, in sich eigenständig genug, ohne jedoch je ein Ganzes zu ergeben, runde oder viereckige Steinchen, groß wie ein Gulden, eine Guinee, ein Louisdor, ein Cent oder ein Pence, die Münzen, die wir tauschen, damit die Zeitgeschichte zu einer privaten wird und umgekehrt. Es ist ein Tauschgeschäft, das manchmal über das eigene Vermögen geht, man verausgabt sich dabei, ja, wieviel habe ich für meine Sammlung aufgeben müssen; auch Marah wurde nicht müde, es mir vorzuhalten, aber nur dadurch erhält alles seinen Wert.

Kurz, ich brannte darauf, van Houten ein wenig ausführlicher über mein Thema auszuhorchen. Allein, ich wurde unterbrochen, er machte nur eine Geste, mehr wisse er auch nicht, und drehte mir den Rücken zu. Ich hätte es dabei bewenden lassen sollen, doch Hartnäckigkeit ist nun einmal meine Natur, sie zeichnet einen wahren Philatelisten aus, sage ich immer.

Marah zog mich am Ärmel, irgend etwas ließ mich noch warten, als aber van Houten sich endlich wieder zu mir drehte, fiel sein Blick auf Marah, auf ihre zu einem Pferdeschwanz geflochtenen Haare, die klaren Augen, und wanderte über ihren Körper, während er sich unwillkürlich aufrichtete, um mir plötzlich, so als wäre nichts geschehen, wieder seine Aufmerksamkeit zu schenken, vor Liebenswürdigkeit sprühend. Ich war eitel und habe dies immer für mich zu nutzen gewußt; deshalb versuchte ich, sein Interesse mit einem kritischen Einwurf zu seinem Vortrag zu fesseln. Meines Wissens, wandte ich ein, hätten die schwarzen Federn im Gegensatz zu den weißen auf seinen gefiederten Briefen nichts mit Nachtritten zu tun, sondern wären vielmehr ein Symbol für den Empfänger der Botschaft gewesen, daß der Überbringer wenig vertrauenswürdig sei.

Je mehr ich ihn festnagelte, desto süffisanter verzog er seine schmalen Lippen. Spitzfindigkeiten beeindruckten ihn nicht, er halte sich lieber an das, was einem vor Augen stehe; und mit der Bemerkung, daß sie sicherlich ebenso großen Hunger habe wie er, wandte er sich an Marah. Zu meiner und unzweifelhaft auch seiner Überraschung ging sie darauf ein. Wir verließen das Messegebäude, fanden ein Restaurant in der Nähe, und während die beiden sich in die Speisekarte vertieften, kam ich in Schwung und erzählte von meinem Aubert Aubert, von Lambert, Corrie, Glass und wie sie alle heißen, all die Geschichten, zu denen die Briefmarken mir Anlaß boten, mein Ankerpunkt vor dieser unserer Insel – heute aber weiß ich, daß ich ins Leere sprach, daß sich damals wahrscheinlich schon ihre Knie berührten, ihre Beine ineinandergeschoben, ein Fuß am Schenkel des anderen sich rieb.

Ach, wie muß ich mich lächerlich gemacht haben mit meiner enthusiastischen Schilderung der Prinzipien Sozialer Philatelie und der strengen Kriterien ihrer Themenauswahl. Markophilie mag eine der Voraussetzungen unseres Fach sein, aber Postwege, Zustellbezirke und Gebühren allein genügen nicht; nein, sie zählen nur in Verbindung mit Karten, Photographien und anderem dokumentarischen Material, denn uns Thematikern geht es darum, die Wechselwirkung zwischen einem Postsystem und der Sozialgeschichte zu zeigen, sei es nun anhand einer Insel oder eines Kontinents; das, was Briefmarken mit einer Gesellschaft verbindet, deren symbolische Embleme sie sind.

Während er seine Finger um das Bierglas schlang und einen kräftigen Zug daraus trank, meinte van Houten bloß, er halte meine So-

ziale Philatelie für maßlos überschätzt, für den esoterischen Zeitvertreib von Dilettanten, die alles mit allem in Zusammenhang brächten, am liebsten noch aus Stempelinitialen eine geheime Botschaft herausläsen; für ihn dagegen seien Briefmarken in erster Linie Wertanlagen und Anekdoten nur insofern von Interesse, als sie den Schätzpreis erhöhten. Jeden Händler en detail *und Sammler von im wahrsten Sinne des Wortes kleinkarierten Objekten pedantischer Begierde habe er aber immer schon eher... er ließ den Satz unvollendet, mit einem kurzen Blick auf Marah. Nein, so ist es nicht gewesen, es stellt sich mir jetzt nur in der Erinnerung so dar, seine Spitzen waren feiner, er besaß mehr Finesse, als ich ihm nun zugestehen will. Doch woher die Geistesgegenwart einer pointierten Erwiderung nehmen, wenn einem die eigene Passion mit zwei, drei Sätzen verächtlich gemacht wird?*

Was hielt mich damals ab, einfach aufzustehen und zu gehen? Nun, wahrscheinlich bereits die insgeheime Befürchtung, Marah würde mir nicht folgen. Und daß ich dann später immer wieder seine Gesellschaft suchte, ja seine Freundschaft, so als hätte ich nichts bemerkt? Als wäre ich mir nicht bewußt gewesen, daß er mich in einem fort erniedrigte? Vielleicht, weil ich die einzige Möglichkeit darin sah, mich Marah gegenüber zu beweisen; obwohl ich ahnte, daß ich für ihn keinen ernstzunehmenden Gegner abgab, redete ich mir ein, Zeit gewinnen und den Bruch zwischen Marah und mir aufschieben zu können.

Ein Rückzug ist nicht immer eine Niederlage; niemand wird mir noch etwas nehmen können, ich habe auf meine Weise in diesen Seiten mit allem abgerechnet, indem ich die ›kleinkarierten Objekte einer pedantischen Begierde‹, wie er es nannte, vor allem Zugriff zu bewahren suchte und ihm und ihr zum Trotz eine ganze Welt daraus erstehen ließ. Dieses Mal jedoch habe ich sie nicht ausgelegt in drei Reihen à fünf Seiten unter Glas für den vorbeiflanierenden, unverständigen plebs, *sondern ihr Geheimnis bewahrt – indem ich noch in den nebensächlichsten Kleinigkeiten den Generalplan angedeutet, ihn zumindest in seinen Winkelzügen zu skizzieren versucht und den Figuren darauf Leben gegeben, wo sie ja doch nur Travestien unserer selbst sind, weil wir uns in ihnen spiegeln und uns ewig wiederholen, van Houten, Marah und ich in meiner fast biblischen Ohnmacht.*

In den Chimären meiner Vorstellung wird nun alles wiederauferstehen; ich werde einer Welt Kontur geben, den Küstenlinien und

Riffen rund um diese meine Insel, diesem Inbegriff der Welt und jeder Genesis, wie sie mit dem Wort beginnt, Zeile um Zeile, hier und jetzt, im Schatten, den meine schreibende Hand aufs Blatt wirft, während der Bleistift seinen Strich zieht, unter alles, in der Endgültigkeit jeder Schrift, der einzigen uns zugänglichen Unsterblichkeit. Daß diese meine Welt überdauern wird, das ist meine Befriedigung und das ist meine Rache; darin erhebe ich mich über alles Kleinliche, alles Schmutzige, über Schuld und Sühne und den Verrat, den man an mir begangen hat, meine Welt, die ich vollenden werde gegen alle inneren und äußeren Widerstände, wiewohl alleingelassen in ihr, während alles um mich herum dem Dunkel anheimfällt, einer atlantischen Finsternis und einem Sturm, den ich nicht mehr erleben werde.

IMAGO INSULAE. Vorerst nur Namen. Und Karten, auf denen man sie eintrug, ohne ihrer je wieder ansichtig zu werden. Die *Insel des Hl. Matthäus* etwa; sie wurde Anno Domini 1525 betreten, und die Chronik überliefert, daß sie unbewohnt schien, obwohl überall zwischen Palmen und Pomeranzenbäumen menschliche Knochen verstreut und Reste von Hütten und ein Holzkreuz zu sehen waren.

An der Insel *Buss* segelte Frobisher 1578, wie es im Logbuch heißt, drei Tage entlang; jenseits des Brandungsgürtels ein fruchtbares, waldreiches und weiträumiges Gestade. *Kettendykes Droogte.* Oder die Insel *Saxenburgh*, getauft im Jahre 1670 in Erinnerung an die westfälische Stadt Sassenberg, ungewöhnlich hoch aufragend, einer Säule gleich, um die sich erst in späteren Berichten auch Land anlagerte; Wolken, die sich am Horizont auftürmten, unbeweglich für lange, ein schmutziges Dunkel an ihrem Fuß.

So geschehen auch mit *Isle Grande,* mit *Green Island* und mit *Fonseca*, später in *Galissioniere's Rock* umbenannt. Oder mit der Insel *Jaquet*, die 1789 gesichtet wurde; im Bericht des Maats hieß es, sie sei eine halbe Meile lang, dreihundert Fuß hoch, er sich sicher, keinen Eisberg vor Augen gehabt zu haben, und seine Brigg dem Land so nah, daß man einen Zwieback ans Ufer hätte werfen können.

Ebenso die drei Eilande der *Auroras*. Sie wurden im Jahre 1794 von der *Atrevida* erfaßt und vermessen, einer von der spanischen Marine in die antarktischen Gewässer expedierten Korvette mit Naturkundlern, Zeichnern, Kartographen und den neuesten wissenschaftlichen Instrumenten an Bord sowie einer handverlesenen Besatzung und Offizieren, die später zu den Helden von

Trafalgar zählten: Sie alle sichteten an Steuerbord zwei flach über den Wellen liegende Inseln und an Backbord einen an die 70 Fuß hohen Felsdom; seine eine Flanke war von außerordentlichem Weiß, seine andere hingegen nachtschwarz, steil in einer Landzunge auslaufend, fahle Vögel ringsum, ihr Kreischen ein ewiges Tekeli-li, während sie sich aus dem Gesichtskreis entfernten.

Östlich davon war wiederum *Diego Alvarez,* aber auch *Lindsay,* das 1825 im Namen des englischen Königs in Besitz genommen wurde, und dazu noch *Thompson*, ein ins Logbuch skizzierter vulkanischer Gipfel unter meterdickem Eis. Aus den Seekarten der Britischen Admiralität wurden diese drei Inseln erst 1931 getilgt; auf den Karten des Verteidigungsministerium der Vereinigten Staaten blieben sie, mit einem Fragezeichen versehen, noch bis zum Jahr 1965 eingezeichnet; auf russischen Karten sogar bis 1974. Im sowjetischen Atlas der Antarktis finden sich darüber hinaus noch die Namen von *Emerald Island*, *Dougherty* und den *Nimrods*; als fraglich gelten dort bloß *Swain* und *Macy*.

Nur eine einzige dieser Inseln gibt es, hat es je gegeben. Alle anderen gerieten auf den Atlanten nach und nach kleiner, bis sie kaum mehr über die Wellen ragten, zu Felsen, Untiefen und Riffen, Barren und Bänken dann, zu einem breiten Streifen grünlichen Wassers, und zuletzt bloß mehr zu in den Talg einer Lotspeise eingedrücktem schwarzem Sand, unterseeischen Gräben und Gebirgsrücken auf einem Blattquadranten, an dessen Rand man schließlich die Legende rückte, ihre Angaben zu Maßstab und Jahr, jene Sigel der Kartographen, mit denen sie uns von der Welt erzählen.

MAPPAE ANTICAE. Namen, schließlich Umrisse. Die von Karte zu Karte wanderten. Weil sie nichts anderes sind als Sammlungen dessen, was andere geschaut, entdeckt haben oder ihnen widerfahren ist, so daß selbst noch den winzigsten Ausschnitt zu betrachten heißt, zurück in die Vergangenheit zu sehen. Und Stimmen in den Lüften zu hören, im Krähennest oder um die Masten, Stimmen, unverständlich und wirr, die ankündigen, daß die *Insul der Dämonen* nicht mehr fern ist.

Die allererste Karte, auf der sie eingetragen wurde, weit draußen am Blattrand, stammt aus dem Jahre 1424; nach dem portugiesischen Wort für Teufel hat man sie dort als *ixola dixems satanazes* bezeichnet. In den Gewässern ringsum tummeln sich all die Ausgeburten einer höllischen Phantasie, der ausgebrütete Laich von Nachtvögeln, geifernde Meereshunde, Kreaturen mit dem Körper eines Elefanten, den Tatzen eines Wiesels und dem Schwanz eines Herings. Auf einem dieser Monstren reitet eine nackte Frau, auf einem anderen der König von Portugal; sein Schiff ist am Rücken eines Leviathans aufgelaufen, in dessen Rachen die Seeleute nun eine Messe feiern. Der aus dem Jahre der Entdeckung Tristan da Cunhas stammende Portulan weiß bereits die Legende anzufügen, daß ›Dämonen, denen man nicht gefahrlos begegnete, nahe dieser Insul Schiffe angriffen‹. Ungewöhnlich aber ist nicht nur der Name der Insul, sondern auch welche Umrisse man ihr auf den Karten gab: ein mit freier Hand gezogenes Geviert.

In unmittelbarer Nähe zu ihr ist oft ein zweites, ebenso eigentümlich rechteckiges Eiland eingezeichnet, die *ixola dixeno antilia*. Sie steht all unseren Insuln als symbolische Gegenwelt spiegelbildlich gegenüber; daher auch ihr Name: *ante illa*. Entdeckt wurde sie im Jahre 711 vom Erzbischof von Porto und seinen sechs Bischöfen, als sie vor den in Spanien einfallenden Mauren flüchten mussten und jenseits des Sargassomeeres in dieses Land gelangten aus goldenem Sand, auf dem sie die Sieben Städte der Weisen erbauten.

Dieses Antillia nun ist eine Insul wahrer portugiesischer Glückseligkeit; sie liegt am Ende einer Welt, deren christliche Mitte Jerusalem bildet, und von ihren Ufern aus ist es – weil über die Gestalt der Erde noch nicht endgültig entschieden wurde – zum Paradies gleicherweise am weitesten und am nächsten; ist sie gerade rund und der Tag windstill, hört man von ihren Ufern manchmal den Fluß rauschen, der durch den Garten Eden fließt.

Auf den Karten des Mittelalters findet sich jedoch meist noch eine dritte Insul mit der Silhouette eines Neumondes, dessen Sichel in den ältesten Portulanen auf den Wassern treibt, bevor sie im Laufe weniger Jahrzehnte immer mehr zunimmt, bis ihr von der Geographie der Sehnsucht schließlich die vollendete Gestalt zuteil wird: der Kreis. Genannt wird sie *Hy Brazil*, nach dem Altirischen *aoi*, Insul, und *breas*, glücklich und schön; und von ihrem Ring werden sieben Inselchen umschlossen, ein mit dem Zirkel gezogenes Eiland, durch das ein Kanal läuft, ein Kreis ohne Anfang und Ende.

Im Jahre des Herren 1480 wurde der fähigste Seemann in ganz England ausgeschickt, sie zu finden; er segelte neun Monate über die Meere, bevor er die Suche aufgrund fürchterlichster Stürme aufgeben mußte. Kolumbus wußte ebenfalls davon, aber er kam, wohin er kam, ohne jedoch dieses Eiland zu finden. Gesichtet wurde sie erst wieder im Jahre des Herrn 1636; als man jedoch vor ihr zu ankern versuchte, verschwand das Eiland wieder im Nebel.

Nur einmal alle sieben Jahre, so heißt es, lichtet sich dieser und gibt den Blick frei auf jene verzauberte Insul, die ganz auf Säulen im Meer steht, ihr Untergrund voller Höhlen, ein Land mit grünen Schafwiesen und Licht wie Honig. Kommt man ihr jedoch zu nahe, verschwindet sie wieder unter Wellen, denn dem Meer, das sich selbst offenbart, ist die *terra repromissionis sanctorum*, eine Insul des Lebens, das Land, wo alle Bäume immerwährend

Früchte tragen. Von ihr aus, so heißt es, kann man denn auch bis zum Gipfel der Welt schauen.

Zum vorerst letzten Mal wurde mein Hy Brazil im Sommer 1872 gesichtet und auf der Karte der britischen Admiralität eingetragen. Es war ein klarer Abend, die Sonne ging silbern unter, als man weit draußen auf See, diesseits des Horizonts, ihrer gewahr wurde. Zwei Hügel waren zu erkennen, und da es an diesem Tag sehr heiß gewesen war, ließ die immer noch flirrende Luft darüber weit jenseits des Gesichtskreises liegende Landstriche als hohe Berge erscheinen, Kaps und Förden, flickernd und flimmernd vor einem leeren Himmel.

Weltenbeschreiber waren die Kartographen einmal, denn eine Karte zu zeichnen, darin ist ebensoviel Wissenschaft wie Kunst. In ihr verbinden sich Bild und Text zu einer darstellenden Geometrie von Skalen, Orientierungsrichtungen, Perspektivpunkten, Gitternetzen, Rastern, Zeichen, Linien, Farben und Buchstaben; nein, es sind nicht nur auf Papier gebannte Konturen von Kontinenten, Ozeanen und Meeren, Strömen, Flüssen und Ländergrenzen, sondern auch Kartuschen und Signaturen, Embleme und Wappen, Kompaßrosen und Winde, Schiffe und Seeungeheuer, Figuren aus der Bibel, Kannibalen und nackte Eingeborene, Sphingen, Sirenen und all die Wunder dieser Welt, in denen das Unsichtbare anschaulich wird. Um wieviel mehr noch muß dies aber für eine Briefmarke gelten, dem Inselrund eines Motivs im Geviert ihres gezähnten Rahmens, die Quadratur des Kreises, die einem das, was ewig unerreichbar bleiben wird, vor Augen führt.

MAPPA MUNDI. All die Küsten und Landstriche. Zwei Jahre, nachdem Martin Behaim in Lissabon seinen *Erdapfel* zusammengeleimt hatte und Amerika entdeckt worden war, ohne daß es auf diesem ersten Globus aufschien, erhielt die Erde erstmals auch einen Meridian. Nichts als eine Linie, die von Nord nach Süd gezogen wurde, ein Äquator von Pol zu Pol, eine 370 Seemeilen jenseits der Kapverden verlaufende Grenze, teilte sie nunmehr die Welt entzwei; die eine, die abendländische Halbkugel sprach der Papst Spanien zu, die morgenländische Portugal.

In dieser Hälfte der Erde nun, weit draußen im Ozean, lag die Insul Pentoxere, das Reich des Prester Johann, Herr der Herrscher, Gebieter über 72 Menschenkönige sowie über die Pygmäen, Hundefüßler und Ohrenläufer. Sein Palast, hieß es, wäre unvorstellbar prunkvoll, die Flüsse würfen ungeheure Mengen Gold und Edelstein ans Ufer, und jeder Acker wäre von ungeahnter Fruchtbarkeit, ›dasz alle Tage, so die Sonne uff geet, junge kleyne Apfelbaumleyn aus der Erde stossen und mit der Sonnen Uffgang immer wieder neuwe wachsen‹. In diesem von Heiden umgebenen Reich währte ein wunschlos-ewiger Frieden, gab es kein Eigentum, daher auch keine Armut und vor allem gleiches Recht für alle. Eine urchristliche Kommune war es, in der die Menschen frei von jeder Furcht lebten und wo selbst der Prester in seiner Heiligkeit Genüge daran fand, einfacher Priester zu bleiben – und das, obwohl es hieß, er sei im Besitz des gesuchtesten aller Sammlerstücke, der Bundeslade.

Im Abendland aber, wo nichts anderes zählte als Krieg, Parteiung, Zwietracht, Neid, Totschlag und Gewalttat, wünschte man sich diesen ›teuersten Sohn in Christo‹ als Verbündeten, um mit seiner Hilfe die Muselmanen aus Afrika zu vertreiben, nachdem Konstantinopel gefallen war; – die Türken die Handelsrouten am Persischen Golf blockierten; – die Araber und Ägypter am Roten Meer deshalb den einzig übriggebliebenen Weg nach Indien kontrollierten; – und einzig und allein die Venezianer reich davon wurden.

Doch um in dieses Nirgendwo gelangen zu können, das man irgendwo zwischen Indien und den Molukken glaubte, hätte man zuerst einmal Afrika umsegeln müssen. Dieses aber hörte damals noch am Kap Bojador auf, mit Klippen von Sand, die, vom Wind abgebrochen, mit donnerndem Rauschen in den Atlantik stürzten, die Tiefen sich beständig verändernd, voller starker und wechselnder Strömungen, Sandbänke, Felsen, die bis knapp unter die Oberfläche reichten, und einem Riff, das sich meilenweit hinaus ins Meer zog. Der Küste entlang füllte der Wind zwar noch die Segel, doch auf der Höhe des Kaps sprang er nach Südwesten um und nahm an Wucht zu, daß die Schiffe wieder abdrehten vor diesem Meer, wo die Seeungeheuer lauerten, Magnetberge aufragten, welche die eisernen Beschläge aus dem Rumpf zogen, und das Pech unter der Sonne schmolz und schwarz aus den Schiffsfugen quoll.

Es war Anno Domini 1434, als Gil Eanes auf seiner zweiten Fahrt neuerlich auf die Landzunge Bojadors – des ›Kaps der Furcht‹ – zuhielt und das Wasser unter seinem Kiel milchig weiß zu brodeln begann, daß sich die Männer bekreuzigten. Aber Eanes ließ ein leeres Weinfaß von der Reling hinabwerfen und randvoll wieder hochziehen. Er hielt seine Hand hinein und hieß die Mannschaft dasselbe zu tun; nein, das Wasser kochte nicht, es war nur Gischt, die vom Ufer zurückgeworfen wurde. Je näher sie der Brandung kamen, desto mehr behinderten Nebel und der von den Dünen wehende Sand die Sicht. Das Senkblei zeigte weniger als drei Faden Grund. Eanes ließ den Kurs ändern und segelte bis lange nach Sonnenuntergang hinaus in das ›Meer der Finsternis‹, einen Tag und eine Nacht, bis er bei Morgengrauen erneut vom Kurs abfiel, die Schoten fierte und, dicht am Wind gebraßt, weitersegelte, auf die Sklavenküste im Südosten zu, von der er mit ebenso reicher Beute zurückkehrte, wie andere nach ihm von der Pfefferküste, der Elfenbeinküste und der Goldküste.

Es wurde Anno Domini 1487, als Bartolomëu Dias in See stach, ebenfalls auf der Suche nach Prester Johann; er hatte sechs Negerinnen an Bord, um bei jedem Landgang Erkundigungen nach seinem Reich einholen zu können. Und dabei lernte Dias sie auswendig, die Windrose des Himmels, den Nord des Tramontana, den Greco des Nordost, den Levante, Scirocco und den Ostro des Süd, den Libecco, Ponente und Maestro, nur um zum Ende Afrikas segeln zu können. Nach Wochen widrigster Winde geriet er in einen Süden eisigster Stürme; allein an den Gestirnen war festzustellen, daß er die Spitze Afrikas umrundet haben mußte. Ohne diese auch nur von Ferne gesehen zu haben, nannte er sie ›Kap der Stürme‹ und glaubte an kein Indien mehr, denn der dichte Nebel schien ihm anzukündigen, daß der Ozean jenseits davon von Land umschlossen sei und jeder Zugang zu ihm durch die vorherrschenden Strömungen unschiffbar.

Der portugiesische König aber blieb stur, er vertraute lieber seinen Kartographen als Dias' Bericht und taufte das entdeckte Vorgebirge um in ›Kap der Guten Hoffnung‹. Dieser aber schenkte man zunehmend weniger Glauben, sie war längst zu einem höfischen Lippenbekenntnis geworden, denn man war ja immer noch ohne Nachricht von Prester Johanns Pentoxere.

Und so mußte es Anno Domini 1497 werden, bis man unter einem neuen portugiesischen König die nächste Expedition ausschickte. Wie wenig Gute Hoffung geblieben war, zeigt, daß Dom Manuel das Kommando Vasco da Gama übertrug, einem Mann von geringem Adel und noch geringerer See-Erfahrung. Einmal die Segel gesetzt, stellte er seine Unkenntnis denn auch ein um das andere Mal unter Beweis. Obwohl er weit hinaus in den Atlantik navigieren wollte, um kraft der Winde in den tiefen Süden zu gelangen, hielt er nach den Kapverden viel zu früh wieder gen Osten und gelangte statt zum Kap bloß nach Westafrika. Daraufhin richtete er seinen Bug ein zweites Mal gen Sonnenuntergang, sah aber nur mitten im Ozean einen Schwarm Sturmschwalben fliegen, in Richtung jener Insul, auf die unsere Geschichte jedoch noch warten muß.

Achtzig Tage war man bereits auf hoher See, da brach zum ersten Mal eine Krankheit aus, die man bald die Pest des

Meeres nannte; sie ließ den Gaumen anschwellen bis über die Zähne und entzündete die Gliedmaßen, die Sehnen verkrampft und schwarz wie Kohle, daß da Gama Order gab, Mund und Wunden mit dem eigenen Urin auszuwaschen, was das Sterben an Bord noch beschleunigte; erst beim endlich erfolgten Landfall am Kap verschwand diese Seuche, ebenso unerklärlich, wie sie gekommen war.

In Kalikut endlich verärgerte er den Zamorin mit seiner Arroganz und den erbärmlichen Geschenken, die er vor ihm ausbreitete, gestreiftes Baumwolltuch, Zucker und Olivenöl, Waschschüsseln, Hausschuhe und Hüte, Glasperlen, Glöckchen und Armreifen aus Zinn, bei deren Anblick die indischen Höflinge in spöttisches Gelächter ausbrachen. Der ärmste Händler aus Mekka oder dem hintersten Indien lege reichere Gaben vor; wenn da Gama die Gunst des Königs gewinnen wolle, dann allein durch Gold. Es glückte ihm schließlich dennoch, den seit langem erstrebten portugiesisch-indischen Handelsvertrag abzuschließen, der allerdings nur für die indische Seite von Vorteil war. Für die Heimfahrt schlug er erneut allen guten Rat in den Wind und machte sich zur schlimmsten Jahreszeit auf, drei Monate gegen den Monsun zurück nach Afrika kreuzend, wobei er die halbe Mannschaft verlor. Immerhin jedoch kehrten seine Schiffe beladen mit allem zurück, was es an Begehrenswertem gab: Pfeffer aus Korunkel, Zimt aus Zallon, Nelken und Muskat aus Meluza, Moschus aus Pego, Ingwer, Kassiasetzlinge, Weihrauch, Kurkuma, Tamarinden und Zitwer aus Kalikut, Perlen aus Armuzo, Spikenarden und Myrobalanpflaumen aus Kombaia, Myrrhe aus Farticho, Aloeholz, Rhabarber, Kampfer und Galgant aus Chini, Kardamom aus Kananore, Benzoenharz aus Zana, Stocklack aus Samatore, Opium aus Aden und Brasilholz aus Tanazaar.

ANNO DOMINI 1500 war ein Jahr, in dem die Kirche den nach Rom pilgernden Gläubigen großzügig Ablaß gewährte, weil sich für die Zeit nach diesem Wendepunkt nämlich fürchterliches Unheil angekündigt hatte, durch drometenrot auflodernde Polarlichter, Kreuzregen, ominöse Sturmvögel und Mißgeburten allerorts wie etwa eine achtbeinige Sau am Landsitz der da Cunhas im Norden Portugals. Verstörender noch wirkte für die Herren dort der Bericht von einem in teutschen Landen mit großem Donner eingeschlagenen Meteor, der die Form des Cunhaschen Wappenzeichens aufwies – einen Keil – und eine beinah bis zum Mittelpunkt der Erde reichende Kluft gerissen hatte.

Auch beunruhigte der Lauf der Sterne. Bereits 1492 war eine unheilvolle Konjunktion beobachtet worden, in der Jupiter, der barmherzige Herrscher über friedliche Zeiten, von Saturn in der Gestalt eines alten Mannes mit Stelzbein und Sichel im Zeichen des Skorpions bedrängt wurde, was verhieß, daß ›erschröckliche Ding‹ drohten. Für Anno Domini 1504 wurde nun eine weitere ›wunterliche Zsammefugung‹ der obersten Planeten vorhergesagt, Saturn mit Krücke und Sense und der Krieger Mars mit Rute, die den nun unter dem Schwanz des Krebses eingeklemmten gutmütigen Jupiter feindselig gegenüberstehen; die Prophezeiungen prognostizierten Kriegswirren ›in Landen, die niemand nit wil nennen, große Leyden für die Menscheyt und das Erscheynen eines neien Propheten, der wirt ein Lehrer und ein Mehrer viel Übels und ein Welt-Verkehrer, und er wirt sich im frummen Scheyn zaygen, bis er sein Falscheit recht thut aygen‹. Sodann würde die Sonne finster werden wie ein schwarzer Sack, der Mond wie Blut, würden die Sterne, von einem großen Wind aus ihren Sphären verweht, auf die Erde fallen, der Himmel entweichen und alle Berge und Inseln von ihrer Stätte bewegt.

Doch obwohl das Jahr 1500 kein Millennium markierte, sondern bloß die Mitte einer Ära, über deren eschatologische Bedeutung weiterhin Zweifel bestanden, waren es vielleicht gerade diese Ungewißheiten hinsichtlich des Himmlischen Heils, daß es ein Jahr ohne große Kriege und Umbrüche blieb. Denn noch stand es um alles gut, war Savonarola auf dem Scheiterhaufen verbrannt, des Ketzers Asche in alle Winde verstreut und Gott den elenden Sündern und Angeklagten bis dato gnädig. Kurz, es war ein ereignisloses Jahr, bis auf den Umstand, daß man Ostern das Paradies entdeckte.

›Ach Herr, gib uns das neuw geziert Jerusalem, dasz vom Himmel herabsteiget, davon Apokalypsis schreybt; schütz den Heiligen Glauben, Oh Vater, und lenk auch das Schiff Petri mit sicherem Steuer durch diesz Meer von Trübsahl und Not‹ – und in dieses stach nun am 9. März des Jahres 1500, unter dem Oberbefehl Pedro Alvares Cabrals, die bis dahin größte Kolonialflotte des Abendlandes.

Die kleinste, allerdings schnellste Karavelle wurde von Nuno Leitão da Cunha kommandiert, dem jüngsten Sproß dieser Familie, die den Lauf der Weltgeschichte verändern sollte; dessen Bruder Pero Vaaz da Cunha hatte jene *mappa mundi* zur Verfügung gestellt, mit der in Tordesillas über die Demarkationslinie verhandelt worden war, eine Karte, auf der sich alle hier von uns bereits aufgezählten Insuln verzeichnet finden. Für die nach den Kapverden anzupeilende Route vertraute man auf da Gamas Bericht und ließ sich von der Strömung und den nordwestlichen Handelswinden in die Stille des Äquators versetzen, wo die Schiffe dann aber tage-, wochenlang mit der Dünung drifteten. Um das Fortkommen zu messen, warf man ein Stück Holz vom Bug und zählte die Zeit, bis es am Heck war; dabei sagte man immer wieder denselben Satz vor sich hin, einen Satz, aus dem eine ganze Predigt wurde. Und auch jenseits der Linie blieben die Winde lau und unstet, richtete sich der Kurs weiter nach dem Bugspriet, im Vertrauen darauf, auf einen Südost zu stoßen, der die Schiffe zum Kap der Guten Hoffnung brächte.

Meister Joham, einem konvertierten Juden, der als Leibarzt, Chirurg und Astrologe des jungen Königs Dom Manuel zum Astronomen der Flottille ernannt worden war, oblag es, den südlichen Sternhimmel zu erfassen. Er besaß ein Astrolabium und nautische Tabellen, eine eigene, mit Alkohol gefüllte Bussole, auf der der Osten mit einem Kreuz bezeichnet war, und die neue *balestilha,* den Jakobsstab, mit dem sich eigentlich die Position der Sterne hätte einfach berechnen lassen müssen.

Es war nicht viel, was er zu tun vermochte, seines schlimmen Beines wegen, auf dem ein bloßer Kratzer derart zu eitern begonnen hatte, daß daraus eine Wunde wurde, groß wie ein Herz; aber auch, weil das Schiff so klein und schwer beladen war, daß für nichts Raum blieb, wie auch bei mir in meiner Kammer hier, in der sich die Belege einer anderen Welt stapeln, so daß ich mit dem Ellbogen erst alles auf dem Tisch beiseite schieben muß, um Platz zum Schreiben zu haben. Nur allzugerne würde ich auch anmerken können, daß es das Kratzen einer Feder ist, das meine Wunde immer wieder aufs neue aufreißt und sie am Vernarben hindert, doch der Bleistift, mit dem ich diese Sätze hier zu Papier bringe, gleitet geräuschlos über meine Bögen.

Wo sich die Sterne damals befanden, auf welchen Bahnen, weiß ich nicht zu sagen; es erscheint mir unmöglich, Gestirnshöhen auf offener See zu schießen, denn wie sehr man sich mühen und wie wenig das Schiff auch rollen mag, man irrt sich doch stets um vier bis fünf Grad. Mit den sogenannten indischen Tafeln, die Meister Joham um teures Geld von einem auf solche Dinge spezialisierten Händler erstanden habe, geht es auch nicht viel besser; man spannt die geknotete Schnur mit den Zähnen und hält das Holz in Augenhöhe zum nächstbesten Stern, aber selbst dann ist es um die Genauigkeit nicht weit bestellt. Um aber auf das Kreuz des Südens zurückzukommen, so stehen die beiden Weisersterne nun zwar über dem Horizont, doch ohne daß es sich an ihnen ermessen ließe, wo der antarktische Pol zu liegen kommt. Alle sind sie so hell wie die unseres Großen Wagens, schreibt er und fügt seinem Bericht eine Zeichnung bei; sie folgt der Längsachse des Kreuzes zu Centaurus α, von dort zum Triangulum und über den Paradiesvogel zum mutmaßlichen Pol.

Und da ist in der Nähe des Mastes eine Bussole und eine zweite auf dem Deck des Hecks, neben dem bis zur Hundewache die Laterne brennt. Der Matrose darf die Kompaßrose nie aus den Augen lassen, er singt ein Lied, in dem es heißt, alles wird gut, und gibt dem Rudergänger seine Anweisungen. In den langen wolkenlosen Nächten der Äquatorflauten steht das Kreuz des Südens über uns; und wenn der Mond aufsteigt und es wieder auslöscht, dann glimmt statt dessen das auf die Segel genähte Banner des Ordens Christi fahl über unseren Häuptern, ein rotes Kreuz auf weißem Grund, auf jedem einzelnen der zwölf Schiffe, die wie die zwölf Apostel an der Tafel des Meeres sitzen. Bis zum Tag der

Feier von Christi Kreuz sollte es nicht mehr allzulang dauern: Oh Gott, in der Auffindung dieses Kruzifixes hat sich das Wunder Seines Leidens offenbart.

Es war denn auch am Osterdienstag, dem 21. April 1500, daß in den Wellen treibender Tang uns Land ankündigte. Am Mittwoch zeigten sich die ersten Vögel; Gott hatte uns nicht ohne Grund hierher geführt. So sichteten wir am selben Tag noch, zur Stunde der Vesper, in Flammen stehende Wälder, dahinter niedrige Gebirgsrücken und einen großen, eisern glänzenden Berg, den wir, ohne auch nur einen Fuß auf dieses Land gesetzt zu haben, *Monte Pascoal* nannten. Wir hielten bis auf eine halbe Meile vor dem Festland auf das Ufer zu und warfen gegenüber der Mündung eines breiten Stromes Anker. Wie weit das Auge reichte, rundete die Küste sich zum Gestade einer Insel; und das Prasseln der brennenden Bäume und das Krächzen der Papageien, die in aufschwärmenden Scharen die Sonne verdunkelten, drang zu uns an Bord.

Es war die Schwelle zu einer anderen Welt, dessen war sich der junge Nuno Leitão da Cunha gewiß; und diese wollte überschritten sein, durch bläuliche Schwaden von Feuer, dem Passionsspiel der Natur. Alle Zeichen offenbarten, daß sich hinter all dem Rauch das Irdische Paradies befand und ein Fluß, größer und tiefer als alle bekannten, zu ihm führen würde. Der Osterberg markierte den Zugang zu seinen Gefilden, er richtete sich an diesem Ostermittwoch zu einer steinernen Brust auf, aus der Milch und Honig flossen; es war ein Land, das die Menschen dort *parasil* nannten, Menschen, die braun waren und nackt. Cabral jedoch taufte dieses verheißene Land *Ilha da Vera Cruz*, die Insel des Wahren Kreuzes.

Darauf stach unsere Flottille mit leichtem Wind wieder in See. Am 12. Mai tauchte ein Komet am Nachthimmel auf, der zehn Tage lang zu sehen blieb, was der Besatzung als schlechtes Omen galt. Am 24. Mai brach ein Sturm an und trieb unsere Karavellen auseinander. Acht schafften es mit zerfetzten Segeln zum Kap der Guten Hoffnung, vier Schiffe jedoch, darunter auch jenes, das von Bartolomëu Dias kommandiert wurde, sanken unweit unserer Insul, die weiterhin auf ihren Namen warten muß.

NEIN, DIE KARTOGRAPHEN *hatten von ihr noch keine Kunde erhalten. Was allerdings die Insel des Wahren Kreuzes betrifft, erfuhren sie bald mehr durch einige ihnen vorgelegte Berichte, denen zufolge ein spanisches Schiff auf dem Amazonas und ein portugiesisches auf dem Rio de la Plata in das Innere dieser unermeßlichen Insel eingedrungen waren und diese sich schließlich auf einem großen, golden im Abendlicht spiegelnden See getroffen hatten: El Lago Dorado. Und vom Meer bis zu diesem See erstreckte sich das Glutrot tiefer Wälder von Brasilholz,* pau brasil.

Dergestalt wurden sie gewiß, daß in diesem Jahr 1500 jene Insel entdeckt worden war, die im Mediceischen Atlas von 1351 als Insula de brazi, *auf einer Karte von Soleri 1385 als* Insule de brazir *und auf der Karte von Pizigano 1367 gleich dreimal als eine Art Treibinsel dieses Namens im Atlantik verzeichnet worden war. Denn mittlerweilse war es offenkundig, daß dieses Brazil bloß eine Verballhornung des portugiesischen* braza *war, womit die karmesinroten Rinden bezeichnet wurden, die man zum Färben verwendete wie Jalap; aber auch jene karneolfarbenen Flechten an den Bäumen eines Brasil genannten Berges auf Terceira in den Azoren; überdies jedoch noch die* grana de brasill *genannten Scharlachbeeren, die wie Weihrauch gehandelt wurden: Körner, Borken und Holz also aus allen Teilen der Welt, so rot wie das Blut auf dem Kreuz unseres Erlösers.*

Meine Insul Hy Brazil. Dieses mein Brasil, eine Marke portugiesischer Provenienz, die zum 450jährigen Jubiläum aufgelegt wurde und die nun auf einem quadrillierten Blatt, präzise auf dem vorgezeichneten Gittermuster zentriert, den folgenden Seiten als Motto voransteht. Der Rand ist leicht bräunlich, von zwei weißen Streifen unterbrochen, wo die Pinzette sie gegriffen hat; man glaubte damals nämlich noch, dank der Glut dieses Holzes alles Geschriebene von jeder ihm anhaftenden Seuche reinigen zu können, indem man die dem Umschlag entnommenen Briefe über sein Feuer hielt. Auf der Vignette selbst sind die zwei Hälften einer kreisförmigen Scheibe zu sehen, ein Fluß mitten hindurch und um die Insel, blau koloriert, das Meer.

IMAGO TEMPORIS. *Das folgende Markenpaar, obwohl postfrisch, auf originalem Papier gedruckt und das Motiv echt, ist eine Fälschung. Das allein wäre nichts Ungewöhnliches, es stammt immerhin aus der Zeit der portugiesischen Diktatur, als man alle paar Monate bereits gestanzte Bögen der galoppierenden Inflation wegen mit dem Überdruck einer neuen Denomination versah. Was diese Stücke jedoch erst zu einer Fälschung werden ließ, ist die Tatsache, daß einige Bögen, wahrscheinlich von einem der Angestellten der staatlichen Druckerei, entwendet worden sein müssen und illegal überdruckt. Im Vergleich mit einem Original zeigt sich nämlich unter der Lupe, daß die Serifen nur schwach ausgeprägt sind, besonders bei den Lettern T und C des quer übers Motiv laufenden Namens, und die Tilde über dem O fehlt. Macht dies die Marken, auch angesichts des Umstandes, daß sie eines der zentralen Objekte meiner Sammlung sind, deshalb weniger wertvoll?*

Nein. Und das, obwohl die Frage der Echtheit eine der beständigsten Perversionen unserer Zeit geworden ist; man postuliert sie zwar unablässig als Tugend, zugleich aber frönt man wie einem Laster, indem man sie abgöttischer als einen Fetisch verehrt. Authentizität stellt sich als Wasserzeichen von Geschichte und Kultur dar, als Garantie gesellschaftlicher Legitimität und persönlicher Integrität, der Index all unserer Wahrheiten, mit dem sich alles in Gold und Geld verwandeln läßt, weil sie ohnehin längst nichts anderes mehr sind als Kapitalanlagen. Gerade dieser Kult um Echtheit in seinen fast nie angezweifelten Prinzipien von Angebot und Nachfrage aber befördert Fabrikationen jeder Art. Die Auslagen der Geschäfte sind denn auch voller Imitate, der Handel mit gefälschten Kreditkarten in vollem Schwung, das Kino schreibt die Geschichte zum Artefakt um, Dokumentarfilme werden mit Schauspielern gedreht, Museen durch Themenparks ersetzt und die Kunsthandlungen leben von Kopien, während Faux Art zugleich höchste Preise erzielt;

dann aber wieder berichtet ein Schweizer Kunsthändler erschüttert von seinem Schiele, den er inbrünstig bis zu dem Augenblick liebte, wo sich Zweifel an seiner Echtheit ergaben, was ihm nun bei dessen Anblick urplötzlich körperliche Übelkeit verursachte – all dies in toto abhängig von Warenzeichen, Stempeln und Handelsmarken: einer Signatur. Dabei sind alle diese Artefakte, deren Echtheit zu Recht oder Unrecht reklamiert wird, ohnedies nichts als glatte Oberflächen, Vorspiegelungen, wie sie Literatur und Kunst immer schon fabrizierten, ein bloßer Schein von Leben; substanzlos. In der Vergangenheit waren es die Toten, die der Transsubstantiation der Dinge Wahrheit verliehen: Knöchel als heilige Reliquien, mumifizierte Schädel, der Schweiß von Gehängten, Leichenfett, die zu Theriak zerstampften Mumien selbst. Doch ob Signatur oder Relikt; es ist der Name, der Echtheit verheißt, indem er eine individuelle Gegenwart herbeizuzitieren vermag.

Auf Briefmarken allerdings trifft dies, Gott sei Dank, bloß am Rande zu: Sie sind Massenware, keine Kunst, und gewinnen einzig und allein durch die Tätigkeit des Sammelns Wert. Oft genug auch erzielt eine Fälschung höhere Preise als ein Original: denn Marken sind nichts als Kontrafakturen der Welt. Ihr Reiz liegt vor allem darin, daß sie von vornherein als Zitate der Geschichte gedacht und ausgewiesen sind, Embleme von Staaten und Reichen und deren Geschichte, die sich nicht fälschen läßt, denn selbst eine Fälschung wäre nichts anderes als ein zur Memorabilie gewordener Teil der Geschichte – wie es bei diesen beiden Spezimina der Fall ist, die zu einer Serie von Exemplaren gehören, die Portugals große Entdecker feiern.

D'ALBUQUERQUE

FEINDE ÜBERALL, Heiden, Gott lästernde Mauren, Mafomas Legionen, die sich an allen Ufern und Grenzen des christlichen Reiches erhoben – da Cunha, der Jüngere, hatte im Lauf von Cabrals Reise nach Indien mehr Muselmanen gesehen, als Europa an der gesamten nordafrikanischen Küste in Waffen gegenüberstanden. Von einem Prester Johann und seinem Heer aber war nirgendwo eine Spur zu finden; und die paar Karavellen, mit denen da Gama die Handelsposten um Kalikut sichern zu können geglaubt hatte, genügten nicht: Was nützen fünf Schiffe Petris gegen das Heer des Teufels? Die Dinge lagen nicht einfach.

Anno Domini 1503 dann aber kam der Große d'Albuquerque, des portugiesischen Königs General, und trieb die Kolonisation dieses heidnischen Kontinents unbarmherzig voran. Er kanonierte, nahm Geiseln und Gefangene, doch jedes Tausend Soldaten war im gleichen Maße wenig für Indien, wie es viel war für Portugal. Dom Manuel, der portugiesische König aber war jung; er kümmerte sich nicht um solche Mann gegen Mann abwägenden Berechnung, vielmehr stellte er eine kleine Armee für Indien auf, um dort einen Gouverneur seines Vertrauens einzusetzen.

Und so tritt er nun aus diesem Heer Gottes ins Rampenlicht der Geschichte: Tristão da Cunha, der Ältere – allerdings bloß um gleich wieder hinter dem Vorhang zu verschwinden, die Hände vor Schmerz auf die Augäpfel gepreßt. Denn als schließlich des Königs Flottille Anno Domini 1505 bereit war, ans andere Ende der Erde zu segeln, da überkamen unseren Helden unerklärliche Schwindelgefühle. Die Chronik weiß zu berichten, daß ihn eine Krankheit erfaßte, die dazu führte, daß er erblindete; an seiner statt wurde deshalb ein anderer geschickt.

Wie sich nun aber unseren Tristan vorstellen? Den Schwindelanfall als Symptom der Angst vor dem Unbekannten verstehen, bei einem Mann von 45 Jahren? Als Zurückschrecken vor einer Prüfung Gottes, eine Prüfung, die seine beiden weltumsegelnden Söhne bereits vor dem HErrn bestanden hatten, ihn selbst aber jetzt zu richten drohte? Oder lag dem eine verschleppte Ansteckung durch die faulige Luft zu Grunde, die auch die Winterstürme nie für lange vertrieben? Der Einfluß jener unheilvollen Konjuktion der Planeten im Zeichen des Skorpions und seines venerischen Giftes, das sich bis in seine Augäpfel fraß? Eine interstitiale Keratitis als Begleiterscheinung dieser irrlichternden Krankheit, die auch für einen der Stammväter meiner Familie belegt ist? Oder lag es einfach nur an der jungen Gattin des Großen d'Albuquerque, der Hofdame Mara Catarina, welcher unser Tristan in allerlei anderen Dingen Privatunterricht erteilt hatte als dem jungen Infanten?

Meister Joham schrieb da Cunhas plötzliche Krankheit dem Leben am Hofe allgemein zu, auch seinem Hang zur Fettleibigkeit, einem übermäßigen Genuß von Wein, dem Zuviel an Blut, indem er die wahrscheinlichste Ursache sah, wie er diesem nach einer eilfertigen Konsultation bei ihm in einem der Seitenzimmer des königlichen Traktes mitteilte? Da Cunha selbst jedoch wollte lieber der Allegorie des Familienwappens Glauben schenken, auf dem neun Keile (die Bedeutung seines Namens) über seinem Kopf hingen wie ebenso viele Damoklesschwerter, neun Pfeilspitzen, die einen aus der Asche emporsteigenden Vogel Phoenix von überall her bedrängten, neun Leben, die ihn eher, wie er sich insgeheim sagte, zu einem kastrierten Kater hatten werden lassen, und dem er, zurück von der Audienz, an der Treppe einen Tritt gab. Die Genesung jedenfalls war rasch und ein Mirakel; ein Jahr später war er zur Abreise gerüstet.

Des Königs Geschwader wurde mit der Order zusammengestellt, am Golf von Aden Blockade zu laufen, um die Handelsroute der Heiden durch das Rote Meer abzuriegeln, eine Order, die Scharmützel zur Folge haben mußte, für die Geld und Glaubensbekenntnis ein und dasselbe waren.

Eines führte zum anderen, und der Krieg weitete sich aus; – die Muslime Äygptens bezahlten venezianische Ingenieure, um sich eine neue Flottille am Roten Meer bauen zu lassen; – die Ordensritter auf Rhodos verhängten ein Embargo auf alle dafür bestimmten Hölzer; – die Russen stellten daraufhin den Ägyptern vierzig Galeeren zur Verfügung; – doch dies alles nur, damit ihre unchristliche Besatzung dann von unserem gottgefälligen da Cunha vernichtet werden konnte. Allerdings erst, nachdem er das Kap der Guten Hoffnung umrundet hatte, das für ihn immer noch Kap der Stürme hieß. Dafür hatte man ihm inzwischen den Großen d'Albuquerque, trotz diplomatisch geäußerten Überdrusses, zur Seite gestellt, nein: voran. Denn dieser wußte, was da Cunha verschwiegen wurde – daß nämliche der junge König klerikalem Druck nachgegeben hatte und ihn, den Großen d'Albuquerque, nicht den Bonvivant da Cunha, auf geheimen Befehl zum Vizekönig in Indien ernennen würde.

Afonso d'Albuquerques dem portugiesischen König unterbreitete Strategie war es nun, die vom persischen Golf ausgehenden Überlandwege zum Mittelmeer zu besetzen, welche die Araber kontrollierten. Und nicht nur das. Hätte es in der Macht des Großen d'Albuquerque gestanden, würde der Edelmut seines Herzens noch andere Großtaten vollbracht haben, wenn man ihn gelassen hätte, etwa dem Nil einen Kanal zu graben, um ihn ins Rote Meer abzuleiten und somit ganz Ägypten unfruchtbar werden zu lassen; oder die Knochen des widerwärtigen Mafoma aus Mekka zu holen und sie öffentlich zu Asche zu verbrennen, um die Götzendiener dieser abscheulichen Sekte irrezumachen.

Ja, die Dinge lagen nicht einfach, der Pläne hatte er viele, und es ist nicht zu bestreiten, daß der Große d'Albuquerque schließlich ganz Indien und den umliegenden Ozean eroberte und dadurch, wie man so sagt, zum portugiesischen Weltreich den Grundstein legte – der in diesem Fall eine Schatulle von rot eingelegtem Holz war, verschlossen darin der Geheimbrief mit d'Albuquerques Ernennung zum Vizekönig. Was wäre auch die Macht des Schwertes ohne die Offenbarung des Wortes? Seiner die Welt umspannenden Botschaft? Vergessen wir nicht das Wichtigste, nämlich daß dieses unser Jahr 1506 das ebenselbe Jahr ist, in dem Franz von Taxis, Postmeister des Heiligen Römischen Reiches, den ersten internationalen Postdienst eingerichtet hat.

Noch aber liegt das Geschwader in Belem, es ist März und die Tage sind verhangen. Da Cunha zeigt sich besser als sein Ruf; er ist Tag und Nacht an Bord, überwacht jeden Handgriff, prüft, ob die Gangspille standhalten, daß der Rumpf gründlich kalfatert wird, die Bleistreifen ordentlich über die Nähte unter der Wasserlinie genagelt werden, um das Werg zu halten, sieht darauf, daß das Pech erst dann auf die kielgeholten Rümpfe aufgetragen wird, wenn sie vorher mindestens vier Stunden in der Sonne austrocknen konnten.

Vom Hydrographischen Repositorium in der *Armazem da Guine e Indias* sind inzwischen die Seekarten eingetroffen; sie zeigen jedoch gemäß der jüngst erlassenen königlichen Satzung südlich des Kongo nur eine große weiße Fläche. Alle Reklamationen, selbst die seines persönlich abgesandten Adjutanten, richten nichts gegen die Beamtenschaft aus; die Welt jenseits Westafrikas muß noch weiß bleiben, und es wird sich erst später und zu spät herausstellen, daß einzig dem Großen d'Albuquerque auf königliche Weisung ein Exemplar ausgehändigt wurde, das mit Blei eingezeichnete Küstenlinien und Häfen zeigt, ein erster Entwurf zu einem Verzeichnis über unseren Planeten.

Derweil aber rumpeln Ochsenkarren zu den Schiffen, die zum Beladen längsseits liegen, und die Kisten und Fässer werden an ihren Schlingen von schweren Stängentaljen hochgehievt und unter Deck von den halbnackten, schwitzenden Matrosen festgekeilt, daß keine Hand mehr dazwischen paßt. In die Schiffsbäuche verstaut werden Zwieback, gedörrtes und gepökeltes Fleisch, Sardinen, Reis, getrocknetes Gemüse und Obst, vor allem Feigen, Öl, Wein, Honig, Salz und Senf, und das, was die Alchemie des Äquators in die erwünschte Ladung verwandeln soll, Kupfer, Zinnober, Quecksilber, Bernstein, Korallen, Brillen und andere geschliffene Gläser, feines Wolltuch, Samt und Satin in den grellsten Farben, gemünztes und in Barren gegossenes Gold, Pulver und nicht zuletzt Kanonenkugeln aus Stein, und mit jeder Kiste, jedem Faß und jedem Ballen, die von viel zu wenig Männern getragen werden, gelangen auch Ratten an Bord. In Lissabon ist die Pest ausgebrochen, und der König hat da Cunha eine Flagge überbringen lassen, Satin mit einem geendelten Seidenrand, die Christi

Kreuz in der Mitte trägt, auf purpurnem Rot, auf daß sie ihn vor der Seuche bewahre; und sie hilft, zumindest ihm.

Am 5. April 1506 wird eine Pontifikalmesse vom Bischof zelebriert, der König händigt da Cunha schriftliche Instruktionen aus, auf den Schiffen ist jeder verfügbare Wimpel aufgezogen, und an der Mole stehen die Dudelsackbläser, Pfeifer, Trommler und Posaunisten: Was und Wer in Lissabon noch am Leben ist, hat seine besten Kleider an. Zu diesem Genrebild fehlt nichts als der Große d'Albuquerque höchstselbst. Der Grund für seine höchst auffällige Abwesenheit ist eine der vielen Launen des Schicksals – trotz all seiner Seekarten scheint es, als müßte der Große d'Albuquerque nun doch zurückbleiben, denn sein einziger, der Karten kundige Lotse ist zwei Tage zuvor nach Kastilien geflohen, weil er seine Frau umgebracht hat.

EIN HALBES JAHRTAUSEND SPÄTER *wird auf da Cunhas Rundschiff,* der Capitão Mor, *auf dem Hauptmast des Flaggschiffs immer noch die Fahne gehißt, und ebenso selbstverständlich prangt darauf Christi Kreuz.*

Die Seiten des Schiffes sind gelb bemalt, die Berkholze schwarz, die Galionsfigur und das Heckkastell mit Blattgold verkleidet, das Tauwerk frisch geteert. Die geschrubbten Masten glänzen vor Öl, und da ist das Focksegel unter dem erhöhten Bugspriet, die Rahtakelage am Fockmast, der Besanmast samt Lateinrah, wenn auch ohne Lateinsegel und Topp, die Andeutung eines Marspferds, Schotenschenkel, Schamfielungsmatte, Taukranz und Stoßkissen: Die Sprache der Seefahrt hat etwas Berückendes, nicht wahr, sie sagt mehr, als wir es in unserem Unvermögen vermöchten, unsereins kennt ja nur diese Namen, ohne zu wissen, was sie in Wirklichkeit bedeuten, eine Ahnung von Wörtern, die nicht bloß Wörter sind, weil sich mit ihnen des Meeres Wellen in die der Liebe übersetzen lassen, eine auf gehobeltem Holz, auf vom Gebrauch glattgeschliffenen Dingen, Tampen und Klampen beruhende Allegorie, die Vorstellungen erweckt in mir, genau umrissen in ihrem miniaturisierten Maßstab, der bedrohlichere Farben nicht zuläßt, ein Grau, Mauve oder Beige allenfalls. Es ist ein Stilleben, das die Vergänglichkeit allen Seins, jede Geschichtlichkeit leugnet und statt dessen die Illusion der Zeitlosigkeit wachruft, so daß man glaubt, nichts könne sich mehr verändern, der dargestellte Moment würde für immer so bewahrt, als sprächen die Dinge, noch bevor sie abgemalt werden, als flüsterten, murmelten sie vor sich hin.

Die Vignette auf dieser Fälschung ist zwar nicht genau zentriert, eine Ecke bis zum Schnörkel eingerissen und die perspektivische Darstellung eher schematisch, doch wie immer der Blickpunkt auf dieses leicht vergilbte Motiv fallen mag, er könnte ohnehin stets bloß ein Segment wiedergeben, voll flirrender Punkte; mehr ist nicht möglich. Es sei denn Blindheit.

DIE GUNST DES AUGENBLICKS, die hatte da Cunha erkannt und darum auch gleich jenseits der Sandbank, welche die Mündung des Tajo sperrt, Segel gesetzt. Seine Vorfreude jedoch wurde Opfer höherer Vorsehung. Denn kaum war das letzte Segel am Horizont unsichtbar geworden, entschied sich d'Albuquerque tags drauf, auch ohne Lotsen, einzig den Karten und Kenntnissen seines Kapitäns vetrauend, doch noch in See zu stechen – der eitlen Eile halber selbst mit einer Besatzung von im Hafen herumlungernden Männern, die da Cunha anzuheuern sich geweigert hatte, und einigen wenigen Fidalgos, die sich ihm in letzter Minute einzig deswegen anschlossen, weil noch ein paar Offiziersränge zu vergeben waren. Als seine leicht gebaute Karavelle das Geschwader eingeholt hatte, ersuchte d'Albuquerque da Cunha, ihn von der Unzahl seiner Lieutenants zu befreien und das Gesindel auf die anderen Schiffe zu verteilen; allein da Cunha wollte davon nichts wissen, obwohl in den nächsten Tagen und Wochen ein Mann nach dem anderen von der Pest niedergemäht wurde, bis Wind und See die Decks von ihrem Fluidum reingewaschen hatten.

Der Rangvorteil, den des Königs Kommodore über des Königs General besaß, wurde durch die auf Dauer nicht zu verbergende Tatsache zunichte, daß da Cunhas Rundschiff zwar ein seiner Stellung entsprechend komfortables Hinterkastell besaß, aber schon beim geringsten Seegang ins Schlingern geriet und nicht auf Kurs zu halten war, weder vor noch am Wind, meist also daneben. So mußte die Flottille mit gerefften Segeln jedes Etmal auf ihr Flaggschiff warten und geriet spät in die Jahreszeit; sie war dadurch gezwungen – kaum war das mittlerweile entmystifizierte Kap Bojador umschifft – der Küste entlang zu kreuzen, und das bis nach Guinea. Nachts hing am Heck ein Eisenkäfig, in dem Holz abgebrannt wurde, damit sich die Schiffe nicht aus den Augen verloren.

Der Große d'Albuquerque gewahrte, daß er seinem Ziele so ganz und gar nicht näher kam, und bat um Audienz beim Kommodore, sich die Erlaubnis einzuholen, mit vier Schiffen vorauszusegeln. Da dies aber für da Cunha bedeutet hätte, mit nur einem einzigen Begleitschiff zurückgelassen zu werden, pochte dieser auf seine uneingeschränkte Befehlsgewalt auf hoher See und verweigerte sich diesem Ansinnen.

Bei aller aufgewendeten seemännischen Geschicklichkeit der anderen Kapitäne, nun möglichst *langsam* zu segeln, dauerte es dennoch nicht lange, bis man da Cunha erneut mehrere Seemeilen hinter sich gelassen hatte. Einige Tage darauf unternahm d'Albuquerque einen neuerlichen Anlauf, diesmal mit der Bitte, dem Konvoi allein voraussegeln zu dürfen. Die in der Kajüte geführte Unterredung war kurz, da der General auf des Kommodores erneut abschlägige Antwort nicht länger an sich halten konnte und das Gespräch auf da Cunhas unziemliches Interesse an seiner hübschen, aber leider verantwortungslosen Gattin brachte. Nachdem das Beiboot wieder zur Karavelle ablegte, gab da Cunha Befehl, die Kanone zweimal hintereinander abzufeuern, zum Zeichen, daß der Kurs geändert wurde.

Dieser Kurswechsel führte die Flottille schließlich zum Äquator mit seinen umspringenden Winden und abwechselnden Flauten, welche die sechs Karavellen nun vollständig aus ihrer Formation lösten, den Roßbreiten. Ein ganzer Vogelschwarm war ihnen gefolgt und saß jetzt auf den aufgedunsenen Pferdekadavern, die in den Wellen dümpelten, Gäule jener Schiffe, denen das Wasser auszugehen drohte. Da traf es sich, daß das Rundschiff des Kommodore und die Karavelle des Generals nach einigen heftig herabstürzenden Böen und der darauffolgenden tagelangen Windstille auf gleicher Höhe zu liegen kamen und, wie magisch angezogen, in der Dünung aufeinander zudrifteten. Da Cunha befahl seine Leute trotz der drückenden Hitze unter Deck und marschierte von Steuerbord zu Backbord auf und ab; der Stachel saß ihm jetzt im Herz. Und dabei sinnierte er darüber nach, daß sich die beiden Schiffe, da sich zwischen ihnen die Wellen glätteten, während sie sich außen an den Rümpfen aufstauten, immer näher kamen, daß sich ihre Takelagen ineinander zu verheddern drohten.

Noch in derselben Nacht ließ da Cunha d'Albuquerque und die anderen Kapitäne zu sich rufen und eröffnete ihnen angesichts der anhaltenden Flaute, daß es nunmehr jedem freistünde, so schnell zu segeln, wie er es vermöchte. Der Große d'Albuquerque nahm die Frotzelei gelassen auf, revanchierte sich aber mit der Bemerkung, daß er im Besitz einer Karte sei, die da Cunhas Segelkunststücke unnötig machte und ihn hinterherzusegeln zwinge.

Das Zerwürfnis zwischen beiden war damit endgültig besiegelt, alle Höflichkeit zu Ende; als sie die Terra da Vera Cruz sichteten, von der man inzwischen alles Brasil abzuholzen begonnen hatte, sprachen sie nur noch das Notwendigste miteinander. Wind von Nordwest aber brachte erst ein anderntags anbrechender Sturm und zerstreute sie schließlich wie von selbst. Das Flaggschiff da Cunhas hielt in diesem hohen Seegang, so gut es konnte, raumen Kurses auf das Kap zu, hinein in dieses pergamentene Weiß von des Königs hydrographischen Karten. Und so gelangten sie so weit in südliche Gewässer, daß einige der Besatzung, ungenügend bekleidet, wie sie waren, an Frost starben und den anderen so klamm war, daß sie die Winsch für die Segel kaum mehr bedienen konnten.

Irgendwann im Morgengrauen eines Juli kam unerwartet Land in Sicht. Die Sonne war ein immer gelber werdender Fleck im Auge des Himmels, der, je weiter sie im Glaukoma einer kalten Dämmerung aufging, die Schatten des Horizonts durchbrach, gleich wie man damals mit einem Stichel einen Star stach. Dem Lotsen, der auf seiner Kartenrolle nichts eingetragen fand, dem Rudergänger, der gegen den Wind abfiel, dem Kommodore einer in alle Winde verstreuten Flottille, der verdrossenen Mannschaft, ihnen allen erschien dieses Land schön und groß zu sein, wiewohl es, je näher sie ihm kamen, desto unnahbarer aus dem Meer stieg, eine Insel von vollkommenem Rund, wie sie noch nie einer ansichtig geworden waren, eine Mitte der Erde zwischen zwei Äquatoren. Und um sie herum verdunkelte eine Myriade von Vögeln den Himmel.

Sie umsegelten diesen Wall, von dessen Wehrgang die Wolken auch gegen Mittag nicht wichen, sie kreisten um diesen in den Wellen stehenden Bergfried, ohne eine Stelle zu finden, an der sie anlegen oder Anker hätten werfen können. Unweit von ihr sahen sie noch eine zweite und eine dritte Insel von derselben Gestalt, so als würde der Himmel auf diesen Bastionen ruhen. Sie waren ratlos, wie diese in Besitz zu nehmen wären, denn die Order der Krone war in diesem Punkte genau; es bedurfte eines amtlichen Würdenträgers und namhafter Zeugen für den Akt der Besitzergreifung, der etwa darin bestehen konnte, einen Baum umzuschlagen, einen Graben auszuheben, ein Haus zu errichten oder einen Galgen aufzustellen, sofern sich Gelegenheit bot, ansonsten jedoch zumindest Steine zu setzen, Gras zu schneiden, einen Hügel aufzuwerfen, ein Kreuz aufzurichten oder Wasser zu trinken, jedenfalls aber eine Karte zu verfertigen und ein Protokoll an Land zu verfassen, das von allen Anwesenden zu unterzeichnen war.

Notgedrungen verfielen sie darauf, eine Bombarde mit einer Steinkugel zu laden, auf der ein Kreuz und der Name des Befehlshabers eingemeißelt wurde und die durch alle Hände gegangen war, bevor man sie auf die Insel schoß; allerdings erreichte erst die zweite ihr Ziel und schlug im dichten Gestrüpp, das die Klippe bedeckte, ein, ohne daß der Aufprall zu hören war. Und gerade, als die Sonne wieder im Untergang begriffen war, der Wind hart einsetzte und ein Vorhang aus Regen sich herabsenkte, schrieb der Lotse ihren Namen ins Logbuch: *Tristão da Cunha*.

IHN SELBST VERLIEREN unsere Aufzeichnungem damit nicht ganz aus den Augen. Denn es bleibt noch anzuführen, daß da Cunha die Mauren, wo er sie fand, stets dem Schwerte zuführte, und dabei dem Großen d'Albuquerque sogar einmal das Leben rettete. Doch ist dies für uns von Bedeutung? Uns interessiert allein unser Held, dieser Tristan wider Willen, der mit seinem weißen Segel im Jahre 1508 im Triumph zurückkehrte.

1514 dann, als das Laterankonzil gerade über Luthers Ketzereien disputierte, wurde da Cunha vom König nach Rom geschickt, um mit dem Papst über seine Unterstützung bei der Eroberung Indiens zu verhandeln, wo sich ›die Lage des Christentums merklich gebessert hatte‹. Dies hieß, daß er dem Vatikan die Zustimmung dafür abringen mußte, der portugiesischen Kirche neue Steuern aufzuerlegen, um die durch die Missionierung des Morgenlands geleerten Staatskassen wieder aufzufüllen. Doch wie, bei dem allseits bekannten Geiz der katholischen Geldsäcke, dabei vorgehen? Wie ihnen dieses andere Ende der Welt begreiflich machen und ihnen vorführen, daß die antipodisch dunklen Heiden der Seelenrettung wert wären und der Kirche daraus nicht nur das Lob Gottes, sondern auch irdisches Heil erwachsen würde? Durch einen Triumphzug.

Zu diesem Behufe ließ man einen Hofdichter eigens ein Theaterstück verfassen, eine Art Pantomime, die – vor Borgia und seinen Kardinälen aufgeführt – die Eroberung des Ostens zum Inhalt hatte und den Gipfelpunkt portugiesischer Herrlichkeit darstellen sollte. Dann erst fand der offizielle Einzug in Rom statt, mit allen Schätzen, die man gehortet hatte und nun der Christenheit offenbarte, begleitet von Trompeten und Pauken, in mit Gold und Juwelen besetzten Prunkgewändern – angeführt von einem Tigerpaar, dem Geschenk des Sultans von Ormuz; einem jener sagenumwobenen indischen Einhörner, dem Rhinozeros; und als unbestritten größte Attraktion einem nicht minder legendären Fabelwesen: dem Rüsseltier, das auf einer überaus reich verzierten Schabracke einen Globus auf dem Rücken trug.

Da Cunha verhandelte gut und lange, er erreichte ein biblisches Alter dabei, wenngleich sich seine Züge in dieser Zeit auch verhärteten vor Gram, denn in Rom erhielt er Nachricht davon, daß seine Söhne, die an diesem glorreichen Triumphmarsch teilgenommen hatten, einer nach dem anderen in Goa und auf See gestorben waren.

Ist darin eine Moral enthalten? Wenn, dann ist sie so verborgen und Uneingeweihten unzugänglich wie die Vorlage für meine gefälschte Briefmarke, ein Kupferstich im *Opus chronographicum orbis universi a mundi exordio usque an annum MDCXI* des Petro Opmeero aus Amsterdam, der da Cunha porträtiert. Ich kenne davon bloß Reproduktionen, schlechte, wenn auch keine falschen, und habe wegen dieser Vignette immer wieder versucht, das Original in Augenschein zu nehmen; allein, die äußeren Umstände, wenn man sie denn so nennen wollte, haben es verhindert. Und so müssen wir es mit diesem Einblick in seinen Charakter belassen, den seine Züge uns vielleicht gewährt hätten, und skizzieren ihn nur als Pasticcio, ein summarisches Schicksal unter vielen.

BOGEN VI DIE GENESIS ALLER GESCHICHTEN

IMAGINES MORTUORUM. *In den vatikanischen Museen dann, in Raffaels Raum mit seinen dekorierten Türen, durch die Marah und ich damals flanierten, ihre Hand fest in meiner, wie es sich für ein frisch getrautes Paar geziemt, das sich die Ewigkeit versprochen hat und nun nicht weiß, wohin mit den Tagen, blieben wir plötzlich vor der Darstellung eines Elefanten stehen, den eine sonst leicht zu übersehende Bemerkung in meinem Reiseführer als Tristão da Cunhas Rüsseltier auswies – und damit nun nahm meine eigene Geschichte erst ihren Anfang. Denn was ich in der Legende dazu las, machte mir mit einem Mal klar, daß zu dieser Insel namens Tristan, von der mir Agostino Lavarello erzählt hatte, auch eine ganz persönliche Beziehung bestand. Als wäre wirklich alles mit allem über ein paar Ecken nur verwandt, hatte ich mit diesem Bild jetzt die Verbindung vor Augen, die es zwischen meiner Familie und Tristão da Cunha gab.*

Ein Kardinal des Papstes namens Bibbiena ärgerte sich nämlich seit Jahren schon über die dichterischen Umtriebe eines seiner Untergebenen, des Mönches Cosimo Barabello, welcher das Maß nun mit dem Scherz vollmachte, Bibbienas über alles geliebten Vierbeinern Spottgedichte an den Schwanz zu heften und sie damit durch die Gassen zu jagen. Um Barabello für die Unsterblichkeit seiner Poeme, wie er sich ausdrückte, öffentlich zu ehren, ließ er ihn – wie schon Petrarca – vor dem Kastell Sant Angelo in triumphierender Pose, samt Tiara und riesigem Lorbeerkranz, auf da Cunhas famosen Dickhäuter heben und zwang ihn, zum Gelächter des eigens zusammengetrommelten Publikums, einen Globus zu halten. Und als wäre dies der Rache noch nicht genug, mußte ein Sonntagsmaler diese Szene auch noch auf jener Flügeltür verewigen.

Die Auswirkungen dieser Verunglimpfung waren ebenso kolossal wie dem sprichwörtlichen Erinnerungsvermögen dieses Rüsseltiers angemessen. Sie führte dazu, daß der nun allseits wie ein bunter Hund bekannte und zu einer Art Römer Stadtmusikant gewordene Cosimo Barabello zum Altvorderen meiner Familie werden konnte. Er schien viele Qualitäten besessen zu haben, bloß dickhäutig war er nicht; und so zog er in seinem nicht erkalten wollenden Koller auf die päpstliche Kirche den Rock aus und entdeckte sich darunter als Mann – worin ich ihn wiedererkenne, ist in seinem Zorn und in der Tatsache, daß sich mit mir ebenfalls wieder etwas Sonntagsschreiberisches in meine Familie eingeschlichen hat. Nur schade, daß dieser Umstand nicht ausreicht, um die Unkosten meines Spleens zu bestreiten.

Diese offensichtliche Unfähigkeit der sogenannten Wirklichkeit gegenüber mag uns im Blut liegen, zumindest ist mir dies immer eine willkommene Ausrede gewesen. Die akribischen historischen Recherchen zu meinem Stammbaum, mit denen ich Zweig um Zweig unserer Familie, Ruhmesblatt um Ruhmesblatt der Geschichte erforscht habe, ergaben weiter, daß Cosimo Barabello, mein entrockter Urururururururgroßvater mütterlicherseits, sich ausgerechnet eine Nonne zur Geliebten nahm. Über sie weiß meine Genealogie jedoch bloß, daß sie aus dem schottischen Hochland stammte, Dickson mit Namen hieß und schließlich ihres sich rundenden Bauches wegen den Orden zu verlassen hatte. Die illegitime Frucht dieses Verhältnisses erhielt von Barabello im hintersinnigen Eingedenken an seinen Papst den Namen Alexander; die Wahl des Nachnamens jedoch überließ er der Mutter, die seinen Sohn mit zurück nach Schottland nahm. Danach verlieren sich, Gott sei's geklagt, die Spuren beider, verschwinden sie aus dem Gedächtnis unserer Chronik.

Alexander Dickson dann, das sei hier ausdrücklich vermerkt, führte die Kunst der Erinnerung, durch die sich meine Familie zweifellos auszeichnet, zur Perfektion. Einer der wertvollsten und noch unveräußerten Schätze – noch, sage ich – meiner Bibliothek ist eine figurative and obscure treatise, set downe briefly and in plaine terms by master Dickson the Scot according to his owne demonstration, with the especiall uses therof. *Es handelt sich dabei um eine systematische Gedächtniskunst, den Grundrissen meiner Tätigkeit ganz und gar nicht unähnlich, die lehrt, Dinge ob ihrer inneren Wesensgleichheit miteinander zu verknüpfen und sich so eine Welt in Bildern nutzbar zu machen. Alles Wissen weiterzugeben, indem man es sich, Bild für Bild, in einem*

Haus versammelt vorstellt, in einer mittels Eselsbrücken herbeigeführten Ordnung. Auf ein Lorbeerblatt folgt ein Feigenblatt, wie auf jeden Triumph Scham und Schande oder auf das Feuer im Kamin der Regen auf das Dach – nach diesem Muster hatte er das Haus der Erinnerung mit der entsprechenden Einrichtung ausgestattet; das Unverständnis aber, dem er mit seiner Gedächtniskunst überall begegnete, sie ist auch meine Klage.

Die Geschichte kennt ihn als Master Dickson, the Scot. Ein Gelehrter und ein ebenso aufrechter Katholik insofern, als er sich im Paradies auf Erden wußte, weil sich für jede Sünde ein Ablaß zahlen ließ und die Buße einen erst beim Jüngsten Gericht erwartete, ein Sammler also wie ich, loyal einzig und allein seinen Studien gegenüber. Für seine Königin legte er eine Bibliothek an, sie enthielt entwendete Geheimpapiere über die englische Marine und das Heer, die er dann aber an Frankreich verschacherte; er war einer der Anhänger Mary Stuarts. Es muß ein sentimentaler Zug gewesen sein, der ihn als papistischer Papist sich fühlen ließ; die Überzeugungen eines Mannes sind immer sentimentaler Natur und auch nur als solche einzustufen; Dickson aber mußte dafür ins Gefängnis. Danach sah er sich vor, indem er, als Gegenleistung für eine Pension, den Engländern anbot, gegen die Schotten, und diesen wiederum gegen die Engländer zu spionieren, um sich so mit beiden Seiten zu arrangieren. Das war der Pragmatismus eines Freigeistes und er, Stein um Stein, ein wahrer Maurer des eigenen Glücks.

Denn die Architektur, das war sein eigentliches Studiengebiet, sein Glaube die Symbolik der Säulen, Streben und Schwibbögen an den Haupt- und Seitenschiffen, die symbolische Geometrie einer moralischen Lehre, der mystische Ausblick auf ein Universum, dessen Baumeister der Herrgott war und dessen Plan sich im Haus der Erinnerung enthüllt.

Und so gingen wir, Marah und ich, in unserem Glück durch die Säle dieser Museen, wo alles für mich zu einem Anfang gefunden hatte, und ich konnte nicht anders, als weit auszuholen, mich vor ihr auszulassen über die eigentliche Bedeutung SEiner Architektur. Denn wenn wir SEine Räume abschreiten und die Zeichen an der Wand sehen, dann sind es SEine Glyphen und Embleme, in denen ER verborgen hat, was unser Leben mit SEinem Kosmos verbindet, wie ja auch die Sterne nichts sind als nur die sichtbaren Spitzen jenes fernen Lichtes, das unsere Schicksale lenkt. Die Bilder, die wir mit unseren Erinnerungen versehen, sie sind nur ein Widerschein SEines Glanzes. SEin Geist ist in

Allem, es ist eine Hierarchie in den Dingen bis hinab zum Kleinsten, den Farben, Zahlen, Ziffern und Buchstaben, und sie zu dechiffrieren heißt teilhaben an GOtt; die Kunst der Erinnerung ist der Ausdruck unseres Flehens, daß ER uns Einblick in SEine Mysterien gewähren möge. In ihnen findet alles seinen Ursprung und seinen Mittelpunkt, ER ist uns die Eine Insul im Meer, auf daß wir IHm dort einen Tempel erbauen, am Nabel der Welt; dieser Tempel aber ist zugleich das Kainsmal unserer Abstammung.

Was uns aber von diesem Bauwerk heute noch zu betrachten bleibt, sind allein Spandrillen, Bogenzwickel, die nichts mehr tragen oder halten. Nur sie allein sind übriggeblieben von diesem Haus des Gedächtnisses, als Fragmente meines Lebens, ebenso lächerlich wie meine Briefmarken, ich weiß, und die Bruchstücke der Geschichte, die ich hier zu Einem versammle, nichts als winzige Erinnerungsbilder, in denen sich höchstens noch eine Ahnung der ursprünglichen Ausmaße zeigt, und ich weiß noch genau, wie Du, Marah, über diese meine umschweifige und gewundene Familiengeschichte lachtest, meinen hohen Ton im Ohr, als ich sie Dir erzählte, in einem Café auf dem Petersplatz, das Gedächtnis eines Elefanten hätte ich, sagtest Du, und ja, ich vergesse nichts, zu jedem Satz von Dir könnte ich ein Stück meiner Sammlung hervorkramen, und auch dieses wird stets ein Kainsmal bleiben, eine Mitte, in der all mein Unglück seinen Ursprung findet – und seine Erlösung.

IM

Dämmern nach Sonnenuntergang erklomm die Hitze ihren Höhepunkt; alle Türen und Fenster standen offen, ohne daß es an diesem stickigen Schwären etwas geändert hätte. Es war feucht, und die Luft, die sich an den Felswänden staute, roch süßlich nach morschem Holz und verrottendem Tang. Gegen elf Uhr nachts frischte der West ein wenig auf, wurde wie beiläufig stärker, eine unruhige Nacht ankündigend, doch der Himmel klarte wieder auf, lang genug, um die Sterne hervorkommen zu lassen. In diesem Augenblick fiel eine dünne Linie durch die Fuge des Türstocks; am Haus gegenüber begann der Giebel im Dunkeln fahl zu leuchten, bläulich, ein Elmsfeuer, und dann sah man ein zweites, das die Stirnseite hinabglitt: Castor und Pollux.

MARK THOMSEN
BOGEN VII–X
1643–1816

DIE INBESITZNAHME EINES ARCHIPELS

IMAGO MUNDI AD USUM NAVIGANTIUM. *Namen und Nationen. Was Sie hier vor sich liegen haben, ist ein Quadriptych, eine Serie von vier, wie es in unsrer Zunft heißt, ›sich haltenden Motiven‹ – und dies auch in figurativem Sinne, insofern als die Beweggründe der unterschiedlichsten Nationen nunmehr bloß von einem getragen werden, dem Streben nämlich, unsere Insel zu besetzen und zu beherrschen.*

Es ist nur eine Frage der Zeit, doch ebensoviel Zeit braucht es nunmehr, um unsere Welt zu beschreiben; denn hatten wir bis zu diesem Augenblick noch geglaubt, ein einzeln im Meer aufragendes Eiland entdeckt zu haben, so sehen wir jetzt am Horizont zwei weitere, bis jetzt namenlos gebliebene Silhouetten sich abzeichnen; auf einen ganzen Archipel sind wir gestoßen – auf den jede Macht der Welt Anspruch erhebt, alle wollen es besitzen, gehören aber wird es schließlich und endlich nur einem. Es braucht also Zeit, Zeit, die Irrungen und Wirrungen der Geschichte zu beschreiben, Zeit, um diese winzigen Zeilen zu Papier zu bringen, Zeit, um die Motive und Miniaturen auf kleinstem Raum zu zeichnen – Zeit und Sorgfalt für jedes Spezimen; das ist es, was die Insel und diese Marken so wertvoll werden läßt, wertvoller als Gold oder Silber, weil sie aus allem Erzenen etwas Überzeitliches macht.

Dazu wird ein Stück Kupfer ausgewählt, nicht zu weich und nicht zu hart, und flach gehämmert, wobei man darauf achten muß, daß es frei von Fehlern und Rissen ist. Hierauf nimmt man die glattere Seite und schleift sie, bis sie den Glanz eines Spiegels erhält, zuerst mit Schleifstein und Wasser, dann mit Bims, darauf mit einem Wetzstein und Wasser, danach mit gehärteter Holzkohle und schließlich mit dem Polierstahl. Allerhöchste Akribie ist hier bereits ein Muß, denn der kleinste Strich kann zur Linie auf einer Karte werden, die einen Staat zweiteilt, ein Kratzer zu einer Küste, die winzigste Unebenheit zum Punkt einer Insel.

Dann wird die Zeichnung auf das dünne Blech übertragen, ein schwieriger Prozeß, ähnlich dem, wie ich nun unter der Lupe Buchstaben um Buchstaben auf das Papier setze. Man erhitzt die Platte, verstreicht darauf mit einer Feder hauchfein Wachs und zieht, verkehrt herum, Zeichen und Zeichnungen in diese Schicht nach. Mit einer Nadel kratzt man hierauf die Konturen durchs Wachs und gießt Säure in diese fast unsichtbaren Furchen, die sich durchätzt und im Kupfer einbrennt, die schwarze giftige Galle meiner Melancholie, mit der die wahren Umrisse der Welt einem so schmerzhaft anschaulich werden.

Die Tinte kommt zuletzt; sie wird über das Metall gestrichen, sonach das Überschüssige und Überflüssige mit dem Einschwärzballen wieder abgewischt, bis nur sie in den Rillen sitzt. Danach wird die Platte über Feuer gehalten, bis sie warm ist, in der Presse eingerichtet und ein dicker, angefeuchteter Bogen darübergelegt; zieht man sie an, saugt er die Tinte aus den eingeritzten Linien des Kupfers. Nicht anders ist es auch mit meinen Seiten hier, die Tag für Tag mühsam entstehen, ein paar Sätze pro Tag, jedesmal, wenn mich mein Unglück wieder überkommt und sich zu heißem Zorn auswächst, daß ihm nur die Genauigkeit meiner Arbeit mit kontrollierter Hand Grenzen zu setzen vermag; denn anders wäre ich längst schon daran zerbrochen.

Noch aber ist nichts beendet. Denn jetzt geht es erst daran, alles einzufärben – und da hilft keine Maschine, man muß die Wasserfarben selbst auf den frischen Druck auftragen, um den Ozean in all seinen vielfältigen Schattierungen wiederzugeben. Und gilt dies für einen Atlanten oder meine jahrelange Arbeit an diesen Blättern, dann noch vielmehr für dieses Quadriptych, das ich erworben habe, beschrieben und durch einen Text erschlossen, meiner eigenen Geschichte, die mit diesen Inseln ebenso verbunden ist wie jene der Holländer, Engländer, Österreicher und Franzosen, die sich alle bemüht haben, ihren Fuß in eine Welt zu setzen, die doch immer allegorisch bleibt.

NIEDERLANDE

GEBROOCKEN EYLANDT & NACHTGLAS EYLANDT

DIE ALLERERSTE SEEKARTE, die im Jahre 1509 unsere *ilhas que achon tristam da cunha* ausweist, stammt noch von den Portugiesen. 1541 entnimmt der Holländer Gerardus Mercator daraus ihre Lage und malt sie als zwei von Riffen umgebene Inseln auf seinen Globus, läßt sie jedoch noch namenlos im Meer stehen. Erst seine Karte von 1569 berichtigt dies; Mercator nennt unseren Archipel nun Tristan d'Acunha und läßt in seiner schon bald berühmt gewordenen Projektion alle zu ihm führenden Wege – anders als bei den alten Portulanen – auf geraden Linien liegen, was einen Kurs planbar und von der Kompaßrose ablesbar werden läßt. Verzeichnet wird sein geographisch genauer Ort aber erst im Jahre 1595, in jener posthumen Kartensammlung, die zum ersten Mal den Titel ›Atlas‹ gebraucht – es ist an solchen Details, woran man den Lauf der Weltgeschichte erkennt. Sie zeigen, daß mit dem Anfang und dem Ende des 16. Jahrhunderts auch der Aufstieg und Fall des portugiesischen Handels beschlossen war und die Welt nun den Holländern gehörte.

Die schwerblütigen Portugiesen hatten es nämlich verabsäumt, private Kompagnien mit exklusiven Handelsprivilegien auszustatten, und es anderen Nationen überlassen, sich um den Vertrieb der Waren auf den europäischen Märkten zu kümmern. So konnte es gar nicht anders kommen, als daß die Holländer den meisten Nutzen und Gewinn aus diesen schlecht geführten Geschäften hatten. Diese Pfeffersäcke ziehen einen so lange am kleinen Finger, bis man ihnen wohl oder übel die Hand schütteln muß, dann aber, bevor man sich versieht, verabschieden sie einen, und man merkt erst zu spät, daß sie einen dabei bis aufs Hemd ausgezogen haben. Ich hab's oft genug selber erlebt, wie ich von einem von van Houtens Händlern in Rotterdam so ausgenommen wurde.

Überhaupt ist in unseren Kreisen bekannt, daß sie sich, wenn schon nicht illegaler, dann doch äußerst unlauterer Praktiken bedienen, um den Verkaufspreis ihrer Ware zu steigern; das besagt bereits der Name: Ein ›Philatelist‹ ist einer, der nichts lieber tut, als sich vor der Steuer zu drücken. Oder der sich, wie van Houten, nicht damit begnügt, mir Hörner aufgesetzt zu haben, sondern mich mit seiner Vertriebskette für gebrauchte Briefmarken zuerst an den Rand des Ruins drängt, um mich schließlich ins Exil zu verbannen und auch noch mein Tätigkeitsfeld zu besetzen.

Mit demselben absoluten Machtstreben, mit dem auch die Vereinigten Niederlande im April 1633 selbst eine so unbedeutende Insel wie St. Helena zu ihrem Besitz erklärten. Welche Heldentat. Dabei war sie, seit englische Freibeuter in ihren Gewässern lauerten, um die schwerbeladenen portugiesischen Galeonen zu borden, längst herrenlos geworden. Die Ursache für dieses plötzliche Interesse hatte drei Namen: Skorbut, Dysenterie und Blutfluß. Nach mehreren Monaten auf See und zudem mit nichts als Pökelfleisch und faulem Wasser in den Mallungen am Äquator bekalmt, setzte der körperliche Verfall unter den Mannschaften ein, zunächst mit Atemlosigkeit und Schwächeanfällen; die Haut wurde gelb, die Zähne begannen auszufallen, scharlachrote Geschwüre auf der Haut zu wuchern, die Muskeln und Gelenke schwollen an, und in den Augen bildeten sich Blutgerinnsel. Wollte man nicht ein Schiff um das andere verlieren, mußte eine Möglichkeit gefunden werden, sie mit frischem Gemüse zu verproviantieren.

St. Helena lag zu diesem Zweck zu weit im Lee der Handelswinde, und so richteten die Holländer ihren Blick bald auf unsere 1200 Meilen weiter südlich liegende Insel: Hier liegt der Grund, weshalb sich nun plötzlich gleich vier Nationen unseres Eilandes bemächtigen wollen. Und mit diesem Besitzstreit um das immer noch unbesiedelte Tristan da Cunha begann dann auch das, was man heute Globalisierung nennt, der Welthandel zwischen den beiden Amerikas, zwischen Asien, Afrika und Europa; unsere Insel aber wurde die Nabe all dieser Handelsrouten.

Dies wohlweislich im Hinterkopf, wiesen die 17 Herren des Vorstandes der *Verenigden Oostindischen Compagnie* die Flottille unter dem Kommando des Ostindienfahrers *Heemstede* an, die Lage Tristan da Cunhas genauer zu erkunden: ›Sollte sich eine günstige Gelegenheit ergeben und Sie ein Schiff dafür erübrigen können‹ – wurde der Kapitän in einer letzten Depesche angewiesen – ›erteilen wir Ihnen hiemit Order, die Insel zu erforschen, um herauszufinden, ob sie über spezielle Ressourcen verfügt und sich in eine Station zur Verproviantierung unserer Konvois verwandeln läßt‹.

So hißt van Houten nun die holländische Flagge, ein roter Löwe auf goldbesticktem Grund plustert sich mächtig auf, er hat acht Kanonen an Bord, und wenn er sich auch bloß mit vier Knoten bewegt, dann nur, um desto bedächtiger und mächtiger sein zukünftiges Revier abzuschreiten. Um so erfreulicher für ihn, nach Monaten von Himmel und Wasser, das Schauspiel einer in ihrem frischen Grün am Horizont aufsteigenden Insel erleben zu können. Die *Heemstede* geht denn auch vor unserer Insel acht Tage lang vor Anker, und der Flottenkommandant höchstpersönlich nimmt sie in Besitz.

Obwohl die Fallwinde von ihrem schneebedeckten Gipfel hereinbrechen, bleibt das Wetter ausnahmsweise gut. Und so kam es, daß ein vermaledeiter Holländer als erster Mensch in der Geschichte – am 17. Februar im Jahre 1643 – seinen Fuß auf Tristan setzte. Und der Insel den Sündenfall brachte.

ACH, MARAH; was versteht er von dieser unserer Insel? Was weiß er um ihre Utopie? Glaubst Du wirklich, van Houten hätte dort etwas von dem Nachmittag gesehen, der immer über diesem Land liegt, der Nacht, die weit hinter den Horizont gebannt scheint, dem Wasserfall, der, wie vom Wind abwärts gedrückter Rauch, über der Klippe hängt und noch im Fallen innezuhalten scheint? Den Vögeln, der Erinnerung gleich an eine Schrift der Luft; ein dunkelblauer Himmel über einer blau dunklen See. Nein?

Nein! Für solche Dinge hatte Dein van Houten keinen Blick; seinen kalt berechnenden Geist interessierte nur eins. ›Es gäbe dort zwar‹ – berichtete der Kapitän seiner Kompagnie und listete es methodisch untereinander auf – ›Süßwasser, Gemüse, Seevögel, Pinguine, Robben und einen Überfluß an Fischen, aber keinen Hafen, so daß dauernder Sturm und Nebel wohl neun von zehnmal das Anlaufen verunmöglichen werden‹.

Hast Du's ihm wirklich so schwer gemacht? Dich tatsächlich von Deiner abweisendsten Seite gezeigt? Nur um ihn um so heftiger anzustacheln? Und Dich ihm dann um so inniger zu ergeben? Nein, Du hast ihm anfangs die kalte Schulter gezeigt, das muß man zu Deiner Ehre sagen. Daß er kein leichtes Spiel mit Dir haben würde, hat ihn ja auch seine ersten Avancen gleich wieder aufgeben lassen. Ja, damals vermochte ich noch den Angriff deines Goldenen Löwen auf meine Heimstatt zu verhindern, zunächst, für eine kurze und für mich nur um so glücklichere Zeit; Wochen, in denen Du Dich plötzlich für meine Sammlung zu interessieren schienst. Allerdings nur seinetwegen, wie ich zu meiner unsäglichen Demütigung später herausfand

Wie erschrak ich bei dem Gedanken, daß ich Dir damit gemeinsamen Gesprächsstoff gegeben hatte. All die kleinen Details hatte ich Dir erzählt, die sich dann wie nebenbei bei den mir verheimlichten Rendezvous einstreuen ließen. Ein Wissen um innere männliche Begehrlichkeiten, die zu kennen Du nunmehr vorgeben konntest, um damit vor ihm zu prahlen. Ausgerechnet ich hatte Dir an den langen Abenden vor dem Kaminfeuer die Augen dafür öffnen wollen, daß durch die Fahrt der *Heemstede* der Niedergang der Portugiesen nun ein für allemal besiegelt worden war.

Ohne daß Du eine Miene verzogst, ließ ich mich an diesen plötzlich so harmonisch gewordenen Gesprächen mit Dir darüber aus, daß bloß die Venezianer mit ihren vorgedruckten Briefbögen aus all den politischen Machtkämpfen um meine Insel Kapital zu schlagen wußten; sie allein hatten frühzeitig erkannt, daß die wahre Macht nicht im weltweiten Kommerz steckt, sondern in der Kommunikation. Während Du Dir nichts anmerken, mich weiter reden ließest, damit ich um so befriedigter ins Bett ging und Du endlich van Houtens Billetdoux lesen konntest; denn zu dem Zeitpunkt schriebt ihr euch ja längst hinter meinem Rücken.

Wie dumm war ich, wie verblendet und leichtgläubig. Dabei hätte ich doch wie auch sonst aus der Geschichte die eigene herauslesen können. Und mir ein Beispiel an unserem englischen Lord Protector nehmen. Denn in eben diesem Jahr, als die ersten bedruckten Briefbögen von den Venezianern in Umlauf gebracht wurden, richtete Cromwell, ein Purist wie ich, den ersten zentralen, von der Regierung geführten Postdienst ein, um den Briefwechsel zensieren und subversive Elemente kontrollieren zu können. Die Dinge des eigenen Haushalts somit einmal geordnet und der Korrespondenz-Verkehr geregelt, konnte er dann zu weiteren Taten schreiten.

Als erstes nahm sich Cromwell der Verstaatlichung der bis dahin stets knapp vor dem Bankrott stehenden *Honourable East India Company* an. Dann ließ er die erste ozeantüchtige Flotte bauen, um gegen unsere vermaledeiten holländischen Handelsrivalen vorzugehen, sich das von ihnen annektierte St. Helena zurückzuholen, um von dort aus schließlich Tristan da Cunha besetzen zu können. Ja, damit begründete er die Weltstellung Englands; und das hätte mir als Vorbild dienen können, mir zeigen, wie man mit Nebenbuhlern umgeht; ja, es läßt sich aus der Geschichte lernen; ebenso unzweifelhaft aber ist, daß sie keinem Verluste erspart, im Kleinen ebensowenig wie im Großen.

ÜBER MEINE INSEL JEDOCH senkt sich die Dämmerung nun herab, und in ihrem Abend geht Marah für mich verloren. Denn die Holländer waren nicht untätig geblieben, sie hatten in der Zwischenzeit am Kap der Guten Hoffnung ihre Kolonien gegründet, um ihre Handelsschiffe dort verproviantieren zu können. Doch vom Globus in der Mitte des Rittersaals in Den Haag aus betrachtet, legte die Kartographie unmißverständlich nahe – es ist stets auf Karten, in denen sich die Sphären der Macht ablesen lassen, und auf Papier, wo Niederlagen offenbar werden und jedes Unglück sichtbar – daß trotz van Houtens wenig ermutigendem Bericht Tristan da Cunha die ideale Zwischenstation auf dem Weg zu ihren neu eroberten australischen und batavischen Ländern war.

Noch aber befand sich Marah im dunkeln über ihre Zukunft, tat ich alles, um van Houten ins Zwielicht zu setzen. Der entsandte vom Sitz seiner Handelskette in Rotterdam im Jahre 1655 erneut eine Galeone zur Inbesitznahme unserer Insel, die gleichsam zum Spott *'t Nachtglas* hieß – nach dem gerade in Gebrauch gekommenen Binokular, das das Restlicht des Dunkels verstärkt und die Silhouetten der Küstenlinien deutlicher hervorhebt, als ein altmodisches Fernrohr es vermag. Ich war mit an Bord, zum Dienst gepreßt, was blieb mir auch anderes übrig, wollte ich über seine Manöver Klarheit haben.

Und hier sind sie nun, Laus Deo!, die Kapverden, wo die Portugiesen ihre Leprakranken aussetzen, sechs Tage ist es her, und es gehen bereits die ersten Böen nieder, überfallartig, immer wieder bis zum Äquator. Die Wirbelwinde bringen Regen und sogar Hagel, sie kommen von weit her, formen sich urplötzlich über dem Wasser, dauern meist nicht länger als eine Viertelstunde, aber wühlen dabei das Meer vor sich auf wie eine Feuersbrunst, die sich in Schwaden über die Wellen frißt; ›Seedrachen‹ nennen sie die Matrosen im Krähennest und halten Ausguck, damit die Marssegel rechtzeitig gerefft werden, denn sonst bricht der Mast unter ihrem Brandhauch. Dann, vor den Handelswinden, kommen die Äquatorkalmen, endlos, eintönig: auf dieser Fahrt der *'t Nachtglas* hat man den Begriff Doldrums geprägt, denn ein *dull run* war es wirklich.

Zwölf Tage später die Äquatortaufe, und der Bootsmann, der lange schon zu denen zählt, die an eine Verkehrte Welt glauben, wird nun auch uns zu dieser Religion bekehren. Die verschiedenfarbigsten Wimpeln und Fahnen hat er umgehängt, zusammengehalten von einem Tau um den Bauch, an dem ein verrosteter Säbel hängt. Sein Gesicht ist mit Öl und Ruß geschwärzt, er trägt eine Perücke und einen falschen Bart, aus Seetang und Gras. In der einen Hand hält er eine Seekarte, einen Topf voller Ruß in der anderen, und umgeben ist dieser nachgemachte Neptun von grotesk als Nixen verkleideten Matrosen, die, mit Spießen, Pfannen, Kesseln und der Schiffsglocke bewaffnet, einen Heidenlärm schlagen.

Der Reihe nach werden nun die Abkömmlinge der Alten Welt an Deck geholt, um in die Neue eingeführt zu werden. Die Zeremonie, für den, der sich ihr bereitwillig ergibt, ist einfach: Man legt die Rechte auf die Karte, spricht einen unverständlichen Eid nach und bekommt mit Ruß ein Kreuz auf die Stirn gezeichnet; sodann läßt man ein Trinkgeld, das Neptun, feilschender Holländer, der er ist, in die gemeinsame Saufkassa zu tun verspricht. Der Ungläubige hingegen wird von Neptuns wilden Weibern überwältigt, kopfüber an die Rah gehängt, mit Pech geteert und gefedert, und mit den Armen um sich schlagend eine Weile zappeln gelassen, damit die anderen unter Deck sein Schreien hören können. Dann wurde ich wieder herabgelassen wie ein Narr vom Galgen, geradewegs in ein volles Faß getaucht und mit Fußtritten zu den übrigen gejagt, um der Folterung des nächsten Widerspenstigen zuzusehen; wir saßen auf den Taurollen wie gerupfte Albatrosse, doch die Schadenfreude verschaffte schließlich auch meiner Seele wieder Luft.

Daß wir in südliche Gewässer gelangt waren, merkten wir an den Pelikanen, den Großmäulern, wie die Seeleute sagten. Es ist ein melancholisches Tier, das seine Tage damit verbringt, auf den Wellen zu sitzen und auf Fische zu warten, und obwohl es dem Auge keinen übermäßig erfreulichen Anblick bietet, freut man sich dennoch über seinen Besuch. Denn nichts ist langweiliger, als den ganzen Tag nur Wasser zu sehen. Willkommene Ablenkung ist es auch, die Wale in den Wellen zu sehen, in ihrem Element so flink wie Vögel, mit Buckeln groß wie Inseln. Manchmal kommen sie und reiben sich derart am Rumpf, daß unser Schiff namens *'t Nachtglas* davon erzittert; dann wieder blasen sie, daß die Matrosen lachen und sagen, sie pissten in die Luft. Sie ließen es mich durch ihr Fernrohr sehen.

Dieses Nachtglas verstärkt die Dinge um das Siebenfache. Denn gegen Abend sah man mit ihm Vögel von solcher Zahl vom Meer her fliegen, daß es zu schneien schien wie im Winter an der Zuidersee, wo Marah nun gerade bei van Houtens Eltern sitzen mag – ein Bild, das mich Nacht für Nacht wach hält. In diesem Doppelglas jedoch zeigte sich zum ersten Mal, daß diese Schwärme zu zwei vor Tristan da Cunha liegenden Inseln flogen. Die Galeone machte erst bei der einen ihren Landfall, ohne aber einen Hafen zu finden; und da diese zweite Insel unseres Archipels nun so lange unentdeckt und namenlos geblieben war, benannte man sie *Nachtglas Eylandt*.

Das dritte, im Südwesten Tristan da Cunhas liegende Eiland dagegen unterschied sich von *Nachtglas Eylandt* einzig und allein dadurch, daß seine Felsspitzen eher den Ruinen eines Forts glichen, ein Wehrgang, durchbrochen von einer Bresche. Ihr selbst wiederum sind zwei gar winzige Inselchen als Wachtposten vorgelagert – ähnlich wie auch sie selbst zusammen mit Nachtglas vor Tristan aus dem Meer ragt. Und da nun der HErrgott im Kleinen alles zu wiederholen schien, was sich im Großen nur um so deutlicher zeigt, ohne daß sich seine rätselhaften Absichten jedoch mehr als bruchstückhaft offenbaren, was hätte nun näherliegen können als der Name *Gebroocken Eylandt*?

Und wieder kamen die Vögel gegen Abend geflogen und läuteten sein Angelus ein, die Galeone umrundete dies ›Zerbrochene Eiland‹, um dann zwei Tage lang vor Tristan da Cunha auf und ab zu kreuzen, bevor sie endlich einen Ankerplatz am Legerwall der Klippen entdeckte. Mit dem Boot gelangte man trockenen Fußes an einen schmalen Strand und kam zu einem Weiher, der von einem vom Gipfel fließenden Wasserfall gespeist wurde; an seinem Ufer stieß die Besatzung auf eine Planke, in der die Worte eingeritzt waren: *de fluit ›Hemsteede‹, 17 Februari, van Houten.* Was darauf fehlte, war die Jahreszahl, grad so, als hätte es für unsere Insel bis zu diesem Moment keine Zeit, weder Gegenwart noch Zukunft, gegeben. Und so schnitzte der Kapitän der *Nachtglas* sein eigenes Jahr, 1656, auf das Brett, legte es zurück und schichtete wieder Steine darüber.

Mit ein wenig Vorstellungskraft läßt sich nun unser Archipel als ein Cunhasches Δ skizzieren; das Dreieck aller Verhältnisse rund um unsere Insel; der Keil, an den die aquarellierten Wogen eines die Erdkugel erfüllenden Ozeans branden, um von ihm zerschlagen zu werden. Auf dem Portulan Johannes van Keulens – *Die Neue Große Leuchtende See-Fackel oder Der See-Spiegel von 1683* – sind deshalb dort, wo Tristan da Cunha liegen müßte, die Bruchstücke von fünf Inseln und Inselchen eingezeichnet, Emblem eines für immer verlorenen Ideals. Wie zerbrochene Schalen liegen sie auf dem Papier verstreut, aschfarbene Reste eines Eies, aus dem der Phönix aufsteigt, das Cunhasche Wappentier, seine Fittiche weit über die Kompaßlinien ausgebreitet, hinauf in die Nacht Marahs, in die ich ihr nicht mehr zu folgen vermag.

EINMAL IM BIBLISCHEN, wie auch in jedem anderen Sinne erkannt, wähnten sich die Kartenzeichner der Geusen nun im Besitz unseres Archipels, im Glauben, sich nicht groß weiter darum kümmern zu müssen. Tristan, Nachtglas Eylandt und Gebroocken Eylandt; es ist, als läge für mich bloß noch Spott in diesen Namen, ein satirischer Heldengesang von weißen und schwarzen Segeln vor dieser Insel – doch zu mir wird keine Marah mehr zurückkehren, alle Hoffung darauf ist längst zerbrochen und meine Insel selbst mit dem besten Feldstecher unerreichbar weit im Dunkel. Wer könnte es mir da verübeln, wenn ich mein ganzes Tristan-Konvolut veräußerte?

In van Houtens Auktionskatalog ist die auf dieser Seite liegende und von ihm als Einzelstück aus dem Quadriptych herausgerissene Briefmarke jedoch bloß mit 135 Pfund ausgewiesen, als wolle er einen gebrochenen Mann wie mich weiter demütigen. Nein, im Gegenteil; darin liegt mein stiller Triumph. Weil es beweist, daß er als proklamierter Großhändler nicht die geringste Ahnung vom eigentlichen Wert der Marke hat – und nicht weiß, daß sie aus der Welt erster Briefmarkensammlung stammt, die 1785 in ein Buch geklebt und mit handschriftlichen Erklärungen versehen wurde, eine *Collection aller Imprimaturen auf Leder, Vellum, Pergament oder Papier, in Art und Weise wie nachfolgend gezeigt.*

Natürlich hatten die Holländer weiterhin ihre Hände mit im Spiel, wenn auch wie in diesem Fall bloß indirekt, mittels Eifersucht und Neid, die sie wahrlich zu schüren verstehen. Denn was die Holländer in Rotterdam konnten, dachten die Flamen in Antwerpen ihnen leicht nachmachen zu können – und mit ihnen der General-Gouverneur der österreichischen Niederlande. So verwundert es auch nicht weiter, daß im Jahre 1775 ein in Triest ansässiger Kapitän namens Bolts den österreichischen Regenten eine Denkschrift überreichte, in der auf die günstige Gelegenheit hingewiesen wurde, eine Handelsgesellschaft für den Raum Ostindien zu gründen. Eine österreichische Marine? Sie werden lachen, dennoch kann ich nicht anders, als diesen Binnenländern eine gewisse Sympathie entgegenzubringen; auch sie glaubten, ihr Böhmen liege am Meer, auch sie waren keine geborenen Seeleute, sondern Flußschiffer wie ich, die sich damit begnügen mußten, ihre erbländischen Küstengebiete zu vermessen. Und trotzdem von dem insgeheimen Verlangen besessen blieben, ihr Reich zu festigen und über alle sieben Meere auszudehnen, sei es auch nur deswegen, um ihren kleinen Wimpel mit dem kaiserlichen Reichsadler zu hissen.

Bolts, der sich, je nachdem, mit wem er sprach, Wilhelm oder Guillaume nannte, verstand es, ihre ungestillten Sehnsüchte zu schüren. Er betrieb ein Doppelspiel und hatte Erfolg damit, anfangs. Dem Wiener Hof, inbesondere Joseph II., dem noch unerfahrenen Mitregenten Kaiserin Maria-Theresias, schwatzte er eine *Triester-Ostindische-Handelskompagnie* auf, die mit allen kaiserlichen Privilegien ausgestattet wurde. Zugleich aber arrangierte er sich in Rotterdam mit den dortigen Granden, um aus dieser Unternehmung auch privat Kapital zu schlagen. Bereits im Jahr darauf verließ die Fregatte *Joseph und Theresia* mit Bolts und einer 30 Mann starken militärischen Besatzung an Bord Triest, um sich zu den Antipoden aufzumachen. Auch sie kamen in die Roßbreiten; auf der fernen Horizontlinie sahen sie Flammenfontänen, die aufblitzten wie die ruckartigen Ausbrüche des Nordlichts, das diese Österreicher zwar ebensowenig kannten, deshalb aber für ein gutes Zeichen hielten, um so mehr, als dieses Meeresleuchten etwa drei Stunden anhielt und erst danach langsam zu verblassen begann.

Nach einigen, nicht weiter erwähnenswerten Mißgeschikken erreichte man die Delagoa-Bai an der Südostküste Afrikas. Von einem über die mitgebrachten Geschenke sichtlich erfreuten Negerhäuptling erwarb Bolts den Hafen und erklärte ihn feierlich zur österreichischen Kolonie. Er ließ eine kleine Befestigung aus Erdwällen und Pfählen errichten und, nach der Bestückung durch neun Kanonen, den eigens für diese Reise angefertigten Reichswimpel an einem Baumstamm aufziehen. Geschäfte waren dort keine mehr zu machen, dafür hatten schon die Engländer und Franzosen gesorgt, und mit dem Einsetzen der Regenzeit blieb von dieser überseeischen Bastion der Donaumonarchie auch nicht mehr übrig als Schlamm und zehn Mann Besatzung, von denen die Geschichte ebensowenig etwas berichten wird wie über den Ort selbst.

Bolts aber war längst weitergesegelt, an die indische Malabarküste, wo er gegen die letzten übriggebliebenen Kanonen aus dem Triestiner Arsenal und Porzellan aus der Wiener Augarten-Manufaktur für die hochherrschaftliche Tafel eines indischen Fürsten ein beträchtliches Küstengebiet erwarb, einen menschenleeren Sumpf und gänzlich unzugänglichen Dschungel.

Unverdrossen und wie alle großen Abenteurer auf sein Glück vertrauend, unternahm er danach noch einen dritten Versuch, für Österreich – und vor allem für sich selbst – Land am Rande der Sonne zu gewinnen, und lief die Nikobaren an. Allein, dort hieß es umkehren, für die erforderlichen Tauschgeschäfte war nichts mehr an Bord, was die Malaien auch nur eines zweiten Blickes für würdig gehalten hätten. Und so segelte Bolts zurück zum Kap der Guten Hoffnung, beschloß jedoch auf einem kleinen Umweg zu sehen, ob die Göttin der Gelegenheit nicht doch etwas für ihn übrig hätte, und erspähte schließlich in den uns bereits hinlänglich bekannten südlichen Breiten, wie so viele vor ihm, unser Tristan. Er ließ beidrehen, nahm die Insel, ohne sich die Mühe zu machen, auch an Land zu gehen, stellvertretend für den habsburgischen Kaiser in Besitz und taufte sie, selbstlos wie er nun einmal war, nach seiner Heimat *Isle de Brabant*.

Um nicht nur mit Ballast zurückzukommen, nahm er in Rio noch eine Ladung Salpeter über; Schießpulver tat ja zu allen Zeiten und überall Not. Bei Hofe aber pries er die erworbenen Ländereien in den schillerndsten Farben, darunter besonders jene ›Isle de Brabant‹ mit ihrer zentralen Lage im atlantischen Ozean, als unverzichtbaren Ausgangspunkt aller kaiserundköniglichen Eroberungen, als Nabel, von dem aus sich die Welt allen Mähren ebenso wie allen Böhmen erschlösse. Allein, er hatte nicht mit den Wiener Buchhaltern gerechnet. Da auch die darauffolgende Expedition keinen Gewinn einbrachte – nicht zuletzt weil Bolts, wo er konnte, nur in die eigene Tasche arbeitete – stand anstelle weiterer jungfräulicher Ländereien der Konkurs in Aussicht. Der Triester-Ostindischen-Handelskompagnie redete er noch ein, zwecks Aufstockung der Finanzen an die Öffentlichkeit zu gehen und einen Prospekt zu drucken mit ›ausführlicher Beschreibung der Gründungen auf der Isle de Brabant daselbst, Dörfern, Gehöften, Lagerhallen und Weizenfeldern, Bächen, Brücken und Bäumen‹, die Bolts fruchtbare Phantasie herbeischwor, bevor man sie 1785 endgültig für Bankrott erklärte. Zu diesem Zeitpunkt jedoch hatte sich Bolts längst irgendwo mit seinem unredlich erworbenen Kapital niedergelassen und am offenen Kamin so viele Abenteuergeschichten zu erzählen, daß seine Marah ihm gern das Bett wärmte.

Trotzdem wurde diese bramarbasierend herbeigeredete brabantische Insel, auf die keiner der kaiserlichen Untertanen je seinen Fuß gesetzt hatte, weiterhin in den ärarischen Archiven aufgeführt und noch Jahrhunderte später zum Exponat einer Ausstellung, welche die monarchische Welt in ihrem ganzen Umfang zeigte: eine Briefmarke, die diese denkwürdige Ausdehnung des Reiches unter dem kryptischen Motto A.E.I.O.U. memoriert, das sich nicht als *Austria extenditur in orbem universum,* sondern bloß durch die Lesart *Austria* explorat *in orbe universo* auflösen läßt.

Sie stellt zweifelsohne eine Rarität dar; gegen das Licht gehalten, gleicht das Wasserzeichen auf dem handgeschöpften Papier jenem Amulett, das Bolts – der wußte, wie man einen Monarchen für sich stimmt – der österreichischen Kaiserin zum Geschenk gemacht hatte: ein Bezoar. Es ist dies ein echter orientalischer Stein, die graue, kalzifizierte Sekretion aus dem Magen eines morgenländischen Tieres, das Geschenk eines malabarischen Großfürsten, ein kleiner Stein, der seine Farbe verändert, wenn man ihn in eine giftige Flüssigkeit taucht. Mit dieser Miniatur einer Erdkugel, auf der Bolts unsere brabantische Insel als schwarzen Punkt hatte aufmalen lassen, glaubte Maria Theresia sich und ihre ganze Welt vor dem Tod bewahren und ein Ultima Thule am Rande eines habsburgischen Reiches erhalten zu können, in dem die Sonne nie unterging, sondern in ihrem ganzen Glanz erstrahlte, um sich nicht in der Dämmerung der Wellen rot färben zu müssen.

EIN QUADRIPTYCH IST ES, wie gesagt, das Ihnen hier vorliegt; links oben die Holländer, viel später und rechts davon jener von Österreich gesponserte Hochstapler namens Bolts. Wir Engländer jedoch, rechts unten, lagen da noch abseits dieses Meers und mußten zunächst einmal unser ganzes privates Kapital zusammenkratzen, um uns überhaupt erst ins Bild rücken zu können.

Als *Kompagnie & Bruderschaft der Kauffahrts-Abenteurer für die Entdeckung Unbekannter Länder* konnten wir es uns erst im Jahre 1553 leisten, vier kleine Schiffe zu kaufen und auszurüsten. Um die verlorene Zeit aufzuholen, wurden daher die verfügbaren Karten aufs genaueste studiert und schließlich ein darin verborgenes Geheimnis entdeckt, das anderen Nationen bis dahin entgangen war – daß nämlich ›nordwärts segelnd über den Pol und hinab dann zur Äquinoktial-Linie der Weg zu den Gewürz-Inseln viel kürzer war als der für die Spaniarden und Portingalen‹. Das Vertrauen in die Karten ließ keinen Zweifel an dieser Nordostpassage aufkommen, der Erdball und alles darauf Verteilte mußte göttlicher Vorsehung entsprechend spiegelbildlich sein; wenn sich Afrika also in einem Kap der Guten Hoffung zuspitzte, so galt dies auch für das nördliche Ende unseres Europas. Doch wie die Welt wirklich beschaffen ist, erfuhren die Mannschaften der Kauffahrtssegler erst, als sie im Packeis erfroren, erstarrt in den unterschiedlichsten Posen, einige mit der Feder in der Hand über ein Blatt Papier gebeugt, noch im Tod all unsere Sehnsüchte verkörpernd.

Es sollte noch Jahrzehnte dauern, bis wir Engländer entdeckten, daß alle Wege zu den Antipoden in einer Insel zusammenliefen, die die wahre Mitte der Welt war. So viel Zeit verstrich, weil unsere Elizabeth I. erst nach dem Sieg über die spanische Armada wagte, die päpstliche Bulle zu ignorieren, die im Vertrag von Tordesillas die Erde den Spaniarden und Portingalen zugesprochen hatte, und sich zu erklären traute, daß es für ihre ›Untertanen ebenso gesetzlich war, um das Kap zu segeln, weil Meer und Luft allen Menschen gehören‹. Als dann auch noch die Friedensgespräche mit den Spaniern im Sommer 1610 scheiterten, wurde uns Abenteurer-Kauffahrern endlich das staatliche Privileg zugesprochen, mit Ostindien Handel treiben zu dürfen.

So lichteten wir den Anker und erreichten Sumatra; erleichtert, daß wir weder Missionare noch *padroes* an Bord hatten, um wie die Portugiesen die jeweiligen Landeplätze als Zeichen der Herrschaft zu markieren, noch Söldner wie die Holländer, um die Bevölkerung abzuschlachten, ließen sie uns unsere Waren auspacken. Doch die bunten Glasperlen, für die sich in Afrika ganze Ochsen eintauschen ließen, wollte niemand dort haben. Also kaperten wir statt dessen eine bis oben hin beladene portugiesische Karracke – und kehrten mit genügend Gewinn heim, um die folgenden Reisen der East India Company damit zu finanzieren; es war eine glückliche Fahrt, insofern als mehr als die Hälfte der Mannschaft trotz Skorbut, fauligem Wasser und Stürmen überlebt hatte. Wir lernten langsam, aber wir lernten; wo immer eine ›John‹-Kompagnie allerdings auf eine ›Jan‹-Kompagnie traf, wurde sie mit Kanonendonner empfangen, verhaftet, gefoltert und hingerichtet. Mit den Mogulen der östlichen Welt kamen wir im übrigen erst ins Geschäft, als diese sahen, daß wir besser segeln und schießen konnten als die Holländer – und als die Portugiesen mit ihren breitärschigen und immer langsamer werdenden Pötten sowieso.

Indien, Celebes, Sumatra, Java, Japan, China, die Länder, wo der Pfeffer wächst, und die Gewürzinseln; also kamen wir auf den Geschmack: Süßholz, Ingwer, Safran, Nelken, Myrabolen, Mazis und Muskatnuß als Aphrodisiakum und Allheilmittel gegen die Pest. Darauf dann die Textilien, Seide aus China, feiner Musselin, bedruckter Chintz und Palampor, weiße Baftas und grober Kattun, gestreifte Allejaes, gemischte Baumwolle, gemusterter Gingham und verzierte indische Steppdecken; dann Tee und Porzellan aus China und schließlich alles von Indigo bis Kaffee, nicht zu vergessen Salpeter für unser Schießpulver, aber auch Diamanten, Fächer und Stocklacke, ihre Farben und Texturen so bunt und vielfältig, wie es die Briefmarken im Laufe dieser drei Jahrhunderte wurden, jedes Spezimen eine ebenso große Kostbarkeit wie die Spezereien – und ebenso schwierig einzutauschen. Denn die Nachfrage bestimmt den Preis, heute wie damals. Die Nabobs dagegen am anderen Ende der Welt wurden immer wählerischer bei dem, was wir ihnen anbieten konnten: Silber aus unseren amerikanischen Minen zuerst, dann Blei, Eisen und Zinn, Brillen und Teleskope, Spiegel, Messer und Schwerter; unser berühmter englischer Tweed dagegen war in den Tropen bloß für das Futter von Waffenkisten und Pferdedecken anzubringen. Nein, der Markt war launisch, die Moden änderten sich unberechenbar, und was unsere Faktoreien einlagerten, war im nächsten Jahr schon nicht mehr loszuschlagen.

Eine ausgeglichene Handelsbilanz war denn auch ein Ding der Unmöglichkeit, und wieder: das gleiche gilt für das ebenso globale Geschäft mit Briefmarken. Der Tauschhandel funktioniert nur bis zu einem gewissen Grad, denn selbst zehn Exemplare dieses Quadriptychs lassen sich nicht gegen eine *Virgo Manca* einhandeln – wir handeln mit Luxusgütern; ihr Wert bemißt sich allein nach dem Verlangen, das sich darauf richtet. Das änderte sich erst, als die Ostindienkompagnie *de facto* den indischen Subkontinent regierte, auf den freien Handel mit Opium ein Monopol einrichtete und Steuern erhob auf Salz.

Solch ein knechtendes Monopol hat Dein van Houten auch im Briefmarkenhandel einzurichten verstanden, ein riesiges Auktionshaus wie Christie's oder Sotheby's, um die Geschäfte kontrollieren, seinen Schnitt machen und seine private Bilanz ausgeglichen halten zu können. Viel Glück wünsch ich ihm dafür; und Dir damit. Diese Art der Globalisierung von seinem fünfstöckigen Kontor in Rotterdam aus wird unser ganzes Gewerbe zugrunde richten: Preise nach dem Quadratmillimeter berechnet und natürlich Einheitsware – so wie auch damals schon aus den Kostbarkeiten einer fernen, fremden Welt billiger Schund wurde. Er mag noch so sehr von einer Konzernzentrale des Kommerzes träumen, die Welt wird sich, Marah, dennoch ihre Sehnsucht bewahren.

DER ERSTE ENGLISCHE OSTINDIENFAHRER, der vor Tristan da Cunha im Mai des Jahres 1610 Flagge gezeigt und die Grenzen eines weltumspannenden Imperiums vergeblich um weitere Seemeilen auszudehnen versucht hatte, hieß sprechenderweise *The Globe*. Ist es unserem notorischen Phlegma zuzuschreiben, daß wir so lange brauchten, bis wir über die Weltmeere herrschten? Daß wir nie so entschlossen danach gegriffen haben wie die Holländer? Nicht wahrhaben wollten, was uns schon lange vor Augen stand? Nein, denn wir sind Pedanten. Und mußten daher erst auf Cromwell und seine Independenten warten, um unsere Flagge auf allen sieben Meeren hissen zu können.

Was unsere Insel als Mittelpunkt des Ozeans betraf, so hatten wir über sie zwar schon vieles von anderen sagen gehört, wußten jedoch über ihre Lage nichts Genaues: Auf jedem unserer Portulane, jeder Karte und jedem Globus war sie zu diesem Zeitpunkt, als wäre sie eine schwimmende Insel, an einem anderen Ort verzeichnet, eine Insul eben, die sich nur alle paar Jahrzehnte wieder zeigte, einem Komet gleich. Damit wir aber nicht ein zweites Mal, blind auf unsere Karten vertrauend, im ewigen Eis scheiterten, schickte Charles II. seinen besten Astronomen aus, um endlich die Mitte dieses Erdballs zu vermessen.

Und so steht im Jahre 1677 Edmond Halley an Deck seines Schiffes, richtet das Fernrohr seines Sextanten auf den Horizont, bringt die Bilder der Sonne in dem zur einen Hälfte verspiegelten, zur anderen Hälfte durchsichtigen Glas in Deckung und liest am Gradbogen den genauen Winkel des Sonnenstandes ab, um dann mittels seiner Tabellen die geographische Breite und Länge unserer Insel zu errechnen: 37°25' s. Br., 19°20' w. L. von Greenwich. Doch trotz seiner berühmten Akkuratesse hatte er sich um 20 Breitenminuten und 7 Längengrade verschaut, was an der damaligen Zeit im allgemeinen und an der Schiffsuhr im besonderen lag.

Um aber nun diese gleichsam wie ein Fliegender Holländer steuerlos in den stürmischen Wogen des Atlantiks treibende Insel ein für allemal vor einen englischen Anker gehen zu lassen, erließ der Direktorenrat der Britischen Ostindienkompagnie im April 1684 an einen gewissen Kapitän Robert Knox von der *Tonkin Merchant* folgende Instruktionen, die Inbesitznahme Tristans betreffend:

Angesichts der von der Seekarte diktierten Notwendigkeit einer Station auf halbem Wege zwischen der Küste von Koromandel und unserem Heimatland wäre die Errichtung eines Hafens auf Tristan da Cunha von entscheidender Wichtigkeit für unsere Kompagnie.

Der Gouverneur von St. Helena ist deshalb anzuweisen, fünf Soldaten (14 Shilling Monatsgehalt; Verpflegung auf Kosten der Kompagnie), drei bis vier des Englischen mächtige Neger samt ihren Frauen, sowie Provisionen, Utensilien und Waffen für die dort anzusiedelnden Kolonialisten an Kapitän Knox abzustellen. Bei Ankunft auf der Insel sind ihm eine Residenz zu errichten, ein Fort zu befestigen und die notwendigen Behausungen für die Soldaten und Neger aufzustellen; sechs bis acht Kanonen sollten von nachfolgenden Indienfahrern gebracht werden. Den Söhnen der Pflanzer auf St. Helena und etwaigen aus dem Dienst ausgeschiedenen Soldaten wird freie Passage garantiert und alles Vieh und Provisionen kostenlos transportiert. Die Siedler, gleich ob ledig oder verheiratet, erhalten je 20 Morgen Land auf Leibrente à 12 d. pro Jahr, eine Summe, deren Höhe auch als Totensteuer von erbberechtigten Personen zu entrichten ist. Da die Insel in einer für Ackerbau und Viehzucht günstigen geographischen Breite liegt, ist ein Lager für das zum Export bestimmte Fleisch und die Viktualien vorzusehen.

An dieses Klima glaubten sie wirklich. Und gingen so weit, gleich 30 Kisten Kupferbarren auszuhändigen, zusammen mit Punzen von No. 1 bis No. 10, das sie anstelle Geldes auf der Insel in Umlauf bringen sollten, um Handel damit zu treiben.

An einem Abend im Juni 1684 machte sich Kapitän Robert Knox daher denn auch bereit, ließ sich zur Mole von St. Helena kutschieren und rief das Beiboot, das ihn längsseits der *Tonkin Merchant* bringen sollte. Die Crew hatte für seine hochfliegenden Pläne allerdings nicht das geringste übrig; sie kappte die Taue, machte die Segel los, kaperte das Schiff und ließ es so aus allen Annalen spurlos verschwinden.

Knox aber, unser Kapitän ohne Schiff, kehrte nach England zurück, unverrichteter Dinge und nunmehr so machtlos, wie ich es

Dir, Marah, gegenüber stets war. Die Gezeit wartet auf kein Schiff. Und ich sah Dich nicht einmal von meinem Horizont verschwinden, Du warst einfach fort, einfach so. Und anstelle des sympathisch tolpatschigen Knox kam ein Jahrhundert später, im Jahre 1767, ein gewisser Gamaliel Nightingale aus Iknesworth Hall, Cambridgeshire, der auf seinem Schiff mit der neunschwänzigen Katze herrschte – ein Pharisäer, Schriftgelehrter und Mitglied des Hohen Rates, wie er nicht besser in der Bibel stehen könnte.

Gamaliel kam, sah und visitierte unsere längst zu einem ›Gebroocken Eylandt‹ gewordene Insel vor Tristan; er glaubte sie herrschaftslos in diesem Archipel, ja, mit Sorgfalt und Genauigkeit hatte er es noch nie, jenen Eigenschaften, die Du immer abschätzig Pedanterie genannt hast. Er besaß auch keine neueren Seekarten, nein, und wenn, dann hätte er alles ausradiert darauf, was noch den kleinsten Flecken Land als den Besitz eines anderen ausgewiesen hätte. Das muß der Grund gewesen sein, weshalb er in all seiner selbstgerechten Anmaßung sogar die winzigste meiner Inseln für gänzlich unerobert hielt, jungfräulich rein, und folglich unserem ›Gebroocken Eylandt‹ seinen Namen verlieh, wie bei jeder Hochzeit die Frau ja auch den Nachnamen ihres Mannes annimmt, gleichgültig, wie oft sie schon den Bund fürs Leben geschlossen und ewige Treue versprochen hat. Immerhin verlieh er ihr so einen Namen, der bis dato seine Gültigkeit bewahrt hat; daran wird sich auch nichts mehr ändern, auf der Karte, die neben den ausgerissenen Angeln der Tür an meiner Wand hängt, wird die Insel und ihre Trabanten für immer mit diesem Namen zu finden sein. Ich habe sie mir hinter den Rücken gehängt, um sie nicht dauernd anstarren zu müssen; an ihrer Stelle blicke ich lieber auf diese atlantische Distanz, die vor meinem Fenster beginnt. Inmitten von nichts als Blau im Maßstab von 1 : 1 000 000 prangt darauf in Kapitälchen der Name: NIGHTINGALE.

AUCH DER NAME DER ZWEITEN, vor Tristan liegenden Insel – Nachtglas Eylandt – hat sich auf ähnliche Art und Weise geändert. Mit ihm wird unser Quadriptych vollständig; denn aus dem vierten und letzten Exemplar der vorliegenden Druckserie, *tête-bêche* zum Kopf Guillaume Bolts, das Motiv im Kehrdruck, blickt uns nun ebenso markant wie melancholisch ein französischer Charakterkopf entgegen. Es ist das Portrait jenes Kapitäns, der erst einen Monat zuvor, Ironie der Geschichte, von Gamaliel Nightingale in einem Seegefecht irgendwo nördlich des Äquators besiegt worden war. Wie er allerdings hieß, ist nicht überliefert, Nachruhm winkt bloß den Siegern; man weiß nur, daß er sein Ehrenwort gegeben hat, sein nunmehr zu einer Prise degradiertes Schiff in Kapstadt den Engländern auszuhändigen.

Nach diesem ohnehin schon apokalyptischen Beginn war unser Franzose jetzt auch noch in die Doldrums geraten, in ihre ganz gewöhnliche Dumpfheit, Flaute und Gräue unter einem niederen Himmel. Die dünnen, obwohl tiefen Wolken schienen die Macht der Sonne noch zu verstärken, die unbeirrbar ihren Kreis zog, ein riesiger Ball, erträglich nur mit zusammengekniffenen Augen. Die Hitze, die kaum sich von der Stelle bewegenden Wolken, das Schiff, das hin und her rollte, die schlaffen Segel: all dies hielt ungewöhnlich lange an, bis in unsere südlichen Breiten, ja, diese Kalmen kennen wir nur zu gut, die Eintönigkeit all unseren Unterfangens. Das Meer war weiterhin blau, aber statt Blaufußtölpeln umkreisten nun Fregattvögel sein Schiff, als unser glückloser Kapitän, nach Wochen, im Jahre 1767 von unserem Archipel als erstes Nachtglas Eylandt sichtete.

Auch seine Karten waren nicht auf dem neuesten Stand, nein, denn die Franzosen waren auf den Weltmeeren damals die reinsten Novizen und ihr nautisches Wissen eher eines vom Hörensagen; deshalb war darauf auch bloß eine *Isle Tristar de Cantahar* verzeichnet, umgeben von sechs unbenannten Inseln, was mindestens zwei zuviel waren. Sie zu zählen hatte unser Kapitän nun doch mehr Zeit als genug, er sah sie am Horizont sich abzeichnen und nicht näher kommen, des Nachts und des Tags, und manchmal den Gipfel dieses Tristar vor Schnee in der Sonne gleißen. Die an Steuerbord liegende Insel erinnerte ihn an die Ruine eines alten Forts, das Riff davor an ein Boot oder ein Segel; und er bedachte sie schließlich mit einem Namen, der ihm überaus passend schien. Diesen sollte die Geschichtsschreibung bis heute bestehen lassen, wohl allein deshalb, weil man ihn auf englisch gleich buchstabierte wie auf französisch. Des Kapitäns feiner Sarkasmus ließ ihn sie auf einen Namen taufen, dessen Lautung, wie gesagt, die Jahrhunderte überdauerte und dadurch nur um so wahrer wurde, weil sie all das versinnbildlichte, seine Niederlage und seinen stillen, geheimen Sieg, all das, was auch Du für mich immer geblieben bist und für alle anderen, ob sie es wollen oder nicht, immer bleiben wirst: *Inaccessible.*

MARE ATQUE TERRA. Nun sind sie ein für allemal benannt, die Inseln unseres Archipels: Tristan, Nightingale – zu dem die vorgelagerten Inselchen Middle und Stoltenhoff gehören – und Inaccessible. Um ihr Quadriptych hat sich ein Kontertanz von Figuren gebildet, eine Quadrille, an der jetzt aber auch die Franzosen teilnehmen wollen. Denn eine Erniedrigung zu einem stillschweigenden Sieg erklären, wie es unser Anynomus vor Inaccessible tat, dazu sind sie nicht bereit, dafür steht Frankreich schon zu lange am Rande der tanzenden Paare, alle Hofdiplomatie nützt da nichts, nein, man fühlt sich brüskiert und pocht auf das Zeremoniell. ›Ich würde gerne die Klausel in Adams Testament sehen, welche die Neue Welt zwischen meinen Brüdern Kaiser Karl V. und dem König von Portugal aufteilt und mich vom Genuß an diesem Erbe ausschließt‹ – hatte schon François I. gewettert, doch solch unhöflichen Zornesausbrüchen ist selten Erfolg beschieden. Was überseeischen Besitz im Osten betraf, so blieb er für die königliche *Compagnie des Indes Orientales* in diesem noch glücklichen, vorrevolutionären 18. Jahrhundert so *inaccessible* wie die weißgepuderten Damen, die sich auf der Tanzfläche drehen, ihr Haar kunstvoll hochtoupiert mit dem silbernen Modell einer Fregatte darin; gegen die darin nistenden Läuse hilft nur eine Haarnadel.

Aus dem Tanzbuch der Nationen gestrichen, aber erscheinen den Franzosen die Inseln bloß um so begehrlicher. Und so zieht sich die Delegation mit einem Nasenrümpfen schließlich von diesem ausgelassen europäischen Ball geschlossen zurück und begibt sich ins Herrenzimmer, wo man sich statt dessen über Seekarten beugt und der Phantasie freien Lauf läßt, Intrigen schmiedet, die zu nichts führen, eine Weltherrschaft anstrebt, zu der bloß noch ein Napoleon fehlt. So erwachsen unseren Franzosen anstelle von Kolonien nur Utopien sonder Zahl; und einzig in ihnen wurden der Ausbreitung Frankreichs keine anderen Grenzen gesetzt als jene, die sich auf Seekarten erträumen ließen.

Auf den Quadranten ihrer Blätter entdeckte man solcherart im Jahre 1730, südwestlich des Kaps der Guten Hoffung, die Insel Tristar. Abgebildet im Reisebericht eines gewissen De Varennes de Mondasse, einem Folio, hoch wie ein Atlant, stellte sie die Mitte eines Reiches namens Cantahar dar, von dessen eigentümlichen Bräuchen dieser Weltumsegler trefflich zu schwärmen wußte. Solche Mär von den sieben Meeren erfreute sich am Hofe großer Beliebtheit, man hörte gerne davon, nicht nur der Sonnenkönig, der sich darin auf charmanteste Weise widergespiegelt fand, besonders die Kinder seiner um ihn kreisenden Trabanten; es war ein Junge, der mir stets nahe Aubert Aubert, der von diesen Erzählungen nicht genug bekam. In dieser besten aller Welten, in der Traum und Wirklichkeit eines waren, nahm so ein mythisches Reich Gestalt an, einer französischen Insel Felsenburg gleich, deren Chronik zum wertvollsten Band der Bibliothek unserer Familie zählt, ein vergilbtes Exemplar mit vielen Stahlstichen, über dem auch ich schon meine ganze Jugend versaß. Und zwischen sie mischt sich nun das Konterfei meines Aubert Aubert du Petit-Thouars, mit nur wenigen Dünnstellen auf diesem Sondermarkenblatt; die Lochung synkopiert.

DIE KREISRUNDE INSEL TRISTAR – heißt es in De Varenne de Mondasse's *La Decouverte de l'Isle de Tristar et l'Empire de Cantahar, Paris 1730* – bewohnt ein Volk, dessen Menschen über hundert Jahre alt werden, das Glücksspiel über alles lieben und sich einen Monarchen nur erwählen, damit jemand dem alljährlichen Hochzeitsfest vorsitzt, auf dem die Männer ihre Frauen tauschen: Aubert Aubert du Petit-Thouars konnte immer noch ganze Passagen daraus auswendig vor sich hin sagen; ein Blick auf den geschlossenen Folianten genügte.

Die Sprache in Cantahar ist sehr schwer zu lernen; den Reisenden dorthin wird deshalb empfohlen, sich einige grundlegende Gesten anzueignen, um sich verständlich machen zu können: um beispielsweise einem Ranghöheren die Ehre zu erweisen, hält man eine Hand auf den Bauch, die andere flach auf den Boden, zum Zeichen, daß man ihm zu Füßen liegt; Untergebenen gegenüber drückt man die Hand auf die Stirn, was bedeuten solle, daß man sich an ihn erinnert; Frauen grüßt man, indem man beide Arme über dem Bauch kreuzt, Männer, indem man sich den Schenkel kratzt.

Sonne – *monsky* – und Mond – *raka* – sind das einzige, was die Einwohner von Cantahar anbeten. Sie sind überzeugt, daß die Sonne ihre sündigen Wünsche bestraft; den Geizigen stiehlt sie das Gold, den Unruhestiftern schickt sie Fliegen in die Suppenteller, den Faulen bröselt sie Brotkrümel ins Bett, und den Säufern mischt sie Wasser in den Wein. Alle Knaben sind ihr geweiht, die Mädchen aber, wie Bäume, die eines Tages Früchte tragen werden, dem Mond; sie alle erfreuen sich aber der Menschenopfer, die auf blutigen Thronen dargebracht werden.

Und Aubert Aubert saß wieder über der Gravur des Altars, auf dessen Granitquader von der Vertiefung in der Mitte her Blut rann und über die Seitenränder tropfte, während zwei Reiher – die wohl Geier darstellen sollten – an einem auf dem Rücken liegenden Wesen zerrten. Im Kamin, der zum Salon hinunterreichte, hörte er die Worte ›Munizipialitätenentwurf‹, ›Physiokratie‹ und daß jemand einen ›neuen Himmel auf Erden‹, eine neue Zeit anbrechen gesehen habe. Die Bewohner von Cantahar allerdings besaßen laut Buch gar keine Uhren; sie maßen den Tag mittels einer Pflanze namens *rigody*; auf jedem ihrer Zweige wuchs nur ein Blatt, das sich langsam mit dem Licht drehte. Das immer wieder aufgeschlagene Buch hatte Aubert Aubert dazu gebracht, sich dieser Pflanzenwelt zuzuwenden, die Form der Stempel, Blüten und Blätter zu erlernen, ihr Latein, das sie in ihrem geilen Wuchern fein säuberlich voneinander schied, wie Schichten und Lagen von Gestein.

Während seiner Zeit an der Militärschule korrespondierte er mit dem Geologen Guy Tancrède de Dolomieu und trug sogar ein paar Fußnoten zur holländischen Geschichte in der *Encyclopédie* bei, bevor er sich 1791 seinem Bruder Aristide, der Offizier der Marine geworden war, anschloß; dieser war gerade im Begriff, zwei Schiffe auszurüsten, die die Ostküste Afrikas erkunden sollten. Der Auftrag erging von Ludwig XVI. höchstpersönlich, nachdem die Vertreter des dritten Standes bei der Nationalversammlung in schlichtem Schwarz an ihm vorbei defiliert waren und der Summe von zehntausend Francs zugestimmt hatten.

Derweil Aristide in Brest darauf wartete, daß die Schiffe segelfertig wurden, wanderte Aubert Aubert die Ile de Ouessant ab, um ihre Flora zu katalogisieren; er wurde arretiert, weil man sein Verhalten für auffällig und seine grüne Botanisiertrommel für verdächtig hielt, von den Amerikanern übermittelte Depeschen darin vermutend. Nach sechs Wochen wurde er vor ein Gericht gestellt und freigesprochen. Sein Bruder Aristide hatte da längst schon Segel gesetzt, auch um in diesen revolutionären Zeiten den eigenen Kopf zu retten; er hinterließ Aubert Aubert nur die Nachricht, daß sie sich, falls der Herrgott es denn noch wollte, in Afrika treffen sollten. Doch der hatte dazu keine Lust; denn Aristide kam nie dort an.

Aubert Aubert hingegen hielt am Rendezvous mit seinem Bruder fest und fand schließlich eine Passage auf einem schmuddeligen Schiff, das kaum größer als ein Kutter war; er als zehnter Mann an Bord. Am Äquator gerieten sie für Wochen in die Flaute, die Segel schlaff am Mast reibend, schlingernd in der öligen Dünung, Tag um Tag saßen sie fest, müßig wie ein gemaltes Schiff auf einem gemalten Ozean.

Die Doldrums beschreiben weniger eine Region als einen Zustand; den allerdings kannte er nur zu gut aus dem Bericht über sein Reich Cantahar. Die französischen Seeleute nannten diese Region *le pot noir,* und schwarz kann sie sein, gelegentlich, wenn die beiden aufeinandertreffenden Handelswinde diesen mehr oder weniger weit über dem Äquator liegenden Raum mit Wolken, Düsternis, Donner und Blitzen aus beiden Hemisphären erfüllen – ein gewaltiges Reich ungestillter Sehnsüchte, das einzig wahre auf dieser Welt abseits aller Inseln, schwarz wie die Sepia in dem Tintenfaß, mit der alle Erzählungen immer schon aufgezeichnet wurden, um ein Reich zu beschreiben, dessen Größe und Grenzen Jahr auf Jahr sich ändern: ein Raum, der durchmessen werden muß und den kein Seemann, der bei Verstande ist, zum Ziel seines Spottes und seiner Verachtung machen würde. Und auch die Wale kamen, und die übliche besoffene Äquatortaufe.

Doldrum – wie dieses illusorische Land in Mondasses Reisebericht genannt wird – sei ein Reich, in dem sich nichts veränderte und nichts Neues sich einstellte. Seine Bewohner sah man schlecht, da sie ihre Hautfarbe allem anpassten, was sie umgab. Die Gesetze jenes Königreiches verboten es, zu denken, ja selbst noch ans Denken zu denken, zu sinnieren, zu räsonieren und zu spekulieren. Der Reisende, der dorthin gelangen wolle, brauche bloß Kurs zu halten, ohne an etwas zu denken. Nach Wochen der Angst sichtete sie am 2. Januar 1793 so schließlich Tristan da Cunha.

An einem milden Mittsommertag ankerte die Chasse-marée der Reihe nach vor allen drei Inseln des Archipels; und Aubert Aubert verfertigte mit ungeübter Hand, doch um peinliche Genauigkeit bemüht, Skizzen aus unterschiedlichen Perspektiven. Er ging am 3., am 5. und am 7. an Land. Von dem Teil der Insel, den ich gesehen habe – schrieb er seinem Bruder in einem Brief, der nie in dessen Hände gelangte – erscheint die Hauptinsel durchaus bewohnbar; die kleine Ebene gegenüber der Ankerstelle dürfte genügend Nahrung für mehrere Familien garantieren, die Anhöhen auf dem Berg lassen Jagd und Viehzucht zu; und das Meer ringsum ist überaus fischreich; eine Seemacht sollte die Möglichkeit in Erwägung ziehen, hier eine Versorgungsstation einzurichten.

Zwei Arten von Phoken habe ich gesehen. Die Seelöwen (*Phoca leonina*) weisen einen blaugrauen Rücken auf, der am Bauch in Weiß übergeht; sie schlafen zu Hunderten am Strand, und man muß ihnen schon einen Fußtritt verpassen oder sie mit Steinen bewerfen, bevor sie sich regen. Einmal aufgewacht, recken sie sich hoch, öffnen weit ihr Maul, um ihre Hauer zu zeigen, ohne aber jemals zuzubeißen; dann machen sie sich träge zum Wasser auf und sind dabei so langsam, daß zwei von uns auf ihren Rücken ritten. Erinnerst Du Dich an Protaeus, der Hüter von Neptuns Schar, der sich in die Prinzessin verliebte und sie schwanger am Ufer Cantahars zurückließ? Der König dort tötete sie, der Schande wegen; Protaeus jedoch rächte sich, indem er die ganze Fauna des Meeres gegen das Eiland entfesselte, Seelöwen, die die Herden verschlingen, Menschen fressen und die Städte belagern.

Die Seebären (*Phoca australis*) sind kleiner, haben ein braunes Fell, durchbrochen von Büscheln, die an ihrer Spitze weiß sind; wenn sie sich aufrichten, gleichen sie den Pinguinen. Sie sind scheuer und flinker, aggressiver auch, und kläffen laut bei Gefahr. Als die Bewohner Cantahars deshalb das Orakel befragten, riet es ihnen, den Bestien jeden Tag ein junges Mädchen zu opfern, um Protaeus milde zu stimmen; doch sein Zorn war nicht zu besänftigen. Und so suchen sie noch heute auf allen sieben Meeren nach jungen Frauen, die bei ihrem Anblick die Flucht ergreifen und sich verstecken.

Der *Aptenodytes chrysocoma*, diese Fettgans mit ihrem glänzend schwarzen Kopf und den Büscheln von Federn über dem Auge, mit denen sie einem italienischen Stutzen gleicht, meint – gleich wie Du, mein lieber Aristide, der Du mich nicht nur einmal im Stich gelassen hast, enttäuscht und benützt – ihm stünden dieselben weiblichen Opfer zu. Er versammelt sich mit seinen Artgenossen erwartungsvoll am Meeresufer, und so groß ist ihre Menge, daß man ihr Stöhnen laut gegen den Wind hören kann; zusammen mit dem von den Felsen zurückgeworfenen Echo der Brandung bringt einen dieses Schreien auf Gedanken, die man lieber nicht zu Ende denken sollte.

Was die Flora betrifft, so möchte ich schon allein in ihrem Namen Besitz von der Insel nehmen, wenn ich könnte. Von den Hunderten von Pflanzen, die ich für meine Botanisiertrommel gesammelt habe und erst noch bestimmen muß, entdeckte ich eine Pelargonienart, die ich dem Ort zu Ehren *Acugnaticum* nannte. Sie riecht äußerst angenehm, wenn auch etwas stark, und scheint mit dem *Geranium odoratissimum*, der an der Wand unseres väterlichen Schlosses in der Sonne stand, verwandt. Sie wächst überall und befindet sich gerade in Blüte, wenngleich ihre Früchte noch nicht reif sind – wie Marah damals. Ja, ich habe sie Dir nie gegönnt, Dich gehaßt, als Du für sie ein Bett aus Blättern beim Taubenhaus bereitet hast und sie Dir auf Deine Leimrute ging, die Du für sie mit Honig bestrichen hattest, wenn ich so sagen darf. Und doch hätte ich Dir vielleicht noch verziehen …

Die für diese Insel jedoch charakteristischste Pflanzengattung ist die *Phylica arborea*, ein Busch, der einzige der Insel. Er wird an die fünfzehn Fuß hoch, sein Stamm sechs Daumen dick; er steht nur selten in Blüte, zumindest wurde ich nur eines einzigen blühenden Exemplares ansichtig – wie ich auch Marah danach nie wieder gesehen habe; aber ich werde meine Vergleiche jetzt nicht zu weit treiben … Der Strauch ist das einzige Gewächs hier, das sich als Brennholz eignet; er wächst äußerst üppig, schlägt überall Wurzeln und setzt sich an den hohen, perpendikulären Felswänden fest und bildet ein dichtes grünes Kleid, das in dem dauernden Regen fast schwarz wird, dunkel wie die diversen Moose und Flechten auf der brüchigen Lava, die beim geringsten Schritt ins Rollen kommt.

Ich kämpfte mich durch dieses Unterholz, hielt mich an den Stämmen, Ästen und Wurzeln fest, weil ich hinauf zum Gipfel wollte, der wie jeden Tag in den Wolken lag; wie dick die Schicht war, ließ sich nicht sagen – vielleicht schien oben die Sonne. Ich schaffte es bis auf über tausend Fuß Höhe, obwohl ich mehrmals abzustürzen drohte, und wäre beinahe an meinem Ziel angelangt, als das Zwielicht, das hier weniger als eine halbe Stunde dauert, über mich hereinbrach und ein horribler Überhang mir den Weg versperrte. Auf einem kleinen Felsvorsprung, unter die *Phylica* gekauert, begann so die Nacht; vor Hunger und Kälte konnte ich kein Auge zutun und blieb meinen eigenen trüben Gedanken überlassen. Schließlich gelang es mir, mit Zunder und Stein aus meinem Ranzen ein Feuer in Gang zu bringen.

In seinem Schein gewahrte ich nun die Ursache des unheimlich dumpfen Rauschens in meinem Kopf, das mit Sonnenuntergang eingesetzt hatte! Nachtvögel waren es, die vom Ozean kamen und, angezogen vom Licht, das Feuer flatternd umkreisten. Von der Glut geblendet, stürzte einer um den anderen in die Flammen und kam darin um. Es war ein schreckliches Schauspiel, das mir die Sinne raubte; reglos in das Wurzelwerk gedrückt, atmete ich den entsetzlichen Gestank verbrannter Federn.

Als ich am Morgen zurück zum Strand taumelte, war auch mein Schiff verschwunden. Es hatte, des in der Nacht einsetzenden Unwetters wegen, Anker gelichtet, mein Schrecken war heillos, mir stand das unglückselige Leben vor Augen, das zu führen mir nunmehr beschieden sein würde, und selbst als ich gegen Mittag das Segel endlich am Horizont auftauchen sah, wich die Angst noch nicht von mir.

UND SO KOMMT ER *noch einmal davon, obwohl er beinahe den Gipfel beim ersten Anlauf erstiegen hätte, das freute mich schon damals als Kind; aber wie bei allen, selbst den besten von uns, endet alles mit einem wahren* actus fidei, *dem Autodafé eines Illusionisten. Doch seien wir nicht ungerecht, danken wir ihm und den übrigen für die Miniaturen, die sie mich ausbreiten und rahmen ließen: ein Portfolio von Gouachen in der Farbe des Wassers, die auf diesem Papier zu einem Portrait trocknet; ein transparentes Blatt, auf das ich die zerstreuten Punkte meines eigenen Lebens mit blauer Tinte übertragen habe, alles zugleich in einem; eine Allegorie:* littera gesta docet, quid credas, allegoria, moralia, quid agas, quo tendas, anagogia.

Doch was glauben, was tun, wonach suchen? Vielleicht nach einer mehr oder minder kunstreich konstruierten Utopie, wie sie einst auch Kapitän Knox vor Augen gehabt haben muß, bevor sich alles nur als Illusion erwies. Auch mit meinen vielen brieflangen Gedichten darüber hat es ja nicht sein sollen, denn dort sind weder Bäume noch Brennholz zu finden, nicht einmal Gestrüpp, bloß Ried, in dem die Pinguine Nester bauen, und einen unter die Äste gekauerten Mann, zu dem sich im Laufe meiner Geschichte noch andere gesellen werden.

Erheben wir also in seiner Not, gleich welcher Nation und welchem Glauben wir auch immer angehören mögen, unser Glas auf ihn, auf Aubert Aubert du Petit-Thouars! Und singen unsere Ode auf die unter Alken und Probste verschlagene Nachtigal auf Gebroocken Eylandt, die Bitterkeit ihres Gesangs in der Hecke der Wolken. Bald nämlich wird diese scheinbar jungfräuliche Insel als solche erkannt werden, wie es in der Bibel heißt, und wie eine käufliche Dirne in andere Hände übergehen; ach, wie viele waren es, meine Marah, die um Deine Hand anhielten, wie viele Jans und Johns, Johanns und Jeans, denen Du sie zu mehr als nur einem Kuß hingestreckt hast.

BOGEN IX

ISLE OF REFRESHMENT
PRINTARD ISLAND &
LOVEL ISLAND

MARE LIBERUM. Schaut auf die Katze. Wenn sie mit ihrem eigenen Schwanz spielt oder mit einem lose herabhängenden Tauende, stirrt sie den Wind auf; wenn sie sich an der Reling kratzt und scheuert, zieht faules Wetter her; und es kommt von dort, wo sie hinschaut, wenn sie sich die Pfoten leckt. Dann nimm die Toppsegel zugleich mit dem Sprietsegel weg, fier das Vorsegel, streich den Mast bis zum Eselshaupt, und mach alles mit einem Schafssteek fest; den Mond vermochte aber auch ich nicht, bevor er versank, über dem Tosen zu halten.

Jupiter schleuderte die Blitze schneller, als man mit dem Auge folgen konnte, und belagerte mit seinem Donner und schwefeligen Brand Neptun, der ob dieser Anmaßung vor Zorn bebte. Die See schwoll an bis zu den Wolken und schlug ihre Schlacht mit dem Firmament. Der Himmel spie, als würgte ihn der Wind am Hals, einen Schwall um den anderen aus sich heraus, dann aber, so als hätte er wieder Luft bekommen, brüllte das Maul des Sturms nur noch lauter, wurde wütender und bösartiger. Dann fing der ganze Pfuhl, in dem sie sich wälzten, Feuer, stinkend schwarzes Pech ergoß sich aus dem Himmel, und das Meer stieg an bis zu seinem rauchenden Schlund, ohne daß sein Wasser das Feuer zum Verlöschen zu bringen vermochte. Die See war zum Himmel geworden, und selbst eines Königs Schwert hätte beide nicht mehr voneinander zu trennen verstanden; die Erde ging in den Wogen unter, die Wellen in ihr, und ineinander verschlungen fielen sie in den Orkus der Nacht.

Bei Sturm aber lieg am Trei, was heißt, geh über Stag, die Schot achtern fest und das Steuer bordseits. Wenn auch das nichts nützt, sagte der Kapitän, und das Hauptsegel zerrissen ist, zieh es am Kreuzmast auf; oder lenz vor dem Wind und lieg beigedreht ohne Segel, die Ruderpinne an Lee festgezurrt: Wer für den Strick geboren ist, wird nicht ertrinken. Doch das Wasser brach aus allen Fugen, und bald stand es fünf Fuß hoch in der Bilge über dem Ballast.

Bleibt in Euren Kabinen, Teufel noch mal, Ihr steht den Matrosen im Weg: Glaubt Ihr, diese Brecher kümmert der Name eines Königs? Vor Topp und Takel gehen, hab ich gesagt, ihr faulen Hunde! Was macht Ihr immer noch hier? Die Pest über Euer jämmerliches Gejaule; wollt Ihr, daß wir absaufen? *Die rote, die gelbe und die schwarze Pest über dich, du gotteslästerlicher Kläffer!* Dann macht Ihr Euch an unsere Arbeit, wenn Ihr könnt, Ihr Lackaffen Ihr! *Du Hurensohn! Wir fürchten Uns weniger vor dem Ertrinken als du. Denn selbst wenn Wir untergehen, wirst du dafür zur Verantwortung gezogen werden, und nichts wird es dir nützen zu behaupten, das Schiff wäre nicht stärker als eine Nußschale gewesen und überall leck wie ein unbefriedigtes Stück Weib!*

Es ist alles verloren, betet, auf die Knie mit euch, betet! *Was, sollen wir kalten Mauls ohne einen Schluck Schnaps untergehen?* Allein ein paar Säufern wegen werden Wir ums Leben gebracht; aufgeknüpft werden sollen sie bei Ebbe und zehn Gezeiten dort hängenbleiben! *Der Himmel helf uns – wir laufen auf, das Schiff läuft auf! Die Hölle ist leer und alle Teufel hier!* Doch die Gebete gingen im Wind unter und dieser wieder im Donner, und nichts war zu sehen, daß noch Hoffnung versprochen hätte. *Tausend Meilen See für einen Morgen dürren Bodens, nur um eines trockenen Todes zu sterben.*

Ein Sturm löste den anderen ab und hatte noch mehr Gewalt als der vorige, daß es bei Tag so dunkel wie in der Nacht und in der Nacht so schwarz wie im Arsch des Teufels war. Die Schiffskatze steckte voller Dämonen; Funken schlugen ihr aus dem Fell und sprangen auf den Hauptmast über, eine Glut, die bald in aller Unheimlichkeit zu leuchten begann. Das Elmsfeuer schwankte zwischen den Tauen und sprang von Segel zu Segel, als versuchte es gleichzeitig überall zu sein, und für drei, vier Stunden gab es ihnen Geleit, flackerte die Großrahe entlang bis zu ihrer Spitze und kam wieder herab. Und dann stand plötzlich das ganze Schiff in Flammen und dem zukünftigen König eines in der Not ersehnten Reiches samt seinen zwei Gefolgsleuten das Haar zu Berg; und das Licht legte sich bläulich um ihre Köpfe und Fingerspitzen, glühende Bälle, die auf den herabfallenden Sparren und Rahen der Takelage saßen, *corpi sanctorum*, die ihnen wie die eigenen, im Fegefeuer des Sturms brennenden Seelen erschienen, daß sie über Bord sprangen und um ihr Leben schwammen. Es sind immer die Sünder, die zu Heiligen werden.

Und derweil die Wasser langsam unterirdisch wie kaltes Blut in den Leib der Erde abrannen, daß ihr die Adern innen gefroren, derweil die Matrosen, verhext von diesem Tag, der zur Mitternacht geworden war, wie angenagelt an Deck standen, derweil eine Gezeit über sie kam, die bei Flut zum glückseligen Ufer Fortunas führt, bei Ebbe jedoch den Kurs eines Lebens in Untiefen geraten läßt, derweil strich meine vielleicht nicht unbedingt gütige Hand die Wellen jenseits des Riffes vor unserer Insel wieder glatt, ließ sie leer gegen die Schlacken am Strand schlagen, unsere drei Helden dem Sturm entgehen und, an Land nach geraumer Zeit, erneut zu Atem und Wort kommen; die Katze jedoch, sie war ersoffen.

Das Wunder, das Wunder einer solchen Rettung ist etwas, das nur wenige von Sich erzählen können! *Es tröstet uns wie kalter Haferbrei; und, kaum gelöffelt, zieht Er Sein Mundwerk schon wieder auf wie eine Taschenuhr: bald wird's dreizehn schlagen.* Zwar scheint die Insel verlassen und unzugänglich – *Jetzt kommt's!* – nichtsdestotrotz muß ihr Klima von der delikatesten und subtilsten Temperenz sein. *Dies Temp'rament aber ist ein delikates Weibsstück: und kein Zärtelchen, so wie Er's im Munde führt.* Der Hauch der Luft ist Uns gar so süß. *Als hätte sie Lungen, und zwar verfaulte.* Hier gibt es alles, was das Leben angenehm macht! *Alles, außer Leben.* Wie saftig das Gras ist und wie grün, schaut nur! *'s einzig Grüne hier ist Sein Gehrock.* Als hätte Uns die Göttin Occasione hierherleiten wollen, diese Gunst widriger Umstände, dieser seltene rare Zufall … *Wie's nur selten zufällig ist, wenn sie in anderen Umständen ist.* Oder war es Dido, die ihr Königreich gründete, es auslegte mit nichts als einem in feine Streifen zerschnittenen Fell – *Das auf keine Kuhhaut geht* – einem Karthago, dem Zukunft beschieden war? *Was für ein Phrasendrescher; bald hat Er auch noch das Getreide eingefahren, Mauern errichtet und ein Dach aufgesetzt; uns wär's recht.* Und wie im Nu sind auch Unsere Kleider wieder trocken. *Damit er die Insel in Seine Tasche stecken kann, wie seinen Reichsapfel. Und die Kerne über's Meer säen, daß Ihm neue Inseln daraus erwachsen!*

SO UND ÄHNLICH HATTE SICH Jonathan Lambert, unser merkantiler Monarch in spe, die wunderbare Vermehrung eines Besitzes im Nirgendwo vorgestellt; vom Sturm zu profitieren, das gedachte er, von den Wal- und Robbenfängern, denen er ein Hafen im Ungewissen, ein Anker in der Not, eine wahre Insel im Ozean sein wollte. Und abermals steckten die vermaledeiten Holländer dahinter, die mit vollen Eimern aus dem bodenlosen Faß des Meeres schöpften, während den Engländern dafür bloß Fingerhüte blieben und sie Tran und Öl importieren mußten; einzig und allein die Amerikaner hatten gelernt, die wachsende Nachfrage zu befriedigen. In unseren Breiten, denen inzwischen des heftigen Seegangs wegen der Name *Roaring Forties* verliehen worden war, erschien es ihnen allen jedoch buchstäblich als Paradies auf Erden, wenn sie nach Tausenden Meilen von See auf einen Morgen Land stießen, wo es Süßwasser und frisches Fleisch gab, Gemüse und Kresse.

In Rio, über gestohlenen Seekarten brütend, horchte er sich bei jedem einlaufenden Schiff nach diesem Tristan da Cunha um. Er tat es nicht allzu offen, da man ihn wegen des Vorwurfs der Piraterie zur Verhaftung ausgeschrieben hatte, aber er tat es trotzdem, auf die Göttin Occasione vertrauend. Der Tag lag hell über den weißgekachelten Häusern und den Bretterbuden, unser Johann Ohneland war glattrasiert, trug einen Strohhut und übte sich darin, den Spazierstock zu schwingen. Dazwischen intonierte er halblaut, damit ihm die aus seinen zwei Büchern angelesenen Sätze später nicht ausgingen – ja, es lag nur an der Formulierung, das Vokabular war austauschbar, ja, so wird uns der Geck sympathisch.

Die Dreiviertelstunde zu Fuß zur amerikanischen Botschaft, für eine Kalesche hatte er kein Geld, reichte aus, um sich eine Auswahl von Floskeln zurechtzulegen, die ihm über den Abend hinweghelfen würden, eine Einladung, die zu prokurieren ihm die Madame des einschlägigen Etablissements im Hafen gerne geholfen hatte. Der Botschafter nämlich verkehrte bei ihr, sie kannte seine Vorlieben und sah sich mit ihrer Einflußnahme, vertraulich, alles streng vertraulich, bei uns hört man ja alles, eventuell auf diese Weise wenigstens einen Teil des nur als Schuldschein existierenden Geldes ihres um einige Jahre jüngeren Bettgängers wieder erlangen, denn ihr nicht ganz widerwilliger Galan hatte nicht zu Unrecht vermutet, daß die Betten in ihrem Etablissement billiger waren, teilte man sie mit Madame und der fetten Katze, die sie meist im Arm hielt. Der Botschafter seinerseits war ebenfalls kein Dummkopf, die Art und Weise, wie er zu seiner Ernennung gekommen war, hatte etwas durchaus Vergleichbares. Was sie, noch, voneinander unterschied, war allein der Umstand, daß der Botschafter einen real existierenden Staat vertrat und im diplomatischen Umgang geschickter war. Erst neun Monate in Rio, war er doch schon so eingelebt, daß er wußte, daß ihm eine offen in Umlauf gesetzte Erwähnung seiner Donnerstagabende bei Madame in den alteingesessenen Kreisen eines Landes, das sich immer noch als ›Terra da Vera Cruz‹, Land des Wahren Kreuzes sah, nicht dienlich war.

Und so wurde, in Anwesenheit des Botschafters, nach dem Essen nun der Port gereicht, die Herren der Gesellschaft zogen sich ins Raucherzimmer zurück und unser fast schon die Krönung vor Augen habender Zeitgenosse gab sich äußerst feinsinnig, in den richtigen Momenten aber auch drastisch, womit er sich als Charakter zu profilieren gedachte. Wider Erwarten gelang ihm dies mühelos, was daran lag, daß er eine innerliche Gelassenheit auszustrahlen schien, eine Seelenruhe, die vor allem daher rührte, daß er voller Befriedigung über den von ihm selbst eingefädelten Winkelzug war. Er war mehr als stolz auf den Einfall, sich den Niederungen landläufiger Gerechtigkeit dadurch zu entheben, indem er sich unter die gesetzgebenden Organe mischte und sich, noch besser!, einfach als Potentat eines kleinen Reiches deklarierte. In solch einer gesellschaftlichen Position nämlich würde man sich schlimmstenfalls der Strafe eines Exils ausgesetzt sehen – und im Exil, da befand er sich ja bereits, jedoch inkognito. Was er im Gegenzug anzubieten hatte, war nichts Geringeres als der Name einer Insel, ein Pfand der Unsterblichkeit für den, der sich eine solche leisten konnte. Ich weiß, wovon ich rede.

Der amerikanische Botschafter vermutete hinter dem Anliegen unseres Prädenten durchaus Unlauteres, aber so, wie es sich ihm darstellte, verlöre man nichts, wenn man diesen Burschen ein wenig unterstützte, sich zwar offiziell bedeckt hielt, nominell jedoch in die Sache involviert war. Falls sich wider Erwarten etwas daraus entwickeln sollte, konnte man sich den Erfolg auf die eigene Fahne schreiben, was seinem Rufe sicher förderlich sein würde, und so, nach einem eher angedeuteten als ausführlichen Gespräch auf dem Patio – wo *sub rosa* auch einige Bemerkungen über die Mädchen ausgetauscht wurden, vor allem die dunkelhäutigen des besagten Etablissements – erklärte sich der Botschafter bereit, Zuckerrohr, Kaffee und Tabakpflanzen zur Verfügung zu stellen, um dem zukünftigen Inselstaat zu den ersten Genüssen zu verhelfen. Allerdings sehe er vollkommen schwarz, was Pekuniäres oder die Ausrüstung eines eigenen Schiffes betreffe, sei aber gerne behilflich, et cetera, nur um nicht Mordio schreien zu müssen – denn langsam bekam der Botschafter von dem nun doch immer aufdringlicher werdenden Kerl genug. Und so ward es, zu beiderseitiger Zufriedenheit, beschlossene Sache – über der nur die dritte Partei leer ausgehen würde, Madame, für die es aber mittlerweile ohnehin eher eine Sache der Eitelkeit als des Geldes oder der Ehre war; und Eitelkeit hatte sie sich nach so vielen Jahren in ihrem Metier nun doch abzuschminken gelernt.

Vorerst aber gebot die Staatsräson noch, sie hinzuhalten, denn das Etablissement eignete sich vortrefflich als Residenz eines Interregnums, indem sich die Lust der Pflicht und die Pflicht der Lust aufs angenehmste erfrischen ließen, ein Stützpunkt der Erquickung, an den er sich später in seiner Hauptstadt noch oft wehmütig erinnern würde. Und wo einen besseren Ort finden, um die Qualitäten eventueller Untertanen auf Herz und Kraft zu prüfen? Denn was in einem Mann an Verwerflichem steckt, das wissen immer noch die Frauen am besten herauszufinden. Da man ohnehin annahm, daß Madames Mädchen, so wie sie einen verschlangen, bloß kannibalischer Lautungen fähig waren und, in dem babylonischen Stimmengewirr dieser Hafenstadt, die Sprache der Herren nicht zu verstehen vermochten, gestand man ihnen alles. Außerdem war dies auch der geeignetste Ort, um am Stiegenabsatz diejenigen näher ins Auge zu fassen, denen die Mittel auf höchst unrühmliche Weise ausgegangen waren, und ihnen für diesen einen erlösenden Moment eine paradiesische Zukunft in Aussicht zu stellen, einen Sonnenstaat, ein Land of Cockaygne, ein wahres Schlaraffenreich, ein Reich wirklicher Freiheit und nach geraumer Probezeit auch Gleichheit und Brüderlichkeit, so sich denn nichts Besseres böte. Zur Gründung einer Nation und um nicht gleich wieder einen Staat im Staate zu schaffen, beginnt man eben am besten mit jedweder Pflichten ledigen Männern.

Von derart moralischen Prinzipien ausgehend, fiel der Blick unseres Regenten nach kurzer Suche auf einen gewissen Williams, S. als Initiale für Steven, Stuart oder Saul, über dessen *curriculum vitae* wir – erstens – gar nicht mehr wissen können, weil seine Schreibkenntnisse nur bis zu dieser Initiale reichten, und selbst wenn sie weiter gereicht hätten, würde es nichts daran geändert haben, denn man hatte schon Schwierigkeiten, sein Nuscheln zu verstehen, ihm fehlten nämlich die oberen Zähne, das sah man, wenn er an seiner langstieligen Pfeife sog, Gott weiß, wo er sich das abgeschaut hat, deshalb wollen wir – zweitens – von ihm sonst auch nichts wissen, zumal unser König ebenfalls nicht insistierte; noble Zurückhaltung ziemt sich für einen Mann seines Ranges und für mich schon längst. Nachdem Er ihn aus der Gosse geholt hatte, ihn schrubben ließ, ohne daß die Trauerränder unter den Fingernägeln verschwunden wären, erwies er sich als überraschend blond; und weil er sich zudem nicht unhübsch anstellte und Madame an ihm Gefallen fand, was Lamberts morganatisches Verhältnis zu ihr ein wenig in den Hintergrund rückte, ließ Er Nachsicht mit seinem Subjekt walten. Wir haben uns in diesen Sätzen ein wenig verloren, nicht wahr, aber auf diesen Umstand baute auch der König Sein zukünftiges Reich und war froh, daß niemand Seine Grammatik in Frage gestellt hatte.

Mit Seinem zweiten Untertan nun lagen die Dinge anders, er war ein Kamerad aus alten Tagen, Tomaso Corrie aus Livorno, den alle, wenn sie ihm nahestanden, nur *Curry* nannten, und *Cur*, wenn sie sich mit ihm anzulegen gedachten, was sie besser bleiben ließen, denn der Köter bellte nicht nur, sondern er biß. Corrie hatte, bevor er untertauchen mußte und auf einem Amerikaner als Bootsmann anheuerte, den Brüdern der Küste angehört, sich gar den korsischen Revolutionären angeschlossen. Bei ihm sparte Er sich Seine Geschichten. Er versprach ihm zwölf spanische Taler pro Monat, ein Drittel von zwanzig Prozent des erwirtschafteten Gewinns und beiden freie Passage zum Kap der Guten Hoffung, falls sie nach einem Jahr nicht länger bleiben wollten.

Über Anleihen Gutgläubiger, denen der Name des Botschafters imponierte, kam langsam die Ausrüstung zustande, die zu säenden Samen und zu setzenden Pflanzen, Schweine, Ziegen und Geflügel. Und Madame, der Madame, der wir inzwischen den Namen Marah gegeben haben? Ihr ward in Aussicht gestellt, an den zukünftigen Hof berufen zu werden, samt all ihren Hoffräuleins, doch ehrlich gesagt, darauf pfiff sie. Allerdings nicht, ohne sich vorher als Herzdame zu erweisen und den ihr nun alle Betten ihres Etablissements ausprobierenden dreien zu einer Passage nach Tristan zu verhelfen, auf dem Schiff eines gewissen Kapitän Lovel aus Boston, dem unser Monarch ebenfalls eine Insel versprach, denn die einzige Unsterblichkeit, zu der wir auf Erden gelangen, ist es, das weiß ein Kapitän nun einmal, auf Karten verzeichnet zu sein.

Und so legte Sein Schiff ab und kam, nun nicht mehr wie all die anderen in die Roßbreiten, die lagen hinter ihm, sondern in einen tagelangen Regen, der dermaßen aufs Deck platschte, daß ein wahres Bäckerschupfen drohte, ein Wolkenbruch, so gewaltig, daß keiner von ihnen den Mund zu öffnen wagte. Wohl deshalb meinte es die Vorsehung ausnahmsweise gütig mit ihnen, indem sie ihnen am rettenden Ufer das Leben schenkte, allerdings eines, das schlimmer war als der Tod. So kam es, daß, schließlich und endlich, unsere Hoheit Jonathan Lambert aus Salem, Massachusetts – dessen Ururgroßmutter man noch als Hexe verbrannt hatte, aber das ist eine andere Geschichte – daß am 27. Dezember 1810 unser König in seinem Reich abgesetzt wurde, wo ihn Seine Alken, Probste und Tölpel bereits erwarteten.

DERART GESTALTETE SICH die Landnahme, auch wenn Seine Durchlaucht, dessen wurde Er sich zu Seiner herben Enttäuschung schnell bewußt, nicht der erste gewesen war, der unsere Insel zu seinem Reich auserwählt hatte. Bereits beim ersten Erkundungsgang stieß Er auf die Spuren von Pflanzungen und Feuerstellen, die die Mannschaft der *Industry* hinterlassen hatten, Amerikaner wie Er selbst, wenn auch nicht von solch illustrem Rang. Einen Sommer lang hatten sie ihre Zelte auf jener schmalen Ebene aufgeschlagen, die nun unserem Monarchen neuen Lebensraum bot, und dort die Schildkröten der Panzer wegen abgeschlachtet, während sich der Verwesungsgeruch ihres Fleisches vermischte mit dem von Tausenden von Seebären, denen sie bei lebendigem Leibe das Fell abzogen.

Dies war nun Sein Land, wie es sich Ihm nach und nach einprägen wird: ein erodierter Felssturz, ein aus dem Berg gebrochenes Stück schwarzer Lava im Nordwesten, von Torf bedeckt, nur fünfzig Fuß über dem Ozean. Die Insel selbst, 7000 Fuß hoch, 7 Seemeilen Umfang, ein Vulkan, der steil aus dem Meer wächst bis zu einem Plateau, von dem aus der Berg erst langsam zum Gipfel ansteigt, pockenartig von kleinen Kratern übersät, die der dichte Bewuchs dem Blick verbirgt. An allen anderen Stellen ist sie unzugänglich; vielleicht daß bei gutem Wetter Boote in der einen oder anderen Bucht zu landen vermöchten, aber der einzige Pfad würde über für Seeleute unerkletterbare Klippen hinauf die Insel durchqueren; um sie herum führte kein Weg.

Steine, um Häuser zu bauen, gibt es in Hülle und Fülle, nur keinen Kalk für den Mörtel; statt dessen wächst schilfartiges Horstgras im Überfluß, mit dem Dächer sich decken lassen. Ein Baum aber ist nicht zu sehen, nur Gestrüpp, das die Flühen hochkriecht, eine Art Kreuzdorn. Doch da ist ein Bach, seine Ufer eingefaßt mit Farrenkraut und Frauenhaar; und es findet sich ein Strauch, aus dessen Blätterbüscheln sich eine Art Tee bereiten läßt, seine Blüten von einem höchst angenehmen Duft, der weit im Meere noch riechbar bleibt. Und das Trinkwasser ist von einer Süße, die sich mit jener der biblischen Ströme durchaus vergleichen läßt; drei Wasserfälle haben sich Rinnen hinab zum bewohnbaren Teil der Insel gegraben, einer davon nahe genug, daß Schiffe an seinem Teich die Fässer bequem zu füllen und ins Boot zu bringen vermögen. Jene Kaskade, samt den zwanzig, dreißig Morgen urbarem Land darunter, nannte unser König auf seine so leicht zu durchschauende Art deshalb *Reception* und erkor sie zu seinem Sitz. Wie Er auch unserer Insel – als dritter, letzter und darob auch vergeblich – jetzt einen Namen verlieh, der mehr als Prospekt für die nautischen Handbücher, Segelinstruktionen und Karten gedacht war, als daß er auf sie zutraf: *Isle of Refreshment*.

Nach und nach legte Er ein Kataster seines Reiches an. Das Klima war nicht heiß genug, um die ersehnten Plantagen von Kaffee, Zucker und Tabak samt den noch zu importierenden Sklaven anzulegen, außer in Glashäusern, die Er nicht besaß, jedoch auch nicht frierend kalt. Gemäßigt oder gar gesund aber konnte es nur jemand nennen, dem das Regnerische ebensowenig ausmachte wie der Wind, der vom Südpol heraufwehte; Seine beiden Subjekte auf dem gestampften, feuchten Boden ihrer *Jaackstrohhütte* fluchten jedenfalls elendiglich. Der Enthusiasmus ihres Lehensherrn war dadurch allein nicht zu dämpfen; die abgrundtiefe Enttäuschung Seiner großgeschriebenen Phantastereien konnte er sich im Kleinen wie im Großen nicht eingestehen, weil ihm dafür ein grundlegender Charakterzug vollkommen fehlte, nämlich Einsicht in sein Wesen, Rechenschaft über das eigene Tun abzulegen; die Existenz dessen, was ihn umgab, teilte sich ihm nur durch Neues mit, einzig das immer wieder Neue drang durch seine Haut und ließ ihn vergessen, daß er eigentlich die meiste Zeit naß bis auf die Knochen war.

Aber es gab Tage im Sommer, der unser Winter ist, Wochen, in denen das Wetter mild war und alles wie von selbst wuchs, ähnlich wie in den Beeten meiner Haushälterin hinter der Küche, französischer und lappländischer Kohl, rote Bete, Karotten, Pastinaken, Erbsen, Rettich, Salat, Zwiebeln, Petersilie, andere Kräuter sowie Erdäpfel, vor allem Erdäpfel, die diese kompostartige Erde mochten, die den steinigen Boden eine Handbreit hoch bedeckt. Die Gänse mästeten sich von allein, die Hühner auch; die Enten gingen nur ein, weil Corrie Fischdärme an sie verfüttert hatte. Die Schweine, die sie mitgebracht hatten, und jene, die bereits bei den wilden Ziegen oben auf dem Plateau waren, fraßen den Löwenzahn. Und während der Viehbestand gedieh, lebten

Volk und Herrscher von den See-Elefanten, die sich um den Teich unterhalb eines Wasserfalls flätzten, und von einer Art Birkhahn, auf den sie den Hund ansetzten. Gott gäbe bloß, er wäre ein Terrier gewesen, denn die halbe Zeit tat er nichts anderes, als die Albatrosse, Sturmvögel und Raubmöwen aufscheuchen.

Auch das Verzeichnis Seines unterseeischen Reiches wurde nach und nach länger. Große Fische wie Cavallas zählten dazu und eine Art fetter Lachs, riesige Garnelen, die man heraufholen könnte, hätte man bloß einen Kahn!, makrelenartige Fische und Schwärme von Wrassen, die sogar See-Elefanten attackieren, die alten!, und sich dann mit den Robben davonmachen. Letztere stranden oft an den Felsen hier, dann gehen sie mit dem Spieß auf sie los; so haben sie bereits achtzig erlegt und etwa 1000 Gallonen Tran gewonnen, um bei nächster Gelegenheit ein Boot zu kaufen. Ließe man diese Phoken sich zwei, drei Jahre ungestört vermehren, würde darauf dann, zusätzlich zur feder- und daunenverarbeitenden Industrie, ein staatliches Monopol aussprechen, könnte man Steuern erheben und für den Export sorgen, wozu es weiterer Männer, Ölzisternen, Esel für den Transport und desgleichen mehr braucht. Bis dahin aber besitzen sie nur die Kleider, die sie am Leib tragen, essen sie schon seit einem Monat Rüben statt Brot. Was nicht heißen soll, daß dies Seiner großen Pläne Abbruch bedeutet hätte.

ACH MADAME!, meine geliebte Marah, was soll ich Ihnen noch über Ihn berichten, außer daß Er sich mit Ihrem Geld von einem brasilianischen Vedutenmaler mehrere Portraits in kluger Voraussicht hatte anfertigen lassen, Öl auf Karton im schlichten ovalen Rahmen, da es für mehr Prunk zuletzt schließlich doch nicht mehr reichte, die Haare glatt und kurz über der Stirne, die Locken aber, die Sie so an Ihm liebten, lang auf die Schulter fallend, einen Ausdruck im Gesicht, den man engelhaft nennen könnte, wenn dahinter nicht ein sardonisches Lächeln zum Vorschein käme, ein Grinsen geradezu, das Ihm inzwischen jedoch vergangen ist. Er sehnt sich sehr nach Ihrem Lager und hat, dumm ist Er nicht, wie Sie wissen, bereits vorgesorgt und mit Ihrem Bekannten, Kapitän Lovel, vereinbart, daß dieser auf der Rückfahrt vom Kap bei Ihm nach dem Rechten sehen solle. Wie gerne wäre Er zu Ihnen zurückgekehrt, aber ein Mann, Madame, muß nach seiner eigenen Erlösung suchen, durch Sturm und Feuer gehen. Man darf ihn denn auch nie danach richten, was er gefunden, sondern was er gesucht hat.

Und so gab Jonathan Lambert dem Kapitän ein in Ölpapier eingeschlagenes Paket mit, in dem die Portraits enthalten waren, und eine aufgesetzte Staatserklärung, die Corrie sich weigerte zu unterschreiben, weil ihm das an Spitzbüberei dann doch zu weit ging, die aber Lamberts zweites Subjekt – wir erinnern uns: Williams, S. für Stuart, Steven oder Saul – gegenzeichnete, doch, weil er klüger war als Corrie, bloß mit dem aus den Buchstaben seines eigentlichen Namens gezogenen Pseudonym ›Andrew Millet‹. Diese Unabhängigkeitserklärung von allen Nationen der Welt legte er Kapitän Lovel vor, seiner einzig verbliebenen Verbindung zu Ihnen, Madame, deutete mit dem Finger gleich auf den dritten Absatz, wo, wie versprochen, der amerikanische Botschafter in Rio seine Insel erhielt – unser Inaccessible, das damit zu *Printard Island* geworden war – und auch auf den Kapitän hatte Er nicht vergessen und ihm zu Ehren Nightingale in *Lovel Island* umgetauft. Erfahren sollte davon jetzt alle Welt, zumindest aber der ›Sheffield Advertiser‹ und die ›Boston Gazette‹:

> *So wisset, daß Ich, Jonathan Lambert, vormals aus Salem, im Staate Massachusetts, Vereinigte Staaten von Amerika, und Bürger dieses Landes, am 4. Tag des Februar, im Jahre des Herrn*

1811, von der unter dem Namen Tristan da Cunha *geläufigen Insel absolutistisch Besitz ergriffen habe – viz., die Hauptinsel und die anderen beiden, die als* Inaccessible *und* Nightingale *bekannt sind, einzig und allein für Mich und die Mir in der Sukzession nachfolgenden Erben, für immer und ewig, mit dem Recht, die Herrschaft über das ganze Reich oder einen Teil davon auf eine Person oder mehrere zu übertragen, durch Abtretung, Lehen oder Schenkung, oder wie immer Ich oder Sie (meine Erben) es in Zukunft für richtig und gut befinden werden.*
Und da noch keine europäische oder sonstige Großmacht auf diese Inseln bis dato Anspruch erhoben hat, weder durch das Recht der Entdeckung noch durch den Akt der Besitzergreifung: deshalb sei allen Nationen verkündet, in allen Zungen und Sprachen, daß hiemit von diesem Tage der Öffentlichkeit bekannt werde, daß Ich Mich als freier und unabhängiger Mensch im Vollbesitz meiner geistigen Kräfte zum alleinigen Inhaber der obengenannten Inseln ernenne, indem ich Mein Recht und Meinen Anspruch mit dem Prinzip der absoluten Okkupation begründe; und als solcher Mich in den Stand aller Rechte, Titel, Privilegien und der Immunität versetze, die Herrschern zivilisierter Nationen zugestanden wird.
Darüber hinaus erkläre Ich, daß die Ursache zu diesem besagten Akt, wie er mit dieser Deklaration Gültigkeit erhält, ihren Ursprung in dem Wunsche und der Absicht hat, für Mich und Meine Familie ein Haus zu bereiten, wo ich des Lebens wieder lustig werden kann, ohne die Einschränkungen und Einengungen, die bisher meine Existenz immerdar verunmöglichten, um Uns zudem einen Besitz zu prokurieren, mittels dessen Nießbrauch Wir unsere vollkommene Unabhängigkeit erklären, und uns, so denn möglich, aller hinterfotzigen Schikanierei und gemeinem Elend zu entziehen.
Zu diesem Behufe intendiere Ich, dem Ackerbau strengste Aufmerksamkeit zu schenken, mit Hinblick darauf, daß es in der Welt bekannt werden möge, daß bei Meiner Residenz jedes Schiff, das mich aufsucht, gleich welcher Art oder Herkunft, durch freien und offenen Handel sich mit allen, von ihm benötigten Artikeln ohne Verzug versehen kann, zu angemessenen Preisen.

Zuletzt sei noch angefügt, daß Ich Mich und Mein Volk, was den Handel und Verkehr mit anderen Völkern betrifft, an die Prinzipien der Gastfreundschaft und Kameradschaft gebunden fühle, wie sie von den besten Autoren auf diesem Gebiet niedergelegt wurden, und durch keine Gesetze, welche auch immer, bis zu dem Augenblick, in dem diese Deklaration durch andere Verträge gegenstandslos wird.

(Unterschrift) *J. LAMBERT*
(Handabdruck) *ANDREW MILLET*

Das königliche Banner, das Er sich von seinen Untertanen aus Jute und Ärmelresten von Hand hatte nähen lassen, gab er in mehrfacher Ausführung dem Dokument bei. Ihm erging es dabei nicht anders als den übrigen von uns: Wenn wir einmal symbolisch Flagge gezeigt haben und die Dinge mit unserem Sigel versehen haben, wie Punzen auf Gold, erfasst uns doch gleich wieder Argwohn, ob durch unsere Eigenmächtigkeit nicht etwa der ursprüngliche Wert wieder verlorengegangen ist und sich unter dem edlen Metall nunmehr bloß bleierne Schlacken verbergen, weil das romantische Feuer unserer Phantasie alles zu Asche verbrannt hat.

So ergriff auch Jonathan Lambert schließlich der Zweifel, ob ihn sein ingeniöser Schachzug auf höchster Ebene auch wirklich vor aller Verfolgung bewahren würde; denn ungreifbar ist nur, wer nicht an einem Ort verharrt. Als deshalb ein Jahr darauf einer der an fünf Fingern abzuzählenden Kapitäne, die von seinem Staat gehört hatten, bei Ihm Station machte, händigte er ihm ein Gesuch an die britische Majestät aus, in dem Er im Pluralis majestatis unterbreitet, sich unter ihre Flagge scharen zu dürfen, vorausgesetzt, Er würde dadurch britischer Jurisdiktion unterstellt. Doch es sollte anders kommen.

BEI UNSEREM SPEZIMEN *ist die Gummierung auf der Rückseite schon ein wenig brüchig, was bedauerlich ist, denn das Bildmotiv wäre ansprechend: Jonathan Lamberts Fahne, ein weißer Diamant inmitten eines roten und eines blauen Balkens auf gelbem Grund; ein Andreaskreuz. Darin liegt, das füge ich an, ohne dadurch etwas hochtreiben zu wollen, seinen Preis schon gar nicht – es liegt darin dreifache Ironie. Andreas, der vom Statthalter ans Kreuz genagelt wurde, weil er dessen Frau zur ehelichen Enthaltsamkeit geraten hatte, bis ihr Mann zum Christentum bekehrt sei; unser Lambert, zwar nicht gerade ein Jünger Jesu, aber doch nicht ganz ohne guten Glauben, der sich mit Madame und seiner Insel selbst gekreuzigt hatte, um all unsere Sünden auf sich zu nehmen, obgleich er sich im Innersten bloß zurück zu seiner Familie nach Salem, Massachusetts, wünschte; und ich, der ich mit meiner Sammlung mein eigenes Kreuz zu tragen habe. Es ist unleugbar ein gebrochener Mann, der diese tragikomischen Zeilen schreibt, ein Prospero, dem sein Studierzimmer Königreich genug war und der in der Hingabe an seine geheime Passion, für die er niemandes Verständnis fand und für die ihn keiner achtete, alle anderen weltlicheren Angelegenheiten sträflich vernachlässigte. Und so harre ich nun eines Urteils wie weiland Jonathan Lambert.*

BOGEN X — DAS INTERREGNUM DES TOMASO CORRIE

INSULA LIBERA. Und der Südwest kam über ihn und zog ihm mit seiner Pestilenz die Eiterbeulen auf; der Frost verursachte ihm Krämpfe, er spuckte Blut, und jeder Atemzug schnitt ihm ein Stück aus der Brust. Die Nacht wurde ihm so endlos, daß Träume ihn überfielen wie Hornissenschwärme und das Fleisch ihm schwoll von dem Gift. Ich muß jetzt essen. Anfangs hat er noch viel Aufhebens um uns gemacht; hat mich herumbefohlen, und ich, ich hab' hintangehalten, meinen Zorn gezügelt. Ihm das Gute der Insel gezeigt, die süßen Quellen und die brackigen Tümpel, wo etwas wachsen würde und wo nicht, wo man am besten fischt und mit den Nägeln die Rüben ausgegraben; alles Gewürm der Erde über ihn, samt den Kröten, Käfern und Fledermäusen! Verflucht sei ich dafür, daß ich's getan hab'! Denn behandelt hat er mich wie einen Hund. Der andere Idiot, das war seine rechte Hand, und ich aber diejenige, mit der er sich den Arsch wischte. Sein einziger Untertan war ich, ich, der ich immer mein eigner Herr war. Hat sich das beste Stück der Insel zu seinem Eigentum gemacht, und dabei sollte ich ihm auch noch helfen, Pfähle einschlagen für den Zaun, während mir nur ein steiniger Acker blieb. Habt ihr noch Brot, Brot? Weder Geld noch Gegenleistung erhielt ich, nie, nur Versprechungen von Milch und Honig in einem Land, wo's keine Bienen gibt. Eine der vier Ecken einer Welt, die so rund ist, daß man sich vor ihr in keinen Winkel verkriechen kann. Und jeden Tag und jede Nacht das Gespött der Wellen in den Ohren, die sich vor Gelächter an diesem Fels überschlagen. Das Feuer darf nicht ausgehen; mußt Holz nachlegen, Tag und Nacht, die grünen Äste. Ein Vogel Rock in seiner Asche. Rauch zuerst, dann die Rinde, die Blasen wirft, aus denen das flüssige Harz tropft und sofort Feuer fängt, mehr Zähren, als man selber weinen mag. Es wärmt nicht. Und ich, wie im Kreuzstock eines gespaltenen Baums, in seine Kluft genagelt, vier Winter lang, lauter stöhnend und heulend noch als der Wind, das einzig christliche Geschöpf auf dieser Insel. Eine Insel voller Dämonen, die mir mit jedem Strauch und jedem Stein Menschliches vortäuschen, Köpfe, die sie unter der Schulter tragen, knotige Gesichter, Hände, die auf mich zeigen, mir zuwinken; sie sagen kein Wort, singen nur, Fetzen von seltsamen Liedern, bald flüsternd, zart, bald grölend. Hab keine Angst; diese Insel ist voll bösen Lärms, mir aber kann er nichts anhaben. Manches Mal spielen sie auf tausend Instrumenten, daß es mir in den Ohren dröhnt, dann wieder einzeln, mich, gerade wach geworden, wieder einschläfernd. Mir träumte, die Wolken würden sich öffnen, daß ich darüber erneut erwachte, nur um mich gleich wieder in den Schlaf zu sehnen. All das Fieber, das die Sonne aus dem Morast hier und dem Moos aufsaugt, befiel mich, und die Geister kamen, wie Irrlichter aus einem Sumpf, Leichenkerzen, und führten mich nachts mit ihren Fackeln hinunter zum Meer, ihr elfisch wanderndes Feuer; sie aber kamen wie Affen, Grimassen schneidend, die Zähne fletschend und schnatternd. Oder Schlangen. Ganz wund wurde ich darüber, von diesen Ottern, die mich mit ihrer gespaltenen Zunge in den Wahnsinn zischelten. Nimm Ihm Seine Bücher, sagte ich zu Stuart, Steve oder Saul, wie zum Teufel er auch heißen mag. Und was Er uns alles vorgefaselt hat. Die Insel werde prosperieren, uns alles im Überfluß ohne Schweiß und Anstrengung schenken; weder Verrat noch Verbrechen, weder Schwert noch Pistolen, keinen Handel und kein Geld gäbe es auf ihr, weil die Natur uns neu in ihrem Ebenbild erschaffen würde. Wo Brennesseln und Disteln sind, sage ich, wird stets bloß dorniges Gestrüpp wachsen, dafür aber braucht man eine Axt. Und was das Ebenbild betrifft, so meinte Er damit einzig und allein Sein Konterfei, Seinen Reichtum, dank unseres Buckels. Nimm Ihm Seine Bücher weg, vor allem Seine Bibel, sagte ich zu dem anderen Narren; hämmere Ihm, wenn Er schläft, einen Nagel ins Hirn, schlag Ihm den Schädel ein, schlitz Ihm den Bauch auf, schneid Ihm die Gurgel durch! Doch längst schon ist, was Seine Knochen waren, zu Korall geworden. Für ewig soll Er dahintreiben, in hundert Klafter Tiefe, kein Oben und kein Unten kennen. Mögen die Fische Seinen Kadaver fressen! Nun breitet schon endlich das Essen aus, Käse, viel Käse, und vor allem Brot, und dann den Wein, einen ganzen Schlauch voll. Ein Bankett, von dem ich jahrelang geträumt hab'. Ein Tisch am Strand. Und fragt nicht soviel. Mein Tun war es nicht. Er fuhr hinaus aufs Meer, es war ein wolkenloser Tag, Inaccessible und 'gale ... nein: *Lovel Island* und *Printard Island*, wie sie nun hießen, an unseres Königs Horizont. Aus angeschwemmtem Treibholz hatte ich Ihm ein Floß gezimmert, so gut ich konnte, und der König und sein Narr fuhren damit zum Fischen hinaus. Das ist alles. Sah Lambert und Stuart, Steve oder Saul zuletzt dort drüben bei den Hardies, am 17. Mai 1812. Als würden sie über Wasser gehen, über die Rücken der Dünung. Seitdem nicht mehr. Kurz darauf hörte ich auf, die Tage, nein, die Monate zu zählen. Ließen mich allein; hab' sie dafür noch mehr verflucht als zuvor. Die Einsamkeit saß mir im Gedärm wie eine Muräne in ihrem Loch, nadelspitz die Zähne, daß ich vor Pein darüber fast den Verstand verlor; sie biß sich in mir fest, und ihr Gift lähmte mich an allen Gliedern. In diesem Wahn sah ich mich selbst als König, der Wind sang meine Krönung, der Donner spielte die Orgel dazu und die Wellen den Generalbaß, widerhallend von der Klippe. Bewegen konnte ich mich nicht mehr, sah nur die ewig gleiche Flanke aus dem Nebel treten wie den HErrn selbst. Trotzdem stieg mir der Übermut des Alleinseins zu Kopf, daß ich bereits an den Himmeln zu rühren und dort ein Auge zu schauen glaubte, und sah doch nur am eigenen Kot, daß ich auf dem Weg in die Hölle war. Das Auge erblickte ich denn auch nie wieder. Unsere Ziegen und Schweine verwilderten, die Umfriedungen waren ausgerissen, die Saat halb faul geworden. Eine Zeitlang aß ich Wurzeln, rohe Muscheln und den Tang, und es erschien mir als das Süßeste, das man sich vorstellen kann, Manna, das einmal geschluckt im Leib zu Natterngift wurde. GOtt trieb es aus mir wieder heraus, schlug alles nieder, alles blieb liegen, bis auch das Dach der Hütte weggeblasen wurde. Und um eines armen Frevlers Bauch zu füllen, ließ GOtt die Gluten seines Zornes los, fuhr mir in den Rücken und die Galle; ein Feuer, das niemand entfacht hatte, verzehrte mich und fraß mich auf. Der Himmel enthüllte meine Schuld, und selbst die Erde bäumte sich gegen mich auf; nachts nahm die Flut die letzten Reste unsres Reichs mit, tagsüber Hagel und Regen. Das also war das

Erbe meines Königs. Finstere Verdammnis über Ihn. Volle fünfzig Faden tief liegt Er jetzt, in einem unterseeischen Dickicht, grad bevor der Ankergrund beginnt, Kelp, der an ruhigeren Tagen die Dünung von der Insel abhält, ein versunkenes Land mit einem Farnwald, aus dem keiner mehr herausfindet, Äste, Zweige und Flechten, die dich für immer umschließen, und die Wogen, die ihr Totenglöckchen läuten, Tag und Nacht, Tag und Nacht. Schenkt mir ein, schenkt ein, bevor ihr's euch wieder anders überlegt. Nach fast einem Jahr dann legte endlich ein Schiff an, ein Amerikaner, und trieb an Vieh zusammen, was er konnte, füllte die Tonnen mit Wasser, riß aus, was an Gemüse noch übrig war, ließ ein Faß mit verdorbenem Pökelfleisch und Zwieback voller Maden zurück und hievte wieder den Anker, daß ich glaubte, der Beelzebub selbst habe mir seine Aufwartung gemacht, und ich, ich bekam kein Wort heraus, so ungelenk war mir die Zunge im Maul geworden. Und wieder lag das Meer vor mir, so leer wie meine Handfläche, bleiern grau, stählern blau, silbern türkis, golden grün, ein Himmel ohne Engel, eine Erde, noch bevor das erste Wort gesprochen ward, und an der Kimm Inaccessible und Nightingale, wie die Spitzen eines Kontinents, der zu kreißen begonnen hatte, aber nicht niederkommen wollte, und die Skuas stürzten herab auf mich, ihre Flügel wie Bernstein in der Sonne, streiften mich mit ihren Krallen, und der Mond war ein armer Jack O'Lantern, dem ich sein Licht nicht neidete. Ich kratzte einen Strich auf den Fels für jede Woche, die er aufging, so lange, bis er wieder wochenlang hinter dem Berg blieb und ich an den Sternen seinen Kurs nicht mehr sah, ich blätterte in Seinen Büchern und wußte nicht, was leerer war, die Worte, die ich nachbuchstabierte, oder die Nacht über mir, die ich nicht mehr zu lesen verstand, es war mir alles wie eine Krippe, wie sie in Neapel geschnitzt werden, und ich der einzige Hirte unter diesem Himmel. Her mit dem Wein, schenkt ein! Alles wurde so klein unter den Sternen, daß ich es überschauen konnte, es stand mir mitten im Herz, und am nächsten Tag würde es sowieso wieder Katzen und Hunde hageln. Ich habe die Irrlichter gesehen, das närrische Feuer, hin und her wandernde Flammenbälle, die aus dem Sumpf schießen und über der Insel schweben, hin zum Gebüsch, nein, keinen Strauch gibt's hier, der ein Unwetter abwehren würde, und da braut sich auch schon ein Sturm zusammen. Paßt auf, daß ihr nicht vor dem Wind zu liegen kommt, ich hör' ihn schon singen: diese dunkle Wolke, die große dort, sie sieht wie eine lederne Bombarde aus, die vor saurem Wein bald platzen wird. Und dann, es war im letzten Sommer, sah ich oben vom Berg aus einen Amerikaner, ich stolperte herunter, und tatsächlich, man warf Anker. Seinen Namen sah ich, in goldenen Lettern am Bug, die Toppsegel hatte er gerade gerefft. Ein Alcatraz, schwarz. Und da, plötzlich noch ein weiteres Segel an der Kimm, ein Fregattvogel, ein häßliches Biest, das rot die Gillungen bläht. Ich stand am Ufer wie mit offnen Augen schlafend, stand da, schrie, lief aufgeregt umher und schlief doch fest dabei. Die Dünung hob sie gegeneinander, es war ein Schauspiel, das mir euer Schiffspfaffe sicher moralisch zu deuten wüßt'; würd's gern aus seinem Munde hören und doch GOttes Vorsehung trotzdem nicht verstehen. Scherte frei und dann eine Breitseite, GOtt, wie waren die Amerikaner langsam, die englische Fregatte schoß eine Breitseite nach der anderen. Dabei ist der Krieg doch bereits seit einem halben Jahr aus gewesen, das jedenfalls habt ihr gesagt. Ein Puppentheater war's, auf meiner kleinen Bühne, aufgeführt nur für mich, für niemand anders, man sah die Fäden aus dem Himmel hängen, das aber gab mir allen Mut zurück, und ich schrie ›Nieder mit Euch! Nieder mit Euch!!‹, als die Engländer endlich ihr Boot ans Ufer meiner Insel zogen, aber mich nur verwundert anblickten. In diesem Augenblick aber fühlte ich, bin ich der König, König über alles hier.

IM Dunkel, mit dem alles aufgehört hatte zu atmen, war es nicht mehr als nur ein Summen gewesen, einem großen Schwarm Bienen gleich oder dem Schwirren unzähliger Fregattvögel. Dann aber fiel der Wind aus dem Vorsprung der Nacht herab, einem Keil gleich, der sich vom Berg abspaltet und herunterbricht. Ein schnell näherkommendes Grollen war zu hören, dann ein Donnern, das an der Klippe widerhallte, sich mit dem eigenen Echo überlagernd, das anschwoll und über die in den Hang geduckten Häuser rollte. In dieser einen Minute wurden die Dächer bis auf das Gebälk abgetragen, die gegen die Stürme befestigten Fensterläden aus ihrer Verankerung gerissen, die Türrahmen aus ihrem Stock getrieben. Doch zwischen dieser Bö und der nächsten herrschte miteins wieder eine unnatürliche Ruhe, und so plötzlich trat sie ein, daß das, was eben noch voller Gewalt angesetzt hatte, in der Luft verharrte.

MARK THOMSEN
BOGEN XI–XIV
1816–1817

DIE UTOPIE

MUNDUS NOVUS ITERUM THEATRUMQUE ORBIS TERRARUM. *Doch wie groß ist die Welt? Wer ermißt ihren Umfang? Der erste, der ihn bestimmte, war nicht, wie man meinen könnte, ein Kartograph, sondern ein Bibliothekar, der altehrwürdige Eratosthenes zwischen seinen Regalen von Papyri, ein Sammler also, der seinen Bestand auf dieselbe Art und Weise erweiterte wie weiland Alexander sein Territorium. Er hatte seine Agenten auf der ganzen Welt, denen er den Auftrag gab, ihm alles jemals Geschriebene zu verschaffen, die Werke von Schriftstellern, Philosophen, Weissagern und Geschichtsschreibern, mit welchen Mitteln und über welche Wege, war gleichgültig, es galt, alles nur Erdenkliche unter seinem Dach zu versammeln. Und was einmal in seine Hände gelangte, das ließ er nicht mehr aus; er hätte es wohl, so wie ich, erst zurückgegeben, wenn seine Sammlung und damit auch die Welt vollständig gewesen wäre; solange dies aber nicht der Fall war – und er wußte wie ich, daß dies nie passieren würde – so lange lastete ihr ganzes Gewicht auf seinen Schultern, so lange war sie niemandes Eigentum, sondern bloßer, schwer zu bewahrender Besitz. Der nur vorübergehend in den eigenen Händen ruht, die Welt einer Glaskugel gleich, an der man nicht rühren darf, damit der Schnee weiterhin den paradiesisch grünen Garten bedeckt, der meine Erinnerung ist. Und von dem man weiß, daß einem nichts davon je wirklich gehören wird.*

Besitzen und Sammeln nämlich ist zweierlei, untergräbt doch der Besitz den ideellen Wert des Sammelns, gerade weil er mir als meines vortäuscht, was ich nie mein eigen nennen kann. Zum einen fürchte ich beständig, daß irgend etwas Unvorhersehbares mir meine Sammlung wieder nehmen könnte, daß sie von einem Brand oder einem Wasserschaden zerstört oder gar gestohlen wird. Zum anderen aber bin ich unablässig von dem Verlangen getragen, sie zu erweitern, die ganze Welt in sie aufzunehmen; um die Vergangenheit ganz zur Gegenwart werden zu lassen, sie darin zu fassen und zu bewahren; damit aus all diesen Dingen ein Ich wird. Ich fahre über das Papier, sehe nach den Wasserzeichen, begutachte den Druck unter der Lupe, lege sie wieder zurück, tunlichst ohne Fingerabdrücke zu hinterlassen, die die Farbe ausbleichen würden, und dennoch ist eigentlich nichts Materielles an ihnen. Die Miniaturen sind Kunst, eine Kunst, deren Sinnlichkeit größer ist als die eines Gesichts, das man liebt, denn Fleisch und Blut verändern sich, altern; es ist wie mit dem Geruch einer Blume oder dem Geschmack eines Apfels, die ungreifbar sind, ewig.

Trotzdem kommt man dieser Stofflichkeit nicht aus, weil das eine immer wieder auch an das andere erinnert; alle diese Dinge sind Zeichen, die aufeinander verweisen, ohne daß sie dabei das Reelle abstreifen könnten. Und doch: betrachte ich die Facetten meiner Kollektion, diese winzigen Spiegel der Tableaus, von Nahem, wird das Bild unkenntlich. Ich halte sie mir vor Augen und sehe nur mehr eine Tiefe, die nicht aufhören will, und es ist nichts darin, in dem ich mich vollkommen wiedererkenne, nichts, was meinen Blick gänzlich reflektieren würde; es ist eine unerwiderte Liebe, ein vergebliches Begehren dessen, was sich einem verweigert, verstrickt in einem Widerspruch, den ich allein dadurch aufzulösen vermag, daß ich meine Sammlung veräußere. Um mit ihr dann wieder von vorn zu beginnen.

Aber ich habe Ihnen ja noch gar nichts von meinem Haus erzählt. Es ist ein alter herrschaftlicher Sitz mit vielen Zimmern, Stiegen und Fluren, in jeder Nische eine Statuette, ein Gemälde, eine Uhr, irgend etwas; Nippes. Nacht für Nacht gehe ich die Korridore ab, nie in derselben Runde, aber jeder einzelne Winkel erinnert mich stets an dasselbe, an das immer andere, das so eng mit meiner Sammlung und ihrer Geschichte verknüpft ist, auf offensichtliche Weise manchmal; meist aber spiegeln sich bloß meine verqueren Gedankengänge wider, und doch ist jedesmal etwas Ungewöhnliches dabei, etwas Schönes, Groteskes, Komisches oder Obszönes, das mir die Geschichte meiner Insel wieder vor Augen rückt. Namen sind es, Figuren, die ihre Geschichten von selbst erzählen, Menschen, schemenhaft im Halbdunkel des Ganges, kaum umrissene Schatten vor dem angedunkelten Eichenholz der Türen, über die ungleichen Stufen stolpernd, Aristide und Aubert Aubert, Bolts, Curry und Lambert, Morus und wie sie alle heißen, alle leihen sie mir ihre Maske, um mich durch sie sagen zu lassen, was ich bin, besser, was ich sein möchte, nein: was ich gerne gewesen wäre. Ich verhelfe ihnen dafür wieder zum Leben, ich bin ihr Wiedergänger, und sie, wenn sie gut gelebt haben, sie werden allmählich zu Laren, zu Lemuren und Larven jedoch, wenn das Gegenteil der Fall war; alle aber wachsen sie über mich hinaus und beginnen etwas zu personifizieren, das so emblematisch ist wie eine biblische Tugend.

Es ist, als ginge ich durch eine Kathedrale mit Skulpturen und Marienfiguren darin, Bogengängen, Säulen und den Hinterglasmalereien der Fenster, alles will abgeschritten werden in einer bestimmten Reihenfolge, die zu finden ich mich bemühe, das ist die Kunst der Erinnerung, auch sie ist besitzlos, weil sie sich alles zu eigen macht, auch sie ist zyklisch in der Wiederkunft des Immergleichen und der Idee eines Schicksals, welches herausgelesen zu werden verlangt, auch sie braucht ihre Zeit, um den ihr zustehenden Raum zu finden. So übe ich mich Nacht für Nacht in der Kunst des Gedächtnisses, dem man in der Antike die Klugheit und die Voraussicht zur Seite gab, die Erinnerung, die für Cicero die fünfte Tugend neben der Vorsicht, der Gerechtigkeit, der Standhaftigkeit und der Mäßigung darstellte, und für Augustinus zusammen mit dem Verständnis und dem Willen erst den Menschen ausmachte, denn wer in seinem Gedächtnis forscht, findet in der eigenen Seele ein Bild Gottes. Um dem gerecht zu werden, dazu wurde Salomos Tempel gebaut, dafür wurde der Weisheit ein Haus errichtet, Säule um Säule behauen, und Gott war ihr Steinmetz, wie es in den Sprichwörtern der Bibel heißt; der einzige Zugang jedoch, den ich zu ihm finde, ist meine Schlaflosigkeit.

Während ich geschrieben habe, ist es sieben Uhr morgens geworden, ich sehe aus dem Fenster, die Sonne steht über einer Bank von Wolken in einem dunstig frühen Himmel, und zwei Handbreit hoch über der Sonne ist er leer, bis zum lichtumsäumten Rand von Cumuli und ihrer schwarzen Tiefe. Über der Sonne aber steigt nun eine Säule von Licht auf, ein Streifen, wie er sich abends oft auf den Rippeln eines flachen Meers widerspiegelt, sich zu einem Pfeiler rundend; gelber als der Hintergrund des Himmels, ragt er hinauf zu diesem Saum der Wolken, endet in ihnen, als würde er sie tragen für diesen einen nie endenden Augenblick.

UND WIEDER IST ES DAS JAHR 1500: Mochte Cabral in dieser Mitte eines Millenniums auch das Paradies erfahren haben, so widerfuhr Amerigo Vespucci noch ungleich Erstaunlicheres. Denn auf seiner zweiten Reise in die Andere Welt hatte er eben Terra firma gesichtet; es war eine Fahrt, durch die sein Name auf die Karten dieses neuen Kontinents eingetragen wurde. Eine ungewöhnliche Ehre, gewiß. Weit bewundernswerter indes ist, daß er zur Mündung des Amazonas gelangte, wo sich der Äquator dieses unseres Globus schneidet mit der Seescheide, jener zwischen Spanien und Portugal ausgehandelten Demarkationslinie zwischen beiden Erdbacken; und somit war Vespucci auf nichts weniger gestoßen als auf den Bildpunkt aller irdischen Projektionen.

Nur wenige aber wissen, daß in diesem Jahr auch etwas Drittes geschah, das für die eigentlichen Weltläufte um vieles folgenreicher war. Und wie alles Bedeutsame wurde es gleich zum dunklen Kern eines sorgsam gehüteten Geheimnisses, das man nur an Auserwählte weitergibt. Daß wir heute davon Kenntnis haben, ist dabei einzig und allein der Geschwätzigkeit eines vermaledeiten freimaurerischen Holländers zu verdanken, eines gewissen Raphael Hythlodeus aus Antwerpen, Gefährte Vespuccis auf dieser geschichtsträchtigen Seefahrt, ein mit allen Wassern gewaschener Epikureer in der zweiten Hälfte seines Lebens, das Gesicht vom Wetter gegerbt und der Bart lang, so lang inzwischen geworden.

Zu unserer projizierten Mitte jedoch vorgestoßen, trennte sich besagter Raphael Hythlodeus von Vespucci und machte sich mit seinem eigenen Schiff weiter nach Süden auf, nur von einigen wenigen Matrosen begleitet. Und wie alle anderen vor ihm wäre er sicherlich zurückgekehrt, das übliche Seemannsgarn spinnend von Skyllen und räuberischen Celänen, menschenfressenden Lästrygonen und anderen fürchterlichen Ungeheuern, auf die man allenthalben zu stoßen schien, wenn seiner Reise von der Vorsehung nicht ein anderes Ziel beschieden worden wäre. Jenseits der Bahn der Sonne nämlich entdeckte er eine Insel, ein Berg mitten im Meer, einer Tempelsäule gleich, einem in den Ozean gezirkelten Kreis, den er, wie damals Mode, auf Griechisch *Outopos* nennt.

Es schien, als hätte ich damit, nach all den vergeblichen Jahrhunderten der Suche, nun endlich das legendäre Reich des Prester

Johann entdeckt, meint Hythlodeus, und ein schwer deutbares Lächeln spielt dabei um seine Lippen. Denn dort hatte das Gemeinwesen des Menschen seine Vollendung erreicht; niemand arbeitete dort mehr als sechs Stunden täglich, behauptet er, die Menschen trugen am Leib, was ihnen die Natur schenkte, die Mahlzeiten wurden gemeinsam eingenommen, es war alles bestens in Großfamilien geordnet, Wahlen fanden im geheimen statt, und Besitz genoß keine Achtung. Eine Insel war es, rund wie das O des Mondes, die allen gehörte und niemandem; wer könnte ein so vollkommenes Symbol schon sein eigen nennen?

In diesem Kreis aber erschöpften sich die Zyklen der Zeit, sagt Raphael Hythlodeus und setzt einen devoten Gesichtsausdruck auf, sich ganz der Rolle seines Namenspatrons hingebend, jenem Erzengel, der dem Thron Gottes am nächsten zu stehen meint, dem Schutzheiligen aller Reisenden, Schiffsleute und Sammler. Mit dieser Insel erfüllt sich unser Warten auf ein goldenes Zeitalter, doziert er, und damit auch die Erwartung eines gottgeborenen Messias, das Heil im Frieden eines tausendjährigen, dritten, fünften oder letzten Reiches, in dem sich die Hoffnungen all unserer Montanisten, Chiliasten und Joachimiten, der Quäker und Wiedertäufer, Millenarier und Adventisten und aller Freimaurer dieser Welt bestätigen. Der Verlauf des Weltgeschehens mit einem vorbestimmten Anfang und einem notwendigen Ende; – die Abfolge der Weltreiche; – die Wiederkunft des Immergleichen; – die Idee eines Schicksals, sie alle sind nun eingegangen in eine Utopie, halten in ihren Läuften inne, genauso wie die Sterne in ihrer nächtlichen Drehung und der Wandellauf der Planeten, für immer fixiert im Kreuz des Südens, das über unserer Insel steht. Ach, was ist er geschwätzig, unser Hythlodeus, wenn er zum x-ten Mal behauptet, daß das Vorwärtsschreiten zu einem imaginären, irgendwann am Ende der Zeit liegenden Wunschziel, die ungestillte Sehnsucht nach dem idealen Dasein der Menschheit als Gemeinschaft, nun ihren Ort gefunden hat, eingetragen auf der Karte der Welt.

Doch, wendet er ein, allem Heischen nach und Harren auf elysische Gefilde ist die Ernüchterung beschieden. Denn je wirklicher unsere Insel wird, desto mehr schwindet das Vertrauen in die Vorsehung, an eine von Gott gewollte Welt und die Zwangsläufigkeit irdischer Entfaltung hin zu allumfassender Vollendung, befindet sich das Paradies jetzt plötzlich auf Erden. Und je greifbarer es wird, desto vieldeutiger wird die Wirklichkeit, dessen ist Hythlodeus sich sicher.

Wo vorher nur ein Alpha und ein Omega war, will die Schrift jetzt mit all ihren Lettern gelesen sein, und hinter die immer rätselhafter werdenden Maximen setzt die Utopie nun ihre Fragezeichen, sucht Antworten, im Hier und Jetzt, und findet sie – im Menschlichen, Allzumenschlichen: Eitelkeit, Geckenhaftigkeit, Hochmut, Ehrgeiz, Betrug, Heuchelei und Ruchlosigkeit, alle unsere Wesenszüge versammeln sich doch ohnehin nur in dem einen Wunsch, nämlich dem, zu besitzen.

Gewiß, jeder Mensch hat ein naturgegebenes Recht auf die Erde und ihre Fülle an Licht und Wasser. Doch der erste, der Grenzen zog, eifert unser Klugschwätzer ohne Ende, der das Land einzäunte und sich zu sagen herausnahm: das gehört mir, der hat das Übel in unsere Gesellschaft gebracht, wie einst Kain. Und damit ist er an dem Punkt angelangt, auf den seine zahllosen Ausführungen abzielten. Seine Stimme senkt sich, denn nun vertraut er uns sein wahres Glaubensbekenntnis an, in dem er sich ganz als Freimaurer zu erkennen gibt: Nur einmal, in Salomos Tempel, hört ihr, flüstert er uns unangenehm leise ins Ohr, konnte die Weisheit ihr Haus bauen und ihre Säulen behauen, denn niemand anderes als Gott war sein Steinmetz.

MUNDI MAGNITUDO. *Im Anfang war das Wort, ja, doch nur bis Kain sein Sohn Henoch geboren wurde, und diesem dann Lamech und diesem wiederum Jubal, der die Geometrie erfand, die Kunst, Grenzen zu ziehen, sie Gott abzutrotzen und sich dadurch die Welt zu eigen zu machen. Weil dieser jedoch den göttlichen Zorn fürchtete, meißelte er alles, was der Natur an Wissen entrissen worden war, auf steinerne Säulen, auf daß sie selbst Feuer und Flut überstehen könnten. Und die Flut kam; Noah sichtete Land, ein Berg wie eine Insel im Meer, aber erst lange nachdem sich die Wasser gelegt hatten, entdeckte sein Ururgroßenkel, Hermes Trismegistus, der Dreifaltig Große, jene zwei Säulen. Von ihnen las er alle verloren gegangene Weisheit, die Kunst der Steinmetze betreffend, und erneut lehrte er sie die Menschen. Man baute den Turm zu Babel, König Nimrod selbst war ein Steinmetz, und dann war da Abraham, der in Ägypten sein ganzes Wissen, all die Kenntnisse dieser siebenten Wissenschaft, der Geometrie, an seine Schüler weitergab. Er unterwies sie, den Stein zu behauen, für Tempel, Kirchen, Kastelle, Türme und Häuser, gebot ihnen, sich in Zünften zu organisieren, die Gesetze ihres Handwerks festzulegen, sich einmal im Jahr zu versammeln, einander Brüder und Genossen zu nennen und ehrlich für einen Meister zu arbeiten, zu dem sie den Weisesten unter sich bestimmen sollten: In jener Zeit war das Euklid. Der wurde schließlich der Bauherr Davids, als jener mit einem Tempel in Jerusalem begann, den aber erst sein Sohn Salomo fertigstellte.*

Von dort verbreitete sich diese Kunst über die Epochen weiter in alle Länder des Herren, nach Frankreich, zu Karl Martell, aber ebenso nach Holland, wo sie einen Adepten in unserem Raphael Hythlodeus fand. Von da wiederum brachte sie der Heilige Alban nach England, wo ihr Wissen in den politischen Wirren zunächst wieder in Vergessenheit geriet, bis der schottische König Athelstan sich seiner wieder annahm, es an seinen Sohn Edwin weitergab, und so weiter, Generation um Generation, bis hinauf zum Großmeister Alexander Dickson, dem zweiten Stammvater meiner Genealogie, der nicht nur meine eigene Familienlinie begründete, sondern auch die erste Freimaurerloge Schottlands. Und von ihr führt meine Geschichte wieder nach Tristan.

Denn in Dicksons Loge, der anzugehören ich hier in meiner irischen Dependance nominell immer noch die Ehre habe, trafen sich Männer als freie Menschen, Adlige, Priester, Handwerker, Händler, Uhrmacher, Tuchmacher, Zimmerleute, Bierbrauer, Steuereintreiber, Chirurgen und Kapitäne; sie kamen in freier Geselligkeit zusammen, wie auch heute noch, jeden Donnerstag, unabhängig von ihrem gesellschaftlichen Rang, ungeachtet ihres Glaubensbekenntnisses, unbenommen ob Torie oder Whig. Die aus unvordenklicher Zeit stammenden Satzungen verbieten uns jeden Streit über Tagespolitik sogar aufs strengste, die ehrenwerten Mitglieder müssen nur Lesen und Schreiben können, was heute noch weniger selbstverständlich ist als damals, denn weshalb sonst ist es an mir hängengeblieben, Schriftführer zu werden, frage ich mich. All dies natürlich nur im Zeichen hochlöblichster Prinzipien, die da heißen: generöse Freiheit, unschuldiger Frohsinn, freundschaftliche Gleichrangigkeit, lehrreiche Unterrichtung und allgemeine Nächstenliebe. Zumindest bringen wir jedesmal einen Trinkspruch darauf aus, daß die Menschen, wie verschieden die Lebensweisen, die Rasse und Hautfarbe auch sein mögen, vom gewandtesten Höfling zum heidnischsten Kaffer, vom blondesten Holländer bis zum rußigsten Hottentotten, von Natur aus Brüder sind. Uns unterscheidet nur Verdienst und Tugend, dazu bekennen wir uns, ja, und klopfen uns gegenseitig auf die Schulter, wohl wissend, daß unser eigentlicher Rang allein von den Einkommensverhältnissen abhängt. Und leeren die Gläser darauf in einem Zug; unsre offensichtlichste Tugend, meist in den reservierten Separées unseres Roxburgh Clubs. *Unnötig zu sagen, daß Marah mich nie dorthin begleitet hat.*

DOCH UM ENDLICH WIEDER auf meine Geschichte zu kommen: Ein gewisser William Glass, geboren auf Black Isle im Jahre des Herrn 1788, Sohn von Eltern, die ihm jeden Nachmittag die zehn Gebote einzeln einbläuten, falls der presbyterianische Priester am Vormittag eines vergessen haben sollte, dieser William Glass also lief von zu Hause fort, in eine weite Welt, die für Vater und Mutter südlich von Edinburgh aufhörte, und kam bis zum Marktplatz von Kelso, wo die große Henne aus dem Orient, ein junger Griffin, gerade die Hauptattraktion war. Er war ein aufgeweckter Knabe, das merkte der Herzog von Roxburgh, der jeden Freitag bei den Bauern nach dem Rechten sah und ihn dabei beobachtete, wie er dem Taschenspieler mit den drei Bechern die darunter flink verschobene Guinee abluchste. Der Herzog nahm ihn zunächst als Stallbursche auf; als er merkte, daß er sich geschickt anstellte, machte er ihn zu seinem Leibdiener. Das Schloß war groß, Zimmer, Stiegen und Flure, in jeder Nische eine Statuette, ein Gemälde, eine Uhr, irgend etwas. Und William Glass ging die feuchtkalten Korridore bei Vollmond ab, er schlafwandelte, um schließlich in der Kammer der blutjungen Frau des Herzogs zu landen, die wie er sechzehn Winter zählte, jedoch bereits unter ihrem ehelichen Herbst litt und sich nach einem Sommer sehnte.

Noch aber war Frühling, und dem Herzog von Roxburgh, der dem monatlichen Treffen der Logenbrüder ohne große Begeisterung entgegensah, weil sich die philanthropischen Anliegen wieder einzig auf seinen Geldbeutel richten würden, kam der Einfall, den Burschen als unentgeltlichen Akt der Nächstenliebe im Rahmen unschuldigen Frohsinns, freundschaftlicher Gleichrangigkeit und lehrreicher Unterrichtung für die Aufnahme unter die Brüder vorzuschlagen. Die brachen über den Neuzugang nicht gerade in Jubel aus, denn was geschäftliche Kontakte betraf, bedeutete Glass keinen nennenswerten Zuwachs, doch was hätte man dem Verlangen eines Herzogs entgegensetzen können?

Es war allen Anwesenden nachzufühlen; von unschuldigem Frohsinn war nichts zu spüren, die Abende zogen sich dahin, der Steuereintreiber und der Chirurg entschuldigten sich schon früh, um nicht wieder in den Genuß von Gratiskonsultationen zu kommen, der Priester gab seine zwei Witze zum besten, und der Rest lästerte über das Essen und soff sich unter den Tisch, weil selbst die Konjunktur als Thema längst ausgeschöpft war. Und was die Prätentionen eines Freimaurers auf die Kenntnisse der Kriegskunst et cetera betrifft, so hatte der Bierbrauer seine eigenen Vorstellungen davon und sie auf den Koch umgemünzt: Dieser errichtete unter seiner Anleitung Zitadellen aus seltsamem Geflügel, die Brühe wie einen Burggraben drumherum, den Pudding in fünfzig Ecken geschnitten, ein Bollwerk von Pasteten und für die äußere Befestigung Wälle von Krusten aufgebaut; so lehrte er einen die ganze Taktik, in welchem Reih und Glied die Teller zu stehen haben, die ganze *Art Militarie!* bei einem einzigen Abendessen. Und er kennt den Einfluß der Sterne auf sein Fleisch, all seine Jahreszeiten, Temperamente und Qualitäten, die zu seinen Saucen passen. Er hat die ganze Natur in seinem Topf! Buh, allen Chemisten und nacktarschigen Rosenkreuzern! Er ist ein Architekt, ein Ingenieur, ein Soldat, Doktor und Philosoph, ein höherer Mathematiker und *Collectioneur* reinsten Wassers! Der seinen Trinkspruch ausbringt:

Let Monarchs run mad after riches and power
Fat Gown-men be dull and Philosophers sour
While the Claret goes round and the company sings
We're wiser than Sages and greater than Kings!

Die einzige Abwechslung bietet da nur, alle heiligen Zeiten einmal, die Gelegenheit, einen neuen Logenbruder darauf einzustimmen. Es gilt, das Zeremoniell für den verlegenen Jungen möglichst schreckenerregend und für die Alteingesessenen möglichst belustigend zu gestalten; schade nur, daß der Kapitän wie immer nicht da ist, er hätte zu dieser Äquatortaufe sicherlich seine Einfälle beigetragen. Und so übernimmt der Tuchhändler als Schriftführer die Rolle des Imprimis, Glass hat seine Antworten auswendig gelernt, und der Großmeister steht hinter ihm, um ihm erstmals den Hintersinn der Phrasen im Katechismus zu erklären, daran hat sich auch bis zu meiner Zeit nichts, überhaupt nichts verändert, worauf wir alle ausnahmslos stolz sind. Das Ritual ist dasselbe geblieben, das kann ich beeiden. Denn der Eid ist vor Gott geschworen, vor dem wir nackt stehen, und wer den Eid des Schweigens bricht, in Wort, Tat oder Schrift, gegen den wird die Sonne am Firmament Zeuge sein. Und so kommen die zeremoniellen Fragen im ursprünglichen Wortlaut, die ein jeder von uns einmal auswendig lernen mußte.

Was war die erste Loge? *Der Eingang zu Salomos Tempel.* Gibt es Fenster in deiner Loge? *Ja, drei. Das Licht fällt von Nordosten, Südwesten und vom Gang im Osten ein.* Und der Großmeister sagt halblaut, daß sie für die Dreifaltigkeit stehen, für die Sonne, den Meister und das Rechteck. Mit Kreide malt er dem Neophyten die Umrisse auf den Boden, er malt das Haus der Erinnerung damit, und in seinen Zimmern sind die Dinge, die einem die Gebote ins Gedächtnis rufen.

Und was ist das Juwel deiner Loge? Ein aufrechtstehendes, hohes marmornes Ei, das sieht Glass nur zu genau, einem Obelisk gleich in der Mitte des Raumes und seinem schwarz-weißen Mosaik. In der Perspektive meines Gedächtnisses verlängert er sich bis ins Unendliche, alle Konturen klar voneinander geschieden. Auf die Fliesen fällt der dreieckige Schatten eines mit Schlegel und Meißel herausgehauenen Kegels, da sind Winkel und Längen, eine Bibel sowie ein Instrument, das Astrolabium, Kompaß und Zirkel zugleich ist.

Es ist wie der Rebus eines Traumes, und wenn ich aufschrecke aus den fiebrigen Nächten meiner Niederschrift, steht mir der Schweiß auf der Stirn, wie Glass jetzt in seinem viel zu engen Rock; er ist verlegen und verunsichert, er ahnt den Sinn zwar, aber kann ihn noch nicht fassen. Dem Großmeister in seiner Nische fällt das Licht über die Schulter, und er stellt die Frage: Wo finde ich den Schlüssel zu deiner Loge? Glass antwortet wie aufgezogen und sagt schnell auch noch den Rest der Formel, nach der unter dem Lappen seiner Leber die Geheimnisse seines Herzens liegen.

Welches ist der Schlüssel zu deiner Loge? *Die Zunge.* Und wo liegt der Schlüssel? *In einer beinernen Schatulle*, sagt Glass und weiß, daß mit allem ein Grab gemeint ist, ein Grab unter Gras, Noahs Grab, und all dies ist plötzlich auch sein Kopf, der Schädel unter der Stirn, über die er sich nervös mit der Hand fährt. Der Körper steht für das Gewölbe des Himmels und die Erde, sein Inneres, das ist die Luft, das Herz ist Feuer und die Leber das Wasser; und wie für die Natur der Himmel das Herz ist, so ist es für den

Menschen das Hirn. Dein Körper ist ein Tempel, du sollst ihn rein halten, hat der Priester gesagt.

Wie viele Seiten hat er? *Fuß zu Fuß, Knie zu Knie, Hand zu Hand, Ohr zu Ohr und Herz zu Herz – also fünf.* Und die Worte dazu stehen in der Bibel: *Salomo stellte die Säulen an der Vorhalle auf, und den Tempel, die Balken, die Schwellen, seine Wände und Türen überzog er mit Gold und ließ Cherubim eingravieren.*

Dann beugt sich der Großmeister über Glass, jetzt ist er in die Brüderschaft aufgenommen, flüstert er ihm der Maurer Worte ins Ohr: Jachin und Boas, die rechte und die linke Säule des Tempels, die eine, die in der Flut nicht versank, die andere, die das Feuer nicht verbrannte. Es sind die Säulen eines heiligen Ortes, die Säulen, die alles Wissen tragen, die beiden Säulen, hinter denen eine unbekannte Welt beginnt, *plus ultra* ist auf ihnen eingemeißelt, sie stehen beiderseits einer Meerenge, jenseits ihrer ist alles zu entdecken, eine neue Welt, in der das Paradies liegt und der Mittelpunkt der Erde, und jenseits der Bahn der Sonne ist eine Insel wie ein in den Ozean gezirkelter Kreis, der Tempel eines Bergs mitten im Meer, Glass starrt darauf, starrt auf das Kreidesymbol zu seinen Füßen, er hört nichts mehr und sagt nichts mehr, vielleicht weiß er nicht, was er erwidern soll, es ist ihm gleichgültig, was noch geschieht, er denkt an Marah.

SECHZEHN WINTER SIND ES GEWESEN und ein Frühling, aber der Sommer kam nicht, sowenig wie der Schlaf. Der Herzog von Roxburgh rief nach Glass, damit er ihm die Leibschüssel ausleere, aber der Bursche ist nicht in seinem Zimmer, und so geht auch er nun das dunkle Labyrinth seiner Stockwerke ab, immer dem Gurren der Tauben nach, die mit ihren Flügeln auf die Holzbohlen schlagen. Doch es ist weder die Lerche noch die Nachtigall, sondern William und Marah, das weiß ich, weil auch ich sie zu meinem Schmerz mit einem anderen Mann überrascht habe, Marah, die das Vögeln lernt; das Wachs an ihren Federn schmilzt schon fast, aber so hoch, wie sie der Sonne jetzt gekommen ist, würde sie nie mehr kommen. Denn schon am nächsten Tag – es war der 22. Juni 1804 – wurde Glass vom Corps der Königlichen Artillerie rekrutiert und das Schiff, das ihn über den Äquator hinaus nach Capetown bringen sollte, segelfertig gemacht.

Von einem Abschnitt seines Lebens zum nächsten sind inzwischen ein Dutzend Jahre vergangen, auch Napoleon ist bereits von seinem Waterloo auf St. Helena eingetroffen, ja, *ultra aequinoctialem non peccavi,* wie schon Hythlodeus wußte, und unser Glass hat es, diesem Aphorismus getreulich folgend, mittlerweile zum Korporal gebracht. Er steht nun jeden Abend vor dem Sitz Lord Charles Somersets; die weiße Fassade ist durch die Weiden zu sehen, doch aus dieser Entfernung wirkt alles so winzig. Ja, jenseits des Äquators gibt es keine Sünde mehr, nur das große Vergessen, das über Wochen und Monate mit jedem Tag ein klein bißchen weniger wird, auf keinen seiner Briefe hat sie ihm geantwortet, aber ach!, wie hat er ihr Bild noch vor Augen!, ihre so durchscheinend blasse Haut!, und deshalb sucht William seine Marah in allen.

So wartet er nun vor Lord Somersets Ansitz auf seine schwarze Marah, die dort als Wäscherin arbeitet; sie ist in allem anders als seine weiße, aber vielleicht hilft ja gerade das. Seine Marah jetzt ist eine Kapkreolin, Marie Magdalena Leenders, sie ist schwarz, ebenfalls sechzehn, und auch sie wird über kurz oder lang schwanger von ihm. Und wieder ist da ein Schiff, diesmal aber wird es keine Briefe geben, diesmal nämlich kommt sie mit, mit auf die Insel, die besiedelt werden soll, man hatte ihm das freigestellt.

Und seine Liebe für Marie Magdalena? So feurig, wie sie für Marah durch seine Adern floß, daß er bei ihrem Anblick erglühte, ist sie nie gewesen; sagen wir, um eine tote Metapher zu Ende zu schreiben, Marie gegenüber erlebte er sie mit dem Gemüt eines stillen Vulkans, traurig und wild – seine Leidenschaft dünn wie Rauch aus seinem Gipfel.

IMAGO INSULAE. Das vorliegende Spezimen ist ungewöhnlich groß, 4 mal 6 Zoll, es nimmt beinahe eine Seite meines Bogens ein, doch das unübliche Format dieser englischen Marke ist deshalb so interessant, weil es den Wiegedruck einer Miniatur wiedergibt, in deren Mitte selbst wieder eine Briefmarke erkennbar ist.

Wie in einer am Briefkopf irgendeines Hotels aufgedruckten Ansicht oder der Etikette einer Bouteille scheint in ihr die Zeit angehalten, in der Illusion einer in sich geschlossenen Welt, ähnlich dem Puppenhaus der Herzogin Augusta Dorothea von Schwarzburg-Gotha. Auch bei diesem Geschenk an Queen Mary war das Verhältnis von einem Zoll für einen Fuß konsequent durchgehalten; das ist wichtig, denn allein ein genauer Maßstab verhindert, daß aus einer Szene keine Groteske wird, sie nicht zur Karikatur gerät, sondern dem Leben ähnelt und vollständig wird – durch ihn erhält die Welt, in der sich alles beständig ins Große und Grobe verwandelt, einen Rahmen, in dem alles in einem einzigen Augenblick befangen bleibt.

Vollkommenheit ist stets aufs Detail versessen und anekdotisch, doch dazu muß man die Dinge aufmerksam betrachten, jede Szene einzeln, so wie auf unserer Marke jetzt die Herrenhäuser in Kapstadt, deren Reichtum sich dadurch demonstriert, wie weit sie von der Straße gelegen sind.

Hier sitzt Lord Charles Somerset, Gouverneur der neuen englischen Provinz, und diktiert einen Brief an den Sekretär für Krieg und Kolonien, in dem er die Ehre hat, diesen zu informieren, daß im Namen Ihrer Königlichen Britischen Majestät am 14. August des Jahres 1816 von Tristan da Cunha Besitz ergriffen und der Union

Jack gehißt worden ist. Man kann seinem Schreiber über die Schulter auf das halb zu Ende geschriebene Dokument sehen und mühsam entziffern, man habe auf der Insel einen gewissen Thomas Curry vorgefunden, der dem Schutz Ihrer Britischen Majestät unterstellt wurde. Und bevor die Zeile mitten im Satz abbricht, ist noch die Rede von den weiterhin ungeklärten Umständen von Lamberts Tod sowie einer Kriegskasse, von der Curry behauptet, eine unserer Fregatten habe sie dort nach einem Seegefecht vergraben, ohne daß er jedoch deren Versteck preisgeben will...

Auf dem Schreibpult das Tintenfaß, ein Briefbeschwerer in der Form eines Schiffes und eine Kokarde, Symbole dafür, daß die Engländer erst vor kurzem das Kap von den Holländern annektiert hatten und der Schiffsverkehr nach Indien, Ceylon und China nun nie zuvor gekannte Ausmaße annimmt, so daß Tristan da Cunha endlich unstrittig den Mittelpunkt der Welt für sich beanspruchen kann; unser Jonathan Lambert hat sich bloß zur falschen Zeit zum König ernannt. Die Kokarde aber, die scheinbar achtlos neben dem Briefbeschwerer liegt, soll dem Betrachter zeigen, daß es einem anderen Monarchen zu danken ist, daß die Insel an allerhöchster Stelle Aufmerksamkeit erregt: dem nach St. Helena verbrachten Napoleon I. Denn wir Briten beschlossen jetzt, nach vielen gescheiterten Versuchen, Tristan auch wirklich unserem Empire einzugliedern und es durch ein Detachement Artillerie zu besetzen, damit sie nicht als Ausgangspunkt eines Befreiungsversuchs durch Franzosen und Amerikaner diente – eine Vorkehrung, die wie alle vorherigen vorrangig auf dem Vertrauen in Karten resultiert. Es braucht eben auch hier seine Zeit, bis Napoleons Bewachern einsichtig wird, daß unser Archipel zwanzig Längengrade weiter südlich und außerhalb der Handelswinde liegt, es folglich ein wochenlanges Unterfangen wäre, von dort nach St. Helena zu kreuzen.

Als ein Jahr später die Order aus London kommt, die Insel wieder zu evakuieren, leben dort rund um ein Fort mit vier Kanonen 72 Männer und eine schwangere Frau, 6 Hottentotten samt Anhang sowie Thomas Curry, unser Caliban, der sich tagtäglich besäuft, seit er sich in der Militärkantine der Einladungen nicht mehr erwehren kann, weil er Gold, viel Gold verspricht und sich jeder mit ihm gut stellen will, um in den Genuß seines königlichen Erbes zu kommen, ohne daß deshalb jedoch das Morose und Mysteriöse um ihn weichen würde.

Aber zurück zu unserer Miniatur. Mitten auf dem Schreibpult bildet ein winzig kleiner Brief das unscheinbare Zentrum des gesamten Ensembles, auf ihm eine gezeichnete Briefmarke, die ich auch im Original besitze, ein wahres Prunkstück, die *Weinende Prinzessin* – jene junge Mary und wie Du warst an diesem ersten Tag, an dem wir in Liebe zueinander verfielen, Rührung in der Stimme – und eine Träne unter dem rechten Auge, die von einer unabsichtlich beschädigten Druckplatte herrührte. Ein Mißgeschick, das Sammler entdeckten, bevor die offiziellen Stellen es bemerkten; die infolgedessen retuschierten Exemplare lassen sich an winzigen Unregelmäßigkeiten in der Punktierung und Tönung erkennen, auf den Originalen wohlgemerkt, nicht auf unserer übergroßen Marke.

Ihren Hintergrund bildet ein pastellfarbenes Panorama. Auf ihm zeigt sich die Schönheit der Insel wie zum ersten Mal, als hätten ihre malerischen Qualitäten nur mit der Besiedlung zum Vorschein kommen können: Aus der Ferne erscheint die Insel wie ein einziger Berg; die aufgeworfenen Wogen und die schneeweiße Gischt, die in der Sonne glitzern, bilden einen zur fahlgrünen Stille des Berghangs auffallenden Kontrast, der auf dieser Seite der Insel noch erhöht wird durch die liebliche Kaskade, die nahe der Siedlung in die Bucht herabfällt. Der Raum, den sie dadurch gewinnt, läßt sie in eine zeitlose Reverie verfallen. Nichts könnte pittoresker sein als dieses Tristan, sein hoher Gipfel noch von Firn bedeckt, die Wellen sanft am feinen, schwarzen vulkanischen Strand auslaufend, als hätte man sie in die Stille geküßt.

Hier aber wird der Blick wieder zurückgeführt zu Lord Charles Somerset, der im nächsten Bild dieser Szenenfolge eine Depesche in der Hand hält und die Stirn runzelt über den Affront der offiziellen Replik, in der er sarkastisch angewiesen wird, unter keinen Umständen mehr bei der Insel anlegen zu lassen und sich so die Ankerketten zu sparen.

Nachfolgend dann die Szene, die damit bedeutet sein soll: ein aus bemaltem Gips geformter Strand, vom Sturm mit Wacken bedeckt, die in der Brandung aufeinanderdonnern, unter ihnen schon halb begraben ein Wrack, dessen zersplitterter Mast aus ihnen heraussticht wie der eines Buddelschiffes. Es ist jene *H.M.S. Julia*, die die Garnison mit Nachschub hätte versorgen sollen. Grundseen hatten sie vor den Wind gebracht und von ihren Ankern gerissen, daß sie im November 1817 vor dem Ufer auf Grund lief und 55 Mann mit sich in die Tiefe riß.

Eine historische Zeit wird jedoch von keiner Miniatur widergespiegelt, ganz im Gegenteil; in der Reinheit ihrer eigenen Gegenwart wird alles unveränderlich und unveränderbar. Je kleiner der Maßstab dabei, desto mehr umgeht sie jede Alltäglichkeit, wirft ihr höchstens Seitenblicke zu und wendet sich schließlich ab, um sie ganz hinter sich zu lassen: so wie auch jede Utopie ihre Geschichtslosigkeit vor der Welt zu wahren hat.

MUNDUS TRIFORMIS. Hythlodeus mit seinen Legenden vom Anfang der Welt, unser Großmeister Dickson und die anderen Freidenker, Schwätzer und Gelehrte – sie alle suchten nach dem Gold vergangener oder noch nicht angebrochener Zeitalter und gruben nach dem Stein der Weisen, leidenschaftslose Mineure, die ihre Gallerien immer weiter ins Dunkel eines Tartarus trieben, in die Tiefe eines Vulkans, ungeachtet eines gedämpft vernehmbaren Bebens und des schon halb sichtbaren Glühens der Lava, als hätten sie vergessen, daß dies das Reich des Typhoeus war, dieses hundertköpfig flammenspeienden Monsters, und der Sitz Hephaistos', des Schutzherrn aller Alchemisten und Freimaurer, der sie und all das lange genug hatte gewähren lassen und sich nun zu regen begann, um die Menschheit daran zu erinnern, wer die Läufte der Welt bestimmt.

So verwundert es nicht, daß im selben Jahr, als William Glass seinen Fuß auf Tristan setzte, am antipodischen Ende der Erde, einer kleinen Sundainsel, der Vulkan Tambora ausbrach, eine Eruption, die man bis weit in die holländischen und englischen Kolonien hörte, mit der gleichen Gewalt wie jene, die in vordenklicher Zeit Atlantis in der Flut hatte versinken lassen, bis aus ihr bloß noch der Inselberg ragte. Der Abend fiel herab mit Lava, Schlamm und Schlacke; die ganze Welt wurde in Staub gehüllt. In Europa wurde in diesem Jahr der Sommer zum Winter, in Ungarn schneite es braun, in Taranto rot und gelb, Stürme zogen darüber hinweg, und zugleich mit der Temperatur fiel ein saurer Aschenregen, der Ernte und Vieh vergiftete, bevor der Frost diesen ganz den Garaus machte. Ein Dämmern lag über allen Tagen, daß die Sonne gleich einem schwarzen Mond nur noch rostiges Licht verbreitete, die Blätter fielen von den Bäumen, und die Hügel verschwanden in einem kränklichen Nebel.

In den darauffolgenden zwölf Monaten wurde in Deutschland das Brauen von Bier und jeglichem anderen Alkohol verboten, um die mageren Vorräte an Getreide zu retten, in Frankreich und Holland kam es zu Aufständen ob des dramatisch verteuerten Brotes, in England sank die Hunde- und Katzenpopulation drastisch, in Schottland und Irland brach die Hungersnot aus, nur die Läuse vermehrten sich noch, sie brachten den Typhus über Europa, und rund um Kapstadt faulte der Weizen, kamen Ratten übers Land. Von den Fenstern der Studierstuben aus betrachtet, waren die Sonnenuntergänge jedoch spektakulär, in dem lasierten Grün des Himmels bildeten sich brandgoldene, kupferfarbene und silberne Ränder, und des Nachts ging der Mond zum ersten Mal seit Menschengenken blau auf; man einigte sich endlich auf eine Nomenklatur der unterschiedlichen Wolkenformen, und allerorten gingen Menschen zugrunde, etwas über hunderttausend.

ALS NUN IM HERBST DES JAHRES 1817 die Order kommt, die Garnison auf Tristan da Cunha wieder zu räumen, beschließt Glass zu bleiben: Er wird jetzt Familienvater. Und wo sonst bietet sich in diesen schlimmen Zeiten die Gelegenheit, gleich eine ganze Insel in Besitz zu nehmen, etwas, was kein schottischer Bauer je vermocht hätte? So tut sich Glass mit zwei Kumpanen zusammen, beides Steinmetze, die an der Befestigung des zwecklosen Forts auf Tristan gearbeitet haben und natürlich Freimaurer sind wie er selbst; sie werfen alles Geld, das sie besitzen, buchstäblich in einen Topf und treten Currys Erbe an.

Dieser verwilderte Mensch, der englisch radebrecht und italienisch flucht, Old Tom, der entthronte König der Insel, die er von einem namens Lambert geerbt haben will, wie jener desgleichen vor ihm und so zurück bis zum Jahre Fünfzehnhundert, zu allem Anfang, der legt sich nun, als hätte er dafür nur auf die Ankunft der Soldaten gewartet, zum Sterben nieder. Die Legende eines irgendwo vergrabenen Schatzes ist seine einzige Hinterlassenschaft, gleichsam das Taufgeschenk für die Frucht von Marie Magdalenas gerundetem Leib, die an seinem Todestag mit keiner anderen Hebamme als dem Feldscher der Soldaten das Licht der Welt erblickt. Wie die irische Amme damals bei uns, als Marah vor der Zeit in die Wehen kam und ich hilflos daneben stand, bringt er ihr heißes Wasser und sauber ausgekochte Tücher. Einen Thronfolger allerdings, das Erbe dieses Reiches anzutreten, gebiert sie nicht, nein, es ist ein Mädchen, das hier auf die Welt kommt, Martha – und das ist Glass recht, wie ich wünschte auch er sich eine Tochter mehr noch als einen Sohn.

Einen Hausstand hatte Glass jetzt zu gründen. Die Anleitung und notwendige Bestärkung darin fand er im Buch des Raphael Hythlodeus; es war eines der wenigen, das zu lesen ihm seine Logenbrüder stets ans Herz gelegt hatten, und half ihm jetzt, das gemeinschaftliche Unterfangen auf das rechte Fundament zu stellen.

Ein einziges Gewerbe, hatte dieser weiland in seinem Bericht über den Besuch auf unserer seit Monaten von unerklärlichen Stürmen heimgesuchten Insel geschrieben, hätten alle Männer gemeinsam ausgeübt: die Landwirtschaft. Von ihr war keiner befreit, jeder packte zu und erlernte nebenbei noch ein eigenes Handwerk.

Was damals gut genug gewesen ist, muß es jetzt auch sein; und da alle drei von ihnen tätig sind und keiner müßig, erscheint auch die eine überlieferte Arbeitszeit von sechs Stunden täglich durchaus ausreichend.

Daß Hythlodeus bisweilen auch ein Klugschwätzer sein kann, ist Glass bewußt; deshalb erstellt er, als eher praktisch veranlagter Mensch, zuerst einmal ein Inventar dessen, worüber sie – außer Zirkel und Hammer – verfügten, um auf diesem unwirtlichen Flecken Erde überleben zu können. Dies waren: 30 Schweine, 24 Hühner, 2 Decken, 3 Pfund Nägel, 2 Rasiermesser, 4 Paar Strümpfe, einige undichte Fässer, eine Seemannskiste, ein Fernglas, 2 Messer, 8 Handäxte, 2 Sägen, 8 Spaten, 12 Erdkrallen, 1 Wetzstein, 3 alte Kessel, ein paar Bücher, alles zusammen für die Summe von 16 Pfund, 1 Shilling und 10 Pence Sterling, wozu noch die Liste dessen kam, was ihnen die Truppe überließ, nämlich: 2 Kühe, 1 Stier, 13 Schafe, 2 Lämmer, 2 Truthähne, 5 Enten, 16 Säcke Zwieback, 13 Säcke Hafer, 2 Säcke Eicheln, 4 Fässer voller Weizen, 60 Pfund Kaffee, 270 Pfund Zucker und einige Hemden.

Damit begannen sie nun, sich mitten in dieser über den Erdball kommenden Sintflut eine Insel zu eigen zu machen, Noahs Arche vergleichbar, nur mit dem Unterschied, daß sie schon auf ihrem Berge Ararat aufgelaufen waren.

Der Mensch glaubt und hofft, selbst dann noch, wenn ringsum die Welt in einem Orkan untergeht, er kauert in einer Höhle und haust in Armut zusammen mit den sieben Todsünden und der Niedergeschlagenheit, dem Jammer, der Niedertracht, dem Zweifel, der Unehrlichkeit und der Verzweiflung, doch er denkt an nichts anderes, als daß jetzt endlich die Welt und das ewig vorhergesagte Millennium anheben. Und so will Glass ausgerechnet hier den Tempel aller Tempel erbauen und hat bereits die Fundamente in den vom unablässigen Regen schlammigen Boden gesetzt.

Ein Land der Gerechten soll es werden, der Tempel seine Zierde; doch damit alles den richtigen Anfang hat und von Anbeginn alles im Zeichen des Neuen und Guten stehen kann, muß erst ein Gesellschaftsvertrag geschlossen werden. Und so setzen sich Glass und seine beiden freimaurerischen Brüder Nankivel und Burnell vor die eben erworbene Seemannskiste und entwerfen eine Deklaration, deren grundlegende Punkte sie Hythlodeus' Schrift entnehmen, obwohl der Einband längst schon aus dem Leim gegangen ist und die Seiten vor Nässe halb verklebt sind. Glass schreibt jeden Satz mit groß geschwungenen Buchstaben auf Pergament, die anderen beiden stimmen nickend zu; ja, dies sollte die offizielle Verfassung der Insel Tristan da Cunha werden, sie gilt bis heute, niedergelegt in folgendem Dokument:

> 1stens. *Daß der oben im Besitz der Gesellschaft angeführte Bestand und Vorrat als allen gemeinsam gehörig zu betrachten ist –*
> 2tens. *Daß jeder sich ergebende Profit unter allen zu gleichen Teilen aufgeteilt wird –*
> 3tens. *Daß alle Einkäufe von allen zu gleichen Teilen zu bezahlen sind –*
> 4tens. *Daß, um die Harmonie der Gesellschaft zu gewährleisten, keiner der Genossen welch immer gearteten Vorrang vor den anderen zu beanspruchen hat, sondern alle als in jeder Hinsicht einander gleichgestellt zu behandeln sind und jeder den gleichen Teil an Arbeit übernehmen muß, außer Krankheit verhindert dies –*
> 5tens. *Im Falle, daß einer der Genossen die Insel zu verlassen wünscht, ist der gemeinsame Besitz von zu bestimmenden Personen zu schätzen und sein Anteil ihm auszuhändigen –*
> 6tens. *William Glass erwachsen durch seine Frau und seine Kinder keine zusätzlichen Auslagen.*

(Unterschrift) SAMUEL BURNELL
WM. GLASS
sein
JOHN ⓧ NANKIVEL
Zeichen

Zeugen: R.S.AITCHISON
Lt., R. Re. Ay., Commdt.
CHARLES MASON
Royal Navy

SOMERSET CAMP,
TRISTAN DA CUNHA,
7ter November, 1817

Auf den dreißig Morgen bereits kultivierten Landes, abseits der zivilisierten Menschheit, jenseits des englischen Parlaments, der französischen Revolution, der amerikanischen Verfassung war somit die erste sozialistische, kommunistische, anarchistische oder wie auch immer zu adjektivierende Gemeinschaft entstanden, die dem Prinzip der Gleichheit, der Brüderlichkeit und der Freiheit folgten, auf einer Insel, die wie jede Utopie mitten im Ozean liegt, ein vollkommenes Rund, ihr Staat selbstgenügsam und einfach geordnet. Wichtig einzig und allein war es, daß kein Lauf der Welt die Kreise unserer Insel stören durfte.

Wurde ein Reisender vom Sturm an ihre Küste verschlagen, wie es einst bereits Hythlodeus geschah, so war er nur als Gast willkommen, um die wundersame Einrichtung voller Bewunderung besichtigen zu dürfen; ein Fremder aber sollte er bleiben, außer er war für immer zu vergessen bereit, woher er gekommen war. Und auch das Schiff, das diesen zufälligen Besucher wieder mitnahm, war stets nur in der Irrfahrt eines Sturms dorthin verschlagen worden. Denn alle Utopien sind von jeher einsam und unzugänglich; deshalb ist es zu ihnen auch von überallher gleich weit.

Können wir uns nach diesen Einsichten nun auch ein Bild von William Glass machen? Nun ja; er lehnt am Zaun vor seiner Cottage, Pfeife rauchend; im Hintergrund sieht man den Vorbau zur Tür, von vier Balken getragen wie die Loge vor Salomos Tempel, für immer fixiert in dem Motiv, dem eine zeitgenössische Gouache als Vorlage diente. Es handelt sich dabei um einen Ersttagsbrief zum 250. Jahrestag, Nennwert 1 1/2 p; die Marke zeigt ihn zusammen mit seiner Frau Marie Magdalena und der kleinen Martha, dem ersten auf der Insel geborenen Menschen.

DIESE WELT ERBTE ICH, *sie stieß mir zu wie alles, gleich wie ich auch immer wieder auf neue Stücke für meine Sammlung stieß. Alles schien nur für mich gemacht zu sein, nur auf mein Interesse gewartet zu haben, sich mir anzubieten; der Glaube an das Glück ist nichts anderes als das Bedürfnis, in Zufällen eine Notwendigkeit sehen zu wollen und in den Läuften der Welt eine Vorsehung. Doch über den glücklichen Tagen, die ich damit verbrachte, meine Kollektion zu arrangieren, den Geburtstagen, die mir ein lange ausgewähltes Exemplar zum Geschenk machten, den kleinen Querelen über zweifelhafte Schätze, den neuen Ideen, die mir die Bücher brachten, über all dem vergaß ich schließlich, daß mir alles nur ohne mein Zutun in den Schoß gefallen war. So vorbestimmt wie die Heirat zwischen Marah und mir, ähnlich notwendig wie das Werben um sie in jenem langen Sommer, nachdem ich ihr zuvor mit Wissen ihrer Eltern monatelang mit meinen Briefen den Hof gemacht hatte, genauso unausweichlich aber schien es mir dann auch, daß Marah zum ersten Mal über eine Scheidung sprach, als wir zur St. Barahans Kirche spazierten, über den kleinen Friedhof mit seinen halb versunkenen Gräbern unter den Eiben, Buchen und Sykamoren, wo die Townshends, die Somervilles, die Rosses, Nashes und Chavannes' liegen, allesamt Brigadiere in des Königs Regiment, die Marah ebenso zu ihrer Verwandtschaft zählte wie die russischen Adeligen, die nach der Revolution hier Zuflucht gefunden hatten, diese ganze Aristokratie der Guesthouses von heute, ihre mit Efeu bewachsenen Herrenhäuser, in denen mein Vater noch gedient hatte. Wir setzten uns auf die Bank unter der Esche, es war dieselbe Bank, wo ich sie gefragt hatte, ob sie mich heiraten wolle, der Blick ging auf das Dorf, das Meer leuchtete durch das Laub, es hatte einen hellen Rücken, als hätte sich wieder ein Wal in die Bucht verirrt, eine riesige Masse Fleisch, die sich schwer hob, und ich bat Marah, es sich zu überlegen. Am Hügel waren bereits die ersten Schleier des Abendnebels gelegen, schwarz und weiß gefleckte Rinder kamen zwischen den Bäumen hervor, nur die Hufe auf der Erde waren zu hören, ein Schnauben, aber sonst war alles ruhig, und ich fragte mich, aus welchem Kreis sie kämen, aus dem Inferno oder dem Paradiso, es war eine schweigsame Prozession, die Erde wie Wasser unter ihren Hufen, es dunkelte, und irgendwann einmal sagte Marah Ja.*

IM

Nahen des nächsten Windsturzes zuckten Blitze von den feuchten Torfwiesen auf, zu dem Wolkenband über der Insel hoch, jede Linie die Kante einer aus der Nacht gerissenen Seite; sie setzten den Bund des Dunkels in Brand und hoben die Felswand aus der Finsternis, um frei zu stehen, blendend, und wieder zu verglosen, die Nacht durchbrochen von glimmernden winzigen Lichtpunkten, aufblitzendem Kies, Schotter im Wind, der, vom Sturm am Strand aufgewühlt, als Steinhagel auf die Umfriedungen niederprasselte.

EDWIN HERON DODGSON
BRIEFE
1882–1883

DIE VOKATION

MEINER KIRCHE, unserer Kirche wegen erhielten wir von einem Linienschiff, das Station machte, 90 Pfund Schießpulver. Die Arbeit an ihr habe ich für gänzlich freiwillig erklärt, drei Tage in der Woche, vier bis fünf Stunden je, und von Beginn an hat sich keiner der Männer davon ausgeschlossen. Die Steine dazu brechen wir aus dem Berg bei ›Tommy's Eyeloose‹, neben dem ›Pigbite Gulch‹, wo die Schweine herumstreunen und die Krähenbeeren abfressen; Green hat mir erzählt, daß der Name auf einen der ersten Siedler zurückgeht, einen gewissen Curry, der jahrelang allein auf der Insel gelebt hatte. Als dann endlich ein Schiff anlegte, fand man ihn kaum noch bei Verstand und fesselte ihn, auch um ihn vor sich selbst zu bewahren, an Händen und Füßen. Er kam ihnen aus und verbarrikadierte sich in der Baracke, die einmal als Lager für die Ölfässer der Robbenschlächter gedient und die er sich die ganze Zeit über mit seinen Schweinen geteilt hatte, mit denen er, so heißt es, auch gesprochen habe. Man ließ ihn in Ruhe; aber bereits am nächsten Tag kam er angelaufen und fluchte, ein Schwein habe ihn gebissen, ein Schwein!, was so lange großes Gelächter hervorrief, bis er erzählte, daß sich seine Herde daraufhin den Abhang hinuntergestürzt hatte, ins Meer, und alle ertrunken waren. Wahrscheinlich hat er sie selber, eins ums andere, hineingeschmissen, aus Zorn, oder weil er sie nicht an die Matrosen verlieren wollte; jedenfalls aber sei er erst dann wieder halbwegs bei Sinnen gewesen, für kurz zumindest, denn den Rest seines Lebens hat er anscheinend damit verbracht, sich ins Grab zu saufen.

An diesem Orte Gerasa holen wir also unsere Quadern. Das poröse Vulkangestein macht die Arbeit mühselig. Pickel, Schaufeln und Schubkarren gibt es kaum, und zum Bohren besitzen wir nichts; mit Meißel und Hammer schlagen wir darum einen Spalt in den schwarzen Fels, oberhalb und seitlich des Blockes, der zu gewinnen ist. Er muß jedoch mindestens 4 Fuß tief werden, sonst reißt er vorschnell ein, und all das nimmt mehrere Tage in Anspruch. In die Kluft stopfen wir Schießbaumwolle und versiegeln sie, so gut es geht, mit Gesteinsbrocken. Die Sprengung dann ist ein Ereignis für das ganze Dorf; oft genug aber bekommt der Quader dadurch Sprünge, oder es zersprengt ihn gar. Und immer müssen wir an einer anderen Stelle ansetzen, da es durch die Explosionen keinen sauberen Bruch gibt, sondern unregelmäßige Löcher, die kleinsten noch kopfgroß. Die Blöcke schaffen wir dann mit einem Gespann von vier Ochsen zum ›Big Watron‹, dem kleinen Weiher, wo sich der Wasserfall des ›Hottentott Gulch‹ ergießt; dort werden sie behauen und geglättet. Die kleine Erhebung an seinem Rand habe ich als Platz für die Kirche ausgewählt, habe Tag für Tag den Spaten genommen, allein, stehe in dieser fetten Wiese, die Häuser liegen unten, die Schaumkronen des Meeres, der Schweiß auf dem Gesicht ist kalt, das Blut schießt mir in die Stirn; es ist ein Gefühl des Glücks.

Der Grundriß der Kirche ist einfach, ein Kreuz mit kurzem Querbalken für zwei Kapellen. Mit jedem Spatenstich grub ich es in die Erde, hob Gräben aus, holte Stein um Stein aus der nassen Erde, vertiefte sie, grub Jesu Kruzifix in den Schlamm und wusch mir im Wasser den Schmutz von den Händen, die darüber schwielig wurden. In Seinem Namen baute ich das Haus; und dort, wo einmal der Altar stehen wird, grub ich am tiefsten, stieß aber wieder nur auf einen Felsbrocken, den auszugraben mir nicht gelang; also legte ich ihn frei und ritze auf die Fläche dieses schwarz im Regen liegenden Felsens einen Spruch aus dem *Buch der Könige*. Auch wenn es nicht Salomos Tempel werden wird, habe ich ihn mir doch so ausgemalt; in meiner freien Zeit schnitze ich an zwei Kerubim, die ich unter das Fünfeck in der Mitte des Giebels stellen werde, dem einzigen Ornament in dieser Kirche. Doch noch fehlt es an Holz, Glas, Farbe, ja selbst Nägeln und Schindeln, um das Dach zu decken.

Ein Jahr schon, dennoch ist bis heute nur das Fundament ausgelegt, ein Kreuz aus Stein, um das das Gras bereits zu wuchern beginnt, ein Mahnmal; die Arbeit aber will und will nicht vorankommen. Die Versprechen der Männer verloren sich in immer armseligeren Ausreden. Trotz aller Predigten weigern sich die Männer immer häufiger, richtig Hand anzulegen; sollte es so weitergehen, wird es hundert Jahre dauern, bis ein Dach errichtet ist. Bis dahin muß ich mit dem leerstehenden Haus vorliebnehmen, das man mir zur Verfügung gestellt hat und das ich notdürftig zum Gotteshaus umwandelte, indem ich die hölzernen Trennwände herausnehmen ließ. Der Raum ist so gerade groß genug für die Gemeinde, jede der fünf Großfamilien mußte für ihre eigenen Bänke sorgen; für die Sakristei teilte ich eine Ecke mit einem Segel ab. Ein Chor dagegen fand sich fast von selbst; jeder auf der Insel hier singt mehr oder weniger gut, und einige der Knaben besitzen eine wunderschöne Stimme. Da sie nicht lesen können, ließ ich sie einige Kantikeln und Hymnen auswendig lernen, so daß ich morgens und abends einen Gottesdienst mit Chorgesang (außer den Psalmen) abhalten kann. Die Abendmesse ist in der Regel gut besucht, in der Früh aber kommen nur einige Frauen und die alten Männer. Firmlinge hatte ich anfangs nur wenige, aber es wurden jeden Sonntag mehr, fünfunddreißig bis jetzt, aus einer Gemeinde, die 104 Menschen zählt.

Ein Vorhang aus grobem, blauem Kattun läßt wochentags aus der Kirche eine Schule werden. Die vierzig Kinder habe ich in vier Klassen aufgeteilt, die ältesten unterrichte ich selber, die jüngeren übergab ich der Tochter von Andrew Hagan. Verglichen mit Kindern in England, wissen sie nur wenig, aber es mangelt ihnen, im Gegensatz zu ihren sturen Eltern, weder an Scharfsinn noch an Lernwillen. Neben dem Unterricht unter der Woche halte ich auch sonntags eine Stunde Schule und am Nachmittag einen Gottesdienst für die Kinder ab, und tue es gerne: Mit ihrer braunen Haut, den klaren Augen, weißen Zähnen, dem wuscheligen Haar erinnern sie mich an die Mulatten meiner Missionsstation in Brasilien.

Marah Hagans Vater ist der zweitwichtigste Mann auf der Insel nach Peter Green; sie nennen ihn ironisch den Ochsenkönig, weil er sich nach und nach alle Weidegründe der Insel angeeignet hat, die von den Siedlern gerodet worden sind, und nun eine größere Herde grasen hat als alle anderen zusammen. Green dagegen ist ein gebildeter Mensch, der für sich einzunehmen weiß, ein gebürtiger Holländer, mit dem ich mich über vieles unterhalten kann. Weshalb auch er Hagan die kalte Schulter zeigt, hab ich jedoch noch nicht verstanden. Gewiß, beide legen auf ihre Weise ebensoviel Ehrgeiz wie Geltungsdrang an den Tag, der eine im Stillen, der andere mit einem nicht abreißenden Redeschwall. Doch unbestreitbar ist, daß Hagan der Insel wieder zu etwas Reichtum verhilft. Es ist auf seine Initiative hin, daß einmal im Jahr Vieh und Kartoffeln nach St. Helena gebracht werden, eine der wenigen Einkommensquellen, deren andere nur im Tauschhandel und seit neuestem auch im Verkauf von Guano bestehen. Doch warum ihn entschuldigen?

Vielleicht weil auch ich Zwietracht auf die Insel gebracht hatte, unwillentlich. Denn als ich vor Monaten gleich bei der ersten Morgenandacht die mir ausgehändigte Liste der fünf besonders zu belobigenden Retter der *Mabel Clark* verlas, hatte ein Name gefehlt: ausgerechnet derjenige von Joshua Rogers, der sich besonders dabei hervorgetan hatte. Weil nun aber jeder wußte, daß der alte Green die wichtigste Informationsquelle über dieses Ereignis darstellte und der Name seines Sohnes Jacob auch noch an vorderster Stelle stand, schob man die Schuld dafür ihm zu. Obwohl dies unausgesprochen blieb, gehen die Rogers und die mit ihnen eng verschwisterten Hagans ihm seitdem aus dem Weg, soweit dies auf der Insel möglich ist. Es ist eine seltsame Art des Scherbengerichtes, das man hier abhält: Allein der Leumund ist es, der über das Ansehen der Menschen entscheidet und ihren Rang in der Gesellschaft bestimmt. Nichtsdestotrotz scheint die Gemeinschaft doch geschlossen, jeder hilft jedem, gleichgültig wobei, und einer steht dem anderen zur Seite. Deshalb war es wohl unklug von mir, Hagans Stellung noch weiter zu stärken, indem ich seine Tochter bat, die ein wenig von den Allüren ihres Vaters hat, den jüngsten der Kinder das ABC beizubringen. Doch ich gebe zu, diese meine Bedenken haben auch etwas Scheinheiliges.

Marah. Es ist unbestreitbar, daß für einen im wahrsten Sinne des Wortes auf einer Insel Schiffbrüchigen jede Frau, nach langer Enthaltsamkeit, an Liebreiz gewinnt, und sei sie auch noch so häßlich. Das mag jedoch nicht alles sein. Wieviel lieber wäre es mir gewesen, ich hätte sie schon am ersten Tag bemerkt, der erste Blick auf sie unschuldig und offen. So aber trat sie mir erst vor Augen, als sie oben am Teich kniete, um ihren Eimer zu füllen, sich unbeobachtet fühlte und ihren Kopf zum Wasser beugte, um ihn plötzlich mit einer entschlossenen Bewegung ganz einzutauchen, bis zu den Schultern unterzutauchen in diesem kalten Grün. Mit einem Ruck richtete sie sich wieder auf, und in diesem Moment fielen ihr die Haare in Strähnen herab, wie Wasser, das langsam fließt, und mit ihm tausend Dinge ihres Lebens, ohne ganz Gestalt zu gewinnen, ohne jeden Halt, dunkel zwischen Vergessen und Erinnerung. Und auf einmal schien es, als entfernte sich ihr Gesicht im Grunde eines Spiegels, verlor seine Züge, aber kam wieder aus dieser Tiefe, zu einem anderen geworden. Und wie um diese beinah unmerkliche Verwandlung wieder ungeschehen zu machen, murmelte ich unwillkürlich ihren Namen; es war das erste von vielen Lippenbekenntnissen.

MEIN STOTTERN LEGT SICH NUR, wenn ich singe, flüstere oder zu mir selbst spreche. Die Hemmung, die mich sonst beherrscht, ist Zeichen meines überhitzten Geistes, einer allgemeinen Nervenschwäche, den üblichen Begleiterscheinungen unserer allzu verfeinerten, europäischen Zivilisation; bei den Mestizen in Brasilien gab es niemanden, der unter solch einem ungelenken Stammeln zu leiden hatte, wie es unserer ganzen Familie angeboren ist. Und gegen diese Zeichen einer unaufhaltbaren Blutarmut haben selbst Dr. Hunts Operationen nichts auszurichten vermocht, der mir zuerst die Mandeln entfernte und, als auch das nichts nützte, den Schnitt vornahm. Ein Gehilfe bog mir den Kopf nach hinten und zog mir mit den Retraktoren die Mundwinkel zurück, während mir der andere mit einer Zange den Zungenlappen streckte. Der Doktor griff ihn zwischen Daumen und Zeigefinger, schnitt mit einem langen, gebogenen, spitzen Skalpell durch die Wurzel des Muskels und trennte auf beiden Seiten einen Keil heraus. Ich roch seinen säuerlichen Atem, sah seine Lider, den wäßrig weißen Augenrand, ich klammerte mich an die Lehnen des hohen Stuhls, in dem mich Gurte hielten, und schaute in unsäglichem Schmerz an ihm vorbei auf den Weidenbaum vor dem Fenster, auf den einen Ast, der sich leicht im Wind hob. Mein Mund war mit Blut gefüllt, ich schluckte und schluckte, um nicht zu ersticken. Mit einem Seidenfaden wurde mir die Zunge vernäht, man spülte meinen Mund mit Wasser aus, ich versuchte, etwas zu sagen, doch rann mir nur Blut auf die Hemdbrust.

Noch heute spüre ich bei jeder Predigt, wie meine Oberlippe zu zittern beginnt; ich habe mir angewöhnt, langsam zu sprechen, Notizen helfen mir, zu extemporieren und so Worte zu umgehen, die mich zu Fall bringen könnten, aber es kostet mich alle Kraft. Gestern nachmittag kam ich glücklich durch die Messe, bis ich die ersten zwei Verse der Hymne vor der Predigt ablesen mußte, doch als es zur Stelle ›strife, strengthened‹ kam, die Konsonanten in aller unumgänglichen Härte aufeinanderfolgten, gab ich auf und ließ den Rest des Verses unvollendet. Um mein Versagen zu überbrücken, wollte ich gerade den Gesang anstimmen, als der Kapitän der *Rose* das Wort ergriff und die Zeilen für mich zu Ende sprach. Er ankert mit seinem Schoner seit zwei Wochen vor der Insel und will ein paar Männer mit hinüber nach Nightingale und Inacessible nehmen, um Guano zu bunkern.

In Marahs Gegenwart verstärkt sich meine Sprachhemmung. Und doch suche ich ihre Nähe, jeder Vorwand ist mir recht, und in der Schule ergibt sich häufig Gelegenheit, neben ihr zu stehen, ihr Haar zu riechen. Ihre farnfarbenen Augen. Und obwohl ich dann kein Wort über die Lippen bringe, ist es, als könnte ich allein durch ihren Anblick freier atmen; es ist ein still schauendes Glück, das mich erfaßt. Und sie, sie hat es bemerkt, als hätte meine Sehnsucht etwas Körperliches, das sich auch ohne Sprache mitzuteilen versteht. Mehr und mehr Zeit verbringt sie mit mir, spricht mit mir, redet statt meiner, nimmt mir meine Fragen vorweg und legt mir die Antworten in den Mund. Trotzdem gestehen wir uns nicht ein, was die Quelle unseres Verlangens ist, als könnte das Sprechen darüber die gegenseitige Anziehung für immer zerstören.

NIGHTINGALE UND INACCESSIBLE. Wenn der Himmel aufklart, liegen ihre dunklen, schmalen Silhouetten hinter einer kaum weniger dunklen See, dem Meer, das nichts als die Wirklichkeit des Todes ist und eine Passage hin zu einem Jenseits, das einem vor Augen steht. Und selbst an Tagen, an denen der Rauch aus den Häusern dick über den Wellen treibt, ist es mir trotzdem noch, als sähe ich sie.

Doch auch zu wissen, daß die Männer jetzt drüben auf den Inseln sind, ändert nichts daran, daß sie ungreifbar bleiben, mit der untergehenden Sonne jeden Abend wieder im Ozean zu versinken scheinen, von ihm vergessen, wie auch die Erinnerungen an mein Brasilien. Oder Hy Brazil, wie es früher hieß, jene Legende einer Insel der Toten, von der wir in Cornwall hörten, als ich mit Dir, Charles, dort auf Sommerfrische war. Eine Barke, so hat es unsere Gouvernante erzählt, legt einmal im Jahr vom Ufer ab und dreht in den Wind; eine große, weite Wende, in der das Kielwasser im Dunkel aufleuchtet, ein Glimmen, das kurz aufflackert und verlischt in einem schwarzen Strom. Und es ist immer eine Nacht, die mondlos bleibt, daß man der Sterne gewahr wird, ihr Widerschein auf einer gleichsam gestillten See, bleich wie Seelen, die keinen Trost zu finden vermögen, ein mißverstandenes Licht

Nightingale und Inaccessible. Es ist derselbe Ozean, nur daß die Barken größer geworden sind. Das Meer aber bleibt dunkel, stechend schwarz wie die Flüssigkeit, die der weiche Guano auf den Klippen absondert, eine die Felsen ätzende Flüssigkeit, die langsam herabrinnt, alles verfärbt und auch die Baumwollsäcke zerfrißt, in die man den Guano preßt. Sie läßt sich nicht abwaschen, die Matrosen hatten immer noch braune Hände davon, die sie beim Beten unter den Rockärmeln verstecken, als würden sie sich schämen, ihrer Fahrt schämen, dafür, daß sie nicht beim Graben für die Kirche vor Erde braun und dreckig geworden sind.

Als sie zurückkamen, war ich gerade auf der Ostseite der Insel, dort, wo die Pinguine in großen Kolonien brüten. Der Marsch hatte den ganzen Tag in Anspruch genommen, immer die Wasserlinie entlang und wieder hoch über Felsen, und wir waren bereits wieder auf dem Rückweg, Marah voran mit einigen der älteren Kinder. Der Wind hatte gegen Nachmittag aufgefrischt, und wir sahen die *Rose* mit den Männern von den Inseln zurückkehren; sie kreuzte gegen die heftig gewordene Brise an, gab dann aber auf und warf beim Sandy Point Anker. Bevor dieser jedoch Grund gefaßt hatte, wurde der Schoner von einer Bö gegen die Felsnadel gedrückt, die dem schmalen Sandstrand vorgelagert ist. Bis das Beiboot zu Wasser gelassen und das Ufer erreicht war, hatte ich hinunterklettern können; wir zogen es auf den Strand. Die Dämmerung setzte bald ein, das Schiff hing auf dem Riff fest, ohne daß Gefahr zu bestehen schien, es möge sinken, und wir waren schon auf dem Weg zurück, als ich mich noch einmal umwandte und dem schrecklichsten Anblick meines Lebens gewahr wurde.

Die Sonne war hinter der Insel gerade untergegangen, ihre Schatten lagen erdfarben auf den Wellenkämmen, dunkel aufgerissene Schollen, braun schimmernd noch im letzten Licht der Brandung, als die Brecher innezuhalten schienen und unter eine flach sich ausbreitende Woge gerieten, die nicht mehr aus Gischt bestand, sondern aus winzigen bebenden Buckeln, in ein braun über sie hinwegkriechendes Glimmern, eine Mähne aus Wasser, Hunderte von kurzen Strähnen, pelzige Rücken, die auf der öligen Fläche des Wassers auftauchten und aufbrachen wie Blattern eines sich entzündenden Geschwürs; es waren Ratten, eine ganze Schar Ratten, die vom Schiff an Land schwammen. Ich rannte hinunter, griff mir den erstbesten Stein und versuchte, sie zu erschlagen, wo sie ans Ufer kamen, quiekend wichen sie mir aus, es war ein vergebliches Unterfangen, mich grauste vor dem Blut, ich war allein; die Matrosen sahen mir mit ungläubig aufgerissenen Augen zu, als begriffen sie nicht, ich versuchte ihnen zuzuschreien, daß diese Brut nicht auf die Insel kommen dürfe, doch es kam nur ein Rachenlaut über meine Lippen.

IRENÄUS, wie Irenäus, der gegen die Montanisten predigte, so erscheint mir allzuoft mein Tun auf dieser Insel. Beim Beten bohren sie mit dem Finger in der Nase, als erschiene ihnen dies ein besonderes Zeichen der Frömmigkeit, und wie jene ernähren sie sich hauptsächlich von Kohl und Rettich, während ihnen das eigentliche Sakrament Brot und Schnaps ist, die sie sich von den Schiffen erbetteln. Von der Kirche halten sie wenig, außer daß sie eine Macht verkörpert, der sich zu unterwerfen leichter ist, als sich ihr offen zu widersetzen. Daß Jesus für uns am Kreuz gestorben ist, um die Welt von allen Sünden zu befreien, dazu nicken sie, ja; redet man dann aber mit ihnen, beharren sie darauf, daß es diese verdorbene Welt war, vor der sie Zuflucht gesucht und gefunden hätten, um in der Gemeinschaft Gleichgesinnter das Millennium zu erwarten; es sei der Heilige Geist gewesen, der William Glass zu einem Paradies geführt hätte, wo sich alles zum Leben Notwendige fände. Nach dem, was mir von dem Gründer dieser Kolonie von Gerechten erzählt worden ist, muß er unter seinem freimaurerischen Mäntelchen ein regelrechter Adamit gewesen sein, der vom Sakrament der Ehe wenig hielt, weil es das im Garten Eden auch nicht gegeben habe, und mit seiner Eva wahrscheinlich auch noch im nackten Urzustand einem viel zu geduldigen Herrgott Messen feierte. Gleich deren Anführer, einem verblendeten Handwerker, der eine Insel mitten in einem böhmischen Fluß für seine kommunistische Sekte auserkor, mußte auch Glass von Tristan da Cunha wie von einem heiligen Berge Tabor inmitten des Ozeans Besitz ergriffen haben, um dort die Wiederkunft Christi zu erwarten und derweil ein Reich zu errichten, in dem es kein Eigentum gab, alles allen gemeinsam gehörte, auch die Frauen, um mit ihnen so viele Nachkommen wie möglich hervorzubringen, bis die Erde überschwemmt wird von Blut, wie es in den Annalen heißt.

Wenn es nicht das Erbe solch apokalyptischen Irrglaubens ist, dann bin ich ratlos, woher es rührt, daß sie sich offenbar aller Verantwortung für die unmittelbare Gegenwart enthoben fühlen, als wäre der freie Wille jedes einzelnen in einem letzten Lauf der Welt unerheblich geworden. Man mag als moderner Mensch auch bereit sein, der Durchmischung des *Homo afer* mit den unterschiedlichsten Abkömmlingen der weißen Rasse – die sich schon an einer dunkleren Hautfarbe und dem Kraushaar der Bantukaffern zeigt – auch Auswirkungen seelischer Natur zuzuschreiben und dazu den besonderen klimatischen Verhältnissen ihren Einfluß einzuräumen, den feuchten Winden, der widrigen Witterung, die den Menschen bedrückt und erschöpft. Mögen sie auch in der Anpassung an die Wechselwirkungen des Klimas zu einem körperlich robusten Typus geworden sein, so ermangelt es ihm jedoch desto mehr an innerer Ausgewogenheit, so daß er zwischen stark erregter Triebhaftigkeit einerseits und entnervender Apathie andererseits schwankt; in einer solchen Umwelt bringt die natürliche Auslese, wie man weiß, höchst schädliche gegenläufige Entwicklungen hervor, ein Maximum an organischer Stärke, gepaart mit einem Minimum an geistiger Festigkeit: den Beweis einer rückschrittlichen Evolution.

Aber Du willst wissen, hast Du geschrieben, wie die Menschen hier leben, weniger, was ich denke. Kommt man in ihre Häuser, sind sie so von Rauch erfüllt, daß einem die Augen tränen; das hält die kostbaren Dachbalken vom Verrotten ab, sagen sie, und gleichzeitig hängen sie Fleisch und Fisch an die Träger, um sie in dieser Beize zu dörren. Die Rinder weiden wild, aber im Winter riecht es säuerlich nach Urin, weil die meisten ihre Kühe im Hause halten, kaum durch ein Mäuerchen vom Wohnraum abgetrennt, damit der Regen den wertvollen Dung nicht auswäscht. Und ihnen so wärmer ist. Das Torffeuer schwelend, ein rauchig roter Schimmer von Hitze. Mit einem frivolen Ton in der Stimme sagte der alte Green, daß er nichts lieber höre als die Milch in den Eimer spritzen. Ohne die Rinder würden sie noch dürftiger überleben; was sich diese in den kurzen Sommern anfressen, wird ihnen im

Winter zu Fleisch und Milch und Käse. In ganz schlechten Jahren bluten sie eine lebende Kuh, um Blutpudding zu machen.

Es ist ein unfruchtbares, saures Land, und so naß, daß jedes Jahr die Drainagekanäle neu gegraben werden müssen; alle sind dann bei den Kartoffelfeldern unten und graben um ihr Leben, mit Händen und Steinen; Spaten sind selten. Dort in der Bucht wächst auch Kelp, dicht und dick, mit winzigen perlartigen Anemonen, die an den dunkelbraunen, breiten Klingen wachsen, Seegras, das sich in der Dünung fett glitzernd hin und her bewegt wie Aale. Dann stehen sie bis zu den Hüften im Wasser oder sind auf den Booten und schneiden es, um es auf die Felder zu verteilen und ein bißchen Humus zu erhalten.

Niemand ist hier auf sich allein gestellt. Um ein Boot zu Wasser zu lassen, braucht es fünf Männer, vier, um es zu rudern, einen, um zu steuern. Der Pflug braucht mindestens drei; einen, um den Ochsen zu führen, einen, um den Pflug zu halten, einen, um die Soden umzudrehen. Es braucht drei, um seinen Mann zu stehen, sagen sie hier, und zu viert hinkt man bestenfalls; allein ist man nichts, zusammen alles.

Das Weideland, der Viehbestand und die Arbeit wurden stets gerecht untereinander aufgeteilt, zumindest so lange, bis Hagan kam. Und doch scheint mir, daß diese kommunistischen Prinzipien nur etwas Äußerliches geblieben sind, bloße Notwendigkeit. Denn zugleich wird alles Eigentum aufs bitterste verteidigt. Den Kopf eines geschlachteten Schafes mit seinen markierten Ohren behält man noch eine Woche, um beweisen zu können, daß einem die Karkasse gehört. Und wird man zu alt, um selber noch seine Schafe zu hüten, verliert man sie gleich an einen der Jüngeren in der Großfamilie.

Die Grenze zwischen Gemeinschaft und eigenem Ich ist für mich schwer zu ziehen; es bleibt mir unerklärlich, was diese Menschen hier ausmacht, was sie bestimmt und antreibt. An geheimen Fehden gibt es genug. Doch kaum kommen sie zur Tür herein, liegt ihnen ein Segenswunsch auf den Lippen. In dem Jahr, das ich hier verbracht habe, ist man mir nicht ein einziges Mal mit Grobheit, Unhöflichkeit oder Vulgarität begegnet; ich habe noch nie ein Haus betreten, ohne daß man mir zu essen anbot und sich dafür entschuldigte, daß die Kost so frugal wäre. Abends sitzen wir zusammen, die Männer damit beschäftigt, ein Seil zu flechten oder die Netze zu entwirren, die Frau am Spinnrad, ihre Töchter krempeln, kratzen und kämmen die Wolle, während in der Ecke eine von ihnen verstohlen mit dem Nachbarsbuben anbandelt. Geredet wird über alles, das Wetter, den letzten Fischfang, die nächste Fahrt nach Nightingale, Schiffbrüche, Walfänger, einen eigentümlichen Fund am Strand, und es ist in diesem ausgeschmückten Erzählen erst, daß die Menschen zueinanderfinden. Die erste Geschichte beginnt stets der Gastgeber, der Gast hat dann den Rest der Nacht zu bestreiten, und jede Geschichte ist voller Pathos, einfach und sich ewig ähnlich und doch dramatisch oft mit den Händen ausgestaltet, als wäre es das erste Mal.

Ich stehe im Halbdunkel, an den Rahmen der Tür gelehnt, und sehe die Asche weiß auf Hagans Ärmel, wenn er seine Pfeife ausklopft; Staub hängt in der Luft, als endete seine Geschichte damit, dem Geruch nach Tier und Schweiß und Glut, als endete alle Hoffnung und Verzweiflung damit und beginne wieder mit dem nächsten, der erzählt. Und da sind Zeiten von Flut und Sturm auf ihre Stirn eingegraben, von Muren weggeschwemmtes Land, die Münder stumm aufgerissen vor der Vergeblichkeit der unsäglichen Fron, ein Lachen, aus dem man Freudlosigkeit heraushört, Meer und Berg, welche die von ihnen erbrachten Opfer verhöhnen, weil keines je zu Ende gebracht wurde, man die Fundamente vergaß oder sie wieder zerfallen ließ, das Rascheln der Ratten irgendwo im Raum, vernehmbar noch im Chor der Stimmen, und in ihren braun gebackenen Gesichtern, dem einen und den vielen, gewahre ich diesen mir so vertrauten Ausdruck, der sich zugleich jedem Namen entzieht. Und ich weiß, ich bin mit meinen Gedanken wieder woanders, ich höre die Geschichten nicht mehr, eine Stimme bloß, die erstaunt und zugleich verächtlich fragt, was ich hier mache; dann schlüpfe ich wieder in die Rolle des Erzählers, als wisse ich um mich, und bin dennoch ein anderer.

Eines um das nächste Mal erwarten sie von mir Anekdoten über die Welt draußen, über London, die Fabriken, die Politik und unsere Königin, die Eisenbahn, aber es ist ihnen schwer begreiflich zu machen, dieses Leben, diese lärmende Masse von Menschen überall, Wasserleitungen, Dampfmaschinen, Gaslicht auf den Straßen, sie schauen dann immer, was Green oder Hagan dazu sagen, ob sie nicken; bisweilen ergehen sie sich in den aberwitzigsten Bemerkungen, wie es wäre wenn, brechen in schieres Gelächter aus nur beim Gedanken daran, etwas davon hier auf der Insel zu sehen, oder planen mit träumerischer Überzeugung, etwas davon hier einzuführen, und malen es den Abend über bis ins letzte Detail aus. Richtig nahe geht ihnen nur das, was ich ihnen über meine Jahre in Brasilien erzähle, als wäre ihnen die üppige Natur an der Küste und die verdorrte Steppe im Binnenland vertrauter, so gewohnt wie die Einöde ihres Ozeans und der Krüppelwuchs auf dem Berg hier. Und ich muß ihnen jedesmal aufs neue vom Sturz des Meteoriten erzählen und dem Prediger dort und merke, wie sie dies mit mehr Ehrfurcht aufnehmen als all meine Predigten.

Kaum daß sie an ihren Pfeifen ziehen und in Gedanken bereits wieder ihre illusionären Pläne schmieden, brauche ich nur den Bau der Kirche zu erwähnen, und ich werde überhört. Aber das betrifft auch ihre eigenen Belange. Wie oft bat und bettelte ich sie, ohne daß es den geringsten Eindruck auf sie machte, ich redete gut auf sie ein, frühzeitig der Ratten Herr zu werden, die wie eine biblische Plage auf uns hereingebrochen waren, ich predigte und drohte, daß sie alles zerstören würde, doch alles, was sie darauf zu entgegnen wußten, war, daß die Ratten auf der anderen, unbewohnten Seite des Berges wären, Meilen von den Häusern entfernt, und sie uns nie und nimmer schädlich werden würden.

Die Rivalität zwischen Hagan und Green, die das Dorf offensichtlich in zwei Lager gespalten hat, tat das ihre, daß keiner den ersten Schritt unternahm, und natürlich dauerte es keine drei Monate, bis die Ratten über die Stauden in den Feldern herfielen, alles zernagten und die bevorstehende Ernte vollständig zunichte machten, so daß nun sogar für eine neue Saat zuwenig Kartoffeln vorhanden sind. Und wie ich es vorhergesagt hatte, vermehrten sie sich so schnell, daß sie bald in Schwärmen die Siedlung heimzusuchen begannen, während wir nur mehr hilflos zusehen konnten; derart überhand haben sie genommen, daß sie nicht einmal mehr vor den Menschen zurückscheuen; sie sitzen vor meiner Schwelle, und erst mit Fußtritten sind sie von der Tür zu verjagen.

Um gegen diese Pest vorzugehen, legten wir vergiftete Köder aus, bastelten Fallen und veranstalteten mit den Hunden eine Treibjagd auf sie, worauf sie für kurze Zeit im Gestrüpp der Insel verschwanden, nur um desto zahlreicher wieder zurückzukehren. Sie vermehren sich schon mit drei Monaten und werfen vier bis fünfmal im Jahr Junge, jedesmal ein gutes Dutzend. Und mittlerweile haben sie sich auch über die Eier der Pinguinkolonie hergemacht, obwohl diese kaum genießbar sind; kein noch so langes Kochen läßt das Eiweiß hart werden, das wie Tran rund um ein Stück verfaulten Fisch schmeckt, für uns jedoch die einzige Nahrung ist, mit der wir unsere schmalen Vorräte bis zum Kommen des nächsten Linienschiffes strecken können; jetzt droht wirklich der Hunger.

Kannst Du aus diesen Zeilen irgend etwas für das *Church Magazine* machen, ein Pamphlet vielleicht, das unsere Not hier verdeutlicht, Du mit Deiner Eloquenz, die alles soviel geschickter auszudrücken weiß, als ich es vermag? Vor allem aber ist eine Klarstellung vonnöten: Du hast geschrieben, daß man die Schiffbrüche meiner *Vittery* und der *Rose* in England als Versicherungsbetrug auslegt. Ich war bei beiden Augenzeuge; natürlich kann es sein, daß ich – der von der Schiffahrt nichts versteht – mich in diesen Dingen täusche. Ich muß auch zugeben, daß zumindest der Kapitän der *Rose* kein besonders angenehmer Zeitgenosse war; wir hatten ihn ja drei Wochen hier auf der Insel sitzen, und jeder nannte ihn nur ›Brand Bread‹ nach dem Fraß, den er seiner Mannschaft zu essen gab. Und natürlich ist es für mich nicht auszuschließen, daß er sein Schiff auf Grund setzte, um seine Fracht – Vieh, das er von uns kaufen wollte – als verloren anzugeben und nicht nur die Versicherungssumme einzustecken, sondern dazu auch das Geld, das er auf St. Helena für den Kauf erhalten hatte. Nur sind seitdem die Eigner noch zurückhaltender, ihre Schiffe nach Tristan zu schicken, weil dadurch die Prämien in die Höhe gingen. Jede halbwegs regelmäßige Verbindung mit dem Kap ist seither vollständig abgebrochen. Also, selbst wenn die Vorwürfe stimmen – müssen die Menschen hier jetzt auch noch dafür büßen?

WIE IRENÄUS, der gegen die Montanisten predigte, ebenso vergeblich scheint mir zunehmend meine Stellung auf der Insel. Sowenig sie sich um den Bau der Kirche kümmern, sowenig sind sie auch zu den Plänen zu bekehren, neues Saatgut anzubauen. Als ich den Versuch gemacht hatte, die mitgebrachten Weinstöcke anzupflanzen, lachten sie nur. Und hatten Recht damit. Überhaupt verstehe ich von den meisten Dingen zuwenig, die ich hier überwachen soll; deshalb ist es kein Wunder, daß sie auch in anderem auf den althergebrachten Wegen beharren. Doch derweil komme ich mir zunehmend vor wie einer der ornamentalen Eremiten, die die Gärten des englischen Landadels auch in unserem Jahrhundert noch zu zieren hatten. Da gab es eine ›Gotische Grotte‹ voller Muscheln, ein ›Felsgehäuse des Hieronymus‹ samt Alkoven und einem Totenschädel über dem Eingang als *memento mori* oder, wie im Manor House in Darlington, eine ›Einsiedelei des Sommers‹, deren Boden mit Schafsknöcheln gepflastert war und die eine ausgestopfte Eule am Dach hatte. Über die Annonce, die der Hausherr in die Zeitung gab, haben wir als Kinder gelacht, Du erinnerst Dich: der erfolgreiche Applikant sollte dort sieben Jahre leben, ausgerüstet mit einer Bibel, eine Strohmatte als Bett, Grasbüschel als Kissen, ein Stundenglas als Uhr; versorgt werden sollte er mit Wasser und Essen aus der Küche, ohne daß er jedoch mit der Dienerschaft eine Silbe wechseln durfte. Eine Robe aus Kamelhaar hatte er zu tragen und durfte weder seine Haare noch seine Nägel schneiden, dafür erwartete ihn nach diesen biblischen sieben Jahren eine Summe von 700 Guineen. Und natürlich fand sich einer. Ebenso absehbar aber verlor er seine pittoreske Anstellung gleich wieder, weil man ihn bereits nach drei Wochen im Pub von Croft erwischte. Dieser Versuchung nun nicht auch selber zu erliegen, muß ich mich manches Mal schwer überwinden, denn die Trunksucht unter den Siedlern ist groß; am liebsten tauschen sie von den Schiffen Weinbrand ein. Im Suff bricht der Streit zwischen ihnen dann offen aus.

So kam ich letzthin ungewollt in die Rolle eines Schiedsrichters der Liebe. Denn so unchristlich ihre Heiratsgebräuche auch scheinen, so unerbittlich wird hier darauf geachtet, wem welche Frau zusteht. Greens Tochter Elizabeth war dem Thomas Glass versprochen, und sie hatten bereits vor meiner Ankunft zusammen in einem Haus gelebt, als sein Neffe Samuel Swain, der hübscheste Kerl auf der Insel und weit jünger als er, sich in sie verguckte. Dadurch kam es zum offenen Bruch; Elizabeth und Samuel mußten, gleichsam vom Dorf ausgestoßen, auf die Kartoffelfelder ziehen, wo sie sich ein Hütte bauten und mehr schlecht als recht ihr Leben fristeten. So unwahrscheinlich es klingt, ging im Dorf das Gerücht um, man habe eine Summe Geld für den ausgesetzt, der Elizabeth wieder zu ihrem Thomas zurückbrächte. Ein paar Tage danach kamen sie zu mir, wie weiland schon die Liebenden zu dem Einsiedler Ogrin, um sich meinen Segen zu holen.

Ach, die Qual der Liebe, wie sie mir voll Inbrunst gestanden! Er liebe sie, sagte Samuel mit glänzenden Augen, während Elizabeth nur die Augen zu Boden schlug, keinen Schlaf fände er ohne sie; sie seien von einem Verlangen aufeinander erfaßt, das sie selber erschrecke; sie könnten voneinander nicht lassen, es wäre stärker als sie; es ist, sagte er, als hätten sie ein Gebräu aus Johanniskraut und Beifuß getrunken. Da er sich so gut mit Pflanzen auskenne, erwiderte ich, müsse er doch wissen, daß der Samen des Zitwer nur gut gegen Spulwürmer sei, kurz, ich dürfte sie nicht trauen und damit das Sakrament der Ehe brechen, weil Elizabeth zuvor einem anderen Mann beigewohnt habe; vor Gott gelte ihr Bund mit Thomas Glass, seinem Onkel noch dazu. Daß sie beide ihre Sünde nicht bereuten, wäre ihnen anzusehen, fügte ich an; wie sollte ich da ihre Liebe segnen? Darauf antwortete Elizabeth, daß sie lieber in Sünde weiter leben wolle, statt zu Thomas zurückzukehren; und wenn eine solche Liebe eine Schuld wäre, dann würde sie sie zusammen mit Samuel abbüßen und eher von der Hand in den Mund leben, als ins Dorf zurückkehren. Was hätte ich ihnen für einen Rat geben können, Charles? Sie kamen in jeder Hinsicht zum Falschen.

IM kurzen Moment, dem letzten Moment, bevor der Sturm einsetzte, eine Nacht voller Funken im offenen Gebälk, fiel der Wind in die abgedeckten Häuser und brandschatzte sie. Die Mauern hielten ihm zwar stand, doch wurden ganze Quader herausgedrückt; er durchwühlte den Hausrat und ließ die Palliassen und Polster hoch in die Luft steigen; Daunen quollen aus aufgerissenen Stoffen, daß es ein zweites Mal an diesem Tag zu schneien begann, Federn und Steine schneite unter diesem Sturz des Himmels.

EDWIN HERON DODGSON
BRIEFE
1883–1884

DIE ASSUMPTION

ES IST DER SOMMER ZURÜCKGEKEHRT, die Farbe, vom Winter ausgelaugt, der nur grauen Torf zurückließ; nun sind rote Grasnelken überall, Lichtnelken in jeder Klippenspalte, Flechten leuchtend gelb auf den Felsen und die See glänzend wie Firnis. Von da, wo die Pinguine brüten, kommt mit jeder Brise ein Hauch von zotteligem Leben, der stickige Ammoniak von Fisch und Fäule, der Geruch von Seegras, faul wie Dung, und Fliegenschwärme hoch darüber in der Sonne.

Um meinen Mißmut allen offenkundig zu machen, ob ihrer Unfähigkeit, der Rattenplage Herr zu werden, eine Untätigkeit, die sich noch viel mehr in dem immer zögerlichen Fortschreiten der Arbeit an meinem Bau zeigte, errichtete ich mein Lager in den kaum mannshohen Mauern der Kirche; in einer Ecke zimmerte ich einen Verschlag mit einem behelfsmäßigen Dach und stellte mein Bett auf. Es zog zwar kalt durch die Ritzen, und der Strohsack wurde feucht, doch anfänglich verspürte ich noch eine große Genugtuung ob meiner selbstgewählten Askese. Ja, Charles, dieses Wort gebrauchte ich tatsächlich in Gedanken für mein in den Augen der Gemeinde lächerliches Gebaren, obwohl es in der ersten Euphorie einige Zeit dauerte, bis ich mir mein Scheitern eingestand. Wenn die Tage meines vergeblichen Protestes eines bewirkten, dann den in mir erwachten Zweifel, ob die Berufung zu meinem Amt nicht bloß auf der Faszination für die Propheten des Alten Testaments beruhte, die diese seit unserer Kindheit auf uns ausübten – daß ich an ihnen vielleicht nur die Maske sah, die aufzusetzen mir die Priesterweihe erlaubte, als könnte ich mir damit auch ihr Auftreten aneignen, mir ihre innere Gewißheit einverleiben, die Macht ihrer Worte, ihre große, hohe Rede, jene Euphonie, die sich mir Zeit meines Lebens verweigert.

Doch das ist nur die halbe Wahrheit. Diese selbstmitleidige Erklärung zeigt wohl eher den Wunsch, hinter einer Maske unsichtbar werden zu dürfen, das eigene Gesicht zu verbergen, aus Furcht, das eigene Leben verantworten zu müssen. Wenn Du jetzt fragst, woher wiederum diese rührt, so weiß ich darauf nur zu erwidern: Feigheit, und dies, obwohl Du stets gerade das Gegenteil davon an mir gelobt hast und es selbst dann noch zu den Vorzügen meines Charakters zähltest, als keiner mehr so recht an mich glauben wollte. Erinnerst Du Dich noch, wie unsere Mutter uns dazu zwang, uns jeden Morgen, gleich bei welcher Witterung, draußen bei der Pumpe zu waschen? Ich haßte es so sehr, daß ich mich oft, entsetzt von dem, was mich erwartete, unbemerkt von euch vorher schon darunterstellte und das kalte Wasser kurz über mich rinnen ließ, nur um den Schock für mich vorwegzunehmen. Es war Angst, nichts anderes; nicht die kindliche Furcht vor der eiskalten Dusche, sondern die Angst vor der Strafe, der Rute unserer Mutter, wenn ich mich geweigert hätte. Und seitdem habe ich eigentlich nichts anderes getan, als mich dem Schmerz auszusetzen, um dieser tief in mir sitzenden Angst zuvorzukommen. Alles Verlogene mag daher stammen, meine Schwäche für die großen Gesten und großen Worte, und das, was mich zum Abgrund hinzieht.

Und so fühlte ich mich die erste Zeit, in Verkehrung der tatsächlichen Lage, in meiner dem Himmel um so viel näheren Kirche recht wohl, ich genoß die Kälte, die über ihr lag, den Wind, dem sie ausgesetzt war, die Nacht, die über sie hereinbrach. Mir wurde mit einem Mal auch klar, was alle Einsiedler immer schon in ihre Klausen getrieben hat, hoch über den menschlichen Niederungen: Es war die ihnen zu Füßen liegende Welt, über die sie ihren Blick schweifen lassen konnten; sie hatten sich ihre abgelegenen Orte nicht etwa ausgewählt, um sich von allem Irdischen zu lösen, sondern, ganz im Gegenteil, um es von einem höchsten Punkt aus in Besitz zu nehmen. Und in der Abgeschiedenheit, in die sie sich damit begaben, waren sie nicht allein, nicht wirklich; auf irgendeinem ausgesetzten Felsvorsprung ihre Tage verbringend, waren die Augen aller auf sie gerichtet, wußten sie sich in ihrer Einsamkeit beobachtet; sie stellten sich darin zur Schau. Sie hatten sich nur von den Menschen abgesondert, um ihr eitles Verlangen nach Aufmerksamkeit zu stillen, das sie offen nicht zeigen wollten, weil sie es insgeheim verachteten. Ihr Anachoretentum war nichts als die Buße dafür; doch die Buße war zugleich auch die Verfehlung, die sie begingen; nicht nur der Ort, den sie sich für ihre scheinbaren Kasteiungen ausersehen hatten, war gottverlassen, auch sie selbst waren es.

Solcherlei ging mir, immer wieder beiseite geschoben, durch den Kopf, als mir die Siedler mit jedem Tag argwöhnischer begegneten. Mir wurde bewußt, daß ich eine Pose angenommen hatte, die ich nun selbst verdammte, daß ich es war, der wie Montanus seine Anhänger um sich scharen wollte, um ihnen eine neue Weltordnung einzubläuen, und sich dabei den Hochmut anmaßte, über die Menschen richten zu dürfen. Desgleichen hatte meine Abscheu, die ich bereits damals bei der Begegnung mit dem Wanderpriester auf dem Monte Santo empfunden hatte, wohl davon hergerührt, daß dieser mir ein Ebenbild meiner selbst vorführte; und meine Abscheu vor ihm war nur die Kehrseite des Neides auf die Wunder, die er vollbracht haben soll: daß sich nämlich, als er an der Spitze einer Prozession die Kapelle am Gipfel erreichte, die Augen der Muttergottes mit zwei blutigen Tränen gefüllt haben, die ihr langsam über das makellose Gesicht rannen.

AM FÜNFTEN TAG dieses selbstgewählten Eremitenlebens in meinem Gehäuse kam ich von der Messe mit Kopfschmerzen zurück. Überzeugt, daß ein Spaziergang in der frischen Luft sie mildern würde, ging ich in der späten Dämmerung noch zum Steinbruch, kehrte wieder um und fiel, bevor ich noch die Kirche erreicht hatte, ins Gras, wo ich, zu keiner Bewegung fähig, auf dem Rücken lag, in kalten Schweiß gebadet, bevor ich die letzten Kräfte zusammenraffte, um mich zu meinem Bett zu schleppen. Die Gliedmaßen geschwollen und voller Beulen, streckte mich ein neuerlicher Anfall von Wechselfieber aufs Lager, unterbrochen von einer Diarrhöe, die mich aus meinem Verschlag zwang.

Es war Marah, die kam, mich gesund zu pflegen; es stand schlecht um mich. Wenn ich von meinem fiebrigen Schlaf mit seinen zerrissenen Träumen aufwachte, saß sie neben mir, trocknete mir die Stirn oder flößte mir schluckweise Tee ein. Ich vermag nicht auszudrücken, welche Pein es mir bereitete, daß sie mich so unwürdig vor sich sah; ich schreckte vor jeder Berührung unwillkürlich zurück. Ja, ich war verlegen; und ihr darin nackt ausgeliefert, das ist es wohl, was mich am meisten verstörte. War ich kurz Herr über meine Sinne, gab ich sogleich vor, wieder in Schlaf zu fallen, um nicht zu verraten, daß ich ihre Anwesenheit wahrnahm.

Daß ich im Schlafe spreche, weiß ich, jedoch nicht, welches Orakel aus der Scharte meines Rachens gekommen sein muß, in welchen Zungen ich redete. Aber kann es wirklich sein, daß ich mich selbst so ganz vergaß, daß ich in der abgründigen Tiefe meines Schlafes glaubte, den Heiland zu erkennen, und schrie? Daß ich in meinem Fieber so sehr verblendet war, daß ich meinte, Er spräche durch mich? Das und Schlimmeres ist es, was Marah mir eröffnete, als ich mich nicht mehr länger schlafend stellen konnte. Mit klaren, nachdrücklichen Worten hätte ich, als stünde ich vor einer Versammlung in der Kirche, plötzlich geboten, mir Gehör zu schenken, nicht mir selbst, sondern Gott, der meine Person zu seinem Werkzeug auserkor. Und etwas deutlicher, wenn auch mit ungewohnt heiserer Stimme, hätte ich daraufhin behauptet, ich sei der allmächtige Herrgott, der in mir Gestalt angenommen habe, nicht etwa ein Engel oder Bote, sondern Er selbst, Gottvater, der nun zu seiner Schöpfung zurückgekommen sei; dann habe meinen Körper ein Zittern durchlaufen, und meine Rede sei stammelnder geworden, leiser, schließlich unverständlich.

Ich war bestürzt, bestürzter jedoch noch über ihren so unerhofft vertraulich klingenden Ton, ihren zu mir geneigten Kopf, den süßen Geruch, der von ihr ausging, daß mir schon allein deshalb die Schamesröte in die Wangen schoß. Vollends aus der Fassung geriet ich jedoch, als sie mir, als hätten wir Gemeinsames durchlitten, anvertraute, in einer der Nächte, die sie auf dem Stroh an meinem Krankenbett verbrachte, habe auch sie eine Offenbarung gehabt. Eine körperlose Stimme habe ihr zugeflüstert, ihr Herz zu läutern, immer wieder, bis sie davon eingenickt sei; und dann wäre ihr Christus erschienen, in Gestalt einer Frau, ganz in Licht gekleidet. Und er habe sich neben sie gelegt, zwischen meinem Bett in dieser Kate und den Quadern der Kirchenmauer; auf dem Schilf habe er, nein, sie sich ausgestreckt, und sie hätten sich gehalten und vollkommen vertraulich miteinander gesprochen. Und es habe keine Geheimnisse zwischen ihnen gegeben, er sei ihr wie eine Schwester gewesen.

Was hätte ich darauf erwidern sollen? Ich war zu schwach, um einen klaren Gedanken zu fassen. Und zudem wurde ich die Vermutung nicht los, sie hätte dies alles erfunden, nicht um mich damit zu beeindrucken, sondern um auf seltsame Weise ein Band zwischen uns zu knüpfen. Ich aber brachte nur die Bitte über die Lippen, mich allein zu lassen, und schickte sie fort; und wieder war ich nichts als feige.

Man zerriß sich im Dorf längst das Maul über uns; mir das Essen zu bringen, kam nun Thomas Glass' Sohn, der dreizehn Jahre alte Benjamin. Er war ohne Unterarme zur Welt gekommen, einzig mit deformierten Stümpfen, an denen die Finger saßen wie Flossen; seine Geschicklichkeit beeinträchtigte dies kaum. Dennoch war es ein weiterer Beweis dafür, daß die Inzucht auf dieser Insel zu atavistischen Verhältnissen führt: Von seinem natürlichen Umfeld zu lange abgeschnitten, wie es auf einer Insel hier der Fall ist, entwickelt sich der Mensch früher oder später zurück zum Tier. Die anlegenden Walfängerschiffe tun ein übriges: Sie bringen die Masern, Keuchhusten, Grippe, die sich so epidemisch ausbreiten wie der Katarrh. Und von irgendwelchen Huren aus St. Helena hat sich Asthma auf sie vererbt.

Ist der Mensch wirklich edel und gut? Kann er es überhaupt sein, solange die Natur ihren Blutzoll fordert? Es scheint fast, als wäre es ausschließlich im Niedergang für kurze Zeit möglich, harmonisch nach den Idealen der Bibel zu leben, als sei er nur in der Degeneration imstande, selbstlos zu sein – und auch bloß, weil er bereits gescheitert ist und sich die Natur an ihm verausgabt hat. Das steht mir vor Augen, wenn ich Benjamin bei der Türe hereinkommen sehe, das Kochgeschirr in seinen verkrümmten, winzigen Händen, ausgespreizt wie Robbenflossen, als ließe sich an ihnen das erste Entwicklungsstadium des *Homo sapiens* vorführen, wie er gerade aus dem Ozean gekrochen ist, so man der neuen Wissenschaft glauben will.

Ach, ich mag ihn gern, den Knaben, er ist mir ein geduldiger Zuhörer, fast ein Vertrauter geworden; er steht neben mir, während ich diese Zeilen schreibe. Um meinen Pflichten nachzugehen, dazu bin ich noch zu entkräftet; ich sitze im Bett und lese und versuche, Klarheit über Dinge zu bekommen, die mir plötzlich fremd geworden sind. Heute nacht bin ich wieder aufgeschreckt. Ich träumte von Marah und spürte plötzlich etwas Warmes, Weiches auf mir, ich wollte es berühren, doch es war eine riesige Ratte, die mir auf der Brust saß.

IMMER REGEN, seit Wochen schon. Er rinnt durch die Fugen meines notdürftigen Dachverschlags, tropft auf alles, fließt am Boden zu Tümpeln zusammen. Längst ist der Bach aschgrau angeschwollen, breitet sich zwischen den Häusern aus und steigt an den Mauern weiter an; von der Klippe stürzt ein Wasserfall, vom Wind flach nach unten gedrückt, daß kein Fels mehr zu erkennen ist; der Weiher ist unter einer schlierigen Wasserschicht verschwunden, die sich zwischen den Grashorsten verläuft wie glasiges Blei. Plötzlich höre ich Marah nach mir rufen, ein Flutschwall ist oben durch das Plateau gebrochen und hat sich eine Ravine gegraben, ich weiß nicht, wie viele Fuß tief und breit, und dabei den Ochsenpfad über den Hottentott Gulch und ein paar Schafe mit sich gerissen. Alles kommt ins Rutschen, fließt in die Tiefe, Klüfte hinunter.

Natürlich kehrte ich unter diesen Umständen wieder ins Dorf zurück, in Jacob Greens Haus: Er verlor darüber, ebensowenig wie die anderen, zumindest in meiner Gegenwart kein Wort. Nur der alte Green machte da eine Ausnahme. Die Tage klarten wieder auf, wurden lau, und mit jedem mehr kam ich mir unter all den Menschen hier wie ein biblischer Irrgeist vor, unbeständig, wankelmütig und ziellos. In dieser Unsicherheit aber nehme ich wie zum ersten Mal die Siedler wirklich wahr, als wäre ein Schatten aus ihren Gesichtern gewichen; mit scharf umrissenen, von einem Magnesiumblitz ausgeleuchteten Zügen prägen sie sich mir ein, jeder Ausdruck darin fixiert, die Blicke starr auf mich gerichtet, während ich mich vor sie stelle und mich mit jedem Tag doch einen Schritt weiter von ihnen entferne.

Peter Green steht da, schwer und breit wie nur je ein alttestamentarischer Prophet, aber mit schelmisch blinzelndem Blick, eine Narbe durch die dichte Braue, der Hals sehnig und schief über dem Plastron. Und da ist auch Andrew Hagan, die Augen so ausdruckslos wie unruhig, der Kleinste und Häßlichste von allen und vielleicht deshalb der Umtriebigste, so als könnte er nicht stillhalten, als wäre da immer noch etwas zu tun, um seine Seele zu retten, der Bart so schwarz und kurz wie der Greens schlohweiß und lang. Der ganz außen mit den blutunterlaufenen Augen, weil er wieder gesoffen hat, ist Joseph Beetham aus Stanley, Yorkshire, er steht am Rande, obwohl er schon seit über zehn Jahren hier lebt, seit ihn eine Hiesige von einem Walfänger weg geheiratet hat; er will bald nach Neuseeland auswandern, um sich zu verbessern, wie er sagt.

Seit ebendiesen zehn Jahren ist auch Joshua Rogers' Mutter tot, trotzdem aber sagt hier noch jeder über ihn, er sei ihr wie aus dem Gesicht geschnitten, so etwas Verbittertes ist ihm um die Wangen, Krähenfüße in den Augenwinkeln, als hätte sich der Schmerz seiner Mutter weitervererbt. Und rechts von ihm steht Samuel Swain, der Sohn eines der Wärter Napoleons auf St. Helena und einer Mulattin vom Kap, die Hände eines Heizers, aber dafür den Schnurrbart eines Kürassiers und einen modischen Strohhut auf dem Kopf wie ein Geck im Hyde Park am Sonntagnachmittag, weiß Gott, woher er ihn hat, denn er lebt immer noch armselig mit Elizabeth außerhalb des Dorfes; es bedurfte einiger Überredung, daß ich ihn zusammen mit den anderen ablichten durfte.

Dann tritt Greens Sohn Jacob ins Bild, abwartend, ewig an seiner Pfeife kauend, zwei harte Falten in der Stirn, mürrisch, wie ich ihn seit jeher kenne. Und es ist gut, daß er sich dazwischengestellt hat, denn ganz rechts ist Thomas Glass, der einzige Sohn jenes William Glass, der diese Kommune hier gegründet hat, verkniffen und schüchtern, außer nach zwei Gläsern Rum, und wahrlich nicht der Klügsten einer; er und Samuel stehen sich nach wie vor in bitterster Feindschaft gegenüber.

Vorne, im Gras sitzend, sind Jeremiah und William Green, Joseph, William Henry, Charles und Andrew Hagan junior, Andrew Swain, William Peter und John Alexander Green – Namen, die sowenig zu behalten sind, wie sie von Familie zu Familie die Runde machen und die Gesichter verwechselbar werden: alle aus demselben Holz geschnitzt, dunkel, hart und schmallippig, wie die Söhne Noahs und seine Sohnessöhne, als würden von ihnen hier alle die Völker der Erde abstammen.

Sie sprechen wirklich noch eine Sprache, gebrauchen die gleichen wenigen Worte, und einer ist soviel wie der andere, ist dem anderen ebenbürtig, vom Blut derselben Erzväter, Bruder, Schwager und Oheim; sie sehen mit denselben Augen, reden mit einem Mund und spucken aus dabei, auf den Boden, an dem sie sich die Hände wund graben, wenn auch die anderen es tun. Nie habe ich hilfsbereitere Menschen gesehen und nie verschlossenere, starrsinnigere, nie solche, die auf diese Weise ihr Leben miteinander teilen und mit einer Stimme zu sprechen scheinen; mein Stottern ist mir deshalb um so peinsamer. Und so habe ich sie in Pose gesetzt, vor diesem Hintergrund eines nicht wirklich strahlenden Tages, und sie photographiert; hab' die Platte, wie Du es mir gezeigt hast, poliert und wieder poliert und das Collodium gleichmäßig darübergegossen, daß kein Staubkorn aufs Glas kam, sie dann in die Lösung getaucht und bin wieder mit ihr hinaus vors Haus gelaufen, damit sie naß blieb, in der Hoffnung, daß ich nicht wieder linkisch etwas verschmiert hatte.

Charles, ich habe Dich immer um Deine Gabe bewundert, um die Überschwenglichkeit, mit der Du Deine Sitzenden abzulenken wußtest von der mühsamen Mechanik des Photographierens, den Reichtum an Anekdoten, den Du dafür vorbrachtest, Deine Zungenfertigkeit und Deinen Wortreichtum, damit sie stillhielten für die verlangte Ewigkeit. Aber Du hattest auch andere Herrschaften zu unterhalten als ich, von den Söhnen des Königs die Hierarchie abwärts; ich kann mich noch genau erinnern, was es alles brauchte, damit die zukünftige Braut des Erzbischofs von Canterbury still sitzen blieb auf der Photographie, die Du an dem Tag machtest. Als jener um ihre Hand anhielt, war sie kaum älter als Deine Alice.

Hat Dich ihre Heirat eigentlich schwer getroffen? Oder warst Du erleichtert? Erlöst? Deine Alice, die nunmehrige Miss *Hargreaves*, die immer schon ebenso launisch war wie verdrießlich. Denkst Du noch an Deine Goldenen Alten Zeiten, wenn Du sie so, immer höflich, aber kalt und distanziert über den Rasen Deines Colleges gehen siehst, die High Street hinauf und St. Aldgate, oder ist Dir nun dieselbe Leere wie ihr ins Gesicht geschrieben, als sie Dir, inzwischen erwachsen geworden, hölzern und sauertöpfisch ein letztes Mal Modell stand; von der Koketterie eines zehn Jahre alten Mädchens war da nichts mehr übrig.

Dann fällt mir wieder die zwölfjährige Rose la Touche ein mit ihren angelischen Zügen, viel zu mager unter den bauschigen Röcken, mit denen Ruskin sie zu Dir ins Studio brachte, um jeden einzelnen Deiner Handgriffe zu überwachen, damit die Aufnahme genau so würde, wie er seine Rose sehen wollte, in all ihrer unwirklichen Unschuld. Wie lange ist das nun schon her? Bald fünfzehn Jahre? Und was ist aus ihnen geworden?

Welche Umstände machtest Du Dir, die Pose zu überlegen, ihre Kleider zu arrangieren, all diesen dramatischen Aufputz vor einer liebvoll aufgebauten Kulisse, sie in die rechte Stellung zu bringen, in die richtige Stimmung, damit sie diesen traumverlorenen Blick bekamen! Du liebtest die Theatralik Deiner inszenierten Bilder. Und Du liebtest sie nur, um sie dann unter diesem Vorwand nackt photographieren zu können, zuerst barfüßig und schließlich ganz ohne Kleider, ohne daß ich damals verstand, was Dich dazu trieb. Vielleicht, weil ich geflissentlich übersah, daß sie Dich selbst noch in ihrer vollständigen Blöße mit Augen ansahen, die Lippen halb geöffnet, als wüßten sie um Deine Gedanken; aber es war immer nur Dein Ausdruck, den Du ihnen ins Gesicht gesetzt hast, den sie für Dich nur mit viel Überredung diese eine Sitzung lang bewahrten. Was war es wirklich, das Du da versuchtest festzuhalten, als ließe es sich auf Glas bannen?

Ich schweige besser. Mit Deinem Apparat – der heil angekommen ist, samt allem Material; ich danke Dir dafür; aber warum photographierst Du nicht mehr? – mache ich hier eine Reihe von Aufnahmen, für die es nicht vieler Worte bedarf; ich komme aus dem Haus gelaufen, und sie haben sich in der Zwischenzeit ohnedies keinen Zoll bewegt. Und ich photographiere auch keine ›allegorischen Szenen‹. Das einzige Zugeständnis an eine Bildkomposition ist der kleine Benjamin, den ich einen Zweig in seinen verkümmerten Armen halten lasse, damit sein Anblick weniger schmerzt. Die Gesichter derweil bleiben wie aus dem Fels gewachsen, archaisch, unveränderlich. Ohne etwas Herrisches zu haben. Vielmehr das Gruppenbild von Taglöhnern und Stallknechten irgendeines viktorianischen Ansitzes, irgendwo bei uns in Yorkshire. Nur daß sie scheinbar niemandem dienen. Unerbittlich steinern wie Wächter; und stumm. Sie sehen unverwandt in die Linse und nehmen mich nicht einmal wahr dabei, daß ich unwillkürlich vor ihnen zurückweiche.

Frauen sind keine auf dem Photo, sie weigern sich aus irgendeinem mir unerfindlichen Grund, abgelichtet zu werden; und auch Marah ist nirgendwo ums Haus zu sehen, als hätte heute die Arbeit in den Kartoffelfeldern nicht warten können. Vielleicht ist es gerade das, was ich vergeblich in diesen Gesichtern vor mir im Gras suche, eine Spur von Weichheit in den Zügen, irgend etwas, an dem ich auch nur den Anschein von Anerkennung entdecken könnte, Akzeptanz. Ich finde sie nur im Blick des kleinen Benjamin; er erinnert mich immer mehr an meinen Euclides. Haben wir das gemeinsam, du und ich, die Suche nach einer Art Unschuld, die sich uns stets entzogen hat? Eine Unschuld, die immer auch etwas von Demenz an sich hat? Vielleicht rührt meine Zuneigung zu Benjamin ja auch daher, daß ich mich in ihm sehe, in seinem Alter, damals; und all das Fehlerhafte in mir, all das Dunkle meiner Seele, das an ihm Fleisch geworden ist. Er ist die eine Figur, auf die ich scharf stelle, mit dem Meßband von meiner Kamera hin zu ihm. Während ich weiter und weiter zurücktrete, einen Schritt näher zum Abgrund.

Weißt Du noch, in Croft? Die Höllenkessel, und der Ausflug, den wir mit unserer Gouvernante dorthin machten; aber was sage ich: Gouvernante; Mutter war sie uns. Sie erzählte uns, daß diese zu Trichtern ausgewaschenen Stollen bis ins Innere der Erde reichen, so weit, bis man an windstillen Tagen die Seelen der Toten vor Schmerz schreien hört in ihrer Verdammnis.

ICH BIN DIESEN MENSCHEN Postmeister, Richter, Doktor und Priester in einem; ihr Taglöhner bin ich, weil sie für meinen Unterhalt sorgen, sich darin jeden dritten Tag abwechseln und es sich oft genug vom Mund absparen müssen, seit die Walfänger nur noch selten Station machen. Jeder Familie, die mir Essen und Holz bringt, habe ich einen kolorierten Abzug meiner Aufnahme geschenkt, als Zeichen der Dankbarkeit. Und sie kommen wieder zur Messe; manche sogar, um zu beichten.

Beiden haben wir, Charles, von unserem Vater den Hang zum Hochkirchlichen, den er als seine Art des Protestes gegen die schleichende Verweltlichung unserer anglikanischen Kirche pflegte. Er zog es vor, den Ursprung der Church of England mehr im Glauben der Kirchenväter zu sehen als in den Machenschaften Heinrichs VIII., und legte großen Wert auf das Ritual des Gottesdienstes; mit diesem uneingestandenen Katholizismus wurden wir groß. Und selbst auf dieser Insel gebe ich mir Mühe, bereite die Predigten sorgsam vor, arbeite die Stichworte aus, memoriere ganze Abschnitte, um nicht wieder über einzelne Worte zu stolpern, und schmücke sie mit Parabeln aus, so gut ich es eben vermag. Aber es ist nicht nur das Decorum, das mir hier fehlt, all das Gold meiner Kirche in Brasilien, das das Licht im Dunkel der Apsis sammelte, als würde Gott darin manifest. Religion scheint mir zunehmend nicht mehr bloßer Glaube an einen Gott zu sein, sondern Glaube durch ihn, als Mittlerfigur, manches Mal sogar gegen ihn. Die Prinzipien der Quäker, Protestanten, Unitarier oder noch die der modernen Philosophie und ihrer Wissenschaftler, alle haben sie auf ihre Art Recht und ein Recht auf ihn. Ihre Lehren sind nur ein Ausgangspunkt für die absolute Liebe Gottes, ihre Suche nach einem lebendigen Gott. Seine Wahrheit enthüllt sich nicht durch den Intellekt oder einen Ritus, sondern zeigt sich in den Menschen selbst, dadurch, daß sie geschaffen wurden, um Gott zu erkennen und zu fühlen. Es ist allein in uns, daß Gott sich offenbart; und seine Offenbarung ist der Mensch.

Doch dann: welcher Kirche stehe ich hier vor? Es ist eine seltsame Gemeinschaft, die zu verstehen mir oft schwerfällt. Es gibt weder ein schriftliches Gesetz auf dieser Insel, noch werden öffentliche Versammlungen abgehalten; was die Menschen zusammenhält, scheint einzig ein Stillschweigen zu sein, das Zustimmung zum Gemeinsamen bedeutet. Einheit aber besteht nur durch die einzelnen Familien, wo der Vater seinen Willen der Frau und den Kindern aufzwingen kann; und ich höre es laut genug, selbst noch durch die Trennwand in Jacobs Haus, und stets nachts und vergrabe meine Ohren im Strohsack, ein summender Choral in meinen Ohren, der alles übertönt. Zeigt Gott so seine verschiedenen Gesichter? Oder in all den Männern hier sein eines, einziges? Oder erkennen wir Gott nur, indem wir einander Gewalt antun?

EIN BUCH, in dem ich wieder und wieder lese, ist Morus' *Utopia;* anfangs war ich überrascht, wie treffend er manches beschreibt, als hätte er diese Insel gekannt; anfangs, sage ich. Auch Morus' utopische Gesellschaft setzt sich aus wenigen, gemeinsam wirtschaftenden Familien zusammen, die jeweils zwischen einem und zwei Dutzend Menschen umfassen und in der Regel Ackerbau und Handwerk betreiben. Der Älteste, schreibt er, ist zugleich der Familienvorstand; die Frauen sind den Männern, die Kinder den Eltern und die Jüngeren überhaupt den Älteren unterstellt. In der Mitte seiner Inselstadt gibt es einen Markt für Waren aller Art, wo alles zusammengebracht wurde. Jeder Familienälteste beansprucht daraus bloß, was er selbst und die Seinigen brauchen, und erhält es ohne Bezahlung. Warum auch sollte man ihm etwas verweigern, da doch alles im Überfluß vorhanden ist und keinerlei Befürchtung besteht, es könnte einer mehr fordern, als er benötigt?

Diesbezüglich scheint Morus sich an die alten Lakedämonier zu erinnern, die – als es darum ging, eine Regierung des Volkes einzurichten – sie zuerst in der eigenen Familie erprobten. Und auch hier auf Tristan geschieht nichts, ohne daß nicht erst das Einverständnis jeder Familie gesucht wird, obwohl es jedesmal ein umständliches Unterfangen ist – nicht nur damals, als sie sich nicht einigen konnten, wie man der *Vittery* am besten beistand, sondern auch jedesmal, wenn ein Schiff ausgemacht wird und sie immer erst beratschlagen, ob sie ein Boot zu Wasser setzen und der günstigste Augenblick oft genug dabei verstreicht. Was dann aber eingetauscht wird, gehört jedem und wird gerecht aufgeteilt, so wie alles auf der Insel spartanischem Nießbrauch untersteht: Land, Eigentum und Arbeitskraft. Eine gerechte Gesellschaft, so gerecht, wie Menschen eben zu sein vermögen; aufgeteilt wird nur an jene Familien, deren Männer mit zum Schiff hinausgerudert sind.

Doch dieser Anschein von *autarkeia* trügt. Denn was handeln sie von den Schiffen ein? Zündhölzer und Seife, Mehl, Butter und Salz, also gerade die dringendst benötigten Dinge; ohne sie vermag niemand ein Feuer zu entzünden oder Brot auf den Tisch zu stellen; mit Kartoffeln, Fleisch, Vögeln und Fischen wäre ein Auslangen kaum zu finden; und nicht einmal genug Brennholz und Fett gibt es, um Seife zu kochen und so ein wenig menschliche Würde zu wahren. Das, was sie einzutauschen vermögen, genügt kaum – so sind wir alle abhängig von dem Gutwillen und der Großzügigkeit der Kapitäne, die uns darüber hinaus oft überlassen, was sie gerade nicht benötigen. Vielleicht ist alles Gute im Menschen wirklich nur parasitär, jenes Zusätzliche, an dem er sich bereichert. Es ist ein schrecklicher Gedanke; als würde alles Gute nur aus dem Schmarotzerhaften erwachsen.

Es bettelt niemand, das ist richtig. Aber bei jedem Handel legen wir, wissentlich oder unwissentlich, auch mit auf die Waagschale, daß man in uns oft genug eine glückselige Insel, etwas Fernes, Fremdes und Ursprüngliches am Rande der zivilisierten Welt sieht: Es ist, als erfüllten wir damit, so lächerlich es klingen mag, ihre Vorstellung von edlen Wilden, die an der Armut nur das Pittoreske wahrhaben will. Statt goldener Äpfel aber haben wir nur Galläpfel anzubieten, und auch die nur, wenn das Jahr gut war. Und haben dennoch unseren Nießbrauch davon. Ja, wir treiben nichts als Nießbrauch, an unseren Frauen und Kindern, Nießbrauch auch an unserer eigenen Legende. Und wenn es jemanden gibt, der nur von der Arbeit anderer und auf ihre Kosten lebt, dann ich; und so treibe auch ich meinen Nießbrauch mit Gott. Wie sie ihn mit mir. Denn sobald jemand zu mir in die Beichte kommt, ist es gerade so, als sei darum gelost worden, wer vorgeschickt wird, um die Sühne aller auf sich zu nehmen, so wenig ist zu bestimmen, was Schuld und Sünde eines einzelnen ist, so sehr scheinen sie immer gemeinsam in alles verstrickt zu sein: Es sind die Frauen, die hinter all diesem unerbittlichen Schweigen stehen. Was ich dann zurückgeben kann, sind kaum je mehr als schöne Worte, in etwa so wirksam wie Pottasche oder die Rhabarberpillen meines Medikamentenschrankes.

ACH, CHARLES. Ich sollte Dir weiter Briefe für das *Church Magazine* schicken, doch statt nur zu berichten, schreibe ich von Dingen, die sich für eine Veröffentlichung kaum eignen. Was für eine Mühe es für Dich bedeuten muß, sie zu redigieren, sah ich aus dem Exemplar, das mich erst jetzt erreichte; Du hast vieles um- und dazugeschrieben, aber der Ton ist wohl ganz im Sinne der S.P.G. Ich weiß auch nie, wann das nächste Schiff kommt, dem ich meine Briefe übergeben kann, und so schreibe ich sie Dir in den Zeiten der Verzweiflung dazwischen, dabei geraten sie mir schon seit dem ersten Tag mehr und mehr zu meiner eigenen Beichte; zur unseren.

Marah. Ich sehe sie in der Kirche beten, mein Blick kann gar nicht anders, als auf sie fallen, wenn sie ihr kleines Kruzifix in der Hand hält und einen inbrünstigen Kuß darauf drückt, dessen Innigkeit mich erschreckt. Alles schmeckt ihr unvergleichlich süß, gestand sie mir, von der kaum noch besuchten Mette bis zur Complet vor fast leerem Haus ist ihr alles Verzückung, Verlangen, Lust, Fühlen, Fließen und Ruhen; Gottes Liebe ihr ein unergründlicher Fluß, der durch sie hindurchfließt, in dem alles ineinander sich durchdringt; und dabei sieht sie mich an.

Ich weiß nicht, wie helfen, weder ihr noch mir. Vor ein paar Wochen kam sie und gestand mir, daß sie die Seitenwunde Christi trage, ihre *ipsa rea*. Dann erzählte sie mir mit inbrünstigen Worten, daß sie sich mit Christus verheiratet glaubt und ihm auch fleischlich beigewohnt habe; wie die heilige Veronika Juliani hält sie sich für vermählt mit dem Gotteslamm und nimmt, um ihre Andacht zu bezeugen, ein wirkliches Lämmchen mit in ihr Bett, ja, versucht gar, es zu säugen. Wenn sie dies erzählt, sieht sie mich mit ihren großen Augen an, und ich finde in ihnen keinen Grund; ein Schwindel ist es dann, der mich erfaßt, ein Drang, dessen ich nicht weiß, Herr zu werden. Es ist, als habe sich unser ungestilltes Verlangen aufeinander zu etwas entwickelt, das immer unheimlicher wird.

Heute kam sie wieder, es ist noch keine Stunde her, um, wie jede Woche, bei mir zu beichten. Dabei wünschte ich, sie würde es nicht tun, denn sie gesteht mir Dinge, die ich immer abstoßender finde; es ist, als wollte sie mich quälen, herausfordern damit, als erfinde sie alles nur, um zu sehen, wie ich darauf reagiere. Diesmal plagte sie der Gedanke an das bei der Beschneidung verlorengegangene *praeputium* des Heilands und was aus ihm geworden sei. Sie spüre es auf der Zunge, flüsterte sie, als ein kleines Häutchen, gleich dem eines Eies. Und kaum habe sie es geschluckt, fühle sie dieses Häutchen von neuem auf der Zunge und schlucke es nochmals, und so wohl an die hundertmal; und spüre dabei in allen Gliedern und Muskeln eine süße Umwallung, wunderbar wie Mariae Empfängnis.

MEINST DU, es gäbe so etwas wie ein Geheimnis auf der Insel? Manchmal öffnen sie sogar Deine Briefe an mich, Charles, bereits auf dem Boot, kaum daß sie den Postsack übernommen haben; in Zukunft werde ich die Verteilung übernehmen. Ich danke Dir für den Stapel *Guardians*, die mich wieder ahnen lassen, selbst wenn sie schon Monate alt sind, was es heißt, in unserer altgewohnten Welt zu sein; und laß mich Dir nochmals großen Dank für Deinen Photoapparat aussprechen. Deinen Zeilen nach – ach, wie sehr freut es mich, von Dir zu lesen! – muß mein letzter Brief wohl verlorengegangen sein, ich übergab ihn einem russischen Schiff, das Natal als Zielhafen hatte, und war froh, daß Dich meine Blätter auf so direktem Wege erreichen würden. Aber kaum hatten die Boote vom Schiff wieder abgelegt, rief der Kapitän uns zu, daß die Briefe nicht frankiert seien, worauf Hagan zurückschrie, daß er sie nur in eine Postsäule zu werfen bräuchte – wir haben keine Marken hier, und selbst wenn, wären sie nutzlos, weil wir ja nie vorher wissen, wohin die Schiffe segeln; bliebe nur, selber Postwertzeichen auszugeben, doch die wären wohl nur für Sammler etwas wert. Fähig wär' ich noch dazu; habe ja lange genug als Postbeamter gearbeitet, in steter Korrespondenz mit irgendwelchen Philatelisten, die mich um Sondermarken anschrieben; es war das einzige, was ich damals gerne tat, jeder Brief aus den entferntesten Ecken unseres Reiches das Versprechen eines anderen, noch zu ergreifenden Lebens. Doch obwohl ich oft daran zweifle, wird es wohl das beste gewesen sein, daß Du, nachdem ich auch die Stelle eines Buchhalters aufgegeben hatte, mich überreden konntest, in Chichester Theologie zu studieren, wo ich schließlich auch die Priesterweihe empfing.

Hier aber wurde ich in den letzten Monaten zunehmend zum Quacksalber: Jacob Green wurde von der Brandung aus dem Boot auf den Felsstrand geworfen und trug zwei gebrochene Rippen davon; Joshua Rogers hatte zwei Unfälle – eine offene Kopfwunde, nachdem er von der Klippe fiel, und im Hals eine tiefe Fleischwunde von der Axt, mit der er unglücklich stürzte. Samuel Swain rutschte an der Basis aus und erlitt ein paar Prellungen und Abschürfungen, die ihn wohl nur des Aussehens wegen schmerzten; Thomas Glass, tolpatschig wie immer, wurde von einem giftigen Snoek-Fisch in die Hand gebissen – alle machten großes Aufsehen darum, wie um ihr schlechtes Gewissen mir gegenüber zu erleichtern. Besonders die Frauen werden nicht müde zu betonen, wie ›wunderbar erfolgreich ich mit meinen Behandlungen‹ sei. Dennoch begeben sie sich nur in meine Obhut, wenn es unausweichlich scheint, wie Jacob Greens Frau, nachdem sie eine Unmenge roher, getrockneter Bohnen gegessen hatte, ich weiß nicht wie und warum. Sie delirierte bereits, aber ich gab ihr ein starkes Emeticum, das sie kurierte; die einzige Komplikation war, daß sie schwanger ist.

Die großen Komplikationen dagegen lösten sich von selbst. So standen Samuel und Elizabeth, unser eigentlich dem Liebestod geweihtes Paar, plötzlich in der Kirchentür, als ich gerade an meiner Predigt arbeitete. Ich hatte sie länger nicht mehr gesehen, sie sahen erbarmungswürdig aus, so abgemagert und abgerissen, daß ich ihnen mein Mitleid ausdrückte. Samuel erwiderte, in seinem Stolz getroffen, voller Pathos, daß sie dies Leben seit drei Jahren geführt hätten, weil es ihre Bestimmung gewesen sei; doch jetzt wollten sie beide wieder ihr Verhältnis zu Thomas Glass ins Reine bringen. Auf meine erstaunte Frage, wie sie sich das vorstellten, erwiderte Elizabeth schlicht, daß ihr fleischliches Begehren aufeinander erloschen sei, von einem Tag auf den anderen; sie bereue das Wahnsinnige ihrer Liebe nicht, aber sie habe sich zu etwas verwandelt, das nun mehr mit Freundschaft gegenüber Samuel zu tun habe, und beide hätten sie nun schmerzhaft gemerkt, daß sie ihre Jugend damit verbringen würden, in Not zu leben, gemieden von allen, ausgestoßen. Ihren Mut hatte ich insgeheim ebensosehr bewundert, wie er mich beunruhigt hatte; um so mehr erleichterte es mich, daß ihre Leidenschaft nun zu Ende ging.

Ich versprach, ihnen mit Rat und Tat zur Seite zu stehen. Wenn ein Mann und eine Frau sich in Sünde verfallen und dann ernsthaft Reue verspüren, sagte ich, ist Gott der letzte, der ihnen nicht verzeihen würde. Thomas Glass und die Menschen im Dorf waren nicht so großzügig.

Es brauchte einiges Zureden und einen Kniefall Samuels vor allen; entscheidend aber war, daß man jeden Mann auf der Insel zur Arbeit brauchte und jeder froh war, daß sie in den Schoß der Gemeinschaft zurückgekehrt waren; die Spannung zwischen den Familien hat sich seitdem merklich gelegt. Und Thomas behandelte seine Elizabeth mit einer Zuvorkommenheit, die ich ihm gar nicht zugetraut hatte, er hofierte sie geradezu. Dafür aber hat Dein Brief an mich, den sie hier geöffnet haben, um so mehr Unruhe ausgelöst; Du hast mich darin nach Marah gefragt, in einem Ton, den man mir hier falsch auslegt. Ach, Charles, frag mich besser nicht; ich weiß nicht, wie Dir darauf antworten.

REGEN, seit Wochen. Winterhimmel und Wind, der ihn aufreißt wieder, von Osten, was ungewöhnlich ist; das Thermometer zwar nie unter 44°F, aber die Kälte dafür um so nasser, die Haut bleich und aufgeweicht. Ein einziger Morast, in dem die Insel untergeht, Schlamm und faulendes Gras. Und das Vieh. Es gibt zu viele Rinder für den wenigen Weidegrund auf dieser Seite der Insel, sie sind erbärmlich abgemagert, und das Wetter tut den Rest: am heutigen Tag habe ich auf dem Weg zu den Kartoffelfeldern 74 Kadaver gezählt, das Fell über den Knochen eingefallen, die Pansen aufgedunsen und angefressen. Der Gestank, der trotz des Regens in der Luft liegt, ist so widerlich, daß sogar die Fliegen fortbleiben; nur die Ratten vermehren sich, fressen sich durch und bauen sich Nester in den fauligen Eingeweiden. So muß es gewesen sein, der Tag grau wie die Erde, Nebel in Fetzen vom Himmel und ein stumpfes Licht, das alles wesenlos werden läßt, steinern und fleischig, als der Mensch aus dem Garten Eden vertrieben wurde.

Einige Rinder haben sich über die Gemüsebeete hinter den Häusern hergemacht und das aufgefressen, was noch nicht verrottet war und von den Ratten übriggelassen wurde; und ich sehe sie in diesem Halbdunkel stehen, zu dem die Tage geworden sind, ausgezehrt, manche ohne sich von der Stelle zu rühren, andere einen Huf vor den anderen setzend, torkelnd vor Schwäche, zusammenbrechend. Peter Green war draußen; ich half ihm, eine trächtige Färse, die nicht mehr stehen konnte, mit einer unter ihren Bauch geschlungenen Decke hochzubinden an die Balken; es nützte nichts, sie starb, das Kalb längst tot. Daraufhin brachte ich die Männer dazu, die immer noch kaum mehr als mannshohen Mauern meiner Kirche behelfsmäßig zu überdachen; dann trieben wir die Rinder zusammen in diesen Unterstand hinein, daß wenigstens ein Teil von ihnen des Nachts vor dem Widrigsten geschützt war.

Ich blieb noch, in meiner Kirche, die nun zum Stall geworden war; und da stand Marah neben mir. Ihre Hand strich über die harten Flanken der Kühe; nur wenn man die Finger fest zwischen die Rippen preßte, fühlte man Adern schlagen, einen Atem, der sich hob und senkte, kalte Mäuler und ihre Augen wie Milch. Keiner von uns beiden sagte etwas; wir schauten einander nicht an. Der Boden war lehmig und zerstampft, die Hufe scharf eingedrückt wie die Sichel eines schmalen Mondes, den ich schon seit Monaten nicht mehr gesehen hatte, schwarz glänzend in diesem dämmrigen Dunkel, das nach Moder roch, Dung, beißend und doch seltsam süßlich von sich absonderndem Seim. Wir taten weiter so, als kümmerten wir uns um die Tiere, die so stumm waren wie wir, nur manchmal schnaubten und sich an den Kruppen rieben; ich strich über ihre Rücken und Lenden, und dabei berührten wir uns mit dem Ellenbogen für einen Augenblick, der länger war als all diese Wochen und Jahre; diesmal zuckte ich nicht zurück. Wir standen zwischen den Tieren, meine Handballen ruhten auf ihren Kruppen, sie hoben die Schädel schwer und drängten uns aneinander. Und auf einmal war mein Mund in ihrem Haar, er biß sich darin fest, die Lippen am Nacken, den Schulterblättern; die Haut warm, alle Wärme und süße Enge des Fleisches, die mir in die Stirne stieg, bis ich bloß noch meine Zähne spürte, Gaumen, Lippen und Rachen.

WARUM SCHREIBE ICH DIR DAS, CHARLES? Ich war erst genauso überrascht, wie Du es wohl sein wirst, wenn Du dies liest, Zeilen, die sich wie von selber schrieben, gedankenlos, fast ohne daß ich sie noch meine Worte nennen kann; nachgedacht habe ich erst jetzt, die Schreibhand wie gelähmt auf diesem Blatt, ohne daß ich wußte, wie ansetzen, wie fortfahren. Es gab zwischen uns nie Vertrautheit genug für solche Geständnisse; Du warst mein ältester Bruder und wie der alte Skeff ein Vater, wie unserer nie einer war; doch selbst solchen Vätern gesteht man diese Dinge nicht, und einem anderen Priester noch weniger. Was aber veranlaßt mich zu dieser ungebetenen Beichte? Der Umstand, daß Benjamin Marah und mich überraschte. Und er dabei einen Ausdruck im Gesicht hatte, den ich von Dir kannte.

Wie alt war ich? Dreiundzwanzig? Anfang März und der Himmel hoch genug, um Regenschauer abzuhalten und den Prince of Wales mit Alexandra von Dänemark zur Hochzeit schreiten zu lassen. Ganz Oxford, die Colleges und Straßen herausgeputzt mit Fahnen und Flaggen, die hohen Herrschaften in Helmbüschen und Federboas, und ich hör' Dich jetzt noch witzeln, daß einem solchen Dodo wie Dir die Pracht eines solchen Gefieders von Natur aus verwehrt war; *Didus ineptus* und bereits ausgestorben, erwiderte ich, und wir beide lachten. Eine Kanonensalve schoß ihren Salut dazu, und die Zeremonie begann. Militärkapellen marschierten auf, eine Parade nach der anderen wurde abgehalten, als müßte sich das ganze britische Empire hier und jetzt seiner sonntagsstaatlichen Größe versichern, um am Schluß Ballone aufsteigen zu lassen, die Glückwünsche um den ganzen Globus zu tragen hatten; aber der Wind an diesem Tag reichte wohl nicht einmal für Holland. Wir schritten zum ersten Höhepunkt des Festes ins Christ Church College, wo die drei Lidell-Töchter, Alice, Edith und – wie hieß die dritte noch: Laura, Lolita, Loreina? – sagen wir: La Reina sich etwas hilflos mühten, jede ein kleines Bäumchen entlang des Cherwell in bereits ausgehobene Löcher zu setzen, ihre aufgedonnerte Mutter darauf achtend, daß sie ihre weißen Kleidchen dabei nicht beschmutzten, um dann zu dritt eine kleine Rede aufzusagen.

Du hast Deine Enttäuschung verborgen, daß es nicht die von Dir aufgesetzte Rede war, Dein Gedicht, das dem alten Lidell wohl zu wenig offiziös war. Was für ein Paar, die Lidells! Ich bin heute noch auf das Epigramm stolz, das mir bei diesem langweiligen Spektakel einfiel; erinnerst Du Dich? *I am the Dean and this is Mrs. Lidell, She plays the first, and I the second fiddle. She is the Broad; I am the High: Together we are the Universi-tay-ay!* Er ganz griechisches Profil und weißes Haar, der humorlose Lexikograph der klassischen Kultur, Lotse unserer britischen *Sozie-tä-ät;* sie eine zweite Mrs. Grundy im Hafen der Ehe, das bunt bewimpelte Mutterschiff ihrer königlichen *Majes-tä-ät*, die sich im Ump-ta-ta dieses Tages wog, als wär's für sie bestimmt. Mit großzügiger Herablassung durften wir dann die gesamte Familie hinüber zum Worcester College begleiten, wo die *Festivi-tä-ät* weitere Vergnügungen für uns bereit hielt.

Ein paar Schritte bloß, und alles kippte ins Barbarische und verkehrte die Welt. Im Innenhof des Collegiums war ein Bierausschank aufgebaut, und ein Feuer prasselte. Vier Männer trugen einen aufgespießten, blutigen Ochsen, wie die Kannibalen in den kolorierten Bildchen unserer Kinderbücher einen unglücklichen Missionar, ihre Gesichter fast ebenso rußig, die Hände bis zu den Ellenbogen besudelt, und hoben ihn auf die Gabel; es brauchte nicht viel Phantasie, um sich in eine unserer unzähligen Kolonien versetzt zu fühlen, irgendwo in einem Ende der Welt. Und Deine Nymphchen neben ihrer Mutter betrachteten dieses barbarisch anmutende Ritual gebannt mit großen Augen; die grünlichen Flammen, die bei jeder Drehung des Spießes über den Bauch leckten; sie konnten ihren Blick nicht davon lassen und machten unwillkürlich einen Schritt vorwärts, ihr Gesichtsausdruck ungläubig, wie fixiert noch vor dem Moment des Schreckens, des Erschreckens. Aber vielleicht war ich der einzige, der sie so sah. Ich hörte Dir längst nicht mehr zu, ich starrte auf diese Szene, die drei Mädchen, den Ochsen, seine weißlich erstarrten Augen über dem rauchenden, feuchten Holz. Dann sah ich das eine in der Hitze platzen wie ein durchsichtiges kleines Ei und das gelatineartige Weiß aus der Höhle triefen und sah, wie einem der Mädchen der Atem stockte.

Die Bootsrennen am Nachmittag; später das Zeremoniell des Essens in der Halle Deines Colleges. Der frühe Abend erhellt von Feuerwerk und Freudenfeuern und wir als Begleiter Deiner Alice, die's kaum erwarten konnte, vorlaut wie immer. Wir nahmen sie in die Mitte, von der Menschenmenge bedrängt, die die Runde auf den Hauptstraßen machte, Hand in Hand in Hand, zwei Stunden lang, während sich die Raketen über unseren Köpfen auffächerten, ausfärbten in die künstlichen Nächte ihrer Gestirne, Meteore, die unsichtbar am Horizont einschlugen. Bunte Lampen beleuchteten die Plätze, ein Transparentbild mit dem Emblem des Prince of Wales schrieb die Initialen von Braut und Bräutigam in das Schwarz, und eine riesige, wunderschöne Krone verschiedenfarbigster Lämpchen drehte sich hoch über der Arkade des Portikus der Christ Church, deren Dach von drei Sternen geschmückt war, illuminiert von zwölfhundert bläulich weißen Gasflammen, ein Weltenbrand, der aufloderte zu der Replik der Mitra des Erzbischofs von Canterbury, die Kirche in einem See aus flüssigem Feuer, während die Himmel verglühten, Sphäre um Sphäre, bis zum Empyreum des vollkommenen Dunkels, Alices Wangen darin aufflackernd, sie ihre Finger in Deine pressend, das Gesicht nach oben gereckt zu all diesen Wundern: und da sah ich Dich, wie Du ihren Blick zu erhaschen, ihn für Dich zu gewinnen versuchtest, mit einer geheimen Gier, die mir bis heute unauslöschlich im Gedächtnis geblieben ist, Charles.

Oh ja, Du sprühtest vor amüsanten Einfällen, hattest Antworten auf jede ihrer Fragen, Erklärungen für all die Artifizien dieses Fests und setztest all ihren Ahs und Ohs das Deine nach; glücklich warst Du mit diesem elf Jahre alten Mädchen an Deiner Seite, aufgeregter noch als sie, in einer völligen Hingabe, aber zugleich sah ich doch das Fiebrige in deinen Augen, das sich durch nichts verhehlen ließ, und dann wurdest Du meines Blickes gewahr, wußtest, daß ich Dich durchschaut hatte, im Tiefsten Deiner Seele, und Du wandtest Dich schnell ab. Ich sah es an diesem Abend zum ersten Mal und hab es doch erst jetzt begriffen, nun, beim Schreiben dieses Briefes, daß das gleiche kalte Feuer auch mich verzehrt. Du hast diesen Kalendertag damals noch mit einem weißen Kieselstein versehen, wie alle Tage Deines Glücks; doch ich? Meine Steine sind die einer Kirche, die nie fertig gebaut werden wird; meine Liebe eine, die sich nicht mehr verhehlen läßt …

UND DENNOCH ... jedesmal, wenn ich die Messe lese und Marah unter den Gläubigen weiß, stimme ich in die Kadenz eines Hymnus ein, das einzige, was mir leicht über die Zunge kommt, und sehe ein bleiches, verstörtes Jungengesicht vor mir, das halb erschrocken, halb neugierig an meinen Lippen hängt. Dann aber wird mein Blick wieder angezogen von der immer verhärmteren Elizabeth neben ihrem zwanzig Jahre älteren Mann. Warum quält mich dieses Gefühl untilgbarer Schuld? Das Gefühl, eine Blasphemie zu begehen? Warum? Es ist, als hätte Marah eine Gier in mir erweckt, von der ich nicht weiß, ob sie nicht immer schon in mir schlummerte. Was ist es, das mich in Versuchung bringt, ohne daß ich wirklich die Willenskraft aufbringe, aufbringen will, dem Einhalt zu gebieten? Bin ich wirklich schon so in meinen Trugbildern befangen, daß ich – und hier sträubt sich meine Feder; doch wie es anders umschreiben? – in ihr einen Widerschein der Jungfrau Maria zu sehen vermeine? Ist das das Unstillbare meines Begehrens, das mich von Anfang an auf dieser Insel schlaflos machte? Diese unerfüllte Begierde nach etwas Ungreifbarem, das sich mir immer wieder entzieht, in jedem Gottesdienst, jedem Zusammensein mit den Menschen hier; Marah. Daß sie die erste Frau ist, die ich je berührte, mag eine Erklärung sein.

Ihr Vater sieht mir von draußen beim Schreiben dieser Zeilen zu. Plötzlich aber, beim Ruf ›Schiff in Sicht‹, dreht er sich um und legt die Hand über die Augen. Es ist ein klarer Tag, zumindest in diesen ersten Stunden des Vormittags, und ein weißer Fleck berührt den entferntesten Himmelsrand und tanzt wieder aus dem Blick. Als wäre er einer der vielen Vögel, bevor sie einem Federschauer gleich auf den Wellen niedergehen; der erste eines Schwarmes von Sturmtauchern über dem Meer. Doch der winzige Tupfen bleibt: wie ein Segel, wenn auch zu klein für ein Schiff. Ein Boot auf Walfang? Und das zugehörige Schiff weit achtern und vom Dunst verhüllt? Meine Augen sind offen, das Licht beinahe ätzend. Und doch kommt es nicht näher; es bleibt hell spiegelnd an der Kimm; eine Sonnenlichtung, wie es die Seeleute nennen, jener Teil des Ozeans, auf den die Sonnenstrahlen, die durch die aufgerissenen Wolken brechen, mit besonderer Intensität fallen. Ich muß fort von dieser Insel.

EHRWÜRDIGE HERRN, HOCHVEREHRTE ADMIRALITÄT, *Reverend E. H. Dodgson will unsere Siedlung auflösen. Er hat Buchhaltung gemacht über unser Vieh, Esel und Hühner etc. Er brachte es auf 1000, Rinder 500, Schafe 500; das ist weit untertrieben. Wenn wir zuviel Rinder auf der Nord-Seite haben, können wir sie zur Süd-Seite bringen; dort ist Gras und Wasser genug. Von Süden nach Süd-Osten ist überall gutes Gras. Es gibt wenig Vieh auf der Süd-Seite jetzt, und sie sind alle noch gesund.*

Ich bin seit über 48 Jahren hier; meine Frau ist seit über 57 Jahren auf der Insel. Wir haben nicht alles, was wir wollen, aber ist das auch nicht so in England? So müssen wir die Guten Zeiten wie die Schlechten nehmen. Kann der Reverend E. H. Dodgson unsere Leute wegnehmen ohne Zustimmung der Regierung oder daß die Admiralität etwas dazu sagt?

Hr. Dodgson sagt, wir haben eine seltsame Abneigung, Rinder oder Schafe zu töten, um sie zu essen. Ich kann Ihnen auch den Grund dafür sagen. Ein gewisser Mann hier ist durch seinen üblen Wunsch, immer mehr Rinder zu bekommen, indem er sie nicht tötet, in den Besitz von fast dem halben Vieh der Insel gelangt, und gleichzeitig auch den Wiesen; er fand sie schon gerodet; die Wiesen waren die Arbeit von Glass und den englischen Pionieren. Da war nicht viel Land gerodet, als ich schiffbrüchig wurde; ich mußte meinen Teil selbst roden. Nun ist dieser Mann zu all dem Land gekommen, das bereits gerodet war; jetzt kann er das Vieh darauf töten, verkaufen, und er hat noch immer viel übrig.

Wenn Hr. Dodgson einige unserer Leute von Tristan mitnehmen will, hoffe ich, daß die drei Walfänger dabei sind. Einer ist ein Amerikaner, die anderen beiden sind von Tristan, aber sie haben die meiste Zeit ihres Lebens auf Walfängerschiffen verbracht. Sie haben nur wenig Kenntnisse mit auf die Insel gebracht, und das meiste ist sehr vulgär, obszöne Lieder, Saufereien etc. Wenn Sie raten können oder rechnen, werden Sie wissen, wer der Rindermensch ist. Nicht für alle Wahrheit braucht es auch einen Beweis.

Wie wollen Sie weiter Handel treiben ohne uns? In drei Wochen – Januar 1885 – haben wir sechs englische Schiffe gebordet; sie alle brauchten dringend Wasser und etwas zu essen – und einen Amerikaner. Manchmal haben die Schiffe Kranke an Bord; dann kommen wir zu ihnen als Doktor. Seit 1870 hatten wir fünf Schiffbrüche auf Tristan, zwei auf Inaccessible, einen auf Gough, alle Totalverlust. Wir haben viele Schiffs-Besatzungen von auf hoher See aufgegebenen Schiffen aufgenommen, so wenn ich etwas vorschlagen soll, ist es nützlich, eine gute Boots-Besatzung auf Tristan zu haben, nicht alte Männer wie mich und meine Confrères, sondern richtige Männer.

Doch Reverend E. H. Dodgson will das alles nicht sehen. Wir haben sogar ein paar Artikel aus St. Helena erhalten, die er geschrieben hat – Über uns Sünder auf Tristan *– mit vielem Dank für Ihre Bücher, die Briefe und die Seife, sage ich! In dieser Kirchenzeitung sagt er, daß wir zum Teufel gehen – das heißt aber nur, unsere jungen Männer, die auf Schiffen anheuern, z. B. Walfängerschiffen. Ich würde eher hier als britischer Untertan bleiben, obwohl ich Holländer bin, als gehen und Tristan mit Ruf, ein satanisches Subjekt zu sein, verlassen. Er sagt, es gibt ein paar Ausnahmen zu dieser Regel, aber wer, bitte schön, sind diese Ausnahmen?*

Er schreibt, wir werden bald ein Glied in der Darwinischen Kette zwischen Mensch und Affe sein. Ich denke, daß ich oder die Meinen genausoviel vom Affen haben wie Hr. Dodgson. Ich habe nie erwartet, so eine Sprache von Hr. Dodgson zu hören. Ich liebe ihn aus ganzem Herzen. Er ist in meinen Gedanken so oft, daß ich kaum glauben kann, daß er so etwas schreibt. Er war in Tristan fast vier Jahre. Er ist sehr fromm, streng und sehr nett und uneigennützig; er praktizierte, was er predigte; aber wenn seine Affen-Theorie wahr ist, dann können wir sagen, laßt uns essen, trinken und fröhlich sein, denn morgen werden wir alle Affen sein.

Ehrwürdige Herrn, ich will zwei Vögel mit einem Stein treffen. Wenn Sie so nett sind, diese Zeilen zum Handelsministerium zu geben, muß ich nicht die gleiche Geschichte noch einmal schreiben. Weil ich kein geborener Engländer bin, muß ich auf meine Ps und

Qs aufpassen. Und jetzt danke ich Ihrer Admiralität und zugleich dem Handelsministerium, den Kommissaren und all den cffiziellen Herrn.

Ich harre Ihrer Befehle

Peter W. Green

IM

Tosen des Sturms wurde die Glut im Kamin, die mit einer dicken Ascheschicht für den nächsten Morgen zugedeckt worden war, aufgeschürt; sie stob durch die Luft, daß die Soden am Dach zu brennen begannen. So baute der Wind seine Nacht, seinen Himmel. Wo Wind auf Wind traf, in Stößen und Böen, bildeten sich Wirbel und rissen glimmende Holzsplitter und Stroh mit sich; Säulen von Feuer richteten sich überall auf, Säulentrommeln, die sich untereinander verschoben, bis sie kippten und zum Ufer hinabrollten.

MARK THOMSEN
BOGEN XV
1821

VOM ANFANG DES ENDES

BOGEN XV

DER SCHIFFBRUCH DER ›BLENDEN HALL‹

MULTUM IN PARVO. *Was war ich für ein Träumer früher! Ein wahrer Luftgänger seiner Illusionen, stolz auf die Alchemisten und Freimaurer unter seinen Vorfahren, ein Usurpator der Welt, ein blendender Demagoge; wie anders auch hätte ich eine solche Frau wie Marah erobern können. Vielleicht aber wußte ich immer schon, daß ich sie deshalb auch nicht halten konnte. Ich schlüpfte in diese Rollen, weil ich darin eine Wirklichkeit überspielen konnte, der ich anders nicht gewachsen war. Dennoch vermochte ich dieses Maskenspiel nicht bis zum Ende durchzustehen, aus dem einfachen Grund, weil mir alle Gegenwart stets unglaubwürdig schien.*

Dieselbe Schwäche, so man sie als solche bezeichnen will, hilft mir jetzt jedoch auch über den Schmerz der Trennung hinweg. Die Miniaturen meiner Sammlung, die ich hier vor mir ausbreite, haben dagegen etwas Tröstliches und Vertrautes. Und doch überfällt mich manchmal auch bei ihrem Anblick die Melancholie, ob dieser Vergangenheit, der alles noch offensteht, einer Vergangenheit, die ihren Sündenfall noch vor sich hat. In diesem Fall aber bin ich es ganz allein, der ihn eines um das andere Mal hinauszögert. Und doch nicht verhindern kann, daß sich meine Geschichte darin wie ohne mein Zutun abzeichnet; es ist eine Art insgeheim begangenen Verrats, den man nicht zu verantworten hat. Denn ich tue nichts, als Daten nachzuschlagen, Namen anzufügen und eine Chronik zu erstellen, wie für einen veralteten Kalender, und vermeide, daß mein Blick allzulange auf ihm haften bleibt; ich habe es noch nicht fertiggebracht, das Blatt mit dem Tag und der Woche im Januar abzureißen, obgleich mir bewußt ist, daß die seither vergangene Zeit nicht zu verdrängen ist. Und denke an Martha, meine Tochter.

Ich hatte ein Sammelalbum bei einem Trödler aufgespürt und schenkte es ihr, zusammen mit zwei Kuverts voller briefmarkengroßer Reproduktionen, die man einkleben konnte, das Alte Testament in der

Kunst *und die* Griechische Mythologie. *Wir haben die Nummern darauf einfach ignoriert, uns damit amüsiert, ich wahrscheinlich mehr als sie, sie in der Reihenfolge einzukleben, die uns gefiel, und dadurch die Geschichten neu zu erfinden. Sie starrte oft stundenlang auf die Bildchen; als dauerte in ihnen, weil sie so klein waren, die Zeit länger.*

Im Grunde tue ich jetzt das gleiche, auch ich versuche, in diesen Momenten zu verharren. Ich sitze mit der Lupe vor diesen Tableaus, prüfe sie und setze Zeile um Zeile hinzu, wie Prospero auf seiner Insel vor seinen Büchern, so, als würde mich meine Miranda bitten, durch meine Kunst die Aufruhr des Meeres wieder zu besänftigen; und ich kann es nicht. Ich ziehe einen Kreidekreis und zeichne das Pentagramm meiner Sehnsucht darin ein, dann stelle ich die Figuren, die voneinander nichts wissen, im Reigen darum auf, händige ihnen die Kostüme aus, es sind Männer, die auch die Frauenrollen verkörpern, jede Figur, die nicht sich selbst, sondern eine zweite und eine dritte Figur darstellt, und einmal auf der Bühne, lasse ich sie ohne ein Stichwort hängen. Sie spielen ihre Scharaden für mich, ich gebe der Unterhaltung wegen vor, nicht zu erraten, was sie mir mit ihren Grimassen und Gesten zu verstehen geben, und weiß es doch längst. Es sind emblematische Situationen meiner selbst, die sie darzustellen suchen, und ich schreibe das Libretto für diese allegorische Operette, die mir, sobald mich wieder die Selbstzweifel plagen, nur als lächerliche Farce vorkommen wird. Wenn die Narren weise werden, ist das Schauspiel zu Ende. Aber jeder Maskenball beginnt stets in Gravesend.

EINE DER TÖCHTER NEMESIS', der unparteiischen Schiedsrichterin eines jeden Spiels, ist es, die nun mit der *Blenden Hall* unbeirrbar auf Wilhelm Glass und seine Freimaurer zukommt und schon bald sein Schicksal und das des Schiffes in Händen halten wird. Doch nur gemach – zunächst einmal sind es immerhin zwei oder drei Tage von der Mündung der Themse in Gravesend bis nach Deal, wo die Ostindiensegler auf für sie günstige Winde warten, genügend Zeit vor der Ouvertüre also für ein Intermezzo, das jedoch bereits einen wesentlichen Teil der Handlung vorausbestimmt. Denn als das Schiff in Gravesend abgelegt hatte, war der kleingewachsene und durchaus umgängliche Lieutnant Pepper noch ein lediger Mann; als es sich aber nach Dover vorgearbeitet hatte und er sich zu ihm nun in letzter Minute hinausrudern ließ, war er jedoch bereits verheiratet.

Auch Miss Pepper steigt nun die Jakobsleiter vom Boot hoch, einen Fuß größer als er, eine Frau, neben der er sich ausnimmt wie ein Kutter neben einer voll getakelten Fregatte. Ein Skandal wurde es aber erst, als man herausfand, daß Miss Pepper wider Erwarten keine Dame war, sondern die Tochter des Bootsmanns, die zuvor allem Anschein nach dem leichten Gewerbe nachgegangen war.

Miss Keys, die Frau eines in Bombay stationierten Kommodores, für die zusammen mit ihren zwei Kindern und ihrer Nichte Marah eine Passage gebucht worden war, stellte den zweiten Skandal dar. Nicht nur, daß auch der Kommodore unter seinem Rang geheiratet hatte, nein, die Lady war auch noch, wie es der Sohn des Kapitäns ausdrückte, von einer Hautfarbe, die hellhäutigeren Damen den Umgang mit ihr verunmöglichten. Wer auf sich hielt, hatte deshalb in Gravesend das Schiff wieder verlassen.

Am Kapitänstisch sitzen somit der Quartiermeister Gormsby, der die Gesellschaft aufs vergnüglichste mit seinen Geistergeschichten zu unterhalten weiß; – seine Frau; – dann Dr. Law, der einmal auf einem Schiff war, das ein Schiff begleitete, welches Lord Amherst nach China trug, ein dem Alkohol reichlich zusprechender Junggeselle; – die bereits zu ihrem Auftritt gekommene Miss Keys, die allen verkündet, daß auf Marah eine große Mitgift wartet; – neben ihr der Schiffsarzt Dr. Patch; – der Kapitän Alexander Greig mit dem Sohn gleichen Namens; – der kleine Pepper natürlich und seine junge Angetraute; – ein paar, die wir übergehen; – und schließlich der Chor der Matrosen. Die Kapelle, ja, die gibt es auf diesem Handelsschiff wirklich, samt weiteren Unterhaltungen, Grog und Theater, hat bereits zum hundersten Mal ›The Roast Beef of Old England‹ gespielt, aber den Ärmelkanal haben wir deswegen noch lange nicht hinter uns gelassen.

Irgendwann aber sind wir mit unserem Narrenschiff dann doch in den Roßbreiten und darauf in den Doldrums, ›Longitude nothing‹, wie Miss Pepper sagt. Die Herren können sich schon längst nicht mehr ausstehen, die Aufforderungen für ein Duell gelten für den nächsten Landfall, und die Frauen gehen sich abwechselnd aus dem Weg. Miss Pepper und Miss Keys sind einmal Busenfreundinnen, dann wieder nicht, jede sieht an der anderen den wandelnden Vorwurf der eigenen Mesalliance, Miss Pepper insinuiert, daß es mit Miss Keys' Heirat nicht weit her ist, worauf diese wutentbrannt ihr 'fikat hervorkramt. Doch die Diskrepanz zwischen dem Alter der Kinder und dem Heiratsdatum läßt nur den Schluß zu, daß der Kommodore, wie der Sohn des Kapitäns sich ausdrückte, sie nicht unbedingt aus gesundem Menschenverstand zu einer ehrlichen Frau gemacht hatte. Miss Keys blieb nichts anderes, als schlagfertig zur Antwort zu geben: *Ah, me like black; black be good standing colour. Keys he like black best – great many gentlemen in Bombay like black best.*

Es überrascht also nicht, daß die Stimmung so bedrückend ist wie die Hitze. Die Sonne steht im Zenit wie der Wachtposten vor Buckingham Palace, die Segel schlagen nur flau gegen den Mast, wenn kurz einmal Wind aufkommt, die Dünung ist glasig, aber die Strömung tut wie immer das ihre und versetzt das Schiff, unerträglich langsam, aber stetig, in Richtung Brasilien. Ein Kopf schaut aus der Luke, schwarz und rot bemalt, eine riesige weiße Haube auf, aus der Hobelspäne als Locken hängen; es ist Amphitrite, gefolgt von Neptun, doch aus der Äquatortaufe wird nichts, weil man die halbe Crew dabei erwischt hatte, wie sie sich schamlos an den Schiffsbeständen gütlich tat, und sie deshalb in Eisen legte.

Der Wind läßt immer noch auf sich warten, die Strömung bringt das Schiff ab vom Kurs, doch da treibt nun Kelp in der Dünung, und so ist es am 22. Juli 1821, daß der Kapitän sich in der Nähe der Insel Tristan weiß, aber nur ungefähr, denn mit seinen nautischen Berechnungen ist es noch nie weit hergewesen. Trotz der Tatsache, daß an diesem Morgen um zehn Uhr dichter Nebel über der See liegt, beschließt er, auf die Inseln zuzuhalten, um sicher zu gehen. Und dann ist plötzlich Brandung an Steuerbord, das Ruder reagiert nicht, weil sich Seetang darin verfangen hat, Wind geht endgültig keiner mehr, dafür ist jedoch die Dünung jetzt so stark, daß die ausgesetzten Boote das Schiff nicht in Schlepptau zu nehmen vermögen, weil sie wie Korken auf den Wellen tanzen. Der Kapitän läßt beständig loten, ohne Ankergrund zu finden, denn die Inseln steigen steil aus der Tiefe des Atlantik an, und so läuft das Schiff unversehens auf einen unterseeischen Gipfelgrat auf, krängt und ist schutzlos den Brechern ausgesetzt, die es bald Stück um Stück bis auf die Back zerschlagen.

Dort drängt sich nun die ganze Schar, es ist früher Nachmittag, die Sonne bricht in ihrem Glanz hervor und zeigt das rettende Ufer, nur ein paar Steinwürfe entfernt. Man schmeißt zuerst die Schafe über Bord, mit einer Leine um den Hals, in der vergeblichen Hoffnung, daß sie durch die Brandungslinie ans Ufer schwimmen, dann die Schweine, die sich dabei erwürgen, bis einer endlich genug Mut faßt, in die Wellen zu springen, das Tau theatralisch zwischen den Zähnen. Die nächste Welle begräbt ihn unter sich, natürlich verliert er das Seil dabei und kehrt, heldenhaft wie er ist, wieder an Bord zurück.

Matrosen haben inzwischen aus Wrackteilen ein kleines Floß fertig gezimmert. Mr. Gormby, sonst Herz und Seele der Gesellschaft an Bord, legt in dieser Situation jedoch, wie der Sohn des Kapitäns sich ausdrückt, einen großen Mangel an Standhaftigkeit an den Tag. Zuerst ganz dem Jammern und Lamentieren ergeben, besteht er schließlich auf seinem Platz im Boot, er ist ein Offizier, doch kein Gentleman, nein, denn er nimmt ihn für sich in Beschlag und läßt Frau und Kind einfach zurück. Er ist bullig genug, sich durchzusetzen und erreicht, unter den Verwünschungen der anderen, tatsächlich das Ufer. Dort wird er von der Besatzung der beiden Boote in Empfang genommen, die sich, auch ihnen war das Hemd näher als der Rock, mühelos gerettet hatten. Auf dem auseinanderbrechenden Wrack stehen immer noch der Kapitän, sein Sohn und all jene, die nie zu schwimmen gelernt haben. Eine Welle kommt auf sie zu, reißt die Back von ihrem Riff los, trägt sie über die Brandung und treibt sie an den Strand, es ist ein Wunder, nichts als ein Wunder; ein paar Mann der Besatzung ertrinken. Sobald sich der Rest in Sicherheit gebracht hat, wird das Wrack augenblicklich in die Tiefe gezogen, und Gottes Hand, sie zeigt sich auch darin, daß sie an der einzigen Stelle der Insel gestrandet sind, wo das Landen überhaupt möglich ist. Dann fällt der Vorhang der Nacht.

VOR DEM ORCHESTERGRABEN DES MEERES nisten die Raubmöwen und stoßen wie Krähen auf den Sumpf am Ende der Landzunge herab. Ammern und Drosseln. Im Unterholz das Filpen der Ralle, die nicht fliegen kann, rotäugig im braunen Gefieder, ihr T'schip, T'schip, das einen in das Dickicht der Grashorste lockt, ohne daß man sie zu Gesicht bekommt. Blind von Fels zu Fels hüpfende Pinguine, ihr Krächzen, das auch im Wind nicht untergeht. Das Kreisen der Sturmtaucher. Das Klicken ihrer Schnäbel, das Rauschen der Flügel über dem Kopf und die Albatrosse, in denen die Seelen der toten Schiffskameraden wiedergeboren werden, ihr klagend von den Klippen widerhallendes Heulen, Pi-eu, Pi-eu.

Tonnen, Kisten und Ballen werden ans Ufer gespült, ›Hibberts Celebrated Bottled Porter‹; was will man mehr als einen Drosselschenkel und einen Schluck Portwein warm im Magen, fragt sich der Sohn des Kapitäns. Aber die 82 Passagiere sind halbnaß und frieren. Die verbleibenden 38 Mann Besatzung dagegen haben sich bereits in scharlachrotes Segeltuch gekleidet, Turbane aus weißem Musselin auf dem Kopf, das Fell der See-Elefanten um die Füße gewickelt. Ein paar Planen sind als Zelte aufgespannt, in die sich drängt, wer kann; die anderen verkriechen sich vor dem Regen in Fässer, hier die Besatzung, dort die Passagiere, die Flöhe, die sich mit an Land retten konnten, überall. Am Strand findet die Lotterie einer auf den Kopf gestellten Welt statt, in der die bescheidensten Dinge zu den wertvollsten werden und sich zumeist nur findet, was gar nicht gebraucht wird; Lavendel und Honigwasser aus Fläschchen. Die Frauen tragen es mit Fassung, alle bibbern und klagen, bloß die Matrosen werden, je mehr Schnaps es anschwemmt, unberechenbar.

Mit dem Pulver einer Seenotrakete und dem Seziermesser aus Dr. Laws angetriebenem Kästchen wird Feuer geschlagen. Die Hälfte einer eisernen Boje dient als Topf; Faßeisen als Rost. Dr. Patchs Koffer taucht auf. Er verteilt einen Teil der Hemden darin und legt ihn unter einen Stein; am nächsten Morgen ist alles gestohlen. Miss Gormby wird ihrem Mann nicht verzeihen, schon gar wegen des Kindes, trotzdem aber sich nicht von ihm trennen. Den Peppers, dem traurigsten Flitterwochenpaar der Welt, bleibt der Honigmond hinter dem ewig verhangenen Berg verborgen.

Miss Keys hat sich in der Brandung die Beine zerschnitten; schade nur, sagt Miss Pepper, daß es nicht auch ihre Zunge getroffen hat. Wie deprimierend muß es sein, nur mit einem gewöhnlichen Leutnant verheiratet zu sein, meint Mrs. Keys abfällig, ihr Haar schwarz und wirr über dem schwarzen Gesicht, und wird dann laut: *Peppers Flittchen, sie sagt, ich nicht sein Kommodore Keys Frau – ich verloren mein 'fikat – wie heißt? – auf Schiff. Ich kein' Beweis jetzt. Sie nicht besser als meine Nichte Marah. Kost' mich zehntausend Rupien, bring' sie vor Gericht wegen 'leumdung, bitt' Gott, wenn endlich zurück in Bombay.* Worauf Miss Pepper wieder in ihrem Zelt verschwindet. In der nächsten Szene sind sie aber schon wieder die engsten Vertrauten; es ist die Klassenzugehörigkeit, die sie zusammenschweißt und gegeneinander aufhetzt. *Du, Matrose! Warum du nicht der Lady dienen? Du Frau von Offizier helfen. Du nur Matrose. Warum nicht dienen?*

Warum nicht dienen? Weil eine Insel kein Schiff ist, es auf ihr keine Passagiere gibt und der Kapitän keine Befehlsgewalt über sie hat. Die Crew rächt sich deshalb jetzt für die nicht vollzogene Äquatortaufe und die Wochen in Ketten, sie überzieht Offiziere und Passagiere mit wüsten Beschimpfungen, wird handgreiflich. Das ist der Alkohol, solange er noch vorhält, aber auch ein ganzes angestautes Leben, das sich Luft verschafft. Und es ist auch die Ausweglosigkeit der Lage und der Entbehrung, die sie fackelschwingend auf die Barrikaden steigen läßt, für einen illusorischen Augenblick des Glücks. Daraufhin bietet der Kapitän ihnen gegen Essen und Hilfe Geld an; aber Geld hat auf dieser Insel keinen Wert. Die Matrosen verlangen denselben Anteil am Strandgut, aber sie erhalten weniger, als ihnen zusteht.

Der Sohn des Kapitäns hat eine Methode entdeckt, den fetten See-Elefanten zu kochen, indem er ihn zusammen mit wildem Sellerie in kleine Stücke schneidet und, in Tuch geschlagen, im Wasser siedet; sonst ist er kaum zu essen. Man schleicht sich an die großen Viecher heran, sticht ihnen die Augen aus, betäubt sie dann mit einem Knüppel und schneidet ihnen die Innereien heraus; sie krepieren nur langsam, deshalb wartet man, bevor man sich Hirn, Leber und Zunge holt. Einem der Matrosen hat ein Tier selbst nach einer Stunde noch das Bein bis auf den Knochen durchgebissen. Albatrosse sind schwer zu erbeuten, aber sie schmecken gut. Das Fleisch der Pinguine ist schwarz, ranzig und bitter, ihre Eier weniger; die Drosseln sind bereits ausgerottet.

Abends schart sich der besoffene Chor der Matrosen um das Feuer und schwört, sich Miss Keys' Kinder zu greifen, um sie zu fressen. Der Kapitän greift ein Faßeisen aus der Glut und schlägt den Rädelsführer nieder. Die Lager bleiben getrennt, durch Gewalt und Erziehung; die Vernunft spielt keine Rolle, das hat sie nie. Nur sonntags finden sich alle bei der aus dem angetriebenen Gebetsbuch mit den verklebten Seiten gelesenen Messe zusammen.

Mit Menschen in der Not, sagt der Sohn des Kapitäns, ist es wie mit dem Tee: seine Seele, die Farbe und der Geschmack zeigen sich erst, wenn man ihn ins heiße Wasser taucht. Er verliebt sich in Marah. Der erste und der dritte Offizier dagegen wollen sich partout mit niemandem einlassen, sie sondern sich ab. Einzig und allein die Symmers-Brüder, die auf dem Schiff überhaupt nicht aufgefallen waren, erweisen sich nun als selbstlos und wissen, einen klaren Kopf zu bewahren. Gormby dagegen benimmt sich am rücksichtslosesten; er ist inzwischen offensichtlich verrückt geworden. Miss Key, deren Herz so weich wie ihr Kopf ist, würde mittlerweile ihr Essen mit jedem teilen, sogar mit Miss Pepper. Und dann plötzlich der Ruf: ›Schiff in Sicht!‹.

Alle stürzen los, versuchen Feuer anzuzünden, Signale zu geben, den Berghang hinaufzuklettern, aber es ist falscher Alarm. Abends kommt der kleine Pepper zum Kapitän, um ihn davon in Kenntnis zu setzen, daß ihm sein goldenes Chronometer und Geld entwendet wurden. Die Untersuchung beginnt im Zelt der Peppers, und dabei stellt sich heraus, daß seine Frau alle zuvor Dr. Patch gestohlenen Hemden in einem Korb versteckt hat, jedoch behauptet, diese von dem Matrosen van Houten geschenkt bekommen zu haben, der mittlerweile des kleinen Pepper bester Freund geworden ist. Aber es finden sich nun Zeugen dafür, daß dieser van Houten immer dann zu ihr ins Zelt gekrochen sei, wenn der kleine Pepper nicht da war. Und daß er derjenige war, der das vergebliche Schiff gesichtet und den Alarm gegeben hat – um das ganze Lager ungestört für sich zu haben. Geld und Chronometer werden nicht gefunden; die Zeit ist ohnehin stehengeblieben.

ES IST PAUSE, *das Publikum drängt sich an der Bar, aber ich bin auf meinem Sitz geblieben, im Kopf noch den Traum der letzten Nacht. Ich hielt einen Pinguin und versuchte, ihm mit einem Messer den Hals abzuhacken, aber es war zu stumpf; also stach ich ihm mit der Spitze in den Bauch, schnitt ihn auf und riß ihm das Gedärm heraus. Sein Blut nahm ich als Tinte und beschrieb ein Blatt Papier mit ihr in einer winzigen Handschrift, so winzig, daß jede Zeile wie ein Strich aussah, während Marah mit gespreizten Beinen mir gegenübersaß, ein Ei im Schoß, aus dem unsere Tochter Martha schlüpfen würde.*

Und van Houten? Er hatte sich in den Schauspieler verwandelt, der, wie es in der Besetzungsliste steht, den Antagonisten dieser Scharade namens Stephen White *verkörpert. Ich verstand es noch nie, Schauspieler und Rolle auseinanderzuhalten, ebensowenig wie Traum und Wirklichkeit. Sie verschränken sich wie unsere Arme auf den Photos, die van Houten und mich auf einer Messe in London zeigen, kurz nach unserem ersten unglückseligen Treffen. Wir verstanden uns, unter Kollegen meine ich; heute weiß ich natürlich, daß sein plötzliches Zuvorkommen bloß seinem Interesse an Marah zuzuschreiben war.*

Am Sonntag fuhren wir der Küste entlang nach Gravesend, wie nach jeder Messe, wo ich Marah das teure Halsband kaufte, das sie immer trug; ich hatte einige große Bestellungen von Kunden bekommen. Van Houten half mir noch beim Aussuchen dieses Halsbands aus emailliertem Silber mit dem kleinen, ringartig gefaßten Rubin, oval wie ein kleines Ei. Wer den Göttern nicht gibt, was ihres ist, und wer von seinem Glück nicht an die Bedürftigen abgibt, den erniedrigt die Nemesis.

Seither ist alles zum Stillstand gekommen. Hier aber füllen sich bereits wieder die Ränge, und der Vorhang kann jede Minute wieder über der Bühne aufgehen. Nein, ich werde dem rachsüchtigen Schicksal kein mythologisches Zwischenspiel mehr in den Mund legen, nein, es ist der neunmalkluge Sohn des Kapitäns, der es für mich tut, in einer dieser seltsamen postmodernen Pantomimen, die einem bedeuten, daß wir das Stück im Stück sehen oder es selber sind, damit die Katastrophe ihren Lauf nehmen kann. Folglich kommt jetzt Gormby gelaufen, der auf dem Schiff zahllose Geistererscheinungen verstorbener Verwandter hatte, für den sich Hunde und Katzen in seiner Kabine materialisierten und der jetzt drei Wilde am Ufer stehen gesehen haben will.

Am Strand hat es den Postsack angeschwemmt. Der Chor bemächtigt sich auch des Briefes einer jungen Dame, der in intimsten Details einen Ball und seine mitternächtlichen Folgen beschreibt; das ist die einzige philatelistische Rarität, die hier jetzt vorzustellen wäre. Keiner protestiert. Und auch mein Brief ist unter dieser Episteln und Depeschen.

AM NÄCHSTEN TAG, dem ersten wolkenlosen seit Wochen, klettern die meisten Schiffbrüchigen auf den Berg; sieben Stunden bis zum Plateau, über Steinhalden hinauf. Ein brütender Albatros ist da, ganz zahm, ein paar Klumpen wilder Sellerie, schwarze Lava überall und der Krater eines erloschenen Vulkans, eine Quelle an seinem Grund, inmitten von Blumen. Zwei Inseln stehen am Horizont, der Flügel eines Sturmtauchers weiß wie ein Segel die See in der klaren Luft glitzernd und das Licht so, daß alles in greifbare Nähe rückt. Wale sind von hier oben zu sehen, beim Auftauchen werfen sie Wellen, und wenn sie blasen, klingt es wie eine Kanonade. Unten die Zelte, im Südosten die niederen Klippen und die Gipfel Nightingales, im Nordosten eine schneebedeckte Bergspitze in zwanzig Meilen Entfernung, Tristan da Cunha. Es ist eine olympische Sicht für die aus dem Hades Entstiegenen ein Geschenk der Götter, und wie alle ihre Geschenke birgt es das Erschrecken darüber in sich.

Nun, da mit einem Schlag offenbar geworden ist, daß sie auf Inaccessible gestrandet sind und der Sohn des Kapitäns *Ach!* sagt, *wie verblendet sind wir gewesen, zu glauben, wir wären auf Tristan da Cunha, und es würde einmal ein Schiff kommen und anlegen!*, bilden sich drei Gruppen, um jede für sich ein Boot zu bauen, das sie zur rettenden Insel bringt. Der erste und der dritte Offizier wälzen das Problem in ihren Köpfen und beginnen, sich mit dem Plan eines Kanus zu beschäftigen, ein Skelett aus Faßdauben, über das sich vielleicht Felle von See-Elefanten spannen lassen. Der Koch, ein Neger, der den Kapitän auf all seinen Reisen begleitet hat, arbeitet an einem plumpen Fährkahn, mit dem er diesen Styx zu überqueren hofft. Der Schiffszimmermann wiederum tauft sein Boot, um über das inzwischen wieder schwarz gewordene Meer zu gelangen, das solideste der drei, großartig *Argo*; 14 Personen soll es aufnehmen können, darunter auch eine Handvoll Passagiere.

Treibholz und Wrackteile waren rar, eine Handsäge und ein Hammer das einzige Werkzeug, die Zwieträchtigkeiten deshalb unversöhnlich. Das Essen ist immer knapper geworden. Die See-Elefanten hatten die Insel scharenweise verlassen, mit ihnen auch die Pinguine; zurück blieben nur ihre leicht rötlichen Eier, die faul wurden im unaufhörliche Regen.

Neben dem Theater gibt es nichts, was die Engländer mehr lieben als Versammlungen, Ansprachen und Abordnungen. Doch England ist weit, und Einigkeit ist unter den Schiffbrüchigen auch damit nicht mehr zu erzielen; die seltenen klaren Tage verstreichen ungenützt, obwohl sich der Hunger in die Gesichter eingräbt. Und dann regnet es wieder, Tag um Tag, Wolken liegen um die Insel, und der Nebel rollt vom Meer herein.

Der Koch, sagt der Sohn des Kapitäns, war der erste, der die Vorsehung herausforderte, trotzdem der Wind von Norden kam und das Meer unruhig war; aber auf hoher See umzukommen, meint er, ist wenigstens leichter als auf festem Land. Sein Fährkahn wird durch den Brandungsgürtel geschoben, und nach einer halben Stunde sind sie für immer außer Sicht; keiner der Passagiere oder der Offiziere ist mit an Bord. Erst nach zwei Tagen ist das Wetter gut genug, daß man auf den Berg steigen und ein Feuer entfachen kann, das aber nicht erwidert wird. Dafür aber ist diesmal wirklich ein Schiff zu sehen, das vor Tristan da Cunha gerade den Anker lichtet, die *Ophion* aus Holland, die gerade ihren Süßwasservorrat erneuert hat.

Und dann regnet es wieder Tag um Tag, Wolken liegen um die Insel, und der Nebel rollt vom Meer herein, daß es nach Schnee aussieht. Der Schiffszimmermann will mit seiner *Argo* zuerst eine Probefahrt unternehmen, bevor er sich über das Meer wagt. Er, der sein ganzes Leben nur Befehlen gehorcht hat, ist jetzt Herr, Herr über Leben und Tod von hundert Seelen; doch einmal in Tristan da Cunha angelangt, wird alles wieder sein wie vorher, muß er sein Kommando aufgeben und wieder in die Rolle des Untertanen kriechen. Er zögert die Fahrt, an der alles hängt, immer wieder hinaus, läßt sich bitten und betteln und legt schließlich nach Nightingale ab, um sein Boot zu erproben; und wieder sind weder Offiziere noch Passagiere an Bord. Der Sohn des Kapitäns steigt auf das Plateau, sieht das Segel kleiner werden, dann etwas wie eine Rauchsäule von der Nebeninsel aufsteigen. Ist es der Koch, der dorthin getrieben wurde? Es werden Tage des Wartens daraus, die zu den gezählten drei Monaten und 18 Tagen hinzukommen, zu viele Tage bereits. Und dann am Nachmittag zwei Boote; sind es der Schiffszimmermann und der Koch? Nein, die Seiten sind bunt bemalt. Walboote. Es ist William Glass und neun andere, die die *Ophion* auf der Insel zurückgelassen hat, Glass, der Gouverneur, der gekommen ist, um der Nemesis Tribut zu zollen und sie vom Proszenium in die Bühnenmitte zu holen.

Des Gouverneurs Begegnung mit dem Kapitän ist, wie es die Regieanweisung vorgibt, betont formell. Napoleon ist gestorben, die Königin von England hat ihren Gatten zum glücklichen Witwer gemacht, doch mehr an Konversation fällt niemandem ein, während der Blick des Kapitäns hungrig zu den Booten wandert. Die Zeit drängt, doch nur ein Teil der Passagiere kann an diesem Tag noch nach Tristan da Cunha gebracht werden.

Peripetien lassen alles Durchlittene im Nu vergessen, Reminiszenzen kommen Monate, Jahre später, und wir werden erst im nachhinein durch den ewig neugierigen Sohn des Kapitäns erfahren, daß der Schiffszimmermann rechtzeitig von Nightingale zurückgekehrt ist, um gerettet zu werden, der Koch und seine Kumpane von der *Ophion* aufgelesen wurden, der es dann aber zu mühselig gewesen war, auch noch die Menschen auf Inaccessible an Bord zu nehmen.

Auf Tristan da Cunha aber hat sich inzwischen ebenfalls das Rad der Zeit gedreht. So ist in den vier Jahren aus der freimaurerischen Utopie inzwischen eine bröckelnde Anarchie geworden, aus der Pantisokratie eine Oligarchie, aus der Philosophokratie eine Aristarchie, aus der Sklavokratie eine Diarchie, über die jetzt die Kakistokratie der *Blenden Hall* hereinbricht.

DEN SCHIFFBRÜCHIGEN erscheint Tristan da Cunha als ein Garten Eden, den sie nach dem Evangelium des Lukas auslegen: Wer siegt, dem werde ich zu essen geben vom Baum des Lebens. Sie insistieren auf ihren Privilegien, und so überträgt Glass seine Autorität, sich in weiser Voraussicht fügend, formell auf den Kapitän, zieht mit seinen Freimaurern und seiner zum zweiten Mal schwangeren Frau in die Lagerhütten und überläßt den Passagieren die Betten und Häuser. Sie sind, wie der Sohn des Kapitäns sagt, ein moralisches, fleißiges und friedliebendes Völkchen – aber machen wir nicht den Fehler, sie auch für weltfremd zu halten. Gouverneur Glass versteht sich die Welt vom Leibe zu halten, besonnen und berechnend wie Prospero auf seiner Insel. Vom Baum der Erkenntnis, den er in seinem Paradies gepflanzt hat, hat auch er gegessen und das Gute und das Böse erkannt; er weiß, daß sie den Lauf der Dinge bestimmen und man sie gewähren lassen muß, bis zum Schluß.

Seitens der Passagiere wird ihm ein Wechsel über 2 S. 6 d. Sterling pro Tag für das Logis versprochen und für die kärgliche Kost: ein Schiffszwieback, ein Glas Milch, einmal in der Woche Fleisch, Fisch, wenn es das Wetter erlaubt, und so viele Kartoffeln wie gewünscht. Der Crew aber zitiert man aus der Genesis: Sie wurden in den Garten Eden gesetzt, damit sie ihn bebauen, die Erdäpfel graben, das Land einzäunen und sich ihr Leben verdienen.

Die Passagiere erwandern sich inzwischen die Insel, die so grün ist wie Sussex, besichtigen interessiert die hölzerne Gedenktafel, die für die Ertrunkenen der *H.M.S. Julia* aufgestellt wurde, sie hören sich abends am Feuer die Geschichten um Curry und seinen Schatz an, wie er vage zum Berg deutete, wo er Fässer voll Gold, Silber und Edelsteinen vergraben haben will, *la cascata* … murmelnd, auf seinen Strohsack zurückfiel und starb. Die Schauspieler stechen daraufhin das Land um, bis es ihnen zu langweilig wird; im bald darauf einsetzenden Müßiggang beginnen die alten Animositäten wiederaufzuleben. Der Chor der Matrosen aber weigert sich, zu diesem aristokratischen Lustspiel ein bekräftigendes Standlied zu singen. Der Kapitän liest ihnen daraufhin mit dem Apostel Paulus die Leviten, dem zu Folge nicht essen soll, wer nicht arbeitet, stößt jedoch auf taube Ohren. Es ist die alte Geschichte: Als Adam ackerte und Eva spann, wo war da der Edelmann?

Das Wetter ist gut, Glass und seine Männer haben genug damit zu tun, Tran in Fässer abzufüllen, und fordern deshalb die Besatzung auf, auf Fischfang zu gehen, um die immer schneller schrumpfenden Vorräte aufzufüllen. Diese weigert sich, gibt als Grund an, daß von den Fischen auch die Passagiere profitieren würden, und erklärt, daß ihr Gleichheit im Elend lieber ist als Unbrüderlichkeit im Überfluß; sie zitiert Napoleon, obwohl sie eigentlich die französische Revolution meint. Darauf bereitet Glass seiner bis dahin wundersamen Brotvermehrung ein Ende und verschließt Toms Ölhaus, wo der klägliche Rest der Vorräte lagert. Der Chor der Matrosen droht, es anzuzünden, worauf die Passagiere unter dem Kommando des Kapitäns wieder auf den Plan treten, mit Gewehren bewaffnet.

Den Rädelsführer – Stephen White – nehmen sie gefangen. Nach einem Standgericht wird er vom Kapitän zu drei Dutzend Peitschenhieben verurteilt, die der Schiffszimmermann, unter Androhung derselben Strafe, auszuteilen hat. Stephen White hört nicht auf, bei jedem Peitschenschlag laut die umstehenden Gaffer zu verfluchen, wofür er noch zwei Dutzend Hiebe mehr erhält; es ist ein Schauspiel, das viele, mich eingeschlossen, mit Befriedigung erfüllt.

FÜR DIE LETZTEN WOCHEN ihres Aufenthaltes zieht sich die Besatzung geschlossen auf die zwei Meilen von der Siedlung entfernten Kartoffelfelder zurück und hält sich dort mehr schlecht als recht über Wasser. Stephen White heilt seinen bis aufs Fleisch zerschundenen Rücken aus, und es ist Miss Keys' Nichte Marah, die ihn pflegt. Und so geschah es, und geschieht es immer; die beiden verlieben sich ineinander. Der Sohn des Kapitäns, unser Möchtegernromeo, ist wie vor den Kopf geschlagen; er wird später einmal ein Buch darüber schreiben, *The Fate of the ›Blenden Hall‹ – From a Journal kept on Inaccessible, written with the Blood of the Penguin.* Und sein Vater, der Kapitän, weigert sich, die beiden zu trauen. Also geht Marah zum Gouverneur und bittet ihn darum.

Zur Zeremonie haben sich alle auf dem Feld vor Glass' Haus versammelt; der Sonntag ist bewölkt, aber es regnet noch nicht. Der Gouverneur hat seine alte Artillerieuniform angezogen, Miss Keys als Brautführerin sich so viele weiße Federn ins Haar gesteckt, daß sie aussieht wie ein Karfiol. Und er beschwört umständlich die Göttin Ceres, die die Äcker bestellt, er weist auf das Gras im Hintergrund, wo die Ziegen weiden, auf den Wasserfall, die felsig dürr sich erhebende Küste, auf der ein Streifen Sonne liegt. Darauf ruft er die Göttin Juno für diese Ehebescherung an, auf daß sie dem Herbst immer gleich den Frühling folgen, nie Not und Mangel herrschen lasse, sondern sie dem Paar Ehre, Reichtum, langes Leben und Vermehrung schenke. Dann endlich wird die Göttin Nemesis *ex machina* aus ihrer luftigen Höhe über den Kulissen herabgelassen, wo sie schon so lange auf ihren Auftritt warten mußte. Sie lächelt, besieht ihr Werk und führt beide voll Genugtuung zum Altar. Stephen White und meine Marah, sie tauschen die Ringe, und der Gouverneur erklärt beide für Mann und Frau.

Keiner bricht in Jubelrufe aus, niemand gratuliert, weder werden Geschenke überreicht noch Küsse ausgetauscht; auch die Souffleuse in ihrem Kasten scheint ratlos. Von den Passagieren ist kaum einer erschienen, sogar Miss Keys ist seltsam schweigsam, weil sie an die versprochene Mitgift denkt. Miss Pepper inszeniert mit einem verächtlichen Blick auf beide, besonders aber auf ihren treulosen Liebhaber ihren Abgang, der kleine Pepper, der Stephen White ebenfalls nicht verziehen hatte, hinter ihr her. Dem Sohn des Kapitäns fällt diesmal keine passende Weisheit ein, und auch der Chor ist merkwürdig gedämpft; als hätten sie allesamt Schuld auf sich geladen, schleicht ein jeder betreten davon.

Dies ist die Schlußszene: Die Kulisse bläht sich, um glaubhaft zu machen, daß nun erst ein Segel an der Kimm auftaucht, dann ein Bug. Man schreibt den 4. Jänner 1822; die *H.M.S. Tyche* mit Lord Charles Somerset an Bord kommt, um zur unendlichen Erleichterung von Glass' Männern die Passagiere und die Besatzung von der Insel zu holen. Es wird sich zeigen, daß der scheinbar so kurze Auftritt der Nemesis weitreichende Folgen hat; denn das Aufsehen um diesen Schiffbruch war in der Presse groß, man wurde auf Tristan da Cunha aufmerksam, die Insel dadurch aber, ohne es gleich zu merken, wieder an das Gängelband der großen Welt gebunden.

DAS STÜCK IST AUS, *und doch setzt kein Applaus ein. Meine Spieler waren Geister und haben sich aufgelöst in Luft, dünne Luft, und auf ein Nichts gebaut, versinkt die weite Welt, die kleine Insel und alles, was daran teilhatte, wieder im Meer, verschwimmt dieses Maskenspiel vor mir. Wir sind aus solchem Stoff, wie Träume sind, und unser Leben umgibt ein Schlaf, heißt es, doch der verweigert sich mir Nacht für Nacht. Habt Geduld mit meiner Schwäche, ich bin gereizt, mein alter Kopf ist unruhig, er findet keinen Frieden. Die Aufruhr der Wellen wollte ich besänftigen, ich hab es meiner Tochter versprochen und konnte es doch nicht; ihre Mutter hat einen Caliban geheiratet.*

Ich kam spät und stellte mich hinter eine Säule in der Kirche, ich weiß nicht, was mich dazu trieb, ich blieb und ich schwieg; sie sahen mich nicht. Und auch diese Szene verblaßt. Nicht jedoch die jener Nacht. Van Houten hatte sich uns als Gast aufgedrängt, ich kam einer Einladung nicht mehr aus, sie weiter hinausschieben konnte sogar meine Feigheit nicht zulassen, ich mußte mich ihm irgendwann einmal stellen. Und als könnte ich ihm durch meinen Besitz imponieren, führte ich ihn durchs Haus. Der Strom war wieder einmal ausgefallen, ich ging mit der Taschenlampe voran durch die große Halle und zeigte ihm die Ahnengalerie auf der Eichentäfelung im unbewohnbar feuchten Trakt des Gebäudes, Barabello, Dickson, Paxton, die übrigen Freimaurer, und erzählte van Houten die Legenden dazu. Er hatte es sich alles wohl etwas herrschaftlicher vorgestellt und schrak bereits vor der modrigen Luft im Korridor zurück. Dann aßen wir in der Küche, redeten über das Geschäftliche, er hatte einige seltene Stücke mitgebracht, die ich ihm in Gastgeberlaune zu einem völlig überzogenen Preis abkaufte – und natürlich riß er das Gespräch wieder an sich. Jeder meiner Versuche, witzig und weltgewandt zu wirken, machte alles nur noch schlimmer, der Abend war kein Erfolg, nein, wir gingen früh zu Bett.

Wie immer konnte ich kaum Schlaf finden, in jenem Schlafzimmer, das wir schon lange nicht mehr teilten, und stand noch einmal auf. Ich hörte Marah aus ihrem Zimmer kommen, sah ihre Silhouette im grauen Licht, das durch die Fensterläden auf den Gang fiel, ihr kupfernes Haar hochgebunden, nackt, in ihrer ganzen Schönheit, und es war mir, als wendete sie sich mir zu, doch ich hatte mich getäuscht. Schließlich folgte ich ihr den Gang hinunter, zur Bibliothek, in der ich van Houten untergebracht hatte. Sie ging auf Zehenspitzen, jeder einzelne Abdruck war, voneinander abgesetzt, auf den Holzbohlen zurückgeblieben; nur vor der Schwelle war sie mit dem ganzen Fuß aufgetreten.

IM

Wind war die Stille. Wäre es Tag gewesen, hätte man seinen Rand sich leicht vom Himmel abheben sehen können; unter ihm jedoch türmten sich schon ringsum die Wogen. Sie phosphoreszierten im Dunkeln, während aus der Kuppel des Firmaments ganze Stücke brachen, abprallten am Gipfel, sich aufsplitterten, an der Bergflanke abglitten, einzeln über die Klippen hingen und unten aufschlugen. Dort aber, wo sie auf Wälle von Wind trafen, die sich am Meer aufrichteten, hatten die Gewalten für einen Moment das gleiche Gewicht, hielten sie sich und hoben einander empor, sich übereinanderschichtend, verkeilt aufragend, um erneut abzugleiten und zersprengt zu werden.

CHRISTIAN REVAL
AUFZEICHNUNGEN VORLETZTER TEIL
JÄNNER 1969 ZURÜCK BIS
HERBST 1964

VOM ENDE DES ANFANGS

MARY'S PEAK, blaugrau über diesem Nachmittag von Wolken, der sich auf die Basis legt. Siebentausend Fuß über dem Meeresspiegel und sieben Jahre, seit ich zuletzt die Insel sah; doch das Fremde an ihr blieb noch bei jedem Mal beherrschender als das Wiedererkennen. Nach fünf Tagen auf dem Schiff, wo der Horizont einen halben Atlantik entfernt schien und es bloß ein paar Wellenkämme weit weg war, taucht sie aus der Kimmtiefe auf und steht scheinbar stundenlang vor Augen, ohne näherzukommen. Im Maßstabslosen des Meeres wirkt sie größer, als es ein bloßer Berg je könnte; etwas, an dem der Blick nie ganz zu Ende findet. Die Sonne im Norden, die Insel wie eine – Aberration ist das einzige Wort, das mir einfällt; als wäre ihr Ort kein wahrer, bräche dort sich nur das Licht. Und doch ist da nichts von einer optischen Täuschung, nein, wirkt sie weitaus wirklicher als dieser Himmel und das Meer jetzt. Und wie jedesmal zuvor wird dieser Berg selbst dann nicht zu einer Insel, als wir auf seiner Leeseite liegen, der Gipfel unsichtbar geworden unter der Wolkendecke; sie bleibt nur ein Landfall, schiere Wände und Runsen.

Alle sind an Deck und schauen auf diese Felskränze. Maria steht an der Reling, ihre Augen verkniffen vor der Salzsprüh der Wellen, wenn der Bug abtaucht. Ihre Wangen sind rot, und ich wärme sie mit beiden Händen, den Kopf auf ihre Schulter gelegt, damit ich nicht gegen den Wind anschreien muß. Ich gebe ihr den Feldstecher. Dort, die Südspitze der Insel, das ist *Stony Hill*, der bis zum Vulkanausbruch jüngste Krater der Insel mit seinen galligen Apfelbäumen. Der helle Streifen oben am Plateau jetzt, siehst du's, das ist *The-Ridge-Where-The-Goat-Jump-Off*; als ich damals scherzhalber fragte, ob sich die Ziege, die sich nicht hatte einfangen lassen, was gebrochen hätte, weißt du, was ich als Antwort bekam? H'ob sie sich *weh* 'tan hat – na sicher; 's würd wohl h'allem weh tun, was hier runte'sp'ingt, h'außer 's wär 'n Vogel wo'den.

Dann *Halfway Beach, Blacksand Beach* und *Noisy Beach*, ihre sich beständig verändernden Uferstriche, die bei Sturm über Nacht manchmal zu schmalen Kiesstränden werden; auf den unerkletterbaren Felvorsprüngen darüber nisten die Albatrosse. Vor dem *Jews Point* mit seinen tief ausgehöhlten Rinnen und den scharfen Graten kommt *Down-Where-The-Minister-Landed-His-Things*, der Singsang dieses Namens wie ein Psalmvers, mit dem sich die Siedler an einen Priester erinnern, dem man hier, auf der unzugänglichen Seite der Insel, all sein Hab und Gut an Land setzte; ihm gegenüber tat man, als ob die Dünung zu hoch sei, um vor dem Dorf zu ankern. Und die Runse dort hat den schönsten Namen der Insel, dessen Ursprung ich nie herausfinden konnte: *Where-Times-Fall-Off-Gulch*.

Je mehr wir uns aber dem Dorf nähern, desto mehr fällt diese Zeit ab. Und mit jeder Stelle, die ich Maria zeige, rede ich mich weiter von ihr weg. Ich habe lange auf diesen Augenblick gewartet und von ihm viel erhofft; daß Marias Gegenwart die Erinnerung aufheben könnte und meine Vergangenheit mit jeder Klippe, auf die ich deute, auch zu ihrer wird. Als könnte ich das, was ich mit mir trug über die Jahre, was Teil von mir wurde, ihr nun in die Hände legen, damit sie ihm wieder das Schwere nimmt. Alles einen anderen Anfang findet. *Jews Point* jetzt. Mit jedem weiteren Kap halte ich sie fester im Arm, wohl weil ich bereits ahne, daß alles unausweichlich schlimmer werden wird. Und verdränge es dennoch; wie der Bug die Wellen. Das Kielwasser ein klaffend grüner Schnitt.

Nur *Big Point* noch zu umrunden, das Kliff vor dem Ufer, an dem die Insel beginnt und endet. Die flache Zunge Land nun, die ersten Häuser des Dorfs und die schwarz ins Meer geflossene Lava. Dort ist eine kleine Mole jetzt; sie haben also wirklich einen Hafen herausgesprengt. Der Felssturz hinter dem Teich fast ganz vernarbt wieder mit dem Grün der Flechten. Dann rasselt die Ankerkette und die *Transvaal* dreht sich in den Wind.

Wir gehen in unsere Kabine, um unsere Sachen zu packen. Die Sonne hat Marias Stupsnase die letzten zwei Tage mit Sommersprossen übersät. Sie bleibt vor den Kojen stehen; küß mich, sagt sie. Jetzt nicht, murmle ich. In Combrinks Kabine nebenan fällt die Tür ins Schloß. Dann schau mich wenigstens an, sagt sie und nimmt meine Hand und legt sie auf ihren Busen. Ich lasse es geschehen. Im Bullauge kommt jetzt Anchorstock Point in Sicht. Dann liegt sie mir plötzlich in den Armen, und ich küsse sie, wieder und wieder. Überrascht hält sie den Atem an. Laß mich, sagt sie, und stößt mich von sich, aber ich halte sie an den Schultern, bis sie mir mit den Fäusten gegen die Brust schlägt.

Die Langboote sind an Land gezogen, ihre schlanken, weißbemalten Rümpfe kieloben, das sehe ich bis hierher und auch die Menschenmenge am Ufer. Ein dreißig Fuß langer Prahm mit einem Außenbordmotor hat abgelegt und schleppt ein Ponton nach. Aber der erste, der über die Jakobsleiter an Bord steigt, ist nicht Chief Willi, sondern der von der Regierung eingesetzte Verwalter, der uns kurz die Hand schüttelt und dann auf den Kapitän zugeht; seinen Namen habe ich nicht verstanden. Die Mannschaft hat die Kisten aus dem Frachtraum geholt und hängt sie jetzt an den Ladekran. Combrink und seine Gruppe fährt mit der Prahm zurück; Maria, ich und die zwei Reporter vom *National Geographic* warten, bis der Lastkahn für die beiden Hereford-Bullen in ihrem Verschlag zurückkommt.

Zwei Wellenbrecher umschließen den Hafen, aufgeschüttete ankerförmige Betonblöcke. Die Mole innen ist über die Lava zementiert; ein rostiger Kran, um die Boote ins Wasser zu hieven. Statt der Ochsenkarren und Esel wartet ein Land Rover mit laufendem Motor, um die Ladung ins Dorf zu bringen. Von den Kindern, die uns begrüßen, erkenne ich nur Thomas und Benjamin; der Rest ist schon mit den anderen ins Gemeindehaus vorangegangen. Selbst den Weg hinauf ins Dorf haben sie asphaltiert. Eine neue Fischfabrik gebaut. Vor den Häusern eine Reihe von mit Wellblech gedeckten Bungalows; daneben drei noch häßlichere Fertigteilhäuser, in denen das laute Surren eines Generators zu hören ist, aufgestapelte Ölfässer und das Gestänge eines Funkmastes. Es hat sich alles so verändert, daß mich für einen Moment meine Beklemmung verläßt.

Die Bachrinnen zwischen den Cottages, wo die Frauen zwischen den watschelnden Gänsen ihre Wäsche wuschen, sind aufgeschüttet. Strommasten. Ich höre ein Radio aus einem Fenster. Es ist niemand zu sehen, aber ich habe ihre Hand unwillkürlich losgelassen. Greens abgebranntes Haus ist neu aufgebaut worden, und auch die Kirche hat ein neues Dach. Das Holzhaus daneben muß die katholische Kirche für die Iren sein; zwei Kirchen und ein Konfessionsstreit. Von der Rah in Hagans Garten weht wieder die Flagge. Hinter den Häusern sind die Plumpsklos verschwunden, die wie Hühnerställe aussahen. Dafür aber steht neben jedem Gatter, das zum Eingang führt, eine Art Wachhäuschen, bunt angestrichen, rot, gelb, hellgrün; das müssen die neuen Wasserklosetts sein. Warum man sie draußen installiert hat, kann ich mir nicht erklären; es muß eine der vielen sinnlosen Ideen der britischen Zentralverwaltung gewesen sein. Sogar Straßenschilder gibt es: ich sehe eine Dodgson-Street und eine Barrow-Street. Der Boden immer noch voller Rattenlöcher. Geh du schon voraus ins Gemeindehaus, sage ich zu Maria; ich will noch zum Teich. Sie dreht sich wortlos um.

Um nicht mitten durchs Dorf zu müssen, gehe ich über die Weide. Vielleicht war es so sehr zu früh, wie es zu spät war, Marah. Ah! Aber wir hatten ja nie ernsthafte Absichten und Motive, wir gaben allem immer nur nach. Und machte mich dabei zum Narren, vor den anderen, vor Dir – und merkte es erst zuletzt, weil ich es nicht wahrhaben wollte. Dir ausgeliefert war. Es gibt im Leben keine kleinen und keine großen Dinge. Nur die Szenen, die Du mir machtest. Dein Schweigen. Deine Ausbrüche. Ich gab Dir in allem nach. Versagte vor Dir. All die Jahre, nur um dennoch wieder zu Dir zurückzukommen. In jeder anderen, in der ich immer nur Dich gesucht hab'. Nicht einmal meine Briefe hast Du beantwortet, weil Du genau wußtest, daß mich das nur noch fester an Dich bindet. Weiß nicht, was ich tun werde, wenn ich Dich sehe. Oder Marcus da ist.

Swains Cottage, das der Lavarellos, Repettos und Cottons; und Deines jetzt. Nur nicht nachdenken. Herrgott, wer hat die Wände bloß mit diesem Muster von Schwarz und Weiß bemalt. Die Tür ist nicht angelehnt. Vielleicht bist Du doch unten, bei unserem Empfangskomitee. Der Schatten des Gesims quer über die Wand und den kleinen Fenstersturz. Im Halbdunkel drinnen nichts zu unterscheiden. Ich stehe noch auf der Schwelle. Bis sich die Augen ans Zwielicht gewöhnen. Marah. Und dann sehe ich Dich wie beim letzten Mal in diesem Raum, als Du auf mich zugingst. Dein Gesicht beinahe weiß, Dein Haar schwarz, Du hattest ein rotes Kleid an und bliebst stehen, während ich mich setzte, ohne den Blick von Dir zu lassen. Als Du dann ins andere Zimmer gingst, sah ich auf der weißen Wand mir gegenüber das Nachbild Deines Gesichts immer noch, dunkel und Deine Haare hell, die Gestalt in einem klar umrissenen Schatten, das Kleid ausgebleicht grün.

Ja? sagt Marah. Im Gegenlicht des Türstockes wird sie mich nicht erkennen. Da ist es wieder in ihrer Miene, wie jedesmal, wenn ich sie überraschte; ein Ausdruck, als wäre sie vor etwas auf der Hut, mißtrauisch und streng. Ja, fragt sie erneut, die Stimme fester. Vielleicht kann sie mich gar nicht erkennen, denke ich mir, mit meinem geschorenen Kopf, mager, wie ich geworden bin, härter um die Mundwinkel. Mir kommen kaum Worte über die Lippen; an der Stimme aber erkennt sie mich wieder. Marah stockt. Sie scheint es wohl nur halb gehört zu haben, senkt die Stirn, und das Haar fällt ihr lang über die Wangen, aber sie streift es nicht zurück: Man hätte dich ins Meer werfen sollen. Am Ton merke ich, es ist ihr ernst damit, kein Scherz. Du hast hier nichts mehr verloren. Wo ist mein Sohn, frage ich. Sie macht einen Schritt auf mich zu und sieht mich gerade an. Ihr Blick noch abweisender, Krähenfüße um ihre Augen, zwei Falten auf der Stirn. Will nur die Hand ausstrecken und weiß dennoch, ich habe sie mit nichts je berührt.

Du gehst jetzt, oder ich hole Marcus, sagt Marah. Das glaube ich dir nicht, erwidere ich. Staubteilchen schweben im Licht, das durch das Fenster fällt. Hast du sonst noch etwas zu sagen? Ja, unsere ganze Geschichte will ich ihr erzählen, reden, reden mit ihr, als brächte es alles zurück; die Tage, die wir für uns allein hatten, aber ich bringe nur heraus, ob Barrow noch lebt. Marah fällt mir ins Wort; er ist vor drei Jahren gestorben, Christian. Und Ben auch. Daß sie meinen Namen sagt, gibt mir einen Stich. Sie merkt es und kostet es aus. All das Unnahbare, das ich von keiner Frau je so gekannt habe. Das Leuchten wieder in ihren blauen Augen, kurz nur, bevor ich spüre, daß ich sie in diesem Moment gerade wieder verloren habe. Wenn Marcus uns jetzt zusammen sehen würde, sage ich beiläufig; aber das weißt du besser als ich. Und mit einem Mal werden mir die Worte leicht; ich kenne den Tonfall, weiß, was sie als nächstes darauf sagen wird, und wenn sie es lieber hat, spielen wir halt dieses Spiel, daß sie mich nicht wiedererkennt.

Marcus ist fischen, sagt sie unvermittelt. Es hört sich an wie eine Einladung. Ich sehe suchend ins andere Zimmer. Sie weiß, was ich denke. Aber da ist wieder diese wortlose Bitterkeit. Ich will gehen, nur gehen jetzt; und Marah holt mich nicht zurück. Als ich in der Tür bin, sagt sie leise: Ich mußte wählen. Marahs Sinn für Dramatik. Heftiger nachgesetzt dann: Ich mußte, verstehst du? Als würde das etwas erklären. Ich drehe mich nicht um. Sie ruft mir nach: Du weißt nichts, gar nichts weißt du; es war Dein Blut! Ihre Stimme kippt. Ich schüttle den Kopf und bin schon bei der Umfriedung, als sie mir nachruft, daß Ed auf mich wartet, bei den anderen. Meine Schläfen pochen. Ich bleibe stehen und frage Marah, ob er es weiß. Sie schließt die Tür.

Vor dem alten Government House ist niemand; erst als ich zu den Bungalows gehe, stehen Leute vor dem größten Gebäude. Mir ist übel. Ich dränge mich durch, sehe niemanden an. Eine kahle Turnhalle, Bänke entlang der Wände, ein Tisch mit belegten Broten. Ich trinke das hingehaltene Glas Wasser auf einen Zug. Maria steht bei der Gruppe um den Verwalter. Aus einem Blechlautsprecher tönen *Herman's Hermits*. Ich bin überrascht, so viele Engländer zu sehen. Sie werden mir vorgestellt, und ich bemühe mich, mir nichts anmerken zu lassen. Alle halten einen Gin Tonic in der Hand, nicht einmal Eiswürfel fehlen; da ist ein Lagerverwalter, der Funker, einer, der das Geschäft auf der Insel betreibt, der Verwalter, ein sogenannter Arbeitsoffizier und die Krankenschwester, die sich mit Stergianos unterhält, und ein neuer Seelsorger. Marias Blick läßt nicht von mir ab. Ich proste ihr zu, und nachdem ich mit jedem ein paar Worte gewechselt habe, gehe ich zu Willi, um den sich draußen die Siedler scharen. Obwohl ich alle beim Namen kenne, kommen nur wenige zu mir, um mich willkommen zu heißen; ein Händeschütteln, ein Hallo, aber dann lassen sie mich wieder stehen, als gehörte ich nicht mehr zu ihnen, sondern zu der Gruppe von Beamten, die sie mehr oder weniger zu ignorieren scheinen.

Daneben werden die Kisten von der Ladefläche des Land Rover geladen, beaufsichtigt von einem Assistenten des Verwalters, der alles auf einer Liste abhakt. Die Glass-Brüder stapeln die Sachen; die anderen sehen zu, als ginge sie das alles nichts an oder als warteten sie auf Anweisungen. Ich drehe mein Glas in der Hand. Ed schaut zu mir her, nickt leicht; aus seinem kurzen Blick ist nichts zu lesen. Seine Züge haben nichts Weiches mehr; der Schnurrbart steht ihm. Ich weiß nicht, ob ich hinübergehen soll. Willi ist im Gespräch mit Martha Rogers, die in der Sonne auf der Bank sitzt wie auf einem Thron und mit ihrem Stock gestikuliert. Sie sieht mich lange kritisch an, bevor sie mir zu verstehen gibt, daß sie mich wiedererkannt hat; sie selbst wirkt seit dem letzten Mal kaum älter, obwohl sie weit über achtzig sein muß. Maria ist zu uns herausgekommen. Ich kann mir die eigenartige Stimmung, die mich umgibt, nicht erklären. Auch Martha scheint sie zu spüren, und Willi macht ein Zeichen, das wohl soviel wie später bedeuten soll. Wir reden über die Schiffsreise und was wir auf Gough machen werden, sonst nichts.

Marcus baut sich plötzlich neben mir auf; ich habe ihn nicht kommen sehen. Meine ausgestreckte Hand ergreift er nicht; er wirkt knochig, das Gesicht rot wie von Alkohol. Was ist aus deinem Büßerbart geworden, sagt er übergangslos; mit deinem langen Hals und dem rasierten Schädel siehst du aus wie ein Walroß, das die Räude hat. Ja, erwidere ich, als ginge ich bloß auf einen Scherz ein und nicht auf den Streit, den er offensichtlich anfangen will, ja, ja. Und was will die hier? Ich greife nach seinem Arm, um ihn zu beschwichtigen; er reißt sich los. Du hast hier nichts verloren, braust er auf, hast es hier nie! Wut steigt in mir auf. Ich würde denken, mehr als du, sage ich leise. Ed hat uns die ganze Zeit beobachtet. Als Marcus das merkt, geht er. Ich zucke die Schultern, aber ich wünschte, es gäbe eine andere Geste, Ed zu zeigen, daß ich es so nicht gewollt habe.

Ich gehe mit Maria zurück zum Empfangskomitee, wo wir mitten in eine hitzige Diskussion geraten, weil sich inzwischen noch ein Funktionär dazugesellt hat, der Manager der Fischfabrik. Aus heiterem Himmel wollen die Fischer plötzlich das Doppelte für jeden Korb voll Hummer, der hier verarbeitet wird, was ich ihnen rundheraus – aus allerbesten Gründen, die sie aber nicht einsehen wollen, ja – abgeschlagen habe. Worauf sie in den Streik getreten sind und den Kran besetzt haben, um die festangestellten Fabrikarbeiter daran zu hindern, die Boote zu Wasser zu lassen. Seine Stimme zittert vor Empörung.

Anscheinend inszeniert sich der Verwalter groß als Vertreter der Königin; er wollte die Postenkette der Streikenden durchbrechen, worauf man ihm drohte, ihn als ersten ins Wasser zu werfen. Wieviel sie denn für ihre Hummer verlangt hätten, fragt Maria. Ein Pfund Sterling, sagt der Assistent, ohne den Verwalter anzusehen. Für wieviel Pfund Hummer, hakt Thomsen nach. Hundert Pfund, ist die Antwort. Heidstra lacht als einziger. Dabei aber sei es nicht geblieben, wirft die Krankenschwester ein; sie sagt es so neutral, daß es auch sarkastisch gemeint sein kann. Wir, fügt sie an – aber es ist klar, daß sie den Verwalter damit meint – haben ein kodiertes Telegramm nach London geschickt und um Schutz gebeten; ein Zerstörer ist bereits unterwegs. Wir sehen uns ungläubig an. Der Manager versucht die Situation zu entschärfen und erläutert, daß sich das Schiff ohnehin bereits auf der Fahrt nach Tristan befand, einer offiziellen Visite wegen. Die beiden amerikanischen Journalisten hören aufmerksam zu.

Dann redet der Funker auf mich ein, er habe eine Radiostation aufgebaut, drei Stunden an drei Tagen in der Woche; er hätte für die Gemeinschaft, sagt er, etwas Ähnliches tun wollen wie ich damals. Ich höre ihm kaum zu, mich wundert zwar, daß er davon weiß, aber ich frage nicht nach. Ich will gehen, allein sein. Dann mischt sich der Verwalter ein. Die Leute sind so unzuverlässig hier, so *un*dankbar, sagt er, man muß sie erst ins 20. Jahrhundert *treten*. Fast hunderttausend Pfund an Entwicklungshilfe, Sozialhilfe und Spenden haben wir für einen Tristan-Fonds zusammengebracht, um all dies hier aufzubauen und ihnen Arbeit zu geben, ein Existenzminimum. Und was tun sie? Nehmen sich frei, wann immer es ihnen paßt, oder fahren in die Ferien. In die Ferien? frage ich. Was anderes sind denn diese Fahrten nach Nightingale, die sie immer gerade dann unternehmen, wenn hier viel zu tun wäre? Guano zu holen und dabei Tausende von Vögeln wegen ihrem bißchen Fett blutrünstig abzuschlachten; es herrscht hier immer noch das finsterste Mittelalter. Und statt regelmäßig ihrer Arbeit nachzugehen, hüten sie lieber Schafe oder ackern auf ihren

Feldern nach den fünf Kartoffeln. Ich bin weiß Gott kein Rassist, aber das muß das Kaffernblut in ihnen sein – das kennt ihr ja vom Kap; sie sind nicht von ungefähr so dunkel, so oft scheint die Sonne hier nicht. Er lacht; ich erwidere nichts, womit soll ich auch dagegen halten. Er faßt es als Zustimmung auf. Nicht einmal mit Geld haben sie hier gelernt umzugehen, fährt er fort; sie verstecken's unter der Matraze, sonst aber bleiben sie lieber beim Tauschhandel. Und der Streik, werfe ich ein. Das einzige, was sie von uns gelernt haben, sind die schlechten Sitten; aber da greift ihr bei euren Negern härter durch.

Ich sehe mich nach Maria und den anderen um. Nach einer endlosen Stunde weist man uns endlich unsere Quartiere zu. Wir packen schweigend aus. Ich möchte mich jetzt nur zu Maria legen, den Kopf an ihrem Bauch, aber ich traue mich nicht. Das Surren des Generators, wenn der Wind nachläßt. Punkt 10 Uhr geht die Glühbirne an der Decke aus.

Nach dem Frühstück wird man uns durchs Dorf führen und uns die neuen Anlagen zeigen; danach steht eine Wanderung aufs Plateau auf dem Programm. Nur Stergianos hat im Dorf zu tun; er soll nun die Studie, die von den Norwegern damals begonnen und in Calshot fortgesetzt wurde, auf den neuesten Stand bringen und muß Daten ergänzen: Erbanlagen, Blutbilder, um herauszufinden, weshalb die Bevölkerung trotz ihres beinahe inzestuösen Verwandtschaftsverhältnisses so gesund ist. Bis auf Asthma, das chronisch in manchen Familienlinien auftritt, brauchen sie hier nicht einmal einen Zahnarzt. Ich finde eine Ausrede, um nicht mitgehen zu müssen, schütze eine leichte Übelkeit vor, bleibe im Bett liegen.

Ich habe die Nacht kaum geschlafen. Sitze im Aufenthaltsraum herum, lese, schreibe, ohne die Zeilen zu sehen. Ich will es nicht wahrhaben, dies alles; schaue aus dem Fenster und warte. Gegen Mittag mache ich eine Runde durchs Dorf. Ich werde ein paarmal gegrüßt, wir stehen auf der Straße und reden, aber niemand bittet mich ins Haus. Wie schnell mir ihr Dialekt wieder vertraut geworden ist. Ich bin nur geblieben, damit Marah kommt oder ich sie irgendwo treffe, wie zufällig; zweimal schlendere ich langsam an ihrem Haus vorbei. Das Wetter hält. Windstille, die falsche Lee über dem Dorf wie stets, wenn nur eine leichte Brise geht. Der Blick auf die Felswand gerichtet. In Gedanken gehe ich wieder und wieder die Begegnung mit Marah durch, drehe jeden ihrer Sätze um wie Steine, Wort für Wort mir in Erinnerung rufend, den Ausdruck in ihrem Gesicht. Die Jahre, die inzwischen vergingen. Wie die ganze Nacht über. Ich setze mich vors Haus; vielleicht merkt sie, daß ich allein bin. In der Lagerhalle drüben gehen Männer ein und aus, die ich noch als Kinder kannte.

Ed hat mich gesehen, kommt auf mich zu und setzt sich neben mich auf die Bank. Peinsames Schweigen. Ein Gefühl von Stolz auf ihn, Traurigkeit auch. Und Schuld, wieder. Als hätte ich ein besserer Vater sein müssen; wo ich ihm gar keiner war. Ich frage ihn, wie es ihm geht. Gut, sagt er und spielt mit dem Schraubenschüssel, den er nicht aus der Hand gibt. Was arbeitest du hier? Ich kümmere mich um die Gefrieranlage in der Fischfabrik, antwortet er. Und sonst? Nichts, sagt er. Und nach einer Weile: Alles, was man Samstag abends auf Tristan machen kann, ist in die Bar gehen und Billard spielen; in England konnte man tanzen gehen, dunkles Bier trinken, Spaß haben. Und Mädchen, sage ich und lache. Er stimmt nicht mit ein. Möchtest du weg, frage ich ihn. Ich weiß nicht, antwortet er. Ich kann dir helfen, sage ich, kann dir helfen, eine Stelle am Kap zu finden, du kannst bei mir wohnen, das alles ist kein Problem, ich kann's leicht in die Wege leiten, es wird' mich freuen, mit deinen fünfundzwanzig Jahren steht dir alles offen; all die aufgestaut väterlichen Gefühle in einem Satz. Er will nichts davon hören, das merke ich daran, wie er die Schultern hochzieht. Es kam viel zu unvermittelt aus mir heraus, als gäbe es nur diese eine Gelegenheit dafür. Aber es gibt nur diese eine. Er legt den Schraubenschlüssel auf die Bank und kramt einen Artikel aus seiner Hosentasche, streift ihn glatt und drückt ihn mir in die Hand:

TRISTAN TWISTS TO ELVIS PRESLEY, BUT THE PLACE IS DEAD
BRIGHT LIGHTS CALL TO LONELY ISLANDERS
GIVE US BRITAIN, RAT-RACE AND ALL

Gerald Repetto hat das der Zeitung erzählt und mir den Ausriß geschickt, fügt er erklärend hinzu, aber von den drei Dutzend, die außer ihm noch von Tristan weggingen, kamen fast alle wieder zurück. Warum gingen sie dann? Jedenfalls nicht des Fernsehens wegen, der Waschmaschinen oder weil sie zehnmal mehr dort verdienen konnten. Sie hatten es sich einfach in den Kopf gesetzt, auch wir Glass' – von uns lebten ja schon früher manche am Kap. Vor allem aber wollten wir gehen, weil die Stimmung hier schlecht war, immer noch ist. Ich hab's gemerkt, sage ich, dieser ganze Beamtenhaufen... Ed winkt ab. Und warum kamen die anderen wieder zurück, frage ich, Heimweh? Er zögert, sucht nach Worten, als wäre die Erklärung zu einfach. In England war niemand, mit dem man reden konnte, sagten sie, es war nicht das gleiche dort, nicht so *persönlich*. Nicht wie hier, wo wir alle zusammen sind, mit unseren Eltern. Sein Gesicht ist ausdruckslos; er hat es nicht als Vorwurf gemeint, aber an der Reserviertheit mir gegenüber ändert sich nichts.

Wie lange bleibst du, fragt er mich. Morgen legen wir ab. Er sieht mich forschend an. Ich, setzt er an, redet aber nicht weiter. Ich stehe auf, gehe ins Haus und hole mein Geschenk für ihn. Ich habe lange darüber nachgedacht und gebe ihm das Fernglas, das meinem Vater gehört hat; aber das sage ich nicht. Es ist ein Zeiss; bessere werden nicht mehr gebaut, sage ich, und strecke es ihm hin. Ich sehe sie in seinem Gesicht, die kurze Enttäuschung, weil ich es ihm allzu beiläufig reiche. Danke, sagt er, und es klingt so linkisch wie meine Geste, als hätte all das Uneingestandene Raum bekommen. Wirklich, wenn ich etwas für dich tun kann, sage ich in die Leere zwischen uns. Ja, erwidert er und erhebt sich. Mutter hatte eine schreckliche Zeit, sagt er zu mir. Röte schießt mir ins Gesicht. Gleich nachdem wir auf die Insel zurückkamen, fügt er hinzu. Er läßt mir keine Gelegenheit nachzufragen und geht über die Straße.

Es bleibt sonnig. Maria kommt mit den anderen am späten Nachmittag zurück. Sie erzählt von den Pinguinen und macht ihre tolpatschigen Possen nach, wenn sie in Rage zu geraten scheinen und die hellgelben Quasten ihrer Brauen zitternd aufrichten. Wie du und dieser Marcus gestern, sagt sie; was war eigentlich los zwischen euch? Geht es dir besser jetzt? Alte Animositäten, erwidere ich und weiß doch, daß etwas zu verschweigen auch eine Lüge ist; schon als ich im Krieg auf die Insel kam, verstanden wir uns nicht – die Menschen haben ein langes Gedächtnis hier. Die solltet ihr heut abend begraben, sagt Maria, wir sind zum Tanzen eingeladen. Sie knufft mir in die Wange. Mein Gott, häng nicht so schlaff rum; dich zu heiraten war wohl der größte Fehler meines Lebens, lacht sie mich an. Ich nicke; Marah wird dort sein.

Uns zu Ehren gibt es Roastbeef. Ihr werdet ja bald nur mehr Gonys essen auf Gough und Mollyhawks, sagt der neue Priester. Maria stößt mich in die Seite. Albatrosse, sage ich; die schmecken köstlich. Sie schüttelt sich. Wie Schnepfen. Stergianos erzählt von seinem Tag; ein paar der Inselbewohner hätten sich geweigert, Blut abnehmen zu lassen. Die Krankenschwester ist trotzdem zuversichtlich, daß sich das erledigen lassen wird; dann kämen die Proben nach Kapstadt. Mit mir müsse sie noch die Verwandtschaftsverhältnisse durchgehen, sagt er; ich kenne die Geschichte Tristans ja am besten.

Wir gehen hinüber in die Turnhalle; der Verwalter und ein paar andere verabschieden sich schon jetzt. Er beklagt sich über die neue katholische Kirche, für die es aber noch keinen festen Pfarrer gibt; aber der Vatikan hat wohl Geld genug. Wie früher sitzt das ganze Dorf auf den Bänken an der Wand, aufgereiht, und schaut auf den leeren Tanzboden vor sich. Der Funker legt Platten auf, aber es rührt sich keiner. Eine Bowle und Kuchen, daß sich der Tisch biegt. Einige Frauen bieten Selbstgestricktes an; ich kaufe Socken, Pullover und Wollkappen für uns. Jeder beobachtet jeden, auch wenn es nicht den Anschein hat. Will man ein Gespräch beginnen, geht man über die Tanzfläche. Erst als John und Thomas Fiedel und Akkordeon auspacken, stehen ein paar Mädchen und Burschen wie verabredet auf, um sich in den Hüften zu wiegen; Marahs Schwester Brangain singt.

Nach einer Stunde ist wieder der Plattenspieler dran, und die Paare beginnen sich zu drehen. Maria spricht mit einem jungen Lavarello. Ich gehe hinüber zu Willi, der neben Martha Rogers sitzt. Und? sage ich. Und was? erwidert er. Na, was ist los mit eurer Revolution? Kannst du bald in einem Buch lesen, grummelt er; einer deiner alten Kumpane war letztes Jahr hier. Wer? Munch. Ah, sage ich, Peter. Er schreibt eine *Sozial*-Studie über uns; Willi betont es, daß man nicht weiß, ob er es stolz oder abschätzig meint. Und was wird in dem Buch stehen? Zeugs, das ich ihm erzählt habe. Zum Beispiel? Dafür hab ich's ihm erzählt, damit ich's nicht zweimal sagen muß. Also versuch ich's anders: Schöne Straßenschilder habt ihr jetzt; habt ihr die alle auf Priester getauft? Der Verwalter hat's bezahlt; soll er halt die Pfaffen draufschreiben, wenn er damit seinen Weg zu Gott findet – und sich dann nicht mehr ins Dorf verläuft. Wie war die Kartoffelernte, frage ich. Miserabel, sagt Martha. Warum? Die Kartoffeln taugen nichts. Geht ihr nicht mehr auf die Felder pissen, sage ich zu Willi gewandt. Das schon, entgegnet er – die Kartoffeln aber sind englisch. Wir treiben zwar die Hühner drüber, aber auch das nützt nichts; Kartoffelkäfer, ebenfalls englische. Und die Schafe? Als wir zurückkehrten, gaben sie uns zwei Stück pro Familie; wahrscheinlich, um die Insel zu dekorieren. Damit sie englischer aussieht; und der Verwalter sich daheim in Devon glaubt. Sieht grad nicht so aus, als würde er sich hier zu Hause fühlen, werfe ich ein.

Martha faltet die Hände im Schoß und hebt das Kinn; ihr Profil hat etwas, wie soll ich sagen – Würdiges. Als ich zurückgekommen bin, sagt sie, war das einzige, was ich in meinem Haus noch fand, eine Kerze und eine Schachtel Streichhölzer. Hab ich's euch doch gesagt, pflichte ich ihr bei. Hätten wir nicht immer hart gespart, wir hätten die Engländer nicht überlebt, antwortet sie; und wären verhungert. Bei diesem riesigen Lager, das sie euch angelegt haben, frage ich. Kann sich ja keiner leisten, erwidert sie; die Preise im Geschäft sind höher als in London oder Kapstadt. Aber ihr verdient doch? Einen Shilling pro Stunde, schnauzt Willi, um eine gottverdammte Autobahn von hier bis zur Müllkippe zu bauen. Und dafür wollten sie uns die Arbeit auf den Feldern ausreden. Als sie merkten, daß das nicht griff, schickten sie ihren Landwirtschaftsexperten heim, diesen Käferzüchter; Verschwendung der Fonds-Gelder sagten sie. Und das war's wirklich. Statt dessen kam der Arbeits-Offizier. Wollte uns die Geldwirtschaft beibringen; schmeckte auch nicht besser als die englischen Kartoffeln. Redete unaufhörlich von ›verläßlicher Arbeitskraft‹ und daß wir ›bei der Sache sein müßten‹.

Maria tanzt mit Combrink. Gibt ja keine Schiffe mehr, sagt Willi, seit der Verwalter jetzt auch bestimmt, ob wir sie überhaupt anlaufen dürfen. Stimmt schon, beim Geschäft gibt's keine Freunde! Weißt ja, sagt er mit einem Seitenblick auf mich, wie's früher war – wenn einer nicht dem anderen hilft, steht er bald allein da. Zuerst hilfst du deiner Mutter, dann deinem Bruder, dann deinem Cousin und deinem Schwager. Will einer nicht, weil ihm sein Job wichtiger scheint, hilft ihm umgekehrt auch niemand mehr. Sein Vieh am Stony Beach unten nützt ihm dann auch nichts, weil er's ja weder allein halten noch abtransportieren kann. Nimmt ihn auch keiner mehr in einem Langboot mit – und dann kann er gleich auswandern, dann gehört er eh nicht mehr dazu. Und es kamen ja alle zurück, bis auf die paar Glass', die sich für was Besseres hielten. Willi reibt den Finger an der Nase. Unser Tristan zieht sogar diese *Hippies* an, die du dabei hast; es freut ihn ungemein, daß er das Wort kennt. Aber Martha will sich von ihm nicht ablenken lassen. Es ist aber nicht so, sagt sie, daß die Männer anfangs nicht alles getan hätten, was man von ihnen verlangt hat. Statt nach Nightingale zu fahren, um Fett zu machen, ließen wir's ausfallen, weil wir die Schiffe mit dem Plunder für die Station entladen mußten. Wir könnten's ja im neuen Laden kriegen, hieß es. Daß es dort einen Monatslohn kostet, um so viel Dosenöl zu kaufen, wie jeder von uns in zwei Tagen macht, merkten wir erst später.

Es klingt nicht so, als hätte sich Martha dadurch aus der Ruhe bringen lassen. Je älter sie wird, denke ich bei mir, desto herrischer werden ihre Züge; Willi dagegen ist der gleiche geblieben, kein Kilo zugenommen und immer ein weißes Hemd an. Martha winkt über den Raum, ohne ihr Gespräch mit mir zu unterbrechen.

Und Weihnachten, als es überall ans Backen ging, war der Laden leer. Ich drehe den Kopf zur Tür. Leer bis März, sagt sie mit Nachdruck. Marcus kommt zusammen mit Ed und Marah herein; er hat sich in einen Anzug gezwängt. Ich wende den Blick sofort ab, aber weiß einen Moment lang nicht, wohin sehen. Du hörst nicht mehr zu, sagt Willi. Doch, doch, erwidere ich. Immer noch Marah, fragt er. Ich schweige. Martha sieht mir nun ins Gesicht, deutet mit dem Arm auf Maria, fragt: Und sie? Ich erzähle von Maria, aber ich habe den Eindruck, ich langweile sie. Sie will nur wissen, ob sie meine Frau ist. Ja, sage ich. Sie nickt, ohne etwas dazu zu sagen. Wir fahren morgen, sage ich. Ich weiß, meint Martha. Ich muß mich von allen verabschieden, entschuldige ich mich, um gehen zu können. Spätestens bis euch die *Transvaal* nächstes Jahr wieder abholt, meint Willi, haben wir die Insel –

aber mitten im Satz überlegt er sich's anders, lacht und sagt: ist das Buch draußen.

Marah sitzt neben Marcus. Ich mache langsam die Runde durch die Halle und verabschiede mich bei allen. Und bei jedem, mit dem ich ein paar Erinnerungen austausche, denke ich das gleiche: daß ich ihnen nie wirklich nahe gewesen bin, obwohl ich die meisten ein halbes Leben kenne. Weil ihr Leben einen Ort hatte und nie einen anderen haben wollte als diese Insel; ich hier aber nie lebte, nie gelebt habe. Ich nehme wieder meinen Platz neben Maria ein. Sie fragt mich, wer die Frau dort drüben neben dem Akkordeonspieler ist; sie meint Marah. Ich weiche aus; dadurch aber gestehe ich alles ein. Ich habe Maria nie eifersüchtig gesehen, und sie scheint es auch jetzt nicht zu sein. Wir gehen. Im Zimmer ziehen wir uns aus; keiner spürt Verlangen, aber wir schlafen trotzdem miteinander, so als wollten wir Gewißheit über einander erhalten.

Den Abschied am nächsten Morgen, daß wir ausgeschifft werden und ablegen, nehme ich kaum wahr. Ich gehe in die Kabine. Bin froh, wieder auf einem Schiff zu sein; erschöpft von der Ausweglosigkeit aller Gefühle, meiner Feigheit und Wunschlosigkeit. Durch das Bullauge sehe ich Inaccessible und Nightingale. Wind weiß auf den Wellenkämmen, wie Scherben von Eise.

Am Nachmittag holt mich Stergianos. Ich helfe ihm die Stammbäume, die die Norweger damals anlegten, auf den neuesten Stand zu bringen. Wir kommen darauf, daß es nur sieben Familiennamen auf der Insel gibt; daß das Asthma einer Mulattin aus St. Helena, die einen der ersten Siedler heiratete, sich inzwischen auf alle vererbt hat. Ich antworte mechanisch, was ich über ihre Geschichte und die Verwandtschaftsverhältnisse weiß. Er muß mich mehrmals fragen; ich sehe ihn nur blank an. Dann ordnet er die Blutgruppen und Rhesusfaktoren den Namen auf seiner Tabelle zu. Die Krankenschwester hatte ihm nichts Nennenswertes zu berichten gehabt; zwei Sterbefälle kurz aufeinander, ein Ehepaar, beide über neunzig. Geschieden wird hier, konstatiert Stergianos, vom Tod. Kaum Krankheiten; nur ein Schwangerschaftsabbruch, im vierten Monat allerdings. Er sieht auf seine Liste: *Glass, Marah – intrauterine Komplikationen, hämolytische Anämie.* Es wäre ihr zweites Kind geworden; beim ersten macht das noch nichts. Man hat dann nur die Wahl zwischen dem Leben der Mutter und dem des Kindes; sein Blut vergiftet das der Mutter. Eine eigenartige Geschichte; der Vater muß beide Male ein anderer sein. Denn beim Glass-Ehepaar sind beide rhesus-positiv, wie überhaupt jeder auf der Insel; bei unserer Mannschaft hingegen, nur des Vergleichs halber, sind die einzigen – laß mich nachschauen – die von uns rhesus-negativ sind – wo ist's gleich – du und – so wie's aussieht, könntest du nur mit Thomsen gesunde Kinder kriegen; groß D fehlt euch beiden, meint er und lacht.

Ich gehe an Deck. Durch die Luke sehe ich Maria am Tresen der Schiffsbar sitzen, sie unterhält sich mit Heidstra und Combrink, trinkt aus einem Glas, läßt den Stiel wieder aus und spreizt die Hand dann, ihre schlanken weißen Finger.

REIHEN VON ALTOCUMULI, in weitem Abstand hintereinandergestaffelt, schon seit Meilen, Stunden; milchglasweiße Linsen, scharf umrissene Ränder und dünn sich verschleifende Enden, bewegungslos über der Erde. Es sind die einzigen Zeichen, daß wir uns einer Höhenstufe nähern, Wolken nur da, wo sich der Wind bricht. Sie stehen am Himmel und bleiben doch nicht dieselben, es scheint nur so, aber jede Wolke entsteht dauernd von neuem. Ich sage es auf, wie aus dem Lehrbuch auf; ich sehe die Seite mit den Diagrammen vor mir und halte meine Gedanken daran fest, damit sie nicht abgleiten in einen Strom von Schmerz. Die vom Oranje aufsteigende Feuchtigkeit kondensiert im Wind. Das sind die Wolken, die wir sehen; nicht aber, wie der Dunst wieder absackt in seiner Lee, um über der Steppe zu verdampfen. Reglos, ohne je abzuregnen. Das Fenster auf meiner Seite offen, den Kopf am Türrahmen; der Wind heißer als die Luft im Wagen. Franks Hand auf meiner Schulter. Wir haben Kenhardt hinter uns, sagt er, fünfzig Meilen noch nach Upington; schaffst du's? Mein Mund ist zu trocken, um zu antworten; ich schließe die Lider.

Die Farm zwischen Upington und Keirnoes, auf der rechten Seite des Oranje, Stacheldraht und Taglöhner in militärblauen Hemden, die am Kontrollposten des Torhauses stehen. Eine lange Auffahrt zwischen Feldern von Luzerne und Baumwolle, Weinreben auf einem Hügel, Dattelpalmen; ein unwirkliches Grün nach der tagelangen Fahrt ins Northern Cape. Das Herrenhaus inmitten von Rasen, als wären wir irgendwo in Kent, die zwei Flügel blendend weiß getüncht. Ein schwarzer Butler, der uns die Tür öffnet. Dann Franks Eltern, Jo und Karsie, Patriziergesichter, er breit und jovial, sie mager und mit blond hochtoupiertem Haar zwei Schritt hinter ihm. Ich schüttle ihnen die Hand. Reval, fragt Franks Vater; Bure? Nein, aus Cornwall, sage ich. Er nickt zufrieden; worüber, ist nicht zu sagen. Wenn ich Frank mit seinen Eltern so sehe, weiß ich, woher sein Auftreten kommt und sein gutes Aussehen, aber länger als das Wochenende werde ich es hier nicht aushalten. Das Essen zu viert an einem für fünf gedeckten Tisch, der für vierzig gedacht ist; Serviermädchen, Terrinen, Silberbesteck, Kerzen und Konversation. Der Whiskey unter Männern auf der Terrasse; Sternenhimmel und der süßliche Duft von Forsythien. Als wir allein sind, sagt Frank: ziemliche Langweiler, hm? Er sucht wie immer meine Zustimmung, nur weil ich gut fünfzehn Jahre älter bin als er, und ich übergehe es wie sonst auch. Aus der Küche im Anbau hört man das Klirren von Geschirr und das Stimmengewirr der Dienerschaft; es ist das erste, was diesen Ort für mich real werden läßt

Frank führt mich am nächsten Tag durch die Plantage, die bis zum Flußufer reicht. Wo die Bewässerungspumpen sind, stehen auch die schiefen Lehmhütten der Schwarzen; Kinder, planschend und schreiend in der Bucht des Stromes, die verstummen, als sie uns sehen. Ich versuche es mit den paar Wörtern, die ich von Frank gehört habe, und gestikuliere bald mit Händen und Füßen, bis sie in Lachen ausbrechen, während er abseits steht und eine Zigarette raucht. Die Äste eines Baums hängen weit über den Fluß, der Schatten von Blattlanzetten auf dem Wasser. Zeugenberge in einer blauen Ferne, der Oranje schlammig und dunkel.

Am Abend erwartet man Gäste, und Frank leiht mir Jackett und Krawatte. Das Gesellschaftsleben, sagt er, wandert wöchentlich von Anwesen zu Anwesen; er wird mir heute seine beiden Schwestern vorstellen, sie spielen mit in dem Streichquartett, das uns vor dem Essen droht. Wir nehmen Platz in der Bibliothek, die ihren Namen nur der importierten Eichenregale wegen verdient. Wir klatschen wie bei einem richtigen Konzert, als vier Mädchen um die zwanzig in Abendkleidern vom Salon einmarschieren und sich verbeugen. Nach einer Weile höre ich die Musik kaum noch. Mein Blick wandert von einer zur anderen, die schwarzen Roben stehen ihnen nicht, sie füllen sie zuviel oder zuwenig aus, die Arme eigenartig nackt, und ich merke, daß meine Augen wieder an der Violaspielerin hängenbleiben, ihr Gleichmut, der plötzlich an Tiefe gewinnt, so als bräuchte es alles Pathos, damit sie aus sich herausgehen kann: Allegro, ma non troppo.

Nach dem Finale stellt mich Frank ihnen vor; die Bratsche und die zweite Geige sind seine Schwestern Maria und Judith. Maria hat an ihrem Hals eine Rötung, die ich erst für ein Brandmal halte, bis ich sehe, daß sie von der fest angepreßten Viola rührt. Den Kärtchen am Tisch folgend, setzen wir uns, Gutsbesitzer rechts und links von uns, alles englische Namen. Frank am einen Tischende, sein Vater am anderen, der ihn nun nach dem vierten Zwischengericht auffordert, von der Reise nach Brasilien zu erzählen, von der wir eben zurückgekommen sind. Frank beginnt, unsicher erst ob der Aufmerksamkeit aller, und kommt dann ins Schildern. Wie uns die Sauba-Ameisen Hängematten und Schuhe zerfraßen; die Träger kein Vertrauen in unseren Kompaß gehabt hatten; wir uns 15 Meilen täglich den Weg durch den Urwald mit der Machete freischlugen und uns dann das Essen ausging. Mich stellt er dabei als den Helden seiner Geschichte vor; es ist mir peinlich, ich sehe Maria an und hebe die Augenbrauen. Sie lächelt mich an, das Mal rot auf ihrer weißen Haut.

Coco do matto, sagt Frank jetzt, kirschgroße Nüsse an den Palmen, die härter als Holz zu knacken waren, aber alle, die wir öffneten, enthielten bloß Wasser; und nirgendwo waren Früchte an den Bäumen und in den Bachläufen, die wir querten, keine Fische zu sehen. Dann gerät er erst richtig ins Schwadronieren. Wie dieser Vogel in den Zweigen saß, größer als ein Truthahn, der noch nie Menschen gesehen hatte, uns neugierig betrachtete und dabei weitersang, während wir mit unserem Revolver eine Patrone nach der anderen auf ihn abzufeuern versuchten, ohne daß sie zündeten, weil sie allesamt vom Regen naß geworden waren. Die Träger kaum mehr zu bewegen waren, weiterzumarschieren, bis wir ihnen immer mehr Geld anboten. Wir die letzten Sardellendosen öffneten und in ihnen bloß Salz und ein Stück Schiefer fanden.

Zehn Tage hungerten wir, behauptet Frank einfach, und die Träger hätten uns längst ausgeraubt, wenn sie das Geld hätten essen können. Und dann setzte die Regenzeit ein; in der Verzweiflung begann einer von uns, auch die Ameisen zu essen, die Zunge unförmig angeschwollen, daß ihm der Mund zu klein wurde. Ich spüre Marias Augen auf mir. Wie schön sie ist; ich könnte jetzt durch ihr langes blondes Haar fahren, es wäre weich und hätte nichts Fremdes. Dann erreichen wir endlich den Zufluß des Amazonas, den wir gesucht hatten, und Frank das Ende seiner Erzählung, ohne auch nur mit einem Wort zu erwähnen, daß wir nur durch den Dschungel marschiert waren, um einen Teil der Trasse für die Transamazonia zu vermessen. Er weist mit der Hand auf mich, um mich der Runde noch einmal vorzustellen; zu unterhalten und unterhalten zu werden gehört zum guten Ton. Ich erhebe mein Glas zu einem Toast auf die Gesellschaft.

Nachdem man die Tafel aufgehoben hat, kommt er zu mir und fragt mich, ob er mich für seine Schwester nun ins richtige Licht gerückt habe. Ich blicke ihn erstaunt an, und irgendwann überredet er mich, länger als nur dieses Wochenende zu bleiben.

Manchmal reiten Maria und ich zum Fluß; er ist braun vor Silt und breit, seicht bis hinaus zu den kleinen baumbestandenen Inseln. Von dort aus reicht der Strom träge bis zum Horizont, die Wirbel weit auslaufend. Wir sitzen Rücken an Rücken auf der Sandbank. Ich merke, daß sie sich an mich drückt, als wollte sie, daß ich mich umdrehe und sie in den Arm schließe. Wir sitzen lange, Schulter an Schulter, und starren auf das Wasser; ich mag den Klang der Stimme, wenn sie von mir weg spricht; Marias Geruch. Nichts noch, in dem ich mich wiederfinde.

Ich bin behutsam mit Maria, will diese Handbreit Abstand zwischen uns bewahren wie ein geheimes Versteck, einen doppelten Boden im Koffer, in den ich, ohne daß sie davon weiß, alles hineinlegen kann, was nicht zu uns gehört. Am letzten Tag hilft sie mir packen. Kaum habe ich dieses Grün der Farm jedoch verlassen, das genau am Zaun aufhört, und sitze in Upington im Zug, bin ich wieder allein mit mir, nein: mit dem, was mir fehlt. Habe Maria vergessen, versuche, an sie zu denken, und erschrecke darüber, wie wenig bleibt, wie wenig es mich berührt.

Am Morgen in Kapstadt, nach einer schlaflosen Nacht, lasse ich mir ein Bad ein, gleite in das heiße Wasser, höre mich laut durch die Nase atmen und weiß, nur das bin ich, dieser harte, laute Atem, dieser hagere Körper.

Hole ich sie jedoch vom Bahnsteig ab, verändert mich jede Minute mit ihr, und etwas von meiner alten Lebendigkeit kommt zurück. Es ist das erste Mal, daß ich allein in der Stadt bin, sagt sie; weißt du, wie einsam es bei uns ist? Meine Wohnung hat keine Atmosphäre, findet sie, als wäre es nur ein Übergangsquartier. Ich überhäufe sie mit Geschenken, tue all das, was ich noch nie für eine Frau getan habe, Maria nennt mich ihren Liebhaber, aber ich weiß, ich spiele ihn bloß. Mir wird klar, daß ich mehr als Marah die Liebe vermisse, die sie in mir wachrufen konnte. Sie liest mir die Traurigkeit vom Gesicht ab und fragt, was mit mir ist. Ich rede ironisch und nichtssagend vom Schmerz der Liebe und stürze mich in Ausflüchte, weil ich sie selber nicht wahrhaben will, und es gelingt mir meist, auch mich selbst damit zu beschwichtigen. Maria dringt nicht weiter in mich ein; das ist der Respekt, den sie meinem Alter entgegenbringt. Sie sagt, daß sie meine Lebenserfahrung bewundert, aber auch, daß sie sie einschüchtert, manchmal.

Doch je näher wir uns kommen, je mehr ich die Frau in ihr sehe, desto öfter muß ich an Marah denken. Es sind Kleinigkeiten, die Geste, mit der sie sich die Haare aus der Stirn streicht, die Form ihres Busens oder bestimmte Redewendungen. Daß sie nicht wie Marah, sondern Maria ist, ist das, wogegen ich mich wehre und was mich zugleich doch zu ihr hinzieht. Wie soll ich ihr verständlich machen, daß es der Zwiespalt ist, den ich zu lieben beginne; ich sehe Maria gerne, weil sie mich an Marah erinnert, zugleich aber kann nur sie allein mich Marah wieder vergessen machen.

Und da ist meine stille Eifersucht; Marah, die mit Marcus schläft, mit Marcus ißt, mit Marcus lebt, Marah, die darin ihr Glück oder zumindest die Ruhe findet, die mir versagt bleibt. Maria sagt, hör auf zu denken, und faßt mir hinter dem Haar in die Ohren. Am nächsten Morgen gehe ich zum Barbier, lasse mir den Bart abnehmen und die Haare schneiden, bis mein Schädel fast kahl ist. Ich sage Maria nichts davon; wir treffen uns in einem halbleeren Nachtclub, einer singt Sinatra nach. Ich bin häßlich, sie sieht es, aber sie lacht wieder nur, ihr silbern lispelndes Lachen, das jedem ihrer Worte einen nordischen Akzent gibt; und dann frage ich sie, ob sie mich heiraten will, mit einer Heftigkeit, die verhaltener Zorn ist, und sie sagt: Ja. Wir trinken, ich bringe sie bis vor die Tür von Franks Wohnung. Ich bin zu feige, um es am nächsten oder an jedem weiteren Tag wieder zurückzunehmen.

Die Rache, die ich damit an Marah zu nehmen glaube, ist nur eine andere Art, mich selbst zu quälen. Ich beginne Marah überall zu sehen, nenne Maria gedankenlos oft mit ihren Namen. Wir wandern manchmal zum Tafelberg hinauf; er beendet diese flache und sandige Küste Afrikas wie eine Mauer, und wir stellen uns vor, was die ersten portugiesischen Entdecker bei seinem Anblick gedacht haben mochten. Abends gehen wir immer wieder in dasselbe Restaurant an der Waterfront essen, ein schlecht gemaltes Schild mit einem blauen Anker hängt vor dem Eingang, ich sitze ihr gegenüber und sehe in ihre großen braunen Augen, ich sehe, wie schön sie ist, ihr Haar fast flirrend hell in diesem letzten Licht über dem Hafen. Ich bemerke die Blicke, die man uns von den Tischen aus zuwirft, sie glauben ein glückliches Paar vor sich zu sehen, ich kenne diesen Neid, es geht etwas Strahlendes von uns aus, und weiß zugleich, daß jetzt niemand von Maria weiter entfernt sein könnte. Trotzdem ist eine Lust darin, eine Lust, die ich suche, weil ich weiß, daß meine Sehnsucht nur so unerfüllbar bleibt. Ich halte ihre Hand, unsere Knie pressen sich unter dem Tisch aneinander, und ich weiß, das bin nicht ich. Aber ich bin entschlossen, glücklich zu sein, und mit einem Mal kommt mir der Gedanke, daß meine Liebe zu Marah nicht vollkommen sein kann, weil ich mich sonst niemals in Maria hätte verlieben können, und bin erleichtert, will nur an diesem Gedanken festhalten; ich will sie wollen, die Liebe.

Der Kellner bringt die Rechnung, ich bestelle trotzdem noch eine Flasche Champagner, den ich mir ebensowenig leisten kann wie diese zahllosen Essen, und wir bleiben, bis die Stühle auf den Tischen stehen; keiner will diesem glückstrahlenden Paar jetzt sagen, daß es gehen muß. Ich bedinge mir nur aus, daß wir in kleinem Kreis heiraten, ohne es ihren Eltern zu sagen, mein Vater ist tot, meine Mutter von England zu holen würde viel zu lange dauern, nur ihre Geschwister sollen eingeweiht werden, ihre Schwester Judith und Chris Koch werden Trauzeugen sein, sie gibt vor, daß es ihr nichts ausmacht, und wieder bringe ich sie nur bis zur Tür.

Frank kommt, er hat entsprechend dem Willen seiner Eltern, aber ohne ihr Wissen einen Ehevertrag aufgesetzt, in dem ich auf alle Ansprüche verzichte, und dann sind wir am Standesamt, es sind zwei Unterschriften auf einer Urkunde samt der Signatur des Beamten, und wir sind Mann und Frau. Keiner kennt den anderen richtig, Chris ist der Leiter meines Instituts, und ich wußte nicht, wen sonst fragen, ich habe keine Freunde hier, aber ich habe Marah eine Hochzeitsanzeige geschickt, bevor ich alles wieder bereue. Die Stimmung ist um eine Feierlichkeit bemüht, die nicht gelingen will, und wir beenden den Abend wieder in der Bar, wo ich Maria meinen Hochzeitsantrag gemacht habe. Diesmal ist sie gesteckt voll, wir hätten reservieren sollen. Es ist ein amerikanischer Schauspieler mit seiner Entourage da, James Coburn, sagt Judith, ich kenne ihn nicht, aber er gleicht mir, meint sie zu Maria, und der Schnulzensänger schmachtet wieder über seinem Sinatra, dieselben Lieder in derselben Reihenfolge, während ihn die Scheinwerfer orange ausleuchten.

So ist es auch nicht spät, als ich Maria zum ersten Mal mit hoch in meine Wohnung nehme. Sie geht ins Bad, ich höre das Wasser laufen, stehe am Fenster und sehe auf die Lampe, die an ihrem Draht über der Straße schwankt. Maria kommt aus der Tür, sie hat das Unterkleid noch an, aber es ist, als wäre sie nackt in diesen über den Boden gleitenden Streifen Licht, die durch die Jalousie einfallen. Sie hält ihren Arm am Rücken, und ich strecke meine Hand nach ihr aus, ihre Lippen sind aufeinandergepreßt. Ich küsse sie in die kleine Kuhle am Hals und beiße sie ins Ohrläppchen; sie lacht, entwindet sich meiner Umarmung und legt sich aufs Bett. Ich habe ein bißchen Angst jetzt, sagt sie. Wir liegen beide auf dem Bauch, unsere Köpfe auf dem Polster, sehen wir uns an, sind uns nahe, daß es vor unseren Augen verschwimmt. Ich streiche ihr sanft über den Rücken, immer tiefer den Rücken hinab, während sie meine Brust durch das Hemd streichelt, die Finger über die Knopfleiste geschoben. Sie hat ihre Augen geschlossen, ich lasse meinen Arm weiter über ihren Schenkel gleiten, ich merke, wie sie schneller atmet, still in der Kehle zu stöhnen beginnt und an meinem Hosenbund nestelt. Ich will sie, ich küsse ihre Wangen, ihren Mund, da ist ihre Zunge spitz, sie hält mich warm und weich in der Hand, sie ist geduldig, aber ich bleibe schlaff.

Lange hat sie mir Zeit gegeben, Maria wartet, ich merke es, doch einmal sitzt sie am Küchentisch und bringt es zur Sprache. Ich lüge, schreibe meine fehlende Lust einer Infektion auf der letzten Brasilienreise zu, sage, daß ich bereits einen Arzt konsultiert habe. Und irgendwann ist es kein Thema mehr, ich lerne, sie zu befriedigen, lerne, aus ihrem verhaltenen Atem herauszulesen, ob sie einen Höhepunkt erreicht hat und wann sie nicht mehr berührt werden will.

Die sich nach der Hochzeit mit bedrängender Heftigkeit einstellenden Gedanken an Marah lassen allmählich nach, aber meine Träume werden wirrer; es ist wie ein Strom, der irgendwo in einem Schwalgloch in unterirdische Hohlräume verschwindet, um an einer anderen Stelle wieder auszutreten.

Maria arbeitet an ihrer Dissertation, sie studiert Kunstgeschichte, ich stelle sie meinen Kollegen vor, ich bin immer für sie da, beinahe wie ein Vater: Wir gehen meist zusammen zur Universität, und ich halte meine Kurse; es ist das einzige, was meinem Leben noch Normalität verleiht. Am Ende des Semesters fahren wir zu ihren Eltern; sie haben es von Frank inzwischen erfahren, aber sie tun, als wüßten sie es nicht, um mir damit ihre ganze Mißbilligung auszudrücken, daß sie uns nicht die Hochzeit hier ausrichten durften; dennoch habe ich das unbestimmte Gefühl, daß sie sich insgeheim gratulieren, weil ihre Pläne aufgegangen sind. Sie freuen sich auf Enkel, und Maria versichert, daß sie glücklich ist.

Dann nimmt mich Frank ins Buschmannland links des Oranje mit, auf die Jagd, wie er sagt. Wir hören Paviane bellen, wenn wir im Licht der Schweinwerfer unseren Biltong essen und unter Koppien voll stacheliger Stapelien kampieren; von ihren sternförmig dunklen Blüten geht ein Aasgeruch aus, und von weitem sieht man die Silhouetten der Kaktusbäume, die er *half-mens* nennt. Die Hottentotten, erklärt er, die du ja auch von deinem Tristan gut genug kennst, glauben, daß ein fremdes, mysteriöses Volk einst über den Oranje kam und diese Steppe besiedeln wollte; sie verdursteten, und aus den Knochen jeder Familie wuchsen diese Bäume, die wie Menschen aussehen. Der Blütenkopf auf jedem Stamm aber weist deshalb nach Norden, weil sich ihre verlorenen Seelen in die Heimat zurücksehnen. Wo sie auch hingehören.

Und du, wo bist eigentlich du zu Hause, fragt er mich. Kapstadt, antworte ich brüsk. Und deine Eltern, läß er nicht locker. Ich schweige und lege Holz ins Feuer nach. Der Mond ein Stück farbiges Glas, der die Sterne abschabt. Maria hat gesagt, ihr schlaft nicht miteinander; das kommt unvermittelt von ihm. Das hat sie gesagt? Das hat sie gemeint, antwortet er. Liegt's an ihr oder liegt's an dir? Ohne es zuerst zu wollen, erzähle ich ihm von Marah; aber er ist der erste Mensch, dem ich von ihr erzählen kann. Und ich erzähle es ihm, weil ich zu ihm am wenigsten Vertrauen habe, als würde dieses halbe Geständnis, das ich ihm damit mache, dadurch unwahr bleiben, jederzeit widerrufbar. Er tut so, als habe er für mich Verständnis, er sieht es als eine Sache unter Männern, und ich lasse ihn in diesem Glauben.

Schlammpfannen, in denen man die Knochen von Dinosauriern fand, Salzpfannen und ausgetrocknete Vleis, vom Wind ausgeblasene Kuhlen, die Gletscherzungen vor Jahrmillionen ausgeleckt haben, Fettpflanzen, die wie Schildkröten, Schlangenköpfe oder Meerkatzen aussehen, unter denen alles Leben erstarrt, ihre wächsernen Blätter Schatten, den sie sich gegenseitig spenden, und so eng wie die Kalenderblätter ewig gleichförmiger Tage. Wir sehen Springböcke, und Frank treibt sie mit dem Land Rover vor sich her, bis ich nacheinander gleich drei vor's Gewehr kriege. Wir hieven sie hinten auf die Ladefläche und machen dann einen Bogen nach Süden in die Verneuk Pfanne. Verstreute Höfe; Treck-Buren sagt Frank mit einem verächtlichen Unterton. Wenn die Sommerregen ausbleiben, müssen sie mit ihren erbärmlichen Schafherden über die Steppe ziehen.

Dann, mitten im Nirgendwo, ohne daß Telegraphenmasten dorthin führen, etwas wie eine Siedlung, eine Poststelle und ein Magistrat mit einem Polizisten, aber kein Dorf, so abgeschnitten von der Außenwelt wie Tristan vom Meer. Ein uralter Deutscher, der in seinen zwei Rondavels wie ein Eremit lebt, die Wände der Hütten behängt mit armlosen Fellmänteln, Straußeneiern, in denen die Buschmänner Wasser sammeln, Köchern, Schildkrötenpanzern und einer Werkbank, auf der er für die Buren alles mögliche repariert. Dahinter ein Haus mit einem Laden; es ist kühl drinnen, und ein Mädchen, das Frank gut zu kennen scheint, bietet uns Tee an. Sie ist nicht häßlich, flachsblondes Haar über ihrem sonnengebräunten Gesicht, noch keine zwanzig, scheinbar beeindruckt von Franks herrischer Art. Ich merke, daß ich einer zuviel bin und gehe hinüber zu dem Deutschen, der all meinen Fragen ausweicht; ich reime mir zusammen, daß er hier vor dem Krieg untergetaucht sein muß. Ein von Mulis gezogener Planwagen rattert über die Staubstraße. Der sehnige Oberkörper nackt in einer weiten Latzhose, spannt ein Bure die Tiere aus und führt sie in den Stall. Er wirft mir einen scharfen Blick zu, und ich nicke ihm zu. Nach zwei Minuten kommt Frank aus dem Haus; das war ihr Vater, meint er.

Wir fahren hinaus auf die Pfanne, die zwanzig Meilen lang und zehn breit ist, in der Mitte ein bis zum Horizont reichender breiter Streifen. Sie mußten ihn erst wochenlang freiräumen von den Feuersteinsplittern, mit denen die Ebene übersät ist. Wer, frage ich. Genau das wollte ich dir zeigen, die Rennstrecke, wo Malcolm Campbell einen Geschwindigkeitsrekord mit seinem Bluebird aufstellen wollte. Frank deutet auf ein paar erhaltene Reifenspuren; das war 1929, aber er brachte es hier nur auf 200 Meilen die Stunde, zuwenig für den Weltrekord. Ich verstehe nicht, weshalb er mich hierhergeführt hat, den ganzen langen Weg; nichts davon interessiert mich. Es war ein großes Trara in der Presse, erklärt Frank, eine richtige Zeltstadt entstand hier für die eine Woche, wo man Champagner ausschenkte; mein Vater war damals dabei.

Wir schlagen unser Zelt auf; auf der Ladefläche fehlt jetzt ein Springbock, ich wundere mich, aber sage nichts. Eine Stunde in die Nacht wird im Westen ein länglicher Konus sichtbar, ein nebliger weißer Schein, der quer über die Milchstraße halb zum Zenit reicht; von kosmischem Staub gestreutes Zodiakallicht. Wir köpfen zwei Flaschen Rotwein, aber ich wache mitten in der Nacht auf, weil ich Frank mit dem Land Rover losfahren höre, und kann nicht mehr weiterschlafen, schaue, in den Schlafsack gehüllt, auf die Sterne, bis der Mond gelb aufgeht; mit ihm wird der Himmel flacher und niederer. Wann er zurückgekommen ist, habe ich nicht gemerkt, aber er bleibt bis spät im Zelt, und das Teewasser siedet längst. Es ist ihm anzusehen, daß er auf eine Frage wartet, aber den Gefallen tue ich ihm nicht.

Bis wir alles auf dem Land Rover haben und uns auf den Rückweg nach Upington machen, wird es beinahe Mittag. Wir fahren wieder durch die Siedlung. Frank wird langsamer, ich denke mir, er hält, um zu tanken, aber dann gibt er plötzlich Gas. Ich sehe auf meiner Seite den Buren von gestern auf uns zurennen; den Schuß höre ich gar nicht. Die erste Minute ist da gar kein Schmerz, ich spüre bloß den linken Knöchel naß werden, schaue auf die Schuhe und merke, daß die Hose vom Oberschenkel bis zum Knie rot ist vor Blut. Frank wird bleich im Gesicht, seine Hände zittern am Lenkrad, und nach ein paar Meilen bleibt er stehen. Ich kann das Bein nicht mehr bewegen; er schneidet mir die Hose auf und wickelt einen Verband fest darum. Ein glatter Durchschuß, sagt er, die Kugel muß irgendwo im Wagen sein. Dann, mehr zu sich als zu mir; Glück gehabt. Und schließlich kommt etwas wie eine Entschuldigung über seine Lippen, die klingt, als wäre es die Schuld des Vaters, daß er herausgefunden hat, was seine Tochter nachts getrieben hat. Aber sie war's wert, eine richtige Schönheit vom Lande, meinst du nicht?

Der Wind kommt heiß durch das offene Fenster; bei jedem Schlagloch beiße ich mir auf die Zähne. Dreißig Meilen noch, sagt Frank. Es ist Abend, als wir nach Upington kommen, aber er fährt mich nicht in die Krankenstation, sondern läßt von dort einen Doktor auf die Farm kommen. Es braucht niemand davon zu erfahren; du sagst einfach, es wäre beim Jagen passiert, meint er, ja.

Maria pflegt mich gesund. Wundfieber, zwei Tage, der Schmerz wie ein Strom in der Nacht, seine Wasser dunkel glänzend in ihrem Lauf durch eine unterirdische Kaverne. Maria, die an meinem Bett sitzt. Die Ohnmacht, in der mein Körper mir nicht gehorcht, nicht mehr gehört. Eine Dankbarkeit, die in mir aufwallt; aber das ist eine Liebe, deren ich mich schäme. Das Surren des Stromgenerators bei Nacht im Keller, bei Tag der Aprikosenbaum vor dem Fenster. Cirren hoch über allem Regen, die sich nebeneinander zu Knöcheln reihen, eine Wirbelsäule der Luft.

IM

Sturm kamen auch die Grundseen, steil überbrechende Wogen, die am antarktischen Kreis ihren Ursprung genommen hatten; sie rollten nordwärts, trafen auf den mit Sand durchsetzten Brasilstrom und liefen nun auf die Insel zu. Bevor die ersten von den Riffen gebrochen wurden, schienen sie kaum von der Stelle zu kommen, sich nur umzuwälzen; dahinter aber schwoll die Brandung an, eine Woge drängte sich über die andere, sie nahmen an Höhe zu, bis sie einen einzigen langen Grat bildeten, der überzuhängen schien, nur mehr von den Fallwinden des Berges hintangehalten, zerrissen weiß.

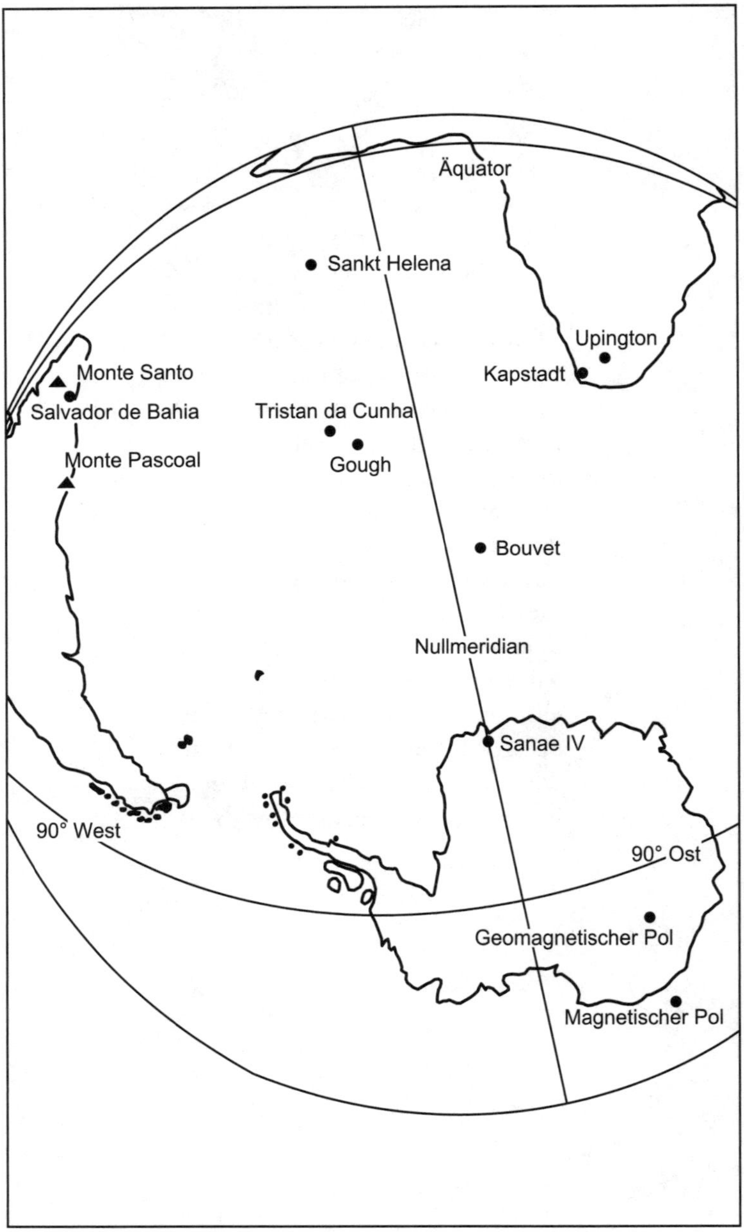

Äquator
Sankt Helena
Upington
Kapstadt
Monte Santo
Salvador de Bahia
Tristan da Cunha
Gough
Monte Pascoal
Bouvet
Nullmeridian
Sanae IV
90° West
90° Ost
Geomagnetischer Pol
Magnetischer Pol

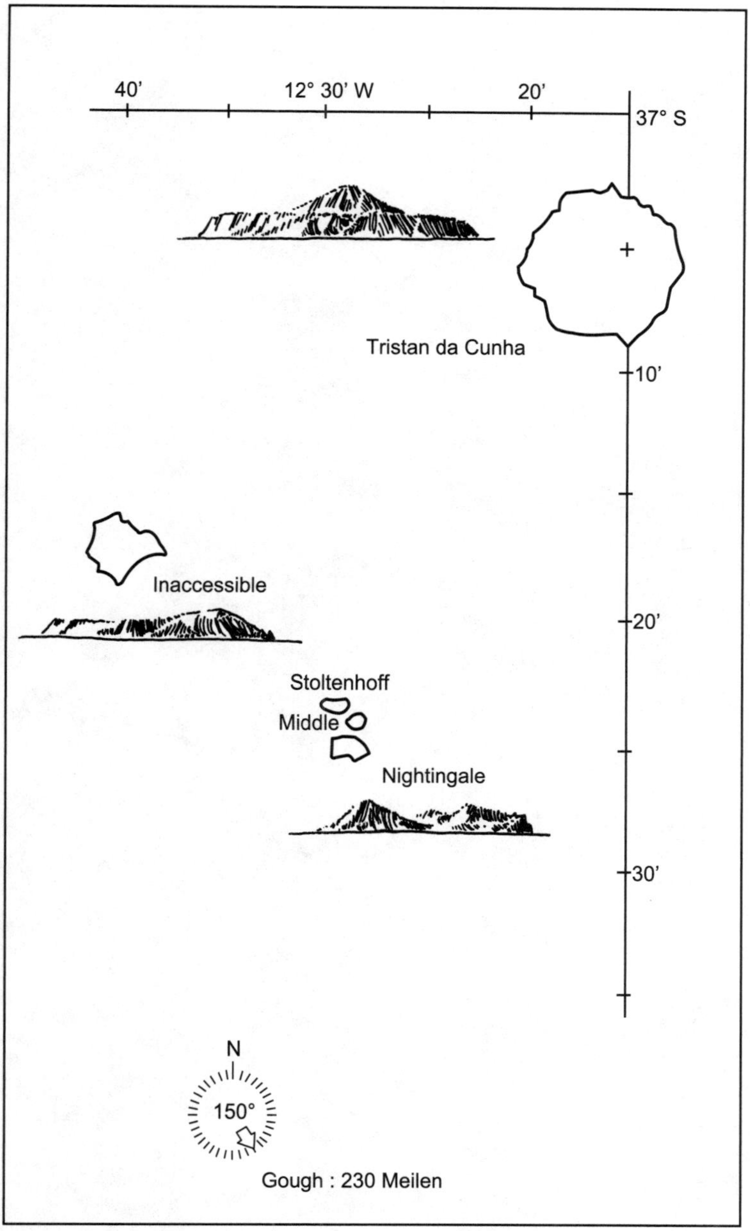

40'
12° 30' W
20'
37° S
Tristan da Cunha
10'
Inaccessible
20'
Stoltenhoff
Middle
Nightingale
30'
N
150°
Gough : 230 Meilen

NOOMI MORHOLT
JOURNAL ZWEI
FEBER/MÄRZ 2003

DIE MITTE DER WELT

ICH ERTAPPE MICH oft dabei, daß ich auf die Karte starre, die über meinem Schreibtisch hängt, Antarktika in Weiß und Blau, die einzelnen Stationen rot eingezeichnet; ihr Umriß dem Längsschnitt eines Gehirns gleich. Westantarktika mit ihrer Landzunge das Stammhirn und wir hier in der Furche zwischen Scheitel- und Hinterhauptlappen; der Sehhügel der geographische Pol, über dem die Amerikaner einen Dom errichtet haben. Als wäre alles nur im Kopf.

Die Tage vergehen gleichförmig; da ist meine Arbeit, die tägliche Routine unseres Haushalts und die Sonne, die nicht mehr im Zenit steht, sondern sich nun beinahe parallel zum Horizont bewegt.

Über dem Vesles ein Luftleuchten jetzt, grün fluoreszierend (kein Polarlicht, sondern Eisen- und Magnesiumionen in der unteren E-Schicht, freigesetzt von staubkorngroßen Meteoriten, die ununterbrochen in der Atmosphäre verglühen; die Winde in den höheren Luftschichten sammeln sich entlang der magnetischen Linien an, wo sie sich zu diesen irisierenden Wolken formen). In Arecibo, Puerto Rico, hat man diese Cirren mit einem Radioteleskop zum Glühen gebracht: eine *Aurora equatorialis*.

Dort wurden mir auch die seltenen Bilder eines Blitzes gezeigt, der vom Turm eines Cumulonimbus zu diesen Ionenwolken aufstieg, gewunden erst wie eine blaue Nabelschnur, dann sich gleich Nervenzellen zu leuchtenden Faserbündeln verästelnd, den sich verzweigenden Fortsätzen von Neuronen.

Im Glast des vom Eis reflektierten Lichts löst sich die Ferne auf, und Nahes wird maßlos. Alle Ahnung von Zeit ist räumlich, wir begreifen sie allein als Abstand von etwas, als Länge, Kürze oder das Umkreisen einer Mitte, aber in diesem Weiß verlieren sich Raumgefühl und Perspektive, werden Entfernungen nicht mehr einschätzbar. Wenn ich über die leicht wellige Ebene zu den Antennendrähten hinübergehe, habe ich den Eindruck, über Hügel zu steigen, aufwärts, tiefe Senken neben mir, und die Pfosten der Funkanlage scheinen hoch wie Fahnenmaste – bis ich unmittelbar vor ihnen stehe und sehe, daß sie nur noch knapp über den Schnee ragen. Die Bergpfeiler dagegen scheinen Dutzende von Meilen weit weg. Selbst wenn ich durch die Gletscherbrillen schaue, komme ich mir größer vor; die Füße tiefer unter mir als sonst.

Ich kann James gut leiden. Als Schwarzer hat man ihm den Posten des Hilfs-Dieselmechanikers gegeben, er ist unser Paradeneger, gleich wie ich die Quotenfrau bin; das verbindet uns. Davon abgesehen mag ich sein freundlich unkompliziertes Wesen, wie er von einem Ohr zum anderen grinst. Brauche ich jemanden, der mir beim Radar draußen hilft, muß ich ihn gar nicht erst lange bitten.

Mittlerweile haben wir uns aneinander gewöhnt; Edward meint, daß mein Einfluß nicht zu unterschätzen ist; meine Gegenwart würde die Rivalität unter den Männern etwas dämpfen, sie könnten manchmal auf ihre vorgeschützte Überlegenheit verzichten und Gefühle zeigen – das bestätige er mir als Arzt. Die Antarktis sei immer Kulisse für Initiationsriten gewesen und ihre Pioniere Symbolfiguren heroischer Männlichkeit. Den ersten beiden Frauen, die man in den 70ern mitnahm, hatte man von Anfang an klargemacht, daß sie eine Ausnahme bleiben würden; die eine war jenseits der Wechseljahre, die andere eine Nonne. Es mag sich gebessert haben, doch die Geschichte der Geographie ist eine spezifisch männliche, dieser Drang, sich das Innere eines Landes zu erschließen, als suchte jeder Mann nach dem Pol, an dem er sich selbst entdecken könne; das Weiß der Karten Projektionsfläche von Obsessionen.

Oder Passionen. Die anderen treibt diese Gefühle um, das sehe ich, doch in mir spüre ich kaum etwas davon, schwer zu sagen, warum. Vielleicht weil ich noch höchstens sieben Jahre

Kinder kriegen kann und diese Grenze mich immer wieder an meinen Körper erinnert, mir eine andere Lebenszeit gibt. Es ist eine Mitte, um die ich im gleichen Maß weiß, wie sie mir von außen zugewiesen wird, aber ich muß sie nicht erst suchen, sondern immer wieder überwinden. Das ist es, was mich von den Männern unterscheidet, mich vereinzelt; ich nehme dieses Land einfach anders wahr, das merke ich bei jedem unserer Gespräche abends.

Zugleich jedoch muß ich aufpassen, daß sie jetzt nicht ihre Wehwehchen vor mir auszubreiten beginnen; es ist hart genug, mit allem hier fertig zu werden, als daß ich mir noch diese Rolle aufhalsen will. Und die Probleme sind spürbar, selbst wenn sie darüber nur witzeln; sie haben alle eine Frau zurückgelassen, und es arbeitet in ihnen, machmal sehe ich diesen Riß in ihren Augen, merke, wie sie mich ansehen, als suchten sie sie jetzt in mir. Karel hat über seinem Funktisch ein Cartoon hängen, eine Frau, die zu Hause am Computer sitzt und über Satellit ihren Abschiedsbrief an einen als Pinguin karikierten Mann schickt; Deiner ist länger, steht in der Sprechblase, aber seiner ist hier.

Ich komme nach der Arbeit ins Eßzimmer und kann mich vor den dampfenden Teller setzen, die Hausarbeit machen andere, ich muß nur versuchen, mich in ihre Kameraderie einzuleben. Trotzdem gewöhne ich mich nur schwer daran, daß ein Mann neben mir ins Pissoir pinkelt, während ich auf dem Klo sitze; leichter noch an den Uringeruch, der sich durch die Baracke zieht – es wird nicht gespült, weil wir Wasser sparen müssen. Seltsam auch, daß man die anderen, trotz der dicken Kleidung, eher riecht als sich selbst. Die Daunenparkas sind schwarz geworden von Öl, dürfen aber nicht gewaschen werden; bei den übrigen Kleidern muß man sich der strengen Rationierung wegen genau überlegen, was man in die Waschmaschine gibt. Und das Warmwasser in der Dusche läuft zu kurz, als daß man sich richtig abschrubben könnte; statt dessen beginnt sich die Haut zu schuppen. Meine Haare sind meistens so fettig, daß ich sie in einem Knoten trage. Da ich aber die meiste Zeit im Labor zubringe, gehöre ich noch zu denen, die am wenigsten schmutzig sind; wir streiten uns inzwischen sogar ums Abwaschen, nur um wieder saubere Hände zu haben. Nur unser Schweiß riecht nicht: Es gibt keine Bakterien, die ihn in Körpergeruch verwandeln könnten.

In der Mitternachtssonne, die sich über den Horizont stiehlt, werde ich zusehends schlaflos: Ich kriege das Große Auge, wie man es nennt; den anderen geht es gleich.

So isoliert wir hier auch sind, habe ich bis jetzt noch nicht das erwartete Gefühl völliger Abgeschnittenheit empfunden; und es gibt ja das Satellitentelephon. Was mir überraschenderweise zu schaffen macht, ist das Private; die Abgeschiedenheit unserer Lage schafft eine Enge, der man sich schwer entziehen kann: Mein größtes Bedürfnis in dieser Isolation ist paradoxerweise das nach einem Rückzugsort, an dem ich unbeobachtet sein kann, für mich, allein. Die Station läßt das nicht zu; Individualismus ist illusorisch, weil alles davon abhängt, wie gut wir miteinander auskommen; wie nie zuvor bin ich Teil eines Ganzen, von dem man sich nicht ungestraft abtrennen darf. Wir lernen einander zu gut kennen, unsere Eigen- und Eitelkeiten, und doch erscheint mir das, was ich von den anderen weiß, unwesentlich. Die Geschichten aus ihrem Leben sind nichts als Anekdoten, die sich gleichen, so wie sich ihre Gesichter mehr und mehr mit den Bärten, die ihnen wachsen, zu gleichen beginnen. Masken. Wie die Gesichtsmasken aus Neopren für die Fahrt mit den Schneemobilen, die nur die Augen frei lassen.

Durch das Plastik meiner Fensterscheibe reicht jetzt der Blick bis zu den Gipfeln des Ahlmann-Gebirges, der Gletscher wie eine glatte See, eine Sonnenlichtung darauf; der Fallwind von den Bergen weht Schnee darüber, der sich auf dem halben Zoll Vorsprung vor dem Fenster steil aufschichtet, fein wie Staub (der rieselnde Driftschnee besteht aus winzigen Stäbchen und Zäpfchen; an der Oberseite hauchfein eine Schicht Eis).

Und ich, inwendig? Nach diesen ersten paar Wochen? Ein Gefühl von Vollständigkeit, ohne daß ich es jetzt schon bezeichnen könnte. Es ist mehr, als ich gehofft habe; der Grund, den Forschungsauftrag anzunehmen und hier zu überwintern, war ja, nicht mehr alleine

Frau sein, sich nur ständig widergespiegelt sehen zu müssen, sondern ich selbst zu sein. Genügen in mir zu finden; Stille. Und die Einsamkeit lange genug zu erfahren, sie auszuleben. Nach niemandem zu suchen, mich nach niemandem zu sehnen, an keinen zu erinnern. Nur dazusein. Wie damals als Mädchen, als ich den ganzen Tag auf dem Traktor saß und Gerste pflanzte auf den 26 Morgen Land rund um den Hoel, den Hügel, der nach irgendeinem längst vergessenen Großgrundbesitzer hieß. Die Sonne brannte die Erde aus, Staub lag dick in der Luft, mein Gesicht, die Arme und Kleider waren voll davon, rußig vor Schweiß und pulvrigem Dünger, aber ich war glücklich. Seit Tagesanbruch fuhr ich nur rund und rund um dieses Feld, in enger werdenden Kehren, den Blick auf die Furchen gerichtet, nur daran denkend, das Korn zu säen, und ich wie besessen von diesem einen Gedanken; es lag alle Freiheit darin, mein ganzer Körper hatte Anteil daran, war durch nichts abgelenkt, einer Ruhe nahe, die so weit war wie die Riffelung auf dem eingezäunten Wasserreservoir am Fuß des Hügels, seine dunkle Fläche im Wind. Die Einsamkeit, die ich dann spürte, war heiter und gelassen, das Bewußtsein in der Welt zu sein, etwas, das sie von innen heraus erfaßte.

Diese Art des Alleinseins ist es, die ich gesucht habe; die Vereinsamung dagegen kenne ich nur zu gut – weiß, daß nur ein schmaler Grat eins vom anderen trennt. Im Sommer in Salvador, nachdem ich endlich das Hotel in der Oberstadt gefunden hatte, wanderte ich durch die schwüle Hitze zum Pelourinho und sah die Gesichter an mir vorüberziehen; ich unterhielt mich damit, ihnen Namen zu geben, die ich ebensoschnell wieder vergaß wie die Fratzen auf der Sandsteinfassade der Franziskuskirche oder die Steinlöwen, die auf der weißgekalkten Häuserwand im Schatten thronten, in einem portugiesischen Barock von Blau und Gelb unter dem schwarzen tropischen Schimmel, der fein über allen Farben wucherte, bis meine Augen auf einem jungen Paar haften blieben, das auf einer Mauer saß, leise redete, ihre Beine sich berührend, die Hände ineinander. Es ging etwas von ihnen aus, ein Schatten wie von den Wolken, die über die Häuser hinweghuschten; ich merkte, wie meine Schritte schneller wurden, fühlte eine Anspannung in meinem Körper, der Innenseite der Arme, in der Brust, dem Gesicht. Als würde ich größer. All die spielerische

Leichtigkeit dieses Tages war mit einem Mal verloren, ich zwängte mich durch das Gedränge, sah nur wenige meinen Blick erwidern. Der Wind trieb leere Plastikbecher über den Weg, denen ich einen Stoß gab, und es war, als hätte ich vergessen, was ich in dieser Stadt gesucht hatte; wen.

Wie um mir selbst zu widersprechen, habe ich ihm jetzt doch eine Mail geschickt. Karel sagte, daß er den Satelliten nur mehr eine halbe Stunde auf Empfang haben würde, und ich tippte einfach die Adresse ein, die ich von dem zerknitterten Zettel las.

Hallo, Rui. Mein Name ist Marah. Ich bin die Frau, die du das erste Mal auf Fernando de Noronha am Strand von Conceição gesehen hast. Ich habe auf deine Einladung damals nicht reagiert, weil ich solche Einladungen grundsätzlich nie annehme. Aber ich danke dir jetzt dafür und auch für deine Zeilen; es waren schöne Worte. Du warst sehr höflich, bei allem. Danke.

Wahrscheinlich habe ich's nur getan, weil die aus einem Taucherlogbuch herausgerissene Seite immer wieder zwischen meinen Papierbögen auftauchte. Tiefe, Tauchlänge, Sichtbarkeit, Temperatur; die für einen Kommentar vorgesehene Spalte hatte er in zügigen Blockbuchstaben vollgeschrieben; darunter, als wäre es bloß ein Postskriptum gewesen, seine E-Mail-Adresse.

Verzeihen Sie mir, daß ich Ihnen schreibe, denn es Ihnen zu sagen, dafür habe ich einen zu trockenen Mund, nicht der Hitze wegen oder weil ich keinen englischen Satz über die Lippen brächte, sondern allein ob Ihrer Schönheit. Ich kann nicht anders, als Sie anschauen, die Linie Ihres Rückens, Ihr Haar, als wäre die ganze Nacht darin. Wie gerne würde ich Sie auf einen Kaffee einladen, in dem Hotel, in dem wir beide sind, heute abend oder wann auch immer, morgen oder nächstes Jahr, in Salvador oder London, nur um Ihren Namen zu erfahren. Hochachtungsvoll, Rui.

Ich lag auf dem Bauch im Sand, meinen Kopf in der Armbeuge vergraben, manchmal aus Langeweile einen kurzen Blick über den Strand werfend, und merkte, wie er dabei zu mir herschaute. Wir waren uns ein paarmal begegnet, er kam immer spätnachmittags, die Haare noch naß vom Tauchen und lang übers Gesicht, einen nicht zu kleinen Bauch über seinen weiten Shorts, aber wir hatten kein Wort miteinander gewechselt. Er saß im Schneidersitz, ein Stück Papier auf dem Schenkel, ich sah, daß er etwas schrieb und mich dabei anlächelte, aber ich war trotzdem vollkommen überrascht, als er plötzlich neben mir in diesem feinen grauen Sand kniete und mir einfach einen gefalteten Zettel in die Hand drückte; er sagte etwas auf portugiesisch, das ich nicht verstand, aber daß er vor meinem Blick verlegen zu Boden sah, nahm mich für ihn ein, obwohl ich ihn für einen hielt, der bloß darauf aus war, Frauen am Strand aufzureißen. Auf seine Verabredung ging ich nicht ein, aber aus Neugier doch an der Bar vorbei, er war allein, hatte die Füße auf der Balustrade, ein blaugestreiftes Hemd an, das ihm gut stand, und rauchte. Ich wich ihm nicht aus, ich lag am nächsten Tag an derselben Stelle am Strand, er kam wieder um die gleiche Zeit, gab mir aber durch nichts zu verstehen, daß er auf mich gewartet hatte, er nickte nicht einmal.

Februar, und etwas beginnt sich zu verändern; ich kann es fast in der Luft riechen und sehe es an den immer weiter kriechenden Schatten. Die Temperaturen gehen auf null Grad Fahrenheit zu (wo auch das salzigste Wasser noch zu Eis wird), und der Himmel abends immer röter.

Heute abend war das Polarlicht zum ersten Mal zu sehen, stark genug, daß es sich noch gegen den Tag ausnahm. Matt schimmernd erst, masernd, Streifen Lichts nebeneinander, kaum bewegt noch, dann büschelig in fahlem Rot und vom Sturm getrieben; Fuchsfeuer, minutenlang, Funken aus einem aufglimmenden Fell und der Rutja, der brennende Strom, wie die Finnen dieses Flammen nennen, sein Vigrod am Horizont, bevor es übergeht und zu fließen beginnt.

MAGNETISCHER und geomagnetischer Pol. Dort, wo die Nadel senkrecht nach unten zeigt und den Kompaß unbrauchbar macht, liegt der magnetische Pol; er wandert beständig im Packeis vor der Adélie-Küste – dem Stirnlappen meiner einem Gehirn ähnelnden Karte über dem Schreibtisch. Im letzten Sommer hat ihn ein Schiff zum ersten Mal erreicht; zur Feier ließ man eigens Briefmarken drucken, die so häßlich waren wie die Idee dieser Expedition in meinen Augen lachhaft, reinste Geldverschwendung, typisch für ein männliches Denken, das solche extreme Punkte glaubt besetzen zu müssen.

Der geomagnetische Pol hingegen liegt Hunderte von Meilen davon entfernt im Wilkes Land, der Schläfe des Kontinents. Er bildet die Mitte des sechshundert Meilen breiten Rings des Polarlichtes – jenes Ovals, das sich zwischen Neuseeland und dem Kontinent über den Ozean zieht, der Küste ins Weddellmeer folgt, dann wieder über Antarktika zu liegen kommt, quer über den geographischen Pol, um sich am nördlichen Rand des Rossmeers wieder zu schließen – vor allem aber ist er das Zentrum einer als einheitlicher Magnet betrachteten Erde (für die man zum Kern auch die elektrischen Felder der Ionosphäre und die Meeresströmungen miteinbezieht). Dieser letztlich durch die Sonnenflecken und die See immer wieder versetzte Sammelpunkt: das ist mein Pol, in mehr als einem Sinn; die Allegorie einer anderen Art von Anziehung, die angenommene Mitte unterschiedlicher magnetischer Kräfte, denen ich ausgesetzt bin.

Alle in der Station hatten mir auf die eine oder andere Art bestätigt, daß Fanus mich im Visier habe, weil er wegen Kleinigkeiten an mir herummäkelt, die ich nicht einmal zu notieren für wert halte, so lächerlich scheinen sie. Seit ich ihn deshalb zur Rede gestellt habe, hat sich die Situation gebessert. Er mag im Grunde kein schlechter Kerl sein, in seiner Pedanterie und Egozentrik ebensowenig über den eigenen Schatten springen können wie ich, aber ich kann ihn trotzdem nicht ausstehen. Genauso aber ärgert mich, daß ich immer so lange brauche, um an den Punkt zu gelangen, wo ich mir sage: Nein – bis hierher und nicht weiter.

Vokabelliste: Wenn das Wetter *hooley* ist (stürmisch und schlecht), richtig *manky* (fürchterlich stürmisch und schlecht), kann man nur einen *smoko* machen (eine Teepause) und vom *Banana Belt* (der antarktischen Halbinsel) träumen, wir *beakers* (nach den ›Wissenschaftlern‹ der Muppetshow) – ebenso wie die *gashmen* (die Männer, die gerade zum Putzen eingeteilt wurden). Gibt's abends keinen *munch* (dehydriertes Fleisch), dann *hooch* (suppigen Eintopf, den man früher aus Pemmikan und Haferkeksen zubereitete, jetzt mit Curry), um dazu ein Glas *homer* (selbstgebrautes Bier) zu trinken.

Das Infantile der Namen ist einem kaum noch bewußt, so schnell hat man sich an sie gewöhnt, und es ist schwer zu sagen, ob sie das Bedürfnis zeigen, dem Unwirtlichen und Unmenschlichen dieses Kontinents mit Humor zu begegnen, oder ob sie eine psychische Regression verraten.

Habe kein Zeitgefühl mehr; ich mußte zum Computer gehen, um herauszufinden, welcher Tag heute ist: Dienstag, 25. Februar. Neben der Anzeige auf der Leiste blinkte es blau auf; Mail. Ich bekam unwillkürlich Herzklopfen; Rui hat zurückgeschrieben.

Hallo, Marah. Ich habe Sie damals verstanden, alles. Aber ich habe auch noch nie zuvor eine so schöne Frau gesehen, deshalb fiel mir nichts besseres ein, als Ihnen zu schreiben. Ich sehe Sie vor mir, den silbrig planen Streifen Strand, das Grün des Meeres, das Blau des Himmels, den Wind, der den Sand darüber hinwegweht, Sie, die Sie in meine Richtung sehen, und ich, der ich nur hoffte, Sie würden immer so bleiben, damit ich Sie ansehen kann, wieder und wieder. In Ihrem Namen, dachte ich damals, müsse es ein au *oder ein* o *geben, etwas Dunkles und Ungreifbares, und ein* l *darin, jede Ihrer Bewegungen fließend wie Wasser; aber auch ein* p, *ein* t *oder ein* k, *etwas Hartes, sich selbst Sicheres, so bestimmt, wie das eine Mal, als Sie mich anlächelten. Das hatte ich Ihnen damals sagen wollen. Wenn Sie mich nur gelassen hätten. Doch wo sind Sie jetzt. In England? Und wer sind Sie, die Frau, die ich das erste Mal auf Fernando de Noronha sah und doch erkannt habe?Ist das wirklich Ihr Name: noomimariamorholt@? Rui.*

Es hat über einen Monat gedauert, die Radarmasten zu warten und zu reparieren, 16 T-Träger eine halbe Meile von der Station entfernt. Die einzige Erholung ist es, zwischen der Arbeit zum Funkmasten an der Abbruchkante des Vesles hinaufzusteigen, um weit zu den aus dem Eisschild ragenden Spitzen der Ahlmannberge zu schauen. Frei über dem Abgrund hängende Wächten

Hallo. Nein. Ich bin in der Antarktis. Ich arbeite auf einer Station als Wissenschaftlerin und beschäftige mich mit der Aurora. Was machst Du im richtigen Leben? Noomi.

Mit den Schneemobilen sind wir letzte Woche zum Istind Gipfel gefahren und haben in der Geologen-Hütte übernachtet. Wir ratterten mit 30 Meilen übers Eis; ich habe leider zu spät gelernt, daß man besser mit dem Oberkörper als mit der Lenkstange die Richtung hält und mit Knien und Armen Schläge abfedert, die sich nicht vorhersehen lassen, weil die Rillen und Wellen zu plötzlich aus dem Glast auftauchen. Das war der harte Weg, um zu verstehen, was *sastrugi* bedeutet – und daß diese mit dem Wind wandernden Eisdünen ebensogut ein paar Zoll wie ein paar Fuß hoch sein können und auf der windabgewandten Seite Tröge voller Pulverschnee haben. Hätte es keine Sicherheitsleine gegeben, die beim Herabfallen den Motor abwürgt, wäre das Ding auch ohne mich weitergefahren, ich knietief in diesem staubigen Schnee, der mir Nase und Mund verstopfte. James hatte angehalten, um mir zu helfen, ohne daß ich es bemerkt habe; als er nun mit seiner angeeisten schwarzen Neoprenmaske plötzlich vor mir auftauchte, versetzte er mir einen heillosen Schrecken, die geifernde Fratze all der Alpträume meiner Kindheit, ihre Klauen ausgestreckt nach mir. Die Blutergüsse werde ich noch Wochen haben, aber ich werde sie stolz wie Trophäen tragen, zum Zeichen, daß ich etwas in mir besiegt habe.

Die Schutzhütte liegt verloren unter diesen vollkommen vergletscherten Alpen, der Istind ein zur Felstafel erodiertes Matterhorn, voller Firn auf der einen Seite, vollkommen eisfrei auf der anderen; ein langes, mageres Joch, an dem sich die Zeitalter scheiden, alle vorigen Eiszeiten von der nächsten, die auf uns zukommt.

Die Nachmittage sind so klar im langsam zur Neige gehenden Licht jetzt, daß man fast kein Geräusch zu machen wagt, damit sie nicht in Stücke gehen. Heute habe ich den Himmel zerbrechen sehen wie Glas, Eiskristalle zerstäubt im Licht, winzige Splitter. Ein platinfarbener Balken stieg darin vom Horizont auf, mitten durch die Sonne, und ein leuchtender Schatten legte sich waagrecht darüber, zu einem vollkommenen Kreuz. An seinen Querbalken standen Falsche Sonnen, unter denen der Schatten meiner Beine auf dem Schnee blaß wurde und sich vervielfachte; grüne und gelbe Parhelia, kaum verzerrt: Sonnenhunde.

Frank hört Maxwell Davies' *Antarktische Symphonie*. Sie hallt laut durch die Station, eigenartig langsam, und kommt mir plötzlich so deplaciert vor. Schließlich wechselt Frank mitten im ersten Satz die CD. Ich muß lachen, als ich merke, daß es nun Elvis Presley ist. Und drehe mich zum Computer. Manchmal haben wir tagelang keinen Empfang, dann wieder kommen alle Mails auf einmal.

Hallo, Noomi Maria Morholt; wie habe ich mich gefreut über Deine Antwort ... von irgendwo im Süden. Ein eigenartiger Name, Noomi; so fremd er mir im ersten Moment schien, habe ich ihn doch schon einmal gehört – bei dem Jesuiten, der uns im Dorf unterrichtet und die Bibel eingebläut hat; wir sind denn auch über das Alte Testament nicht hinausgekommen. Irgendwo darin steht die Geschichte einer Frau auf einem Gerstenfeld, die nicht mehr Noomi genannt werden wollte, sondern Marah, wie jener Ort in der Wüste, an dem Moses nur bitteres Wasser fand, bis ihm der Herr ein Holz zeigte, das es wieder süß machte; in welchem Buch die Geschichte steht, fällt mir nicht mehr ein. Und das ist es auch, was ich ›im richtigen Leben‹ tue; Geschichten erzählen, die ich halb vergessen habe – oder in Büchern anderer finde. Es ist still jetzt; von meinem Fenster aus sehe ich die Bucht von Todos os Santos mit Itaparica und den anderen Inseln; wohin man blickt, ihre Lichter, ringsum, daß man meinen könnte, man sähe das beleuchtete Ufer einer unsichtbar in die Nacht wachsenden riesigen Insel vor sich und nicht nur einen Atlantik, der sich hier zum Kreis zu schließen scheint. Und Du? Siehst Du denselben Ozean? Oder nur Eis? Wird es schon dunkel bei euch? Rui.

Drei Arten der Dämmerung, Rui, gibt es. Am 10. März um 4 Uhr 10 morgens werden wir den unteren Rand der Sonne erstmals die Kimm berühren sehen; um 19 Uhr 40 wird sie mit der Mitte darauf liegen und am 11. März um 12 Uhr vormittags ganz versunken sein. Die herkömmliche Dämmerung beginnt am 27. März, wenn an dem Punkt, an dem sie untergegangen ist, die Linie des Horizonts gerade noch so klar erkennbar ist wie die hellsten Sterne; sobald sie jedoch – am 11. April – unsichtbar geworden sein wird, hebt die nautische Dämmerung an. Und am 1. Mai dann wird das Restlicht der Sonne dunkler geworden sein als das Sternlicht: und die astronomische Nacht anfangen.

EISBLINK JETZT, im Nordosten; Licht vom Packeis in der Bukta, das von den Wolken widergespiegelt wird, grell wie Gneis und von dunklen Flözen durchzogen, den Wasserrinnen zwischen den Schollen. Eine Heliographie, flackernd über der Eiswüste; wie das, was von der Idee eines Gottes geblieben ist.

Ruis E-Mails lasse ich oft ohne Antwort, obwohl ich jeden Tag nur auf die eine Stunde warte, in der ich Zugang zum Satelliten habe; er schreibt mir fast täglich. Ich will sie nur überfliegen und drucke sie dann doch aus, will sie weglegen und ziehe sie doch stets wieder hervor, weil ich die Sätze auf portugiesisch darin mag; ich verstehe kaum ein Wort davon und kann deshalb aus ihnen alles herauslesen, was ich hören möchte.

Ich kann nicht aufhören, an Dich zu denken. Es zieht mich wieder und wieder an diesen Tisch, um Dir zu schreiben, Marah. Ich balle die Hände zur Faust, stütze mein Kinn darauf und schließe die Lider, um mir Dein Gesicht wieder vor Augen zu rufen: como lençol que desfaço ao deitar nas trevas do mar. Ich sehe Dich immer dieses erste Mal am Strand, zehn Schritte von mir und doch viel zu weit weg, all die Nacht in Deinem Haar und daß sie mitten im Tag um Dich fiel, Deine Brauen wie die Dämmerung, die um 5 Uhr morgens über das Meer kam, Deine Arme in diesem Zwielicht, die Äste einer Tamariske und Du Dir Deiner Schönheit so wenig bewußt. Mir scheint es seltsam selbstverständlich, daß ich Dir Tag für Tag schreibe; es ist beim Schreiben, daß ich zurück zu Dir komme, die einzige Möglichkeit, mir Dich in Erinnerung zu rufen und mich Dir. Perdoai-me se isto é feito com liberdades poéticas; não tanto pelo som nem pelas frases assimétricas, é só um lume bem mais lento, bem mais brando. Dá-me a entrada, dá-me o tom, desse mar dos olhos teus, negro e profundo – ainda que mal repitas, ainda que mal me vejas. Ainda assim te pergunto.

Meine Alpträume haben aufgehört. Die Angst, die mich als Kind wochenlang heimsuchte, nachdem ich *Das Ding aus einer anderen Welt* gesehen hatte, einen alten amerikanischen Film in Schwarzweiß. In einer Station wie der unseren stoßen Forscher auf ein UFO unter dem Eis, ein Wesen darin, das in ihrem Labor auftaut und wieder zum Leben erwacht, um ihnen die Türen einzureißen, groß im Rahmen stehend, mit langen, wulstigen Fingern und einer starren Fratze, glatt wie unsere Neoprenmasken und ebenso ausdruckslos. Das war das Schreckliche daran, der offene Schlitz, wo der Mund hätte sein sollen. Um überhaupt einschlafen zu können, mußte die Tür zu meinem Zimmer offenbleiben, damit Licht vom Hausgang hereinfallen konnte; aber es spiegelte sich auch briefmarkengroß auf dem Globus wider, der neben meinem Bett stand, daß ich um so angestrengter auf diese winzige Reflektion starrte, in der ewigen Erwartung, dieses Wesen darin auftauchen zu sehen. Meine Eltern brachten mich zu einem Kinderpsychologen, ich weiß noch, wie der Warteraum aussah, nicht aber, was er zu mir sagte. Vor ein paar Jahren sah ich den Film wieder und fand ihn bloß lächerlich, die Angst aber ist geblieben, sie hat andere, in ihrer Ausdruckslosigkeit erschreckende Gestalten gefunden, die Nacht für Nacht auftauchen, immer kurz vor dem Erwachen.

Von der Station Halley haben sich die Engländer per Funk gemeldet und uns einen Platz für einen kurzen Ausflug in die Wohltat-Berge angeboten. Fanus hat ihn mir überlassen, als Geste der Versöhnung (aber er konnte sich die Bemerkung nicht verkneifen, daß ich die einzige sei, die abkömmlich sei); die anderen stellten sich nicht dagegen.

Die Engländer tanken bei uns auf, dann sitzen wir zu fünft in der Twin Otter. Im Süden meilenlange Gletscherspalten, die sich durch das Schelfeis ziehen. Im Norden der Sonne rissiges Seeeis, schwarz gesprenkelt von Schmelzwassertümpeln; die Küste ein schmaler Strich Aquamarin zwischen Kliff und gefrorenem Meer. Das Licht anfangs so, daß man vom Plexiglasfenster aus meint, den

Eisschild sich bis zum Pol wölben zu sehen, den ganzen 9300 Fuß hohen Dom; Lisenen von Wind, die sich an seiner Kuppel hinabwinden, sich schlängelnder Schnee, während wir hoch darüber von einer Turbulenz in die andere geraten. Eine Luftspiegelung plötzlich, Eis und Himmel, die sich verkehren; das, was Himmel war, wird zur Schneedecke, das Eis eine Wolke.

Der Pilot setzt das Flugzeug trotzdem sicher auf den Kufen auf; wir sind *In der Schüssel* gelandet, wie die größte Gletschermoräne dieser Erde heißt, die letzte breite Krümmung eines gestockten Stroms, in dem das Eis unsichtbar für unsere Augen ins Meer fließt.

Die in der Luft so kristalline Klarheit der Landschaft löst sich am Boden auf zu einem Ragnarök aus Anorthit, magmatisch blaue Feldspate, aufgestiegen aus dem tiefsten Inneren der Erdkruste. Ein Gebirge, unwirklich schwarz, das aus einer vollkommen geformten Halbkugel von Firn ragt: Es ist eine andere Welt, in die wir geraten sind; die *Edda* meiner Kindheit.

Ringsum stechen Felszacken wie Reißzähne aus dem Schnee, Fenris' Unterkiefer, nur darauf wartend, die Sonne zu verschlingen, Fänge des Schnees, die einen zerfleischen und einem den Atem rauben, ein Midgard aus dem Kadaver des ersten erschaffenen Wesens, Ymir, das Land unter dem Eis sein Fleisch, sein Blut die Ozeane, sein Gerippe die Bergketten, die Wolken das zerfetzte Hirn, sein Schädel die Kuppel des Himmels und alles darin, die aufgefangenen Funken und Glutbrocken des Feuers dieser Götterdämmerung. Und dazwischen die leuchtend orangen Zeltpyramiden unseres Lagers am Rand des Untersees.

Die Eisdecke des Sees ist voll winziger weißer Blasen, zu apokalyptischen Formen aufgeworfen, manchmal so dünn, daß man mit dem Fuß durchbricht in eine Kuhle bläulicher Luft, bis zur nächsten Schicht gefrorenen Wassers, als wäre die Luftspiegelung doch wirklich gewesen, ginge auf dieser Fläche die Hemisphäre des Himmels über in jene des Gletschers.

Vor dem Abend legt sich der Wind, und die Sonne kommt heraus; das Eis in seinem Graben dann leise klirrend. Ein Stück ruhigen Blaus am Himmel und dann dieses sanft klingelnde Eis. Wir brechen Scherben daraus und schmelzen sie in unseren Primuskochern; es schmeckt, ohne daß ich wüßte, wie.

Am nächsten Tag steigen wir ins Gebirge. Ich klettere zu einem der Gipfel hoch, der Fels ausgefräst und verschliffen. Monolithe, die massiv erscheinen, innen jedoch vollständig ausgehöhlt sind, der Fels ein oder zwei Zoll dick, daß er unter meinen Schuhen zerbricht wie Keramik.

Hinter der Barriere der Berge auf der anderen Seite stoßen wir auf ein namenloses Trockental. Der Wind hat das Gestein erodiert zu Kies und Bändern von grauem Sand, es ist so karg wie ein Fjord, aber die Luft so rein, daß jedes Detail mit schmerzhafter Schärfe hervorsticht; die Schattenlinie wie ein Haarriß über den Ockertönen des Gesteins, splitternd und nackt in der sich im Leblosen vollendenden Stille des Windes. Jeder Schritt hallt wider in einem Echo, das sogar noch das Schaben des Bleistifts über diese Seite zurückwirft; aber die Gefühle sind nicht beschreibbar.

Die glitzernden Rinnsale des Schmelzwassers an den öden Flanken rücken dieses unsagbar Entlegene noch näher vor Augen. Glasig gelb durchzogene Flanken, die Felsbänder senkrecht und verworfen von der Gewalt der Gesteinsbildung. Jede einzelne Wand in der ausgeblasenen Öde dieses Tals ist glatt, von einem dunklen mineralischen Lack überzogen, ein lunarer Glanz, der die Mumien der Robben darin um so unnahbarer werden läßt. Keiner von uns kann sich erklären, warum sie soweit von der Küste landeinwärts gewandert sind und wann. Auf den ersten Blick scheinen sie nur in ihren schwerfälligen Bewegungen innegehalten zu haben, Kopf und Flossen in der Luft, die Backenzähne bleckend. Aber über den Gaumen sind die Lippen eingeschrumpft, die Augenhöhlen ausgeronnen, die Haut so steinern wie ihr Fett, Skulpturen eines katatonischen Elends, in ihrem Anschein von Lebendigkeit toter als dieses Tal noch. Nichts, was mich dazu bringen würde, dieses Blinde zu berühren.

Auf dem Rückmarsch bedeckte sich der Himmel mehr und mehr mit Wolken, bis alle Schatten verschwunden waren und der Horizont nicht mehr zu erkennen, ein Whiteout trotz klarer Luft. Dann kam der Wind wieder, Fallwind, der von der Höhe der Polkappe allen Raum hatte, um kälter zu werden, schwerer, und die Gewalt eines Blizzards zu erreichen, ein Sturm voller Eisnadeln, daß wir unsere Zelte nur mehr kriechend erreichen.

Ein Zelt wurde zerrissen, beim anderen brachen die Stangen, wir waren schließlich zu dritt in meinem. Am Morgen, aber es war ja immer noch licht wie jeden Tag, Schlaf hatten wir keinen gefunden, stieg ich aus dem Daunensack, wand mich in die Überkleider und schaufelte den Schnee vom Eingang weg. Als ich aufstand, zwangen mich die Böen in die Knie. Ich torkelte vom Zelt weg, auf der vergeblichen Suche nach irgendeinem Windschatten, zog die Fäustlinge aus, den Reißverschluß auf und kauerte mich hin, bis der nächste Windstoß mich zurück in den Kindergarten warf, hilflos und schamrot. Ich kroch ins Zelt zurück, und die beiden Engländer gingen hinaus, um ein paar Kniebeugen zu machen, während ich mir die angedreckten Kleider auszog.

RIOMETER. Sechzehn Antennen für eine 8 x 8-Matrix von Radarsendern auf einer Arbeitsfrequenz von 12 MHz, die den Fächer ihrer Strahlen in die D- und E-Schichten hinaufschicken, in 60 bis 180 Meilen Höhe, um alle zwei Minuten zweieinhalb Millionen Quadratmeilen der Ionosphäre abzutasten – die Übergangsregion zwischen unserer elektrisch neutralen Atmosphäre und dem Plasmaring in der inneren Magnetosphäre darüber, der wie ein Dynamo wirkt, ohne daß man bislang weiß, weshalb. Aber Rui hat gefragt.

Wenn dieser Dynamo in Fluß kommt, sammeln sich an seinen Feldlinien Elektronen an, Wirbel und Strudel wie an einer Stromschnelle, um in 6000 Meilen Höhe über etwas zu schießen, das man sich als Klippe vorstellen kann, eine Kaskade beschleunigter Partikel, die am Fuß auf die Atome der Atmosphäre prallen; diese geben dadurch selbst Elektronen ab, welche ihrerseits dann in einem entgegengesetzten Kreislauf von der Magnetosphäre erneut angezogen werden: In dieser Kollision mit dem Sauerstoff und dem Stickstoff der Luft werden die flachen Schleier dieses Katarakts zur Aurora.

Die Falten, die sich darin bilden, messen wir; die Zeitverschiebungen zwischen den gesendeten und empfangenen Radarstrahlen zeigen, wie weit entfernt sie von uns sind, die Frequenzverschiebung die Geschwindigkeit, mit der sich diese Riffelungen ausbreiten.

Es sind diese in der Ionosphäre sichtbar werdenden elektrischen Ströme, die magnetische Störungen am Boden hervorrufen, welche den Funkverkehr unterbrechen, das GPS und andere Navigationsysteme funktionsunfähig machen, Kommunikationssatelliten beschädigen, Hochspannungsleitungen und Stromnetze lahmlegen.

Bei unserem *Southern Hemisphere Auroral Radar Experiment* (SHARE) übermitteln wir unsere Meßwerte nach Durban, wo sie mit jenen der englischen Radarstation in Halley und der japanischen in der Lützow-Holm-Bucht abgeglichen und an die NASA weitergegeben werden; wir sind Teil eines großen Netzwerks von Stationen, die am nördlichen wie am südlichen Polarkreis eingerichtet wurden.

Der sich selbst erregende Generator, wie die Physiker sagen, zwischen dem Weltall und unserer Atmosphäre ist es, der mich interessiert: Er stellt einen Kreislauf her zwischen einer Leere (die immer noch voll ist von sich mit Lichtgeschwindigkeit bewegenden Teilchen) und einer Lufthülle, die nur deshalb so überreich an Molekülen ist, weil organische Prozesse ein chemisches Ungleichgewicht herstellen, das verhindert, daß es auf der Erde zum Kältetod kommt. Der Kreislauf zwischen einem Nichts und dieser Fülle (die von den unterschiedlichsten Arten von Leben geschaffen wird). Dem Licht, das dieses Leben ist. Es generiert. Ein Dynamo, der sich auch unabhängig von den Sonnenwinden in Gang setzt, den Tausenden Tonnen von Materie, die jede Sekunde von einer rotierenden Sonne losgerissen werden.

Lieber Rui, die Aurora mußt Du Dir als den Bildschirm vorstellen, auf dem Du gerade diese Zeilen liest – auf die flüssigen Kristalle der Luft treffende Elektronen, die dann rotes, günes oder blaues Licht abgeben; nichts als elektrische Impulse, die zu optischen Signalen umgewandelt werden.

Du schreibst sehr schön; manchmal bringst Du mich zum Lachen. Mag sein, daß es das Lachen ist, das mir gute Laune bereitet. Darum habe ich auch keine Lust, die lange Liste der Fragen abzuarbeiten, die Du mir gestellt hast; beantworte doch Du sie mir zuerst. Und nenn mir den Titel des Buches, das Du gerade schreibst. Ich werde es mir kaufen, wenn es erscheint.

Die Zeit zieht sich hin; vorgestern war Karfreitag, und ich machte einen Spaziergang. Böen, schwer vor Eisflocken erst, dann leicht, und ich bin an der vom Wind geformten Moräne aus Eis vorbeigestapft auf den nördlichen Felspfeiler des Vesles, bis ich von seiner Kante aus frei über den Gletscher sehen konnte, die Antennenmasten im Rücken. Ich war schlecht gelaunt, dieses ewigen Lichts und des lang über den Harsch kriechenden Schattens müde, des Winds, des Alleinseins und meiner selbst überdrüssig. Eine Weile stand ich nur da und schlug mit der Spitze meiner gelben Mukluks gegen einen Findling. Dann fühlte ich eine Veränderung. Der Wind wechselte, die Wolkendecke brach auf. Ich sah auf meine Uhr und dachte daran, daß das nun genau die Stunde war, wo die Messe zu Ende ging, die ich als Mädchen mit meinen Eltern besuchen mußte. Ich wuchs zu schnell in dem Alter, die Knochen meiner Knie heilten zu langsam, ich mußte mir immer eine dunkelbraune Paste gegen den Schmerz draufschmieren, und das Knien in der Bank tat weh; ich verstand ohnehin nie, wann ich stehen, knien oder mich endlich wieder setzen konnte, ich machte es meiner Mutter nach, die Predigt langweilte mich, ich warf den jungen Männern verstohlene Blick zu, ich war neugierig, wollte abgelenkt werden, sah zu den Bleiglasfenstern in der grauen Granitmauer hinauf, zur Versuchung des heiligen Antonius, und wollte nur ins Freie. Und auf diesem Felskranz da überkam mich nun plötzlich ein seltsames Gefühl, ein Jubel fast; es war einer dieser unbeschreiblichen Augenblicke, wo man etwas in sich zur Ruhe kommen spürt und etwas anderes erwachen. Voll davon rannte ich mit ausgestreckten Armen den Hang wieder hinunter, schreiend, den ganzen Weg. Unten dann war es mir peinlich, ich hoffte, daß mich niemand dabei gesehen hatte, innerlich triumphierte ich jedoch, war glücklich.

Im Sommer 1980, als ich gerade sechzehn geworden war, habe ich gesehen, wie Licht Blei zu werden schien. Es war neun Uhr abends und dunkel, das weiß ich noch so genau, weil ich immer um halb zehn wieder zu Hause sein mußte; ich saß mit meinem Freund auf dem Picknicktisch eines Pavillons im öffentlichen Park, der auf drei Seiten offen war, die Wand hinter uns, draußen überall Regen, ein fernes Donnern. Ein Ball aus gelblichweißem, flauschigem Licht mit einem flackernd blauen Rand, kaum heller als eine schwache Glühlampe, tauchte plötzlich zu unserer Linken auf, etwa dreißig Yards entfernt. Wind ging keiner, aber dieser Ball schwebte über dem Gras und driftete langsam auf unseren Pavillon zu, im Dunkeln wirkte er riesig, und ich sah erst, als er abrupt, keine drei Schritte von unseren Köpfen, auf die nassen Holzplanken fiel, daß er nicht größer als ein Volleyball war. Ruckartig schlitterte er über die Bohlen und wieder aus dem Pavillon hinaus, wo er sich erneut ein paar Fuß in die Luft erhob, noch ein paar Yards weiterwanderte, um dann auf die Erde zu sacken und auszugehen, vollkommen lautlos. Das einzige, was ich hörte, war ein Geräusch wie von einem gerade angerissenen Zündholz, als er an meinem Haar vorbeischwebte, die Luft roch nach Jod, alles zusammen dauerte nicht länger als fünfzehn Sekunden. Ich erinnere mich noch in aller Deutlichkeit daran, weil es so unglaublich schien, wenn nicht auf dem Podium eine verbrannte Spur zurückgeblieben wäre. Und ich lernte erst auf einem Seminar vor ein paar Jahren, daß das, was ich gesehen hatte, ein Kugelblitz war, der entsteht, wenn ein Gabelblitz in die Erde schlägt und dadurch einen glühenden Siliciumball erschafft, in der gleichen chemischen Reaktion, wie sie auch von der Industrie eingesetzt wird, um aus Sand reines Silicium für die Halbleiter unserer Computer zu fertigen.

Ich nahm meine Dusche, die Sonne im Plexiglas eine weißglühende Scheibe, handbreit über dem Horizont, und stellte mich vor den Spiegel, so grotesk nackt plötzlich, ein paar Tanzschritte machend, sinnlos ein paar Worte zum Rhythmus singend: Ich bin allein, allein, geboren, allein zu sein, so bin ich am Besten, und betrachtete das Spiegelbild meiner weißen Arme, meines Gesichts, der Schultern, Brüste und meines Hinterns, eine Hand zwischen meinen Beinen, die Tür im Hintergrund, und fand mich hübsch. Der Schmutz sammelte sich vor dem Abfluß wie feiner Sand, er bildete lehmige Wirbel und Kehren eines winzigen Stroms, eine Landschaft in Miniatur auf dem weißen Plastik der Wanne, alles Sichtbare, das sich in seiner Dauer bis ins Unendliche wiederholt, bis in unsere Körper, und ich stützte meinen Fuß am Rand der Dusche auf und lackierte mir aus reinem Übermut die Nägel.

Also beantworte ich Dir meine Fragen an mich, Marah: Ich trage immer nur blaue Hemden, ich esse gerne Fisch, er kommt frisch von den Boo-

ten, ich mag Menschen nicht, denen die Neugier fehlt, ich will die Welt riechen, sehen, schmecken, was mir nicht gefällt, kann ich oft erst nach einiger Zeit sagen, aber ich weiß sofort, wann ich mich zu etwas hingezogen fühle, das ist selten, aber bei Dir war es so. Ich bin in Lissabon geboren, meine Schwester lebt in Buenos Aires, sie hat zwei Kinder und ich einen Bruder, der erst achtzehn ist; meine Kindheit verbrachte ich in Taiwan und Australien, mein Vater arbeitete für einen pharmazeutischen Konzern, es war das ewige Abschiednehmen, das mir davon in Erinnerung geblieben ist, das Provisorium unserer Existenz. Dieses Gefühl der Unbeständigkeit sitzt tief in mir, deswegen hasse ich auch Flughäfen immer noch, die Verunsicherung eines Last-Minute-Calls, mein Vater konnte nie pünktlich sein, jede seiner Abreisen war ein hektisches Theater. Angst vorm Fliegen habe ich deswegen nicht, aber das Landen mag ich nicht mehr, ich verstehe es zwar außerordentlich gut, mich anhand eines Stadtplans zu orientieren, aber ich mag mich in dieser immer wieder neuen Fremde nicht mehr zurechtfinden. Von den vielen Ländern, in denen wir lebten, mag ich nicht erzählen, oft genug verwechsle ich auch noch die Jahre, aber mir ist das bittere Gefühl der Schulzeit geblieben, wechselnde Klassen, in denen man sich den anderen vorstellen mußte wie in diesen Zeilen hier, um die ich Dich bat – das einzige, was gleichblieb, ist die blaue Tinte der Kugelschreiber, ich schreibe auch heute noch äußerst ungern mit Schwarz, es grenzt fast an Aberglauben, ich fülle Bogen um Bogen eines Romans, der ›Tristan da Cunha‹ heißen sollte, doch der Name klingt nach einem historischen Schinken, außerdem will ich nicht einen Fliegendreck auf der Landkarte zum Mittelpunkt meiner Welt-Allegorie machen; Tristan allein dagegen nach Wagner und einer Romanze, die kein Happy-End verspricht, und so ein Titel wie ›Die einsamste Insel der Welt‹ ist bloß etwas für das amerikanische Publikum: ›Der Sturm‹ werd ich's nennen. Trotz des vielen Schreibens hat sich meine Handschrift nie zu stabilen Zügen verfestigt, einige Buchstaben sehen stets anders aus; ich hasse diesen Computer hier, würde Dir viel lieber Briefe schicken und sie von Dir erhalten, aber das ist unmöglich, ich weiß. Ansonsten schlafe ich gut, doch gestern nacht wollte ich lieber an Dich denken; ich glaube nicht an Gott, aber wenn ich wählen müßte, dann die griechischen Götter, einen für den Wind, einen für das Meer und Athene für Dich, meine Noomi – ich denke, wenn ich Dir hin und wieder auch Gedichte schreibe, ist das Religiosität genug. Anders als die meisten in meinem Beruf trinke ich nur wenig, und dann immer nur in Gesellschaft, da war eine Frau in meinem Leben, sie war meine dunkle Seite, ich liebte sie, aber es war unmöglich, mit ihr zu leben. Es fällt mir schwer, mich zu verlieben, aber obwohl wir kein Wort darüber verloren, habe ich mich doch beim ersten Blick in Dich verliebt, Deine Schönheit war so überraschend und fern, trotz unserer Nähe dann, ich finde immer noch keine Worte dafür, obwohl ich Dir immer länger werdende Briefe schreibe, aber ich spreche dabei allein über die Stille, die in mir ist, seit ich Dich sah. Ich schrieb meinen ersten Roman in Lissabon, ich rannte zweimal aus Restaurants, ohne zu bezahlen, und ich wünsche mir nichts mehr, als daß Du jetzt bei mir wärst, in dieser Nacht, die Du für mich hier nun aus Deinen Haaren schüttelst.

Tristan da Cunha. Als wäre wirklich alles nur sechs Grade voneinander entfernt, jeder um sechs Ecken mit jedem anderen verbunden, egal, ob es darum geht, einen gemeinsamen Bekannten zwischen uns und jedem anderen auf diesem Planeten zu finden, einem Eskimo oder dem Präsidenten Südafrikas, oder in Hollywood, wo es weniger braucht, bei einem Film mitgemacht zu haben, in dem Kevin Bacon eine Rolle hatte; diese Art von Spielen machen wir hier aus Langeweile oft genug, wir beziehen sie auf alles mögliche, Fanus vorzugsweise auf seine Briefmarken natürlich, er kennt zu allem irgendeine Erstausgabe, wir glauben's ihm gerne, wir haben ja selber keine Ahnung davon. Als wäre alles miteinander verbunden, ohne jede Zufälligkeit, eine Frage von Mittelpunkten nur, den Knoten eines sich weit knüpfenden Netzes, ob ich nun im Internet nach weniger als einem Dutzend Clicks das gefunden habe, was ich suche, oder dem Umstand, daß wir auf der Fahrt ins Königin-Maud-Land Tristan anliefen und ich im Sommer zuvor auf Fernando de Noronha war, wo er sechs Schritte von mir im Sand lag.

Und zwei Tage später saßen wir im selben Tauchboot, es war kurz vor Sonnenaufgang, man roch den Jakaranda auf den Felsen drüben, und dann kamen sie, es waren Hunderte von ihnen, ihre Rücken rauschten im stillen Wasser der Bucht, wir glitten aus dem Schlauchboot, ließen uns mitten unter diese Delphine, die hinausschwammen, um zu jagen und erst am nächsten Tag wiederzukehren, ihre graue, glatte, schillernd nasse Haut, und ließen uns von ihnen durchs Wasser ziehen.

Die Perlmutterwolken erwecken einen falschen Eindruck von Dämmerung jetzt, als wäre es warm genug, um draußen zu sitzen und sie in fünfzehn Meilen Höhe zu beobachten (sie sind um diese Jahreszeit selten, häufiger im September, wenn sie sich zugleich mit dem Ozonloch bilden). Es sind mehr als zwei Dutzend, opaleszent, acrylrot, neongrün, anillingelb, sie scheinen zu driften, obwohl sie an ihrer Stelle des Himmels bleiben, bis es dunkel wird; aber es ist nur das Auge, das keinen Halt findet und sich an sie verliert.

IM Wind war das Feuer und war auch das Wasser. Stieß Wind auf Wind, wurde die Gezeit von Wirbeln aufgesogen, Tromben, die von der nächsten Sturmböe sogleich wieder zertrieben wurden. Und die Flut stieg weiter, stieg über das Riff, stieg an am leichten Gefälle des Schelfs, statt sich in der Brandung zu erschöpfen, wurde dampfender Nebel und fiel über die Häuser, daß die Flammennester auf den Dächern und die schwelenden Fenster zischend erloschen, die vom Wind verblasene Glut erstickte und alles in beißendem Rauch aufging; das war der Regen, hart herabstürzend und schwer.

MARK THOMSEN
BOGEN XVI–XVIII
1824

DIE MITTE DER ZEIT

IUS IMAGINUM. *Die Weihnachtsstürme schlagen die Wellen an den Felswänden hoch; mit ohrenbetäubendem Krachen brechen sie dann über die Klippe, Sprüh über dem Maulbeerbaum und Marahs Bienenhaus, mit solcher Wucht noch, daß manchmal ein Fenster kaputtgeht. Glaserrechungen sind es denn auch, die ich im Dachboden des Pfarrhauses hier gefunden habe, ausgestellt auf John Paxton, einen meiner Vorfahren, dessen Portrait als drittes Ahnenbild neben Barabello und Dickson the Scot im Atrium hängt. Sein Amt umfaßte jedoch nicht nur die Aufsicht über Bäder und Bordelle, sondern auch über den Garten und die Gewächshäuser des Grafen Cavendish, ein tauber und depressiver Charakter, der, keinen nimmt es Wunder, ein großer Sammler war; ihm gehörten die Shakespeare Folios und Quartos. Paxton dagegen war ein bloßer Bauernsohn, aber über die mütterliche Linie mit Dickson verwandt, wie ich meiner Tochter voll Stolz erzählte.*

Martha hörte diese Geschichten gerne, sie mochte meine Abschweifungen und Einschübe, sie verlor sich regelrecht darin, ihre Augen ganz glasig, und fragte und fragte und wollte jedes noch so kleine Detail ausgeschmückt haben. So erzählte ich ihr, daß John Paxton zum Ritter geschlagen wurde, nachdem er nicht nur Englands größtes Glashaus für Cavendish gebaut hatte, in das Prinz Albert mit seiner Kutsche durch ein Spalier von zwölftausend Lichtern Einzug hielt, sondern auch die größte damals bekannte Blume dort zum Wachsen gebracht hatte, die meterlangen, in einem Teich treibenden Blätter der Guineischen Wasserlilie, ihre Blüte groß wie eine Ananas. Königin Viktoria kam, um dieses Wunderding der Natur zu bestaunen, und um die Sensation zu steigern, stellte Paxton seine Tochter – Marthas Ururgroßmutter – in einem Feenkostüm auf die Pflanze und ließ sie dort tanzen. Die Erinnerung an dieses Erlebnis begleitete sie ein Leben lang; die Blüte roch so süß, wie sie noch nie etwas gerochen hatte, und in ihren roten Lackschuhen ging sie buchstäblich über Wasser.

Das genaue Studium der Blätter und ihrer freitragenden Rippenbögen brachte Paxton auf die Idee der spektakulärsten Konstruktion für die Weltausstellung von 1850, den Kristallpalast, dessen Eisenträger dreihunderttausend Glasscheiben hielten. Was dieser Bau unter anderem beherbergte, war ein riesiger eiförmiger Diamant in einer Volière, eine zwei Kilo schwere Orchidee und eine griechische Stele, auf der die Freimaurerworte Agapa Gnothi Anecho Pisteuei Apecho *im Akrostichon eingraviert waren, eine Fälschung natürlich, wie dann sogar die Presse herausfand. Des weiteren waren Statuen nackter Menschen ausgestellt, ein Sammelsurium diverser Uhren und Glockenspiele, ein Kirschkern, in den das Leiden Christi geschnitten war, ein anderer Kirschkern, in welchem ein winziges Kegelspiel klapperte, eine Brasilnuß, worin, wenn man sie öffnete, eine kleine Muttergottes lag, ein neu erfundenes Hörrohr sowie eine Kollektion ausgestopfter deutscher Frösche in menschlichen Posen, welche die Königin Viktoria über alles liebte, außerdem Tiere aus allen Erdteilen, gehäutet, ausgestopft und in Formaldehyd eingelegt – jedes Land zeigte seine Besonderheiten, der* orbis pictus *einer enzyklopädischen Erde, um den ein Bannkreis verwinkelter Gänge lief, Vitrinen und Rahmen, in denen alles Erinnerte, Gedachte und Bewußte verschlossen lag: ein aus Tausenden Einzelteilen zusammengestückeltes Universum.*

Wir suchen immer das Unbedingte und finden immer nur Dinge. Damit uns aber beim Blick auf sie nicht der Schwindel überkommt, stellen wir sie in einen Rahmen, und je breiter der Rand ist, desto wertvoller wird, was er einrahmt. Das gilt auch für Briefmarken, die man um so höher schätzt, je mehr Rand sie haben; passenderweise besteht die seltenste Marke überhaupt, die Magenta, *fast nur aus Rand rund um die Silhouette eines Dreimasters, über dem* damus petimus que vicissim *als Motto steht. Vielleicht ist auch meine Geschichte nichts als ein Rand um die Sammlung, und meine Sammlung nichts als ein Rahmen um die Geschichte.*

Das wurde mir bewußt, als ich merkte, wie auch Martha sich ihre kleine Welt zu bewahren versuchte, die zwischen Marah und mir zunehmend aus den Fugen geriet, sie eine Bannmeile von Dingen rund um sich abzustecken begann; es war an jenem Tag, an dem Marah auf die Gartenmesse nach Cork gefahren war, in Wirklichkeit aber, ich ahnte es, van Houten traf. Ich schalt meine Tochter wegen irgendeiner Kleinig-

keit aus einem nicht zu unterdrückenden Gefühl von Demütigung heraus zu Unrecht und schickte sie zornig ins Bett. Von ihren Tränen ungerührt, ließ ich sie all meinen Schmerz spüren und verursachte ihr dadurch einen ungleich größeren noch als mir, stürzte sie in weit heillosere Verwirrung und Angst als mich, und wie gerne hätte ich sie doch auf die Seerosen inmitten des Teichs gestellt.

So aber schlief sie weinend ein, und als ich dann nachts in ihr Zimmer ging, hatte sie ihren Kopf ins Kissen verkrampft, die Wimpern naß, die Lider so weiß, daß man die blauen Äderchen sah. Am Boden neben ihrem Bett aber lagen Muscheln, die Parfümfläschchen, die ich ihr von meinen Geschäftsreisen mitgebracht hatte, und Münzen aus ihrer Sparbüchse, alles war in einem Kreis ausgelegt, genauso habe auch ich es als Kind immer gemacht, Spielmarken aus einem Kästchen, ein roter Stein, ein Stück Glas, eine bunte Scherbe, hinter der die Welt funkelte, und Kupfermünzen, die leuchteten wie die Augen der Engel, jener Engel auf den Kärtchen, die ich im Religionsunterricht bekam. Ja, ich hatte eine glückliche Kindheit, vielleicht eine zu glückliche, daß nur die Angst größer war, sie wieder zu verlieren. Deshalb begann ich alles aufzubewahren, was mich an sie erinnerte, jedes Schulheft, jedes Buch, das Spielzeug, es befindet sich alles noch in einer Schachtel in Marthas Zimmer.

IMAGINE HAC EGO COMPELLOR. *Der Phosphor, mit dem die folgende Serie markiert wurde, hat, wie wir sagen, auf die Ersttagsbriefe ›geblutet‹; es würde sie wertlos machen, wenn es sich dabei nicht um die seltenen Exemplare eines Fehldrucks handelte. Erscheinen sollen hätten sie zum 10. Dezember 1988, dem hundertfünfzigsten Todestag Augustus Earles, doch man vertat sich mit seinem Sterbedatum und zog deshalb die Auflage wieder ein. Die komplette Staffel von 1p bis zu 2£ reproduziert dabei in Braun und Purpurtönen zwölf seiner Aquarelle von Tristan da Cunha.*

Einige Bögen gelangten dennoch über mannigfache Umwege in meinen Besitz. Der Preis dafür war hoch; im zweifachen Sinn. Denn dabei gingen sie durch so viele unerfahrene Hände, die nicht wußten, welchen Schatz sie da vor Augen hatten, daß die Briefmarken mit allen nur denkbaren Makeln behaftet sind, Rissen, Kratzern und Abschürfungen. Manchen fehlen Zacken; einige sind brüchig geworden durch zuviel Sonnenlicht, und der Klebstoff ist durch das Papier gedrungen, andere hat der Schimmel stockfleckig und die Gummierung glasig werden lassen; das Album, in das sie einmal geklebt wurden, hat Feuchtigkeit aufgesogen und das Papier auf sie abgefärbt. Doch all diese Fehler, Mängel und Irrtümer – sie sind die Schabestellen auf der Leinwand der Wirklichkeit, Brüche im Firnis der Zeit, unter denen eine dunkle Grundierung zum Vorschein kommt; das ist das eigentlich Pittoreske daran. Das Unabsichtliche dabei ist aber nichts anderes als das Unvermögen, das Stillleben der Dinge für immer bewahren zu können.

Das fälschlich aufgedruckte Sterbejahr Earles (1832) war genau jenes Jahr, in dem er in Brasil die Beagle *auf ihrer gerade begonnenen Weltreise verlassen mußte; er hatte dort die Stellung eines offiziellen Zeichners inne, der die Wunder dieser Erde zu dokumentieren hatte. Wie glücklich war der erst 38jährige Londoner amerikanischer Abstam-*

mung gewesen, eine Koje auf diesem Schiff zu erhalten, das Kurs auf den Südpol nahm! In Rio de Janeiro machten sich Charles Darwin und er auf, die Straßen und Gassen zu erkunden, und gaben sich mit allem Enthusiasmus den weltlichen Vergnügen hin. Darwin fand an Earles exzentrischem und rastlosem Charakter einiges Vergnügen, und Augustus war ihm ein ausgezeichneter Führer durch die plebejischen Viertel der Stadt, hatte er doch dort bereits, vor über einem Dezennium, mehrere Jahre verlebt.

Nach einigen Wochen machten sie sich ins Binnenland auf; kaum von diesem Marsch zurückgekehrt, befiel Earle jedoch eine rätselhafte Krankheit, der Verfall aller Dinge, der sich feucht wie Schweiß auf die Haut legt. Darwin besuchte ihn täglich, und es war bei dieser Gelegenheit, daß Earle ihm von seinem Aufenthalt auf Tristan da Cunha erzählte. In der tropischen Hitze ans Bett gefesselt, war er schließlich gezwungen, die Weiterfahrt auf der Beagle *aufzugeben, und erholte sich endlich soweit, daß er nach England zurückkehren konnte. Dort erst erfuhr er die Diagnose seiner Krankheit; bei seinem Ausflug mit Darwin in den Regenwald war seine Leber von winzigen Würmern befallen worden, denen er schließlich im Jahre 1838 erlag.*

Über seinem Bett hingen die Kohleskizzen der Paradiesvögel, die er in Brasilien angefertigt hatte, und die Aquarelle der unterschiedlichsten Ansichten von Tristan da Cunha; es sind immer die einzelnen Facetten, die zu einem Ganzen zusammengefügt werden wollen, es ist immer eine Insel, die die Mitte eines Jahres, eines Jahrhunderts ist.

ES WAR DAS JAHR, als Laplace seine Himmelsmechanik zu Ende dachte und Seeber die erste Atomtheorie der Kristalle veröffentlichte; Simon Bolivar befreite Peru, Lord Byron starb im griechischen Freiheitskampf an der Malaria, in England wurden die Gesetze aufgehoben, die Gewerkschaften verboten, in Frankreich wartete Saint-Simon auf ein Echo zu seinem *Katechismus für Industrielle* und arbeitete inzwischen am *Neuen Christentum*, während in der übrigen christlichen Welt Leo XII. erneut gegen die Bibelgesellschaften und Freimaurer vorging; Beethoven komponierte die *Missa solemnis*, Hokusai malte *Die Woge* und Caspar David Friedrich die *Morgendämmerung im Gebirge*. Und es war auch das Jahr, als im Hafen von Rio ein Schiff lag, das den König von Hawaii an Bord hatte, und der englische Gentleman-Artist Augustus Earle auf einer heruntergekommenen Schaluppe Passage nach Capetown nahm.

Vom Zuckerhut bis zu unserer Insel blieb das Wetter drei Wochen mild und wurde vor Tristan da Cunha sogar vollkommen windstill; sie segelten unter einer nie aufreißenden Wolkenschicht, die gleichsam getragen schien vom Plateau des Inselberges, der wie eine Säule aus dem Meer ragte, mehr breit als hoch. Am Fuß dieses Sockels war ein dreieckiges Stück Land gebrochen, das hinaus ins Meer stand, an die neun Meilen lang und nirgends weiter als eine Meile, von einer Heide bewachsen, grün wie auf den Hebriden. Darauf waren ein paar Häuser zu sehen und ein Fahnenmast, von dem die englische Flagge reglos herabhing

Die Schaluppe namens *Nemesis* drehte bei, vom Strand aus wurde ein Boot zu Wasser gelassen und kam längsseits. Die Siedler freuten sich über die Ankunft, und sie versicherten dem Kapitän, daß er unbesorgt ankern könnte, solange der Wind nicht von Norden komme. Sie hatten reichlich Kartoffeln, und der Kapitän willigte ein, ein paar Tonnen für den Markt in Capetown zu übernehmen. Dies würde längere Zeit beanspruchen, und so ließ ich mich vom Boot übersetzen. Ich nahm nur meinen Hund mit, die Flinte, ein Plaid zum Umhängen und meinen Skizzenblock, in der Hoffung, ein paar interessante Ansichten meinem Portfolio hinzufügen zu können; noch keines Künstlers Fuß hatte diese Insel betreten.

Das Auftauchen der Insel aus dem Ozean hat in dem Maße, als man sich dem Ufer nähert, etwas ebenso Sublimes wie Schauderhaftes; die Wogen brechen sich gewaltsam auf Felsen, welche kaum über den Wasserspiegel herausragen, und sind daher längs der Küste mit einem weißen Schaum bedeckt, als stiege sie immer weiter aus den Wellen. Vor dem Gürtel der Brandung jedoch ist das Wasser vollkommen ruhig, befriedet von einem unterseeischen Wald, dessen breite, bräunliche Blätter aufschwimmen, daß es Mühe bereitet, die Ruder einzutauchen; nur die Boote der Walfänger können mit Sicherheit hier eine Landung versuchen. Einmal am Strand, führte mich der Weg über eine Bank schwarzer Lava, welche plötzlich gegen das Meer scharf abgeschnitten war, so daß das Ufer hier an die fünfzig Fuß steil anstieg. Sie erstreckt sich bis zum Fuß eines Berges und ist mit einer groben Gattung von Gramineen bedeckt, von den Ansiedlern *Tussok* genannt, welche büschelweise beisammenstehen und wie Röhricht aussehen, aber alles zeigt, daß es sich bei der Insel um einen ausgebrannten Vulkan handelt. Der Gipfel selbst ist so, wie das Paradies immer beschrieben wurde, es ist, als wäre er das höchste Land auf der Erde, so hoch, daß Noahs Flut es nicht ganz erreichen konnte, und umgeben ist es von einem immensen, dicht mit Moos und Büschen bestandenen, kreisrunden Wall. Darin haben sich überall tiefe Wasserrinnen gegraben, als wäre die Sintflut darin wieder abgeflossen.

Ich begegnete zwei Frauen und ihrem Haufen von Kindern; sie alle begrüßten mich aufs herzlichste und waren sämtlich sehr vergnügt, einen Fremden zu sehen; Glass' Frau Marie Magdalena, eine Kreolin vom Kap, brachte mir eine Schale Milch, die andere, mit eher indischen Gesichtszügen, Kuchen. Die Häuser und alles, was sie umgibt, hatten ein Ansehen von Reinlichkeit, Bequemlichkeit und Wohlstand, sie sind ganz englisch darin, bis auf den Umstand, daß sie kein Geld von mir nehmen wollten und auch untereinander keines verwenden. Ich kletterte über die Felsen und Hügel und warf einige Skizzen aufs Papier, als plötzlich vom Gipfel des Berges ein Wind durch die dicke Wolkendecke brach und auf die glatt spiegelnde Fläche des Meeres fiel. Augenblicklich war alles in das größte Chaos versetzt, die See stampfte und hob sich, über und über mit Schaum bedeckt, und Wellen bildeten sich in allen Richtungen, stießen aufeinander und wurden steiler, bis der Nord einsetzte; es war ein überkämmendes, hartes Meer. Zurück an Bord zu kommen, daran war nicht zu denken; meine Schaluppe hatte inzwischen Seeraum gewonnen. Als die Sturmböen kurz nachzulassen schienen, machte ich mich zur Überfahrt bereit, die Siedler ließen gerade ihr Boot zu Wasser, als die *Nemesis* über Stag ging und Kurs aufs offene Meer nahm. Ich glaubte, sie machte nur einen langen Schlag, und wir warteten einige Stunden auf dem Strand, aber ich bekam sie nicht wieder zu Gesicht!

Die nächsten Tage verbrachte ich voll Angst ob ihrer Rückkehr, denn der Wind blies immer noch fürchterlich. Das Ausmaß der Brandung rund um die Insel überstieg alles, was ich mir je hätte vorstellen können, und ihr Lärm war ohrenbetäubend. Das Schwarz der Felsen auf dem Strand stand ganz im Kontrast zum schneeigen Weiß der Gischt dieses Seesturms, ein beinahe übernatürlicher Effekt, von dem ich kaum meine Augen lassen konnte. Dann besserte sich das Wetter endlich, und ich dachte an das Schicksal der Schaluppe, die wohl in diesem Sturm untergegangen sein mußte. Was immer mit ihr geschehen sein mag, ich bezahlte teuer dafür, daß ich meiner Neugierde ungehemmt nachgegeben hatte. Der Winter steht an, Schiffe sind kaum mehr zu erwarten, und ich habe nichts als das, was ich auf dem Leib trage. So begann das Jahr meiner Verzweiflung.

ES WAR DAS JAHR, als Scott den *Antiquar,* Shelley *Alastor oder der Geist der Einsamkeit* und der Deutsche Tieck den *Phantasus* schrieb; Napoleon saß bereits ein Jahr in St. Helena, Clausewitz begann *Vom Kriege*, von Haller restaurierte die Staatswissenschaft, und Müller versuchte sich an einer neuen Theorie des Geldes; Brewster erfand das Kaleidoskop, Niepce belichtete die erste Photoplatte, MacAdam asphaltierte die erste Straße, was den Postverkehr beschleunigte, und Brandes zeichnete die erste Wetterkarte; es war ein extrem verregneter und kalter Sommer, das Große Hungerjahr Achtzehnhundertundzutodegefroren, als der erste feldmäßige Großanbau von Zuckerrüben in Europa erfolgte und der erste Kleinanbau von Steckrüben auf Tristan da Cunha durch die Kompagnie des William Glass, eines Schotten, der der eigentliche Gouverneur dieser Insel ist.

Mir hat sich dieser ehemalige Korporal des Artillerie-Fuhrwesens als Logenbruder aus Kelso zu erkennen gegeben. Über seine Vorfahren schweigt er sich aber aus; ob er mit jener berühmten Tabakwarenhändlerin gleichen Namens aus Scotts ›Heart of Midlothian‹ verwandt ist, dem Buch meiner Kindheit, konnte er nicht sagen. Eine frohselige Natur ist er und scheint alles Schlechte im Leben schnell zu vergessen; aufrecht, ehrlich und offen. Als überzeugenden Beweis seiner Integrität erzählte er mir vom Tod seines ehemaligen Herren, des Herzogs von Roxburgh, dem er lange Jahre in seiner Jugend gedient hatte; er zeigte mir einen Brief, von diesem wenige Stunden vor seinem Tod geschrieben, in dem ihm ein Charakterzeugnis ausgestellt wurde, wie ein Mann es sich nur wünschen kann. Seltsam eng scheint das Verhältnis zu ihm gewesen zu sein, mehr als eine Freundschaft, bedenkt man den Altersunterschied, denn im selben Brief wurde ihm der gesamte Besitz als alleinigem Erbe zugesprochen. Doch all das wurde durch dessen junge Witwe zunichte gemacht, für die er nur schlechte Worte hatte, ungewöhnlich heftig wurde er da, aber ich konnte es verstehen; sie hatte ihn um sein Recht betrogen, ihn mit allen Mitteln ausgehebelt und veranlaßt, daß er nicht nur des ihm zustehenden Erbes verlustig ging, sondern auch des Ansitzes verwiesen wurde. Ein Unglück in der Liebe kam dazu, und der widrigen Umstände viele brachten ihn schließlich hierher, wo anfangs auch nicht gerade alles zu seinem Wohlgefallen verlief.

Von den beiden Mit-Unterzeichnern seiner Magna Charta, die Glass mir stolz vorlegte, brach sich John Nankivel beim Klettern aufs Plateau ein Bein so schwer, daß er seitdem bloß noch humpelte und für alle schwereren Arbeiten nicht mehr in Frage kam. Samuel Burnell hingegen hatte sich vor einem Jahr von einem Schiff nach Capetown mitnehmen lassen, um dort die Robbenfelle und das gewonnene Öl zu verkaufen. Er geriet wohl in schlechte Gesellschaft, versoff das ganze Geld und kam nicht mehr zurück.

Als sich daraufhin Seemänner von der *Ophion,* die regelmäßig Verbindung mit Tristan da Cunha gehalten hatte, Glass anschlossen, war dieser gezwungen, einen neuen Gesellschaftsvertrag aufzusetzen; durch den Schaden klüger geworden, änderte er einige Klauseln darin ab. Der Profit wurde nach wie vor gleichmäßig aufgeteilt, *Land und Vorräte aber sind einzig und allein als im Besitz von William Glass und John Nankevil anzusehen.* Siebtens aber kam in seiner etwas krakeligen Handschrift hinzu, daß *keiner der Unterzeichner einen anderen an seine Pflicht, die Arbeit oder anderes betreffend, erinnern solle, da dadurch nichts als* Zwietracht *gesät wird. William Glass, in seiner Funktion als Gouverneur, wird jedem einzelnen abends die Arbeit für den nächsten Tag zuweisen, nicht als Pflicht, sondern um das Allgemeinwohl zu sichern.* Weiter als zum Sergeant hätte er es mit diesen Ansichten in seinem Regiment nie gebracht.

Ich habe mich nie für Politik interessiert, aber Glass' Gesellschaft auf der Insel schien mir dennoch klug geordnet zu sein. ›Might is Right‹, diese alte englische Devise lehnte mein Logenbruder auf das Heftigste ab. Recht, donnerte er, kann nicht bloß sein, daß jeder erhält, was ihm ein Staat nach seinen Eigentumsgesetzen zukommen läßt. Gerechtigkeit heißt, zuallererst die Gesetze im gegenseitigen Einverständnis festzulegen, Gerechtigkeit heißt, die Gesetze vom Gemeinwohl abhängig zu machen und nicht umgekehrt, Gerechtigkeit heißt, sich voreinander rechtfertigen zu können und zu müssen. Der feine Unterschied dabei schien mir in den ewigen Diskussionen vor dem Feuer in Glass' Haus zu liegen, die mich langweilten. Recht schien für sie vor allem mit langen Reden zu tun zu haben.

Dann kamen die Schiffbrüchigen der *Blenden Hall* und der Aufruhr, den sie mit sich brachten; Wechsel, die sie anscheinend für Kost und Logis ausgestellt hatten, waren in Capetown anfänglich für ungültig erklärt worden. Der Plan, einen Schoner dafür zu erstehen, um regelmäßig in der Kolonie Robbenfelle, Öl und Kartoffeln verkaufen zu können, ließ sich zwar dennoch mit größten Schwierigkeiten verwirklichen; doch als Glass wieder zurückkam, hatten seine rechte Hand, John Nankivel, und die Männer der *Ophion* auf einem Walfänger angeheuert, alle See-Elefanten abgeschlachtet und die Felder abgeerntet.

Die Natur des Menschen ist unberechenbar, sagte Glass, bibelfest, wie er nun einmal ist, nüchtern und dennoch keineswegs trockenen Gemüts. Der Mensch kann seine Natur sowenig wechseln wie der Leopard die Flecken auf seinem Fell. Und er erzählte von der Jagd auf Antilopen im gelben Gras der Savanne, den Spuren, die keiner der Weißen zu lesen verstand außer dem Hottentotten, der ihr Führer war. Nirgendwo war Schatten, die Sonne senkrecht wie ein Ladestock, und der Wind war gegen sie, als sie endlich unter einem Baum Rast hielten. Der Major, ein korpulenter Mann, schwitzte sehr, und Glass, der seit zwei Tagen unter Magenschmerzen litt, war hundemüde, nur dem Hottentotten war nichts anzusehen, als sie zu dritt an den Stamm gelehnt saßen. Mitten in diese Erschöpfung fiel ein Leopard, der die ganze Zeit über reglos in der Baumkrone gelauert hatte, hinterrücks den Major an. Er wehrte sich kräftig und hielt ihn von seiner Kehle ab, aber sie waren so ineinander verwickelt, daß Glass nichts anderes übrigblieb, als auf gut Glück mit der Flinte draufzuhalten.

Darin lag derselbe das Schicksal herausfordernde Wagemut, den auch die Hottentotten zeigten, wenn sie auf dem Rücken der Gespannpferde mit den Kanonen Abgründe entlangjagten, vor denen einem schwindelte. Sie jedoch bewahrten sich immer ihren Humor, das zeigte sich auch, als der Major unter dem Bauch des Tieres grausam zerkratzt hervorkroch und der Hottentott dem Leoparden das Fell abzog, das jetzt vor dem Kamin lag, wo Glass mir diese Geschichte erzählte. Die blutige Karkasse drapierte der Neger dann so am Baumstamm, daß es von weitem einem Menschen glich. Wenn die Hottentotten nicht so dem Trunk ergeben gewesen wären, Glass hätte sich unter ihnen niedergelassen, Leoparden oder nicht.

So aber hat ihn die Vorsehung auf eine Insel verschlagen. Er habe keinen Beruf gelernt außer dem Militär, meinte er, und jetzt fühlte er sich zu alt, um noch einen zu lernen und nach England zurückzukehren, wo ihn ohnehin nur Elend erwarten würde. Er habe eine Landwirtschaft, eine junge Frau und, so Gott will, bald eine zahlreiche Familie, und ich zweifle nicht, daß er in diesem gottverlorenen Flecken Erde bald auch ein für die Verhältnisse reicher Mann sein wird.

Glass lehrte mich auf mehreren gemeinsamen Ausflügen die Ortsnamen der Ansichten, die ich abmalte. Der älteste war das Somerset Camp, die Garnison der Weißen, durch eine Klamm vom Hottentot-Point getrennt, wo die Kaffern gehaust hatten; jetzt gehören beide zum Settlement. Die Landzunge neben dem Großen Strand heißt ›Tommy's Eyeloose‹, eine Bezeichnung, die ich erst verstand, als er sich bemühte, seinen starken schottischen Akzent etwas zu mildern; ein gewisser Tom Curry hatte dort eine Baracke gebaut, ein Ölhaus, um seine Fässer unterzustellen. Mit dem Walfang, den vor allem die Amerikaner betrieben, und der Jagd auf Robben hatten auch andere Orte zu tun: Elephant Bay, Seal Bay und Bull Point, The Coolers und Trypot, wo noch ein Trankessel lag. Und rings um die Insel haben Wasserfälle kleine Schluchten in die Lava gegraben, die hier Gulches genannt werden.

Unzählige von ihnen habe ich auf meinen Block skizziert, es gibt mehr davon, als der Tag Stunden hat. Und sie legen auch die Gleichförmigkeit der Zeit auf dieser Insel fest. Um Essen für den Abend zu haben, ging ich frühmorgens schon zum Berg, und die Anstrengung ließ mich bereits um acht wieder auf meinen Strohsack fallen, vollständig erschöpft. Ich trank Wasser und aß die Vögel, die ich schoß, manchmal eine der wilden Ziegen. Meine Kleidung war längst in Mitleidenschaft gezogen worden, also schneiderte Glass mir eine Art Hose, die man um den Bauch und die Knöchel binden mußte – durch Ziegenfell verstärktes Segeltuch, die Haare außen. Ich lachte herzhaft über dieses Stück, das einem Robinson Crusoe anstand, und verlangte scherzhaft auch einen ebensolchen Regenschirm dazu.

Eigentlich aber fühlte ich mich eher wie der Prophet Elija in Sarepta. Ich sprach allen Mut zu, unterrichtete die Kinder und las, zum Kaplan ernannt, den Gottesdienst am Sonntag; und es waren Unwetter Tag um Tag, aber kein Sturm kam, mich wie weiland Elija in den Himmel zu entrücken. Die ersten vier Monate genügten, um mir zu zeigen, was es mit allem Eremitentum und den modischen Büchern über Abstinenz und Temperenz auf sich hat. Was darin heitere Gelassenheit schien, war bei mir der Gleichmut körperlicher Erschöpfung tagsüber und nachts ein fiebriger Schlaf voll unruhiger Träume. Ich bezahlte meine früheren Exzesse mit einer immer schlechteren Verfassung. Aller Vergnügungen beraubt, schien nichts mehr einen Sinn zu haben; es heißt zwar, alles Irdische wäre nur Trug und Schein, aber vor diesem Votarium hätte ich gerne alles niedergelegt. In der endlosen Wiederholung der Tage aber fand ich mich zunehmend hilfloser und kam nur auf morbide und mortifizierende Gedanken, die auch die Gesellschaft der Männer auf der Insel nicht zu verscheuchen vermochten. Ich fand alle Schuld nur in mir selbst, und die Erinnerung an all die Lust des Lebens, die ich vormals so deutlich verspürt hatte, sie war mir eine dauernde Erniedrigung jetzt. Ich war auf mich allein gestellt, trotzdem ich die hilfreiche Hand Glass' und seiner Kumpane nicht ausschlug.

Ich fühlte mich nicht mehr als Mensch; das wurde mir bewußt, als ich Cotton begleitete, um See-Elefanten zu erlegen. Eine ganze Herde lag auf einer flachen sandigen Stelle, sie blickten uns verwundert an, indem sie ihre ungeheuren Köpfe in die Höhe richteten und sie rechts und links wendeten; sie waren ungeheuer, das Gesicht bot eine rohe Ähnlichkeit mit dem menschlichen Antlitz, sie nahmen nichts Beunruhigendes wahr, bis wir daran schritten, sie zu metzeln. Mit der Lanze perforierte Cotton das Herz, das Blut schoß in Strömen hervor, und trotzdem hätte er fast noch das Wasser erreicht, ehe er starb. Ich half ihm dabei, die dicke Haut von dem schwabbelnden Fett abzuziehen. Es ist erstaunlich, wie dieses massige Stück belebter Natur, das so hilflos und träge erscheint, in Liebesdingen in Hitze geraten kann. Wenn die Weibchen im Frühjahr aus dem Meer kommen, um sich fortzupflanzen, beginnen die Männchen laut zu schnauben und zu brüllen. Das ist das Signal für die Schlacht. Sie richten sich auf ihren Flossen auf, werfen sich gegeneinander, und die Wunden, die sie sich mit ihren Zähnen schlagen, sind fürchterlich. Wer gewinnt, dem gehören die Weibchen am Strand. Aber seine Herrschaft währt nicht lange, entweder schwächen ihn die Wunden in all den

Kämpfen, oder ein stärkerer Rivale taucht aus dem Meer auf. All dies ist wie ein Gleichnis der menschlichen Natur, grausam und ungehemmt, aber dabei ohne Falsch und Betrug.

Den offenen Rissen in seinem Fell nach zu schließen, hatten wir einen solchen Bullen erlegt, und wir erhielten fast eine dreiviertel Tonne Speck. Auch ich war unter meiner frierenden Haut, die an manchen Stellen von Schorf überzogen war, nur eine unförmige Masse. Hätte ich eine Seele gehabt, ich hätte es gespürt; ich war nur rohes Fleisch. Und so malte ich die schwarzen Felsen der Wasserfälle, ich saß an ihnen wie Elija am Bach Kerit, und die Zeit war wie Wasser, sie floß in sich selbst; es war, als hätte sie auf dieser Insel ihren Ursprung und nähme erst weit außerhalb ihren Lauf. Und als wären wir die einzigen Menschen hier, in einem Reich wilder Tiere.

Das einzige, was mich von diesen Gedanken ablenkte, war die Geschichte Tom Currys, eines Italieners. Wie Glass erzählte, war er mit einem Amerikaner namens Lambert und dessen Begleiter auf die Insel gekommen, aber letztere seien bei der Überfahrt zu den Nachbarinseln umgekommen. Das war zumindest die Version, die Curry erzählte, als Glass mit den Soldaten auf der Insel landete; seine Geschichte war aber so voller Widersprüche, daß man annahm, er habe seine Gefährten umgebracht, eines Schatzes wegen, möglicherweise. Vor der Insel nämlich, ein halbes Jahr, nachdem der Krieg bereits zu Ende war, hatte sich ein Gefecht zwischen einer amerikanischen Korvette und einer englischen Brigg ereignet, und die Engländer hatten die Kriegskasse der Korvette erbeutet; über ihren weiteren Verbleib herrschte allerseits Ungewißheit. Curry profitierte von diesem Rätsel, denn solange die Garnison bestand, versprach der Italiener jedenfalls jedem nach seinem Tod einen Anteil an dem Schatz, jedem, der ihm einen Schnaps spendierte. Und er schien mehr zu besitzen, als man ihm ansah.

Anfangs war es mit dem Nachschub für die Garnison schlecht bestellt gewesen, aber Curry hielt irgendwo im Unterholz zwischen dem Settlement und dem Hottentott-Point von anlegenden Schiffen eingehandeltes Eingesalztes versteckt. Die Nachfrage danach war groß, man beobachtete deshalb um so argwöhnischer, von wo er jedesmal wieder mit einem neuen Stück Pökelfleisch hervorkroch, doch seine italienische Schläue war ihnen über. Das Salz machte ihm Durst, hatte er immer gemeint, er bräuchte einen Schnaps, und dann, nach einer *dose extraordinaire*, wurde er plötzlich schwer krank. Er rief Glass zu sich, sagte, er sei ein unwürdiger Sünder, und gestand auf dem Totenbett, er habe zwei Fischkessel voller spanischer Dollar vergraben, zwischen zwei Gulches, aber der Tod raffte ihn dahin, noch bevor er verraten konnte, wo genau.

Alle Soldaten der Garnison begannen danach zu suchen, hierauf die Schiffbrüchigen der *Blenden Hall*, ohne daß je das geringste gefunden worden wäre. Glass glaubte, er liege nicht weit von den Häusern vergraben, Curry nämlich war nie lange weggewesen. Und nun fing auch ich an zu suchen, suchte jede Ritze und jeden Winkel ab, suchte, als suchte ich nach meiner Seele, nach dem Herz und der Seele der Insel. Diese Suche vertrieb mir die Zeit, half mir, meine bitteren Gedanken zu verdrängen, und geriet mir miteins zum Mittelpunkt meiner Existenz, ich vergaß sogar das Malen darüber, hilflos ausgeliefert. Was ich schließlich fand, auf der anderen Seite der Insel in einer Felskluft, war ein rostiger Teekessel, vollgestopft mit Fetzen. Glass erinnerte sich daran, daß der Kessel Corrie gehört hatte, durch den merkwürdigen Umstand, daß er einen *hölzernen* Boden besaß.

ES WAR DAS JAHR, in dem in China das Opium verboten wurde und de Quincey die *Bekenntnisse eines englischen Opiumessers* veröffentlichte; Steffens karikierte das Heiligste, Fourier war dabei, die sozialistische Ausrichtung auf kleine Genossenschaften zu begründen, doch Hegel hatte bereits die preußische Monarchie als beste Staatsform sanktioniert; Napoleon starb auf St. Helena, der englische Maschinenzwirn begann das Handwerk zu ruinieren, und in London waren gerade lange Röcke, kurze Taillen, bauschige Ärmel, Falbelreihen und Schutenhüte in Mode, als dort Alexander Cotton bei der Admiralität aufmarschierte.

Er war zusammen mit Glass auf Tristan stationiert gewesen, hatte sich dort mit ihm angefreundet, beschlossen, sich auszahlen zu lassen, um sich ebenfalls anzusiedeln, aber, wie unschwer zu erraten, alles in Schlafmohn angelegt. Bevor noch die ebenso zu erwartenden Krämpfe und Zuckungen einsetzten, verlangte er in umnebeltem Zustand, doch bei hellwachem Verstand, zu den Lords der Admiralität vorgelassen zu werden, informierte die indignierten Herrschaften, daß ihm nach zwanzig Jahren Dienst eine Pension zustände, die er jedoch gegen eine Passage nach Tristan da Cunha einzutauschen bereit wäre. Und Cotton hatte Glück. Er legte dar, daß er sich – Bunyans *Pilgrim's Progress* zitierend – von der Welt zurückziehen wolle, da ein Seemann in England in Zeiten des Friedens ohnehin nicht sein Brot verdienen könne und die Insel ihm eine sichere Lebensstellung versprach. Solch einem bescheidenen Verlangen wurde von den hohen Herren stattgegeben; Cotton lief mit dem nächsten Kriegsschiff aus und landete noch im Herbst auf Tristan.

Er ist ein sturer Teufel, aber nach Glass der nächste im Rang, was sich auch daran zeigt, daß er das Walboot steuert. Zusammen mit Dick Riley hat er sich ein eigenes Haus gebaut, das sie ›Bachelor's Hall‹ nennen. Riley ist, wie er selbst sagt, halb Seemann, halb Wassermann und ein halber Fischermann dazu; geboren in Wrapping, diente er seine Zeit auf einem Billingsgate-Boot ab und verkaufte hie und da Sprotten. Er war stolz darauf, ein Man-of-War's-Man gewesen zu sein, aber jedesmal, wenn er mit seinem Seemannsgarn anfangen wollte, kam ihm Cotton quer vor den Bug.

Dessen Geschichte war nicht minder romantisch. Die Besatzung des Walfängers, auf dem er angeheuert hatte, wurde an der südamerikanischen Küste unter der Hand vom Kapitän verkauft und in die republikanische Armee gepreßt. Es war ein Regiment, das sich stolz Dragoner nannte, aber weder Uniform noch Menage und kaum Waffen hatte. Und Riley erzählte stundenlang, welche Manöver sie unternahmen, um sich im Sattel zu halten und nicht am Hitzschlag zu krepieren. Nach einigen kuriosen Gefechten konnte er schließlich nach Montevideo entkommen und als Koch auf einer Schaluppe anheuern, die der See-Elefanten wegen nach Tristan da Cunha wollte, hier aber auf ein Riff lief und sank.

Beide begleitete ich auf die Nordseite der Insel, zum Brutplatz der Pinguine. Der Weg dorthin am Rande der Klippen ist mühselig; Farne wachsen schulterhoch, und die Stümpfe schlagen einem beständig gegen das Schienbein. Da aber kein stachliges Gestrüpp auf der Insel wächst, kann man sich überall festhalten, ohne sich zu zerstechen. Der Brutplatz selbst bietet einen erstaunlichen Anblick. Die Nester sind angelegt wie eine Stadt in Miniatur, mit winzigen Straßen und Gassen, die nirgendwohin führen. Im hohen Gras verliert man augenblicklich die Sicht, der Boden ist schleimig, schwarz vom Dung der Vögel, der Gestank betäubend und das Geschrei entsetzlich, ein durchdringendes Caa Caa Urr Urr. Sie hacken mit ihren spitzen Schnäbeln, die roten Augen glühend und die Federn vor Zorn aufgerichtet, auf alles ein, was sich bewegt. Man kann beim Gehen durch diesen Irrgarten nicht verhindern, Eier zu zertreten, so dicht ist alles, und selbst wenn man sie sich mit dem Stock vom Leibe hält, befällt einen in dieser drückenden Luft schon bald die Panik, und man rennt los, um den hackenden Schnäbeln zu entgehen.

Cotton und Riley lachten nur, als sie mich schweißtriefend auf der anderen Seite auf einen Felsen klettern sahen; sie sammelten seelenruhig die Eier ein. Alles andere auf dieser Insel ist ja fast ungenießbar. Die Schweine, die den Kelp fressen, schmecken nach Fisch, die Vögel sind tranig und unverdaulich, sogar die wilden Ziegen penetrant vom wilden Sellerie; die Rinder vermehren sich zwar, aber ihr Fleisch gibt es nur bei besonderen Anlässen. So bilden die Eier eine willkommene Abwechslung in der mageren Diät. Cotton nennt die Pinguine Makkaroni, nach den hellen, gelben Federn, die ihnen auf jeder Seite des häßlichen Kopfes herunterhängen. Er meint das als Witz auf die affektierten englischen Laffen, die mit ihrer Frisur die italienische Mode imitieren, mir aber waren diese Biester zu unheimlich, um über sie zu lachen.

Nach Wochen, in denen das Wetter nur eine Abfolge naßkalter Stürme war, klarte der Himmel auf. Und dann, ein Geschenk Gottes, wie mir schien, kam ein Segel in Sicht, und alle machten sich daran, Signalfeuer zu entzünden. Das Schiff fuhr so nahe an der Insel vorbei, daß man die Menschen an Deck sehen konnte. Nichts kann meine Enttäuschung beschreiben, als es kurze Zeit darauf außer Rufweite segelte, ohne auch nur einen Zoll von seinem Kurs abgefallen zu sein. Von wegen dem unvergleichlichen Charakter der britischen Seemänner, wie er in zahllosen Liedern besungen wird!

Glass hat mich in dieser Einschätzung noch mit seinen Anekdoten bestärkt. Vor über einem Jahr, als die ganze Insel krank war, kam ein Segler in Sicht. Die Männer, trotzdem sie kaum noch Kraft hatten, ruderten hinaus und brachten ihn schließlich dazu, beizudrehen. Die erste Frage des Kapitäns war, wie sie die Medikamente zu bezahlen gedächten; ob sie Geld dabei hätten. Geld ist aber auf dieser Insel unbekannt; und so händigte er Glass erst die gewünschten Arzneien aus, als der eine Quittung dafür unterschrieb. Und der Kapitän bot ihnen, trotz der Anstrengung des stundenlangen Ruderns, weder zu trinken noch zu essen an, nicht einmal die Matrosen spendierten ein Glas Grog.

Dieses Schiff war das erste einer langen melancholischen Liste. Von einem Ende der Woche zum anderen stehe ich auf den Felsen und schaue angestrengt auf den Horizont, ob nicht ein Segel zu sehen ist, bilde mir eines ein, wo keines ist, und wenn sich dann nach Wochen eins zeigt und man überall den Ruf ›ein Segel! ein Segel!‹ hört, setzt sich alles in Bewegung, da jeder mit dem Schiff in Kontakt treten will; – wir beobachten, ob es unsere Feuer wahrgenommen hat; – es dreht bei; – aber eine unüberwindliche Barriere steht immer noch zwischen uns; – alle Versuche, das Boot ins Wasser zu bringen, sind vergeblich; – es zieht weiter auf seinem Weg, ohne eine Spur zu hinterlassen; – und wieder ist der Horizont leer, und wieder schleppe ich mich niedergeschlagen in das Haus zurück.

Dennoch bringe ich es nicht über mich, solange noch Licht ist, die Tür zu schließen. Ich sitze mit dem Rücken zur Wand und blicke starr hinaus. Kein Ort der Welt könnte verlorener sein. Und verlassener im Wind. Das Brüllen der See hallt in den Ohren wider. Und kaum fällt die Nacht herab, ist der Himmel voll von Vögeln, dem Grabgesang ihres Krächzens, und dann überkommt mich nur Schwermut darüber, daß ich Tausende Meilen von allem Leben entfernt bin, von meiner Familie und allen Freunden getrennt, die nicht wissen, wo ich bin und was aus mir geworden ist.

Ich zwinge mich zu anderen Gedanken, ich will nicht, daß Glass und seine Kameraden, die alles tun, um mir zu helfen, mir mein Leiden anmerken. So setze ich mich zum Feuer im Government House, wo sie allabendlich ihre Versammlung abhalten, schließe die Nacht aus, lege Holz nach, erzähle meine wenigen Geschichten zum zigsten Mal. Und es ist, als säßen sie auf der anderen Seite des Lebens, sie, die alles hinter sich gelassen haben, ich, der ich alles immer nur anfing.

Ich muß gestehen, daß ich in dieser Gesellschaft noch nie ein mürrisches oder trauriges Gesicht gesehen habe, und obwohl es weder Wein noch Grog oder Schnaps gibt, sind sie immer guter Laune. Ja, es gibt überhaupt nichts auf dieser Insel, das giftig wäre. Zu meiner Schande muß ich gestehen, daß ich in meiner Verzweiflung vorgab, krank zu sein, nur um Zugang zu den Medikamenten zu bekommen; ich braute mir heimlich etwas zusammen, das stark genug war, aber ich fiel nur in einen schmerzenden Schlaf. Es ist das Fleisch, das dann zu träumen beginnt. Und etwas gewann Gewalt über mich, das ich nicht kannte und nicht kennen will, es zirkulierte in meinen Adern, mein ganzer Körper schwoll davon an, alle Gedanken waren wie ausgebrannt, es blieb nur ein dumpfes Verlangen, das mich innerlich verzehrte, es steckte in mir wie ein Stachel, es nagelte mich aufs Bett und kreuzigte mich.

Was es mich überhaupt so lange aushalten läßt, ist allein mein Zeichenblock. Doch dessen Seiten sind hinten und vorne längst mit Skizzen bedeckt. Als mir die Farben ausgingen, fabrizierte ich mir eine Tinktur aus Blüten und Eigelb, zerstampfte die Lava für das Schwarz, gab mein Blut dazu. Jetzt aber ist kein Platz mehr, und ich habe begonnen, winzige Miniaturen zu zeichnen mit der angekohlten Spitze winziger Zweige, und überdecke meine eigenen Aquarelle mit ihnen: – da ist ein niedriges Cottage mit einer grob zugehauenen Pergola, die Glass eine ›Loge‹ nennt, und daneben ein Wasserfaß, seine zwei Kinder und dahinter der Berg; – da sitze ich, an einen Fels gelehnt, und schaue zum Meer hinaus, der Hund rechts von mir, die See überall; – da ist das Government House von innen, Glass, Cotton, Riley; – da ist aber auch dieser andere, dessen Name ich nicht aussprechen will, und seine Frau, deren Gesichtszüge man unter dem Kopftuch kaum erkennt, ihre Haut so braun, Marah!; – da ist ein Flaggenmast vor Hagans Haus und der Berg im Hintergrund; – da sind die Klippen, das brandende Meer und verschwindend kleine Gestalten in der Ferne; – da ist ein Segel in nichts als See und Himmel, hier aber ein Mann im roten Jersey und mit einer Kappe, der einen See-Elefanten häutet, eine Regenböe wie eine Mauer vor dem Meer, dort, wo vorher alles in lasierten Farben aufgegangen ist.

ES WAR DAS JAHR, als Byron seinen *Kain* dichtete, Stendhal über die Liebe schrieb und Shelley starb; es war das Jahr, als Guérin *Aurora und Cephalus* und Caspar David Friedrich den *Mondaufgang auf dem Meer* malte; es war das Jahr, als zwei Männer um eine Frau warben.

Der eine Mann, mit dem Allerweltsnamen John Smith, hatte einst ein großes Schiff der South Sea Fishery kommandiert und war mit einer ungewöhnlich großen Ladung an Fellen und Tran zurückgekommen. Die Eigner, von seiner glücklichen Hand beeindruckt, schickten ihn wieder aus, doch diesmal kam ihm sein Glück abhanden, nach drei Jahren kehrte er erfolglos zurück. Er hatte versagt, wurde entlassen, und da er keine andere Arbeit fand, war er schließlich gezwungen als vierter Maat auf eben jenem Schiff wieder anzuheuern, das er vormals befehligt hatte. Auf den South Georgia Inseln in den antarktischen Gewässern, wo die Robbenschlächterei in vollem Gange war, setzte John Smith schließlich durch, daß man ihm eine winzige, mehr oder weniger zusammengenagelte Schaluppe unterstellte, mit der er auf eigene Rechnung See-Elefanten keulen konnte, ein wahres Himmelfahrtskommando. Wieder aber war Fortuna gegen ihn, und dies drückte so schwer auf sein Gemüt, daß er fast den Verstand darüber verlor und, in Tristan angekommen, seine Besatzung im Stich ließ.

Der andere Mann, Stephen White, war als einziger Schiffbrüchiger der *Blenden Hall* auf der Insel geblieben; er hatte, wie jeder inzwischen weiß, einem Passagier einmal sein ganzes Geld und ein goldenes Chronometer gestohlen, es aber inzwischen, durch ich weiß nicht welche Vorspiegelungen der Reumut und Großherzigkeit, vom Rädelsführer zum Bruder in Glass' kleiner Loge gebracht.

Der eine nun, John Smith, versteckte sich am Plateau so lange, bis die Schaluppe weitersegelte, unfähig, seinem Unglück weiter ins Auge zu sehen; es sollte nicht das erste und auch nicht das letzte Mal sein, daß so etwas geschah und geschehen würde, unter den immer gleichen Umständen: Deshalb gab es keinen, der davon groß Notiz genommen hätte. Bis auf die zweite Frau auf dieser Insel, Marah. Ausgelaugt und hungrig kam unser John Smith immer zu ihrem Haus, wo sie ihn aufnahm und ihm Essen gab; nie aber blieb er lange, die Siedler dulden Deserteure nicht, und so irrte er weiter über die Insel.

Der andere, dessen Name ich gar nicht mehr aussprechen mag, aber hatte derweil Marah ein zweites Kind gemacht; und es gab keine glücklichere Familie auf Tristan, was sage ich!, der Welt, nicht wahr, alle sagten es. Und Marah kam mit einem Buben nieder, und ein paar Tage später war sie schon wieder auf den Beinen und ging ihren Beschäftigungen nach, mit so rosigen Wangen wie zuvor.

Ach, die Schemen meiner unheilbaren, unheilvollen Eifersucht. Ich hatte mich, soweit es ging, immer bemüht, dem Kindsvater aus dem Weg zu gehen, aber bei der Taufe, die man mich als Fremden ehrenhalber bat zu zelebrieren, mangels eines Priesters, war es nicht zu vermeiden. Vielleicht war es eine Geste guten Willens, oder er meinte es ehrlich, als er mich anderntags einlud, mit ihm auf die Basis hinaufzuklettern. Die Neugierde, zu sehen, was oben war, tat das ihre, mich einwilligen zu lassen, aber nein hätte ich ohnehin nicht sagen können, ohne die Kluft zwischen uns noch zu vertiefen.

Es war ein schöner Morgen, als wir uns aufmachten. Wir folgten einem stellenweise ausgetretenen Pfad, der uns einiges an Nervenstärke abverlangte. Die Flanken des Berges sind fast perpendikulär; aber, nachdem wir an die zweihundert Fuß hochgestiegen waren, verläuft der Weg durch Gestrüpp, wo man leichter Halt findet; doch bis dahin ist der Steig gefährlich. Damit uns nicht der Schwindel überkam, hielten wir die Augen beständig nach oben gerichtet und zogen einander hoch; in der Not wird aller Haß vergessen, man hilft einander, aus einer unpersönlichen Kameraderie heraus.

Nach einer Stunde der Mühsal erreichten wir die Höhe. Das Plateau dehnt sich einige Meilen weit, um in einem Gipfel dunkelgrauer, kahler Lava ein Ende zu finden, ein Anblick, der etwas erschreckend Ödes hat. Wir hielten darauf zu, doch das Gehen ermüdete einen ungemein, das Gestrüpp und die Farne waren menschenhoch, und unter dem Wurzelwerk verbargen sich Klüfte, daß selbst die größte Vorsicht nicht verhindern konnte, daß man wieder und wieder durchbrach und in einem Loch verschwand, was den anderen in Lachen ausbrechen ließ; doch kaum war es verklungen, war er schon der nächste, der verschlungen.

Totenstille herrschte in diesen Höhen, der Wind war schneidend kalt. Wir sprachen nur wenig miteinander, und dann hatten unsere Stimmen in der bitter kalten Luft ein seltsam unnatürliches Echo, daß man meinen konnte, man hörte Riesen reden. Der erhabene Ausblick erfüllte einen mit Ehrfurcht. Auf der einen Seite der grenzenlose Horizont, auf dem sich Wolken türmten, ihr silberner Glanz hob sich von einem dunkleren Schatten ab, und über uns hinwegzogen, uns in ihren feuchten Nebel hüllten und dann wieder kurz den Blick auf den Berg freigaben, der auf der abgewandten Seite in Asche gehüllt war, aus der schwarze Felsblöcke emporragten, Flecken roter Schlacken und schwarzer Lava dazwischen, als würde der Vulkan immer noch brennen – all dies war trostlos zu erblicken, es rief mir alle Pein in Erinnerung und hatte doch die Großartigkeit eines Naturgemäldes.

Als wir innehielten, um zu rasten, trat uns aus dem Unterholz plötzlich John Smith entgegen und gesellte sich zu uns; Gott weiß, wie lange er uns schon gefolgt war, ein bleicher Doppelgänger unserer selbst, bärtig und mit flackernden Augen. Wir wechselten ein paar belanglose Worte und machten uns dann gemeinsam an unser Vorhaben. Der Vorwand, hier hinaufzuklettern, waren die Albatrosse gewesen. Sie legen nur ein Ei, um das sie ein wenig Erde als Nest scharren. Nachdem das Junge ausgeschlüpft ist, dauert es fast ein Jahr, bevor es fliegen kann; es ist vollkommen weiß und über und über mit feinen Daunen bedeckt. Und mit ihren langen Flügeln sind die Großen auf dem Land hilflos; sie können sich nur von Klippen in den Flug fallen lassen. Geht man auf sie zu, klappern sie laut mit ihren Schnäbeln; das, und den Inhalt ihres Magens, den die Siedler als *Pharmakon* verwenden, auszuspeien, sind ihre einzigen Waffen, um sich zu verteidigen. Einem Knüppel aber sind sie ausgeliefert.

Die Anstrengung des Marsches hatte unsere eifersüchtige Feindseligkeit nur aufgeschoben. Jetzt brach sie offen aus. Marah, sagte einer; – wer wollte mit dieser Schlampe schon vögeln; – die hat's doch mit allen; – meinte er auch mich damit? Der andere glaubte es ihm nicht; und zum Streit kam Handgreiflichkeit; – einer von uns dreien – oder waren wir bloß zu zweit gewesen? – ich allein?; – sich verlaufend – die Wolken tief hängend; – verirrte sich, wieder und wieder. Verloren; – der Rand der Hochebene jetzt; – Hände und Füße, fast blind, hinuntertastend; – geriet über's Meer; – ein Felsvorsprung, weiß von Guano. Schrie; – in die Gischt. Eine Woge, die nicht bricht; – aufs Meer zu tragen; – drohte.

ES WAR DAS JAHR, als Cooper das Schwefelzündholz erfand und Braille die Blindenschrift; ein Mann schrieb die ersten Takte vom *Tod und dem Mädchen* und ein anderer begann die *Memoiren eines Satans*. Und da war noch ein Mann und ein zweiter. Der eine würde die Insel wieder verlassen, den anderen aber hat man im Farn gefunden, weit weg von den Häusern im Süden der Insel, seit zwei Monaten hatte man ihn nicht zu Gesicht bekommen, er mußte sich verirrt, sein Geist sich umnachtet haben.

Sein Leichnam war bereits im Zustand der Verwesung, und wir begruben ihn dort, wo er gefunden wurde, an einer Bucht, die nun ›Deadman's Bay‹ heißt. Ich selbst las die Totenmesse; alle Siedler waren gekommen, verfolgten voller Ernst die Zeremonie. Dann kam ein Schiff, und wieder kam eines, immer aufs neue brachten wir das Boot zu Wasser, die Siedler unterließen es nie, sich für mich einzusetzen und mir die Rückkehr zu ermöglichen. Nur knapp kamen wir durch die Brandung, aber schließlich drehte sogar eines bei, und wir gelangten an Bord. Ich war überwältigt von den Gefühlen, die auf mich einstürzten; – innigster Dank an den Herrgott; – tiefe Dankbarkeit an Glass, dem ich alles Gute, das er mir tat, nur mit Worten vergelten konnte; – Scham und Zorn. Und die Offiziere des Schiffes öffneten ihre Seemannskisten für mich, mich wieder als Mensch auszustatten.

IM JAHR DER RÜCKKEHR *von Augustus Earle herrschte in Europa überall Sturm und Flut; Constable jedoch arbeitete an den Entwürfen zu einem Kornfeld, und aus China wurde die Teerose importiert, die Marah in das Beet an der Hauswand setzte, weil es dort trocken und warm ist, aus Brasilien der Kaffee, den sie mir an meinen Schreibtisch stellte. Alles wiederholt sich und geht unabänderlich seinem Ende entgegen, alles geht von einer Mitte aus, die stets eine Insel ist, und die Mitte eines Jahres und eines Jahrhunderts. Und so sitze ich manchmal abends noch auf der Bank und sehe aufs Meer, über die Inseln der Roaring Water Bay; es ist immer dort, daß meine Reise nach Tristan da Cunha beginnt. Ich betrachte diese Serie von Ersttagsbriefen, auf die der Phosphor durchgeblutet hat, all mein ungestilltes Begehren, meine unstillbaren Begierden. Sie holen mich ein wie eine Krankheit; es ist der Verfall der Dinge, der sich feucht wie der nun im Abend aufziehende Nebel auf die Haut legt, etwas, das mich langsam bis zu meinem Tode verzehren, meine Leber auffressen wird wie die Augustus Earles, während alles unaufhörlich einem Ende entgegengeht, das von Beginn an so festgelegt schien;* imagine hac ego compellor.

IMPRIMITUR ANIMO QUASI CERAE. *Alles ist vorbestimmt, kehrt immer wieder; auch man selbst vergißt nichts. Nur der Name wechselt, die äußere Gestalt – während wir jedoch nicht die Kraft aufbringen, zu werden, was wir lange schon sind; das, was sich in unsere Seele eingeprägt hat, gleichsam mit dem Stichel eingraviert. Es ist wie mit den Briefmarken hier vor mir auf dem Tisch, ihrem Intaglio, dem auf einer Wachsplatte eingeritzten Bild, auf das man die Schwärze aufgetragen und das Überschüssige wieder abgewischt hat, daß nur in den Vertiefungen Farbe bleibt. Genauso wie auch ich alles bisher von mir Geschriebene wieder vom Blatt schaben möchte, damit nur die Einzelheiten meiner Geschichte klar erkennbar bleiben. Der Ehrgeiz, daß daraus mein eigenes* Liber Passionis, cum Characteribus Nulla Materia Compositis *entsteht, jenes Buch, das weder geschrieben noch gedruckt und doch mühelos lesbar ist, weil alle Lettern des Textes mit der Hand aus dem feinsten Vellum geschnitten und dann mit blauem Papier unterlegt wurden. Doch womit soll ich meine Mühe sinnvoll rechtfertigen?*

Ich lebe hier in diesem alten Herrschaftssitz, der einmal meinen Vorfahren gehört hat und den ich von irgendwelchen russischen Adeligen, die es hatten verkommen lassen, wieder erwarb: Bishop's Luck. Und zwölf erschlagene Dirnen, vergraben im Boden unter der Küche. Untertags verkaufe ich, handle, erwerbe, stelle langwierige Expertisen an und führe Buch, dem ist seit Marahs Fortgehen alles gewidmet. Und dann komme ich heim, meine Haushälterin hat gekocht, aber dafür muß ich mir ihre unerheblichen Geschichten anhören, die sie tagsüber für mich allein gesammelt hat, ich sitze vor meinem Teller, das Essen wird kalt, und ich habe ihr meine Aufmerksamkeit zu schenken, sie läßt nicht nach, bevor sie mir nicht das letzte Detail erzählt hat; es geht nicht anders, will man nicht auch noch im eigenen Haus zum Fremden werden. Und weil ich sie nicht mehr bezahlen kann, ist es, als wäre ich jetzt mit ihr verheiratet. Wir teilen alles, bis auf das Bett, ihr Zimmer liegt ein Stockwerk höher, sie herrscht über den bewohnbaren Teil des Gebäudes – doch seitdem liegt der Dreck zolldick am Boden, müßte der Schimmel längst von den Wänden gekratzt werden. Den Grus von den blind gewordenen Fenstern muß ich mir selber waschen, damit der Blick wieder über Marahs Immenstöcke aufs Meer geht, über den Sattel bis zu den Inseln, auf denen ich noch nie war, hinaus bis Cape Clear und zum Fastnet Rock, wo der Atlantik endet und wieder beginnt.

Das Meer wollte ich besänftigen und habe doch nur den Sturm heraufbeschworen. Von den Bäumen, die er ein paar Tage nach Neujahr umgerissen hat, den großen Buchen unten im Glen, die zwei Arme nicht umschließen konnten, der Zeder in der Gartenmulde, die noch der Bischof hat setzen lassen und die jetzt der Blitz gespalten hat, sogar den Eichen im Friedhof der Bucht unten, wo Soldaten der spanischen Armada begraben sind und nachts als Irrlichter aufflammen, von all dem Schaden, den er in diesem augusteischen Garten angerichtet hat, lebe ich jetzt; das Holz bringt gerade genug ein, daß ich die dauernd anstehenden Reparaturen am Haus bezahlen kann. Zehn Zimmer; mit Marah habe ich nur mehr fünf davon bewohnt, und jetzt lebe ich im Dienstbotenflügel. Aber sogar damals habe ich sie nie in mein blaues Zimmer gelassen, trug ich den einzigen Schlüssel immer bei mir. Bis heute weiß ich nicht, ob Marah Mitleid für mich empfand oder Angst, Angst vor diesem Mann, der sich in seinem Arbeitszimmer einschloß und dabei doch nur hoffte, daß sie seine Vorwände durchschauen und sich trotzdem Zugang verschaffen würde; aber dafür hat sie mich nicht genug geliebt, nicht genug, um mir zu folgen in diese erbärmliche Einsamkeit, die wie das Eldon Hole ist, zu dem ich mit Marah einmal einen Ausflug gemacht habe, der Abgrund, in dem alles Verlorene zusammenkommt, dort unten, in der tiefen Kälte der Erde; und das Echo seines Falls hallt wider in diesem Schacht, all das, was schmerzt, es dreht sich und dreht sich, ohne je aufzuschlagen.

Nur einmal war dieses Zimmer wirklich mit Leben erfüllt; ich ließ das Fenster versehentlich offen, und bis zum Abend hatte der Raum sich mit Bienen gefüllt. Die Luft war wie magnetisiert, die Bienen waren überall, an der Lampe, über dem Türstock und auf dem Glas der beiden gerahmtem Portraits neben dem Schreibtisch, Graf Philippe de

Ferrari, sein schmales Gesicht, die hohe, schüttere Stirn, die um den Mundwinkel gegrabene Falte, das schwächliche Kind, dem seine Mutter Briefmarken schenkte, in der Hoffnung, das würde ihn von seiner Bettlägrigkeit ablenken, Graf Ferrari, dem die einst weltweit größte Sammlung gehörte, die Magenta *darunter, und neben ihm, feist, jovial, aber denselben Ausdruck in den Augen, Colonel H. R. Green. Seine Mutter war eine der Reichsten in New York, aber kein Mensch; den Haferbrei wärmte sie mittags auf dem Heizkörper ihres Büronachbarn, und mit ihren zwei Kindern lebte sie in einer winzigen Wohnung ohne Fließwasser. Als Ned, wie sie ihn nannte, sich beim Schlittenfahren ein Bein brach, war ihr das Spital zu teuer, sie behandelte ihn selber mit Pflastern und anderen Patentmedizinen, die nichts kosteten, so daß ihm die Ärzte dann das Bein abnehmen mußten. Nach ihrem Tod gab er das ererbte Vermögen aus, für alles, was ihm in den Sinn kam, ein Haus mit hundert Bediensteten, ein privater Flughafen, eine Radiostation, die nur spielen durfte, was ihm gefiel, und begann, als er bereits 275 Pfund wog, Briefmarken zu sammeln, von denen ich ein Album erstand, auf dem jetzt die Bienen saßen, ihre Flügel hell rauschend; ich mußte grünes Holz holen, damit sie der Rauch wieder vertrieb.*

Meine Kollektion ist lächerlich im Vergleich zu den ihren. Wie Graf Ferrari bemühe ich mich um Vollständigkeit bei meinem Thema, und wie Ned sammle ich daneben all die Fälschungen und Fehldrucke, vor allem die gefälschten Fälschungen, die nichts wert sind am Markt: Reproduktionen, falsche Rollen, nachgemachte Entwertungsstempel, gebleichte Briefmarken, die nach Fehldrucken aussehen sollen wie die 73er Copernicus, *oder unechte Auf- und Überdrucke, diese ganzen nachgummierten, retuschierten und reperforierten Marken. Unter der Lupe ist die Nachahmung meist leicht zu erkennen, und ich sammle sie, weil sich an diesem plumpen Dilettantismus dieselbe Passion verrät, die auch die meine ist. Es sind die kleinen Dinge, der mikroskopische Blick darauf, der mich nicht mehr losgelassen hat; als würde sich im Kleinen alles Wesentliche verdichten zu einem einzigen Punkt, in dem der Urgrund allen Seins beschlossen liegt, wie die beiden Weizenkörner im Musée Cluny, auf denen das ganze Shemah Israel stand, jene auf das Herz und auf die Seele zu schreibenden Worte, die man laut vor sich hin sagen soll, wenn man zu Hause sitzt, sich schlafen legt oder aufsteht.*

Das Meer. Ich stehe vom Tisch auf, gehe zur Vordertür, schiebe die Riegel mit dem Fuß auf und setze mich auf die Schwelle. Es ist Ebbe, die See ausnahmsweise windstill, unter den Wolken, ihrer vom Atlantik sich herdrehenden Front, der Mond unsichtbar. Nur draußen, jenseits des Leuchtturms spiegelt sich ein messingfarbenes Oval, eine Lichtung in der glasigen See. Abends steht die Halbinsel schwarz umrissen im Wasser, die Hafenfeuer von Cape Clear, die Ruine des Signalturms in Rossbrin wie ein Zollstock am Rand einer Photographie. Ein Maßstab, wie auch meine Sammlung einer ist, mit dem die Welt faßbar erscheint. Marah und meine Tochter jedoch teilten meinen Blick nicht; meine Briefmarken hatten nur für mich Sinn, nicht für sie. Mir dies einzugestehen ist bitter. Und grotesk.

Daß all diese Bögen für sie bestimmt sind, wird nicht wettmachen können, wozu ich unfähig war: ein ganz gewöhnliches, alltägliches Interesse für das, was Marah tat, was sie war, einen Spaziergang mit unserer Tochter im Regen hinaus über die Felder bis zum Mizen Head, und einfach nur dazusein, bei ihnen, mit ihnen zu sein. Ich war mir dessen immer bewußt; daher auch meine Gefühle von Schuld. Nur so hatte ich gelernt, in der Welt zu sein, ihre Leere mit meiner Sehnsucht auszufüllen.

Damals interessierte mich bloß das Leblose, das so unverrückbar schien wie der Signalturm unten, seine halb abgerissene Silhouette, grau wie Gneis und Granit; ich konnte nur Dinge verstehen, das Emblematische des Todes, das sie verkörpern, die Bruchreste, die sie sind. Alle Ideen sind nur Fragmente, Ruinen vor einem pittoresken Hintergrund, Monumente, Tempel, Türme, Säulen und Stiegen, aber in den Räumen meiner Erinnerung konnte ich ein anderer sein, war alles noch voller Möglichkeiten; dort inszenierte sich die Vergangenheit wie auf einer Bühne, sah ich die Schauspieler auf und ab gehen, erschloß sich mir erst ihr Tun.

Heute jedoch steht im Mittelpunkt und auch mitten in meiner Sammlung Marah, meine Virgo manca, *ein Fehldruck von 1890. Der scharlachrot schraffierte Hintergrund wurde zuerst gedruckt, und darauf hätte dann die Figur gepaßt werden sollen. Zwei der Bögen jedoch blieben aneinander kleben, so daß auf den unteren der beiden keine Druckerschwärze gelangte. Die Marke ist dort nun in der Mitte weiß, ein Weiß wie eine zu Papier gebrachte Seele.*

IM

Sturm war auch eine Mitte. Er holte dicht über der See Atem, die kalt über dem Eis und die heiß am Wendekreis liegende Luft, hoch in einen Himmel, der sich mit der Erde drehte, mit immer mehr Macht, bis er sich nicht mehr zu halten vermochte und plötzlich nach innen sackte, ins Leere; er fiel in eine sich rötenden Nacht, der Wind rot wie die Blitze, die den Umkreis des Meeres ausleuchteten, dunkelrot wie die Wolken, die in den schmalen Stunden des Morgens über die Häuser hinwegjagten, fahlrot aufflammend wie die Halbkugel dieses Firmaments, die Erde in ständiger Bewegung begriffen und die Luft in ihrem Sturz: Alles begann sich um sich selbst zu drehen, in einer sich immer enger windenden Spirale, die desto schneller kreiselte, je tiefer sie reichte, denn das Moment des Windes birgt mehr Gewalt als die Höhe seines Falls.

MARK THOMSEN
BOGEN XIX–XXIV
1825–1851

DER LÄUTERUNGSBERG

BOGEN XIX — ERSTER KREIS: SWAINS HOCHMUT

MUNDUS PARVUS oder EINE SCHILDERUNG DER INSEL TRISTAN DA CUNHA ALS SERIE KLEINER FIGUREN ZUR VERZIERUNG DER LANDSCHAFT – *so werde ich dieses Portfolio pittoresker Szenen nennen. Mein Jerusalem und die sieben Stämme dieses Israels. Ich bin mir der Ironie bewußt. Statt Heiligenbildchen enthält es eine Sammlung von Marken, jede mit einer Legende versehen. Grundsätzlich unterscheidet sie sich in nichts von Muscheln oder aufgespießten Schmetterlingen in einem Kasten, getrockneten Blättern und Blumen unter Glas oder Eskimoschnitzereien aus Speckstein; wie sie sind auch Briefmarken Muster einer vom Menschen geordneten Natur, ersetzt meine Kollektion das unübersehbare Chaos einer vergangenen Gegenwart, weil sie es sortiert und klassifiziert, einem Ariadnefaden durch den Irrgarten der Geschichte gleich. Erst indem ich sie zusammentrage, bewahre ich all diese Marken vor dem Vergessen; denn was sich nicht in eine Kollektion einfügt, geht verloren. Das ist auch das unweigerliche Schicksal jeder Erinnerung, jeder Biographie, jedes Lebens. Wie wertlos es auch immer ist, allein die Aufzeichnung verleiht ihm Sinn. Teile davon bewahre ich im Keller, andere auf dem Dachboden auf; es sind Räume, von denen ich in diesem Haus keinen Gebrauch mehr mache, und dort werden auch sie zu Memorabilien meines Lebens und dem Leben meiner Stammväter; sie vermengen sich mit ihnen, beginnen zu träumen, erzählen. Mag diese Welt auch hermetisch sein, so ist sie doch ganz und gar die meine. Denn eine repräsentative Sammlung zu besitzen heißt, sie neu und zum ersten Mal in aller Vollständigkeit zu erschaffen. Alles Überflüssige scheidet man dabei aus, verschenkt oder verkauft es; dadurch erhält sie ihre Gestalt, grenzt sich von anderen ab, fügt sich privaten Wünschen, Absichten und Bedürfnissen.*

Noah, das war der erste Sammler; und auch ich nahm mir von allem zwei, damit es am Leben bleibe, und habe mir eine Arche ange-

legt, meine Kammer, zu der ich mir einen Eingang an der Seite neu habe zimmern lassen. Und der Regen ergoß sich vierzig Tage und Nächte, aber ich war allein, Marah kam nicht zu mir zurück, und meine Tochter ist gleichfalls längst ihrer Wege gegangen. Auch Noah hat die Welt nicht erfunden, sich nur das Vorgefundene zu eigen gemacht und versucht, sich darin einzurichten, so gut es ging: Gottes Kommissionär und Makler.

Er hortete nicht, er wählte sorgfältig aus. Ein Sammler von Verstand behält ebenfalls nicht mehr als zwei Exemplare für sich; je weniger es gibt, je mehr vom Markt verschwinden, desto besser. Und auch ich will nicht möglichst viel zur Seite legen, sondern richte alles auf eine Zukunft aus, wo ich die Serie gegen eine andere tauschen oder sie einlösen kann. Sammeln aber heißt dazu, diesen Augenblick aufzuschieben, sich die Rechenschaft darüber zu stunden, den glückhaften Augenblick, bis die Kollektion vollständig ist, noch hinauszuzögern. Es ist eine Erlösung, die keine Erfüllung kennt, denn alles beginnt wieder von vorn.

Die Zeit, die mir dieser Aufschub läßt, verwende ich für diese Chronologie, in der sich Autobiographie und Geschichte gegenüberstehen, die Fiktion meines Lebens, die sich an meiner Kollektion mißt, ohne ihre Grenzen überwinden zu können. Ein Historiker würde nach Ursachen und Folgewirkungen suchen; mir geht es darum, die Dinge aus ihrem ursprünglichen Zusammenhang herauszulösen, um sie frei verfügbar zu machen. Die eigentliche Vergangenheit muß erst ausgelöscht werden, damit sie durch eine imaginierte ersetzt werden kann, eine zwar illusorische, aber dadurch begreifbare Vergangenheit.

Damit man Tote wieder zum Leben erwecken kann, müssen sie vorher auch zu Tode gekommen sein. Und ich gestehe, daß ich mich immer wieder gerne zu einiger Melodramatik hinreißen lasse. Ich bin ruhiger jetzt; aber diese kleinen Anfälle von Erregung sind nie vorhersehbar. In einem gewissen Sinn war van Houten für mich auch eine Art Bruder. Das läßt sich erstaunlich leicht sagen; auf dem Papier kennt man keine Scham, da fällt jede Beichte leicht, weil sie jederzeit widerrufbar ist. Das Eheleben zwischen Marah und mir war kein einfaches, das gebe ich offen zu. Anders als mit Bekenntnissen ist es mir mit Frauen noch nie leicht ergangen. Nicht nur im Bett.

Die glücklichste Zeit, so paradox es klingt, hatten wir, als alles bereits zerrüttet war und sie sich mit van Houten traf. Ich merkte es an einem neuen Ton in ihrer Stimme, ihrer Haltung, die plötzlich so bestimmt war, doch solange sie es vor mir verheimlichte, verspürte ich fast Erleichterung, daß sie mich betrog. Mehr noch: Lust.

Als sie klein war, erzählte Marah, nahm ihr Vater sie immer mit zu seinen Rendezvous mit anderen Frauen. Sie mußte auf der Bank neben ihm sitzen, draußen fuhren Autos vorbei, sie zählte sie nach den Farben, es war ein Spiel, bei dem Weiß stets gewann, und löffelte das Erdbeereis, das ihr auf den Tisch gestellt wurde. Worüber sie redeten, verstand sie nicht, ihrer Anwesenheit wegen wurde immer nur auf etwas angespielt, aber sie hörte den Tonfall, die Stimmen, die ganz hinten aus dem Mund kamen, weich waren am Gaumen. Verschwand ihr Vater kurz, saß sie der Frau gegenüber, die sich bemühte, sie zu unterhalten, weil sie das Alibi war, das Alibi für die Verabredungen ihres Vaters. Dann saß er wieder neben ihr, er hielt etwas hinter dem Rücken, es waren Blumen, die er der Frau auf den Schoß legte, aber da Marah nicht dumm war, sah sie auch, wie sich ihre Knie berührten.

Sie haßte diese Donnerstagnachmittagfrauen, doch ihn selbst vermochte sie nicht zu hassen; sie fühlte sich verraten, und wer verraten wird, der begehrt. Das ging so, bis Marah groß wurde: Sie verehrte und verachtete ihn zugleich, sie vertraute und mißtraute ihm, wie sie auch mir in allem mißtraute. Und ich war es nun, der für ihren Vater zu bezahlen hatte; das war unser Untergang.

Ja, Marah konnte unwirsch und widerspenstig werden; sie verstand es, herablassend zu sein. Das lag schon in ihrer Stimme, der Art, wie sie die Zunge gegen die Zähne preßte, in diesem ganzen Hochmut einer Familie, der es nie an Geld gemangelt hatte. Und dann die Vorwürfe, tagelang, wochenlang, Auftritte, inszeniert wie in einem amerikanischen Film der 70er, Lipgloss, blauer Lidschatten und keifend; sie war ein wandelnder Vorwurf und ließ mich etwas sühnen, das ich einfach nicht vor mir selbst eingestehen konnte. Vielleicht hätte ich Dich nehmen sollen, wie jeder andere Mann es getan hätte, wie er es wohl getan haben muß, aber ich konnte nicht, ich konnte einfach nicht.

Auch deshalb, weil ich mich, je weniger wir zueinander fanden, desto mehr in die Bilder von Magazinen flüchtete. Es war meist eine Frau, die von zwei, manchmal mehreren Männern beschlafen wurde, es stieß mich anfangs ab, bis ich verstand, daß ich darin meine Begierden wiedererkannte, die Begierde, Besitz zu ergreifen und dabei alle Identität zu verlieren, mich aufzulösen im anderen, Fleischliches auch zu spüren.

Marah mochte ähnlich empfunden haben. Van Houten kam ihr

wohl gerade recht. In jener Nacht, als er das erste und einzige Mal zu Besuch war. In meinem Haus; als hätten beide sich verschworen, mich nicht nur zum Hahnrei zu machen, sondern auch offen zu erniedrigen.

Es hatte damit begonnen, daß ich für van Houten an diesem Abend sogar Briefmarken hervorholte, die ich Marah nie gezeigt hatte, die Mappe mit den nackten Frauen, der spanischen Maja desnuda, *den Toulouse-Lautrecs aus Manama, dem Brancusi-Akt, das Photo einer entblößten Negerin auf einer südafrikanischen Briefmarke von 1934, alle diese philatelistischen Raritäten, an denen mich das Obszöne anzog, obwohl es sich unter der Lupe in einem Raster von Punkten auflöste. Aber Du und er, Ihr hattet nur beißenden Spott dafür übrig, verächtliche Worte für das, was Ihr meine Prüderie nanntet.*

Später dann wußte ich Dich bei ihm und wußte doch nicht, Dich aus seinen Armen zu holen, obwohl ich ihn hätte umbringen können; in flagranti *ertappt, wäre jedes Gericht auf meiner Seite gewesen. Ich wartete in der dunklen Küche, bis ich Dich in der Dämmerung wieder aus seinem Zimmer kommen sah, die Haare wirr, der Blick glasig wie das Grau, das durch das zerschlagene Fenster am Korridor fiel, das Martha mit ihrem Ball eingeschlagen hatte.*

Ich vermisse sie, Martha, meine Tochter, die ihre Arme um mich schlingt, es kommt mir darin alles so nahe, wie ich es doch gleichzeitig unendlich fern weiß, gleich wie Deine Nacktheit, als Du zurück in Dein Zimmer gingst, der matte Schimmer auf Deiner Haut, der Dir etwas so Unberührbares verlieh, daß ich nur ohnmächtig auf dem Stuhl vor dem Küchentisch saß. Du sahst mich an, und dies ist der eine Augenblick, zu dem ich mich wieder und wieder hingeschrieben habe, die eine leere Stelle in meinen Aufzeichnungen, die Mitte, um die alles sich schmiegt.

Die nächsten Wochen und Monate fandest Du eine Ausrede nach der anderen, um Dich mit ihm zu treffen. Du kamst immer später nach Hause, manchmal hattest Du auch nicht geduscht, ich roch es, roch ihn an deinem Körper, und es erfüllte mich mit Verlangen, ja, das gestehe ich ein, und Du, Du gabst meinem plötzlichen nächtlichen Drang widerstandslos nach, daß ich mich fast im Glauben wiegte, es hätte sich ein Ausweg für uns aufgetan. Es mögen bloß Deine Schuldgefühle gewesen sein. Doch für mich war damit eine Last von meinen Schultern genommen; ich gebe auch zu, daß unsere Tochter nur hat gezeugt werden können, weil ich mir vorstellte, ich wäre ein anderer. Vielleicht habe ich mir damals sogar insgeheim gewünscht, daß Marah es mit van Houten vor meinen Augen tat.

Natürlich konnte dieser Zustand nicht von Dauer sein. Und so unternahm ich einen letzten, verzweifelten Versuch und flog mit Marah nach Rom, wo wir unsere Flitterwochen verbracht hatten, Rom, als böte uns diese Stadt eine Gelegenheit zur Generalabsolution. Wir aßen und tranken aufs beste, Marah hatte das Essen immer zelebriert, sie legte wert auf dieses Ritual des Ankleidens und Ausgehens, jeden Abend war da ein neues Hemd anzuziehen, eine andere Krawatte zu binden, und was sich bei Tisch nicht recht an vertrautem Gespräch einstellen wollte, das holten wir, so glaubte ich zumindest, in unserem Hotelzimmer nach. Ein paar kleine Geschäfte konnte ich dennoch in dieser Woche unterbringen, einen oder zwei Sammler besuchen. Zurück im Hotel, ich entsinne mich der Stunde genau, zwei Uhr nachmittags war es, ich hatte den Türknauf noch nicht losgelassen, sah ich Marah den Telefonhörer auf die Gabel legen, hörte den trockenen Klick. Ich schloß die Tür hinter mir; sie schaute nicht her zu mir. Kein Wort fiel; aber wir wußten beide, daß alles nun einen unabänderlichen Lauf nahm.

Beim Tod, heißt es, löst sich die Seele vom Körper und fällt durch ihr eigenes Gewicht an den ihr zustehenden Ort. Ich ging hinunter zum Tiber, wanderte seinem Ufer entlang, und ein Schiff lag auf dem Fluß; es wartete nur darauf, seine Passagiere zu einem Berg mitten im Meer zu bringen, meinem Purgatorium.

SIEBEN NAMEN in den Kreisen des Schicksals. Um an die Gestade meiner Insel zu gelangen, meinen Läuterungsberg, muß man zuvor einen ebenso stürmischen wie unendlichen Ozean überqueren. Dann aber steigt aus seiner Tiefe, an Jerusalems Antipoden, wie man immer schon wußte, ihr Gipfel empor und ragt inmitten rötlichen Dunstes hoch über die Wellen. Keine der Seelen kann sich dieses Ziel selbst aussuchen, doch auf alle wartet ein und dasselbe Schiff, die *Nemesis*. Auch ist ihr Kapitän kein Engel, nein, es geht wahrlich kein Glanz von ihm aus, bloß dunkelster Mißmut, denn auch er ist verdammt, verdammt dazu, immer wieder zu unserer Insel zurückzukehren, um Handel zu treiben, wie er glaubt; wir jedoch wissen, daß es andere Mächte sind, die über ihn bestimmen. Und so setzt er nun, gleich, wie er zuvor Augustus Earle seinem Schicksal überantwortet hatte, im November des Jahres 1826 seine nächsten zwei Passagiere dort ab, Thomas Swain und seinen Begleiter Allan Taylor.

Ist man einmal von Bord gegangen und am rauhen Ufer gelandet, versperren einem zunächst Felskränze den Weg. Sie liegen im nie weichenden Schatten, den der Gipfel wirft; zur Linken ein unheimlich wogender Nebel, der am Fels haftet wie der Tod, zur Rechten Schwaden von eigentümlicher Farbe, die vom Meer hereinziehen, bisweilen von aufflammender Glut erhellt. Starrt man in diesen Rauch, erblickt man darin zusammengekauerte Gestalten, brennende Schatten, singend im reinigenden Feuer, sich windend vor Pein, die Todsünde des Hochmuts büßend, ob derer sie ihre Seelen verwirkten. Und ich, Ihr Statius, werde sie Ihnen Namen um Namen aufzählen.

Auf Tristan da Cunha gibt es bis zum heutigen Tag nur sieben Familien: Glass, Swain, Rogers, Hagan, Green, Repetto und Lavarello. Ihre Stammväter, sie alle kamen und blieben, heirateten und zeugten Kinder, lebten und starben auf dieser Insel. Sie alle lebten in ihren Namen fort, bis auf einen – als würde durch ihn diese Zahl Sieben zum Unendlichen der Acht ergänzt werden: den unglückseligen Cotton. Mit jedem dieser Urväter aber kam eine Sünde auf die Insel; und nachdem sie einmal in die Welt gesetzt war, wurde sie eine Sache des Blutes und damit erblich.

Wieviel Frevel mag es auf dieser Welt geben, wie viele Verfehlungen, läßliche oder nicht – es ist ein ganzer Galaterbrief, Unzucht, Unsittlichkeit, Götzendienst, Feindseligkeit, Streit und Eifersucht, Jähzorn und Eigennutz. Doch mit ihnen ist es so wie mit allen menschlichen Eigenschaften, sie prägen sich von Generation zu Generation stärker aus, um sich Dauer zu sichern. Jeder Sproß versucht auszutreiben und Blüten zu tragen, die durch Kreuzung und Inzucht sich in ihrem innersten Wesen zu entfalten beginnen, reiner und reiner werden, alle anderen, weniger lebensfähigen um sich verdrängend.

Sieben Familien nun, sagte ich, leben bis heute fort auf dieser, der jenseitigsten Insel von allen, gleichsam als Allegorie jener sieben Hauptsünden, die im profanen Purgatorium der Insel gesühnt werden. Und die erste kam, sagte ich, mit dem Hochmut auf die Insel. Ihr begegnen wir im ersten Kreis, und dessen wir zuerst ansichtig werden ist ein Felsen, um den herum, in Nebel und Rauch, sich Sünder schleppen, jeder dieser Schatten mit Steinblöcken beladen, gerade so schwer, daß sie sie nicht zerquetschen, doch stöhnend unter ihrem Gewicht, atemlos fast, die Gesichter verzerrt vor Schmerz, welch ein Spektakel! Und sie kommen auf uns zu, um uns Beichte abzulegen: Thomas Swain und sein Gefährte Allan Taylor.

ICH BIN SEIT MEINER KINDHEIT zur See gefahren und habe unter Nelson gedient, stieß Thomas Swain keuchend hervor. Nach achtzehn Jahren im Dienste der königlichen Marine, vor Trafalgar mit Ruhm bedeckt, machte er sich wichtig, wurde ich von den Franzosen gefangengenommen und von ihnen durch Drohungen und Versprechungen dazu gebracht, für Bonaparte zu kämpfen. Erst steckte man mich zu anderen Kriegsgefangenen, die man für wichtig hielt, in eine Zelle, um sie auszuhorchen, hierauf, als man mir zu vertrauen schien, begann ich für den Geheimdienst zu arbeiten.

Ich hatte französische Agenten mit einem Kutter durch die Blockade nach England zu schmuggeln oder ihre Depeschen zu überbringen; Lichtzeichen waren vereinbart, eine hin und her geschwenkte Laterne, dann legte ein Boot ab, um den Mann ans Ufer zu bringen. Nach drei Jahren geriet ich in eine Falle; mir gelang es zwar, alles, was meine Tätigkeit verraten hätte, über Bord zu werfen, nicht aber der Gefangennahme zu entgehen, diesmal durch die Engländer. Dreimal so lange saß ich dafür dann in meiner Heimat im Gefängnis, ohne daß ich es hätte wagen können, meine wirkliche Identität preiszugeben; dazu reichte mein Französisch aus, mein Wille und meine Konstitution: 5 Fuß auf 5 Fuß, das macht zehn Meilen pro Tag, wenn man nur will, und eine unterdessen auswendig gelernte Bibel.

Bei Friedensschluß dann war ich ein ebenso freier wie der Welt verlorengegangener Mann, der nicht mehr wußte, wie sich in ihr zurechtzufinden, denn alle Seiten waren die falschen, betonte Swain. Also machte er sich auf und kam bis St. Helena, wo er durch eine seltsame Verkettung des Schicksals nun dazu ausersehen wurde, jenen Mann zu bewachen, der die Ursache seines Gefängnisaufenthaltes gewesen war: Napoleon. Dort, im Alter von 52 Jahren, machte er schließlich die Bekanntschaft unseres namenlosen Kapitäns der *Nemesis*, der ihn dazu überredete, mit zur Insel zu kommen, denn da würde man Männer wie ihn brauchen, dort wäre er unter seinesgleichen, soviel war sicher.

Wieviel er verschwieg, braucht nicht ausgeführt zu werden; das Wesen des Fegefeuers auf unserer Insel liegt gerade im unablässigen Schönreden-Müssen des eigenen Lebens; Sünde und Sühne unterscheiden sich hier in nichts. So paart sich bei Swain denn auch die Geschwätzigkeit mit Verrat, Lüge und Täuschung – das ist der eitle Glanz des Hochmuts. Und seine Hoffart untergrub nun die christlichen Ideale, sein Dünkel die Ziele der freimaurerischen Brüderschaft auf der Insel, der Glass als großer Schweiger vorstand.

Von seiner Vergangenheit in den französischen und englische Gefängnissen redete Swain vor ihm lieber nicht, nein; was er vorzubringen hatte, waren Anekdoten über den in den Wänden seines Domizils auf und ab marschierenden Napoleon und seine Sinnweisheiten, die er zuerst aus Lust und Laune heraus erfand, dann aber gezielt einsetzte und mehr und mehr ausschmückte, um sich selbst unter den Brüdern aufzuwerten, dem Ehrenkodex seines Hochmuts gemäß. Über kurz oder lang begann er richtiges Seemannsgarn zu spinnen, aus seiner Zeit als Man-of-War's-Man; und welches Thema böte sich dazu besser an als Nelson, Lord Horatio Nelson? So gewann mit jedem weiteren Abend im Gemeinschaftshaus die Geschichte immer mehr Konturen – wie der Vollmatrose Thomas Swain, bei der Schlacht von Trafalgar, als Nelson seine tödliche Verwundung an Deck der *Victory* erhalten hatte, wie es seine Arme gewesen waren, die den Admiral aufgefangen hatten. Und Nelsons letzte Worte, in sein Ohr, nur in seins geflüstert, sie wurden von Mal zu Mal bedeutungsschwerer. Er damit.

Denn der Rang auf dieser Insel, wo weltliche Güter kaum noch etwas galten, wurde einem einzig und allein durch die eigene Lebensgeschichte zugewiesen. Je mehr man Swain nun aber durchschaute, je weniger man ihm Glauben schenkte, desto blutiger wurden Nelsons Verletzungen und desto verletzter sein Stolz, daß er bald wie Wundbrand die Gesellschaft dieser Gleichgesinnten vergiftete. Denn wer hätte schon dagegenhalten können – oder wollen? Keiner. Und so schwärte dieser Hochmut, einer sah sich voll Überheblichkeit als über den anderen stehend und verstieß damit gegen den Gesellschaftsvertrag; wohin dies führte, war bei der schwelenden Feindschaft zwischen Green und Hagan dann zu sehen.

Die 1½ Penny-Marke der 1971er Gedenkausgabe zu Ehren der Familien Tristan da Cunhas zeigt diese Szene, links das Schlachtschiff unter pulvergeschwärztem Himmel, rechts den Matrosen mit seinem roten Halstuch, der einen etwas kleingewachsenen Admiral mehr zu sich reißt, als daß er seinen Fall dämpfen würde. Die *Victory* ist in Portsmouth zu besichtigen, ich war mit Marah dort, und im Schiff liegt auch eine Liste aller Helden auf; Thomas Swains Name ist nicht darunter, seine Geschichte war frei erfunden, aber ebenso überzeugend, wie es dann auch Samuel Taylors gefälschte Briefmarken waren. Ist nicht der beste Beweis für die verdammenswerte und doch unausrottbare Todsünde der Hochmut, daß dieses Exemplar hier echt und teuer ist, obwohl die darauf abgebildete Anekdote billig und falsch war?

Büßte Thomas Swain etwas davon zu Lebzeiten? Nein. Denn unberührt von all diesen Dingen, und von den Menschen rund um ihn schon gar, segnete er das Zeitliche erst im biblischen Alter von 102 Jahren und im Vollbesitz seiner Kräfte – im selben Monat des Jahres 1862 übrigens, in dem sowohl die erste philatelistische Zeitschrift, *The Stamp Collectors' Review and Monthly Advertiser*, als auch das erste Briefmarkenalbum gedruckt wurden; er starb an einem Splitter, der ihm ins Auge gedrungen war und sich entzündet hatte, als er wie jeden Morgen das Holz vor seinem Haus hackte. Doch welche Moral nun darin sehen? Keine. Oder die, daß er mit jedem Lebensjahr sein Fegefeuer nur um so länger erduldete. Damit seine Läuterung zu meiner werden kann.

GOTT ALS DER HOCHMÜTIGSTE UNTER UNS!, begann Allan Taylor scheelen Blicks auf Swain, seinen einstigen und jetzigen Gefährten, mit seiner Version der Wahrheit herauszurücken. Matrose der *Nemesis*, sei er schwerkrank zusammen mit Thomas Swain auf die Insel gekommen. Doch als dieser Seelenfänger wieder den Anker hievte, waren an ihrer Statt Stephen White alias van Houten – von der *Blenden Hall*, wir erinnern uns – samt Frau Marah und Tochter Martha an Bord, auf dem Weg nach Capetown, wo er schließlich als Schreiber Arbeit fand und mit der Post der Garnison beauftragt wurde; wie er diesem Purgatorium entkam, ist mir ein Rätsel, Gottes Ratschlüsse sind unbegreiflich … aber ich komme vom Thema ab.

Taylor nun, der sich binnen weniger Wochen auf Tristan restlos erholte, meinte im Brustton der Überzeugung, ein ebenso rechtschaffener Steinmetz und Freimauer gewesen zu sein wie Glass; die Häuser, die er gebaut habe, könne man auch heute noch an ihrem soliden Handwerk erkennen. Doch in der Zeit auf der Insel, fügte er kleinlaut hinzu, habe er sich zu Swains treuestem Genossen ausgewachsen; an seinen Lippen gehangen sei er, zu Swains Nick-Neger geworden, daß er schließlich zu glauben begann, er wäre überall, wohin Swains Lügenmärchen ihn führten, auch persönlich dabeigewesen. Was wäre Hochmut ohne Publikum, selbst wenn es nur noch aus einer Person besteht?

Dann habe er angefangen, auch mit eigenen Anekdoten aufzuwarten, Bonaparte dies, Napoleon jenes, daß sie sich schließlich bis aufs Blut stritten, wer von ihnen beiden das Arsen in seine Suppe getan habe. Des ewigen Zwistes müde, heuerte Taylor dann auf dem nächstbesten Schiff an, das ihn mit nach Schottland nahm.

Er wäre in dieser Geschichte gar nicht aufgetaucht, sein Name verblieb gar nicht auf unserer Insel, doch man muß den Läuften der Zeit nur genug Spielraum lassen, um das Böse offenbar werden zu sehen, manchmal eben erst in der zweiten Generation – als wäre es ein Samenkorn, das nur des rechten Bodens bedarf, um zu keimen. Und der fand sich, was Taylor betraf, in den Mooren Schottlands.

Der ließ sich nämlich in Irvine, ein paar Meilen nördlich von Ayr nieder, nahm sich eine Frau und zeugte mit ihr einen

Sohn namens Samuel. Und dieser sollte es nun sein, der sich zu einem wahren Judas meines Faches auswachsen würde. Im Jahre 1850 nach Amerika ausgewandert, gründete Taylor junior dort die erste philatelistische Zeitschrift; doch nicht zufrieden damit, brachte er es auch zum ersten namentlich bekannten Briefmarkenfälscher, der sein Gewerbe in großem Stil betrieb. Mehrmals der Fälschung bezichtigt, wurden jedoch die Anklagen immer wieder überraschend fallengelassen oder das Urteil ausgesetzt; viel mehr als ein paar Silberlinge wird es dafür nicht bedurft haben. Samuel Taylors Marken zählen inzwischen zu den gesuchtesten Raritäten, besonders jene, die Tristan da Cunha oder sein eigenes Portrait in der Vignette zeigten; ich besitze ein halbes Dutzend davon, und sie haben mich ein kleines Vermögen gekostet.

ZWEITER KREIS: GLASS' WOLLUST

MUNDUS MULIEBRIS. Es ist ein schmaler, langer Aufstieg den Berg hinauf, die Sonne immer zur Rechten, bis zum Paß; reißt der Nebel auf, gibt er den Blick frei auf den Vorsprung, auf dem ich stehe, ein rundum steil abfallender Felskranz und eine von riesigen Gesteinstrümmern übersäte Hochebene, in deren Mitte sich der Gipfel erhebt. Stimmen sind zu hören hinter den Felsen, und dann lodern Flammen empor, die ein Fallwind vom Berg über die Kante jagt, ich sehe den Pfad sich zwischen ihrem Züngeln weiter winden und Gestalten durchs Feuer laufen. Einige Männer ziehen hoffnungsvoll der untergehenden Sonne nach, die anderen hingegen wenden ihr den Rücken zu und kommen mir entgegen; begegnen diese beiden Prozessionen einander, sehen sie sich nur fragend in die Augen, um sogleich wieder weiterzuschreiten. Alle sind sie nackt, eine braune Schar, und ihre Geschlechtsteile sind mit Gewichten beschwert. Die Todsünde der Wollust ist es, die sie damit sühnen, der Same aller Sünden, der in jedem Schoß aufgeht und sich vermehrt, zusammenbringt, was nicht zusammengehört, trennt, was zueinanderfinden will – und doch bloß menschliche Not. Und der, der als erster durch sie büßte, war unser William Glass; er war es, der sie auf diese Insel brachte, wo die Sonne mittags im Süden steht, wenn sie überhaupt je in den Wolken zu sehen ist, in den kalten katholischen Farben der Dämmerung über diesem zweiten Kreis.

Im Jahre 1827 lebte Glass mit seiner Marie Magdalena und ihren neun Kindern auf Tristan da Cunha, zusammen mit drei Junggesellen: ›Old Dick‹ Riley, Alexander Cotton und dem gerade dazugestoßenenen Thomas Swain; Allan Taylor hatte die Insel bereits wieder verlassen. Mag dies auch das einzige Eden auf Erden sein, das uns im Schweiße unseres Angesichts zusteht, sagte Glass, so haben wir Vieh und Vögeln zwar längst Namen gegeben, aber aus einem Walgerippe kann ich euch leider kein Gespons machen.

Dies war ein heikles Thema, die meisten Männer waren zwar über fünfzig, aber deswegen noch keine Eunuchen. Was zwischen den beiden Schiffbrüchigen und Old Dick vor sich ging, dazu brauchte es weder viel Phantasie noch große Diskretion. Swain und Cotton aber neideten Glass seine junge Marie, die zu Bein von seinem Bein, zu Fleisch von seinem Fleische geworden war. Sie begegneten ihr mit übermäßigem Zuvorkommen, überboten sich mit Hilfsdiensten, nur um etwas von ihrer weiblichen Gegenwart zu erhaschen, ihren Geruch in der Nase zu haben. Wenn sie am Teich die Kleider wusch, glaubte jeder von ihnen entdecken zu können, daß sich dabei durch das naß werdende Kleid über den mageren Rippen mitunter die Umrisse ihrer Brüste abzeichneten. Dieses mehr zu ahnende als wirklich im dicken Wollstoff sichtbare Rund war es, das Glass zum eigentlichen *primus inter pares* machte, mehr als Zirkel, Winkelmaß und alle Klauseln seines oligarchischen Gesellschaftsvertrags es gekonnt hätten. Die Arbeit, die er am Abend jedem für den nächsten Tag zuwies, wurde vor allem deshalb anstandslos erledigt, weil einem das die Gelegenheit bot, auch mit Marie ein paar Worte zu wechseln. Glass wußte das, ja, und es stachelte seine Phantasie insgeheim an, denn dadurch wurde seine Marie Magdalena, nach den viele Jahren ehelichen Zusammenlebens, auch für ihn wieder begehrenswert.

GOtt der HErr hat es nicht für gut befunden, daß der Mensch allein bleibt, das habe ihm schon Napoleon gesagt; und keiner habe dies besser verstanden als Nelson, den er einmal mit Lady Hamilton überrascht habe, meinte Swain ... Deshalb handelte man schließlich mit dem Kapitän der *Nemesis* aus, daß dieser von seiner nächsten Fahrt nach St. Helena Abhilfe bringen sollte; zwanzig Scheffel Kartoffel pro Frau wurden ihm dafür in Aussicht gestellt. Einmal dort angekommen, ließ er seine Brautwerbung öffentlich bekannt machen; er sprach zwar von *females* statt von *families*, aber jeder wußte, was gemeint war, und die Frauen waren schnell gefunden.

Als die *Nemesis* nach vierzehn Tagen wieder vor Tristan da Cunha Anker warf, ließ der Kapitän zunächst die Frauen noch an

Bord, um mit den Junggesellen zu konferieren. Jeder weiß, daß bereits das Wort Frau die sehnsüchtigsten Bilder wachruft, die Vorstellung eines Ideals an Schönheit. Man braucht kein Romantiker zu sein, um sich nach Monaten der Einsamkeit eine Göttin zu erträumen – bloß um sich dann doch mit den notdürftigsten weiblichen Attributen zufriedenzugeben. Dieser Ernüchterung galt es vorzubeugen, wollte der Kapitän nicht seiner Kartoffeln verlustig gehen und sich einen quengelnden Harem an den Hals laden. Wie also die Früchte vom Baum dieser Erkenntnis schmackhaft machen und die Frauen an den Mann bringen? Indem er den Frauen von dem fruchtbaren Ackerboden in diesem Garten Eden erzählte; die Männer hingegen erinnerte er nun an ihr Verlangen, vor allem an das fleischliche, und daß es ja vor allem darum ging, über sie zu herrschen; und er stellte sich, einem Kerub mit einem Flammenschwert gleich, vor ihnen auf, sollten sie sich ihrem Paradies verschließen wollen.

Es war Thomas Swain, der, sich auf die Bibel berufend, meinte, daß er seine Eva schon erkennen würde; ob die eine Eva oder die andere, alle wären sie für seinen Knochen gemacht, und die erste, die ans Ufer käme, die nähme er. Wozu er dann auch stehen mußte, als offensichtlich wurde, daß der alte Adam ihn damit zu seinem Hahnrei gemacht hatte – denn was da den Strand heraufschritt, war eine breithüftige, verwitwete Negerin von über vierzig, die ihre drei Kinder an der Hand hielt. Die anderen vier Weibsbilder hinter ihr waren dagegen um die zwanzig, Mulattinnen, die hauptsächlich im leichten Gewerbe gearbeitet hatten, hübsch, ja.

SO GELANGTEN ZWEIFELSOHNE die Schlangen ins Paradies. Denn scharfzüngig, das waren sie, von christlich keine Rede, streitlustig und unberechenbar. Dazu aber hielt mit den Frauen jetzt auch der Hausverstand Einzug, der hartnäckig auf Grund und Besitz pochte, auf ein Heim und eine Abkehr von der allabendlichen Verbrüderung der Männer in ihrem Government House.

Was sich damit jedoch auftat, war ein Bruch zwischen der Landratte Glass und den fünf alten Seebären. Glass besaß zwar nominell alles Land sowie Hab und Gut der Insel, die von Lord Charles Somerset verliehene Autorität war auch noch weiterhin etwas, auf das er sich berufen konnte, *de iure cunensis,* doch *de facto* wurde sein Monopol nicht mehr anerkannt. Aus der Firma unter seiner Führung wurde nun eine Gesellschaft von Teilhabern, die sich, wo es nur ging, der Allgemeinhaftung zu entziehen suchten. Glass hatte die größte Herde und das meiste Land kultiviert, doch nun begannen auch die anderen, einen eigenen Haushalt zu führen. Rasse und Herkunft verstärkte die Kluft; die Kinder Marie Magdalenas waren ausnahmslos weiß, die anderen dunkel. Nicht lange, und die Frauen gerieten sich in die Haare, die Männer fluchten aufeinander, und Hochmut und Wollust taten alles weitere, um den Garten Eden als bloße Chimäre zu zeigen.

Hier halten wir einen Moment inne in unserer Parabel, die sich nur auf die historische Wahrheit stützt, um sie ein wenig genauer zu betrachten. Wir werden stets nur ihrer Spiegelscherben habhaft, sehen das bunte Glas immer nur aneinanderstoßen, doch deren Muster und Figuren bleiben nie lang bestehen; es genügt, dieses Spielzeug abzusetzen, und die Sinnbilder fallen in sich zusammen. Auch das ist die Sünde: der Feind jeder Stetigkeit. Und das Schicksal hat sein Kaleidoskop wieder einmal beiseite gelegt: All der Schönbildschauerei war nun ein Ende.

Denn nun änderte die Utopie zum wiederholten Male ihre Verfassung; die freimaurerische Brüderlichkeit geriet in den Hintergrund; Freiheit und Gleichheit nahmen nur scheinbar ihre Stelle ein. Wenn Glass dennoch ein *primus inter pares* blieb, dann aufgrund seiner menschlichen Qualitäten, seines stoischen Gleichmuts, der zurückhaltenden Toleranz, die er an den Tag legte. Unwillen seinen Ratschlägen gegenüber bezeigte man, indem man zuhörte, nickte, lächelte und sie ignorierte; diese Form des passiven Widerstandes hat sich bis heute auf der Insel erhalten. Jede Utopie kann nur existieren, wenn sie das kleinere von zwei Übeln ist; das größere, das war und blieb die Insel selbst.

Der alte Tristão da Cunha erwies sich jetzt als wahrer Namenspatron der Insel; die Frauen waren die Spitze eines Keils, der zwischen die Männer getrieben wurde – und dahinter begann die große, weite Welt in unsere Utopie einzudringen. Doch war sie noch eine Utopie zu nennen? Denn ihrer Natur nach ist jene unveränderlich, weder kennt noch duldet sie eine Entwicklung; die Geschichte ist in ihr zum Stillstand gekommen; der eigentliche Verfasser einer Utopie ist die Müdigkeit, hat ein kluger Schriftsteller einmal gesagt. Vielleicht jedoch war Tristan da Cunha so etwas wie eine Utopie der Utopie, eine Gemeinschaft, die nicht mehr – wie die Siedler vor Glass – bestrebt war, sich vollständig von der Welt abzuschotten, sondern sich ihrerseits auf vollkommen utopische Art bemühte, ihr sich zu entziehen, ohne sie ganz aus den Augen zu verlieren.

Die unstillbare Sehnsucht nach dem idealen Dasein der Menschheit als Gesellschaft, sie braucht einen Ort, den sie suchen, eine Karte, auf der sie sich eintragen kann – aber keine Welt, nein, nicht ihre Küsten und Hinterländer, Flüsse, Städte und Straßen, Häuser und Geschäfte. Die Ironie der Geschichte jedoch liegt darin, daß, nachdem Tristan da Cunha nun selbst zu einer Welt geworden war, die sich in sich aufspaltete, auflöste in immer kleinere Welten, den Splittern in einem Myromorphoskop gleich – daß ihr dabei die übrige Welt zur Utopie geriet.

Denn von der Insel aus betrachtet, waren die Welten draußen, jenseits des großen Ozeans, zu einer einzigen geworden, mysteriös und unerreichbar; und diese stattete ihr sporadisch Besuch ab, durch reisende Missionare, visitierende hohe Herrschaften und vorübersegelnde Schiffe. Jeder Fremde, der auf die Insel kam, hatte irgendwie Teil daran und wurde mit einem unterwürfigen ›Sir‹ betitelt, ob er nun Admiral der Royal Navy war oder bloß Kohlenschipper auf einem Frachter. Ob ›Amerika‹, ›Großbritannien‹, die ›Admiralität‹, das ›Kolonialbüro‹ oder die ›Gesellschaft zur Verbreitung des Evangeliums‹, sie verschmolzen im Bewußtsein unserer Siedler nunmehr alle zu einer kaum noch greifbaren Übermacht voller ehrfurchtgebietender Autorität; einem Heiligenschein gleich strahlte sie von der englischen Krone aus, um so mehr, als sie es war, die in Zeiten biblischer Not die Insel mit allem zum Überleben Nötigen versorgte, daß es vom Himmel zu fallen schien wie Manna.

Für die Frauen und Kinder jedoch brachten die Schiffe aus unserer für sie so fernen Welt die Walfänger aus dem ihnen unbekannten Amerika, die Matrosen auch noch etwas anderes – nämlich Berichte von scheinbar phantasmagorischen Städten und Ländern, wo das Öl, der Tran und die Barten der Leviathane verkauft wurden, und erzählten über die Frauen dort, die nicht mehr wußten, ob sie in ihren Reifröcken nun Ärsche breit wie See-Elefanten haben sollten oder im fischbeinernen Korsett dünn wie Robben sein müßten. Und alle hingen sie an den Lippen dieser Seeleute, um von einem Paradies zu erfahren, das stets auf der anderen Hälfte der Erde liegt.

BOGEN XXI

DRITTER KREIS: ROGERS' TRÄGHEIT

MUNDUS MINOR oder DIE SCHILDERUNG DES DRITTEN KREISES MEINES PURGATORIUMS. *Das kein stiller Ort ist. Und dennoch werde ich nicht richtig wach, sondern immer schläfriger von dem nach Meer riechenden Wind, dem eintönigen Widerhall der Dünung am Berg, dem Nebel über den Grasnarben, durch den manchmal das Licht dringt und schemenhaft Gestalten sich abzeichnen läßt, doch nur ich allein werfe einen Schatten. Sie kommen näher, und es hört sich wie das Schnaufen einer Herde an, dumpf trappelnde Hufe auf Torf, und dann ist wieder das Singen zu vernehmen, Bußchöre, die langgezogenen Silben ihres Miserere, das lauter und lauter wird, ruhelose Exerzitien, und die Schritte werden schneller, bis die Figuren vorüber sind und der ewig gleiche Traum beginnt, dieser Zustand immerwährender Bewußtheit vor Tagesanbruch, in dem mir Marah erscheint, gleich einer Sirene, die die Seelen aller Männer um so mehr in Versuchung bringt, je länger sie ihr Gesicht betrachten, und dann reißen die um die Insel liegenden Wolken auf und geben den Blick frei auf das Meer, die Spiegelungen des Lichts, eine Weite, die sich rot färbt, rot wie ein Wunder, rot wie die Flüssigkeit in dem geweihten Gefäß über dem Altar, rot wie das am Kruzifix vergossene Blut, rot wie die steigende Flut, phosphoreszierend.*

In diesem Schlaf, der ein Wachen ist, stehe ich schwerfällig auf, gehe zum Fenster und sehe über die Bucht, das eingezäunte Geviert der Weiden, das rote Heidekraut, die vom Festland abfließende Ebbe, die der Wind weit draußen zu einem Brandungskreis aufwirft, ein weißer Horizont vor dunkel sich verfärbenden Wassern, die breiten Rücken der Inseln darin, und versuche, diesen Traum abzuschütteln, nur um mich dennoch wieder in meiner Kammer vor meine Sammlung zu setzen, deren Bannkreis ich nicht zu überwinden vermag; ich starre auf meine Marken, füge sie wie dünne, feine Mosaiksteine aneinander, als könnte diese Welt, die sie für mich darstellen, noch einmal anders Gestalt annehmen, und meine Gedanken schweifen ab, sie suchen nach einer Genesis all meinen Unglücks, suchen einen Beginn noch im Kleinsten, in diesen lächerlich winzigen bedruckten Rechtecken, während ich mit dem Lineal die Eckpunkte der einzupassenden Stücke markiere, mehr Pedant als Demiurg, der bloße Buchhalter einer Schöpfungsgeschichte.

Meine Augen wandern wieder zum Fenster, über das Meer hinaus, das in diesem Gesichtskreis jetzt wieder träge geworden ist, seine Fläche gebrochen von helleren Streifen zwischen den Felsbänken, ein bleiern blinder Spiegel, in dem die Strömungen an seinem Grund sich ahnen lassen, ihr Fließen in unterseeischen Gräben, salzig und kalt. Die Nacht ihrer Tiefe ist schwärzer als jedes Schwarz, sie zieht mich an, es ist eine Tiefe, in der alle verwesende Materie absinkt, schwebend, weißflockiges Plankton, schwerelos, als hielte es in seinem Schneien inne, eine stille, doch nicht leblose Tiefe, nein; sie fällt ein kalkiges Geriesel aus, Millimeter um Millimeter, winzig wie die gedruckten Punkte meiner Marken, die ich unter der Lupe betrachte, runde oder stabförmige Zellen, ein mikroskopisches Raster aufkeimenden Lebens. Es ist eine dunkle Materie, in der sich Licht und Salz und strömendes Wasser zu Urtierchen verbinden, kaum daß ich ein wenig mit dem Glas abrücke; sie fügen sich zueinander, passen sich mineralisch ineinander ein, ob Tier oder Pflanze, ist nicht zu unterscheiden, Schale um Schale härtet aus, wächst, streckt seine Fühler aus und spaltet sich auf zu zarten Gespinsten: Es ist in ihnen, daß alle Zeit beginnt, in diesem kleinsten Sein und minutiös, seinen zirkadischen Rhythmen, die Minuskeln einer marinen Schrift, ihre sich verknüpfenden Schleifchen, eingefaßt darin flache Kiesel, sich zu Algen verkettend, gezackte Kammerlinge, die aneinanderhängen wie die Kammzähnungen von Briefmarken.

Da ist diese Benommenheit um meine Lider, dieses ewige Verfangensein im Schauen, an diesen Tisch hier gefesselt, während die Gezeit jenen Moment erreicht hat, wo sich Wasser von Wasser scheidet, wie es heißt, sie weder Ebbe noch Flut mehr ist, sondern das antarktische Blau eines Benguela-Stromes, eine in den Meeren treibende Masse bitteren Planktons, Krill, so weiß wie die Gummierung auf jeder Marke, und Schalentierchen, kaum größer als sie, Kalmare und schließlich die Blauwale, die dieser Grenze zwischen kaltem und warmem Wasser folgen; ihre breiten Rücken spiegelnd im Licht, rollen sie in der Dünung gleich der

Sonne im Winter, wenn sie an ein und derselben Stelle auf- und wieder untertaucht, dort, wo auch alles andere wieder untergehen muß, langsam als Karkasse auf den Grund dieses Ozeans absinkend, um zu verwesen und erneut zur Tiefe zu werden, einer schlammigeren mit ihren Zysten von Geiseltierchen und Kieselalgen, bis dieses Geschwür aufbricht dann, sich im Licht vermehrt, austreibend und aufblühend zu einer giftigen Blüte, die alles Leben darin betäubt, bis es erneut wieder abstirbt, in einem scharlachfarben aufleuchtenden Meer, einem Geflecht roter Sporen, die mit ihrem Moder auch das Papier meiner Marken überzieht, sie langsam zerfrißt, ihre Farben ausbluten läßt.

Aus dieser roten Flut fischen wir das Treibgut und tragen das Strandgut am Felsufer unserer Insel zusammen; wir machen Pläne, zeichnen Karten und Schemata, damit es unser wird; wir bauen uns eine Arche und suchen nach einem GOtt, damit ER diese Ansammlung von Dingen mit einem Sinn versieht. Doch der wahre GOtt zeigt sich uns nicht, ER wandelt unsichtbar über den Wassern, durch die sich der stumpfe Bug eines Schiffes schneidet, an dem man einen Walfänger erkennt, wie an seinen Krähennestern, die den ganzen Tag über mit zwei Mann besetzten Ausgucke. Der Blick durch das Fernrohr bleibt leer, von morgens bis abends, bis sich endlich eine Woge zeigt auf diesem Meer, die dunkler ist als alle Wellen: ›Thar she blo-ow-ows!‹ und die Fontäne, die der Wal bläst, sie ist heißer Atem aus seinen Lungen, der sich am Wind niederschlägt, der Dunstschleier, mit dem GOtt sich und die Welt einhüllt.

DIE SCHIFFE, sie sind die Töchterschiffe der *Nemesis* und heißen *Samuel and Thomas, William and Marie, Jock and Mary, Joshua and Mary, John and Mary, Jezebel* und *Ahab,* und die Geschichten berichten von in Brand geratenen Leinen, verzweifeltem Pullen an den Riemen, Lanzen und Harpunen, Fluchen und Schreien, blutiger Gischt, auf die Wellen herabdonnernden Fluken, zerschlagenen Booten und zerschmetterten Körpern. Doch dann wird der Wal längsseits gesichert, und das Flensen beginnt mit Messern und Spaten, Berge von Fleisch, auf denen man mit Krampen und Steigeisen herumklettert; ein Ausrutscher, und man wird vom in den Wellen schlingernden Wal an der Bordwand erdrückt. Der Walspeck wird in Streifen abgezogen, er rollt sich auf, man benützt Winden dafür, teilt ihn an Bord in Stücke und bringt sie in den mittschiffs gemauerten Tranofen zum Schmelzen. Und die Feuer gehen auch in der Nacht nicht aus, in dem gespenstisch grellen Rauch verschwinden die Wanten und Rahen, das Deck blutbesudelt, Massen von Fleisch und Tran überall, und, um so unheimlicher noch, die Züge der Männer in der beißenden Glut, das sie mit dem Schmer füttern, der im Kessel bleibt, wenn das Öl in die Fässer abgegossen ist: Der Wal zehrt sich von selber auf, er liefert auch noch den Tran, um sich selbst zu verbrennen.

Ein Wal war ein Vermögen damals, eine ganze Epoche baute darauf auf, nichts, was nicht aus ihm gemacht wurde, er lieferte Farbe für die Fassaden, die Druckerschwärze der Zeitungen, Würfel fürs Glücksspiel, Schmiermittel und Gleitstoffe für die Stahlwerke, chirurgischen Faden, um die Stümpfe der Arbeiter zu vernähen, die mit ihren Händen in die Zahnräder gerieten, aber auch Sehnen für die Tennisschläger der Industriekapitäne am Sonntagnachmittag, Katzenfutter für deren Frauen, Knöpfe für die Kinder, Seife, um sich die Hände in Unschuld zu waschen, und schließlich auch Munition und Nitroglyzerin, sollte es zum Schlimmsten kommen – während das Leben an Bord der Walfänger unverändert blieb, Maden im Mehl, Würmer im Brot, die Butter ranzig und das Wasser schal, Ratten und Mäuse, der Gestank so grauslich wie der Lohn zum Hungern, daß man die Besatzungen unter den fragwürdigsten Umständen zum Dienst pressen mußte.

Doch nun war man froh, für einen Tag vor Tristan da Cunha Anker werfen zu können und dort Siedler vorzufinden, die frische Kartoffeln hatten, Milch, Eier und Gemüse. Bis man merkte, daß es auch hier Wale im Überfluß gab. Und diese Schiffe, die zuerst nur Robben gejagt hatten, verbreiteten die Kunde von den reichen Walgründen um unsere Insel bis nach Nantucket, New Bedford, Sag Harbour und den anderen Häfen in New England; dreißig, vierzig von ihnen kamen pro Jahr jetzt in die ›Tristan Grounds‹, und die Siedler handelten von ihnen ein, was zu brauchen war, jenes Sammelsurium von Dingen, aus denen die Welt besteht.

Ja, das Kaleidoskop des Schicksals hatte sich gedreht, es brachte die seltsamsten Gestalten und Kuriositäten nach Tristan da Cunha, doch die Ferne blieb und eine Kluft zwischen der Welt und der Insel. Damit jedoch vermögen erst Luftschlösser zu entstehen, für Projektemacher, Poetaster und Verfasser von Utopien ebenso wie für scheinbar solidere Kaufmänner und ernsthaftere Wissenschaftler. Denn in ihnen lassen sich ›Dinge zu einem Gedankengebäude fügen, die nie zusammentreffen würden, hielte sich die Vorstellung nur an die Tatsachen und bliebe in ihrer Anschauung bloßer Wirklichkeit verhaftet‹: so hatte Brewster über die Erfindung seines Schönbildsehers geschrieben, das wie ein Fernrohr war, nur daß es alles in eine einzige Nähe holte und ihm jede Distanz nahm; alles in ihm war gleich nah und gleich fern.

Der Blick auf die Prismen seines Ideadors aber, die Kreise und Muster, die sich darin abzeichneten, sie bleiben Schemen in diesem geschäftigen Treiben, undeutlich wie die Gesichter, die in diesem dritten Kreis des Läuterungsberges vorüberziehen, den Kreisen eines Purgatoriums, das ich nachzuzeichnen versuche, während ich hier in meiner verstaubten Kammer sitze, der Kurator all dieser musealen Exponate, und die Flut in der Bucht unten ihren höchsten Stand erreicht.

Die Kimm ist weit draußen, fast so weit, daß man die Krümmung der Erde sehen kann, und weiter, aber das Meer bleibt leer, obwohl in diesem Jahr die erste Post von St. Helena oder Capetown auf die Insel kommt, in jenem selben Jahr, als sich die Kunde von den Walgründen Tristan da Cunhas bis nach London und Amsterdam verbreitete, und weiter, sogar bis Wien, wo man sich kaum mehr der brabantischen Insel erinnerte; doch dafür legte dort ein gewisser Laurenz Koschier nun den österreichisch-ungarischen Autoritäten seinen Entwurf für die erste Briefmarke der Welt vor und unterbreitete Vorschläge für eine Reform des Postwesens, nur um sie als nicht praktikabel abgelehnt zu sehen. Es war dies das Jahr 1835, dasselbe Jahr, in dem auch Jock Rogers auf die Insel kam und mit ihm die Todsünde der Trägheit.

IN DEN NEBELSCHWADEN wieder und dem rot aufschwelenden Rauch sehe ich die Schatten an mir vorüberziehen, höre sie reden und rufen in den Sprachen aller Herren Länder, ein lebhaftes Lärmen. Die Büßer auf dieser hohen Ebene des Läuterungsberges, sie wandeln rastlos, zu ständiger Eile und ewigem Eifer verurteilt, denn mit der Sünde der Trägheit ist nicht eintönige, schläfrige Abgestumpftheit gemeint, nein; in diesem Fegefeuer sühnen jene, die zwar das Gute erkannten, zu Lebzeiten sich jedoch nur um sich selbst drehten, hin und her gerissen, verzehrt von ihren Begierden. Hier nun rennen sie im Kreis, ohne jemals an ein Ende zu gelangen, der Vergeblichkeit all ihres Tuns und Handelns bewußt, müde und erschöpft, mit roten Augen, ohne je in einen Schlaf fallen zu können, der tiefer wäre als das Dämmern, das über der Insel liegt.

Daraus tritt nun Rogers hervor und bleibt an einem Kreuzweg stehen, verstoßen aus dieser Welt und aus jener; es ist kein Mund in seinem Gesicht, aber die wenigen Züge, sie gleichen den meinen, der Schemen dieses Körper ist nur der Spiegel der Seele. Doch er ist blind geworden, seine Augen bleiern, seine Zunge stumpf, seine Worte abgehackt und leise, jeder Satz raschelnd wie Durchschlagspapier. Ich höre nur, wie er sagt, daß er in Sag Harbour auf Long Island geboren wurde, im Staate New York, Jock gerufen wurde und Glass' ältester Tochter Mary den Hof gemacht hatte. Und voller seltsame Träume war von einer Frau, die die Seelen der Männer um so mehr in Versuchung bringt, je länger sie ihr Gesicht betrachten. Er habe sie zu suchen begonnen, habe sie in allen gesucht, und bei alledem doch gewußt, daß er sie nicht halten können würde. In Mary glaubte er sie gefunden zu haben; er erzählte ihr von Welten und Wundern, fand Worte für alles, nur für sich selbst nicht, aber sie erhörte ihn dennoch, und seine Träume verschwanden.

Nach der Hochzeit jedoch kamen sie wieder, wurden länger und absonderlicher, er sah das Gesicht einer Frau darin, es verzauberte ihn, einer Sirene und ihrem Gesang gleich. Doch Nacht für Nacht entkleidete sie sich mehr, bis sie schließlich nackt neben dem Bett stand und ihre Häßlichkeit entblößte, stotternd, die Füße verstümmelt, die Haut gelb. Und so, nach nicht einmal einem Jahr, getrieben von einer Begierde, die er ebensowenig benennen konnte, wie er ihr auskam, heuerte er auf der *Nemesis* an, als sie das nächste Mal Anker warf, und nahm dort die Stelle eines Mannes ein, der gerade auf unsere Insel desertiert war. Es wäre nur für eine Fahrt, beruhigte er Mary, nur um genug Geld zusammen zu bekommen für ein Haus, für all das, was sie sich wünschte, und er zählte die Dinge einzeln auf, alles, was ihr fehlte, und benannte damit doch nur das, was er vermißte.

Damit war seine Geschichte für uns noch nicht zu Ende, behauptete er, sondern ginge weiter in anderen Personen, anderer Gestalt und Zeit; aber wir sind davon abgekommen, weil für uns nun diejenige Marys begann, die zu erzählen seine Sühne war.

Denn Rogers' Frau Mary gebar ihm in seiner Abwesenheit einen Sohn und gab ihm den Namen Joshua; sie wartete auf die Rückkehr des ihr angetrauten Mannes, einen Tag um den anderen ging sie zum Strand hinunter, sah auf die See hinaus und wartete, es war ein flacher Fels, der bis zur Brandung reichte, er heißt noch heute ›Mary's Rock‹. Sie habe sich jedem verweigert, habe allein für sich gelebt, sie hatte ein halbfertiges Haus in dem Wäldchen auf der anderen Seite des Hottentott Gulch, und noch heute nennt man den Flecken Land dort ›Out Mary's‹. Weiter oben stürzt ein Wasserfall übers Plateau und ergießt sich einen kleinen Weiher, wo Mary ihre Wäsche wusch; er heißt noch heute ›Mary's Waterin‹. Und ihr Geist schwebte über diesem Wasser, die Erde aber, sie war öde in einem Dunkel, das auch ein Abbild GOttes war, ein GOtt, der alles teilnahmslos um sich versammelt.

Doch Rogers' Stimme wird jetzt zu leise, um sie noch zu vernehmen. Da stechen miteins Pfähle aus den Nebelfetzen über unserem Kreuzweg, die weißen Glieder eines nackten Mannes daran gefesselt. Mit dem Gesicht nach unten hängt er in diesem blaßroten Dunst, der über die Insel wabbert, ein fahler Körper an einem Andreaskreuz, verdammt, an einem Ort gekreuzigt zu sein, an den ihn das Leben nicht binden konnte, erst der Tod; und er spricht, haltlos, Blut trieft ihm aus dem Mund, rinnt ihm über Nase und Stirn und tropft an Haaren zu Boden, jedes Wort eine platzende Blase vor seinen Lippen. John Anderson ist sein Name, so hat er sich auch Mary vorgestellt, es war seine Stelle, die Jock Rogers eingenommen hatte, nachdem er auf die Insel desertiert war und sich so lange auf dem Berg versteckt hatte, bis man die Suche nahm ihm aufgab. Als er dann aber ins Dorf hinunterkam, wollte man ihn nicht in die Gemeinschaft aufnehmen, denn seit dort die Walfänger anlegten, hatten die Siedler beschlossen, keinen Deserteuren mehr Unterschlupf zu bieten, sie meinten sich dadurch vor dem profanen gotteslästerlichen Einfluß dieser Seeleute bewahren zu können, als ließe die Sünde sich ausgrenzen, als wäre sie nicht längst schon unter ihnen.

Mary nahm ihn schließlich aus Erbarmen bei sich auf, wohl wissend, daß auch sie nur – obwohl Glass' Tochter – vom Handel mit den Schiffen ausgeschlossen sein würde; Gesetz war Gesetz und sein Exempel zu statuieren. Anderson baute Marys Haus fertig, mauerte Stein um Stein, aber mit jedem Tag, mit dem das Haus seiner Vollendung entgegenwuchs, wurde auch seine Verzweiflung größer, die innere Ruhe, die er gehofft hatte auf dieser Insel zu finden, fand er nicht, das Paradies, das er geglaubt hatte am anderen Ende der Welt zu erlangen, es wurde ihm unerträglich.

Und so, an einem Karfreitag, kam auch Anderson nicht mehr zurück. Mary machte sich auf die Suche nach ihm, doch das einzige, was sie fand, war nach Tagen erst ein Arm, auf den Felsen angeschwemmt wie ein Stück Holz, sein Arm. Er hatte die Hütte mitten in der Nacht verlassen und war ins Meer hinausgeschwommen, bis der Himmel sich über ihm schloß, er hatte die Gestirne bei jedem Stoß seiner Arme sich drehen sehen, den Mund voller Wasser und Salz, das Licht war fern, über jeder Welle steht ein anderes Bild, eine andere Konstellation, es war weit vom Kreuz des Südens über den Paradiesvogel zum Pol, das Licht scheidet sich vom Wasser, die Finsternis liegt über dem Angesicht der Tiefe, er sinkt in die Kluft, die sich vor ihm auftat, und er sinkt tiefer und tiefer, sein Körper zerfällt, löst sich auf, Glied um Glied, und geht ein in die Nacht, schwebend, schwerelos, leuchtend wie Phosphor.

BOGEN XXII — DER EINE ACHTE NAME: COTTON †

MUNDUS PEREAT oder DER EINE ÜBERZÄHLIGE NAME, *dem kein Kreis zugeordnet ist, nur die endlose Schleife der Wiederkehr, Zeit, Zeit, als ließe sie sich bannen, indem man sich in sie versenkt. Kaum noch, daß der Blick sich von meinen Bögen löst. Der Sturm ist abgeflaut, der Regen über die Hügelkuppe hinweggezogen, und draußen verrottet der Tisch im Gras, an dem Marah mit Martha oft über ihren Hausaufgaben saß, wo sie spielte, mir zulachte, in meine Kammer hinein, und in den großen tönernen Blumentöpfen wächst Unkraut. In Marthas Zimmer höre ich die alte hölzerne Uhr schlagen, in deren Gehäuse sie alles mögliche versteckte, alles, was ihr des Bewahrens wert schien, ihr Ton dumpf, das Regelmaß meiner Zeit, die durch ein Gewicht bestimmt wird, das auf vorhersagbare Weise herabsinkt, all die Schwere der Sehnsucht nach meiner Tochter. Was die Räder antreibt, den Zeiger dreht, ist sein Fallen; doch um die Zeit abzulesen, muß man es so regulieren, daß der Schwere bloß Schritt um Schritt nachgegeben wird, die Zähne einer nach dem anderen sich weiterdrehen, eine kleine Klammer in sie eingreift: die Hemmung.*

Sie ist die eigentliche Mitte aller Zeit, unsichtbar unter dem Zifferblatt dieser ewig gleichen Stunden, diesem einen Kreis meines Purgatoriums, den die Zeiger Tag um Tag beschreiben. Bereits ihren Namen zu schreiben verengt mir den Hals, nimmt mir allen Atem; ich sehe Marah in ihr und in ihr Martha, und fühle mich schuldig, weil ich trotzdem spüre, daß mein Schmerz um Marah größer ist. Kann man als Vater Schrecklicheres sagen? Und dennoch, oder gerade deshalb, verwinde ich es nicht, daß ich meine kleine Martha nicht mehr um mich habe. Es ist eine Verzweiflung in mir, hart und unzugänglich; und ich verstehe sie nur, wenn ich sie auch an meinen Figuren durchlebe, erst dann. Diese Verzweiflung gesellt sich zu ihnen, sie ist das Dunkle ihrer Silhouetten, das einzige, was ihnen in ihren Kreisen Stofflichkeit verleiht. Die Vor-

würfe, die ich mir mache, sie nähren die Flammen, in denen sie zu stehen haben, in denen sie zugrunde gehen wie Cotton und seine zwei Söhne, diese gänzlich ausgelöschte Familie, die achte auf dieser Insel, die einzige, deren Name nicht weiterlebt wie jene der anderen sieben. Sie ist der Inbegriff einer Sünde, die nicht in dem Verfehlen eines gottgefälligen Zieles steckt, in keinem schuldhaften Ungehorsam und keinem menschlichen Irrtum; in ihr verkörpert sich jene Schuld, die GOtt den Menschen aufbürdet, indem ER sie für sich büßen läßt wie einst Hiob.

Der eigentliche Sündenfall aber, er liegt in der Zeitlichkeit allen Seins. Der Urgrund aller Sünde liegt darin, daß jede menschliche Tat eine Empörung gegen GOtt darstellt, weil sie auf ihrer Zeitlichkeit besteht – während es IHn in SEiner Unendlichkeit nicht betrifft. Des Menschen Schwäche ist vor SEinen Augen deshalb auch keine Entschuldigung.

ALEXANDER COTTON hatte von der dunkelhäutigen Frau, die ihm die *Nemesis* brachte, zwei Söhne, Charles und David. An einem Tag, so wechselhaft wie der heutige, machten sich seine Buben zusammen mit anderen Kindern auf, um auf der Basis oben Albatrosnester auszuheben. Gegen Mittag zog ein Unwetter auf, das schweren Regen brachte. Als sie am späten Nachmittag immer noch nicht zurück waren, machte sich Sorge unter den Siedlern breit. Doch dann kam eins der Kinder gelaufen und sagte, der kleine Charles wäre tot; hinter ihm schwankte David unter der Last, die er allein vom Berg herabgetragen hatte. Charles hatte erst nur über den kalten Wind geklagt, seine Kleider dünn, so dünn, und erst wollte er nicht mehr weitergehen, dann konnte er es nicht mehr, bis ihn sein Bruder auf den Rücken hob und trug; die Arme um seinen Hals geklammert, verschied er, die Lippen blau, ohne daß dieser es bemerkte. Es war eine schwere Last, doch die Seele, sie ist leicht und macht keinen Unterschied.

Anderntags wurde er auf dem kleinen Friedhof beigesetzt. Es war ein klarer, schöner Tag, und das ganze Dorf folgte den vier Kindern, die ihn, eingewickelt in Tücher, weil es nicht genug Holz für einen Sarg gab, zur letzten Ruhe betteten. Es war eine feierliche Stunde, der Tod kam nur selten über die Insel, dann aber war er schrecklich, und war um so schrecklicher, je stiller er war. Sie umstanden das ausgehobene Grab, die Flanke des Berges im kalten Licht des Mittags, das Meer schlug laut, der Strand bedeckte sich mit Wacken, die in der Brandung aufeinanderschlugen, daß es klang wie Donner, und die Gischt wurde in Flocken übers Gras geweht, wie auch ein Jahr darauf, als der Sturm erneut über sie kam und auch Cottons zweiter Sohn umkam.

Er war mit dem zehnjährigen David weit ab von der Siedlung bei der Arbeit, aber um zurückzukehren, war da eine Klamm, die man erst überqueren mußte, ein tosender Bach, der sich vom Berg herab ergoß. Cotton dachte, er sei leichter unten am Meer zu überschreiten, wie Christophorus nahm er seinen Sohn auf die Schultern, aber da riß sie ein Schwall ins Meer, aneinandergeklammert, ihre Münder voll Wasser. Es fand sich keine Spur mehr von ihnen.

Seither redete man vom Tag des Großen Sturms, die Insel war öd und leer, Finsternis lag über dem Angesicht der Tiefe, und GOttes Geist schwebte über dem Wasser, ER sprach, es werde Licht, und eine Insel entstand, mitten in den Wassern, die sich voneinander schieden. So steht es schon in der *Genesis*, die Welt ist nur ein Emblem GOttes, noch an den winzigsten Dingen läßt ER sich erkennen.

Es war das Jahr des Großen Sturms, all das Vereinzelte, das ER ans Ufer schwemmte, sammelte man auf und trug es zusammen, setzte SEine Gestalt in einem Bild zusammen, Stein um Stein, Wort für Wort. Nie abgeschickte Briefe, ganze Schachteln davon, liegen jetzt in Marthas Zimmer, neben der alten hölzernen Uhr, in die sie ihren Namen eingeritzt hat. Dort ist auch ihr Album mit den eingeklebten Blumen und eine blaue Haarspange, ich bewahre sie auf wie die Ersttagsbriefe mit den Marken, die die Schiffe der Walfänger zeigen, sie heißen *Samuel and Thomas, William and Marie, Jock and Mary, Mark and Marah,* und auf einigen sind Blauwale zu sehen, ihre Rücken hell, sie rollen in der Dünung, im Hintergrund sieht man die Silhouette Tristan da Cunhas.

Es war das Jahrzehnt des Großen Sturms, eine große Finsternis über ihr und GOtt über ihren Wassern, es war das Jahrhundert des Großen Sturms und Juni 1839, dasselbe Jahr, in dem auch das Portrait einer jungen Königin in Stahl graviert wurde, ein Intaglio, und schwarz die Druckfarbe dieser ersten jemals erschienenen Briefmarke, die *Penny Black*.

BOGEN XXIII — VIERTER & FÜNFTER KREIS: HAGANS GEIZ UND GREENS VÖLLEREI

MUNDUS MINIMUS oder DER VIERTE UND DER FÜNFTE KREIS *in der Reihe jener, die sich immer enger um meinen Läuterungsberg schließen, konzentrisch um eine Mitte, nackt und kahl, Fels, schartige Ringe, die Mauern zersprengt von wucherndem Wurzelwerk, dazwischen Gräben, die sich im Schlamm auftun, wie nur je ein vom Regenwald überwuchertes Atlantis oder eine vom Sturm geschüttelte Insel Outopos, deren Ruinen ich ausgraben, freilegen und wiedererstehen lassen will: ihre Grundrisse, Namen und Orte, Küstenstriche und Sturmwinde, ein Inventar der Reichtümer aller Länder des Ostens und Westens, all die Phantasmagorien, gegen die man sein Seelenheil einzutauschen glaubte.*

Ich liste sie auf, nach Kategorien geordnet, die einfachsten wie die seltensten Dinge, und katalogisiere sie auf diesen Bögen. Wieviel gab ich auf, wie vieles gab ich dafür her; es ist ein Tauschgeschäft mit der Zeit, und dies sind meine Ablaßbriefe. So nehme ich wieder die nächsten beiden Marken aus meiner Mappe, schwarz gravierte Portraits, starr lächelnd, fast primatenhaft vor einem rot schraffierten Hintergrund, in dem sich die Insel erhebt, Andrew Hagan und Peter Green, die ringförmigen Klippen gerade noch erkennbar in dem ewig um sie glosenden Nebel, urweltlich zuckende Blitze darin, und auf dem Plateau rund um den Bergkegel der eine Baum.

Ich stehe am Rand dieses felsigen Abgrunds, die Brandung weit unter mir, die Sonne ein bloßer Schimmer im Norden, da ist eine grau bemooste Felswand, über die ein Wasserfall stürzt, und dieser Baum, der davor aus dem feuchten Nebel wächst, mit seiner spitzen Krone nach unten, ohne die Erde zu erreichen, seine Wurzeln unsichtbar in den Wolken. Über seinen Stamm fließt der Regen, er prasselt in dicken Tropfen auf die Blätter, und rund um ihn gewahre ich zwei Gruppen von Büßern, eine kriechend auf allen vieren wie Tiere, die Schnauzen im

Morast, die andere auf und ab hüpfend, jammernd und klagend in unverständlichem Kauderwelsch, doch ich weiß, dies sind die Seelen, welche die Todsünde des Geizes und jene der Völlerei zu sühnen haben.

Dieser Baum in ihrer Mitte, er ist wie ein riesiger Farn im Urwald, naß, geil und sattgrün, ein Weltenbaum, dessen Äste sich weder erklettern lassen noch seine überreifen Früchte sich pflücken, glänzend und unerreichbar, wie nur je die Kostbarkeit der Dinge, für die diese Insel über die Jahrhunderte hinweg aus den Wellen tauchte für die Schiffe, die hier vorübersegelten, tropische Fracht in ihren Bäuchen; all die Kapitäne sehe ich, ihre Offiziere, Soldaten und Seeleute, wie sie nun im Dreck liegen, zu Schatten geworden, dunkel, von zottigem Fell bedeckt, die breiten Lippen zu einem Grinsen verzerrt, die Zähne gelb, aufgeregt stammelnd wie Schimpansen. Doch würde man die Affen fragen, was sie von den Menschen unterscheidet, sie würden antworten, daß wir, statt uns zu begnügen mit den verderblichen Früchten der Erde und den eigenen Wanst damit vollzuschlagen, sie nur fortschleppen, um damit zu handeln und zu schachern; daß sich unser bißchen Gehirn, mit dem wir prahlen, nur deshalb entwickelte, um mit diesen fetten Pfründen und weltlichen Gütern wuchern zu können; und alle berufen sich dabei schnatternd auf Darwin.

IN DIESEM VIERTEN KREIS der Raffsüchtigen, die wahllos alles anhäuften und nun neben den Verschwendern büßen, dreht mir einer den Kopf zu, den ich erst an der Stimme erkenne; es ist der Stammvater der Hagans auf dieser Insel, und er starrt mich an mit hohlen Augen, die Brauen buschig, die Haare verklebt vom Schlamm.

In Armut aufgewachsen, die Herrensitze Neuenglands vor Augen, ein Kind jener hannoveranischen Deutschen, die nach Amerika verkauft wurden, seine Jugendjahre mehr als hart, groß geworden in New Bedford, Massachusetts, das am Meer liegt, ohne daß der junge Hagan jemals schwimmen gelernt hätte, trotzdem ihn sein Vaters einfach hineinwarf, daß er um sich schlug, verzweifelt paddelnd mit seinen dicht behaarten Armen wie ein Affe, der Gorilla, den seine Brüder ihn schimpften – da beschloß er, vierzehn Jahre war er alt, all dies hinter sich zu lassen, von daheim abzuhauen und sein Glück in jener Alten Welt zu versuchen, aus der seine Eltern gekommen waren. Er versteckte sich in der Bilge eines Schiffs; allein, es stellte sich als das falsche heraus, es war ein Walfänger auf der Fahrt in den Pazifik, und nach wenigen Tagen auf hoher See entdeckt, von unbeschreiblicher Übelkeit gepeinigt, drohten die Matrosen damit, ihr und ihm mit einem Schlag ein Ende zu machen und ihn über Bord zu schmeißen, was seine Furcht vor dem Wasser in eine lebenslang bleibende Angst verwandelte. Gerade deshalb vielleicht arbeitete er sich vom Schiffsjungen hinauf und brachte es mit vierzig Jahren zum Kapitän; nur GOtt und ich wissen, welche Länder er alle in seinem indischen Ozean gesehen hat, Brüllaffen im undurchdringlichen Laub Madagaskars, der Oberkörper triefend vor Schweiß, doch immer der Hunger nach etwas im Magen, nach etwas, dessen er nicht habhaft werden konnte.

Dann aber verließ ihn das Glück, und er kehrte mit einer Ladung Tran und Walfett zurück, für die selbst noch die Fässer zu schade waren. Die Eigner des Schiffes gaben ihm in eindeutig gemünzten Worten zu verstehen, er kehre das nächste Mal besser mit etwas zurück, das sich für Bares eintauschen lasse, ansonsten ›brauche er seine häßliche Fratze nicht mehr zu zeigen‹. Hagan fuhr wieder aus und kreuzte im Südatlantik, doch ohne daß ihm Fortuna holder war als zuvor. Als er vor Tristan Anker warf, war er

›sauber‹, soll heißen, er hatte keinen Cent Gewinn gemacht. Er gab vor, mit den See-Elefanten hier den Schiffsbauch füllen zu wollen, aber das einzige, was ihm gelang, war – der Warnung der Eigner eingedenk – Governor Glass' Tochter Selina weiszumachen, er gebe für sie sein Schiff auf. Hagan überließ das Kommando seinem Maat und ging von Bord, Selina im stolzen Glauben darauf, zur Scheelsucht aller Mädchen der Insel den besten Fang gemacht zu haben, einen *Kapitän*! Was ist es bloß, das Frauen an Männern sehen? Alles, was ein Mann schöner ist als ein Aff', das sagte schon meine Mutter Margaret zu mir, ist ein Luxus.

Kaum verheiratet und zum ersten Mal in seinem Leben Geborgenheit verspürend, kam nun sein wahres Ich zum Vorschein, schlug Wurzeln und trieb aus wie ein Samenkorn in jungfräulicher Erde; der Geiz bemächtigte sich seiner. Viele glauben, daß der Habgier übertriebener Ehrgeiz zugrunde liege, und das ist wahr; oder lähmende Lebensangst, und auch das mag Hagan entschuldigen. Doch mindestens ebenso fehlte es ihm an Gespür für die Gemeinschaft auf der Insel; er blieb kalt, in seinen Gefühlen zu Selina wie zu allen anderen, distanziert und arrogant. Was ihm einzig vor Augen stand, als wäre das Alter nur dazu da, die Jugend zu wiederholen, war ein Haus, das neuenglischer sein sollte als alles, was es auf der Insel gab, ausladend groß, ein richtiger Ansitz, und einen eigenen Flaggenmast mußte es haben. Den erbaute er sich schließlich auch, obwohl wir seinen Ansitz bloß als lächerlich bezeichnen würden. Und uns fragen, woher die Mittel dazu kamen.

Geld besaß er nicht, niemand auf der Insel hatte welches, und es hätte auch nichts gegolten, nein, das Kapital Tristans waren seit eh und je das gerodete Land, die von Steinen und Dickicht freigeräumten Wiesen und Weiden für die Rinder, Ziegen und Schafe, die man zweimal im Jahr wieder einfing: dagegen ließ sich von den Walfängern etwas eintauschen. Und so machte sich Hagan daran, dieses Land, das andere vor ihm abgeholzt hatten, und das Vieh, das anderen vor ihm gehört hatte, zu seinem zu machen; er raffte, schacherte und wucherte mit den Matrosen und Kapitänen der anlegenden Walfänger, die ebensogut zu raffen, schachern und wuchern verstanden, und wurde zum reichsten Mann der Insel. Damit aber erklärte er auch die utopischen Ideale der Insel für bankrott.

Und wurde selbst immer sparsamer – er habe sich alles vom Munde abgespart, wisperte er mir zu, greinte und schlug mit seinem Kopf wütend in den Dreck – sogar das Faule und Verdorbene habe er gegessen, um alles andere den Seeleuten feilbieten zu können; bevor Selina etwas in die Hand bekam, hatte er es schon zweimal umgedreht; es ließ sich, mehr als man denken würde, verscherbeln, und er brauchte alles, nichts war ihm genug. Ja, die Befriedigung darüber war ihm selbst jetzt noch anzusehen, ein schmutziges Grinsen, daß er es war, der die Kardinalsünde des Geizes auf die Insel gebracht hatte.

Wie er starb, wollte ich von ihm wissen. Mit zweiundachtzig Jahren im Juni 1898, bald hundert Jahre ist's her, antwortete Hagan. Wolle ich wirklich wissen, wie? schrie da jedoch eine andere Stimme heiser aus dem Gedränge der anderen Büßer – Hagan wurde schließlich von allen auf der Insel geschnitten, die sich nicht unbedingt als verschwägert mit ihm sehen wollten, und von den Walfängern sowieso, denn die blieben bald aus. Ich war es, krächzte es herüber, der ihn entdeckt hat, am Strand unten; er hatte sich die Pulsadern an beiden Handgelenken aufgeschnitten. Doch, was das beste war – und die hohe Stimme überschlug sich vor Hohn – ich fand sein Rasiermesser fein säuberlich zusammengelegt in der Tasche; selbst noch beim eigenen Tod sparte der!

Es war eine zornige Gestalt, die da auf mich einredete, mich bedrängte und am Ärmel her zu sich zog, hinüber zu dem Ring jener, welche die Völlerei zu büßen haben, während Hagan sich vor ihr am Boden zusammenrollte, als erwarte er einen Tritt in die Rippen. Es war eine Feindschaft, die sich noch über den Tod hinaus hielt; Geiz gebiert Neid und dieser die Völlerei, deren ausgezehrten Schatten wir an Peter Green wiedererkennen, der so abgemagert war, daß sich ihm die Haut über die Knochen wie spröde Borke spannte, bleich im Gesicht, die Augenhöhlen leer, dazu verurteilt, den unerreichbar hohen Baum zu umkreisen, den Duft der Früchte zu riechen, sie unter den Blättern sich röten zu sehen, während bei jedem Gang um diesen Baum des Paradieses der Hunger größer wird, die eigene Pein – aber Green muß sagen: Freude! und jubilieren, laut in Lobeshymnen auf Gott ausbrechen, derweil hinter ihm eine Predigt der Mäßigung anhebt. Glass'

Töchter sind es, murmelt er mir so tonlos wie verächtlich zu und deutet über seine Schulter; sie alle haben solche Paviane wie Hagan geheiratet. Walfänger! Hätt' ich noch Speichel im Maul, bespucken würd' ich sie.

Walfänger aus Amerika waren es, die sie ehelichten; Glass' Familie auf der einen Seite, die Hagans auf der anderen, etablierten sie sich jetzt als drittes Lager. Als wäre das noch nicht genug, begannen nun auch die Swains und Rogers' ihr eigenes Süppchen zu kochen; diese alten Man-of-War's-Men, als die sie sich sahen, hatten traditionell wenig für Landratten wie Glass übrig, und noch weniger für den disziplinlosen Haufen geldgieriger Walfänger.

Trotzdem kam es Glass als Gouverneur, unter welchen Anführungszeichen ihn die anderen auch setzen mochten, immer noch allein zu, mit den Schiffen handelseinig zu werden – obwohl es Hagan war, der ihn dann meist zu seinen Gunsten abschloß. Das Leben auf der Insel war eine reine Kosten- und Nutzenrechnung geworden; sie dividierte in Junge und Alte, die ernährt werden wollten; man lebte auf Vorschuß und wurde dabei von anlegenden Schiffen immer abhängiger. Die Familien stellten sich nun offen gegeneinander; einen vollständigen Bruch zwischen den Gruppen und Grüppchen aber konnte man sich auf unserer bitteren Insel nicht leisten, denn es ist immer die Natur, die das letzte Wort hat.

Alles führt uns stets zum ersten Sündenfall zurück, ob mich und van Houten oder Hagan und Green. Doch was weiß ich schon von diesem oder jenem Holländer? Wenig; es bleibt undeutlich und schemenhaft, zusammengestückelt aus dem, was ich von Marah mehr erriet als erfuhr und er selbst mir an jenem Abend in Gravesend erzählt hat, als wir scheinbar Frieden schlossen, nur damit er es leichter hatte, mich zu hintergehen. Geboren wurde er in Katwijk, einem Dorf in den Dünen der holländischen Küste; er stammte aus kleinen Verhältnissen, sein Vater ein Fischer, der mit seinem *Bommen* zum Heringsfang hinausfuhr und so die Familie notdürftig erhielt; später fand er Anstellung in einer Fischfabrik, wo auch der Sohn dann arbeitete: Fische ausnehmen und filetieren. Bücher gab es in diesem ärmlichen Haushalt nicht, dafür aber war die Faszination groß, die die Briefe eines Onkels aus Brasilien weckten, ihre bunte Marken als Versprechen eines anderen Lebens.

Ergo war es der 30. August 1836, als die *Tyche* – das Schwesterschiff der *Nemesis* – den fünften Familiennamen auf diese Insel brachte, einen holländischen Seemann, der sich Pieter Groen nannte. Nach einer Fahrt zu den Crozet Islands, Prince Edward, Marion und Gough Island, ankerte der Schoner im Süden der Insel, um ›Öl und Felle zu nehmen‹. Das Zitat aus dem Bericht an den Schiffseigner ist wörtlich zu verstehen: In der Höhle der Seal Bay im Süden bewahrten die Siedler ihre See-Elefantenhäute auf. Bei diesem Diebstahl jedoch ging die *Tyche* unter. In den frühen Morgenstunden kam ein heftiger Südsüdoster auf, der Anker begann zu schleifen; ein zweiter Anker wurde ausgeworfen, fand jedoch keinen Halt, das Schiff wurde auf ein Riff gedrückt, und Wasser drang ein, die Brandung mittlerweile so stark geworden, daß sie kaum mehr, als sie auf der Haut trugen, an Land retten konnten. Sobald der Sturm nachgelassen hatte, machten sie sich auf den mühsamen und gefährlichen Fußmarsch über die Basis zur Siedlung im Norden und wurden dort ›freundlich von Glass und seinen wackeren Siedlern aufgenommen und verköstigt‹.

Swains dunkelhäutige Tochter Maria erkannte sofort die Chance, eine ebenso gute Partie zu machen wie Selina Glass; Schönheit war sie keine, doch dafür verstand sie's, das einzusetzen, was Frauen schon immer einzusetzen gewußt haben. So dauerte es nicht lange, bis es zur Hochzeit kam; Pieter Groen aber wurde damit auch zum Engländer und änderte seinen Namen zu Peter Green um.

Obwohl Hagan Kapitän und durch seine Heirat zum reichsten Mann geworden war, er selbst aber bloß Steuermann, dessen Frau kaum eine Mitgift in die Ehe brachte, erhob Green nun ebenso Anspruch auf Glass' Rolle. Und Hagan konnte ihm gegenüber das Gefühl der Unterlegenheit nicht ablegen. Reichtum auf der Insel maß sich nur an dem, was man auch zur Hand hatte, und an der Größe der Herde; doch essen konnte man nur, soviel man vertrug. Eigentliche Währung jedoch war der soziale Status, das Ansehen, das man sich erwarb – und daran gemessen war Hagan ein Parvenu. Green hingegen verstand es, wie schon der alte Swain, sich in den Vordergrund zu drängen; er war maßlos rechthaberisch, als habe er allein vom Baum der Erkenntnis gegessen, um den zu kreisen bis zum Jüngsten Gericht er verdammt worden ist, verdammt, verdammt, sage ich.

Denn anders als Hagan hatte unser Holländer eine vergleichsweise gute Erziehung genossen, wie er mir großspurig einmal gestand, als hätte ich es nicht über die Grundschule hinausgebracht. Er hielt sich zugute, daß er neben seinem Holländisch ein leidliches Englisch sprach und schrieb, dazu etwas Französisch. Vor allem jedoch besaß er etwas, das ich mich mein Leben lang vergeblich bemüht habe zu besitzen: Auftreten. Er besaß Humor, hatte von Darwin gehört, alle Romane Walter Scotts gelesen und korrespondierte mit einem englischen Dichter namens George Newman. Kurz, er verstand zu überzeugen, und dies wiederum hat als Beleg für ein moralisch aufrechtes Gewissen noch immer genügt. Seinen kaltgrünen Augen aber sah man an, daß es ihn danach hungerte und dürstete, schon zu Lebzeiten auf ein Piedestal gestellt zu werden, ja, er setzte sich später sogar über den ersten Priester der Insel hinweg, Reverend Dodgson, den Bruder des allseits bekannten Lewis Carroll.

Damit aber wurden die ursprünglichen Ideale vollständig beschnitten; die Säfte des Stammes erschöpften sich spätestens mit der zweiten Generation; von Parasiten und Flechten befallen, begann er nun zu faulen. Ja, mit Hagan und Green war eine neue Zeit auf der Insel eingebrochen und forderte ihren Zoll.

Achtundzwanzig Menschen lebten in jenem Jahrzehnt auf unserem regenverhangenen Tristan, in modernden Häusern, feuchten Betten, auf schimmligem Stroh, nein, es war kein Wunderland mehr, sondern eine vom Sturm gezeichnete Insel, vor der selbst die Wale jetzt abzutauchen begannen, so daß die Walfänger allmählich ausblieben und die Wellen wieder zu ihrem gleichförmigen Rollen fanden, als hätte nie etwas anderes existiert als der blinde Spiegel der See. Und die Brandung schlug leer an die abweisenden Ufer eines Berges, der hoch aufragte inmitten des rötlichen Dunstes, der ewig den Himmel der Inselbewohner verdüsterte.

Die Augen der Menschen aber waren darüber zu Ringen geworden, steinern, in ihrem Antlitz las man das OMO DEI, Menschen GOttes, nach SEinem Latein, das ER in die Anatomie SEiner Kreatur geschrieben hatte, die Augen das O, das M von Nase, Jochbein und Brauen tief eingegraben, vollkommen ausgehungert, das D der Ohren weit abstehend von ausgezehrten Gesichtern, E und I, Nasenflügel und Mund, dünn und zu einem schmallippigen Grinsen aufklaffend.

MUNDUS OPACUS. Es war im Jahre 1851, in dem Österreich seine ersten Briefmarken druckte, zugleich mit Preußen, Sachsen, Württemberg, Schleswig-Holstein, Dänemark, Spanien und der Schweiz, somit noch bevor die letzten beiden Namen auf die Insel kamen, als mit dem Untergang der alten, ursprünglichen Welt eine neue Zeitrechnung begann und jede Erinnerung an die Zeit vor dem Sündenfall wie ausgelöscht wurde, ja, in jenem Jahr war es, daß William Glass beim Blick auf die glattpolierte Messingkappe seines Teleskops, die er als Spiegel benutzte, einen kleinen Fleck auf seiner Lippe entdeckte, ein schwarzer Punkt wie schwarzer Schimmel auf einer Briefmarke, der sich vom gezackten Rand in die Mitte frißt. Die Haut wurde schorfig und hart wie bei einem eingewachsenen Haar, es war eine winzige offene Wunde, die beim Rasieren immer wieder aufriß und blutete, bis sie schließlich eine kleine Warze bildete. Anfangs biß sie und stach leicht, dann wurde die Haut ein wenig taub, und schließlich begann der Schmerz. Er wuchs mit ihr, breitete sich aus, erst gemächlich, später immer schneller, er fraß sich ins Fleisch. War einmal ein Schiffsarzt an Bord eines Walfängers, bat Glass ihn um Rat, doch keiner von ihnen wußte zu helfen; zwar drückten sie ihm manchmal ein Fläschchen mit irgendeiner Tinktur in die Hand, was allein wirkte, war jedoch nur Laudanum. Glass aber zog den Schmerz dem Dämmerungszustand vor, in den ihn das Opium versetzte. Die schwarze Wunde roch faulig, daß sogar sein Hund ihm nicht mehr zu nahe kam, sie fraß sich ihm ins Gesicht, der Bart vermochte es nicht mehr zu verdecken, auf der rechten Seite lag das Zahnfleisch bis zum Kiefer bloß, Speichel troff beständig heraus, und schließlich war der Hals ein einziges Loch, von der Luftröhre bis zum Ohr. Sein Testament hatte er schon vor drei Monaten verfaßt, den gesamten Besitz vermachte er darin seiner Frau und im Falle ihres Todes seinem ältesten Sohn, mit der Auflage, sich um die Geschwister zu kümmern wie ein Bruder und ein Vater. Seinen Grabspruch fand er in einem der zerlesenen Magazine, die ihm ein Walfänger hinterlassen hatte: *Asleep in Jesus! far from thee thy kindred and their graves be; but thine is still a blessed sleep, from which none ever wakes to weep.* Die letzten drei Tage seines Lebens vermochte er nicht einmal mehr zu trinken, der Durst brannte ihn von innen aus, aber er sagte kein Wort, er hielt den Tod im Stummen. Die Zunge lag auf dem nackten Knochen, der Schädel eine Schatulle aus Elfenbein, in ihr steht alles geschrieben; der Körper ist das Gewölbe des Himmels, sein Inneres, das ist die Brust, die sich hebt und senkt und hebt und senkt. Das Herz ist ein Feuer, das Leben Wasser, es fließt in einem Tempel, über Balken und Schwellen, die Wände und Türen sind überzogen mit Gold; ein Kerub beugt sich über ihn, und seine Lippen formen der Freimaurer Worte: Jachin und Boas, die rechte und die linke Säule von Salomos Bau, jene, die in der Flut nicht versank, und jene, die das Feuer nicht verbrannte. Hinter ihnen liegt der Mittelpunkt der Erde, ein Berg mitten im Meer, Glass aber starrt auf einen Kreis an der Decke, er hört nichts mehr und sagt nichts mehr; es ist ihm nicht gleichgültig, was jetzt geschieht, aber nach all den Jahren denkt er nun an seine Marah.

IM

Dunkel der Nacht jedoch blieb der Sturm unsichtbar; erst der Morgen würde eine Ahnung davon zeigen, glimmende Bänder schlackiger Gischt, während die Brandung sich in die Böen krümmte, wie Schmelze, die in den Halbmond einer Form fließt und sie langsam ausfüllt, die Innenseite im ersten Licht aufflammen läßt, kurz nur, denn die Sonne würde ein matter Widerschein bleiben hinter dem Schwarz der Wolkenflächen, kaum mehr als auf der Kulisse der Dämmerung bloß angedeutet.

MARK THOMSEN
BOGEN XXV–XXVI
1889–1989

DAS UFER

BOGEN XXV

SIEBTER & ACHTER KREIS: LAVARELLOS ZORN UND REPETTOS NEID

MODUS UT MALUM IN REGNUM INVASIT. *Wie soll ich nur all dies zusammenhalten. Martha, Martha, Martha; es war so vieles an ihr, das sich mir entzog. Manchmal kam sie aus dem Garten herein, stand vor mir, die Hände voller Erde, und sah mich an, ohne daß eine Frage in ihrem Blick war, Schweigen nur, als erwarte sie von mir, daß ich es fühlen und auch brechen könnte. Ich nahm sie in meine Arme, strich ihr übers Haar und verstand dennoch nicht, sie zu besänftigen. Sie setzte mir weiter ihren Widerstand entgegen, wie um mich zu zwingen, ihn mit noch größerer Anstrengung zu brechen. Doch ich versagte vor ihr wie auch schon vor Marah, die einen Schutzwall um den anderen vor sich aufgebaut hatte, gegen den ich vergeblich anlief. So waren wir miteinander immer einsamer geworden. Selbst die Reise nach Rom, der letzte Versuch unsere Ehe zu retten, scheiterte erbärmlich; es herrschte eine Stille zwischen uns, die alles besagte, und wir kehrten in ein Haus zurück, wo mich jeder einzelne Gegenstand an etwas erinnerte, das ich verfluchte; um so mehr widmeten wir uns Martha. Nein – um so mehr bemühte ich mich um sie, während Marah mich vor ihr nur lächerlich machte, als wollte sie eine Verbündete in ihr gewinnen, sie mir vollständig abspenstig machen. Martha war immer nur ihre Tochter geblieben; mich als Vater suchte sie dabei zu leugnen, sie riß sie an sich, vereinnahmte sie im gleichen Maß, wie Marahs eigener Vater sie selbst immer bloß abgewiesen hatte. Es stachelte mich auf, es weckte mich zum ersten Mal aus meiner Lethargie, ja, ich neidete ihr diese Mutterliebe, doch da war es bereits zu spät.*

Ich weiß noch, wie wir an einem strahlend schönen Nachmittag zum Three Castles Head spazierten, an den Pferden vorbei, die Martha mit Zucker fütterte. Auf den letzten Hügel führte ich sie, die Hand über ihre Augen gelegt, blind hinauf zu der Stelle, von der aus man die grauen Ruinen am See überblicken konnte, der See einfach überzugehen schien in das Meer unten in der Bucht und die Bucht sich ausweitete in alle Ferne. Das Licht war warm, es lag über dem Schilf im See, als ich sie die Augen öffnen hieß. Martha aber sagte nur, sie wolle wieder heim, und Marah pflichtete ihr bei. Da wallte Zorn in mir auf, dunkel wie Rauch, und ich hörte mich schreien, sah mich auf Marah einschlagen mit aller Kraft, zu der ich fähig war. Bereits in diesem Moment hätte ich alles dafür gegeben, es wieder gutzumachen. An diesem Tag verlor ich auch Martha.

Seither bin ich oft an diese Stelle zurückgekehrt, saß am Hügel und sah auf die Wasser des Sees, kalt wie Quecksilber im Winterlicht, ging hinunter und tauchte meine Hand in die ans Ufer lappenden Wellen wie in die Quelle der Eunoë, die Kiesel darin schwarz vor Torf, als könnten sie mir die Erinnerung nehmen und mich reinwaschen, rein von Sünde und Schuld, aber ich blieb wie betäubt und ging die bröckelnden Ringmauern entlang zu der Ruine des Wehrturms, stieg die zerbrochenen Stufen hinauf, moosbewachsene Schieferdallen, ein Geruch nach Verwesung in allen Ecken, von oben aber ging der Blick weit über die Halbinseln, die wie die Finger einer Hand in den Atlantik griffen, als wollten sie die Wasser daraus schöpfen. Auf diesem Dach, das aussah, als würde es jeden Moment einstürzen, ragte ein abgestorbener Baum in diesen ärmsten aller Himmel, Seenebel rollte herein, und da waren Stimmen im Wind, die anhoben zu einem, nur für mich vernehmbaren Gesang, leise und doch durchdringend, peinsam eindringlich wie der Tinnitus in meinem Ohr, unter dem ich leide, seit beide für immer fort sind.

Wenn ich dann weiterging, an den purpurot blühenden Fuchsien am See entlang, dahin, wo das Meer beginnt, an bleiernen Gesteinsbrocken vorüber, mit Flechten überzogen, narbig und dunkel wie Gangrän, kam ich in den aufziehenden Nebel, den hohen, durchdringenden Ton im Ohr, das Rauschen meines Blutes, die langgezogenen Silben eines Miserere, mich einreihend in eine Prozession von Schatten, in härenen Gewändern, die Augen mit Draht vernäht, und ich dachte nur, nun tue mit mir, Gott, was Du willst, füge mir zu, was immer Dir gefällt, aus diesen letzten Kreisen meines Läuterungsberges gibt es kein Entkommen, es wird mir keine Erlösung zuteil, bevor ich nicht auch noch Zorn und Neid abgelegt habe.

Deshalb muß, was ich begonnen habe, nun zu Ende geführt werden. Meine Geschichte, die sich immer weiter von meiner Sammlung abgelöst hat, gehört dazu ebenso wie die Geschichte Tristans. Einzig mit dem

Unterschied, daß ich davon enthoben bin, letztere abschließen und die beiden letzten Stammväter von den Ufern des Three Castle Heads auf unsere Insel übersetzen zu müssen – denn das hat bereits Agostino Lavarello für mich getan, in einem langen Brief. Er hat ihn mir, noch bevor ihn der Tod in einem des Methusalems würdigen Alter ereilte, aus Camogli geschickt; Agostino war der letzte, der diese Zeit selbst erlebt hat, ein Gleichgesinnter, den wie mich das Schicksal mit dem Tristans verband.

Am Anfang unseres Briefwechsels tauschten wir uns nur über Fachliches aus, wie das unter Sammlern üblich ist; er hatte mir erst einige alte Rückantwort-Postkarten verkauft, dann einen Schwung von auf einer Insel abgestempelten Ersttagsbriefen, von der ich noch nie zuvor etwas gehört hatte, bis er mir, um ihren Wert zu betonen, des nicht geringen Preises wegen, den er dafür haben wollte, über Tristan da Cunha zu erzählen begann. Schon bald kamen wir uns näher; selbst wenn wir in Temperament und Haltung nicht unterschiedlicher hätten sein können, ergänzten wir uns doch, er der skeptische Manichäer, ich – nun, darüber sollen andere befinden. Und was für ein Unterschied zu meinem unseligen van Houten! Agostino war ein Sokratiker, der die Dinge klar darzulegen wußte, ohne sich je vom Hundersten ins Tausendste zu verlieren, wie das oft genug meine Art war. Wo ich an meinen Irrtümern schier verzweifelt war, sah er im Sich-irren-Dürfen das sicherste Zeichen für die Wahrheiten unseres Lebens. Worin wir uns aber trafen, das war, was wir beide die ›letzten Dinge‹ nannten, in unserem Spekulieren über die Läufte der Zeiten: Er wie ich waren Fatalisten, die in einer prädestinierten Welt Ursünden, Erbsünden und Todsünden walten sahen; diese Gewißheit erschloß sich der Leidenschaft unserer Tätigkeit.

Nichts könnte nun besser passen, als ihm das letzte Wort zu überlassen für diese letzte Episode der Geschichte, in der ich von ihm als Augenzeuge erfuhr, wie die letzten beiden Familiennamen auf die Insel kamen – und seine Zeilen mit der von der Gicht zwar bereits gezeichneten Handschrift, doch dabei um so schnörkelloseren Art ans Ende unsere Bögen beschließen zu lassen.

DIE ›ROMA‹ – SCHRIEB ER – war eine Bark von 1600 Tonnen; sie wurde im selben Jahr in ihrer Triestiner Werft von der Helling gelassen, in dem die österreichische k.u.k. Postverwaltung die ersten Postkarten in Umlauf brachte. Auch ein Schiff besaß ja für den Eigentümer nur Wert, wenn es an seinem Bestimmungsort ankam, die Zeit dorthin möglichst kurz war, das Entsandte den Empfänger erreichte und der Retourweg kein leerer blieb – die Korrespondenzen erschöpften sich damit nicht, sie waren offensichtlich, die Hellegatten der *Roma* voller Postsäcke. Ein Schiff ist bloß ein etwas größeres Paket.

Aus meinem alten Tagebuch geht hervor, daß die Familie Dall'Orso aus Chiavari der Reeder war und die Besatzung vorwiegend aus dem benachbarten Camogli stammte – ein Bootsmann, dem man ansah, daß er die Völlerei liebte, ein Koch, der ihm an guten Tagen seine Gelüste befriedigte, sieben Matrosen, darunter mein ältester Bruder, ich, der ich noch zu den Schiffsjungen zählte, deren Heuer geringer war als die der Matrosen, ohne daß wir deshalb weniger Arbeit verrichtet hätten, und schließlich der erste Offizier, alle unter dem Kommando von Kapitän Orlando Perasso; die Ladung, als die Bark am 4. Mai 1889 von Genua auslief, war für Swansea bestimmtes Erz.

Nach elf Tagen erreichten wir Gibraltar, wo uns widrige Winde zehn Tage vor Anker zwangen, und erreichten schließlich nach etwas mehr als einem Monat Swansea. Dort wurde das Erz gelöscht und Steinkohle geladen, für die Insel Penang in der Malakkastraße. Die Fahrt ging schnell vonstatten; die Roßbreiten wurden passiert, die Zone der nordöstlichen Handelswinde, der Kalmengürtel. Nach dem südlichen Passatring, in den Mallungen dort, bevor die verläßlichen Westwinde wieder einsetzen, mußten die Vorstänge-Pardunen neu steifgeholt werden. Die Bark machte fünf bis sechs Knoten, einer von uns Schiffsjungen, den alle nur Milano nannten, richtete gerade Gangplanken über dem Deck ein. Mit seiner Axt versetzte er dem Tauwerk einen Hieb, es riß, und der Schlag warf ihn über Bord. Schwimmen hatte er nie gelernt; und er wäre unweigerlich ertrunken, wenn nicht das Borgschot des Mastes ins Meer gehangen hätte und einen kurzen Moment bloß in seine Reichweite gekommen wäre, daß er sich daran festklammern konnte. Der Bootsmann und einige der Matrosen stellten sich auf die Rüsten, bekamen ihn schließlich zu fassen und zogen ihn heraus.

Die weitere Fahrt verlief ruhig; nach 55 Tagen umrundete die *Roma* das Kap der Guten Hoffnung, nach noch einmal soviel Tagen erreichten wir Malaysia. Die Steinkohle wurde gelöscht, und nach zwei Wochen Aufenthalt auf Penang nahmen wir Kurs auf Birma; es war die Zeit der Monsune, doch auf halber Strecke wurde der Wind böig und ließ bald aus, das Meer immer glatter, die Segel hingen schlaff herab, kaum noch, daß ein Windstoß die Oberfläche kräuselte, das Meer wie kaltflüssiges Glas, in dem die Bark zu erstarren schien. Der Horizont wirkte unendlich fern und zugleich kaum ein paar Yards entfernt, es war vollkommen ruhig, sogar das Holz hörte zu arbeiten auf. Und da, mein Bruder Gaetano sollte sich dessen sein Lebtag lang erinnern, kam ein Windstoß, der die *Roma* vorantrieb, er sah über die Bordwand, es war, wie wenn er bis hinab zum Grund des Meeres sähe; doch als er über den Bugspriet schaute, war nichts, was eine Bewegung verraten hätte, wir segelten einfach ein Stück weit über einen Abgrund durch Luft, so sehr schienen Himmel und Meer aufgegangen ineinander.

Nach acht Tagen erreichten wir Rangun, wo wir eine Ladung Teakholz übernahmen. Drei Wochen später wurden der Anker gehievt und Segel gesetzt nach Greenock in Schottland. Wir doppelten das Kap der Guten Hoffnung, der Wind war unstet und flau, die Strömung versetzte die Bark, so daß wir in die Nähe von St. Helena gerieten und erst nach vier Monaten und 17 Tagen den Zielhafen erreichten. Dort wurde das Frachtgut gelöscht und erneut Kohle gebunkert, die für Kapstadt bestimmt war.

Am 3. August 1890 liefen wir erneut aus; anfangs war das Wetter gut, die Winde beständig, bis wir in die Roßbreiten gelangten und die See kabbelig wurde. Ein Windstoß nahm die Oberleesegelspiere mit, so daß eine neue ausgelegt werden mußte. Der Himmel war bedeckt, schwarz, es war eine jener Nächte, wo nichts zu sehen ist, außer dem Licht, das von einer sich brechenden Welle ausgeht. Dann weckte uns, die wir unter Deck in den Hängematten schliefen, ein hartes Klopfen.

Draußen schob der Wind Regen vor sich her, es blitzte und donnerte auf der Kimm. Der Matrose Andrea Repetto, der leicht cholerische Kumpan meines Bruders, hatte die Hundswache gehabt; gegen Morgen, kurz nach der Dämmerung, sah er achtern tiefliegendes Land und Brecher voraus. Auf den Karten waren weit und breit weder eine Insel noch Untiefen eingezeichnet. Repetto vergewisserte sich noch einmal; einige Vögel und die weiße Linie der Brandung hoben sich unübersehbar vom Horizont ab, das Land war so deutlich zu erkennen, wie nur je eines. Zwei zerklüftete Hügel kamen in Sicht, im Süden dann eine Küste, auf Kurs der Bark. Repetto weckte den ersten Offizier, der auf den Masttopp kletterte und das Land vor sich liegen sah, Hügel, die immer blauer aus dem Grau stiegen, sandige Ufer in kaum zwei Meilen Entfernung. Auf seinen Befehl hin rannte Repetto, auch dem Kapitän Meldung zu erstatten. Perasso drehte sich nur in seiner Koje um und befahl, den Kurs beizubehalten. Zurück auf der Brücke hielt der Rudergänger grimmig darauf zu; alle standen wir inzwischen an Deck und sahen die Insel immer höher aufsteigen, schwarz glänzende Flanken, Riffe, an denen die Wellen sich schäumend brachen. Und dann, wie durch ein Wunder, segelte die Bark mitten durch die Insel und über sie hinweg, eine Insel, deren Klippen nichts als Regen im Kielwasser waren, vom böigen Wind zerschrunden.

Wenige Tage später setzte der Passat ein, der Himmel klarte auf, und wir machten an die sechs bis sieben Knoten. Am Nachmittag des 28. September arbeiteten wir am Bug, um Tauläufer für die Takeln durch die Blöcke zu scheren; die Luke am Vorschiff hatten wir geöffnet, damit der Bootsmann die Seilrollen im Gatt herausholen konnte. Er stieg mehrere Male in das Loch, das neben dem Frachtraum mit der gebunkerten Kohle lag, und dabei war ihm, als hätte er einen leichten Geruch nach Gas in der Nase. Dann sah er grünlich hellen Rauch aus den Fugen der Wand steigen und wußte sofort, daß Feuer an Bord war.

Alle drängten sich um die Luke. Erst auf Anweisung des Kapitäns, der das Schott zum Laderaum selbst unter Augenschein nahm, stiegen ein paar von uns zu ihm hinab, es zu öffnen. Die Luft war stickig, der Rauch schlängelte sich über die Brocken, kaum vom Kohlenstaub unterscheidbar. Er sickerte aus unsichtbaren Rissen, feine Fäden, die sich zu Gaze verwoben. Im Dunkel, das durch die Kohle nur noch schwärzer schien, im Schein der Öllampen, in dem wir über sie hinwegkrochen, waren auch die blakenden Schwaden des Rauchs kaum auszumachen, die sich flach ausbreiteten; wo die Brandherde waren, merkten wir vor allem daran, daß wir nicht mehr zu Atem kamen. Wir versuchten, das Feuer, das wir nicht sahen, zu ersticken; wir gruben hinunter zu ihm, um es bloßzulegen. Rund um die Kuhlen, die wir mühselig mit den Schaufeln schippten, spannten wir nasse Persenninge, gruben woanders wieder weiter, mit den Händen und Armen zuerst, in zwei Schichten, durch den Tag und die Nacht. Mit Eimern, die über den Bauch und den Rücken weitergereicht wurden, weiteten wir eine der Kuhlen aus, indem wir das unablässig nachrutschende Material abtrugen. Die Kohle war durch den Seegang unberechenbar geworden und drohte Milano, den kleinsten von uns, der dort unten zum Graben Platz fand, zu verschütten. Lang hielt er es ohnehin nicht aus, der Grus verstopfte Nasenlöcher und Mund, verklebte mit dem über die Brauen tropfenden Schweiß die Lider; die Luft war nach Minuten verbraucht, ätzend. Dann stieg ich hinunter in das Geröll, wie in ein Mundloch, das wir hinunter bis zu den Deckplanken freischarren wollten, ohne es zu können, ohne weit genug in die Tiefe zu gelangen, um an die irgendwo an einer Stelle schwelende Glut heranzukommen.

Milano wurde der Kopf mit einer Kelle voll Wasser übergossen, der Dreck rann ihm in Schlieren ab, er sah aus wie der Leibhaftige. Die Männer murrten; die fruchtlose Anstrengung der letzten Stunden war ihnen anzusehen. Kapitän Perasso ließ nun die Großluke und die Achterluke öffnen, um Kohle über Bord zu werfen. Im Laufe des Tages beförderten wir an die zehn Tonnen ins Meer, Eimer um Eimer, die in die Bugwelle gekippt wurden, um spurlos zu versinken, die Bugwelle, die gleichförmig an der Bark entlanglief, als stünde sie still in ihr. Wir löschten einen Brand, der noch nicht ausgebrochen war, wir rochen ihn, überall an Deck, noch oben in den Rahen und schaufelten und schaufelten, als wollten wir damit die Tiefe des Ozeans auffüllen, das Grab, das sich vor unseren Augen geöffnet hatte.

Warum wir es nicht mit Wasser bekämpften, weiß ich nicht; die Eimerkette hätte auch in die umgekehrte Richtung funktioniert. Der Kapitän schob die Befürchtung vor, das Meerwasser würde auf der Glut gleichsam explodieren, der Druck die Kohle zersprengen, der zischend heiße Dampf die Fugen des Rumpfes bersten lassen; die Elemente vertragen sich einfach nicht miteinander, Wasser und Luft, Erde und Feuer. Im Grunde jedoch, und dessen waren wir uns bewußt, befahl er es nicht, weil dadurch die Ladung endgültig ruiniert worden wäre; Kohle löst sich im Wasser auf, wird zu Schlacke und Ruß.

So aber drangen jetzt die Schwaden nur um so dichter ins Freie, weißlich gelb, fettig und erstickend. Es war klar: wenn Rauch herausdrang, mußte Luft irgendwo eindringen. Zusammen mit Gaetano und Andrea Repetto ließ Kapitän Perasso sich daraufhin in den Frachtraum sperren. Er blieb im Graben bei der Deckstütze, die wir freigeschaufelt hatten, während die beiden anderen nach achtern und vorn robbten, über die Kohlehaufen, um dort mit einem Thermometer die Temperatur zu messen. Die Hitze stieg vorn tatsächlich mehr, und Repettos nackter Oberkörper war sogleich schweißgebadet; er atmete durch ein feuchtes Tuch, aber der Qualm machte benommen. Die Laterne des Kapitäns war mittschiffs kaum mehr zu erkennen, ein schwacher, durchbrochener Lichtsaum wie der rosige Kranz um eine schwarze Sonne – und da, das kann ich heute sagen, da wußte Repetto mit einem Mal, daß all dieses Schwelen auch in ihm war, ein maßloser, über die Jahre verdrängter Zorn, der sich in seinem Brand nun in alles fraß.

In der Finsternis dort unten waren auch die Stimmen der Besatzung wie von weit her gedrungen, er war tief im Meer und der Erde, ihr Brodeln wie ein Echo im Rumpf der Bark, Tonnen von Wasser und Gestein, bloß eine Handbreit Beplankung über ihm, das Oberdeck, das bei jedem Rollen der Bark weiter nachgab und den Himmel nicht mehr länger trug, der sich durch die Planken drückte, der Rauch, der in seine Lungen drang, Fluten, Muren, daß er hinabglitt, sich vor Husten schüttelnd. Übelkeit überkam ihn, der Drang, sich zu erbrechen; dann spürte er, wie der Kapitän ihn an den Beinen an Deck zerrte, und dann die Sonne, wie sie auf seinem Gesicht stach und das Dunkel in ihm ausbrannte.

Der Kapitän hatte solcherart Gewißheit darüber erlangt, daß das schwelende Feuer nicht auf einen Glutherd beschränkt war, es sich in alle Ecken ausgebreitet und durch die Arbeit bei offenen Luken weiter Nahrung erhalten hatte. Es blieb uns nur, die Luken von neuem zu verschließen und sie mit Teer zu versiegeln, in der Hoffnung, es ließe sich damit ersticken. Darüber hinaus ordnete er an, die Boote auf den Galgen bereitzumachen, damit wir sie bei unmittelbarer Gefahr oder bei der Sichtung eines anderen Schiffes aussetzen könnten. Doch damit war kaum zu rechnen.

Wir holten für zwanzig Tage Wasser und Verpflegung aus der Pantry, dichteten dann auch diese Luke ab und schlugen ein Lager neben dem Deckhaus auf. Eine Ration Rum wurde ausgeteilt, vom Schiffsjungen. Und da brach Streit aus unter uns abergläubischen Matrosen, erst nur zwischen Gaetano und Milano, weil er glaubte, zuwenig erhalten zu haben. Mein Bruder, der sonst der feinste Mensch war, den man sich vorstellen kann, viel zu oft niedergeschlagen, als daß ich ihn je aggressiv erlebt hätte, empfindlich gar, fast launisch, aber ärgerlich höchstens, wenn er sich ins Unrecht versetzt fühlte, er war nun plötzlich von einer unerklärlichen Feindseligkeit. Doch so ist der Neid ein Neid, der sich wie nichts anderes aus einem Gefühl reinster Machtlosigkeit gegen alles und jeden richtet. Milano konnte sich seiner nicht anders erwehren als mit Worten, eins gab das andere, vor allem hatte er sich ja bisher auf die Lippen beißen müssen, und nun sprudelte es mit aller scheinheiligen Schärfe aus ihm heraus, daß alles Gaetanos Schuld wäre, daß wir durch diese Hölle segelten, ihre Flammen hätten die Bark in Brand gesetzt, seit Gaetano sie sich vor uns auftun gesehen habe.

Ein paar Matrosen lachten ungläubig, aber die Worte beeindruckten sie. Gaetano nannte den Jungen darauf eine Ratte, eine Ratte, die, wenn sie nicht bald das sinkende Schiff verlasse, einfach über Bord geworfen werden müßte. Das aber erzürnte nun Repetto, sonst der einzige Freund meines Bruders, die beiden so unzertrennlich, als vertrüge sich nur ein zorniges Naturell mit jener innerlich in Gaetano schwelenden Mißgunst – bloß daß es diesmal zwischen ihnen offen zu Handgreiflichkeiten gekommen wäre, wenn der Kapitän sie nicht getrennt hätte. Das Unheil war längst geschehen, aber der Druck der Tage begann fühlbar zu werden; was fehlte, war ein Sündenbock, der die Last für alle auf sich nahm. Backbordgehalst lagen wir im Wind, mit Kurs auf den Archipel von Tristan da Cunha, der Karte nach das nächstgelegene Ufer.

Das Blatt war nichts als weiß unter den Gitterlinien: die *Roma* machte fünf bis sechs Knoten in der Stunde, einen Breitengrad untertags, einen in der Nacht, und so vergingen die Tage des 29., des 30. September und des 1., des 2. Oktober: und kein Schiff wurde gesichtet. Nachts driftete Rauch fahl übers Deck, sammelte sich um das Deckhaus, er lag wie Glimmen um manche Segel und die Masten, ohne sie einzuhüllen, der Himmel wie zum Trotz sternenklar; es war, als führen wir durch einen Nebel, der sich zunehmend verfestigte. Zu schlafen war fast unmöglich, alle hatten längst zu husten begonnen und deshalb die Hängematten möglichst hoch am Mast aufgespannt. Der Schiffsjunge ging rastlos auf und ab, er hatte seit Tagen nicht mehr geschlafen; ruhig sah ich ihn nur, wenn er in einem abgegriffenen Buch las, das wohl kaum etwas anderes war als die Bibel. Er hatte Angst, aber das hatten wir alle.

Um 2 Uhr morgens in dieser Nacht zum 3. Oktober ging der Mond auf. Keine halbe Stunde darauf explodierte die Bark. Die Großluke und jene am Vorschiff wurden als Ganzes weggesprengt, sie schienen einen Augenblick lang in der Luft zu hängen, bevor sie krachend aufs Meer prallten, das Bild ist mir wie in die Netzhaut eingebrannt, geblendet vom Scharlach der Flamme. Ein Splitterregen fegte über uns hinweg; aus dem Laderaum quollen Schwaden von Rauch, das Gas, das sich aufgestaut hatte, entwich mit ohrenbetäubendem Zischen, Asche und Schlacken ergossen sich über uns, glühten an den Segeln auf und sengten Löcher in sie, Feuerzungen flackerten auf und griffen um sich, weit über das Deck. Die Hitze trieb uns Tränen in die Augen, und Kohlenstaub hing über dem ganzen Schiff, eine dumpfrot glühende Wolke.

Einer rannte hinter dem anderen her, der Rudergänger ließ das Steuer im Stich, die Bark luvte an und schoß schließlich in den Wind; und das ohrenbetäubende Schlagen der Segel vergrößerte noch die Panik, aber schließlich fanden wir uns alle, um die Segel loszumachen, jeder griff sich den Zeising, der ihm gerade in Reichweite war; danach machten wir uns an die Boote. Und obwohl wir alles vorbereitet glaubten, waren binnen weniger Minuten alle Taue hilflos verheddert. Und wieder verloren wir Zeit. Einmal entwirrt, ließen wir das Beiboot zu Wasser. Da aber gab Kapitän Perasso jenen Befehl, der uns das Leben rettete; denn hätten wir das Schiff aufgegeben, wär dies unser sicherer Tod gewesen. Es war besser, die verbliebenen Meilen zur Insel auf der Bark als in den offenen Booten zurückzulegen, die bei diesem Seegang gleich vollgeschlagen hätten. Man hätte uns sehen sollen in diesem Moment, die Kleider, die uns in Fetzen vom Leib hingen, das Haar bis auf die Kopfhaut versengt, das Deck ein Gewirr von zerrissenen und zersplitterten Planken, Splinter überall, während die Masten aus dem schmierig trägen Rauch ragten, der im Bauch des Schiffes wabberte. Und auf diesem Wrack setzten wir wieder die Segel.

Endlich wurde es Morgen. Wir kamen erst jetzt dazu, die Verwundeten, so gut es ging, zu verbinden; wir hatten nur einen Mann verloren, Milano. Nach der Gissung des Kapitäns lagen wir 15 Meilen ab von Tristan da Cunha. Sturmwolken dräuten schwarz am Horizont, das Meer schiefrig glänzend. Das Vorschiff war schwarz vor Ruß, aber das Feuer brannte jetzt rauchlos in die Dämmerung; als wäre ihm der Himmel zur Nahrung geworden, wurde es heller am Bug, als könnte es sich frei in den Tag fressen. Aus den sieben Uhr, wo wir die Insel hätten erreichen müssen, wurden acht, dann neun, halb zehn in Wolken, die sich immer weiter herabsenkten. Schließlich kam der Befehl, nach Steuerbord zu halsen und die Rahsegel an die Luvseite zu führen. Der Steuermann legte das Ruder hart herum, die Marsbrassen vor dem Wind, in dem wir liefen. Sobald das Manöver beendet war, ergoß sich eine Flut von Wasser über unsere Köpfe, und der Wind schwoll derart an, daß die Bark stark nach Backbord krängte. Im Zwielicht hellte es nur zeitweise auf; und da sah mein Bruder Gaetano zwischen Vordersteven und den Fockrüsten einen etwa zwei Meilen entfernten Fels auftauchen.

DIE RETTUNG; sie hat es an sich, daß man ihr mit jeder Faser seines Seins entgegenfiebert, um im Augenblick, wo man sie nahen sieht, alle zuvor durchlittene Verzweiflung zu vergessen, als hätte es sie nie gegeben. Doch schon nach wenigen Minuten hatten wir die Insel wieder aus der Sicht verloren, und ich vermag nicht mehr zu beschreiben, was ich dann fühlte. Wir änderten unseren Kurs nach Westen; hätten wir nur zehn Minuten länger weiterhin nach NNO gehalten, wären wir auf jene Seite der Insel gelangt, die vollkommen unzugänglich ist, und nichts, aber auch gar nichts hätte uns noch zu retten vermocht.

So aber stieg sie grau aus dem milchigen Licht des Tages, ein Wall, hinter dem sich die See etwas beruhigte; wir hielten Ausschau nach einer Bresche, wo wir landen könnten, einem Strand. Wir ließen das Beiboot zu Wasser und begannen Lebensmittel und Kleider darin zu verstauen. Dann braßten wir mit den Bulien die Rahen, nur die unteren Segel, damit die *Roma* sich von selbst totlaufen konnte. Zu viert stiegen wir ins Boot, es war bis zu den Duchten beladen, lag tief im Wasser, der Wind trieb uns ab; die Brandung hob uns schließlich ans Ufer.

Wir luden aus, was wir an Bord hatten und kehrten zur Bark zurück, die in dichten, dreckigen Rauch gehüllt war. Der Anker hatte Grund gefunden, und wir schafften an diesem Tag alles an den Strand, was uns brauchbar erschien. Mit einem Segel errichteten wir ein kleines Zelt und legten uns endlich schlafen: Wir hatten es nötig. Am nächsten Morgen kehrten wir nochmals zur Bark zurück. Sie war bereits vollgelaufen, das Wasser stand bis zu den Luken, das Feuer mußte den Kiel angefressen haben; wir sahen sie langsam sinken, ringsum ein dichter Teppich von Schlacken und Kohle in der Dünung. Zuvor holten wir aber noch den Tisch und die Stühle aus dem Deckhaus, Segelspieren, ein Bramsegel und brachten alles zurück an Land, auch die Postsäcke aus dem Vorschiff, die zu unser aller Überraschung kaum angesengt waren.

Früh am nächsten Tag, mit Brotbeuteln und Gewehren ausgerüstet, machten sich sechs von uns auf, um festzustellen, auf welcher Insel dieses Archipels wir schiffbrüchig geworden waren. Nach einer Stunde gelangten sie zu einem Felsvorsprung, von dem aus eine Insel im SW und eine zweite im NW zu sehen war;

wir befanden uns also auf Tristan, das laut Karte bewohnt war. Mit dieser guten Nachricht kehrten sie zu uns ins Lager zurück.

Anderntags machte sich erneut ein Trupp auf, der Küste entlang, um die Siedlung zu finden; sie kamen an eine Stelle, wo die Klippe unpassierbar ins Meer fiel, und kehrten wieder zurück. Am folgenden Tag zog die nächste Gruppe los, den Berg hoch zur Mitte der Insel; nach vielen Hindernissen standen die Männer schließlich vor einem Abgrund mit fünfzehn Meter tiefen Felswänden und mußten ebenfalls umkehren. Des schlechten Wetters wegen verbrachten wir die nächsten Tage im Zelt; es war einsam, wir hörten nur unsere eigenen Stimmen, das Krächzen der zahllosen Pinguine am Strand.

Der Himmel klarte ein wenig auf, und wir beschlossen, daß einige von uns auf dem Seeweg nach der auf der Karte verzeichneten Siedlung Ausschau halten sollten. Das Boot wurde segelfertig gemacht; doch niemand kam auf die Idee, auch Proviant mitzunehmen. Wir sahen es die südliche Spitze umrunden, im Wind weiter nach Westen treiben und verloren es schließlich aus den Augen; den ganzen Tag über warteten wir, wachten die Nacht, richteten die Ankerlaterne am Zelt auf, riefen wieder und wieder ins Dunkel. Es kam keine Antwort: wir hörten nur den Hall unserer Stimmen, die von der Klippe zurückgeworfen wurde, ein Echo, in das sich das Brüllen der See-Elefanten mischte.

Am nächsten Mittag, die Sonne stach durch die Wolken, wir spannten gerade Leinen zwischen den verkrüppelten Bäumen auf, um unsere Kleider zu trocknen, tauchte das Boot vor der Südspitze auf; es waren drei Köpfe mehr darin. Wir brachen in Freudenschreie aus, rannten zum Strand und zogen das Boot an Land; um die Rückkehr mit den Siedlern gebührend zu feiern, bereiteten wir einen riesigen Topf Pasta zu.

Den Teil der Insel, wo wir gestrandet waren, nannten sie ›Stonybeach‹; von da bis zum ›Bigbeach‹ ihres Dorfes segelten wir drei Stunden. Der Empfang war mehr als herzlich. Erwachsene, arbeitsfähige Männer gab es wenige; es waren die Frauen und Kinder, die uns mit einem Ochsengespann zu Hilfe kamen. Der Kapitän und der erste Offizier wurden im Haus des Gouverneurs Peter Green untergebracht, wir in einem zweiten, das ebenfalls ihm gehörte; was das Essen betraf, teilte man uns auf die einzelnen

Familien auf. Eine Kirche hatten sie nicht, keine Geschäfte, keine Schule und keinen Arzt; sie verfügten, wie auf einem Schiff, bloß über einen Medizinschrank. Green eingerechnet waren da bloß fünf Familien, die Nachkommen eines gewissen Glass, der die Siedlung auf der Insel gegründet hatte, ein Amerikaner namens Hagan mit seiner Frau und den Kindern sowie die Swains und die Rogers'.

Die Siedler hielten uns für ein Geschenk des Himmels, denn unter uns gab es immer einen, der in irgendeiner Sache besonders geschickt war. Aus Segeltuch nähten wir Kartoffelsäcke, der Kapitän war ein guter Tischler; als eher faul und träge erwiesen sich nur die Siedler, die sich daran gewöhnt hatten, daß ihnen die Frauen die Arbeit abnahmen.

Wir sahen sie mit ihren Kindern zu den Kartoffelfeldern ziehen und schlossen uns ihnen an; es war Zeit für die Saat, die Äcker waren zu jäten und umzugraben. Und wir stiegen auf die Hochebene, machten Holz und warfen es über die Klippen hinunter. Abends kamen wir oft zusammen, einmal in diesem, ein andermal in jenem Haus; sie musizierten auf einer Fiedel und einem Schifferklavier, alte schottische Jigs. Dann spielten wir ihnen unsere italienischen Lieder vor; Repetto, der die beste Stimme hatte, mußten wir stets dazu zwingen, er haßte nichts mehr als mehrstimmigen Gesang. Vom Singsang kamen wir bald aufs Tanzen; auf den Bohlen machten unsere genagelten Schuhe, die nicht immer im Takt waren, einen fürchterlichen Lärm.

Die Frauen standen stets am Rande; schüchternere Weibsbilder habe ich nie mehr zu Gesicht bekommen. Aber sonst blieb uns auch nicht viel, außer Fischen und Eselreiten. Es war eine seltsam führungslose und in ihrer Einigkeit innerlich doch gespaltene Gesellschaft: Der alte Green war bereits etwas senil, der Amerikaner Hagan wurde von allen gemieden, und von der Handvoll Männer schien keiner Anspruch darauf zu erheben, die Verhältnisse auf der Insel in Ordnung zu bringen.

DANN KAM DIE ›VICTORIA‹, sie brachte zweimal im Jahr Robbenjäger nach Gough, einer unbewohnten Insel am 40. Breitengrad, und stellte in Aussicht, uns auf der Rückfahrt nach Capetown mitzunehmen. Dieses halbe Versprechen verlieh unserem Aufenthalt auf Tristan plötzlich Sinn und Zweck; drei Monate auf der Insel waren vergangen, ohne daß sich die meisten von uns richtig Rechenschaft darüber abgelegt hatten, wo wir uns befanden und mit wem. Kurz, die bald mögliche Rückkehr stellte uns nun das Provisorische unserer Zeit hier vor Augen. Und was einige von uns dabei sahen, waren die Mädchen, die Liebe.

Mein Bruder Gaetano war der erste, der den ersten Offizier darum bat, bei der Mutter der Familie, bei der er aß, um Jenny Glass' Hand anzuhalten; ihre üppigen Formen und ihr schüchterner Charme hatten es ihm angetan. Die Tochter des Gouverneurs, Frances Green, wies zwar ungleich weniger weibliche Vorzüge auf, doch um sie warb nicht nur der Kapitän Perasso, sondern auch Andrea Repetto, gerade so, als wollte er dadurch die völlig unerklärliche Abneigung bekräftigen, die er seit dem Vorfall unter Deck gegen den Kapitän hegte. Es war Repetto, mit dem sie sich schließlich verlobte; doch warum, ist schwer zu sagen.

Ich erinnere mich noch, daß der Kapitän zu ihr hinaus zu den Kartoffelfeldern kam, Blumenzweige, die ihm aus dem Hemd schauten, rund um Frances ausstreute, vor ihr niederkniete und sie bloß ansah, ohne ein Wort zu sagen. Sie wußte nicht, wohin mit ihrem Blick, die Umstehenden brachen in Gelächter aus; was also blieb ihr, als ihm die kalte Schulter zu zeigen? Doch daß sie mit ihm auch die Möglichkeit zurückwies, die Insel zu verlassen, mußte andere Gründe haben. Repetto dagegen saß abends dem Tisch vor und maß sich dabei mehr Autorität an, als ihm zustand; auch sprach er besser Englisch. Aber es schien etwas an ihm zu sein – wie er seinen Kopf durchzusetzen verstand, kaum je ein Widerwort duldete – was uns als bloße Aggression erschien, sie jedoch beeindruckt haben mußte, ja, ihr vielleicht Sicherheit versprach. Viel verstanden wir nicht davon; sie war etwas anderes als Fock und Gaffel. So jedoch gab es nun zwei neue Familien auf der Insel, die damit die biblische Zahl Sieben erreichten.

Erfüllung aber findet man durch sie keine. Die Nichte des Gouverneurs ging jeden Morgen früh aus dem Haus, um die

Kühe zusammenzutreiben und zu melken. Eines Tages hatte mich ihre Mutter gebeten, sie zu begleiten. Natürlich tat ich das und begleitete sie die zwei Kilometer hin und zurück, mehr als einen Monat lang, anfänglich noch wie Bruder und Schwester, so auch an jenem Tag, als die Segel der *Victoria* in Sicht kamen. Alle liefen wir zu den Booten, trugen unsere Habseligkeiten hin; das Wetter war gut, es schien zumindest für die nächsten Stunden zu halten. Kapitän Perasso nahm das Beiboot; es war ausgemacht, daß er uns ein Zeichen geben würde, wenn uns die *Victoria* an Bord nähme. Als wir es sahen, in diesem Moment, wurden wir in einen Strudel von Rührung, Trauer und Freude gerissen, alle Gefühle auf einmal; wir umarmten uns, gleich wie alt wir waren, ob Mann oder Frau, küßten uns und weinten. Als wir ins Boot stiegen, brachen die Siedler in ein dreifaches Hipp, hipp, hurra! aus. Und da sah ich Dich zum letzten Mal, meine liebe Mary, hörte Dich in Deinem gebrochenen Italienisch *Agostino mio* flüstern, ich sah Dich jetzt wie zum allerersten Mal, und Tränen über Dein Gesicht rinnen.

Ich hätte auf der Stelle kehrtgemacht, wenn ich nicht geglaubt hätte, eine tiefere Pflicht meinen Eltern gegenüber zu erfüllen, denen ich es nicht antun wollte, zwei Söhne zugleich in der Fremde zu verlieren. Aber nicht erst seit heute weiß ich, daß ich zu feige war, zu meiner Liebe zu stehen. Und zu jung, gerade eben 15. Meine Entscheidung habe ich wieder und wieder bereut; zwei Jahre später kam ein Brief von Mary, aber ich war auf einem Schiff, kehrte erst nach Monaten zurück, und auch dann wieder war es zu spät, wie es immer zu spät ist, wenn man sich selbst nicht treu bleiben kann. Ich hatte da, was ich ein Leben lang suchte, bereits gefunden – und wieder verloren, ohne es auch nur zu merken. Und so kletterten wir die Bordwand hoch, hievten alles hinauf; Säcke voller Kartoffeln waren darunter, Geschenke der Siedler und zu guter Letzt auch noch der Postsack, den wir gerettet hatten.

Es war der 21. Jänner 1891; die Winde blieben, was in diesen Breiten selten ist, stet, und nach 22 Tagen erreichten wir Capetown. Von dort liefen wir nach einer Woche wieder aus und erreichten schließlich Ascension Island, den nächsten Stopp auf der Fahrt nach Barcelona. Damit aber waren unsere Peripetien noch nicht zu Ende. Denn dort waren die schwarzen Pocken ausgebrochen, und ich habe die Wochen nicht gezählt, die wir in Sichtweite der Mole in Quarantäne lagen.

Unseren Heimathafen Genua erreichten wir schließlich am Palmsonntag, zweiundzwanzig Monate nachdem wir ausgelaufen waren. Und – mein lieber Mark – ich kam mit leeren Händen zurück; schlimmer noch, es war mir alles in ihnen zerronnen, was ein Mann nur erringen kann; für immer ungreifbar war mir nunmehr geworden, was sich nur je in Armen halten läßt. Es war dies, wie ich dann las, dasselbe Jahr, in dem auch der vierte *Kongreß der Universellen Post-Union* in Wien abgehalten wurde; man kam überein, die Nachnahme in das internationale Postwesen einzuführen und den jeweiligen Postverwaltungen den Nachschub von Postkarten mit bezahlter Rückantwort vorzuschreiben. Diese bestehen, wie Du sehr wohl weißt, aus einem gefalteten Bogen, auf dem zwei Postkarten aneinanderhängen. Der Absender benützt den oberen Teil für die Adresse und seine Botschaft; der Empfänger trennt ihn dann ab, schreibt seine Antwort auf den unteren Teil und sendet ihn wieder zurück. Die *Universelle Post-Union* verlangte von ihren Mitgliedern, auch internationale Antwortkarten zu akzeptieren und auszuliefern, obwohl die als Indices aufgedruckten Marken aus einem anderen Land stammen.

ÜBER DIE SYMBOLIK DIESER POSTKARTEN *habe ich mich lange mit Agostino unterhalten. Mary und er, sie haben sich bisweilen geschrieben, dann hat er jedesmal ihr und ihren fünf Kindern kleine Geschenke und sie ihm dafür Briefmarken geschickt. Mit seinem Bruder aber habe er im Laufe der Jahre mit wachsender Unlust Briefe gewechselt, weil dieser auf Agostinos Berichte von sich selbst nur mit Vorhaltungen antwortete, als hätte es Gaetano auf seiner Insel jedesmal einen Schlag versetzt, wenn jemand auf Erden Glück hatte. Und wenn Gaetano sich nicht darüber ausließ, dann über Repetto, um sich über dessen Zornausbrüche zu mokieren, aus denen – wiewohl sie nach wie vor die besten Freunde waren – nur zum Ausdruck kam, daß er diesem nicht nur seine Rolle als Anführer der Siedler, sondern auch seine Frau neidete, den Acker, die Herden, was weiß ich.*

Zurückgekehrt zu dieser Insel ist Agostino Lavarello nicht mehr; er hat mir statt dessen wohl lieber von seiner Fahrt zur Insel erzählt, immer ausführlicher, die Ankunft auf Tristan da Cunha jedesmal mit einer weiteren Anekdote hinauszögernd. Ohne jemals anzukommen. Weil der Weg dorthin weiter ist, als die Insel selbst; länger. Daß selbst wer auf diese Insel gelangt noch nichts erreicht hat. Und das ist auch die Geschichte meiner Bögen.

ILLUVIES AQUARUM PLACIDA. *Bleibt bloß noch, das Fecit unter dies, mein Meisterwerk zu setzen, auch wenn es nicht mit jenem in eine Nußschale eingeritzten homerischen Epos rivalisieren kann, das Cicero gesehen hat, oder Peter Bales' in eine englische Walnuß passende Bibel, eine Miniatur, die ebensoviel winzige Seiten hatte wie das große Buch der Bücher; ja, es nicht einmal dem kleinsten, je gedruckten Buch vergleichbar ist, das alle Wunder des Orients enthält, dem* ›Rosengarten des Omar Khayyam‹, *3/16 auf 5/16 Zoll groß, viermal kleiner als eine Briefmarke. Für meinen Band habe ich mich mit Seiten im Format einer Postkarte beschieden, der Ansichtskartengröße, die handkolorierten Reminiszenzen zukommt. In der Rückwärtsgewandtheit dieser Augenblicke aber habe ich auch gelebt, allein beim Beschreiben dieser kaum handflächengrößen Bögen; und diese Nähe war mir Leben genug, war nah genug. So habe ich die Jahre mit Dir wiederholt, sie mir noch einmal vor Augen geholt, mit jeder einzelnen Rarität, die ich aus der Mappe genommen, und sie – obschon es mich alle Überwindung kostete – nun auf diese Bögen geklebt.*

All das gäbe ich jetzt für eine Postkarte von Dir. Alles. Meine Briefmarken, sie sind nun nicht einmal mehr als Porto gültig, meine Bögen gleich wertlos wie Ansichtskarten, die man abzuschicken vergaß und Jahre später in einem Buch wiederfindet, brüchig und bar jeder Erinnerung, nichts als mittelmäßige Aufnahmen. Und trotzdem ist es kein Widerspruch, daß ich durch sie etwas wiedererlange, durch den Namen, den ich einsetze, auch etwas von mir wiedergewonnen habe, selbst wenn es nur eine Geste bleibt, die auf Erwiderung wartet. Allein der Adressat ist es, der diesen Zeilen Glaubhaftigkeit, allem Erlittenen und Durchlebten Gültigkeit verleiht; Du, Marah. Auch der Sammler in mir wünscht sich nicht, daß seine Passion zunichte gemacht, nur daß er von ihr erlöst wird.

Eine Postkarte von Dir; eine dieser Werbepostkarten vielleicht, wie sie mancherorts gratis aufliegen, schwarzweiß, eine Szene aus dem Stummfilm eines berühmten Komikers, wie er in den Wanten hängt, sich mit einem Arm festhält, die andere Hand über den Augen, und aufs Meer sieht, den Hafen, ich weiß nicht – und auf der Rückseite die paar Zeilen, wie es Dir geht, Deine Adresse, van Houten hat mit unterschrieben hat, als stünde nichts mehr zwischen uns, und meine Martha schickt Grüße, einen Kuß. Doch die Bilder, das, dessen man entgegensieht, sie sind unscharf geworden, da ist auch das Fernrohr keine Hilfe, mit dem ich über die Bucht schaue; ich stehe nur draußen bei der Hecke im Beet, das langsam verwildert, und will nicht zurück ins Haus, wo sich die Zeit angesammelt hat, in Abwesenheit Deiner.

Vielleicht wird es nur Sentimentalität gewesen sein, die Dich überfiel, vielleicht bloße Bosheit, mir zu schreiben und diese Postkarte dafür zu nehmen, vielleicht alles zusammen, egal, beides führt zum selben Punkt zurück. In ihn schreibe ich mich ein. Je kleiner die Buchstaben dabei sind, desto materieller werden sie; die Mikrographie des Bleis, die ein weißes Blatt so lange zu schraffieren scheint, bis es vollständig bedeckt ist. Alles bewahrt sich dann in diesem Schwarz; und spiegelt sich glänzend im Licht. Allein so läßt sich die Zeit anhalten und zum Stillstand zwingen. Nur dadurch schreibe ich mich zurück, zurück zu Dir und jener Sehnsucht, mit der alles begann.

Die Allegorie meiner Begierden, meine Insel, die ich aus dem Atlantik gehoben habe, damit ich sie wieder und wieder entdecken, sie erneut in Besitz nehmen und über die Schiffbrüchigen berichten kann, die Matrosen, die wieder auf einem Schiff anheuern, die Familien, die bleiben. Einige Anekdoten habe ich eingefügt, andere weggelassen, manche wiederholten sich gar, ohne daß ich jedoch je an der Chronik etwas geändert hätte; den Kreislauf der Jahrhunderte einmal so mitabgeschritten zu haben genügt, um die Idee einer Zukunft für bloße Illusion zu halten. Und dennoch gebe ich alles weiter, gebe es ab in diesen nur unter der Lupe zu entziffernden Zeilen, damit die Geschichte meiner Insel sich bewahrt, und ihr Ursprung. Denn das ist das Schwierige: der Anfang; dagegen ist das Ende stets abzusehen. Schwieriger ist es nur noch, den Ort zu verlassen, den man liebt; denn es bedeutet, dazu verdammt zu sein, diesen Verlust ewig zu bewohnen.

Dies ist mir bewußt geworden, seit diese Bögen vor mir liegen, gefalzt und zu einem Buch gebunden, das kleiner ist als meine offene Hand. Aber auch, daß sie, obwohl mit den seltensten Marken frankiert, nie den Empfänger erreichen werden, für den sie bestimmt sind. Dennoch aber werden sie übergeben werden, entsendet an den einzigen Ort, der dafür in Frage kommt. Bleibt nur noch das Fecit: Mein Name ist Mark Thomsen; mehr ist nicht von Belang, nicht mehr.

Auch bei den großen Entdeckungsfahrten haben jene, deren Aufgabe es war, Karten neuer Archipele anzufertigen, statt ihren Namenszug einzugravieren, oft eine imaginäre Insel eingezeichnet, die sie auf den Namen ihrer Geliebten tauften. Das war bekannt, niemand stieß sich daran, wenn man auf den nachfolgenden Fahrten keine Spur von ihr fand. Es war, wie jeder wußte, wenn er unbeirrlich darauf zuhielt, der Horizont jedoch leer blieb und nur Wolken sich auftürmten über dem Spiegel der See, die Insel der Frau des Kartographen.

IM

Meer draußen wurden die Seen so steil, daß eine Welle ihren Kamm nicht mehr zu tragen vermochte, die Wogen an sich selbst zerbrachen, Brecher wurden. Sie bauten sich auf und ragten empor, um am Grat zu splittern wie Schiefer; dann wurden sie schwer, hart und prallten aufeinander. Je mehr Stärke aber der Sturm erreichte, desto mehr klafften sie in die Tiefe, als täte sich der Ozean auf, schäumend, vom Wind gepeitscht. Die Wogen legten sich übereinander, um eine nach der anderen zu brechen, zuerst nur an einzelnen Spitzen und Linien, dann entlang des ganzen Wellenkammes; sie rissen auf und wurden aufgerissen, bis eine Fläche fleckigweißen Wassers das Chaos der See überdeckte, Gischt, eisig im Dunkeln.

EDWIN HERON DODGSON
BRIEFE
1886

DER ABGRUND

EHRWÜRDIGE HERREN, hochverehrte Admiralität, vor kurzem erhielt ich durch eine Zeitung aus Sidney bestürzende Nachricht über die Insel Tristan da Cunha. Als ich die Insel nach dreieinhalb Jahren im Dezember 1884 krankheitshalber verließ, waren die Ratten gerade dabei, den Kartoffeln – die Lebensgrundlage der Bewohner – ernsthaft Schaden zuzufügen, so daß die Befürchtung nahelag, die Menschen dort würden über kurz oder lang verhungern, wenn man sie nicht aussiedelte; dazu kam, daß sich ein allgemeiner Niedergang auf der Insel breitgemacht hatte, vor dem ich meine Augen nicht verschließen wollte. Aus den verschiedensten Gründen gelang es mir weder, die Bewohner der Insel zu überreden, diese zu verlassen, noch, die offiziellen Stellen davon zu überzeugen, ihrerseits die erforderlichen Schritte einzuleiten. Wie Sie jedoch aus der nachstehenden Abschrift des Berichts Kapitän Thomsens von der Bark *Nemesis* – die Sidney im Januar dieses Jahres anlief – ersehen können, müssen die Menschen auf Tristan da Cunha nun wohl große Not leiden, denn unter gewöhnlichen Umständen würden sie weder ein Signalfeuer entzünden noch die Wahnsinnstat begehen, bei solchem Wetter ein neun Meilen leewärts passierendes Schiff anzusteuern.

> *Machten am 28. November, 4 Uhr morgens, in SSO die Insel Tristan da Cunha aus, bei zeitweilig heftigen Böen und hoher See. Die Siedlung der Insel lag im SW, in neun Meilen Entfernung, und es war ein großes Feuer am nahegelegenen Ufer auszumachen.*
> *Kurz danach sahen wir ein Segelboot auf unser Schiff zuhalten, das zu diesem Zeitpunkt bereits sechs Meilen von der Siedlung*

entfernt war. Kapitän Thomsen holte unverzüglich Segel ein und brachte sein Schiff in den Wind. Um 7.40, als das Boot backbord achteraus lag, etwa eineinhalb Meilen entfernt, verschwand plötzlich sein Segelmast. Danach wurde das Boot wieder gesichtet, als es allem Anschein nach mit Paddeln auf das Schiff zuhielt. Im Glauben, daß es zu Schaden gekommen sei, ließ Kapitän Thomsen Segel setzen und auf den Punkt zuhalten, wo das Boot zuerst gesehen worden war; doch obwohl das Schiff zwei Stunden lang an dieser Stelle kreuzte, der Kapitän und der Maat mit Teleskopen im Krähennest, fand sich keine Spur mehr, weder vom Boot noch von seinen Insassen.
Da der Wind von SW kam und das Schiff stark schlingerte, Breitseite zu den Wellen, da es eine schwere Ladung an Bord hatte und überdies mit einer nordöstlichen Strömung und hoher See zu kämpfen hatte, war es unmöglich, mit der Insel zu kommunizieren. Kapitän Thomsen hielt es nicht für klug, ein Beiboot auszusetzen; um 10 Uhr entschied er, daß für das Boot alle Hilfe zu spät käme, und brachte das Schiff wieder auf Kurs. Angesichts des Umstands jedoch, daß die Siedler so sehr darauf aus waren, trotz vorherrschender starker Winde und schwerer See in einem kleinen Boot mit einem neun oder zehn Meilen direkt leewärts der Siedlung passierenden Schiff zu kommunizieren, liegt die Vermutung nahe, daß sich vielleicht einige Schiffbrüchige auf der Insel befinden.

Doch ebenso folgenreich ist ein Brief aus Mossel Bay, der mich gestern von Angehörigen und ehemaligen Bewohnern Tristans erreichte. Er bestätigt, daß an dem besagten Tag ein Boot mit 15 Männern nicht wieder zurückgekehrt ist, äußert jedoch die Befürchtung, das Schiff habe zuwenig Besatzungsmitglieder gehabt und die Männer deshalb zum Dienst gepreßt. Wie auch immer – zwölf von ihnen waren verheiratet, so daß Tristan da Cunha nunmehr eine Insel der Witwen und Waisen geworden ist, schutzlos allem Elend und völliger Armut ausgeliefert. Von den jetzt 65 Bewohnern der Insel sind nur mehr drei voll arbeitsfähig, zwei davon bereits in fortgeschrittenem Alter.

Die hoffnungslose Lage wird noch weiter dadurch verschlechtert, daß die Ratten inzwischen fast die gesamte Kartoffelernte vernichtet haben. Da die ganze Insel mit Ratten verseucht ist, scheint jeder Versuch, sie zu vergiften, völlig *hoffnungslos*; die Insel ist so unterminiert von diesem Getier, daß, selbst wenn man sie alle vergiften *könnte*, solch eine immense Zahl verwesender Körper sicherlich der Gesundheit der Bewohner mehr als schädlich wäre. Ohne dies wiederum erscheint es jedoch vollkommen nutzlos, wieder Saatkartoffeln anzupflanzen. Unverzügliche Hilfe ist deshalb unbedingt vonnöten; sowohl in Form von Eßkartoffeln und Mehl wie auch von Kleidern und Unterwäsche, die schon bei meiner Abreise an allen Ecken und Enden fehlten. Darüber hinaus haben jedoch beide Umstände – die Rattenplage und der Verlust fast aller erwachsenen Männer der Insel – zur Folge, daß das Leben auf Tristan *nicht mehr länger möglich ist.* Die Bewohner stehen nun in Gefahr zu verhungern, wenn nicht sofort Maßnahmen getroffen werden, die Siedler mit ihren Viehherden an irgendeinen anderen Ort der Welt umzusiedeln, wo ihr Lebensunterhalt gesichert ist.

Ich bitte Sie, Hochverehrte Admiralität, inständig, im Namen der Bewohner Tristan da Cunhas, alles in Ihrer Macht stehende zu unternehmen, damit eines der Schiffe Ihrer Königin die Insel visitiert und sich Klarheit über die Zustände verschafft. Und ich ersuche darum, mit an Bord gehen zu dürfen, um den Menschen dort in ihrer offensichtlichen Zwangslage beistehen zu können.

Mit vorzüglichster Hochachtung.

Reverend Edwin H. Dodgson
Vikar von Tristan da Cunha
The Chestnuts, Guildford,
4. Februar 1886

EDINBURGH OF THE SOUTH SEAS. Der schwarze Basalt seines Castle Rocks, aufragende Schroffen, die Burg Eden wie immer in den Wolken. Und tief unter ihrem Wall die Ruine der Kirche, sichtbar bis zum Schiff; ein Holyrood inmitten eines Elendsviertels. Doch bin ich nicht zu ihrem Elend, sondern zu meinem zurückgekehrt.

Der alte Hagan war der erste, der mir entgegenkam; er begrüßte mich, ohne mir die Hand zu geben, starrte mich bloß schweigend an, als warte er auf etwas. Mit seinem kohlschwarzen Bart, seinen wächsern weißen Wangen und den Augen, die einen nie richtig wahrzunehmen scheinen, selbst wenn man ihrem Blick standhält, hatte er stets wie ein Wiedergänger auf mich gewirkt, ein Wiedergänger seiner selbst, so, als lebte er sein Leben mit der Teilnahmslosigkeit eines Beobachters. Jetzt aber, als er auf mich zuschritt, begriff ich mit einem Mal, was mir als das Unergründliche an ihm erschienen war: Seine Teilnahmslosigkeit war stets auch die meine gewesen. Wovon nur, Charles, glaube ich mich verfolgt?

Welche Gesichter fehlten, nahm ich zunächst kaum wahr. Die Frauen und Kinder standen aufgereiht vor dem Government House, mit harter Miene und seltsam erwartungslos. Da kam schon Peter Green auf mich zu, jovial und ohne Falsch wie immer, drückte meine Hand, daß ich seine Schwielen spürte, ein fast jugendliches, überraschend bonvivanthaftes Lächeln um die Lippen, als bezeugte er mir da, wo ich mir nur Gegnerschaft erwartet hatte, Einverständnis – nein, eher ein wohlwollendes Verständnis, das mich erleichterte, bis ich aus ihm etwas wie Herablassung zu lesen begann, mich abwandte und den kleinen Benjamin an mich drückte und ihm übers Haar fuhr. Doch wohin ich auch blickte, ich sah nirgends Marah, obwohl ich dachte, sie müsse jeden Moment aus ihrem Haus treten; und wieder und wieder musterte ich die Gesichter unter ihren weißen Hauben, als spielte mir auch hier meine Einbildung einen Streich in diesen ersten Minuten des Wiedersehens. Dann drängte sich Joshua Rogers durch die Umstehenden, stellte sich vor mich und streckte mir steif seinen Arm hin; erst in diesem Moment wurde mir bewußt, daß all die anderen Männer fehlten.

Ich feierte die Messe, zum Gedenken an die Verschollenen. Ich tat es in vollem Ornat, ging mit einer Prozession durchs Dorf, die einzelnen Häuser segnend, als zögen wir von der Royal Mile bis zur Prince's Street, an die Worte des Propheten erinnernd: *Eure Feste sollen sich in Trauer verwandeln und alle eure Freudenlieder in Totenklage.* Und begann zu weinen. Doch ich war blinder als Tobit bei seiner Heimkehr, weiße Flecke in meinen Augen und kein Arzt, der mir helfen konnte.

Zusammen mit Bosanquet, dem Kapitän des Linienschiffes, versuchte ich Licht in den ebenso tragischen wie mysteriösen Zwischenfall zu bringen, der mich wieder zur Insel zurückgeholt hatte. Als wir die Siedler abends bei der Versammlung mit dem Bericht der *Nemesis* konfrontierten, stellten sich mehr als nur Unstimmigkeiten heraus. Gewiß, ein Feuer war entzündet worden, nicht jedoch, weil sich Schiffbrüchige auf der Insel befanden – und auch nicht als Zeichen einer Hungersnot, wie ich angenommen hatte – sondern um die Aufmerksamkeit des Schiffes auf die Insel zu lenken, da in den zwölf vorhergehenden Monaten der Handel nur mit zwei Walfängern und acht kleineren Schiffen möglich gewesen war; es hatte schlicht und einfach an zu vielem gefehlt, als daß man eine weitere Gelegenheit vorbeigehen lassen wollte. Das Wetter an diesem unheilvollen Tag sei jedoch – anders als behauptet – strahlend blau gewesen, der Wind flau, das Meer ruhig. Von hohem Seegang und haltlosem Wagemut kann also keine Rede sein; das erhärtete auch der Umstand, daß ein zweiter, mit Jugendlichen besetzter Kahn an diesem Tag eine Natal anlaufende Bark ansteuerte, um das Verschwinden der Männer zu melden, und heil wieder zurückkehrte – ohne jedoch die geringste Spur des verschollenen Langbootes zu finden. Es war übrigens in gutem Zustand gewesen; das ehemalige Rettungsboot eines Walfängers.

Übereinstimmend sagen die Siedler, sie hätten das Boot längsseits der *Nemesis* gehen gesehen; sie hätten aber nicht mehr ausmachen können, ob es wieder ablegte, weil das Schiff langsam hinter den Horizont glitt. Beobachtet wurde nur, daß das Schiff zweimal seine Flagge dippte, zuletzt wie zum Abschiedsgruß, und danach gen Norden kreuzte. Daher auch Greens Befürchtung, das Schiff wäre unterbemannt gewesen und hätte die Männer schanghait; doch ganz abgesehen davon, wie Kapitän Bosanquet bemerkte, daß ein Schiff wohl kaum so viele Männer benötigen und pressen würde, hätte man inzwischen doch wieder von ihnen hören müssen.

Deshalb kursieren die wildesten Vermutungen und allerhand Aberglaube; von einem Exodus der ihrer Frauen und der Insel überdrüssig gewordenen Männer ist die Rede; davon, daß sie allesamt von einem Wal verschlungen wurden wie Jonas ehedem; und stets von Gottes unerforschlichem Ratschluß. Bosanquet – der der Admiralität Report erstatten soll – ist jedoch ein kluger Kopf.

Aus dem, was er zwischen den Zeilen von Kapitän Thomsens Bericht entnimmt, und den Aussagen der Siedler, erklärt er sich den Zwischenfall folgendermaßen: Der Kapitän der *Nemesis*, der ein übermäßig besetztes Boot auf sich zukommen sah, habe zwar Segel gerefft und beigedreht, aber ihnen an Bord zu gehen verwehrt; daß die Flagge gedippt wurde, deute darauf hin. Die Männer jedoch, die unbedingt handeln wollten, seien hartnäckig geblieben und hätten sich längsseits gehalten. Selbst als das Schiff wieder Kurs auf die hohe See nahm, folgten ihm die Siedler noch zwei, drei Meilen und verschwanden aus dem Blickfeld. Als sie endlich aufgaben, waren sie schon zu weit ins Lee der Insel geraten, kamen mit ihren Rudern nicht mehr gegen die Strömung von Nordosten und den Südwester an und wurden so ins offene Meer abgetrieben, weiter und weiter. Kapitän Thomsen – der sich wohl kaum über die furchtbaren Konsequenzen seines herzlosen Tuns im klaren war und sicherlich gedacht hatte, das Boot fände zurück zur Insel – hatte da zum zweiten Mal die Flagge zu einem spöttischen Abschiedsgruß gedippt.

So lautete zumindest Bosanquets für die *Nemesis* noch vorteilhafteste Auslegung der Ereignisse, die er mir insgeheim anvertraute. Beide beschlossen wir, das eigentliche Schicksal der Männer besser zu verschweigen, und beließen es dabei, daß das Boot gekentert war und alle Männer sofort ertrunken.

Der Himmel klar, still sich hebende Massen von Wasser. Die Linie des Horizonts verwischt. Nacht, die fällt. Das Langboot in diesem Ozean, flach und lautlos. Stille wie ein Gewölbe, unter dem es hinweggleitet, das Helldunkel von Wolken in diesem Schwarz; jeder Atemzug viel zu laut nun für die Ohren der anderen. Einer sitzt, einer liegt, die anderen in sich zusammengerollt. Wie lange wird es wohl gedauert haben, schwach geworden vor Hunger, von der Kälte erschöpft, bereits halb wahnsinnig vor Durst. Der Morgen dann wieder in den brennenden Augen, das erste Licht wie Finger. Ihr Schmerz das einzige, was den Schlaf noch vom Tod unterschied.

MEINE RÜCKKEHR. Als ich gestern aufwachte, stand mir wieder der Berg vor dem Fenster vor Augen; *wie eh und je* wollte ich schreiben, aber das Gefühl eines vertrauten Wiedererkennens wollte sich nicht einstellen, mein Blick wanderte nur über die Gegenstände in diesem kargen Raum, die Seemannskiste, den notdürftig zurechtgezimmerten Stuhl, die Planke, die mir als Schreibtisch gedient hatte, die Risse im Fugwerk. Da vernahm ich Stimmen durch die Bretterwand, die meine Kammer von der trennte, wo Jacob gelebt hatte. Ich dachte, seinen Vater zu hören, laut und immer heftiger, und dazwischen eine leise Stimme, die wie die Marahs klang. Der alte Green beschimpfte sie; darauf glaubte ich sie sagen zu hören, daß sie sich etwas antun würde. Die Tür ging, und ich sah einen Schatten hinaushuschen …

Sprachen sie schlecht von mir? Wenn sie mich doch nur so gut kennen würden, wie ich mich selbst. Gott weiß, wie ich mich bemühte, mich nicht für wichtiger zu nehmen, als ich war; meinem eigenen Ich gleich viel Bedeutung beizumessen wie allen anderen Menschen dieser Insel; so unparteiisch, gerecht und frei von allem Vorurteil mir selbst gegenüber zu sein, um für andere genau so zu fühlen, wie ich es auch für mich selbst tat. In der Stunde der Not aber war ich nicht für sie dagewesen, feige geflüchtet vor einer Last, die ich nicht mehr zu ertragen glaubte.

In der Woche vor Karfreitag war ich angekommen, und lange habe ich diesen Brief liegenlassen. Ich hatte die Osterpredigt gehalten, doch angesichts der Nachricht vom leeren Grab war sie ihnen wohl als leeres Gerede erschienen. Marahs Gesicht suchte ich weiter vergeblich. Nach der Messe gesellte sich Joshua Rogers zu mir.

Schrieb ich Dir schon, daß seine Mutter Mary – eines der sechzehn Kinder des alten Glass – einen amerikanischen Walfänger geheiratet hatte? Daß nach zwei Jahren dann ein Schiff mit einem Kranken anlegte, den man an Land brachte, damit er in Frieden sterben könne, und Joshuas Vater sich an dessen Stelle an Bord verdingte, für eine einzige Reise nur, von der er nie zurückkam? Und er Mary mit ihren Kindern sitzenließ? Wir gingen ein kurzes Stück nebeneinanderher wie die zwei Jünger nach Emmaus und redeten; er wirkte unruhig, fahrig, getrieben. Ein Schmerz war ihm anzusehen, wie etwas Uraltes in ihm: und bei seinem Anblick fragte ich mich, ob sich auch Leid von Generation zu Generation weitervererben läßt.

In den Worten, die er an mich richtete, fand ich jedenfalls keinen Sinn; ich sagte es ihm, und er blieb traurigen Blicks vor mir stehen. Bist du denn der einzige, sagte Joshua zu mir, der nicht erfuhr, was in all diesen Tagen geschah? Mit dieser so seltsam altertümlich klingenden Frage drehte er sich um und ging.

Ich war auf dem Weg zu Peter Greens Frau Maria, einer beinah alterslosen Mulattin, die mich zum Tee gebeten hatte. Ich saß an dem, aus den Bohlen irgendeines lange zerschellten Schiffs zusammengezimmerten Tisch, fuhr mit dem Finger die Fugen nach und wußte nicht, wie beginnen. Sogar bei ihr, für die ich vom ersten Augenblick an Sympathie empfunden hatte, ihre so lebenslustige Art, ihr ganzer Leibesumfang, die weichen Arme, mit denen sie mich bei der Begrüßung umschlang, das Leuchten in ihrem Blick, all die Unbefangenheit, selbst bei ihr nun merkte ich, daß sie mir reservierter als früher gegenüberstand.

Von England sollte ich erzählen, wie ich es jedesmal getan hatte, und wollte selbst nur das Gespräch auf eines bringen. Doch gleich unter welchem Vorwand ich es darauf zu lenken versuchte, sie wischte ihn brüsk wieder vom Tisch. Schließlich nahm ich allen Mut zusammen und stellte die Frage, deretwegen ich gekommen war, doch da schritt Selina, Marahs Mutter, wie verabredet zur Tür herein. Es überraschte mich, beide Frauen unter einem Dach zu sehen, die sich ihrer Männer wegen immer aus dem Weg gingen, soweit dies auf der Insel möglich war; das Unglück hatte diese beiden unversöhnlichen Patriarchen einander zwar kaum nähergebracht, aber nun hatten ihre Frauen die Geschicke der Siedlung in die Hand genommen. Doch Selinas Blick brachte mich dermaßen aus der Fassung, daß ich beim Aufstehen, sie zu begrüßen, mit dem Arm die Teetassen umstieß. Sie starrte mich unverhohlen an, ihr Gesicht zerfurcht wie eine Walnuß, die eingesunkenen Wangen und Lippen gleichsam aus diesem Holz geschnitzt. Die angerichtete Bescherung bot mir Anlaß genug, mich ohne große Worte zu verabschieden.

Die Dämmerung hing bereits im Fensterkreuz; als ich aufstand, um die Läden zu schließen, sah ich eine Gestalt zwischen den Mäuerchen auf mein Haus zugehen. Ich erkannte Joshua, es sah so aus, als wolle er zu mir, um unser eigenartiges Gespräch fortzusetzen, doch gerade als ich im Begriff war, ihm die Tür zu öffnen, blieb er stehen und trat unschlüssig von einem Bein auf das andere. Da zog er plötzlich seine Joppe aus und legte sie sorgsam auf das Mäuerchen der Einfriedung. Er nestelte an sich herum; daß er sich dabei die Hosen über die Schuhe streifte, merkte ich erst, als er auch sie säuberlich zur Joppe legte. So eigenartig, ja lächerlich dies schien, so selbstverständlich führte er es vor. Seines grobleinernen Hemds entledigte er sich, indem er einen Knopf nach dem anderen mit den Zähnen abbiß, die Schultern zum Buckel gekrümmt, sich hin und her drehend wie ein Veitstänzer.

Mein erster Gedanke war, daß sie sich einen Spaß mit mir erlaubten, indem sie mir meine Affen-Theorie, wie sie es nannten, bildlich vor Augen führten. Ich trat vor die Tür, aber da war niemand, der die Szene beobachtet hätte, kein einziges Gesicht in den Fenstern; das Dorf wirkte verlassen in diesem sich ausbreitenden Dunkel, das die Felswand langsam hochkroch. Joshua stand nur ein paar Schritte von mir entfernt, dunkler noch als diese Schatten; bis auf seine Schuhe war er vollständig nackt. Warum, kann ich nicht sagen; doch auf einmal war da nichts mehr, das mich überraschte. Dann kletterte er mit blitzartiger Behendigkeit auf die Einfriedung, schwang sich mit einem Klimmzug auf mein Dach und zog sich an den Armen hoch zum Giebel. Er zerrte an den Strohbündeln, riß das harte Gras mit vollen Händen heraus und warf es um sich. So gebannt ich zuerst gewesen war, jetzt fiel die Erstarrung von mir ab und ich begann zu ihm hinaufzubrüllen. Sogleich lief das ganze Dorf zusammen, und die Frauen stellten sich vor dem Haus auf, beschwichtigend auf ihn einredend. Joshua kam langsam herunter; dann aber setzte er mit einem Sprung über das Mäuerchen und rannte aus Leibeskräften auf die Kartoffelfelder zu.

Niemand setzte ihm nach, und meinem fragenden Blick hielten sie ungerührt stand. Es war der alte Green, der mich bei der Schulter nahm und erzählte, Joshua sei schon länger einem Wahn verfallen, seit mehr als einem Jahr. Ihn zu verfolgen habe keinen Zweck; es komme ihm keiner hinterher, er klettere die unzugänglichsten Stellen hoch, auf die sich keiner von ihnen mehr wagte. Nach ein, zwei Tagen jedoch treibe ihn die Kälte wieder ins Dorf zurück, wo er sich dann leicht einfangen lasse.

So war es. Greens Frau holte mich; Joshua sei beim alten Hagan. Ich nahm die Zwangsjacke mit, die ich aus starkem Segeltuch hatte nähen lassen, feste Bänder an den Ärmeln; recht verschnürt, würde es ihm schwerfallen, sich davon frei zu machen. Es war das erste Mal, daß ich Hagans Haus wieder betrat. Rogers saß auf einer Kiste in der Ecke. Er schlotterte unter der Decke, die man ihm übergehängt hatte, sein Gesicht so hager und bleich im Dustern, daß es fiebrig zu leuchten schien. Niemand sprach ein Wort, Hagan trommelte mit den Fingern auf dem Tisch herum, die schwere Jacke in Händen, kam ich mir als Eindringling vor, und ich hätte am liebsten wieder kehrtgemacht.

Da trat Marah ins Zimmer. Ihre Augen, die Wangen, der Mund, das schwarze Haar auf ihren Schultern, sie stiegen mir beim ersten Blick auf sie gleichsam aus innerster Tiefe auf und setzten sich wieder zu ihrem vertrauten Antlitz zusammen. Daß ich etwas zu ihr sagte, schien sie nicht zu hören, die weißen Zähne auf die Unterlippe gepreßt. Ich stand reglos da, auf ein Zeichen wartend. Sie stellte sich vor mich, nahm den Kragen meines Gehrocks zwischen ihre Finger und fuhr daran auf und ab. Wie gegen meinen Willen begann ich zu lächeln. Ja; bleib, bleib; ich muß Dir alles erzählen ... sagte sie, flüsternd fast. Ich stammelte etwas heraus und sah Selina aus der Küche zu mir herschauen. Marah trat schnell zurück, zurück in den Raum, neben Rogers.

In der Erinnerung eines jeden Mannes gibt es Dinge, die er nur seinem besten Freund und Bruder offenbaren will. Und dann wieder gibt es welche, die man sogar sich selbst zu bekennen scheut, und noch ein ehrlicher Mensch verschließt eine ganze Anzahl von ihnen in seinem so falschen Herzen; je anständiger und ehrbarer er ist, desto mehr davon nennt er sein eigen, nicht wahr, Charles? Ich sah Marah sich über eine Bettstatt bücken, die dort stand, und sich wieder zu mir wenden, ein Wickelkind in den Armen. Der Schreck, der mich durchfuhr, war unsäglich.

Das Herz hat so viele Ritzen, in denen blutleere Eitelkeit sich verbirgt, so viele Risse, durch die die Falschheit dringt, es schlägt bis zuletzt vor lauterster Scheinheiligkeit, nur um sich über sich selbst hinwegzutäuschen. Sieht man in sich hinein, zeigt man sich darin so großherzig wie kleinmütig; in immer wieder neuer Widersprüchlichkeit: scheu, aufbrausend, keusch; gesprächig und schweigsam; hart, kränklich, klug und dumpf, brütend, gewalttätig und freundlich, lügnerisch, wahrheitsliebend und dumm; armselig und verschwenderisch – ich trage von allem etwas in mir und kann es doch nicht auseinanderhalten.

Und plötzlich stehen mir dabei die Gesichter all der verschollenen Männer vor Augen, als prüften sie mich mit ihren toten Blicken, sie, die ich zuvor kaum je als Personen wahrgenommen hatte, weil sie keine eigene Geschichte besaßen, nur die ihrer Insel; Jacob, Jeremiah und William Green, Joseph, William Henry, Charles und Andrew Hagan junior; die jungen William Peter und John Alexander Green; der eitle Plapperaffe Swain und Thomas Glass, der mich auf die Südspitze der Insel mitnahm, zum Stony Hill, eine grob versteinerte Blase, scharfkantig schwarze Lavablöcke, über die wir hinaufstiegen, um in den Krater zu sehen, der kaum älter als ein paar hundert Jahre sein konnte, bloß Flechten und Moos hatten sich bis jetzt am Gestein festsetzen können. Rund um ihn aber hatte sein Vater Apfelbäume gepflanzt, inzwischen verwilderte, ein Hain aus urvordenklicher Zeit, aus dem Geröll wachsend. Es muß auf dieser Bootsfahrt gewesen sein, als wir beim Sammeln der galligen Früchte Pause machten und das mitgebrachte Essen verzehrten, daß Joshua mir von seiner Liebe zu Marah erzählte, wissen wollte, wie man als Christ die Liebe, wo sie sich doch nur auf den Leib richtet, als wahr erkennt, ich aber bloß halbherzige Worte für ihn fand.

Ja, vor allem Anfang steht Täuschung und Betrug. Auch Adam, beschämt über seine Tat, versuchte Gott zu täuschen und versteckte sich mit Eva im hüfthohen Gras. Entdeckt und entlarvt dann, gestand er den Bruch seines Versprechens ein, nicht an verbotene Früchte zu rühren, gab ihr die Schuld. Sie wiederum zeigte mit anklagendem Finger auf die Schlange, die sie getäuscht und überredet hatte, von der Frucht zu kosten. Denn was hatte die Schlange zu Eva gesagt: daß die Drohung Gottes nur Täuschung sein konnte, sie an der Frucht nicht sterben, sondern ihnen ganz im Gegenteil die Augen geöffnet und sie Gott gleich werden würden, wie Er dann fähig, Gut und Böse zu erkennen. Und ja, die Schlange war ehrlicher als Gott, ja, sie hatte nicht gelogen, die Schlange hatte als einzige die Wahrheit gesagt.

Dies sich einzugestehen ist Blasphemie. Ich wehrte mich gegen diese Einsicht. Dennoch verloren von da an all meine Sorgen und Hoffnungen an Bedeutung. Der Melancholie meines immer teilnahmsloser werdenden Blickes erschien das Tun und Treiben der Menschen hier auf ihrer Insel einem Schwarm Fliegen gleich, die sich um am Ufer verdorrende Algenfetzen stritten. *Sub specie aeternitatis* ist das Leben kein Leben mehr, nur lärmender Tumult ohne Sinn und Zweck, tierisch. Mich selbst verleugnend, des angestrengten Guten wegen, wurde aus dem anfänglich Tragischen schlechtes Theater und schließlich eine billige Farce, Schall und Rauch. Ich warf nicht einmal einen Schatten mehr. Je weiter ich mich von mir selbst entfernte, in meiner so angestrengten Bedürfnislosigkeit, dieser christlichen Selbstverleugnung, die nichts als Selbsttäuschung war, desto mehr mußte ich feststellen, daß ich nicht zu ihnen gehörte, nicht einmal mehr gehören wollte, weil ich sie verabscheute.

Doch mit dieser in allem gefühlten Abscheu wuchsen die Begierden meiner reinen Sehnsucht; darauf, was sich mir wieder und wieder entzog. Gott nahe zu sein. Ihn in dem wiederzuerkennen, was mich umgab; einen Abglanz Seiner in den Menschen wiederzufinden; Seine Nähe zu spüren, indem ich allein durch sie lebte, ihr Leben zu meinem machte, vorbehaltlos. Alles körperliche Wohlbefinden ignorierte, um mit ihnen zu leben an diesem abgeschiedensten Ort der Welt. Dennoch aber bleibt es der Leib, der den Menschen daran hindert, sich Gott gleich zu fühlen; der Unterleib. Wußte ich es nicht längst schon? Aber das ist unerheblich jetzt. Es war mein Kind. Und Marah hat es, Charles, sicherlich unwissentlich, nach unserer alten Gouvernante benannt.

ES IST EIN LANGER, ZERQUÄLTER BRIEF, den ich Dir seit Wochen schreibe, ohne daß ich weiß, wie ihn beenden. Draußen brandet der Atlantik stürmisch an die Ufer, daß jede Welle widerhallt und das salzverkrustete Glasfenster, mein wertvollster Besitz hier, in seinem Rahmen zittert, jeder dumpfe Schlag bei der Niederschrift spürbar am Handgelenk, als führte er meine Feder – ja, vielleicht glaubte ich wirklich einmal, über Wasser gehen zu können, als ich auf diese Insel kam, den Ort gefunden zu haben, wo sich alle Wirbel und Unterströmungen einem natürlichen Fluß fügten, so selbstverständlich würden wie Ebbe und Flut, die den Lauf der Dinge beherrschten und das Leben damit. Daß in ihrer Abgeschiedenheit von der Welt die Menschen von allem Unnatürlichen befreit wären, daß sie dann wären, was sie sind, weil Falschheit, Täuschung und Tücke den Elementen doch nicht standhalten könnten. Doch es ist, als ob der Wind, der über die steifen Borsten des Tussok kommt und die Grashorste beutelt und zu Boden drückt, einem auch die Seele aus dem Leib bläst. Daß all der schlammige Morast zum Vorschein kommt, braun wie die Dünung, die sich in einer fleckig weißen Gischt an den Felsen unten bricht und, in Schlieren zerrissen, hinaufgeweht wird. Nightingale, Inaccessible, Middle und Stoltenhoff unsichtbar draußen, jenseits der grauen Wolkenwand. Wir glauben an all das Schöne, solange es unerreichbar scheint, bis wir dann am Ende sehen, daß es nur tote, unwirtlich nackte Klippen waren, die uns vor Augen standen. Und trotz dieses Wissens bleibt es uns versagt, eine Mitte in diesem unsteten Hin-und-her-Gerissenen zu finden.

Marah, Marah. Wie schön schien sie mir, als ich sie damals hinter den Häusern allein am Wasser sah; als fiele alle Blindheit ab von mir. Sie ruhte in sich selbst, als wüßte sie gar nicht um sich, jede einzelne ihrer Bewegungen von etwas getragen, das gedankenlos war, klar, eins mit allem, hier und jetzt, die Geste, mit der sie ihr nasses langes Haar unter dem Kopftuch barg, wie sie sich von ihren Knien aufrichtete und ging, als sähe sich jeder Moment dieses Tages in ihr verkörpert und kenne keine Vergangenheit mehr, und sie auf mich zuschritt, offenen Blicks, ihre Wangen hell wie der Wind, der an ihren Röcken zog, die Augen blau unter ihren schwarzen Brauen, als bliebe ihnen nichts verborgen, nähme sie mich, in allem, was ich bin, wahr und an, ohne zu zögern. Ihre Stimme so weich bei jedem Wort. So lange, bis ich sie berührte. Wir uns; dieses eine Mal.

Doch nun finde ich nichts davon wieder. Zuerst war es nur ihr Geruch, der sich trübte, an ihren Kleidern zu haften schien, aber dunkler wurde auf ihrer Haut, wenn ich über sie streifte, bitterer als Schweiß, schal und und erdig am Gaumen, trocken wie geronnenes Blut, als hätte ich mir tief auf die Zunge gebissen. Er rief einen anfangs noch unmerklichen Widerwillen in mir wach, den ich mir nicht eingestand, ja, mich zwang, ihn zu verdrängen; aber sank tiefer und tiefer ein und breitete sich in mir aus, daß ich meinte, innerlich zu Stein zu werden. Ich roch ihn gleichsam wie eine brackige See, schmeckte ihn im Mund, modrig und morsch. Manchmal, selbst wenn wir uns nur in der Schule vor den Kindern trafen, gleich wie kurz und belanglos es auch war, spürte ich ihn ansteigen, überkam er mich wie eine Welle, daß ich unwillkürlich den Atem anhielt, mich abwandte und wartete, bis dieser Anfall wieder vorüber war.

Was die Eigenart ihrer Schönheit einmal für mich bestimmte, verlor sich nach und nach wie an einem Bild, dem man zu nahe tritt; die Konturen wurden grob, ihre großen Augen unförmig, das Blau darin zu dünn, fast farblos, die Wangen wie ausgezehrt, und immer wieder richtete sich mein Blick auf ihre schwieligen Knöchel, die am Gelenk angeschwollenen Adern, eine gleichsam von frühzeitigem Altern gezeichnete Hand, und wieder die Knöchel, weiß unter einer hart-braunen Haut, wenn sie meine Hand in ihre preßte, und ich hielt diese unerklärliche plötzliche Enge in mir nicht mehr aus, ich sah bloß noch den Makel in ihrem Gesicht, verachtete mich selbst dafür und konnte diesem immer stärker werdenden Ekel doch nicht Herr werden, ertrug es kaum noch, sie anzuschauen, hielt es immer weniger aus, mit ihr überhaupt noch zu reden, fand nur mehr brüske Worte, schützte Teilnahmslosigkeit vor, wo ich innerlich bloß Abscheu empfand. Vor ihr ebenso wie vor mir.

Daß es sie kränkte, mehr noch: schmerzte, merkte ich und haßte mich um so mehr dafür, weil ich ihre keine Erklärung geben konnte, für das, was auch mir selbst unverständlich blieb, ich wurde immer unverständiger; und ja, Charles, ich benützte den ersten Vorwand, um sie zurückzustoßen, ich strafte sie mit Kälte und hätte doch selbst dafür büßen sollen, und machte mir vor, ich müßte ihrer religiösen Schwärmerei Einhalt gebieten, doch vielleicht verfiel sie auf diese nur, um mich überhaupt noch zu erreichen. Vielleicht versuchte sie nur all das auf ihre Weise in Worte zu fassen, was sie an mir wahrnahm. Aber ich sank nur weiter, als wäre ich in Starre verfallen, die Wasser schlugen über mir zusammen, über der ganzen Insel, den Häusern und Äckern. Und der Wind reißt an den Läden und morgen wieder und übermorgen, und die Gischt stiebt gegen mein Fenster, als würde es schneien und könnte alles zudecken unter einer glitzernden Schicht, das Weiß des Himmels wie verfangen in Sträuchern und Fels.

Wir sind nichts als Treibgut, den Gezeiten ausgeliefert, und jede Flut bringt ihren dunklen Strom aus einer unergründlichen Tiefe. Gewiß, um bei diesem Bild zu bleiben, zwischen Ebbe und Flut ist hier nur ein schmales Band, der Unterschied kaum merklich und die Ufer schmal. Hieß es nicht lange genug von dieser Insel, daß ihre Bewohner beim Nahen eines Schiffes oft falsche Signalfeuer setzten, um es an den Riffen zerschellen zu lassen und so seiner Ladung habhaft zu werden? Als wäre schon allein ein Schiff Versprechen eines Paradieses, das stets hinter der Kimm liegt. Doch was von dort angetrieben wird, ist faul, vollgesogen und von Muscheln zerbohrt, weil es Gott weiß wie lange im Meer trieb.

Ich machte mit Benjamin die Runde, um Strandgut aufzulesen; er hatte seinen Hund abgerichtet, hinauszuschwimmen und noch das kleinste in den Wellen dümpelnde Trumm Holz zu apportieren. Jedes Stück, das er fand, hieb er gegen einen Stein, um zu hören, ob es einen ›gesunden‹ Klang hatte, und legte es dann zu dem kleinen Haufen, den wir angesammelt hatten. Aufmuntern wollte ich ihn, indem ich davon erzählte, daß es vielleicht bald eine Möglichkeit gäbe, die Insel zu verlassen und ein neues Leben anzufangen, am Kap oder irgendwo in England. Er ging gar nicht darauf ein.

Statt dessen begann er, auf den alten Green zu schimpfen. Er habe nichts getan, um die Sache ins reine zu bringen, sagte er und musterte mich dabei von oben bis unten. Und auf die Rettungsgeschichte mit der *Mabel Clark* anspielend, meinte er schnaubend, Green habe noch nie eine Seele gerettet, aber ausgerechnet er hielte sich für den Gouverneur hier; dabei tue er nichts, als trinken wie ein Fisch. Benjamin nannte es nur ein Beispiel von Greens Dummheit und Einbildung, er fuchtelte zornig mit seinen verkrüppelten Händen; in dieser Gemeinschaft hier wird jeder, der sein Haupt über die Menge erheben will, schnell auf seine ihm zustehende Größe zurückgestutzt: auf das Maß seiner Sünden. Aber selbst dann, wenn das, was er mir daraufhin erzählte, wahr ist, hielt man es wahrscheinlich nur für einen guten Witz. Nur, kurz nachdem ich nach England zurückgekehrt war, sagte Benjamin verächtlich, seien sie nämlich von einem Schiff zurückgerudert. Und Green, stockbetrunken von zuviel Grog mit dem Kapitän, beschloß, über die Wellen zurück nach Hause zu marschieren. Wenn Petrus – wie er sich ausdrückte – es könne und der ehrenwerte Reverend Dodgson sowieso, dann müsse er doch ebenfalls über die Wellen wandeln können. Also stieg er über die Bordkante und wäre beinah ertrunken; er kann ja nicht einmal schwimmen.

Und dann sagte Benjamin mir ohne jede Vorwarnung ins Gesicht, daß Marahs Kind nicht von mir ist. Daß Joshua Rogers darüber verrückt geworden sei. Daß der aber dachte, es wäre seines, bis Marah ihm das Gegenteil eröffnete. Daß er Marah trotzdem für sich begehrte. Daß sie ihn jedoch von sich stieß; sich ihm verweigerte. Doch was daran soll ich, kann ich ihm glauben?

WAS ICH IM STILLEN vergeblich auszusprechen versuche, vermag ich allein auf Papier zu bringen; selbst an den einfachsten Dingen stottere ich herum, ersticke daran fast. Welche Erlösung, könnte ich es nur über die Lippen bringen! Das aber bleibt mir versagt, ach Marah, mein Kind: all meine Qual ist mir nun Fleisch geworden. Und aus der Lust Ekel.

Seinen Geschmack habe ich im Mund, seit der Zeit im Internat; das ›Lamm-Gottes-Singen‹, nannte man es dort. Sie holten mich mitten aus dem Schlaf und schleiften mich in einen kleinen, leeren Saal, wie sie es mit jedem Neuen taten. Die Älteren saßen auf einem Bett, eine Bank von Richtern, vor die ich gestoßen wurde. Auf dem Tisch vor ihnen zwei Kerzen in zinnernen Haltern auf einem verdreckten Laken als Altar, vor dem man niederzuknien hatte; dann wurde einem befohlen, ein Gebet aufzusagen. Keinen Ton brachte ich heraus, die Stimme brach schon bei der ersten Silbe, krächzend, der Mund verkrampft und alle Muskeln hart. Das hielt sie nicht davon ab, unter Gröhlen und Plärren das *Rule Britannia* anzustimmen, mich zugleich zwingend, ein Glas auszutrinken, in dem sie Zahnpulver, Salz und Senf mit Pisse vermischt hatten. Damit nicht genug, selbst bei Tag kamen sie in mein Studierzimmer, wo sie alles auf den Kopf stellten und mich zwangen, ihnen die schrecklichsten Obszönitäten nachzusprechen, als verstünden sie ihre Bedeutung schon, um sich an meinem unsäglichen Stottern zu ergötzen und mich dann diese Worte büßen zu lassen, mit allem Einfallsreichtum, den Knaben besitzen. Balbus, Balbus war der Name, den sie mir gaben, um mich zu verspotten.

Für mich jedoch verband sich dieser Unflat fortan mit einer seltsamen Begehrlichkeit, die die bloßen Phantasien eines Schuljungen überstieg. Das Verbot alles Fleischlichen verschwisterte sich darin mit der Ohnmacht, diese Begierde artikulieren zu können – und der Undenkbarkeit, sie beichten zu können. Für Dich war es wohl einfacher. Wie schriebst Du mir in einem Deiner Briefe, Robertsons Lesung der Paulus-Briefe zitierend: *Wenn ein Mann sich von sündigen Begierden und unheiligen Bildern verfolgt fühlt, so soll er Absätze aus der Heiligen Schrift auswendig lernen und darin Erfüllung finden, um sie sich zu wiederholen, wenn er wach liegt in wieder einer schlaflosen Nacht.*

Doch damals wie jetzt verschloß sich mir die Kraft des Gebets; schlimmer noch, seit der Zeit im College wurde es mir ebenso verwerflich und abscheulich wie das, was ich über mich ergehen lassen mußte. Das Unaussprechliche und das Unerhörte jeden Gebetes, sie wurden mir eins: Inbrunst. Und sie entzogen mir dadurch nicht nur den natürlichen Zugang zum Geschlechtlichen ebenso wie zum Heiligen, verkehrten es und machten ein und dasselbe daraus, sondern entzogen mich dabei auch mir selbst. Was sich in mir an niederen Trieben äußerte, paarte sich so mit dem Hohen und Hehren; und die Worte, die ich nicht zu artikulieren verstand, sie hatten an beidem teil. An der Obszönität des Heiligen.

Häßlich bin ich an Leib und Angesicht, der Kopf zu lang, die Kiefer groß, die Augen klein und durchdringend, der Hals kurz und der Rücken bucklig; ach Herr, öffne mir die Brust und löse den Knoten auf meiner Zunge, auf daß sie mein Gestammel verstehen mögen. Und der Herr sprach allein mit Moses und legte ihm seine Worte in den Mund – welch ein Glück liegt schon allein darin, Namen für etwas zu haben, sie laut aussprechen zu können; sie bannen und machen vieles gut, weil sie es menschlich werden lassen: das ist ihre Form der Erlösung. Mir aber ist es unerlangbar geworden.

Du trägst am selben Kreuz, aber Du hast wenigstens das Schreiben und Deine über alles geliebte Mathematik, deren beider Formeln Dich, wie Du sagst, wieder zu Atem kommen lassen. Warum ich mir keine Frau nehme, hast Du gefragt, in diesem langen Gespräch am Abend vor meiner Einschiffung – erinnerst Du Dich noch, Charles, ausgerechnet Du, der Du doch bloß das zu lieben vermagst, was in seiner scheinbar unschuldigen Kindlichkeit einem den Abglanz dieses Makellosen und Vollkommenen vorspiegelt?

Ich antwortete Dir, daß es eine Unzahl von Menschen gebe, die nicht wüßten, was Liebe ist, wenn sie nicht andere darüber reden, erzählen, jammern, fluchen und schwärmen gehört hätten. Wenn sie nicht das Wort dafür hätten. Daß ich die Weihe empfing, entsprang meinerseits wohl nur dem Wunsch, einen Begriff dafür in der Religion zu finden. Denn sie bietet uns Schemen, denen wir mit aller unserer Macht Gestalt zu leihen verhoffen,

Schemen des Makellosen und Vollkommenen, denen wir ausgesetzt sind – ja, ausgesetzt. Und voll Vertrauen schickte ich mich darin, und zum ersten Mal schien alles möglich.

Jugendträume, ja, ein Anfang, die Verheißung alles scheinbar unverdorben Natürlichen – sie glaubte ich mit Tristan da Cunha, dieser einsamsten aller Inseln, gefunden zu haben, einem Ort, wo sich das Gute im Menschen verwirklichen kann, unverbildet und unbeeinflußt von den Läuften der Zeit. Als wäre die Ferne von den Menschen schon Nähe zu Gott. Und alles Heilige stets eine Insel: Die ausweglose Weite der See verleiht ihr eine Bedeutung, die über einen kahlen Fels im Meer hinausreicht; naht man ihr, wirkt sie darin nicht verloren, sondern nimmt mehr und mehr den Horizont ein, von Vögeln umzirkelt, unumschränkt wie das Versprechen eines Landfalls. Das gleißend dunkle Meer macht sie dazu; so unversöhnlich sie von ihm umbrandet wird, so unerbittlich widersetzt sie sich ihm; aus seinen Wellen aufragend, ein Sinnbild des Uraktes der Schöpfung, scheint sie sich zugleich über sie hinauszuheben, um sie an ihren Schroffen wieder vor allen Anfang zurückzuwerfen. Inmitten der See widerstrebt sie der zerstörerischen Macht, die jeder Schöpfungsgewalt eignet, und ist zugleich nur ein Ufer ihr. Sie widersteht ihr wie das Leben dem Tod und ist zugleich doch umschlossen von ihm, Klippe um Klippe eine Gestalt gewordene Auflehnung, aus dem sie als Berg aufragt, ihr Gipfel ein Symbol der Erlösung und zu erlangender Ewigkeit; all das birgt sie in sich wie ein steinerner Schrein.

ALS ICH FRÜHMORGENS zur Bucht hinunterging, wo mein Taufbecken damals unversehrt angeschwemmt worden war, lag die Nacht noch klamm über allem. Nach und nach aber hob sich das Riff des Hillpiece Hardy Rocks aus dem Grau des Seenebels, hob sich aschgrau ab vom kohlschwarzen Morgen, Nebel so schwer und hoch um die Insel, vom Wind gebläht, daß die Wellen an ihm wie an einem Vorhang entlang vom Himmel hinabzugleiten schienen. Es wurde nur zögerlich heller, das Licht drang kaum durch, und vor diesem rußfarben anbrechenden Tag sah ich Ranunkeln zwischen den Grasnarben wachsen und weiß werden wie Lilien in einem Feld, dunkle Vögel geduckt zwischen den Büheln, Rinder in ihrem Schlaf, und dann erschienen mir diese Blumen purpurn, gleichsam von innen heraus. Die beiden Kuppen des Hillpiece begannen sich merklich zu röten, eine beinahe unsichtbare Glut, in der sie aufleuchteten wie Räucherpfannen, hoch wie Jachin und Boas, die Feueraltäre der bronzenen Säulen vor Salomos Tempel, und vor mir lag das biblisch eherne Meer, all die Wellen eingefaßt in einem Kessel, wie bestimmt für die Waschungen eines Priesters. Und ich sah Marahs lang herabfließendes Haar, und ich legte meine Hände darauf, das Wasser zerrann bitter zwischen meinen Fingern, ich sah die Menge uns umstehen, Joshua stumm anklagend in der Mitte, und Marahs Hüften waren schmal, ihr Bauch angeschwollen, und sie trank davon und blieb unversehrt, und ich murmelte die Worte aus dem Matthäusevangelium, daß das Leben mehr ist als die Nahrung und der Leib mehr als die Kleidung, und sah auf die Vögel, die schwarz waren wie Raben. Fast so etwas wie Trost überkam mich. Und Gott war im Gras.

ICH FINDE nur schwer noch in den Schlaf, erwache lange vor Sonnenaufgang. Nein: denn die Sonne geht hier nicht auf, sie steht höchstens an klaren Tagen mit einem Mal über dem Berg und dringt selbst dann kaum durch die Wolken, die sich an seinem Gipfel stauen. Und es wird auch nicht hell genug, die Welt ins Weite zu rücken; den größten Teil des Jahres herrscht ein nicht enden wollendes Morgengrauen, das sich nicht von einem Dunkel lösen kann, in dem alles noch ungeformt liegt, unerschaffen. In dieser Finsternis werde ich seit meiner Rückkehr wach; vom Sturm, laut und hohl im Kamin wie das Echo einer Stimme, die mit jedem Stoß zu sprechen anzusetzen scheint; vom Wind, der roh und zischelnd durch den Türspalt dringt und die kalte Asche in der Feuerstelle überall im Zimmer verteilt; vom Regen, der hart und klirrend gegen die Wände und aufs Dach prasselt.

Ich halte es nicht mehr in meiner Kammer aus; mich zieht es in das Dämmern der Bucht hinunter. Die See wie erkaltendes Erz, erstarrt in ihrer einen eintönigen endlosen Bewegung, der Nebel kaum je sich hebend, in Gischt nur zerrissen, wo der Himmel und sie einander begegnen, die Insel davon umschlossen, eine Welt in der Welt, der Berg, als begänne an ihm die übersatt salzige See sich auszufällen und lagerte sich rund um ihn in Dunstschwaden an, die nur an seltenen Tag die Sicht freigeben in der Langwierigkeit aller Schöpfung. Ich wünschte, ich wüßte, welches Gebet sprechen diesen kalten Stunden der Frühe, so öd und leer scheint dies Meer. Doch heute bei Tagesanbruch geschah etwas wie eine Wiederkunft. Nein. Und dennoch.

Derart rußig schwarz war die letzte Nacht, die am Berg noch überhing, die See blaugrau, aschgrau die Nebel, die sich wechselnd übereinander schoben, als mit einem Mal matt etwas

Metallisches darin aufglänzte und unfaßlich langsam zwischen ihnen herausglitt. Eine stahlschwarze Kante, senkrecht die stumpfe Fläche des Wassers schneidend, nur stückweise sichtbar in den Regenschleiern, vollkommen geräuschlos in diesem Tosen des Windes, ein naß-dunkler, gerade vorstehender Pfahl, ein eisengrauer Keil, an dem sich die Nebelwände spalteten – und sich ein Loch auftat, aufklaffte, gähnend rund, zyklopenhaft, und darüber etwas blutend Rotes, still immer noch, bis ich einen Laut zu vernehmen meinte, den eine Bö forttrug. Und wieder nichts, nur das Blaugrau der See, das Aschgrau des Nebels, ein Schwall Wasser, der sich an den Felsen brach, und dann Rauch, anthrazitfarben und herabgedrückt auf die Wellen, flüchtig wie die Nacht jetzt, Nebel, Nebel, und darin wieder für einen Augenblick ahnbar eine langgestreckt rechteckige Form, und in den Wolken deutlich ein Kreuz, kurz, aber wie eingestochen, und trotzdem die Augen täuschend, die in den Rissen zwischen Wolken und Wind etwas unförmig Großes wahrzunehmen glaubten, fast den Blick ausfüllend, eine Wand aus Erz, an der die Regen abrannen, immer grauer, dichte Dunstschleier. Und wieder das stählerne Schwarz einer Kante, die die Wellen teilte, eine im Grau auslaufende See; ein schwarzes rundes Auge im Dunkelgrau des Morgens dann, das sofort wieder verschluckt wurde. Und während ich da stand, ohne wirklich zu sehen, las ich in den zerrissenen, milchig dunklen Nebelschwaden, kreidig und gerade groß genug im Hellen: *Alba* ... und ein durchdringend tiefer Ton grollte auf, als wäre etwas Hohles dröhnend mit dem Firmament kollidiert.

Der Ton kam als breiter Schwall durch den Regen, er überlagerte noch den Wind; schmerzhaft laut wie ein riesiges Nebelhorn schreckte er die Menschen aus ihren Häusern. Der alte Hagan war der erste, der neben mir stand, seine unruhigen, kleinen Augen fragend auf mich gerichtet. An seiner Seite Selina, und dann war Marah hinter mir, wie selbstverständlich, zum Schutz vor dem Wind fast an meinen Rücken gelehnt. Sie schrie mir etwas ins Ohr, das ich nur halb verstand, aber bevor ich antworten konnte, waren wir von den anderen umringt, die ebenfalls auf mich einbrüllten. Benjamin lief stolpernd die Bucht ab, aber es war nichts zu sehen, die Schwaden von Regen zu dicht hintereinander landeinwärts ziehend. Wir hielten nicht lange mehr aus, und dennoch stellte sich zwischen Marah und mir plötzlich wieder eine Innigkeit ein, an die ich nicht mehr geglaubt hätte und die ich auch nicht verstand, so verwirrt hatte mich das, von dem ich nicht einmal sagen konnte, daß ich es überhaupt gesehen hatte. Zurück im Dorf, sah ich Joshua in der Tür stehen.

Was ich gesehen hatte, konnte ich nicht greifen, zu verschwommen waren die Eindrücke, wie ein schlecht fixiertes Negativ, auf dem in diesem silbrigen Nitrat des Nebels, dem Collodium der Wolken, nur teilweise Umrisse zu erkennen waren, den Geisterphotographien Crookes gleich, ein Phantasma von etwas Totem, das sich materialisierte, ein fragmentiert Körperhaftes, als manifestierte sich eine unsichtbare Macht, die in ihren unfaßlich kalten Bruchstücken nur um so gewaltiger wirkte; die Eucharestie des Meeres. Gott. Und Seine Gewalt. Als hätte ich ihn mir im tiefsten Inneren so vorgestellt. Selbst jetzt, wo ich diese Zeilen niederschreibe, um diese illusorischen Minuten festzuhalten, haften sie mir immer noch ebenso furchteinflößend wie ehrfurchtgebietend im Gedächtnis. Dem Majestätischen gilt unsere Sehnsucht für immer. Doch es beschränkt sich auf den Augenblick. Und verwandelt sich dann, unabhängig von dem, was sich uns an Hohem offenbart hat, stets in das Niedrige, das wir sind.

DAS WETTER KLARTE am Vormittag erst auf, der Nebel hob sich. Ich saß am Entwurf einer Predigt, als ich hörte, wie sich die Menschen vor meiner Tür versammelten, unruhig durcheinanderredend. Sie schickten Peter Green vor. Ein Schiff liege vor Anker, sagte er, und ein Beiboot hielt mit uniformierten Männern auf die Insel zu; ein Kriegsschiff; und Engländer wären es keine, Fremde; und da wäre ich wohl die geeignetere Ansprechsperson. Ich brachte die Nachricht nicht gleich mit dem in Verbindung, was uns zuvor zu reden gegeben hatte. Einmal draußen vor dem Haus, aber verstand ich sofort.

Die Korvette lag ungewöhnlich nahe vor der Insel, ein schwarzer Koloß auf dem bleigrauen Meer, dicker Rauch aus zwei Schloten, Aufbauten, die Mannschaften angetreten an Deck, Geschütztürme, eine Flagge – ein heller Streifen vor rotem Hintergrund – die ich nicht identifizieren konnte, und ein gerader, schlanker Bug, auf dem in weißen Lettern *S.M.S. Albatros* zu entziffern war. Da war das Beiboot bereits ans Ufer gezogen, und eine Kompagnie Soldaten in blauen und goldbetreßten Uniformen, die den unseren zum Verwechseln ähnlich sahen, marschierte geschlossen auf die Siedlung zu. Schließlich stellte sich der Kapitän in gebrochenem Englisch vor; es war ein österreichisches Schiff. Nervös folgte ich seinen Ausführungen und drehte mich schließlich zu Green um: Nein, es war nirgendwo ein Krieg ausgebrochen, worauf sich die Situation schlagartig entspannte und wir die Abordnung ins Government House baten.

Der Kapitän, Gustav Semsey de Seinse mit Namen, verstand es, Konversation zu machen; die Frauen bewirteten die Matrosen und hatten ihre Sachen zum Tauschen geholt, und eine ausgelassene Stimmung machte sich breit. Wir standen in einer Ecke, das Gespräch mit ihm überließ man mir, und soviel ich von seinen Ausführungen zunächst verstand, ging es bei seiner Mission um die ›Wahrung und Anknüpfung handelspolitischer Beziehungen‹ und um Meereserkundungen im weitesten Sinne; zu diesem Behufe waren Wissenschaftler an Bord. An die erst unlängst abgeschlossene Expedition der *Challenger* anknüpfend, waren sie für Dredschzüge bis zu 20 000 Fuß eingerichtet und hatten Hunderte von Wasser- und Sedimentproben gesammelt, um zu erforschen, ob es Leben in der Tiefe des Ozeans gab.

Die chemische Zusammensetzung des Meerwassers, die darin vorkommenden Salze und das Verhältnis ihrer Lösung, sagte er, sei der des Blutes merkwürdig ähnlich. Der einzige meßbare Unterschied sei nur, daß unser Blut dreimal weniger salzhaltig ist als das Meer; die Geologen bräuchten also nur zurückzurechnen, wann das Weltmeer gleich salzig wie das Blut war, und dann wüßte man, wann alles Leben auf der Erde entstanden und sich die Kontinente aus seinen Abgründen erhoben hätten, in denen sich der Tiefseeschlick, den sie nun mit ihren Loten heraufholten, sich über die Jahrtausende verdickte und durch den Meeresdruck so zusammengedrückt wurde, daß die ozeanischen Becken emporwuchsen, zu Inseln erst und dann zu Kontinenten. Und mit jedem seiner Sätze hörte ich die Ozeanographen weiter die Sintflut leugnen und die Erde älter werden als Gott und hörte das Hämmern der Geologen, ihr Klopfen im Ausklang jedes Bibelverses.

Das Leben selbst war diesen Forschungen zufolge nichts als nur ein elektrisches Phänomen: An Bord der *Albatros* hatten Semseys Wissenschaftler Eimer aus dem phosphoreszierenden Meer gezogen, in denen sich dieses Glimmen hielt; standen sie jedoch eine Weile, wurde es bald schwächer. Ob dies nun von der großen Menge im Wasser gelöster, verwesender tierischer Materie herrührte, die sich auflud, oder bereits von winzigen Lebewesen und ihren Sinnesorganen, führte er aufs spannendste aus. Schüttete man das Wasser dann über Deck, brach abermals ein Flammenstrom aus, scheinbar verursacht durch die erneute Aufrüttelung des Elements, und sogar in den Dauben des Eimers hielten sich hartnäckig Funken, daß er innerlich zu schwelen schien.

In größerer Tiefe jedoch war der Urschleim, den sie mit ihren Lotspeisen heraufzogen, gallertartig weiß und bloß noch unter dem Mikroskop erkennbar, als ob das Meerwasser mit zunehmendem Druck immer fester wird, bis ein Punkt erreicht ist, unter den ein Gegenstand nicht mehr sinken kann. Wenn dies wahr ist, dann gibt es in den Tiefen des Ozeans Sohlen, auf denen sich die Dinge ihrem Gewicht entsprechend ansammeln und schwerelos dahintreiben, lange bevor sie den Grund erreichen.

Ich mußte an die Männer denken, die, von der Sonne und der Kälte ausgedörrt, in ihrem Boot dahintrieben, bis der erste Seegang es zum Kentern brachte und sie in die Tiefe sacken ließ, aufquellende Kadaver nun, die über dem Abgrund verharrten, je nach ihrer Korpulenz, den Kleidern, die sie am Leib trugen, dem Gewicht ihrer Sünden, sich sanft in einem unendlich langsamen unterseeischen Gezeitenstrom wiegend, zeitlos in Schwebe verharrend, in einem vollkommenen lichtlosen Dunkel, ein unseren Augen für immer entzogenes Purgatorium. Und Gott, der über diese Tiefen keine Gewalt hat.

Semsey riß mich aus meinen Gedanken und versuchte, mich über die politische Lage der Insel auszuhorchen. Ob wir eine englische Kolonie wären? Auf seinen Karten wäre davon nichts verzeichnet ... Hellhörig geworden, forschte ich ihn nun seinerseits aus, was er mit der ›Wahrung handelspolitischer Beziehungen‹ gemeint hatte. Und er berichtete für mich ganz und gar Überraschendes, von österreichischen Kolonialsiedlungen an der Südostküste Afrikas, der indischen Malabarküste und den Nikobaren, die ehedem bestanden hatten. So kam er lächelnd auch auf Tristan da Cunha, das nach altem Recht *Isle de Brabant* heiße und nominell immer noch zu Österreich gehöre. Ich setzte ihn, wie es meine Pflicht war, von dem erst vor kurzem ergangenen Parlamentsbeschluß in Kenntnis, der Tristan zu britischem Besitz erklärte. Es setzte ihn kaum in Verwunderung; sehr diplomatisch versuchte er dennoch zu eruieren, ob wir uns diesem Beschluß fügen wollten; Österreich wäre die Lage dieser Insel einiges wert, fügte er vielversprechend hinzu. Ich meinerseits erzählte ihm von meinen nach wie vor existierenden Evakuierungsplänen, die stets daran scheiterten, daß sich unsere Seite hartnäckig weigerte, den Siedlern – selbst noch in der jetzigen prekären Lage – mit Geld für einen Neuanfang auszuhelfen. Ich schildere Dir dies deshalb so ausführlich, Charles, damit Du es bei Deinen Interventionen gegebenenfalls als Druckmittel anwenden kannst; die Details meines Gespräches mit Semsey werde ich Dir auf einem gesonderten Blatt beilegen.

DIE ANKUNFT DER KORVETTE war ein Hoffnungsschimmer für die Insel, und auch ich, von allem Grübeln abgelenkt, wurde wohl gelaunt wie selten. Zum Mahl dann auf dem Schiff eingeladen, sprach ich auch etwas dem Portwein zu und wurde fast ausgelassen bei Nacht zurückgerudert; für einen der nächsten Tage – der Kapitän wollte die Gelegenheit zum Drill seiner Besatzung nutzen – hatten wir ein Besteigung des Gipfels vereinbart, so es das Wetter erlaubte. Auch die anderen kehrten reich beschenkt zurück. Marah erwartete mich am Ufer, als wir zurückkamen. Hand in Hand, als wäre alles weitere nun plötzlich bedeutungslos geworden, gleichgültig, ob uns jemand sah, gingen wir zurück in ihr Haus. Kaum über der Schwelle, nahm sie das Kind aus der Bettstatt, wiegte es ein paarmal in ihren Armen und gab es dann vorsichtig in meine. Ich schreckte zuerst zurück, wußte auch nicht, wo es halten, wie, aber ich war glücklich, spürte die Röte in die Wangen steigen und war glücklich, glücklich, erleichtert wie nach einem überstandenen Schrecken, brach in ein beinahe hysterisches Lachen aus, was die kleine Martha zum Greinen brachte, daß Marah sie mir viel zu schnell wieder abnahm.

Wie süß roch ihre Haut, so rosig weiß, und alles an diesem kleinen Menschen schien mir Besinnung zu sein; ihr Lachen richtete sich auf nichts, war in sich selbst beschlossen, die Augen nahmen kaum meinen Finger wahr, hafteten nicht lange daran und sahen wieder in eine Ferne, in der alles sich zu einem schloß, nahe war. Es war noch kein Verlangen in ihnen, sie sehnten sich nach nichts, richteten sich allein auf ein Hier und Jetzt. Sie fand sich darin geborgen wie in einer Fruchtblase; für sie waren wir nicht mehr als Schatten in ihrem kleinen Gesichtskreis, leicht und gestaltlos beinahe, als könnte sie durch das neblige Grau sehen, das sie umgab, als hielte sie sich gar nicht erst mit den Dingen auf, sondern gewahrte den ungetrübten Himmel dahinter, während jede Stimme, die es vernahm, etwas Dunkles hatte, das sich um dieses Blau legte und es eintiefte, ruhiger noch als jede Stille.

Es ist etwas an Marthas augenscheinlicher Unschuld, das sich auch auf Marah überträgt. Die darauffolgenden Tage, nein Stunden, zog es mich immer wieder hin zu ihr und dem Kind. Ich riß mich von der Kirche los, sooft ich nur konnte, zumeist wenn Marah beim Unterricht war; Selina erwartete mich bereits bei der

Tür und setzte sich, wenn ich Martha hielt, in eine Ecke, um Wolle zu spinnen, bereit, sofort einzuschreiten, wenn sich die Kleine meldete.

Etwas wie Freundschaft war nun zwischen Marah und mir. Ich begehrte sie nicht mehr als Frau; alle derartigen Gefühle für sie waren in mir erstorben. Um so lieber sah ich nun die Mutter in ihr, und das erleichterte mich; frei von allem, was mich stets gehemmt hatte, konnte ich ihr nun begegnen. Und dennoch regten sich immer wieder Zweifel in mir, ob Martha wirklich mein Kind war, Zweifel, die ich zu verdrängen suchte, um dieses mir erwachsende lebendige Glück nicht zu gefährden; sie vor Marah zur Sprache zu bringen hieße auch, über mein Verhalten sprechen zu müssen, das in Worte zu fassen, von dem ich glaubte, daß es durch das Kind nun gleichsam aufgehoben war.

Wie dumm war es, dies zu glauben. Der kleine Benjamin – aber was sage ich klein; er war groß geworden in diesen kaum zwei Jahren meiner Abwesenheit, fast schon ein Mann, der sich mit seinen verkrüppelten Händen geschickt zu helfen wußte. Ein jeder nennt ihn nunmehr Ben; und als wäre die seit meiner Abreise vergangene Zeit faßbar geworden, schob sich das Alter zwischen uns. Hatte er bisher zu mir aufgeblickt und ich ihn wie einen Verbündeten auf der Insel gesehen, beinahe als Teil von mir, so erkaltete jetzt dieses Verhältnis zwischen uns merklich. Er kommt noch zum Unterricht, aber er besucht mich nicht mehr wie früher, wo er mir an den Lippen hing und nicht genug davon bekam, von der ›Welt draußen‹ zu erfahren. Als gehörte es nun zu seinem Mannsein, sich von mir zu distanzieren, wurde er schnippisch, ja scharfzüngig, beinahe boshaft. Es war erst gestern, daß er mich wieder aus der Reserve zu locken versuchte. Ich hatte den Kindern die Stelle von der jungfräulichen Empfängnis Mariä vorgelesen, als Ben herausplärrte, daß er schon wisse, weshalb man ›die Sache so gedreht habe‹; als ledige Mutter hätte man sie aus der Gemeinschaft verstoßen; und selbst wenn nicht, dann spätestens als Josef sah, daß es sich nicht um sein Kind handelte. Marah stand neben mir in der Klasse und wurde krebsrot, und ich, um nicht ins Stottern zu kommen, überging seine Bemerkung einfach und las weiter.

ICH DANKE DIR, mein lieber Charles, für die aufmunternden Zeilen und die guten Nachrichten betreffend der anstehenden Gründung eines ›Tristan Lifeboat Fund‹! Für Dich freut mich besonders, daß Deine *Alice* nun bald auf die Bühne kommen wird. Ich wünschte nur, ich könnte Dir ebenso mit Rat und Tat zur Seite stehen wie Du mir – aber Dein Leben ruht ja auf sicheren Bahnen, zumindest scheint es so, denn Du gibst kaum je etwas von Deinen Gefühlen preis, oder wenn, dann verlierst Du Dich in kryptischen Wortspielen, als verdiente ich Dein Vertrauen nicht. Dein Vorwurf, ich gäbe mich zu sehr meiner Passion hin – in welchem Sinn auch immer Du das gemeint haben magst – traf mich sehr. Du jedoch scheinst Dich wenig verändert zu haben, das jedenfalls lese ich aus den Abschriften Deiner Geschichten über *Sylvie und Bruno,* für die ich Dir herzlich danke. Daß sie für Kinder gedacht sind, kann man beim besten Willen nicht mehr behaupten, schon allein deshalb, weil Du alle Einwohner Tristans – aus dem Du den kleinen Fischerhafen Elveston gemacht hast – durch eine Epidemie umkommen und mich eines zwar pietätvoll priesterlichen, aber dabei vierfachen Todes sterben läßt, die Hände über dem Kreuz gefaltet.

Trotzdem ist noch zu spüren, daß Dir Deine Succubi nachts am Rande des Bettes stehen, um sich wie ein Alb auf Deine Brust zu setzen, und es nur das Tageslicht ist, das sie wieder verscheucht, die Bürde alles Unerfüllten, die Du nur erträgst, indem Du Deinen Begierden ausweichst, sie mit eiserner Kontrolle unter Deine moralische Gewalt bringen willst, sie ironisierst, ja, und glaubst, alles mit Witz und Gelächter überspielen zu können. Doch auch damit hast Du Dich nie in die Gesellschaft einfügen können: In den Augen unseres Vaters hast Du versagt, nicht geheiratet, Dich den Dogmen der Kirche nie ganz gebeugt, ein Sonderling, über den man flüstert und spottet. Das einzige, was uns unterscheidet, ist, daß Du geliebt hast und nicht zurückgeliebt wurdest, während ich nicht lieben kann.

Mein voriger Brief mag Dir vielleicht anderes vermittelt haben; gerade ist auch die österreichische Korvette nach einer Woche wieder zurück, und ich beeile mich, ihr noch diesen zweiten an Dich mitzugeben. Es mag sogar der erste sein, bei dem Du für das *Church Magazine* nicht alles wieder zum Erbaulichen umformulieren mußt, brauchbar, glaube ich, auch als Spendenaufruf für unseren Fonds. Zuvor aber muß ich Dir noch vom Sturmtaucher erzählen, einem Vogel, der aussieht wie der Dodo in der Illustration Deines Buches, von Nightingale und einer Insel, die ich bloß von Seekarten kenne.

Die *Albatros* war dort, zweihundert Meilen weiter südlich, auf Gough, eine unbewohnte Insel, einer Ultima Thule am Rande der antarktischen Gewässer gleich; daß von den Siedlern bloß der alte Hagan und Green einmal auf ihren Walfängern dort waren, zeigt schon, daß sie den Namen nicht auszusprechen wissen; je nachdem, mit wem man redet, sprechen sie es ›Goff‹, ›Gauh‹, ›Guh‹ oder ›Gach‹ aus. Eine Insel mit schieren Klippen und Wasserfällen, so beschrieb Semsey sie, eine Felsspitze ihr vorgelagert, wie der Glockenturm einer Kirche. Und Millionen von Vögeln darauf. Ein seltsam berührendes Bild.

Semsey hat uns nun angeboten, einen Teil der Siedler nach Nightingale überzusetzen. Die Albatrosse und Sturmtaucher brüten jetzt; es ist die Zeit, wo die Jungen gerade groß und speckig genug geworden sind, um übers Meer zu ziehen. Die jährliche Fahrt dorthin, um das ›Fett zu machen‹, mit dem die Siedler seit Jahrzehnten kochen, war stets auch ein gesellschaftliches Ereignis, vielleicht das wichtigste hier. Um Guano und Eier zu holen und die Vögel zu keulen, durfte jeder einen Helfer mitnehmen, meist seine Frau oder seine Verlobte, was eine richtiggehende Ausflugsstimmung aufkommen ließ. Um so trauriger, daß es jetzt ein Kriegsschiff sein muß, damit die Inselbewohner noch dorthin übersetzen können.

Was nun aber den Dodo betrifft, mit dem man Dich oft karikiert, so habe ich dazu von dem alten Hagan, mit dem ich mittlerweile wieder ganz gut bin, eine berührende Anekdote gehört. Einmal, so erzählte er, sei er auf der Fahrt nach Nightingale in eine Schule von Heringen geraten, die Wellen brodelnd vor schillernden Rücken, und die Sturmtaucher kamen mit angelegten Flügeln im Sturzflug herab, tauchten tief und schnappten manchmal drei, vier Fische auf einmal. Dann schoß einer an Mast und Segel vorbei, mit solch einer Wucht, daß sich sein Schnabel unter der Wasserlinie in die Planken bohrte. Wir waren Leck geschlagen und wären binnen Minuten untergegangen, sagte Hagan, der tote Vogel aber dichtete mit seinem Schnabel den Spalt ab und wir ließen ihn so, bis wir wieder zurück auf Tristan waren.

ICH ERINNERE MICH GUT an meine Fahrt dorthin, in dem Jahr, als ich nach England zurückmußte – es war eine der letzten; so bald wird, nach dem Verlust der Männer, niemand mehr dorthin segeln. Am Morgen, als es soweit war, versammelte sich das ganze Dorf am Ufer; jeder war damit beschäftigt, Ruder, Segel und Decken, Pötte, Pfannen und Essen hinabzutragen. Bald kamen auch die Frauen aus den Häusern, in neuen Kleidern, die sie eigens für diesen Anlaß angefertigt hatten; auch Marah war darunter, sie hatte sich hübsch hergerichtet, aber natürlich durfte sie es mir am wenigsten zeigen. Ein Langboot nach dem anderen wurde abgestoßen und über die Brecher gepaddelt; dann standen die Männer auf, brachen in ein dreifaches Hoch! aus und pullten an den Riemen, um ›in die Brise zu kommen‹. Ich saß in dem Boot, wo Joshua Rogers das Steuer hielt, Marah bei seinem alten Rivalen Jacob Green im zweiten.

Auf dieser Insel, wo die Menschen sich so aneinander angeglichen haben, daß sie kaum mehr zu unterscheiden sind, ist diese Bootsfahrt auch die eine Gelegenheit, bei der eine Besatzung sich offen mit der anderen mißt und die Männer sich untereinander beweisen können, daß sie ihr Salz wert sind, in den eigenen Augen und vor denen der anderen. Kaum waren wir über den Brandungsgürtel hinaus und hatten Segel gesetzt, begann auch schon das Wetteifern – doch ohne die eherne Regel zu brechen, daß der Sicherheit wegen die Boote auf See zusammenzubleiben haben, selbst wenn dies heißt, daß eines sein Segel reffen muß.

Es war ein klarer Tag, heiter wie diese tiefe Erregung, die die faltig gegerbten Züge der Männer löste, die glitzernd sich aufbauende Bugwelle, die an den Borden des schmalen Rumpfs aufspritzte, wenn er durchs Wasser schnitt und wir vor dem Wind liefen, Andrew Swain den ganzen Tag stumm neben mir auf der Ducht, konzentriert auf das geringste Knittern im Segel achtend, um es einzuholen, Thomas Glass an der Spitze, den Blick auf die Silhouette Nightingales fixiert, als könnte er allein dadurch das Boot auf Kurs halten: es war eine Erregung in ihnen, die alles andere auslöschte, so wie Zorn jede Furcht zu überwinden vermag und Ehrgeiz jede Scham, Reue und Trauer – eine Vehemenz, wo jedes Ich uneingeschränkt war von anderen, der Welt, in einem Moment reinster Gegenwart, jeder für sich und bei sich, nichts als

Wunder empfindend, es auftauchen zu sehen an der Wasserlinie dessen, was wir bereits wissen, und dessen, worüber es nun sinnlos wäre, nachzudenken, der Horizont allen Ahnens, so sehr waren sie in Atem gehalten, gleichsam versunken in ihrem Ziel, dieser einen dunklen Kontur an der Kimm.

Die Dünung wölbte sich, schwang weit aus und das Boot mit ihr, in einem mühelos mächtigen Anschwellen, sie unterwarf es ihrer Bewegung, hob es, hob es an auf ihren Rücken und ließ es dann von seinem Buckel wieder hinabgleiten in breite Wellentäler, so tief, daß Jacobs Langboot, Mast, Segel und alles darin verschwanden für lange Sekunden, bevor sie wieder auftauchten, langsam, bereits unmerklich Teil der nächsten Woge geworden, ihrem gleichmäßigen Rollen. Nur das Kielwasser verriet, daß auch wir Fahrt machten, grünlichweiß aufquellend am Heck, in der Gischt der Wellenrücken hinter uns wieder aufgehend, wie alle Schuld, Dankbarkeit, Trauer und Freude, die wir stets nur für etwas empfinden, das bereits stattgefunden hat, da sie uns die Vergangenheit als vergangen zeigen – während sich Hoffnung, Furcht, Gier und Verzweiflung allein nach vorne richten, auf Zukünftiges; nur so fühlen wir, was Zeit ist, wir gewinnen sie wie den Seeraum damals. Doch obwohl jeder der Männer dieses Meer schon Dutzende Male überquert hatte, gab es nur auf dem immer wieder nächsten uns entgegenkommenden Grat einen ruhenden Moment, ein flüchtiges Innehalten, in dem Wind und See eines waren mit unserem offenen Boot, abließen von ihm, bevor sie wieder zu sich selbst kamen, während die großen Eissturmvögel unbeteiligt über uns kreisten und über die Wellen scherten, ohne sie mit der Flügelspitze auch nur zu streifen.

Die frische Brise spannte Vor- und Großsegel und ließ die See am Dollbord vorbeirauschen, ich spürte sie durch die knapp zolldicken Planken, die mich vom Meer trennten, und Joshua stand breitbeinig und hielt die Pinne zwischen den Beinen, jeder Schenkeldruck darauf ausgerichtet, die geringste Bö auszunützen, die Welle genau anzuschneiden, das Boot hart am Wind zu halten, nur manchmal den Blick abwendend auf Greens Boot achteraus, das aufgeholt hatte, aber nun vergeblich versuchte, weiter anzuluven. In seinem braungebrannten Gesicht, das reglos blieb, starr wie aus Holz geschnitzt, eine Maske, drückte sich ebensoviel Selbstgewißheit aus wie Vertrauen in diese See; unter ihr jedoch verrieten die hellen Augen ein Pathos, von dem alles Passive abgefallen war, hartnäckig, aufgereizt und von leidenschaftlicher Würde. Ich fühlte mich ihm darin unterlegen, Joshua hatte einen Zugang zum Leben, der mir verwehrt war, aber seine Begeisterung steckte mich an, daß ich es ihm gleichtun wollte, alle Zeitlichkeit des Gefühls verdrängen wie dieses offene Boot die See, in seinem Auftrieb, dem bißchen Raum, das es dem Meer abgewann, Schutz vortäuschend unter einem Himmel, der nicht verzeiht die schäumende Gischt, die an meinem Ellbogen leckte, die Sprüh der Wellen, die mir ins Gesicht spritzte.

Die letzten fünf Meilen, Stoltenhoff und Middle entlang bis zum Ufer von Nightingale, waren ein offenes Rennen, und Joshua rief Greens Boot herausfordernd zu: *Soll ich dir eine Leine zuwerfen? Dich abschleppen?* – worauf Green brüllend erwiderte: *Ich schwimm' schneller, als du segeln kannst!* Rogers murmelte darauf nur kaum hörbar, daß das schon immer so gewesen war, und rief dann laut zurück: *Du oder ich; der Sieger kriegt Marah!* – und selbst von hier aus sah ich, daß sie verlegen wegblickte. Und dann waren wir auf dem Kamm der ersten Brandung, es war eine ›Schlittenfahrt‹, wie sie es hier nennen, in Erinnerung an die Walfänger aus Nantucket, wenn sie von einem harpunierten Wal mitgezogen wurden, beständig in Gefahr zu kentern, aber darin lag aller Unterschied zwischen Gewinnen und Verlieren.

Diese ehemaligen Walboote waren nun wirklich gleich schnell wie der Wind, daß die Segel schlaff am Mast hingen für einen kurzen, alles wettmachenden Moment, während die rauschende Gischt des überbrechenden Kamms um das hoch herausragende Heck schäumte und der schmale Bug sich in den Brecher spaltete, Sprüh überall, im Licht splitternd, beinahe unwirklich und so vergänglich wie jeder Augenblick, ein ephemeres Schauspiel von Zerstörung, die Welle aufgerissen und von neuem das Wasser sich wieder schließend, das offene Langboot mitten in dieser See, das nur durch die Wellen glitt, weil es von ihnen zerschlagen werden konnte, nur so lange, alles einzelne an ihm dafür gedacht, Salz und Meer zu überdauern, die Dicke der Spanten und

Planken, die Wahl des Holzes, die Länge des Kiels, sein Gewicht, die Zahl der Männer darin, die Stärke des Boots gegen die Wucht der Wellen, weil ein Schiff zu bauen auch heißt, sich seinen Untergang vorzustellen.

MARTHA. Ich hatte eine Photographie von ihr gemacht und mich sie zu entwickeln beeilt, um den Abzug Marah zeigen zu können. Gemeinsam hielten wir sie dann Martha vor, stießen vor Eifer mit unseren Köpfen zusammen; sie schien sich darauf wiederzuerkennen und streckte ihre Fingerchen danach aus, lächelnd. Stolz auf mein Kind erfüllte mich; und zugleich eine innere Gelöstheit im Gedanken daran, daß Vater zu sein auch hieß, in ihr weiterzuleben, diesem so wunderbaren Wesen in meinen Armen, seiner glatten, wohlriechenden Haut, dem winzigen Mund mit seinem süßen Speichel. Marah wollte nun auch ein Photo von sich, und da die Insel in diesen Tagen verlassen war, konnte ich mein Gerät ungestört ausbreiten – weil es nieselte in dem verdunkelten Schulhaus, das immer noch als Kirche dient.

Ich setzte Marah in Pose, ich spielte damit, Deinen Magnesiumblitz hatte ich, Charles, noch nicht ausprobieren können, und nach der ersten, alles blendend weiß ausleuchtenden Lichtexplosion kam Joshua bei der Tür herein. Er sah Marah mit dem Kind im Arm, lächelte, schaute dann mich an, und ich bedeutete ihm, doch auf dem Stuhl Platz zu nehmen, damit ich auch eine Aufnahme von ihm machen konnte. Ich wollte festhalten, wie ausgemergelt er geworden war, aschfahl, oft überhaupt nicht mehr ansprechbar, wenn er vor seinem Haus saß. Kaum etwas erinnerte mich noch an den alten Rogers, all seine Lebensfeuer kränklich schwelend jetzt und sich nur noch in den Anfällen eines Wahn entzündend, den ich der Trauer über den Tod seiner Gefährten zuschrieb. Er hielt die Hände im Schoß und sah unverwandt in das Objektiv; ich glaube, es ist ein gutes Photo geworden, ich schicke es Dir, als Teil meiner Kollektion, damit Du siehst, wie das Leben auf der Insel hier alles Menschliche verändert.

Aus einer plötzlichen Eingebung heraus richtete ich alles so ein, daß man nur einen Knopf betätigen mußte, und zeigte es ihm; er begriff gleich, und dann setzte ich mich auf den Stuhl. Marah sah uns zu, das Kind über der Schulter, ich erklärte ihm nochmals, was zu tun sei, wieder lächelten wir uns zu, er steckte den Kopf unter das schwarze Tuch, und ich wartete, daß er den Auslöser betätigte. In die alles verzerrt widerspiegelnde Linse starrend, kam ich mir mit jedem Moment selbst abtoßender vor, gleichsam degeneriert, als wäre nicht die Kamera, sondern allein Joshuas Blick auf mich gerichtet. Ich wartete; er löste nicht aus. Unruhe überkam mich, doch ich mußte still sitzen; ich versuchte, nicht mit dem Muskel zu zucken, und merkte doch, wie mein Gesicht allmählich einen Ausdruck annahm, den ich nicht wollte. In den langen Sekunden, als ich dann die Zündschnur brennen und den Blitz grell aufzucken hörte, begriff ich, daß alles Ich nur im Vermögen liegt, sich auch in der Erinnerung als ein und derselbe wiederzuerkennen, sich selbst als Einer zu sehen. Und verstand, daß es das war, was mich mit Joshua verband – wenn auch in entgegengesetzter Hinsicht.

Der ganze Vormittag erinnerte mich an den Tag, Charles, als ich den jungen Dickson traf, der für einige wenige Auserwählte sein Zoopraxiskop vorführte, einen dem Muybridges ähnlichen Apparat, den er in Amerika für den Erfinder Edison verbessert hatte – die ungleich verbesserte Ausführung jenes Zoetrops, das unser Onkel Skeffington besaß, diesen Zylinder mit seinen aufgemalten Figuren, die, wenn man an der Kurbel drehte und durch den Schlitz guckte, mit ihrem spasmodischen Zucken den Eindruck von Leben erweckten.

Im Garten seines Hauses in Twickenham hatte Dickson dafür ein eigenes Gebäude errichten lassen. Seine Form, wenn man so etwas Exzentrisches überhaupt so nennen konnte, war von einer regellosen Länge und stieg in der Mitte abrupt an zu einem Dach, das sich nach Belieben öffnen und schließen ließ. Mit dem aufklappbaren Dach über dem sperrigen Rumpf sah es halb wie ein Schiff aus, vage an eine Galeone erinnernd; er nannte es seine ›Schwarze Santa Maria‹. Trat man ein, aber war der Kontrast zwischen Licht und Schatten so ungewohnt scharf, daß einem die

Augen davon schmerzten; alles war schwarz von Teerrollen, zusammengehalten von einer Myriade Nieten. Man sah auf eine Art Bühne voller Kulissen mit einem Dunkelraum am anderen Ende, in denen er die Filme seiner Kamera wechselte. Dickson hatte einen Spleen für das Elektrische, und kaum waren wir drinnen, bewegte sich schon der Boden unter unseren Füßen, langsam und beinahe lautlos um die Mitte, bis die Strahlen der im Westen stehenden Sonne einfielen und unsere Körper in ein Licht tauchten, vor dem wir uns ausnahmen wie alabasterne Reliefs vor einem düsteren Hintergrund aus Ebenholz. Es war wie die Kammer in Neros Goldenem Haus, das sich durch eine kunstvoll plazierte Maschinerie um die eigene Achse drehen ließ und derart den Bewegungen der Gestirne folgte, daß die Sonne an einem Ort blieb, nur lotrecht auf und niederstieg.

In Amerika hatte er ein weit größeres Exemplar davon gebaut und nach Edisons Entwürfen an einem Kineto-Phonographen, wie er es nannte, gearbeitet und in diesem Theater die seltsamsten Akteure photographiert, eine Liste von *dramatis personae* aus den unterschiedlichsten Bereichen des Lebens, Gaukler, Arbeiter aus den Fabriken, tanzende Bären und Hahnenkämpfe, deren Possen das ›unerschöpfliche Gelächter der Götter‹ hervorrief, wie er sagte. Zu unserer Belustigung und um den anwesenden Journalisten zu demonstrieren, wie er in seinem amerikanischen Laboratorium arbeitete, führte er einen italienischen Leierkastenspieler mit seinem Affen vor. Von den technischen Aspekten verstand ich nichts. Aber dann zeigte er uns einen Prototyp seines Kinetoskops, einen Kasten, in dem sich ein elektrisch getriebenes Rad von Photographien drehte; man mußte seine Augen auf eine schmale Öffnung heften und erblickte darin ein Simulakrum des Lebens, die Dinge bewegten sich, wie sie es in Wirklichkeit tun, in natürlichen Abläufen, und man vergaß, daß man es bloß mit Bildern zu tun hatte. Auf den mitgebrachten Glasscheiben sah man einen Boxkampf, einen indianischen Geistertanz und, nur für Gentlemen, eine nackte Frau beim Baden und, ähnlich der für uns auf der Bühne vorgestellten, eine Szene mit Drehorgel und Affe.

Dabei ergab es sich, daß der Italiener und seine Meerkatze gleichzeitig sich um das Guckloch stritten, knuffend und in ihr

Kauderwelsch ausbrechend, bis der Mann nachgab. Die Freude des Affens über das Spektakel dieser winzigen Doubletten ihrer kannte keine Grenzen; er imitierte das Geschehen, mit beiden Armen fuchtelnd. Die Kreatur lachte, ja! Selbst der Blasierteste von uns konnte sich da kaum mehr zurückhalten vor den Mätzchen dieses Kindes unserer Vorgeschichte, diesem prophetischen Epitom des Menschen. Das Meerkätzchen geriet schier in Ekstase vor diesen widergespiegelten Bildern, stellte sich vor dem Kasten in Positur auf, befühlte ihn mit seinen langen Fingern, plappernd, gestikulierend; es tanzte darum knurrend herum, um den Ursprung dieses Phänomens zu erforschen, und gab erst auf, nachdem es erkannt hatte, daß dieses Mysterium jenseits seines geistigen Fassungsvermögens lag.

Dickson berichtete davon, daß gerade eine photographische Expedition im Gange war, damit unsere aristokratischen Sybariten des erregenden Dramas gewahr würden, das Dschungel und Wüste, die entlegensten Regionen der Erde, ihnen bieten könnten, ohne selbst in Gefahr zu geraten und weder ›die Gelassenheit, die ein Zeichen guter Erziehung ist, zu verlieren noch die delikate Blässe ihrer patrizischen Mienen der Bräune auszusetzen‹, wie er zu formulieren beliebte. Von samtenen Sesseln aus, den Geruch von Treibhauspflanzen in der Nase und den Geschmack eines lukullischen Mahls noch am Gaumen, könnten sie den schrecklichen Ansturm in Rage geratener wilder Tiere kontemplieren, das Glitzern in den Augen der Wilden, das Spiel des Lichtes auf ihren dunklen Muskeln – ja sogar, mit einem Seitenhieb auf mich, Aufnahmen von den absonderlichsten Mitgliedern des Britischen Empires in seinen abgelegensten Ecken. Und wenn die Technik soweit wäre, was nicht mehr lange dauern würde, würde man auch den Schock der bebenden Erde hören, das Brüllen der Großkatzen, das sardonische Lachen der Hyänen und das Rauschen der Flügel, wenn sich die Geier zu ihrem schauerlichen Mahl herabließen, all das ›Stöhnen und Ächzen der Kreatur unter der Last der Welt‹. Selbst die Gestirne erschlössen sich uns dann, wie der Franzose Janssen mit seinem photographischen Revolver gezeigt hatte, als er den Transit der Venus über die Sonne festhalten konnte, und er

ER IST TOT, Joshua ist tot. Die Korvette mit den Siedlern auf Nightingale. Das war vor zwei Tagen; nein, drei. Greens Chronometer geht schon lange nicht mehr. Nachdem ich Marah das Photo gezeigt hatte. Zu der versprochenen Wanderung auf den Gipfel war es nicht gekommen. Keiner sonst hat hier eine Uhr. Ich war beim Entwickeln. Marthas Lächeln. Der Kapitän markierte den Mittag für uns mit einem Salut. Was schreibe ich jetzt. Jeder ritzte den Schatten eines Nagels in seine Tür. Er kam in die verdunkelte Kammer. Es ist alles unerheblich, jetzt. Nur Joshua war noch auf der Insel zurückgeblieben, Marah und das Kind. Ich bei ihr im Haus. Nein, ich war auf dem Weg zu meiner Kirche, als sie mir entgegenrannten, so war es. Benjamin auf dem Schiff. Ratten überall, als hätten sie gespürt, daß die Siedler weg waren. Caroline Swain auf den Kartoffelfeldern. Die beiden Hagan-Brüder draußen im Boot, um Langusten zu fischen. Joshua, der unbedingt auf die Basis hinaufwollte. Ich war noch nie auf dem Gipfel, die ganzen Jahre nicht. Er hatte nichts Getriebenes, aber ich Angst, er bekäme wieder einen Anfall. Nein, das stimmt nicht, das werden sie mir nicht glauben. Das war später. Marah und ich standen zusammen, eng; Martha, die schlief. Er kam auf uns zu, sein Blick bohrend, nicht von Marah ablassend. Und dann plötzlich dieser Ausdruck in ihrem Gesicht.

Statt sie endlich zur Rede zu stellen, ließ ich sie stehen und ging ihm nach. Er müsse, er müsse hinauf, er muß sich hier um die Vögel kümmern, das ist eine Aufgabe, er muß. Ich durfte ihn nicht allein gehen lassen, wollte es nicht, konnte nicht. Bis ich die genagelten Schuhe angezogen hatte und einen Mantel übergestreift, war er schon beim Hillpiece; ich holte ihn erst bei den Kartoffelfeldern ein. Die alte Swain sah uns kommen, neugierig, ihre Harke in der Hand, aber Rogers ging achtlos an ihr vorüber. Ich speiste sie mit ein paar Worten ab und lief weiter, hinter ihm her, mehr dem Ufer entlang als dem Berghang, durch die ausgeschwemmten Rinnen; Molly Gulch; Bluff Gulch; dorthin, wo das Land schmaler wird und das Plateau fast überhängt, schier hinab zum Meer. Schritt für Schritt. Nur der Bluff Gulch führte Wasser, es stockte sich zurück und stand breit über dem letzten brachen Feld, ein dutzend Steine darin ausgelegt, um drüber zu kommen. Burntwood hoch, das Unterholz abgebrannt für die Schafe, grasbewachsene Stufen, daneben Geröll in einer Halde herab, ihr helles Rot klaffend im Grün.

Oben am Plateau war Rogers mir schon wieder weit voraus. Es war warm und sonnig, wir im Lee der Insel, die Wolkendecke, die sich über der See ausbreitete, auseinandergerissen von der Bergspitze, grell vor Schnee. Unten die Ebene, die Felder dunkle Rechtecke, zwischen ihnen die Furchen der ausgetrockneten Wasserläufe zum Meer hinaus, in Ufernähe der breitrote Streifen Kelp, vom Weiß der Brecher gesäumt. Vor dem Brandungsgürtel Wale, fünf kurze dicke Linien; dann die Schwanzflossen, wenn sie abtauchten, einem Gedankenstrich in der Dünung gleich. All das habe ich noch genau in Erinnerung, die Farben wie nachkoloriert auf einer Photographie, die Aufnahme von etwas für immer Verlorenem. Nightingale weit unten im Süden, das Boot der Hagans beim Anchorstock Point ein erkennbar dunkler Punkt. Ich winkte; die Geste gleichsam ein Abschied.

Das Plateau der Basis lag breit vor mir, scheinbar flach bis dorthin, wo der Gipfel ansteigt, Senken und Gräben verborgen durch dicht geduckte Bäume und Farne. Der ausgetretene Steig kaum noch erkennbar, schmaler werdend, sich immer in der gleichen Entfernung zum Berg zwischen Klumpen von Büschen hindurchwindend, umrandete morastige Stellen und Moore, über Torf und harte Grasbüschel, unter den blättrigen Inselbäumen hindurch, meist durch ein Dickicht von übermannshohen Farnen in ihrem urzeitlich grauen Grün, die Wedel bis zum Boden, daß kaum ein Durchkommen in diesem Urwald war, sich überlappend und scharfkantig, einem die Hände zerschneidend. Daß ich noch hinter ihm war, sah ich nur an seinen Fußspuren im Schlamm. Der

Pfad im Zickzack der Felskämme anwärts und dann wieder die Flanke hinab, hinunter in ausgewaschene Ravinen, hundert Fuß tief. Nach dem First Gulch Buckel, Farne und Gebüsch, dann der zweite und dritte Gulch und über mehr unebenes Plateau und sein Unterholz.

Ich war durstig und schöpfte mit der flachen Hand stehendes Wasser aus einer Kuhle und wusch mir das Gesicht damit, ohne zur Besinnung zu kommen; die ungewohnte Anstrengung dieses Gehens ließ mich keinen klaren Gedanken fassen. Zu meiner Linken der schroffe Berg, um den sich Wolken gelegt hatten, zur Rechten die abrupt abfallende Bene, der Blick frei auf die See, Inaccessible verschattet am Horizont, die Sonne bereits im Nachmittag und der Dunst immer dichter. Durch einen Hohlweg weiter und endlos lange auf den Green Hill zu, seiner Schulter entlang und zum Gipsy's Gulch, hinter dem eine Sumpfebene begann, moosig flach und endlich offen; vielleicht war ich schon zu lange gegangen, um noch bei Tageslicht ins Dorf zurückkehren zu können.

Wo Joshua steckte, merkte ich erst, als ich die Vögel hörte, ihr Pi-eu, Pi-eu, langgezogen am Himmel widerhallend, hoch, krächzend schrill, ein unendlich wehklagenden Laut, das gebrochene Stammeln von Totenseelen, wie die Matrosen glauben; aber auf dem Meer habe ich sie nie so schreien gehört. Ich ging ihnen nach, ein leichter Nebel zog sich zusammen, der Klippenrand nicht weit. Ich spürte das Rauschen von Flügeln, als einer über meinen Kopf hinwegsegelte, und duckte mich. Er war breiter als meine ausgestreckten Arme, schneeweiß an Bauch und Schwingen, der Schnabel schwarz nach oben gerichtet. Und dann sah ich sie, auf Knollen von Gras und Erde hockend, ihr einziges Alarmzeichen das Klicken der Schnäbel, eine riesige Kolonie von Nestlingen und noch brütenden Vögeln: Wanderalbatrosse mit einem hellgelben Streifen am Schnabel, die Köpfe grau, das Grau der zitternd angepressten Flügel zur Spitze schwärzer werdend, und andere, nur brauner in diesem Dunkel, wie mit Ruß beschmiert, die Augen weißumrandet, verstörend menschlich. Und doch das Undurchschaubare von Tieren; wie *sie* einen sehen.

Rogers stapfte zwischen ihnen umher und schlachtete sie mit einem Ast ab. Sie breiteten die Flügel aus und kreischten oder sperrten den Schnabel weit auf, um nach ihm zu schnappen; manche spuckten. Zappelnd aber blieben sie auf ihren Grasklumpen sitzen, auf den Eiern brütend, die ihnen die Ratten noch gelassen hatten; bloß die Jungen versuchten vor ihm zu flüchten, mit ihren großen Flossen watschelnd, plump. Jeder Hieb auf den Nacken dumpf in diesem Klicken und Krächzen. Meine Anwesenheit schien er nicht wahrzunehmen. Er nahm sie an den Hälsen und warf sie auf einen Haufen zusammen. Ich stand nur; mich abwenden konnte ich nicht, mich an diesem Schlachten beteiligen wollte ich nicht. Die Haufen meterhoch, fleckig dunkel, weiß. Sammle die Eier, sagte er. Ich legte meinen Mantel aus und trug sie zusammen. Sie in die Hände zu nehmen hatte etwas unbeschreiblich Sanftes. Die Angst der Tiere, gleichsam innerlich. Ich roch seinen Schweiß. Marah. Und das Herz der Sitz allen Zorns. Als wappnete ich mich bereits.

Die Arbeit begann erst. Rogers brachte ein Feuer in Gang, das nasse Holz rauchend. Aber die Flammen faßten bald, als er sie hineinwarf. Und rußten. Ein beißender Gestank von brennendem Fett und Federn. Er zerlegte jeden Vogel. Es war nur ganz wenig Fleisch an ihnen, trotz ihrer Größe. Und brachten dem Herren ein Opfer von den Früchten des Feldes dar. Zwei Brustmuskeln, die beiden Beine und die Leber schnitt er heraus. Wortlos noch immer. Nichts Flackerndes mehr an ihm; der Blick konzentriert auf das, was seine Hände taten. Ein paar Ratten, die ich herumstreifen sah, als kümmerten wir sie nicht. Ich half ihm schließlich. Messer hatte ich keines, also fütterte ich das Feuer mit ausgenommenen Kadavern. Starrte brütend in die Schwaden und suchte nach einem Satz. Brachte schließlich nur ihren Namen heraus. *Marah?* Schweigen. Das Fleisch stopfte er in seinen Seesack. Als hätte er es im Prasseln des Feuers überhört. Und dieses Mal sagte ich den Namen meiner Tochter. *Hast sie auch gehabt. Hätt' sie totschlagen sollen.* Nur diese zwei Sätze. Den ätzenden Geschmack des Rauchs in Mund und Nase. Blinde Wut zum ersten Mal in meinem Leben. Sein Gesicht starr. Die Lider blicklos über tiefen Augenhöhlen, leichenblaß. Das Haar strähnig über der Stirn, blutverschmiert. Alle Zeit angehalten; wie abgebrochen. Die Gewalt jeder Beleidigung. Verachtung. Und nur mehr dieser eine Augenblick, unüberwindbar. Alle Selbstachtung. Sah ihn wie im

Schlaf auf einem Feld und fühlte eine Furcht. Tun, als hätte ich nichts gehört.

Nieseln, kaum mehr noch. Der Rauch breit auseinandergedrückt, angesengte Federn, halb erst zu Skeletten verkohlte Körper. *Hast sie auch gehabt.* Martha; Marah. *Sie totschlagen.* Er schulterte seinen Seesack. Hatte nichts gesagt. Denken, denken. Nichts. Und wenn es. Jeder weiß dem anderen weh zu tun. Hätte kehrt machen sollen. Dieser den Atem nehmende Gestank. Aber ich ging ihm nach; zum Klippenrand. Noch mehr brütende Vögel. Als wär' alles gesagt. Meine Hand zitterte nicht einmal. Joshua holte das Seil raus. Schlang es mit einem Knoten um einen Felszacken, zog dran, ob's hielt. Er der Vater. War er. Der Felskranz, wo die Sturmschwalben nisteten, knapp unterhalb der Wolken und der Blick weit. Also. Ich sah Marahs Brüder unten in ihrem Boot am Meer.

Jetzt ging er auch noch auf diese Vögel los. Lange gehen hätt' ich sollen. Zeit, zurückzugehen. Der Fels war naß. Noch bevor richtiger Regen kam. Sturmschwalben, die übers Wasser laufen, Wellen hinab. Der Fels schroff, das Meer hievend. Ließ sich hinab, mit beiden Füßen abstemmend, ein paar Meter nur. Damit verglichen all unser Widerstand bedeutungslos. Aber der Anblick nur um so anziehender, schwindelnder, von einem sicheren Ort aus. Nicht hinabsehen. Das Seil hielt um den Stein. Gerade noch. So hebt sich die Seele über alles Mittelmaß empor. Nicht willig, nein: willentlich. Als hätten wir die Kraft, es der Natur gleichzutun. Hingen die Vögel, ihre Hälse unters Seil geklemmt, an Joshuas Brust. Glitt das Seil über den nassen Stein. Mitleid für jene nur. Löste der Knoten sich. Deren Blut einander verbindet. Scheuerte an der scharfen Kante. Riß. Sah nur auf ihn, die Sturmschwalben um Rücken und Bauch. Wie die Sonne, stehen mitten im Himmel. Er wie in die Luft genagelt. Und der Sturz. Hunderte von Flügeln, die sich um ihn aufbauschten, grauweiß. Fiel, sein Kopf eine dunkle Mitte. Schaute hoch zu mir, streckte die Arme aus. Hielt einen Vogel noch in Händen und ließ ihn nicht aus, flatterte und flog aber nicht, sackte ihm nach. Unhörbar der Aufprall dann. Kam wieder hoch und ging nicht unter. Und sie hielten ihn über den Wellen und er trieb ab, das Weiß und Schwarz der Vögel um ihn, hinaus aufs Meer, jenseits der Insel.

Dunkel war's. Aber welcher Tag. Weiß nicht mehr, wie ich zurückkam, zurück ins Dorf, ins Haus. Nur daß ich zu Marah ging. Sie an der Schulter packte, anschrie. War es vorher oder später. Sie rüttelte und sie zurückschlug. Irgendwann dann die alte Swain, die mich in meiner Kammer fand, unbeweglich auf meinem Stuhl. Dunkel war's. Aber welcher Tag. Als hätt' ich vierzig Nächte am Berg verbracht. Zitternd und kalt. Die Hagan-Brüder im Eingang hinter ihr.

Das Schreckliche an dem, was einem widerfährt, ist nicht teilbar für uns, einzig. Das, was sich vor den anderen verschließt. Gleich einer Insel ist. Blaugraue See, das Aschgrau des Nebels; die Nebelsirene des Schiffes, das die Siedler zurückbrachte. Zorn, der der Wille Gottes ist. Der bestimmt, was ist und daß es ist. Und jeder Ungehorsam eine Lästerung Seiner. Der stählern schwarze Bug. Plötzlich Menschen um mich, fragend, fragend. Green, Benjamin. Der Kapitän mit dem seltsamen Namen die Hand auf meinem Rücken. Ich stumm, bis sie mich in Ruhe ließen. Die Korvette hat längst abgelegt. Seh mich in dieser Kammer sitzen. Ich. Und jener, der ihn zu Grabe trägt.

IM Sturm, in der ersten Dämmerung dann, härteten die Wolken an ihrer Unterseite aus; sie leuchteten erst bronzen, dann kupferfarben und schließlich matter als Messing. Je mehr es aufklarte und der Wind nachließ, desto mehr zeigten sich die Narben und Risse, die der Sturm an einem von Luppen durchzogenen Firmament hinterlassen hatte, Schlacken in einem flüssig geschmolzenen Eisen, das in der Sonne langsam heller wurde und auskühlte. Die Grundseen aber liefen weiter, sie schienen am Himmel anzubranden und seine metallene Glut abzuschrecken, daß zischend der Dampf aufstieg, Schwaden, die schwer über den Wassern schwebten und aufs neue die Insel einhüllten.

CHRISTIAN REVAL
AUFZEICHNUNGEN MITTLERER TEIL
1962 ÜBER 1950
ZURÜCK BIS 1943

DER GIPFEL

MOLEN UND KAIS, Schiffsbrücken, Bassins, die sechs Kräne der größten Werft der Welt, welche die *Queen Elizabeth* und die *Titanic* vom Stapel gelassen haben, das Meer schlierig von Öl, Packboote und Frachtschiffe, und vom Hafen dann dem Southampton Water entlang, vorbei am Waffendepot von Mulbury, Hythe, den Hochhäusern auf der anderen Seite des Ästuariums, zur Rechten in Fawley die Erdölraffinerie mit ihren Schloten, schmutzig gelben Rauchschwaden und blauen Stichflammen, weiter nach Calshot. Wir folgen den Wegweisern für die ›Royal Air Force Married Quarters‹, bis darunter auf einem handbemalten Schild ›Tristan Close‹ steht und die Straße zwischen einem Lebensmittelgeschäft und einem Palisadenzaun endet, vor zweistöckigen Reihenhäusern aus grauem Stuck. Eine Post, eine Kantine, eine Kapelle und endlich das Vereinshaus, in dem alle schon auf uns warten. Bei unserem Eintritt senkt sich Schweigen über die Menge, keiner schüttelt uns die Hände, bis als letzter von uns Adam Swain durch die Tür schreitet und schulterklopfend begrüßt wird.

Wir vier gehen auf die Bühne, auf der noch die Kulisse eines Stücks aufgebaut ist, Shakespeares *Sturm* allem Anschein nach. Der alte Barrow stellt uns vor; Wheeler, als Vertreter des Kolonialbüros, geht zum Pult und eröffnet die Sitzung, während Fisher, Swain und ich auf Calibans Baumstamm Platz nehmen. Ich suche Marahs Augen. Der Ton von Wheelers einleitenden Worten läßt keinen Zweifel daran, daß er die Ergebnisse der Expedition so interpretiert sehen will, daß die Situation nach wie vor gefährlich ist. Er bittet Fisher zu seinem Vortrag, aber der redet Wheeler nicht nach dem Mund, sondern stellt das Für und Wider der geologischen Erkenntnisse sachlich dar. Er hat kaum

Erfolg mit seinem Vortrag, die Stimmung ist gegen ihn, und um die Unberechenbarkeit eines Vulkans begreiflich zu machen, verlegt er sich aufs Kalauern; er sei launisch wie eine Frau, sagt er, keiner weiß, was sie sich als nächstes in den Kopf setzt. Niemand lacht. Dann ist die Reihe an mir, die Lage auf der Insel zu schildern, ich gebe einen kurzen Überblick, aber weil ich nicht will, daß man mich als Sprachrohr der Regierung sieht, bitte ich jetzt Adam, seine Eindrücke zu schildern. Er tut dies mit einfachen Worten, verkündet jedoch am Schluß seine Meinung. Betroffenheit im Publikum, zustimmendes Nicken dann. Wheeler bleibt keine andere Wahl, als die Haltung des Kolonialbüros so diplomatisch wie möglich darzustellen und zu erklären, daß eine Entscheidung über eine Rückkehr nach Tristan weder bei ihm noch bei Dr. Fisher liegt, und schon gar nicht bei den Siedlern, sondern einzig beim Kolonialbüro und dem Staatssekretär für koloniale Angelegenheiten.

Alle Blicke richten sich auf Chief Willi, der die Lippen zusammenkneift und von einem Bein aufs andere wechselt, bevor er, sich im Ton vergreifend, sagt, daß der wohl erst Lesen und Schreiben lernen müsse, denn auf zwei Petitionen habe man bis heute vom Herrn Staatssekretär keine Antwort erhalten; aber da man nun einmal die Versammlung einberufen habe, müsse der Herr Staatssekretär wohl zu einem Entschluß gekommen sein. Worauf Wheeler so ungeschickt wird, seine Autorität in die Waagschale zu werfen und zu erwidern, daß diese Frage sicherlich noch für die nächsten Jahre offenbleiben werde, da allein die Regierung die Verantwortung für eine Rücksiedlung zu tragen und die Sicherheit der Kinder zu erwägen habe. Daraufhin bricht der Tumult aus. Stimmen werden laut, man habe sich selber um die Kinder immer bestens zu kümmern gewußt. Reverend Barrow, der versucht, die Siedler zur Ordnung zu rufen, um sich dafür nun anhören zu müssen, daß er nicht für die Sicherheit der Insel gebetet habe, wird übertönt von einer schrill anklagenden Stimme: Ein Wolf, der seine Herde führt! Es hat etwas Naives, aber es ist das erste Mal, daß ich die Siedler auch nach außen so selbstbewußt sehe, in offener Auflehnung, sie, für die jede staatliche Autorität bisher unangreifbar war.

In diesem Aufruhr verschafft sich eine Stimme hinten bei

der Tür Gehör, jemand, der sich als Reporter einer englischen Tageszeitung zu erkennen gibt und von Wheeler wissen will, ob die Gerüchte stimmen, denen zufolge Tristan da Cunha angesichts der Gegebenheiten in Zukunft als nukleares Testgelände benützt wird. Schlagartig kehrt Ruhe ein. Wheeler dementiert, ohne daß ihm jemand Glauben schenkt, und erklärt die Versammlung für beendet. Fisher und er fahren wieder zurück nach London, ich bleibe und werde in Repettos Haus gebeten.

Rollvorhänge, ein Teppich, Korbstühle, ein Kohlenofen, Kupferstiche englischer Hügellandschaften und Parks an den Wänden, dazwischen Willis gerahmte Diplome als Mitglied des *Order of the British Empire* und andere Ehren, deren er als Sprecher der Insel teilhaftig wurde. Er ist noch immer unverheiratet, lebt hier mit den Familien seiner Brüder Joe und Johnny, die Adam und mir Grog und Sandwiches vorsetzen; wenigstens das Brot nennen sie nach wie vor Kuchen. Im Wohnzimmer drängt sich jeder, der mit ihm enger verwandt oder befreundet ist, aber da ist auch Martha Rogers, die nach Frances Repettos Tod die weibliche Bevölkerung Tristans vertritt. Die Stimmung ist gespannt, die Frauen tuscheln in der Küche, eine Gruppe um den Reporter.

Ich komme mit Joe ins Gespräch, nein; ich bin ihm bloß ein willkommener Zuhörer bei dem Versuch, zu formulieren, was sie alle bedrängt. Wir haben keinen, der uns repräsentieren kann, sagt er, nur den Chief, aber der kennt nicht die Regeln und Gesetze, es geht ihm wie uns. Doch wenn ein paar von uns hier geboren wären wie du, fänden wir uns auch zurecht mit den Ämtern; so aber wissen wir nicht, mit wem reden, um an den Richtigen zu gelangen, obwohl es hier nur so von Uniformierten wimmelt, blaue, weiße, schwarze, grüne, ein Komitee, das uns Arbeit verschafft, eines, das sich um die Alten kümmert, ein anderes für die Kinder, Sozialarbeiter, die uns besuchen kommen, Ärzte, die ihre Studien mit uns treiben und uns gegen alles geimpft haben, nur nicht gegen die Bürokratie hier; wir wenden uns an jeden, aber keiner kann uns weiterhelfen, ein jeder hält uns hin. Warum es ihm hier nicht gefällt, frage ich. Sicher, man ist gut hier zu uns, erwidert er, aber – er überlegt und meint nur, daß sie auf Tristan das Sprichwort haben, nach dem kein Hund versteht, weshalb eine Kuh Gras frißt.

Dann kommt Reverend Barrow auf mich zu und begrüßt mich als alten Freund; wir gehen vor die Tür, um eine Zigarette zu rauchen. Sie haben sich schneller eingelebt, als man glauben möchte; es sind nur die Zeitungen, die sie als unschuldige Wilde darstellen – aber das hat ihnen zu Anfang auch eine Unmenge von Spenden eingebracht. Sicher, es gab ein paar lustige Geschichten, bis sie herausfanden, daß man nicht minutenlang auf einen Klingelknopf drücken muß, damit die Tür aufgeht, man nicht telefoniert, um sich mit der Vermittlung zu unterhalten, sie den Milchmann und den Fleischer nicht jedesmal zum Tee einladen müssen und wir lieber Rechts und Links als Steuerbord und Backbord sagen. Sonst aber fanden sie für alles einen Spruch. Kommen sie zu spät zur Arbeit, tun sie's mit der Phrase ab, daß sie schon schneller wären, hätte sie ihr Vater nur fünf Jahre früher gemacht. Und du und Marah? Ich habe noch nicht mit ihr geredet, antworte ich. Laß es, erwidert er; um unser Gespräch aber nicht abreißen zu lassen, erzählt er, welchen Eindruck es auf sie alle macht, daß die Welt nun von Atombomben bedroht ist, und daß sie sich nicht aufs Geld verstehen. Zweihundert Jahre lang den Tauschhandel gewöhnt – von Hand zu Hand erhält man alles, was man braucht, das Herz als Draufgabe, wie Martha sagt – stecken sie jetzt auf einmal alles unter die Matratze. Sprungfedermatratzen jetzt statt den Strohsäcken. Das einzige jedoch, worüber sie sich mehr als alles andere entrüsten, sind die Raubüberfälle, Vergewaltigungen und Morde, von denen sie in der Zeitung lesen – ihre Bigotterie geht mir, unter uns gesagt, oft genug auf die Nerven; hast es ja vorher gehört.

Drinnen ist inzwischen die Rede davon, daß man die Direktiven der Regierung ignorieren und ein oder zwei Dutzend Männer mit dem restlichen Geld im Tristan Fonds vorausschicken will, um die Häuser bewohnbar zu machen und auf den Feldern zu säen; das Gros der Siedler soll dann nachkommen. Der Reporter hält es für möglich, daß seine Zeitung dieses Vorhaben öffentlich unterstützt. Darauf wenden sich alle an mich, wie ich die Lage einschätze, aber ich habe nichts Neues anzuführen. Da endlich ist Marah, sie gibt mir die Hand, es ist ein klein zusammengefalteter Zettel darin, und ich weiß mich angestarrt von allen. Ich will nicht, daß der Augenblick des Wiedersehens schon wahr ist, jetzt noch nicht. Der Reporter nimmt mich mit nach Southampton. Erst als ich im Hotelzimmer auf dem Bett liege, lese ich ihre Nachricht. *Nächsten Dienstag am Strand, mittags* steht darauf, nicht mehr.

Von Southampton nach Poole, umsteigen an der Temple Combe Junction und in Exeter, von dort weiter nach Helston, wo mich der Hotelbus nach Mullion ins Poldhu Hotel bringt, die ganze Zugreise über niedergeschlagen, als kehrte ich mit leeren Händen nach Hause zurück. Meine Mutter hat für mich ein Zimmer neben dem ihrem im Dienstbotentrakt hergerichtet und die Photographie meines Vaters auf das gehäkelte Deckchen am Nachtkästchen gestellt. Sie tut, als wäre ich nie fortgewesen, selbst als sie meine Geschenke auspackt. Ich erzähle ihr von meiner Stelle am Geographischen Institut in Kapstadt und wiederhole nur, was sie längst aus den Briefen weiß. Meine Reisen interessieren sie wenig, sie sagt bloß, daß ich ganz meinem Großvater nachschlage und mir die Haare schneiden lassen soll, sonst zeigt sie sich nicht im Dorf mit mir. Du bist jetzt 41, hast noch immer keine Frau und kein Haus gefunden, das ist das einzige, worum sie sich sorgt. Ich sehe ihren leicht bucklig gewordenen Rücken, die von der Chlorbleiche rauhen Hände und splitternden Fingernägel, erkenne mein Gesicht in ihrem wieder, würde mir sogar alles von der Seele reden und unterlasse es doch. Wir haben uns nie Gefühle gezeigt; nur so wurden wir überhaupt mit dem frühen Tod meines Vaters fertig, denke ich mir jetzt.

Warum sie noch nicht in die Rente gegangen ist, will ich wissen. Weil sie es sich nicht leisten kann. Und das Geld, das ich ihr geschickt habe? Noch zwei Jahre, erwidert sie, dann könne sie sich, wenn sie nebenbei noch Putzen geht, eine kleine Wohnung unten in Mullion leisten. Aber es ist, als sterbe etwas ab in ihr, sie ist müde, Falten ziehen sich tief durch ihr Gesicht, die Haut an ihren Armen hängt herab, und ich sehe an ihr, wie alt ich selbst geworden bin. Vor zwei Wochen war ich noch auf Tristan, und jetzt komme ich von Southampton, aus der Zeitung hat sie von dem Vulkansausbruch gehört, aber ich bitte sie, mir wie schon als Bub von meinem Großvater Jock Rogers zu erzählen, wie er seine Frau auf Tristan sitzen ließ und was ihn nach Plymouth verschlug. Meine Mutter gebraucht für diese Geschichte noch immer dieselben Sätze, ich erinnere mich beim Zuhören an den Wortlaut beinahe eines jeden, und ich bin wieder daheim.

Später gehe ich die Treppe hinauf in die Bar, ein Bier trinken; den modrigen Geruch im Korridor kenne ich ebenfalls noch von meiner Kindheit, wenn mich meine Mutter an ihrem Geburtstag hierher mitnahm, für Kaffee und Kuchen bei den feinen Leuten, wie sie sagte, und da sind immer noch die Photographien an der Wand von Marconis Sendestation, die vier eisernen Gittermasten mit ihren Plattformen, bewimpelt für den Besuch des englischen Königs, nachdem von hier aus der erste Funkkontakt über den Atlantik und die Krümmung der Erde hinweg gelungen war, allen damals bekannten physikalischen Voraussagen zum Trotz, drei gemorste Punkte, der Buchstabe S, denn Langzeichen hielt die Taste nicht aus. Im Speisesaal sitzen noch die letzten Gäste, es ist das Osterwochenende, am Tresen drängen sich die Touristen, und ich nehme mein Glas und schaue durch das Fenster auf den beleuchteten Kiesweg. Auf dem Feld dahinter konnte ich als Junge noch den Grundriß der Häuschens im Gras sehen, in dem die Generatoren standen, es zog mich an diesen Ort, ich wußte alles darüber, die Wellen waren 336 Meter lang, in Neufundland hatte Marconi den Antennendraht erst mit einem Drachen in die Luft gebracht, bis sie ihn zu einem im Hafen unter dem Signal Hill gestrandeten Eisberg gespannt hatten.

Es war ein Moment des Glücks damals, das Seegras weich und federnd bis zur Klippe, Heidekraut, der Torf trocken, alles roch nach Sommer im Wind, ich trug mein Fahrrad auf dem Rücken, und ich wußte mit einem Mal, daß Glück nicht nur etwas war, an das man sich erst erinnerte, nein, ich spürte es jetzt, ich war fünfzehn und beschloß, immer so zu bleiben wie an diesem Tag, es nie zu vergessen, daß meine Sehnsucht hier Raum hatte und ich nur die anderen Lettern des Morsealphabets noch lernen müßte, um alles sagen zu können, was, würde sich schon finden, es war etwas Unnennbares, aber es war, als könnte ich seine Umrisse sehen, sie festmachen an den Felsen, dem Gras, der Fläche Land mit seinem Blick übers Meer, ich suchte nach Worten, hörte die Heultonne in der Bucht, ihr hohles Pfeifen in den Wellen, *Full fathom five thy father lies, nothing of him that doth fade, but doth suffer a sea-change,* und wenn ich in den Ferien mit den Trawlern auslief, suchte ich die Küste danach ab; es lag eine Last auf mir, von der ich meiner Mutter nichts erzählte, denn das hätte einzugestehen bedeutet, daß mir etwas fehlte, was sie nicht ersetzen konnte. Und das wollte ich nicht; die Liebe meiner Mutter war alles, was ich hatte, und damit mußte ich ein Auslangen finden.

Im Internat sagten sie ihr, ich könnte bessere Leistungen erbringen, wenn ich aufmerksamer wäre, meine Mutter arbeitete hart dafür, das wußte ich; sie schickte mich ein Jahr früher auf die Schule, weil sie keine Zeit hatte, auf mich aufzupassen, aber ich konnte mich trotzdem nicht konzentrieren. Vor meinen A-Levels wurde ich krank und bekam bloß Bs und Cs, sonst hätte es für Oxbridge gereicht – ich traf Studenten von dort, sie waren auch nicht klüger als ich, aber wie jeder meiner Kommilitonen schienen auch sie eine Leichtigkeit zu besitzen, die mir abging. Ich wollte immer hervorstechen, fand mich damit aber nur im Abseits, sah alles im Vorübergehen, war ewig in einer unklaren Mitte zwischen Brillanz und Mittelmaß, mein ganzes Leben lang befangen darin, daß ich weder außergewöhnlich noch durchschnittlich war.

Aus dem Wurlitzer kommt Tony Sheridan, *My Bonny is over the Ocean,* und im Dunkeln vor dem Fenster fängt der Mai an; die Fuchsien blühen und die dicken Köpfe der Hortensien. Mit dem Kellner hinter der Bar bin ich in die Schule gegangen; wir tauschen ein paar nichtssagende Floskeln aus. Der Umgang mit Menschen ist mir nie leichtgefallen, als habe der frühe Tod meines Vaters mich von ihnen abgesondert, daß ich nur abseits von ihnen meinen Platz fand, selbst mit seiner nur leichten Epilepsie hätte er nie auf einem Fischkutter arbeiten dürfen. Er rührte deswegen keinen Tropfen Alkohol an, aber irgendwann kam man ihm stets drauf. Dann wurde er nicht mehr wieder angeheuert, so wechselten wir einfach den Ort, und er fing wieder von vorne an, er war ein guter Fischer und Seemann, bis er mitten in einem Sturm an Deck einen Anfall erlitt und über Bord ging. Ich lernte mit der Leere, die er hinterließ, umzugehen, und auch mit den Menschen, indem ich einen Umgangston fand, der gerade genug Abstand zu ihnen hielt, um alle Gespräche über Persönliches zu vermeiden. Vielleicht habe ich deshalb mein Leben lang nach dieser unmöglichen Liebe gesucht, die Nähe verspricht, indem sie fern bleibt, als hinge alles von einer Weite ab, die man erreichbar glaubt, zum Greifen nahe, gleich einer Insel oder einem Neufundland am anderen Ende eines Ozeans, denke ich mir, während der Barmann mir von dem Sturm zu Weihnachten erzählt, der die Hälfte der Bäume entwurzelt hat.

Die blau und weiß gestrichene Holzhütte des *Beach Café* mit den Tafeln für *Coca-Cola* und *Wallis Ice-Cream,* Jollen und Yachten links der Straße nach Tristan Close, Namen wie *My Funny Valentine* oder *The Flying Dutchman,* ihre Masten klirrend in der Brise; der Schlick der Ebbe unter der Wasserlinie, am Kies Orangenschalen und Plastikflaschen. Der Himmel düster, die Sonne unsichtbar hinter den Fallstreifen der Wolken, die Isle of Wight ein breiter Schattenstrich am Horizont. In der Mitte des Strandknies eine einzelne Sandkiefer. Ich erkenne Marah schon von weitem, ihr Mantel flatternd im Wind, der Kragen aufgestellt. Ich weiß nicht, wohin mit meinen Händen, ob ich ihr entgegengehen soll oder stehenbleiben beim Baum; was sagen. Graue Schläfen kriegst du, lacht sie. Und du …, aber ich bringe den Satz nicht heraus, will sie nur anschauen. Ihr Mund und die Augen, die kleine dunkle Stelle im Blau darin, ihre unzähmbar schwarzen Locken, über die sie ein rotes Gummiband gestreift hat. Ich sehe zum ersten Mal die Frau in ihr, zu der sie geworden ist, voller um die Hüften, und weiß nicht, warum ich sie jetzt nicht an der Schulter umfasse und ihren Kopf an meinem Hals berge.

Wir spazieren nebeneinanderher, beide den Blick zu Boden gerichtet, die Hände in den Taschen, nur ich sehe jedesmal zu ihr hin, wenn ich ihr antworte; wir reden beide drauflos, unwichtig, worüber. Marah war bei ihren Eltern in Irland zu Besuch; kaum zwei Monate nach der Ankunft in England starben zwei Swain und ein Hagan an einer Lungenentzündung, und der Rest litt ewig an Bronchitis und Grippe; oder Brangain, ihre Schwester, als sie mit ihrer Schwiegermutter in Southampton einkaufen war. Sie schleiften einen großen Sack Kartoffeln hinter sich her, um ihn vor einem Kleiderladen stehenzulassen, in dem sie Kopftücher gesehen hatten, weil er zu dreckig für ein solch schönes Geschäft war. Als sie wieder rauskamen, war er weg, sie dachten, irgendein netter Mensch habe sich seiner angenommen, und gingen zurück dahin, wo sie ihn herhatten, um zu fragen, ob ihn jemand dort wieder abgegeben habe.

Aber es ist Schlimmeres passiert. Big Gordon; als du weg warst, hat er seinen rechten Arm bei einem Unfall in der Fischfabrik verloren – und jetzt kam er als Wachmann in den Hafenanlagen unter und wurde von ein paar jungen Rowdys überfallen, die Geld wollten. Weil er keinen Cent in der Tasche hatte, nahmen sie ihm die Uhr ab, die er von seinem Vater hatte, das Wertvollste, was er besaß, zertraten sie, schlugen ihn zusammen und ließen ihn liegen. Danach ging lange keiner mehr nach Einbruch der Nacht aus dem Haus. Und das gab irgendwie den Ausschlag – obwohl sich unsere Mädchen bald an Röcke auf Kniehöhe gewöhnten, Lippenstift und Nagellack, und die Haare kürzer zu tragen begannen. Und Ed ist jetzt natürlich hinter den jungen Mädchen im Dorf her.

Der Kies gibt unter jedem Schritt nach, Marah trägt Stöckelschuhe, und ich sehe, daß sie Nylonstrümpfe anhat. Wir bleiben stehen. Ich will sie spüren jetzt; aber sie wendet ihre Augen wieder ab. Ich arbeite in Milbrook, in einem Fish & Chips Shop gegenüber dem Stahlwerk, sagt sie; ich muß um drei wieder zurück sein, aber Ed kommt gleich aus der Schule. Er ist ein heller Kopf, fügt sie nach einer Weile hinzu. Und dann, daß sie vom Bus aus immer die Weiden am Flußufer sieht, mit ihren langen gelblichen Blättern und den Kätzchen daran.

Sie kehrt um, wir gehen zurück zur Straße, unter der Mauer des Tudorschloßes vorbei. Es ist eine Enge um meine Rippen, den Bauch, ich versuche mir meine Enttäuschung nicht anmerken zu lassen, jeder Muskel in meinem Gesicht schmerzt. Wir stehen vor dem gußeisernen Gitter, bis sich die Türen öffnen und Marah nach Ed ruft. Das ist Christian, stellt sie mich vor; er war früher einmal bei uns auf Tristan. Ed ist so groß wie ich und mustert mich ohne jede Scheu, seine Augen sind heller als Marahs. Ich strecke ihm meinen Arm hin und bin überrascht über seinen Händedruck.

In einem Tearoom essen wir Hamburger und Bohnen; er hält die Gabel wie ich zwischen Zeigefinger und Mittelfinger. Der erste Flaum steht ihm auf den Lippen; wir reden über die Schule, ich frage ihn, was er einmal werden will, aber die Frage hat für ihn keinen Sinn, er erwidert bloß, daß er bald nach Tristan zurückkehren wird. Am Gesichtsausdruck und im Ton erkenne ich meine eigene Verhaltenheit wieder, aber jede Befangenheit hat sich an ihm verloren; er ist selbstbewußter, als ich es mit siebzehn war, sicherer. Daß sich von selber ein väterliches Gefühl einstellen würde, sobald ich ihm gegenübersäße, habe ich geglaubt; aber ich fühle nur Neugierde. Unter der Hingezogenheit zu Marah jetzt, die mich vom ersten Augenblick an wieder übermannt hat, kaum mehr denken läßt, ist da eine Blindheit, als müßte ich mir meinen Sohn erst ertasten. Aber ich erreiche ihn weniger noch als Marah; er kann nichts dafür.

Kaum eine Stunde, und Ed geht wieder heim. Wir verabschieden uns, ich möchte ihn in die Arme schließen, doch dafür ist er zu groß. Marah begleite ich zur Bushaltestelle, ohne daß sie mich darum gebeten hätte. Wir warten. Ich weiß, daß sie mir alles aus dem Gesicht ablesen kann, will es nicht dazu kommen lassen, werde immer linkischer und rette mich in die Einsilbigkeit. Wir haben uns nichts mehr zu sagen. Als der Bus endlich kommt, ist es fast eine Erleichterung; bevor sie einsteigt, meint sie nebenhin, daß sie morgen bis 5 Uhr arbeitet.

Ich gehe die Straße von Calshot auf und ab, in die wenigen Auslagen starrend, und fahre schließlich wieder nach Southampton in mein Hotel. Ich warte, jede Minute, schlaflos die Nacht, die kleine Schatulle, die ich von einem Juwelier geholt habe in der Jackentasche, aus dem angelehnten Fenster auf die regennasse Straße schauend; ein Taxi, das an der Ecke hält. Zu verstehen, was an unserem Leben mich hierher geführt hat; die Einsamkeit eine leere Überraschung. Und alles kommt zurück nun in dieses Zimmer; aber es ist Marah allein, für die ich je in mir Raum hatte. Die Nachttischlampe reflektierend im Glas, der Holzboden, das Bett, das Waschbecken, jede Einzelheit noch im Kleinsten erkennbar; und da ist nichts mehr, das noch eine Stelle hat, Marah das eine fehlende Fragment, ohne das das Spiegelbild unvollständig ist, es ein halbes Leben lang war, mein Gesicht fremd darin.

Die Gasometer von Totton, auf der Red Bridge, die blau ist, über den Test River, vorbei an einem Hochhaus mit zwanzig Stockwerken zu den Werkshallen der *Morgreen Metal Industries;* es ist noch viel zu früh. Ich schaue auf die einzige Photographie, die ich von Dir besitze. Du drehst Dich darauf um, als stünde jemand gerade hinter dir, Du lachst, der Hintergrund ist nichts als Himmel, doch in dem Moment, wo ich den Auslöser gedrückt habe, war da diese leichte Traurigkeit in Deinen Augen. Jeden Satz, den ich sagen will, habe ich mir überlegt, aber als Du vor mir stehst, ist alles vergessen. Du hakst Dich bei mir unter und fragst, wohin ich Dich jetzt zum Essen ausführen werde. Wir nehmen den Stadtbus und spazieren zur St. Michaels Church; ich bin glücklich, weiß, daß es nicht halten wird, und klammere mich um so fester an ihren Arm. Ein Kleid will ich ihr kaufen, und kurz bevor die Geschäfte schließen, sehe ich eines; es gefällt ihr, sie ziert sich und will es nicht anprobieren, aber ich lasse es trotzdem einpacken. Wir suchen ein Restaurant, und plötzlich sagt sie, daß sie das Kleid nun doch tragen möchte; sie nimmt die Tüte und läßt sich die Toilette zeigen, um sich umzuziehen. Sie ist schön darin, und ich drücke ihr einen Kuß auf den überraschten Mund. Schade, meint sie; schade, daß die Schuhe nicht passen.

Das Restaurant sieht einladend aus, die Kellner sind steif, von den Tischen hört man nur Flüstertöne, aber sie genießt das Ritual des Weins und läßt sich die Menükarte übersetzen. Dann lege ich das kleine, verpackte Schächtelchen auf den Tisch, das ich seit Tagen in meiner Jackentasche trage. Sie erschrickt. Das habe ich dir mitgebracht, sage ich. Sie wickelt die Schatulle aus, klappt sie auf und nimmt den Stein. Ich versuche zu erklären, verhasple mich, und sie legt ihre Hand auf mein Handgelenk und drückt mich, fest. Die Männer haben sich nun endgültig entschlossen, sagt sie; in drei Wochen wollen sie mit dem Postschiff ablegen. Marcus wird auch dabei sein. Wir Frauen sollen mit den Kindern und den anderen einen Monat später nachkommen. Nur vier von uns wollen hierbleiben. Die *Daily Mail* zahlt einen Teil der Reisekosten.

Da beginne ich ihr von allem zu erzählen, es bricht aus mir heraus, ich gestehe ihr eine Liebe, die nichts rechtfertigen kann, keines der vergangenen Jahre, weder ihr Leben noch meines, nicht einmal Ed. Wir reden abwechselnd, durcheinander, als passe alles auf dieses weiß gestärkte Tischtuch, auf das ich Wein verschüttet habe, er steigt uns in den Kopf. Mit einem Mal schaut Marah auf die Uhr, es ist halb zehn. Sie sieht meine Enttäuschung, setzt ein Lächeln auf und sagt, daß sie mein Kleid wieder ausziehen muß, bevor der letzte Bus nach Calshot fährt.

Auf der Straße nehme ich ihre Hand, der Nachtportier in meinem Hotel mustert uns wortlos, und erst jetzt weiß ich, daß wir miteinander schlafen werden. Marah schaut mir in die Augen, bevor sie das Kleid über den Kopf zieht, auch, als sie den Büstenhalter löst, und ich sehe meine Sehnsucht in ihren Augen wieder. Ich will nicht nach dem Tag riechen, sagt sie leise, geht zum Waschbecken, findet mein Shampoo. Ich schlage die Decke zurück und lege mich aufs Bett; im Licht der Lampe schaue ich ihr zu, wie sie sich die Haare wäscht und der Schaum an ihren Schulterblättern bleibt. Sie rubbelt es mit dem Handtuch trocken und stellt sich vor mir an die Bettkante. Die Brüste sind schwerer geworden nach Ed, sagt sie; ich strecke meinen Arm hoch zu ihr und streife mit dem Handrücken über ihre Rippen. Sie nimmt meinen Finger und führt ihn über die Naht zwischen ihren Beinen; und das ist die Narbe, die er mir gemacht hat. Und etwas kommt an ein Ende, weil es einen Anfang gefunden hat, ich küsse ihren Bauchnabel und ziehe sie aufs Bett, küsse ihre Schenkel, das Haar ist rauh auf der Zunge, ich lecke über ihre Schamlippen, es ist ihr Geruch, die ganze Haut schmeckt nach ihm, ich küsse jeden Zoll ihres Körpers einzeln, nur so erkenne ich sie wieder, das Vertraute, das nie der Worte bedurfte, und kuppe meine Hände um ihren Busen, sauge an den Brustwarzen, nur sie sind bitter, beiße sie, und erst dann küßt sie mich, ist ihr Mund und die Zunge auch meine, die Fingerspitzen über die feuchten Wangen streifend, über die dünnen Lider, die Nase hinter ihrem Ohr, ich esse an ihrem schweren schwarzen nassen Haar, und da ist kein Verlangen mehr, keine Lust und nichts zu stillen, es ist ihr Körper, der wieder zu meinem wird, und die Behutsamkeit jeder Geborgenheit, der Atem ruhig, an der Kerbe der Brust.

Dann ist es Zeit für Marah zu gehen, aber ich setze sie in ein Taxi. Der Portier stiert mich an wie einen Freier, ich bitte ihn um einen Briefumschlag, stecke eine Fünf-Pfund-Note hinein, klebe es zu und drücke es ihm in die Hand, damit ich nicht ihn für die Stunde mit Marah bezahle, sondern das Zimmer.

Wir sehen uns, sooft es geht; Marah sagt Marcus, daß sie Überstunden macht, um Geld für die Rückkehr zu sparen. Sie redet nur selten von ihm. Zum Trotz erzähle ich ihr von anderen

Frauen. Wie leicht es fiel, sich zu verlieben, weil ich irgend etwas von Dir an ihnen wiederfinden wollte, doch je mehr ich ihnen näherkam, desto weniger ertrug ich, daß sie nicht Du waren. Ich bemühte mich, zwang mich zur Geduld, ich wollte die Liebe, ich vermißte sie, schlief mit ihnen, als würde ich dadurch verstehen, warum mich nie mehr eine solche Leidenschaft erfaßte. Vielleicht weil Du meine erste Frau warst; oder ich jung war, meine Haut dünn.

Marah sitzt mit gekreuzten Beinen auf dem Bett; Scham gab es nie zwischen uns. Ich warte, ob sie mir nun gesteht, daß es ihr mit Marcus ähnlich erging, aber sie schweigt. Und zeigt keine Eifersucht, spielt sie mir nicht einmal vor, während ich ihr eine Liebe zu beweisen glaube, von der ich nie gewußt habe, wie sie je wirklich werden lassen. Marah legt ihren Kopf in meinen Schoß. Ich ziehe ihre Schulter sanft zu mir hoch und frage sie das, was ich sie seit Wochen fragen will: ob sie bei mir bleiben, sie und Ed, hier in England, und ich uns ein Haus kaufe, da, wo meine Mutter wohnt, in Mullion? Wenn sie nicht zu Marcus zurückgeht, sondern mit mir zusammenlebt? Sie richtet sich auf und preßt ihre Schultern an die Wand. Nein, sagt sie und nennt mich bei meinem Namen. Nichts weiter. Warum? Sie sucht nicht nach Worten; es ist nichts abzuwägen. Mit Marcus zu leben, darin kann ich alt werden, sagt sie; die Liebe zu ihm ist eine andere, weil ich bei ihm anders bin.

Ich will es nicht begreifen, wende ein, was ich dagegen aufzubringen vermag, wir können auch nach Kapstadt ziehen, ich habe Arbeit dort, eine Wohnung, aber was ich bin, vermag nichts aufzuwiegen, keiner der Sätze, die mir jetzt wie von selbst über die Lippen kommen; aber ich lasse nicht, es dennoch herbeizureden. Es gibt nur einen Moment, wo ihr das Antworten schwerfällt, doch ich höre immer noch das Nein heraus. Sie streicht über meine Augenbrauen und drückt mich zurück aufs Bett. Schlaf mit mir. Ich will aufstehen, um die Dose zu holen, aber sie hält mich zurück und sagt um so bestimmter: Schlaf mit mir. Es ist lange, daß wir ineinander sind, die Bewegungen beinahe unmerklich, ich spüre ihren Atem an meiner Oberlippe, wir halten uns, halten uns fest, wir wachsen zusammen, das ist eine Ader an Deiner Schläfe, die pocht, die Augenlider flatternd, und je tiefer ich in Deine

Pupillen schaue, desto dunkler werden sie, schwarz, die Hände am Rücken und Du riechst nach Rinde, sage ich, die Rispen Deiner Locken, fiedriges Laub, Dein Haar lang vor meinen Augen, eine Weide am Flußufer unterhalb der Straße. Aber wir waren zu spät für den Himmel.

Rostige Geleise am Kai, Poller und gespannte Trossen, die Schiffskräne unter den von den Lichtern der Stadt roten Wolken, das faulige Steigen der Flut. Ich hätte längst schon zurück sein müssen, ich verliere sonst meine Stelle, aber ich habe es hinausgeschoben und ein Telegramm an Chris nach Kapstadt geschickt, das mich krank meldet. Unter dem Druck der Zeitungen hat die Regierung eingelenkt und ein dänisches Schiff gechartert, das die Siedler jetzt zur Insel bringt, nachdem Chief Willi und seine Männer bereits dort gelandet sind. Ich helfe Marah und Ed mit ihren Koffern und bringe sie zur Gangway der *Bornholm,* ich habe nichts mehr gesagt, und warte doch bis zuletzt, daß sie sich anders entscheidet und bleibt. Wir verabschieden uns, Ed geht die Kabine suchen, Brangain steht neben uns, zusammen mit Martha Rogers und meiner Mutter, sie hat einen Hut auf, und Marah bringt ihren Kopf nahe an meinen und sagt mir, daß sie schwanger von mir ist. Es ist so unerwartet, daß ich nicht überrascht bin. Der Wind rafft an ihrem Haar, als sie sich noch ein letztes Mal umdreht. Dann steht sie oben auf der Reling und winkt und einen Augenblick fühle ich mich beinahe erleichtert, als hätte ihre Entscheidung auch mir jede abgenommen, die ich zu treffen gehabt hätte. Erst als ich das umzäunte Hafengelände verlasse, weiß ich, daß ich sie für jede Stunde, die ich mit ihr verbracht habe, eine Woche länger vermissen werde, aber daß es doch nie aufhören wird, jetzt, wo sie wieder ein Kind von mir bekommt, wird das Erinnern nie aufhören, sondern Teil von mir, etwas, das sich bewahrt.

MALLUNGEN, der Atlantik danach wieder so glatt, daß er glänzt wie Eis, ein paar Tröge bloß auf seiner spiegelnden Fläche, den Mittagslöchern eines Gletschers gleich; statt gegen Morgen wirft die *Transvaal* schon um Mitternacht vor Tristan Anker. Der Himmel ist klar, die Silhouette der Insel ausgeleuchtet von einem feurigen Spalt, sein wanderndes Rot, das schwächer wird am Rand, wenn darüber die Rauchschwaden hängenbleiben. Der Schwefelgeruch dringt bis an Bord, ein verzweigter Riß in der Lava hinab zum Ufer.

Im ersten Licht ist das volle Ausmaß des Ausbruchs zu sehen. Vom Big Beach und dem Herald Point, wo unsere Baracken standen, ist nichts übriggeblieben, die Lava ist fünfhundert Yards darüber hinweggeflossen und reicht nun, von der Brandung bereits glattgeschliffen, in einer Kante vom Hottentot Point bis Pigbite und hat eine Lagune in der Mitte zurückgelassen. Wo die Fischfabrik war, erstreckt sich jetzt eine schwarz zerklüftete Halde von Blöcken, darüber der Tumulus des Kraters. Den K'ach, h'als die d'eißigtausend Gallonen Diesel do't h'explodie'ten, hö'ten wir bis Nightingale, meint Adam Swain, der neben mir an Deck steht. Das Dorf jedoch scheint es verschont zu haben. An Land zu gehen wird zum Problem. Wir können die Boote nur in der Boatharbour Bay ans Ufer ziehen und von da alles zu Fuß ins Dorf tragen. Die Kartoffelfelder sind vollkommen von den Ratten zerfressen und mit Unkraut überwuchert, verweste Tierkadaver allenthalben, Fliegen.

Trotz des Gefälles hat die Lava die Siedlung nicht erreicht und die Hitze nur Dennis Greens Haus in Brand gesetzt; die erste Eruption war zu dickflüssig, sagt Fisher, sie schob sich in schweren Wülsten voran, die dann zur Barriere wurden und den Strom zum

Ufer ableiteten. Die Beben aber haben die Klippe zum Einsturz gebracht, und der Fels liegt jetzt in seiner ganzen Länge nackt und häßlich da; zwischen den Häusern zieht sich eine tiefe Spalte, die wir erst überbrücken müssen. Leichte H'E'dstöße kamen h'anfangs 'n paa'mal pro Tag, h'und das ging so h'über Wochen, daß wir h'uns be'eits da'an gewöhnt hatten, erzählt Adam. 'n richtiges Beben spü'ten wir h'e'st sonntags h'in der Ki'che, wo sich die Maue'n bogen h'und 's h'einen Augenblick so h'aussah, h'als stü'ze das Dach h'über h'uns zusammen. Wir liefen Hals über Kopf h'ins F'eie h'und dann k'achte der Be'g h'in 'er riesigen Staubwolke he'ab, Risse zogen sich du'chs G'as h'und h'über die Wege; h'in den Häuse'n war h'alles von den Wänden gefallen h'und weder Fenster noch Tü'en ließen sich mehr schließen. Wir schliefen draußen; anderntags h'aber waren die meisten Risse wie durch ein Wunder wieder verschwunden, und auch die Türen gingen wieder tadellos auf.

Mary sagte, wir dürften nicht im Haus schlafen, wir wären auf der falschen Seite des Spalts, auf der anderen wären wir sicher, h'aber h'ich sagte, so 'n Blödsinn h'und blieb; es rumpelte die ganze Nacht durch, aber ich hab' einen gesunden Schlaf, und das Haus war alles, was wir besaßen. Sie tat kein Auge zu, und am Morgen kommt sie und schreit, H'Adam, H'Adam, die H'E'de tut sich auf! Der Schlund da öffnete sich zehn Fuß tief; ein Schaf war hineingefallen, das blökend versuchte, herauszuklettern, aber der Boden darin wurde heraufgedrückt, bis das Schaf herausspringen konnte. Adam lacht bei der Erinnerung daran; h'es g'aste h einfach weiter, h'als wär nichts geschehen. Auf der anderen Seite des Spalts jedoch begann sich die Erde zu heben, ein hoher senkrechter Wall aus Dreck und Steinen, der wieder einfiel, als der Boden Blasen zu bilden anfing und sich aufwarf; am Abend war da schon ein dreißig Fuß hoher Hügel, aus dem ein Felswacken um den anderen herausgepreßt wurde, um an der Seite herabzurutschen. Da alarmierten wir über Funk Simonstown, damit uns die *Tristania* holt.

Uns nach Nightingale in Sicherheit zu bringen, dafür war's zu spät, also holten wir Sack und Pack, Mary ihre gerahmten Photographien unterm Arm und im anderen einen Karton, und machten uns alle zu den Kartoffelfeldern auf. Aber kaum waren wir beim Burnt Hill, läuft sie wieder zurück und kommt dann mit den Schuhen, die ihr herausgefallen sind, nagelneue, die sie mir zu Weihnachten schenken wollte; tu' ich also, als seh' ich's nicht. Wir hatten den Esel beladen, und ich trug mein Gewehr und einen Sack mit Kleidern, und es fängt auch noch zu gießen an. Wie froh waren wir über unsere Hütte dort, wir nahmen mit rein, was reinpaßte, wie Sa'dinen h'inner Dose, ja, wie Sa'dinen, h'es h'ist wahr, h'inner Dose, kalt, elend, ohne was zu trinken, kein Essen, nichts. Aber die meisten anderen waren schlimmer dran; sie schliefen im Graben oder an einer Mauer und froren im Wind.

Mir war's zu dumm; um zwei Uhr morgens dann war der Hügel schon zweihundert Fuß hoch, geschwollen wie eine Eiterbeule, und Rauch ging auf; es leuchtete, sag' ich dir, gespenstisch wie St. Elmsfeuer, und die Beule beginnt zu bluten. Dann bumst's und alles fliegt in die Luft; Patsch ... und ein Glutbrocken landet keine fünf Schritt von mir, es stinkt teuflisch, Asche überall, daß ich kaum schnaufen kann, und ich denk', die Insel geht unter jetzt, aber es nützt nichts, es regnet Asche, dick wie Nebel, wir müssen ins Dorf zurück, die Boote holen, das Wasser siedet und kocht, aber wir bringen sie durch und alle heil nach Nightingale, wo uns die *Tristania* holt, einen englischen Zerstörer im Schlepptau, als könnt der uns helfen. Seitdem sitzen wir in England fest.

Unter dem Krater weiden die Kühe, die Hühner gackern um die Häuser, aber von den ursprünglich siebenhundert Schafen zählen wir kaum fünfzig, und die Gänse sind zur Gänze verschwunden. Haben wohl's fliegen gelernt, scherzt Adam noch, aber dann merken wir, daß die Türen erbrochen sind, und überall willkürlich im Garten verstreut Haushaltsgerät, das so niemals auf der Flucht verlorengegangen sein kann, Töpfe, Möbel, eine Nähmaschine, eher, als habe man sie fallengelassen, weil man Besseres entdeckt hat. Wer die Häuser geplündert hat, ist uns unerklärlich. Ansonsten wirkt das Dorf, als wäre es bereits vor Jahren verlassen worden; in manchen Häusern wächst innen bereits Gras. Ich trage um Marahs Haus alles zusammen, was ich finden kann, und verbringe den halben Tag damit, es notdürftig einzuräumen und die Regale gerade zu hängen. Ein Modergeruch geht von den Wänden aus, ich beziehe darin für die paar Tage unseres Aufenthalts Quartier und fühle mich auf seltsame Weise zu Hause; da ist ein Photo von ihr, und ich stelle es mir neben das Bett.

Der *World Wildlife Fund* und die *Society for the Prevention of Cruelty to Animals* haben die Expedition mitfinanziert, es sind ein Geologe, ein Zoologe und ein Botaniker dabei, um den Vulkanausbruch und seine Folgen auf das ökologische Gleichgewicht der Insel zu studieren, indem sie Tussok *poa,* Gras *spartina,* den Strauch mit den roten Beeren, die man hier immer zu Marmelade verkocht hat, *nertera,* den Inselbaum *phylica* und die Algen *macrocystis* nennen; und das Gestein besteht nunmehr aus Basalt, Andesit, Trachyt, Tuff, plutonischen Scorien und Phonolithen, die hell wie Glasharfen klingen. Das erste aber, was wir tun, ist, die bereits halb verwilderten Hunde zu jagen, damit sie nicht den Rest des Viehbestandes reißen; die Pinguine haben sie fast vollständig dezimiert. Mir hat man einen jungen Südafrikaner, der seinen Militärdienst an Bord ableistet, zur Seite gestellt, Frank Caherdin. Gedacht habe ich an alles, außer an ein zweites Paar Schuhe; vom Gehen über das frische Lavafeld sind uns schon nach einem Tag die Sohlen bis aufs Leder zerschnitten und stellenweise geschmolzen. Innen im Kessel hat sich noch keine durchgehende Kruste gebildet, das Magma brodelt sattrot, das Platzen jeder Beule ein obszönes Geräusch. Wir gehen die Insel ab, nirgendwo sind andere Krater entstanden, und die eigentliche Vermessungsarbeit ist bald getan. Weil Adam meint, daß aus der Lagune vielleicht in Zukunft ein Hafen zu machen wäre, projektiere ich ihn auf dem Blatt; aber bei jedem Kontakt, den wir mit den offiziellen Stellen in England hatten, wurden wir darauf hingewiesen, daß eine Wiederbesiedlung der Insel für ausgeschlossen gilt und sie zum Naturreservat erklärt werden soll.

Es ist siebzehn Jahre her, daß ich Tristan verließ, und ich denke mir, daß dies das letzte Mal sein wird, daß ich die Insel betrete. Ich bin fast widerstrebend gekommen, weil ich mich hier nur den Erinnerungen preisgegeben sah, doch Marah ist nicht da, und sie fehlt mir eigenartigerweise auch nicht, als habe sich seit der Eruption und dem Exodus hier jede menschliche Anwesenheit als das herausgestellt, was sie seit jeher war, vorübergehend und eine Illusion; es ist in dieser Gleichgültigkeit, daß die Gedanken an Marah aufgehört haben, mich zu bedrängen. Wenn die letzten menschlichen Spuren mit dem nächsten Winter getilgt sein werden, ist mit dem Regen und der dünnen Schicht Asche, die wir überall verweht finden, auch alles, was wir einmal berührt haben, vom Fels und Gras ins Erdreich gewaschen. Darunter kommt jetzt eine Zeit zum Vorschein, die älter ist als alles Leben, eine Zeit, die so schwer verstehbar ist, daß Marah und ich darin keinen Ort mehr haben.

Böen wirbeln heißen Staub vom Kraterrand auf, der uns die Augenbrauen versengt. Fisher, unser Geologe, Caherdin und ich steigen zum Pigbite hinunter, der Wind ist weiß von Asche, die, feiner als Schnee, über die Wellen getrieben wird und absinkt, auf Hänge und Grate einer Welt unter Wasser, die dort, wo das Licht nicht mehr hindringt, ebenso tot ist wie das scharfkantige Gestein hier oder die frische Narbe des Felsrutsches, und ich frage Fisher aus, als wir am Rand des Lavafeldes stehen, damit er mir diese Fremdheit begreiflich macht: Ein endlos schneeiges Rieseln von Plankton auf den Meeresgrund ist es, zweihundert Millionen Jahre hinab, während Magma aufsteigt aus dem Inneren der Erde – das in derselben Glut flüssig wurde, aus der sich auch die Sonne formte, Magma, angereichert mit Helium, dem ersten beim Anfang des Universums entstandenen Element.

Fisher zeichnet uns ein grobes Diagramm in die Flugasche, wie es durch den Erdmantel gedrungen ist und sich unter der Kontinentalkruste ausgebreitet hat, jenem Saum entlang, der die beiden Amerikas und Afrika da noch aneinanderband. Es sieht aus wie ein Körper, die Lunge des Magma sich gegen die Rippen pressend, ein und ausatmend, pochend wie Blut, anschwellend, sich aufstauend und das Land darüber anhebend, es auseinanderziehend, bis es dünn wird wie Haut, schließlich reißt und geschmolzenes Gestein sich nun durchschmilzt und sich in die Grabenbrüche ergießt, von Neufundland über Brasilien bis nach Westafrika. Die größte Eruption der Erdgeschichte in dieser einen Handbewegung, mit der Fisher einen Teil seiner Zeichnung wieder auswischt; drei Millionen Quadratmeilen von Lava, die dieses Pangäa unter einem Himmel auseinanderreißen, der zu heiß zum Atmen ist, stickig und grau. Das halbe Leben stirbt aus, während das Mittelmeer und der Pazifik jener Urzeit in dieses immer breiter aufklaffende Tal überschwappen, das immer tiefer und weiter wird: zum nordatlantischen Becken. Während weiter aus diesem Riß im Erdmantel der Meeresgrund wächst, um die immer größer werdende Kluft zwischen den Kontinenten auszufüllen und sich an ihren Rändern ein ozeanischer Bergrücken aufbaut.

Dann öffnet er mit der Hand einen zweiten Riß in Pangäa, und Lava fließt über Südbrasilien, Argentinien und Namibia. Die Ebene, die vom Sertão bis zum Paraná reicht, hebt sich unter einer Magmafahne, daß die Quellflüsse des Iguaçu nun ihren Lauf ins Binnenland nehmen und donnernd über die Lavaklippe des Plateaus in den Paraná stürzen. Der Strom mündet erst beim heutigen Buenos Aires in eine Senke, die zum südatlantischen Becken wird – ein Bild des Abgedrängtwerdens vom Ozean und ein Wasserfall, der nie unten ankommt, vom Wind verweht wird.

Damit bricht aber auch die letzte Landbrücke zwischen Afrika und Amerika ab und läßt den Atlantik entstehen, während Indien und Madagaskar sich ablösen, Grönland, Schottland, Irland, und sich die kalten Strömungen von beiden Polen in seine tropisch heißen Wasser ergießen. In den sich auftuenden Grabenbrüchen tritt basaltische Lava wie flüssiges Glas aus in ein Meer, das dem Gefrierpunkt nahe ist, und erstarrt; es schiebt sich auf zu einem Konus, Schlacke, die sich Schicht um Schicht weiter an ihm anlegt; ein unterseeischer Berg, der vor drei Millionen Jahren über den Wasserspiegel gewachsen ist und diese fast vollkommene und viel zu schöne Kegelform unserer Insel gebildet hat.

Fisher schiebt den Kelp und Tang am Ufer beiseite und zeigt uns den Einschluß von Magma im ursprünglichen Sediment, die Zeit wie gefroren darin, grau und hart: Hornfels. Mit seinem Hammer zerschlägt er den Stein und zeigt uns den Schatten von Leben, der noch darin sichtbar wird. Hitze und Druck haben alles, was im Sand lebte, in einen schwachen kupfernen Schimmer verwandelt, der die Bruchfläche überzieht, die einzig übriggebliebene Evidenz von Fossilien nicht mehr als metallene Asche auf einem kristallinen Stein; weil das Magma in der Meerestiefe so schnell auskühlte, ist das Mineral des Felsens glatt und fein.

Er deutet auf die Klippe. Seiner Theorie nach lag das Plateau ursprünglich an der Wasserlinie; seine Höhe jetzt läßt erkennen, wie tief der Spiegel des Meeres gefallen ist, als das Wasser an den Polen gefror. Den Streifen Land, auf dem die Menschen siedeln, haben sie nur den Erdrutschen zu verdanken, der durch den Regen verursachten Erosion, dem Geröll, das er durch jeden Gulch wäscht. Daß der Vulkan aber nie ganz erlosch, zeigt sich auch daran, daß ein Gipfel existiert; an den flachen Profilen von Nightingale und Inaccessible am Horizont sieht man, daß sich die Magmakammer im Inneren wieder geleert hat, der Vulkan darüber eingestürzt ist und den Hohlraum mit seinem Schutt ausfüllte.

Im Krater aber steigt immer noch dieselbe, zweieinhalbtausend Fahrenheit heiße Magma aus dem Erdkern auf; sie hat Island aus dem Meer gehoben, die Azoren und Kapverden, Ascension, St. Helena, Tristan da Cunha und Bouvet, sie preßt mit jedem Jahr die Kontinente zwei Fingerbreit weiter auseinander und läßt den mittelatlantischen Rücken entstehen, den untermeerischen Gebirgszug, dessen Gipfel über dem Wasserspiegel stehen. Der eigentliche Nullmeridian, meint er, liegt auf dieser Linie, die sich von Island nach Bouvet ziehen läßt; dort wachsen die Kontinente aus dem Erdinneren und gleiten wieder hinab, an dieser unserer Hälfte der Welt.

Adams und Fishers Geschichte aber klaffen so weit auseinander, daß sie letztlich nichts erklären, die Geologie der Zeit und unsere eigene Lebensspanne, das Erdinnere und das Erinnern so unvereinbar, daß es keinen Sinn hat, sie gegeneinanderzuhalten. Doch mitten in den Ausführungen Fishers, dem man die Mühe anmerkt, sie für uns als einfach darzustellen, wird mir plötzlich bewußt, daß an der Anziehung, die Tristan auf mich ausübte, auch etwas Religiöses war. Daß hier ein Berg für mich mitten aus dem Meer emporstieg wie der Ararat aus der Flut, ebenso archaisch und gewaltig, jenes unverrückbare Aufragen im Fluß der Welt, das jede Insel letztlich symbolisiert, und mehr: denn dadurch, daß sie auch Ufer ist und zugängliche Küste, scheint sie auch zu versprechen, daß der Mensch daran teilhaben kann. Es war die Idee des Unendlichen, die ich darin verkörpert glaubte. Doch das Unendliche gibt es nicht; was Fisher uns vor Augen zu führen suchte, waren Bruchstücke einer Zeit, die für uns mehr als endlich ist, unbegreiflich endlich.

Noch einmal klettere ich zum Kraterrand hinauf und suche mir einen Lavabrocken, der in meine Handfläche paßt. Er ist leicht darin, der Anfang der Erde, rot und porös, und ich stecke ihn in meine Tasche, weil ich ihn Marah bringen will. Ich weiß, es muß eine Bedeutung haben, aber darüber nachdenken will ich nicht, ich will ihn ihr nur geben, und er wird mehr als bloß ein Vorwand sein, er wird die Mitte all dessen sein, was ich nicht sagen kann, und sie wird wissen, was ich meine, auch so, ohne daß ich erzählen muß, daß ein solcher Stein fünf Schritte von Adam Swain einschlug wie ein Donnerstein oder daß seine Frau die Lederschuhe für ihn verlor. Ich spüre ihn in meiner Jackentasche, ich werde ihn auf dem Boden neben ihrem Bett in Marcus' Haus legen, ihn mit mir tragen, auch dann im Flugzeug noch unwillkürlich nach ihm tasten, und er wird sich weiterhin fremd anfühlen, und so zufällig, daß ich ihn jetzt ebensogut im weiten Bogen aufs Meer hinauswerfen könnte, aber nur da ich weiß, daß ich ihn Marah geben werde, suche ich einen schön geformten Stein. Die Liebe zwischen Marah und mir war ein unablässiges Geben, mit dem die Dinge unter der Hand lebendig wurden, und deshalb wird dieser Stein so lange keine Bedeutung haben, bis sie ihn in Händen hält, und dann wird alles, was er ihr dann bedeuten wird, nur sein, daß ich ihn für sie gesucht habe.

Damit aber ist etwas beschlossen, und ich will jetzt bloß noch fort, bin ungeduldig, wie abwesend immer bei den gemeinsamen Essen abends. Nach all den Jahren kann ich das Warten plötzlich nicht mehr ertragen. Caherdin und ich helfen Adam einen Überblick zu gewinnen, was aus den Häusern alles gestohlen wurde. In der Kirche fehlt sogar der Christus, aber ich finde ihn dann in seinem Kartoffelkeller. Barrow muß ihn dort nach dem Ausbruch noch in Sicherheit gebracht haben. Wir tragen ihn wieder in die Kirche und nageln ihn über den Altar; ich glaube an nichts, aber ich tue es für Barrow. So viel Asche und Staub ist in der Luft, daß die Sonne jeden Abend in allen Farben Rot untergeht, als wäre es die Welt; manchmal leichte Beben. Die Lava fließt über den Krater, und wenn der Hang zu steil geworden ist, hören wir die Schlacken abrutschen, als wäre an dieser Stelle der Himmel offen und flösse nun träge durch sie, sein geschmolzenes Erz.

RESTWOLKEN DES STURMGEWITTERS in der Morgendämmerung und das Licht, das sich in ihnen bricht und langsam ausgelöscht wird. Sie sind seltsam raumlos in ihrer auseinandergerissenen Tiefe und Weite, eine unvermeßbare Landschaft, die einförmig weißen Flächen der Cirren, darunter die graublau-zerfurchten Felder der Cirrostraten, tiefer noch die dunklen Schollen eines Stratocumulus, das Meer wie gerade eben aus ihnen entstanden und daraus wieder die Klippe der Insel und der Streifen Land, auf dem die Häuser stehen. Die Dünung an die zwanzig Fuß hoch, die sich aus dem Wind hebt; David Hagan ist der einzige, der herausrudert, aber trotzdem ist nicht daran zu denken, von Bord zu gehen, die Wellen drücken sein Boot hoch gegen die Jakobsleiter der *Tristania*, daß es zu kentern droht, und erst nach mehreren Anläufen können wir ihm ein paar gutverpackte Ballen hinablassen. Der Kapitän lädt mich abends zum Essen in seine Kajüte, und wir schauen auf die Insel; es ist das erste Mal, daß ich elektrisches Licht dort sehe, eine Kette von Punkten bis zu der Fischfabrik.

Eigentlich hätten zwei davon gebaut werden sollen, erklärt der Kapitän, eine beim Dorf, die andere am Sandy Point, mit einer Eisenbahntrasse verbunden. Ein von den drei Kraterseen am Nordrand des Plateaus gespeistes Wasserkraftwerk wollte man ebenfalls bauen – und das alles für eine geplante Produktion von eineinhalb Millionen Langustenschwänzen in Dosen; aus dem Abfall glaubte man Dünger erzeugen und die ganze Landwirtschaft auf wissenschaftlicher Basis umgestalten zu können. Dafür wurde eine *Tristan da Cunha Development Corporation* gegründet, mit südafrikanischem und englischem Geld, die von ihrem Profit die medizinische und schulische Versorgung der Insel gewährleistet, einen Pensionsfonds geschaffen hat und jedem ein Jahreseinkommen von hundert Pfund verspricht; ein ›soziales Experiment‹, wie es die Zeitungen nannten, ja, auf dem Reißbrett. Aber niemand hatte daran gedacht, daß es auf der Insel ein Arbeitsproblem geben würde, weil die Siedler mit ihren Kartoffeläckern und dem Vieh ausgelastet waren und bloß von Zeit zu Zeit erschienen. Und zum anderen hatte man aufs Wetter vergessen, denn bei einer solchen Brandung kann man auch die Hummerkörbe nicht heraufholen; ist's gut, haben sie auf den Feldern zu tun, ist's schlecht, liegt alles brach. Und ganz abgesehen davon hätte eine einzige Industrie und die Geldwirtschaft, die sie damit einzuführen dachten, die 250 Menschen hier nicht ernähren können. Mit Geld wußten sie nie etwas anzufangen. So blieb alles beim Alten – nur daß es jetzt weniger Engpässe an Schnaps gibt.

Es hat sich trotzdem alles eingespielt. Die Fabrik wurde in eine Gefrieranlage umgewandelt, in der hauptsächlich die Frauen beschäftigt sind, während die Männer ausfahren; sie haben jetzt zwei Motorboote, die ihre Langboote zu den Fischgründen schleppen. Ein paar von ihnen arbeiten eine halbe Saison fix auf dem Schiff, von September bis Weihnachten, wo auf der Insel weniger anliegt. Von Januar bis März, wenn sie säen und nach Nightingale fahren, übernehmen wir auf der *Tristania* das Gros; 60 000 Langustenschwänze und 20 000 Pinguineier waren es in der letzten Saison, genügend Zubrot für alle.

Ein Dutzend Frauen wartet am Strand auf ihre abheuernden Männer; ich bin der einzige Passagier, doch sie übersehen mich geflissentlich. David ist alt geworden, seine blaue Seemannsjacke mit den Messingknöpfen noch zerschlissener und schlotternder um seine Knochen. Wie geht's, frage ich. Wie h'immer, antwortet er und schiebt seine Mütze über die Stirn, seine Wangen hohl. Und die Kinder? H'auch gut. Chief Willi salutiert vor mir, zum Spaß. Es ist Big Gordon Glass, der mir auf den paar Schritten hinauf ins Dorf erzählt, daß David Hagan nie genug Kartoffeln sät und deshalb im Winter jedesmal sein Vieh gegen Essen eintauschen muß; nicht einmal ein Ochsengespann hat er mehr. Seine Frau mit den vier Kindern lebt von Fischen, oder von gar nichts; und das, obwohl sein Vater früher der reichste Mann der Insel war. Auf dem Dorfplatz hängt eine unserer zurückgelassenen Torpedohülsen von einem Dreifuß; sie wird angeschlagen, wenn's ein Tag zum Fischen ist. Und du, was b'ingt dich her? Willst du zu Ma'cus – oder zu meiner Schwäge'in? Zuerst zu Ben, sage ich.

Sein Cottage ist sauber wie immer. Er sieht mich mit erhobenen Augenbrauen an, das wollig weiße Haar kurzgeschoren über dem braungebrannten Gesicht; man sieht ihm nicht an, daß er der Älteste der Insel ist. Wollt' fragen, ob ich die zwei Nächte bei dir schlafen kann? Ich warte gar nicht erst auf Antwort und stelle meinen Seesack ab. Seine Stimme wechselt nun zwischen einem tiefen, heiseren Grummeln und einem gebrochenen Falsett, als hätte er einmal zu oft mit hoher Stimme gegen den Wind geschrien. Woher soll h'ich wissen, wie gut du schläfst, sagt er; h'aber wie h'ich dich kenn', wi'st du's h'übe'all besser können h'als hier. Er breitet seine verstümmelten Arme aus und bläst dazu in einer komischen Geste den Pfeifenrauch an die Decke. Hast du Fußnägel in den Tabak gemischt? H'Ampfer, sagt er. Und? Etwas ha't h'auf der Zunge, h'aber b'ennt gut. Mach' mir jetzt h'auch die Zündhölzer selber, schmelz' den Schwefel, den's am h'ande'en H'Ende vom Big Beach gibt. Er gießt uns Tee auf. Wie willst du wieder weg, fragt er. Das Postschiff soll in drei Tagen anlegen, erwidere ich. Wenn's wahr ist, meint Ben.

Es klopft an der Tür, Brangain steht draußen, in ihren vielen Röcken und Überröcken wirkt sie noch rundlicher als früher, ihr Gesicht voll, aber von Gutmütigkeit ist nichts mehr darin, so herrisch, wie sie sich vor mir aufbaut. Big Gordon hat erzählt, daß du uns mit deinem Besuch beehrst; selbst ihr irischer Azent ist noch breiter geworden. Ich bin hier, um dir zu sagen, daß weder Marah noch Marcus dich sehen wollen. Du bist nicht willkommen hier, du hast schon genug Unglück über unsere Familie gebracht, der Herrgott mag's dir verzeihen – ich nicht. Und damit wendet sie sich um und geht.

Ich glaub, Ma'cus hat etwas mit ihr, meint Ben, seit er geme'kt hat, daß h'er von Ma'a keine Kinder mehr k'iegt, gleich wie von seiner e'sten F'au. So katholisch wie sie gew'oden ist, hält's B'angain wah'rscheinlich für Nächstenliebe. Sie hat's ja auch du'chgesetzt, daß wir demnächst 'n Pfa'er aus Rom bekommen sollen; h'unser P'iester nimmt h'ihr wohl nicht mehr die Beichte h'ab, das sagt jeder.

Die Kirche mit ihrem Dach aus Wellblech, niedrig wie alle Häuser hier; nur ein kleines, weißbemaltes Kreuz am einen Giebelende und beim Eingang die Schiffsglocke des Wracks der *Mabel Clark*. Gut, dich zu sehen, sagt Barrow und schließt mich in seine Arme. Ich habe ihm den Druck meiner Karte mitgebracht. Wir reden über die vergangenen Jahre, über all das, was hier die Welt bedeutet. Er hat Frances Repetto in diesem Winter begraben, sagt er; eine deiner Verwandten ist nun Sprecherin der Frauen geworden, das wird dich freuen – die alte Martha Rogers. Ich glaube übrigens, daß sie eigentlich die Tochter eines meiner Vorgänger ist, Reverend Ed Dodgson, einer von Lewis Carrolls Brüdern, der in den 80ern des letzten Jahrhunderts als Missionar herkam. Er hatte ein Verhältnis mit der Tochter des alten Hagan, die sich später Rogers genannt hat, obwohl im Kirchenbuch keine Trauung verzeichnet ist; habe Briefe über sie in der Sakristei gefunden; kannst sie lesen. Hast ja immer nach solchen Geschichten für deine Zeitung gesucht; aber die hier wär' nichts dafür gewesen.

Aus deinen Briefmarkenentwürfen ist dafür etwas geworden. Wir haben jetzt ein paar Serien drucken lassen, Porträts der ursprünglichen Siedler, und die Sammler reißen sich darum; sie schicken sie uns, damit ich sie hier abstemple. Hast du deinen Sohn schon gesehen? Ich zucke bei seinen Worten zusammen. Glaub nicht, daß ich der einzige bin, der es weiß, fügt er hinzu. Ich habe ihm und Marah Weihnachtsgeschenke mitgebracht, erwidere ich, wie als Entschuldigung; aber Brangain hat mir verboten, zu ihnen zu gehen. Ja, Brangain, sagt er. Ich habe gehofft, du würdest sie ihnen geben ... bitte ich ihn. Komm, erwidert er, wir gehen ein Stück.

Wo unsere Baracken standen, ist alles überwachsen. Auf dem Weg zum Big Beach kommt uns der alte Denis Green mit einem Ochsengespann entgegen, auf dem Karren mit seinen von der Axt zurechtgehauenen Holzrädern ein paar Flaggsteine, die Spurrinnen so tief ausgefahren, daß die Achse bei jeder Drehung kracht. Wir bleiben alle drei stehen, und er sieht uns mit einem Blick an, in dem ebensoviel Verlegenheit wie Mißtrauen zu sein scheint. 'nachmittag, sagt er. Was machst du, fragt ihn Barrow. Steine ziehen, erwidert er. Wozu brauchst du die? Mauer flicken, antwortet er und treibt seine Ochsen weiter.

Der schwarze vulkanische Sand des Little Beach, von der Ebbe gerippt und glitzernd vor Grit. Auf der Anhöhe vor dem Big Beach die alte Schiffskanone unter dem Fahnenmast, die Felsbrocken des Julia Reef ein unter den Meerespiegel gesunkener Wellenbrecher. Die Brandung ist weiß, der Kies laut und zwischen den Felsen die Gezeitentümpel, in denen barfüßige Kinder fischen, auf der Suche nach Langusten unter dem angeschwemmten Kelp. Ein paar von ihnen stehen abseits und steinigen einen Pinguin, der zum Wasser finden will. Er stolpert über die Streifen von Tang und fällt bei jedem größeren Stein auf den Schnabel, richtet sich mühsam wieder auf, mit den nutzlosen Flossen schlagend, und watschelt weiter. Sobald er wieder auf seinen Füssen steht, schmeißen ihn die Kinder mit genau gezielten Steinwürfen wieder um, ihre Stimmen ein einziger johlender Chor, so hart und hoch wie das Krächzen der Skuas; erst als sie uns sehen, hören sie auf damit. Statt etwas zu sagen, nimmt Barrow einen Kieselstein und tut, als würde er sie damit bewerfen. Sie ducken sich unwillkürlich, und das genügt; sie haben verstanden.

Habt ihr was gefangen, will er wissen. Der Kleinste und Frechste der Bande erzählt mit glänzenden Augen, daß er gestern in einem der Tümpel schwamm, als sich die Tentakeln eines Katzenfisches, wie er ihn nennt, um seine Hüfte legten und ihn hinabziehen wollten. Seine Stimme überschlägt sich fast dabei. Sag' dir was, P'iester, h'ich hab mit h'ihm ge'auft. H'Er will mich 'unte'ziehen, h'aber h'ich zieh' h'ihn h'ans H'Ufer h'und hau' sie h'ihm h'ab mit meinem h'alten Fischmesser h'und schneid' h'ihn h'in Stücke h'als Köder. Ha-ah, schreit er schrill triumphierend, b'aucht mehr h'als h'einen Katzenfisch für 'n Ke'l wie mich!

Wir lachen und gehen weiter zum Ende des Strandes. Das war Ed, sagt Barrow, dein Sohn. Ich drehe mich um, aber ich finde ihn nicht mehr unter den Jungen heraus. Warum er Ed heißt, weiß er nicht; Marcus hat ihn so genannt. Wir klettern den Grat von Pigbite hinauf und schauen auf den Plantation Gulch hinunter, das Tal voller Baumfarne, Grashorte und zutage liegender Felswüchse, ein Steingarten, öde und verbittend, wenn da nicht zwei kleine Lagunen gewesen wären, schimmernd wie Quecksilber. Dahinter schultert die Bergwand sich hinaus ins Meer und schließt den Schelf der Insel ab; daß ich all die Jahre auf Tristan nur Meer vor mir oder die Klippe sah, befriedete mich auf merkwürdige Weise. Jetzt aber möchte ich nur Ed packen und ihn mit nach Kapstadt nehmen; es klingt wie ein Geständnis. Barrow sieht mich an, aber ich weiß ebensogut wie er, daß es keinen Sinn hat.

Ben und ich überfliegen abends den Packen sauber gefalteter, aber stockfleckig gewordener Seiten. Die Handschrift ist sauber und gut leserlich, die Blätter eng und randlos beschrieben, Vignetten aus dem Leben hier im letzten Jahrhundert, Passagen, die sich auf Dodgsons Bruder beziehen, bis die Briefe immer zerquälter werden, zuletzt, trotz der peniblen Schriftzüge, immer länger und wirrer. Ich lese Ben daraus vor, und er kommentiert sie. Er war nicht unsympathisch, aber sehr distanziert, steif wie ein Stockfisch; und um so mehr auf hilflose Art um uns bemüht. Ein komischer Heiliger – und kränklich; am Schluß holten sie ihn wegen seiner Malaria von der Insel, kann sein, daß er daran gestorben ist. Das war die Zeit, als die meisten Männer der Insel bei einem Bootsunglück ertranken. Die Stellen über ihn, die ich beim Überfliegen der Zeilen finde, übergehe ich meist, aber da ist eine Passage, wo der alte Green übers Meer wandeln will, bei der er in schallendes Gelächter ausbricht. Dann lese ich mich an den Seiten über Joshua Rogers fest, den Sohn meines Großvaters. In seinem vorletzten Brief scheint Dodgson, halb im Delirium bereits, zu beschreiben, daß er bei der Vogeljagd abgestürzt ist, und Ben und ich versuchen einen klaren Sinn daraus zu gewinnen. Dodgson behauptet, er sei irgendwo am Klippenrand bei der Sumpfebene hinter dem Gypsy's Gulch ins Meer gestürzt, aber da geht's nirgendwo senkrecht zum Meer hinunter, nicht wahr? Und es nisten auch keine Sturmschwalben dort. Dafür ist überall von einer Marah die Rede und meine Neugier groß.

Marthas Mutter, ja; die lebte allein und starb früh, sie hatte einen religiösen Fimmel am Schluß. Es hieß, sie habe Visionen gehabt, wie der junge Louie Swain jetzt, Adam Swains Sohn, der Stimmen in der Luft hört und die Erde unter seinen Füßen dröhnen, was im nachhinein jedesmal etwas Ungewöhnliches angekündigt haben soll. Marah Rogers dagegen hatte teuflische Angst vor den Irrlichtern, die man manchmal am Berghang sieht; sie behauptete immer, es wäre ein Jack o' Lantern, die Seele eines

Ertrunkenen, die sie heimsuchte. Und meiner Mutter versuchte sie weiszumachen, daß ich mit solchen Händen geboren wurde, weil sie in einer Winternacht am Friedhof von einem kleinen Teufel erschreckt worden sei, der, mit kurzen Armen fuchtelnd und schreiend, zwischen den Gräbern herumlief – niemand konnte ihr ausreden, daß es kein Pinguin gewesen war.

Am Morgen gehe ich mit Ben zur Messe. Die Siedler mit steifen Gesichtern und im Feiertagsstaat drücken sich beim Klingeln in die Bänke, wir Männer, unsere Mützen in Händen, auf der einen Seite des Mittelgangs, die Frauen auf der anderen, die Arme im Schoß, alle so unsicher und linkisch wie je, als würde die Messe ihnen auf ewig ein fremdes und nur halbverständliches Ritual bleiben. Barrow steht immer noch hinter einem alten Lehrpult, das als Kanzel dient. Bei den Hymnen bewegen sie die Münder mit, aber kaum jemand außer Martha in ihrem trällernden Alt und Chief Willi stimmt in den Gesang ein. An jedem Sonntag in die Frühmesse und dann abends wieder in die Kirche gehen sie bloß, weil es so Sitte ist. Erbauung, Andacht oder was immer gewinnen sie wohl kaum daraus, nicht nur weil sich an Barrows trockener Art zu predigen nichts geändert hat, sondern weil alles, was er ihnen sagen kann, abstrakter ist als ihr Leben, unnötig. Die Insel fordert ihr eigenes Ethos. Die Selbsterhaltung ist das Zentrum aller Werte hier, das Gegenüber der Natur ein älteres Testament von Strenge und Grausamkeit als das der Bibel und der Tod ihnen ebenso nah wie das Meer und der Berg; dafür aber sind sie sich gewiß, daß sie in ihren Kindern und den Geschichten, die man über sie einmal erzählen wird, weiterleben werden. Vielleicht aber habe ich die Menschen auch nie jemals verstanden. Denke es mir und beobachte dabei ihre versteckten Blicke, wie sie aneinander Maß nehmen, genau die Kleider, Mienen, die Haltung und das Benehmen jedes einzelnen registrieren, auf die Schwächen eines jeden schauen, die ihnen genug Anlaß zum Klatsch für die nächste Woche sein werden, während die jungen Männer nur da Gelegenheit haben, die Frauen zu beschauen, die so tun, als bemerkten sie es nicht. Aber weder Marah noch Marcus sind da.

Nach der Messe werden sie dann draußen auf dem Kirchplatz stehen, die Jungen in einer Reihe an der Mauer, auf der sie nur ihrer besten Hose wegen nicht sitzen, während die Mädchen in Gruppen stehen und ihnen den Rücken zudrehen, bevor die Einladungen zum ›Besuch‹ erfolgen, als gäbe es nur an diesem Tag dafür Gelegenheit. Warten will ich nicht, ich ziehe mir in Bens Haus andere Schuhe und eine warme Jacke an. Ich steige rechts des Hottentot Gulch den Hang hoch, den von den Schafen ausgetreten Pfaden nach, bis aus ihnen ein Weg wird, der zum Grat hinauf führt; ich schreite zu schnell aus, es ist ein verhaltener Zorn in mir, ein kindischer Eifer, ich weiß, jeder unten im Dorf kann mich sehen, ich breche in Schweiß aus, links von mir das trockene, glatt ausgewaschene Bett des Wasserfalls, dann die mit Moos und Flechten bewachsene schmale Traverse zum Grat, die immer steiler wird, sie sollen mich gehen sehen, meine Unbeirrbarkeit der einzige Trotz, den ich ihnen zu verstehen geben kann, und nach einer Stunde bin ich oben auf zweitausend Fuß, in den Wolken und heftigen Böen, schneidend kalt in der Lunge, als ich endlich wieder zu Luft komme.

Ich sehe nur ein paar Schritte weit, der Boden ist schwammig, meine Schuhe sind längst naß von dem Morast, meine ganzen Kleider. Verkrümmte Bäume, erstickt von hüfthohem Gras und Farnen. Ich klettere langsam in der Klamm des Sandy Gulch hinauf, es ist grau, feucht und tot, eine Stille, in der nur der Wind ist und darunter eine Totenstille, die Ahnung einer antarktischen Weite, wenn die trüb treibenden Schwaden sich manches Mal lichten, als käme alle Helligkeit vom Meer. Dann werden die Hänge grasiger, ich werde bald aus dem Nebel sein, der noch in den Krähenbeeren hängt, und schließlich auf 5000 Fuß Höhe nur mehr Schlackenhalden, der Gipfel unsichtbar, aber der Blick weit über einer endlosen Wolke, endlos bis zum Horizont, firnig weiß im Licht.

Wie wenn die Gezeit unten am Ufer ihren Anfang nähme und das Glitzern des eisigen Ozeans diese Wolkenfläche in meinem Rücken da in der Tiefe fortsetzte – doch so, als schlösse sich der Erdkreis nicht mehr, sondern würde hier von diesem Kliff unterbrochen, die Insel eine leere Stelle zwischen den Welten. Ein paar Schneeflecken an den schattigeren Stellen, die Sonne beißend, sobald der Wind nachläßt, lose ausgebranntes Gestein, in dem sich schwer Tritt findet, und über allem der Eindruck grenzenloser Öde; eine Landschaft, für deren Projektion es keine Berührungflächen mehr gibt, alle Längen und Breiten verzerrt an der unsichtbaren Achse des Bergs, der Schnittpunkt von Parallelen, als wäre kein wahrer Ort mehr denkbar.

Und doch habe ich das Gefühl, die Insel mir von neuem zu eigen zu machen, als der einzige Bezugspunkt in dieser sich nach oben krümmenden Ebene, eine lunare Landschaft, das Geröll vegetationslos bis auf die Flechten in den Rinnen mit ihrem grünlichen Gelb. Zum Gipfel aber will ich nicht hinauf, ich will ihn so in Erinnerung behalten, wie ich ihn das letzte Mal mit Marah gesehen habe, und gehe hinüber zum Stone Castle, das den letzten Triangulationspunkt meiner Karte gebildet hat. Die schwarze Blitzspur am Fels ist kaum mehr sichtbar, ich fahre mit der Hand darüber und denke, daß ich hier mit Marah glücklich war.

Zur Abendmesse bin ich wieder zurück, erschöpft aber von einem schwer benennbaren, beinahe hochfahrenden Stolz erfüllt, als ich die Bank wieder leer sehe neben Big Gordon, der meine Blicke meidet und stur geradeaus schaut, während Brangain mich auf der anderen Seite mustert. Beim Altar hat Barrow eine Holzkiste aufgestellt mit der Puppe des kleinen Jesus, die anderen Figuren aus Karton geschnitten, von einer Batterie und ihrer kleinen elektrischen Birne erleuchtet. Selbst bei den Weihnachtsliedern, deren Worte sie ihm von den Lippen lesen, weil es keine Textbücher gibt, sind sie wie gebannt von dieser unwirklich glühenden Szene. Unsere Vorstellung von Erlösung.

Danach besuche ich Barrow und bringe ihm die Briefe wieder. Er hat Marah meine Geschenke übergeben; sie hat sie angenommen, aber mir nichts weiter ausrichten lassen, nur danke gesagt. Wir sitzen lange vor einem Glas Rum, er tröstet mich, aber ich winke ab. Dennoch meint er wie zum Abschluß, daß ich mir genauso wie jeder andere dem Gerede der Leute bewußt bin, das alle Polizei hier ersetzt. Denk nicht, sagt er, daß nicht auch ich merke, daß ihnen der Kirchgang wichtiger ist als der Glaube; nicht aus der Reihe zu treten und aufzufallen, das ist ihre Vorstellung von Moral – und ich habe noch nie eine solch geschlossene Gemeinde erlebt, wo so viel Gewicht auf das Verhalten jedes einzelnen gelegt wird. Keiner kann hier etwas tun, ohne daß es nicht alle sofort wissen, es wird alles in aller Öffentlichkeit ausgetragen, deshalb ist ihnen Diskretion auch das höchste Gut. Was bleibt Marah also anderes, als sich nicht zu zeigen; du wirst dich erinnern, was mit Lena passiert ist. Und sei froh, daß Marcus dir aus dem Weg geht, denn wozu das führen würde, ist absehbar.

Nichts davon will ich wahrhaben; ich bleibe stur. Bis spät in der Nacht wache ich, in der Hoffnung, daß Marah trotzdem einen Weg findet. Daß sie mich nicht sehen will, will ich nicht glauben. Vielleicht wartet sie am Weiher, und ich bleibe, bis der Mond hinter Nightingale aus der Wolkendecke kommt, groß und orange, als gehörte er nicht in diese Hemisphäre.

Am nächsten Morgen hallt das Horn der *R.M.S. St. Helena* an der Felswand wider. Ich verabschiede mich von Ben und Barrow, der mir abgestempelte Briefmarken mitgibt; David ist es wieder, der mich zum Schiff bringt. Obwohl es einen ganzen Tag und eine ganze Nacht neben der *Tristania* vor Anker liegen wird, gehe ich an Bord und bleibe in meiner Kabine. Die Dämmerung wird zu Tröpfchen am Bullauge; Dunst lagert sich nach und nach um die Hochebene an und wird zu einem grauschwarzen Stratus. Ich schätze sein Volumen ab und rechne mir seine Schwere aus. Ein halbes Gramm in so viel, was sich mit beiden Armen umfassen läßt. Der Gedanke ist ebenso zusammenhanglos wie alles, was ich an Marah schreibe. Reste eines Ichs nur. So unbewußt wie das Gewicht der Wolken; Tausende von Tonnen Wasser über der Insel.

ES WIRD STEILER, das Gehen immer mühsamer auf den letzten hundert Yards, die Platten grau erstarrter Magma verkantet, daß jeder Schritt eine Geröllawine lostritt, aber ich behalte den Rhythmus bei, obwohl das Ziehen in den Schenkeln schmerzt vom zu schnellen Gehen; ich bin nichts als bloß noch ein Einatmen, das nicht mehr bis in den Bauch reicht, zu flach ist, die Lunge sprengend im Brustkorb, drei Schritte mit schweren Beinen und dann wieder ausatmend, den Blick auf den Boden gerichtet, glänzend schwarzen Brocken, die hinter mir die Halde hinunterrollen, die Steine hell aneinanderklingend, bis sie der Firn auffängt und sie auf seinem Gleißen ausrollen, der Atem ein Eishauch, Marahs Augen eng im reißenden Wind, bis wir schließlich auch die Hände zu Hilfe nehmen. Unter uns die stumm zirkelnden Albatrosse, ihr Schatten groß auf den Schneefeldern am Fuß. Ich spüre die Anstrengung nicht, auch die dünne Luft macht mir nichts aus, Marah ist weit hinter mir, ich vergesse alles um mich herum, allein davon getrieben, über den Grat schauen zu wollen, der sich jetzt abzuheben beginnt, als wäre da etwas, dessen noch nie ein Mensch ansichtig geworden ist, dieser eine erwartungsvolle Blick eines Fünfzehnjährigen, in dem alle Welt ein einlösbares Versprechen scheint, gleichsam in Reichweite.

Im ersten Moment dann, als ich über den Rand schaue, ist mir, als sähe ich auf den Himmel hinab, in das Blau spiegelnder Luft am Grund, die den Krater ausfüllt, bis langsam ein türkisfarbener See darin sichtbar wird, Asche fehlfarben an den Hängen, rot ausgelaugt, braun, gelb und grün.

In den Böen zu stehen ist schwer, ich stemme mich gegen sie und öffne meinen Mund, ich bin kindisch, er bläst mir die Backen auf, ich kann ihn schlucken, breite meine Hände aus und lege mich vornüber auf den Wind, der mich einen Moment gleichsam trägt, bevor ich kippe; dann steht Marah neben mir, und ich schließe sie in meine Arme. Der höchste Punkt des Kraterrandes liegt auf der anderen Seite, aber auch von hier aus schauen wir auf die tiefen Furchen, die die Regenfälle in den Bergkegel schneiden, symmetrisch von dieser Mitte ausgehend wie Längengrade einer Polprojektion: das ist die Karte, die ich zeichnen werde. Der Tag ist klar, die Wolkenfront noch draußen am Meer, das Plateau liegt ausgebreitet vor uns, kreisrund, wir zählen mehr Stunden darauf als der Tag hat, die drei Kraterseen glitzernd über dem Rookery Point und alles von einer Vollkommenheit, die uns die Insel anders vorstellen läßt, Nightingale und Inaccessible fast nahe, ein Archipel des Lichts, das keiner Jahreszeit mehr angehört.

Wir bleiben, bis wir merken, daß uns friert, aber ein paar Schritte unter der Lippe des Kraters ist es windstill, beinahe warm. Der See wird dunkler und grüner, je tiefer wir kommen. Wir gehen um ihn herum, legen uns an einem geschützten Platz in die Sonne und sind hungrig. Schwarze Fliegen. Marahs Kopf ruht auf meinem Bauch, und es ist das schönste Gefühl, das ich kenne; wenn ich an Gott glauben würde, sage ich zu ihr, wäre er dieser Ort. Der Felsschroffen da drüben sieht wie eine Kirche aus mit einem Turm, sagt sie, und ich bekomme Lust zu schwimmen. Das Wasser ist kalt, ein paar Schwimmzüge, auch Marah geht ins Wasser, das milchig ist, schaut man über es hinweg, sie rennt beinahe hinein, damit die Kälte weniger weh tut. Und dann trocknen wir uns mit der Decke ab, wir sind weiß und schnappen nach Luft, Marah hat eine Gänsehaut bis zum Bauch, ihre Nippel sind hart, sie schmecken kalt und riechen nach Flechten auf einem Stein; ein bißchen Fett auf ihrem Finger, und dann bin ich in ihr und etwas von diesem Berg ist auch unseres – nein: das ist ihre Art, diesen Ort in Besitz zu nehmen. Aber wie immer, wenn ich glücklich bin, wächst in mir nur Ungeduld, als wäre ich außerstande, mich mit etwas zufrieden zu geben, weil der Anfang für mich immer nur in einem Beginnen befangen bleibt.

Der eigentliche Gipfel ist ein Lavadom. Mit wie vielen Kratern die Insel übersät ist, sehen wir erst von ihm aus; sie verlaufen in einer Kette von Nord nach Süd, von den drei Teichen bis zum Red Hill und dem Cave Gulch Hill, selbst die zertrümmerten Reste des Stony Hill lassen sich als die Reste einer Eruption erkennen. Der Aneroid gibt eine Meereshöhe von 6760 Fuß an. Queen Mary's Peak hat ihn William Glass nach seiner Königin der Schotten genannt, aber es ist jetzt Marahs Gipfel, ich schwöre es ihr, daß ich ihn als solchen auf die Karte eintragen werde. *I'll Marah it*, sage ich lachend, und wir hören es beide heraus, ich verbessere den Satz, werde ernst und sage es, ohne daß es als Frage klingt, fast trotzig: *I will marry you.* Wie zur Bekräftigung mache ich ein Photo von ihr, auf dem man nicht einmal mehr den Horizont sehen kann, nur den Seenebel, wie er hereinkriecht, doch etwas an ihrem Lächeln stimmt nicht mehr.

Wir gehen am Grat um den Gipfel herum, die Wolken liegen bereits um den Sockel, und es wird höchste Zeit zu gehen. Der Abstieg erweist sich als länger, weil wir unsere Hände nicht benützen können und wir im lockeren Geröll nun abrutschen. Wir geraten in Nebel, er wird dick und schmutzig, und kaum 150 Fuß vom Stone Castle, wo unser Zelt steht, überrascht uns der Sturm. Es donnert. Und mit einem Mal ist ein Wetterleuchten um uns, daß Marahs Pullover Funken schlägt, als ich sie beim Arm nehme. Der Wind treibt uns pulvrigen Schnee in die Augen, stechend wie Sand, daß wir beinahe an der überhängenden Felsnadel vorbeigegangen wären, an der sich unser Lagerplatz befindet. Im immer dichter werdenden Schneetreiben beschweren wir das Zelt mit Steinen und ziehen das Gestänge heraus, damit es keine Blitze anzieht. Der Wind bläht es auf, kaum daß der Reißverschluß offen ist; dann legen wir uns in die ohrenbetäubend flatternde Zelthülle und halten sie von innen nieder.

Der Sturm nimmt an Gewalt zu, das Donnern wird lauter, übertönt jeden Wind, manchmal scheint er weiterzuwandern, bis er wieder näherkommt, die Blitze grell, selbst noch durch den Stoff. Wir reden nicht, könnten ohnedies nur brüllen, manchmal wird es unerklärlich still, und dann ist da eine Gewalt, die uns die Beine ausreißen, uns vierteilen will; es hat ein Blitz in der Felsnadel eingeschlagen. Beide schreien wir vor Schmerz und können uns nur noch enger an die Halde pressen. Schnee sammelt sich auf dem Zeltgewebe, innen legt sich Eis an; ich bin mittlerweile fest überzeugt davon, daß wir die Nacht nicht überleben werden, aber es ist kein Aufbegehren in diesem Gedanken, nur ein Nachgeben in etwas, das für uns Raum macht zwischen dem Fels und dem Schnee. Marah liegt steif neben mir, ihr Körper verkrampft, jeder ist für sich, apathisch und flach atmend, den Mund am Eingang des Zeltes.

Irgendwann in der Nacht legt sich der Sturm. Wir spüren nur mehr den Schnee, aber es ist ein Gefühl der Erleichterung, ich will nicht auf die Uhr sehen, um nicht merken zu müssen, wie wenig Zeit vergangen ist, wir halten still, bis die Nacht grau wird. Ich reibe mir die Glieder warm, bis ich aufstehen kann, tue es dann auch bei Marah. Mit den Händen schaufle ich den Schnee vom Eingang weg; ich suche unsere Rucksäcke, lege das Zelt notdürftig zusammen, und wir steigen stolpernd ab, zurück zu meiner Basis; die Sonne kommt heraus, es ist unwirklich, wir breiten alles zum Trocknen aus, ich entzünde ein Feuer und mache uns Tee, Marah hat keinen Hunger, sie ist nur müde, und wir legen uns auf die Schlafsäcke. Ich will hinunter zu den Baracken, aber Marah will, daß ich bleibe, es ist das erste Mal, daß sie meine Fürsorglichkeit zuläßt.

Da ist kein Wind mehr, kein Zweig reibt am anderen, die Erde dampft. Ein Sonnenstrahl fällt auf Marah. Ich nehme mein Heft und den Bleistift und zeichne Dich, Dein Gesicht zur Seite gedreht, die Lippen leicht geöffnet, auf dem Schlafsack ein kleiner Speichelfleck. Vom Ohr zieht sich ein Schatten über das Hohl der Wange zur Nase, ich schraffiere ihn und ziehe ihn weiter wieder auf das Rund des Lides und die Stirn. Nur die Backenknochen sind hell, Unterkiefer und Hals; das Schlüsselbein, wie es sich durch mein Militärhemd abzeichnet. Eine fingerlange Strähne fällt über die Schläfe, das Haar weit hinter das Ohr gestrichen. Nur der Bogen der Braue gelingt mir nicht, ich sehe mich fest daran. Eine Schweigsamkeit, die ihr selbst im Schlaf eigen ist; nichts, das schutzlos wäre.

Ich lege mich neben sie, höre sie atmen; das Heft zwischen uns. Ich lege ihren Kopf auf meinen ausgestreckten Arm, nur um sie in der Beuge zu spüren. Ihr Mund nah an meinem, aber unsere Körper berühren sich nicht. Noch im Schlaf träume ich vom Schlafen.

Als ich wach werde, ist etwas anders, ohne daß ich zuerst sagen könnte, was. Dann sehe ich zwei Fußabdrücke; Marcus. Ich wecke Marah. Unruhe überkommt mich. Ich laufe ein Stück den Hang hoch, ob ich ihn irgendwo sehe; die Wolkendecke ist aufgerissen, um den Gipfel eine gleißende Schicht Schnee.

Wir wechseln kaum ein Wort. Ich schüre das Feuer an, um eine Konservendose zu wärmen, und taste nach ihrer Hand. Wir reden weder über den Sturm noch darüber, ob Marcus zurückkommen wird; er ist nicht wirklich gegangen, er steht ebenso zwischen uns wie die letzte Nacht. Wir starren in den Rauch, als hätten wir uns in allem getäuscht. Wir spüren beide, daß sich seit der letzten Nacht alles zwischen uns verändert hat. Es ist nicht zu erklären, mit Vernunft hat es nichts zu tun, eher mit so etwas wie der Vorstellung von Schicksal, nein: Los ist das richtige Wort. Als hätten wir uns dagegen nicht behaupten können; und als sei deshalb auch unsere Liebe nur Behauptung gewesen. Und daß Marcus uns so gefunden hat, nimmt ihr auch den letzten Anschein; er hat uns nicht nur gefunden, sondern auch bloßgelegt, was nicht mehr zu verbergen war.

Ich fühle mich leer, die Liebe etwas, in der ich mich verausgabt habe, und möchte nur bewahren, was noch von mir geblieben ist. Marahs Gegenwart ist mir plötzlich zuviel, ich will wieder zurück, die tägliche Routine fehlt mir, meine Koje, meine Bücher; selbstsüchtige Gedanken, vorgeschoben. Ich fühle mich plötzlich so alt, sagt sie. Mir kommt nur ein verächtliches Lächeln über die Lippen. Ich kann nicht ewig vor Marcus davonlaufen, sagt sie; wir haben doch nie eine Zukunft auf dieser Insel gehabt. Nur jetzt, wo ich es aufschreibe, klingt es hölzern.

Am nächsten Morgen packen wir alles zusammen. Ich bedränge sie nicht, ein Rest von Stolz ist mir geblieben. Nieseln, das Wasser weich im Gesicht. Wir steigen hinab ins Dorf, es begegnet uns niemand, die Männer sind beim Fischen, die Frauen auf den Kartoffelfeldern. Wir gehen zu Barrows Haus; er sieht sie erwartungsvoll an. Mit einem Blick zu mir sagt sie, Christian wird mit dem nächsten Schiff nach Kapstadt zurückfahren. Barrow nickt. Marah sagt auch, daß sie zu Marcus zurückwill, trotz der Wochen mit mir. Ob er ihr dabei behilflich sein kann, vermitteln.

Ich weiß nicht, wie ihr euch das vorstellt, erwidert Barrow in einem Ton, der eher vorsichtig als zurückhaltend ist; selbst wenn Marcus dich wieder in sein Haus nehmen wollte, was ich bezweifle, könnte er es nicht tun, weil er dann das ganze Dorf gegen sich hätte. Marah erzählt ihm, daß Mark bei uns gewesen ist. Und dann sagt sie noch, daß wir nicht wirklich Mann und Frau waren, wir nicht zusammen geschlafen haben, nicht wirklich. Ich starre auf den Boden, es ist, als hätte ich den Sinn dieses Satzes noch nicht verstanden; doch dann bin ich bereits zur Tür hinaus, merke, daß ich sie unnötig leise schließe und zu Marcus' Haus hinüber gehe.

Ich habe mir nicht überlegt, was ich tun will, aber er steht da, als hätte er auf mich gewartet. Wir messen einander mit Blicken. Ich sehe seine muskulösen Oberarme, das zerknitterte aufgerollte Hemd mit dem Stehkragen, Haare wirr, als hätte er gerade seine Kappe abgenommen, die spitz abstehenden Ohren, den schmallippigen Mund; er ist frisch rasiert und hat einen Flocken Seifenschaum unterm Kinn. Die Eifersucht ist verflogen, ich denke nur, daß er Marahs Mann ist; daß er so viel älter ist als ich. Da ist keine Rivalität mehr, es ist eine Kraft in ihm, der er nur keinen Ausdruck gibt, eine Ruhe, daß ich mit einem Mal fest überzeugt bin, er wird mir Marah gar nicht nehmen können, sie wird ihm eine Frau sein, die nicht meine Marah ist, unsere Leidenschaft wird unwiederholbar sein, weil es unsere uneingestandene Schwäche war, die uns diese Lust erleben ließ, und ich trage diesen Gedanken davon wie einen Sieg, ich weiß, er wird es aus meinen Augen herauslesen, ich kann gehen jetzt, ich brauche gar nichts mehr zu sagen, ich muß mich nur umdrehen und ganz gelassen einen Schritt vor den anderen setzen.

Im Bunkhouse sehe ich die erstaunten Gesichter von Allan, Cyril und Charlie, die gerade keinen Dienst haben; das ganze Dorf weiß es längst, aber sie verkneifen sich jede Bemerkung und lassen mich im Schlafsaal allein. Es schüttelt mich am ganzen Leib, Marah zu vermissen hat etwas viel zu Körperliches, Momente der letzten Tage fallen mir ein, die ich in keine Reihenfolge zu bringen vermag, es ist alles so wirr im Kopf, ich führe stumme Zwiegespräche mit ihr, mache mir Vorwürfe. Irgendwann kommt Chris herein, er versteht es mit einem Blick. Dein Urlaub ist überfällig, ich schick' dich mit dem nächsten Schiff nach Simonstown, sagt er, in zwei Wochen soll ein Frachter aus Südamerika hier anlegen, jetzt reiß dich zusammen.

Die Tage vergehen nicht. Die Träume sind das Schlimmste, in ihnen ist alles vergessen, bis ich aufwache, für wenige Augenblicke noch bin ich ohne Erinnerung. Dann stürzt es über mich herein, ich sehe Marah vor mir und beginne sie mir zu denken; ich rühre mich nicht von der Station, tue freiwillig Dienst, funke stundenweise wie mechanisch, aber die ganze Zeit über zeichne ich sie in Gedanken, jedes Detail. Es braucht den ganzen Tag, bis ihr Bild vollständig ist, und ich male es aus, nur um zu sehen, was an ihr zuerst unscharf wird, wo die weißen Stellen beginnen, wann, aber das Vergessen dauert lange, und gegen Abend verfalle ich in eine Starre, in der ich die Gegenwart der anderen nicht aushalte; ich will allein sein mit dieser Arbeit, versunken in ihr, will sie so lange zeichnen, bis sich ihre Konturen verlieren und es bloß noch ein Gesicht ist, nicht ihres mehr.

Gestern abend habe ich sie gesehen. Sie klopfte, nur Jock, der Elektriker lag in der Koje, die anderen spielten Karten. Bleich ist sie und fahrig. Ich will nicht, ich wehre mich, sie zerrt mich an der Hand fast aus der Baracke. Wir gehen zum Weiher hinauf; es regnet leicht. Ich mußte heute zu Misses Repetto, die alten Frauen waren alle da, sagt sie, da war ein Vorhang, den sie vorschoben, und ich mußte mich ausziehen und auf einen Stuhl setzen. Sie zwangen mich, die Beine breit zu machen, und dann fuhr mir die alte Repetto mit ihrem Finger in die Scheide. Ich mußte alles ruhig über mich ergehen lassen und wollte nur schreien, Barrow ließ es zu, dann durfte ich gehen. Ich fühle mich so schmutzig, ich spüre ihre Hand immer noch zwischen meinen Beinen. Hier.

Sie nimmt meine Hand und preßt sie auf ihre Scham. Dann küßt sie mich, meine Augen, meine Stirn, wie fiebrig, sie öffnet meinen Gürtel, sie reibt mich, bis ich steif werde und führt mich. Sie ist trocken, mein Schwanz schmerzt, ihr Mund ist warm, ich spüre den Wind fallen an meiner Brust, mein Hintern kalt wie der Boden. Das Licht aus der Barracke reicht über das Wasser, ich bin in ihr jetzt, stoße, das ist das Ufer und Gras, die Augen halb geschlossen, mein Kinn auf ihrem, da ist Schweiß auf ihrer Oberlippe. Dann hebt sich ihr Kopf lang in die Stille hinein, ich komme in ihr, Marah krümmt sich weiter vom Boden weg. Das ist es also gewesen, unser erstes Mal.

MARAH. Wir klettern den Gypsy's Gulch hinunter. Ich gehe voraus, sie reicht mir die beiden schweren Rucksäcke nach, und ich helfe ihr über den Felsbruch, halte sie an den Beinen; ihre Schuhe sind schlecht. Frische gerissene Narben, wo die Gesteinsbrocken sich lösen, die Kanten scharf, daß man sich die Hände zerschneidet. Der offene Fels riecht nach Eisen oder Blut, weil auch Blut nach Eisen riecht. Es ist ein uralter Geruch, flüchtig in der Nase, der aus dem offenen Gestein dringt; es ist, als legte man den Finger in eine Wunde.

Als wir endlich am Hackel Hill unten sind, können wir nebeneinander gehen, und sie gibt mir wortlos die Hand. Ich will stehenbleiben, sie umarmen und nicht mehr loslassen, aber wir marschieren weiter über die Ebene der Seal Bay, wo das Vieh zahm ist und keine Notiz von uns nimmt, und weiter bis zum Cave Point. Die Höhle ist hoch und 40 Fuß tief in die Klippe gegraben, der Boden bedeckt von Knochen und Albatrosfedern. Wir räumen sie aus, und dann gehe ich zur Landspitze und angle mit einer Handleine. Nicht lange, und ich habe einen Tintenfisch gefangen, den ich am Felsen weichhaue. Dann mache ich mich an die Arbeit, mehr aus Befangenheit, weil Marah und ich nun allein sind.

Ich muß eine Traverse der Küstenlinie ziehen, um den wahren Umriß der Insel zu bestimmen, aber dazu schlage ich das Prinzip erst in meinem Buch nach und lese es ihr laut vor. Der Theodolit soll am Strand nahe der Flutmarke stehen; du mußt ein paar hundert Yards weiter die Nivellierlatte halten. Die Distanzstriche, diese beiden horizontalen Linien auf dem Instrument, messen eine bestimmte Länge auf der Latte ab, die je nach Entfernung variiert. Dann stelle ich mich mit dem Theodoliten dorthin, wo du vorher gestanden bist, du hast dich bereits zum nächsten Punkt gestellt und einen dritten mit einem Steinmännchen markiert. Ich habe nur die Winkel dazwischen zu bestimmen und die Entfernungen der einzelnen Stationen, um meine Tangenten für den Grundriß zu gewinnen, der auf dem Papier dann anhand von Skizzen und Notizen auszufüllen ist.

Die Arbeit beginnt aber bereits damit, daß sich auf dem Fadenkreuz meines Instrumentes keine zusätzlichen Querstriche für die Distanz befinden. Das Lehrbuch gibt nur an, daß sie sich auch durch Spinnenfäden ersetzen lassen, doch auf meinem Glasdiaphragma befinden sich keine Kerben dafür. Also bitte ich Marah um zwei ihrer schwarzen Haare, die sich an der Messingfassung des Fernrohrs ankleben lassen, dünne, wie sie sie am Nacken hat. Ich reiße sie ihr einzeln aus, sie schreit, wir lachen. Dann zeige ich ihr, daß man genau auf die kleine Libelle achten muß, um die Nivellierlatte lotrecht zu halten. Ich richte das Fernrohr gegen den Himmel und drehe am Okular, bis die Haarlinien scharf und tiefschwarz scheinen, schwenke es, peile über das Richtglas auf die Latte und drehe an den Seiten- und Höhenschrauben, bis das Fadenkreuz auf der Mitte des Stabes liegt, aber ich schaue nur auf Marah, ihr gelb und weiß gemustertes Kleid, ihre Arme, der Schatten der Achsel, ich kann sie betrachten, ohne daß sie sich beobachtet fühlt, ich lasse mir Zeit, versuche mir vorzustellen, wie es ist, sie zu berühren, und kann es nicht, Marah wird ungeduldig, sie schiebt die Schultern zurück, schaut forsch, aber da ist eine Zerbrechlichkeit an ihr, als spüre sie etwas beginnen, was unwiderrufbar ist.

Es gibt genug trockenes Treibholz, wir braten den Tintenfisch, er bleibt zäh, aber wir sind hungrig. Beim Abwaschen dann dauern alle Handgriffe lange, sie zögern es hinaus und es wird kühl. Die Nacht fällt; das Klirren einer Gabel in der Pfanne, das Echo der am Kies ausrollenden Wogen hell in der Höhle. Tiefer drinnen ist eine Stelle, wo es ein zweites Mal schwach widerhallt, sie horcht, und da ist noch ein weiterer Punkt, hoch über uns, kaum mehr vernehmbar. Wir lehnen uns zurück, stützen uns an den Armen ab, ihre Fingerspitzen zuerst unabsichtlich auf meinen; das Meer schwarz.

Ihr Gesicht im Dunklen, daß ich mit der Hand nach ihr suche, sie berühre und nicht weiß, ist es die Wange, die Stirn. Das Haar ist weich; sie riecht nach Rauch, heiß und sanft, die Schläfe die empfindlichste Stelle. Mit dem Finger fahre ich über ihre Schulter. Sie fühlt sich fremd an; wie der Rücken eines Albatros. Ein Spalt im Stein. Da ist eine Nähe, die ich nicht weiß, wie fassen. Wasser. Der Schnabel stochernd. Etwas wie blanke Stille, und Dein Mund dann, die Zunge zehrend. Du nagst an mir, beißt und saugst, faßt mich am Handgelenk, dem Ellenbogen, hältst fest. Deine Brüste, der Bauch, die Haut hell unter meinen Fingern, die Beine, die sich um meine Hand schließen, pressen, aber ich will nicht ab von Deinem warmen Mund, es ist zu weit von dir, über Deinen ganzen Körper hinweg, und dann bist Du über mir, meine Zunge geht so tief, wie ich kann, und ich spreche Dich in Dein Dunkel, der Mund voll mit Dir, Salz und Schweiß, Bitternis und alles, was ich nicht zu sagen vermag, es ist alle Scham in diesem Namenlosen und wie Du hinten über meinen Schwanz streifst, der Körper ein ins Leere Lehnen. Sich versteifend darin, bis nichts mehr ist, auch nicht die Nacht. Wir schlafen unruhig, Arme und Beine ineinander verschlungen, zerrissene Träume, in denen Du näher mir noch bist als jetzt und mein Gesicht hast.

Später habe ich die Schlafsäcke über uns gelegt, und irgendwann hast Du Dich weggedreht. Ein Kolk über der Wasserlinie, den die Flut gefüllt hat. Ich bin im Morgengrauen schon wach, tue aber, als schliefe ich, ich weiß nicht, wie Dir in die Augen schauen, und halte Dich doch noch im Arm. Es geht gegen Mittag, es wird heiß, wir murmeln etwas und stehen auf, es ist, als hätte ich das Gehen verlernt; die Ebbe hat bereits eingesetzt, die Strömung zieht sich in Streifen den Sailhardy Rocks entlang, und ich stehe barfuß draußen. Der Gezeitentümpel ist groß genug für ein paar Boote, man kann in ihm schwimmen, zwölf Fuß Wasser unter mir, glasklar über den roten Fingern des Dillisk, dem gelbgeißeligen Varech, grün auftreibenden Aalgräsern, Tang, ein Geflecht von Wasser und erdigem Licht.

Marah setzt sich auf die Felsen, ihr Gesicht in der Sonne, ihre Beine lang unter dem Kleid, sie streckt sich faul, ich steige aus dem Wasser, und sie sieht mich an, mir aber nicht in die Augen.

Wir bleiben zwei Tage, bis ich die Küste gezeichnet und den Hackel Hill eingeschnitten habe. Die Morgen sind hell und klar, bis sich die Wolken drückend am Berg stauen, daß es nach Gewitter aussieht, ohne daß es je abregnet. Das Lojen der Kühe auf der Heide hinter uns, wenn der Wind die Richtung wechselt, Sträucher von Minze. Bei Tag sind wir auseinander, berühren uns kaum, um zu uns wieder zu finden, herauszufinden, ob das Alleinsein noch Platz hat in uns. Nachts drängt es uns zueinander. Da ist ein Schmerz, der sich nur an ihr stillt, ein Verlangen, das den Körper des anderen sucht, ein Gefühl von Verlassenheit, das in uns beiden ist. Ich will ganz in ihr und in ihr ganz sein; der Mund ist zu wenig.

Dann gehen wir zur anderen Seite der Bucht. Das Uferland des Stony Hill liegt hinter dem Bull Point, ein schmaler Uferstreifen verbindet sie, über den die verwilderten Rinder nicht drüberkommen; es sind mehr, als ich erwartet habe, und sie haben uns bemerkt. Drei Hütten stehen da, aus Stein gemauert, eine mit Wellblech gedeckt, die anderen mit Tussock, alle leer und ohne Tür, eine Feuerstelle, Gras dick auf dem Boden ausgebreitet. Wir brauen uns Tee und essen saure Äpfel von den verwachsenen Bäumen am Bull Point. Marah gefällt es hier, es erinnert sie an das Land ihrer Eltern auf den Blaskets; wir rollen ein Ölfaß vor die Tür, zum Schutz gegen die Böen und die Stiere.

Zumindest werden wir bleiben, während ich die Küstenlinie traversiere, bis hinüber zum Deep Gulch, dem Anfang und Ende der Insel – solange das Meer glatt bleibt und wir dem Strand entlang die Steilhänge umgehen können. In der letzten Bucht finden wir den gußeisernen Trankessel, nach dem die Trypot Bay benannt ist, und Wrackteile von Gaetas, dem vor einem halben Jahrhundert zerschellten Schiff; an einem Kompaßring steht noch der Name: *Roma*. Ich fette den Theodoliten ein, Marah beobachtet mich genau, ich zeige ihr, wie man damit Winkel bestimmt, den Vertikalstrich einrichtet und den Horizontalwert abliest. Sie begreift schnell und beginnt selbständig Messungen auszuführen. Ich sollte sie kontrollieren, ich weiß, aber ich tue es nicht, die Kontur der Insel soll eine sein, die Marah ihr gegeben hat; ich will, daß es Marahs Insel wird.

Marah zählt meine Sommersprossen, sie sagt, nur meine Haare sind röter. Wir reden darüber, wie es wäre, hier zu bleiben und zu essen. Dann legt sie wie jeden Abend jetzt ihren Kopf auf meinen Bauch, zusammengerollt, ihre Beine unter das Kleid gezogen, das Gesicht zu mir gewandt, daß ich das eine Auge mit dem unregelmäßigen Fleck darin sehe.

Ich sehe sie nur an, meine Hand in ihrem Schopf, aber selbst das ist noch zu weit weg, selbst das wenige, das der Nähe noch fehlt, ist zuviel. Marah steht auf und kramt in meinen Sachen, bis sie die Dose für den Theodoliten findet. Sie schraubt sie auf, gibt ein wenig Fett auf ihren Finger. Ich verstehe nicht, was sie will, sie hat meine Hose mit der anderen Hand geöffnet und schmiert mich jetzt damit ein. Dann streckt sie sich neben mir aus, läßt aber ihr Kleid an und sagt, ich soll vorsichtig sein. Ich begreife noch immer nicht, aber sie nimmt mich, und ich presse mich in sie, sie zuckt zusammen, ich beiße mir auf die Lippen, meine Knie an ihren Kniekehlen, den Mund in ihrem Haar, ihr Kopf zu mir gedreht, daß ich ihre Augenwinkel sehe. Wir sind zu eng ineinander, um noch zu fühlen, wo wir anfangen und wo enden, wir bewegen uns kaum, bis ich ganz in sie eingedrungen bin, ich umschließe sie mit meinen Armen und atme über ihre Schulter, und das ist meine Liebe und die ihre, mit jedem Schmerz zuerst, bis er aufhört, aber es ist keiner von uns beiden.

Wir liegen lange, bis sie aufstehen muß, aus der Hütte, und danach gehe ich zu ihr zum Meer hinunter, und wir waschen uns, es ist ein Ritual, das unserer Liebe einen Namen gibt, damit sie aufhören kann und auch wieder beginnen; es ist etwas, das zu tun wir lernen.

Ich bin dabei, vom East Beach aus den Stony Hill zu vermessen, nachdem Marah und ich am Vortag die Markierungen gesetzt haben, als ich das Langboot sehe. Sie holen das Segel ein und bringen es zwischen den Felsen über die Brandungslinie; es ist die *Trader*, mit Big Gordon Glass, Teddy Swain und Douglas Green, Marcus' Mannschaft. Sie schultern ihre Gewehre und kommen durch das hohe Gras auf mich zu. Marah bleibt bei der Hütte. Gordons Sohn Clement hat Geburtstag, sagen sie und bauen sich auf vor mir; sie wollen einen Stier schießen. Wo, will ich wissen. Blineye, erwidern sie und deuten zum Berg. Die Rinder sind alle beim Bull Point drüben, aber ich frage nicht weiter. Ich will die Herausforderung nicht unerwidert lassen und folge ihnen über das wild zerklüftete Gelände, auf dem sie trotz ihrer glatten Mokassins schneller vorankommen als ich mit meinen Schuhen. Oben öffnet sich ein Stück ebener Erde vor uns, eine Gruppe niederer Kegel, die die Sicht auf das Meer versperren, die Klippe schier hinter uns; nicht einmal der Wind ist mehr zu hören. Direkt vor uns steigt ein Grat an. Die Männer werden vorsichtig, die Bullen dürften nicht weit sein.

Unter uns breitet sich ein Plateau aus, wo eine Herde weidet, die größer ist als erwartet, Kühe und Kälber im Gras liegend, die Stiere wachsam am Rand, obwohl sie uns nicht gewittert haben können. Aber die Herde interessiert sie nicht, wir umgehen sie in weitem Bogen und halten auf einen zersprengten Krater zu. In der Mitte ist ein Wasserloch und ein schwarzer Bulle. Sie bedeuten mir zurückzubleiben und umgehen den Bullen. Dann sehe ich sie ihre Gewehre anlegen und höre drei Schüsse; ich könnte schwören, daß eine Kugel kaum ein paar Fuß von mir gegen die Felsen prallt. Der Bulle ist in die Knie gegangen; sie feuern noch eine Patrone ab. Ich stelle mich zu ihnen, sie setzen bereits den ersten Schnitt im Fell an. Ich starre Douglas an, er ist der beste Schütze von ihnen, Chris hat ihm das Schießen beigebracht, und er weicht meinem Blick aus. Der Bulle hat nur ein Auge – Blineye. Wahrscheinlich konnte er deswegen nicht mit der Herde über die felsige Ebene ziehen. Sie beachten mich nicht weiter und beginnen, das Fleisch zu zerlegen. Ich gehe zurück zu Marah; mir ist nicht wohl dabei, ihnen den Rücken zuzudrehen.

Nach einer Weile kommen auch sie zur Hütte zurück, das Fleisch in Säcken; auch das Horn haben sie. Sie stinken nach Blut. Marah macht ihnen Tee, aber sie sitzen nur da, ohne zu trinken oder zu reden. Marah, sagt Big Gordon schließlich, aber es wird kein Satz daraus. Sie sieht ihn an, dann gehen sie. Sie lassen uns kein Fleisch da.

MIR FÄLLT ES auch nach einem Jahr noch schwer, mich daran zu gewöhnen, daß das neue Jahr mitten im Frühling beginnt. Die Sonne scheint jetzt auch durch das Fenster der Hütte am Herald Point, ein Streifen staubiges Licht über den Tisch mit den Funkgeräten; überall in den Gärten bricht der Flachs in dunkelrote Knospen aus und der einzelne Ginsterbusch hinter Gaetas Haus ist voller Honigblüten. Silvester feiern wir heute mit einem Mummenschanz, wie in England vor hundert Jahren. Die Jungen kommen uns holen, als Frauen verkleidet, Brangain hat ihnen auch für mich einen Rock mitgegeben; mit Gewehren bewaffnet, Pfeifen, Glocken und Maultrommeln ziehen wir vor Barrows Haus. Auf seiner Schwelle schießen wir Salven in die Luft, um das alte Jahr zu verjagen und das neue einzuläuten, und dann gehen wir alle zu Tee und Kuchen in Misses Repettos Cottage.

Wer Glück hat, findet drinnen einen Platz, der Rest drängt sich im Garten, und ich komme neben Marah zu sitzen; es ist duster drinnen, wir reden mit den Umstehenden, aber unsere Hände berühren sich, insgeheim. Ich will ungern weg, die Tage und Wochen, die es braucht, um die Insel zu kartographieren, sind mir zu lang, die Abende in Brangains Haus, das stille Schauen, alles, worum sich meine Gedanken drehen.

Chris will mir nur zwei Männer geben, um mit der Kartierung zu beginnen, Jock, der sich sonst um die Generatoren zu kümmern hat, und einen der Funker, Cyril. Ich arbeite noch einmal die mitgebrachten Bücher durch; die Theorie verstehe ich, aber sie umzusetzen erweist sich als lernaufwendig. Als ich den Theodoliten auspacke, ist er statt in die gewohnten Minuten und Sekunden in

Zehntel und Hundertstel unterteilt. Das einzige, wovon ich ausgehen kann, ist die Admiralitätskarte von 1856, aber den darauf angegebenen Observationspunkt suche ich vergeblich.

Für die Karte brauche ich eine Grundlinie, die so gerade und lang als möglich ist, die Baken an ihrem Ende in nicht zu spitzen Winkeln von der Basis oben sichtbar. Vom Big Point bis zum Anchorstock Point lege ich vier solcher Linien aus und bestimme ihre Länge genau mit dem Stahlband, bevor ich merke, daß sie für meine Zwecke völlig ungeeignet sind. Für die Vermessungspunkte oben brauche ich Fahnen; wir spalten Holz und nähen rote Streifen auf die Handtücher, um am Schluß zu merken, daß sie auch so kaum gegen die Wolken abstehen werden. Die Dreiecke, die die einzelnen Landmarken miteinander verbinden sollen, die Grundlinie als Maßstab dazu, gibt es vorerst nur auf dem Papier.

Wir schleppen alles mit Eseln zu den Kartoffelfeldern. Im Little Sandy Gulch liegt plötzlich ein schwacher, süßer Duft im Wind; unterhalb des Pfades wächst ein wilder Rosenstrauch. Arthur Rogers ist mit uns gekommen; Familienehre, meint er augenzwinkernd. Beim Bluff beschweren wir die Zügel mit schweren Steinen und klettern den Burntwood hoch zum Plateau. Von unten sind die Wolken grau wie ausgebrannte Kohle, aber als wir dann über dem Grat und auf 3000 Fuß sind und die Sonne auf ihren obersten Rand fällt, werden sie von einem dünnen glimmenden Band gesäumt; je höher wir klettern, desto heller sind sie, heller als der Himmel, weiß von seinem zurückgeworfenen Licht. Es ist von da aus, daß ich zum ersten Mal den Gipfel sehe und einen Überblick über einen Großteil der Insel habe; alles ist grün geworden, vom Violett des Heidekrauts durchschimmert.

Ich mache eine grobe Skizze und lasse mir von Arthur die Namen jedes sichtbaren Punktes sagen. Dann steigen wir wieder ab zum Klippenrand, queren die tief ausgefurchten Rinnen, die er je nach Größe *Gulch, Gulley* oder *Gurrer* nennt, und kämpfen uns durch die dichten Büsche und Baumfarne, um die einzelnen Fahnenstangen zu setzen. Selbst bei diesem Erkundungsgang wird deutlich, daß die Admiralitätskarte die Küste nur kursorisch wiedergibt und die meisten Buchten und Landspitzen noch zu entdecken sind.

Die Klippe wird immer steiler, wir finden kaum noch Halt an den Farnen, die nur locker am Fels wurzeln und von uns beim Klettern ausgerissen werden und ins Leere fallen, bis Cyril sich nicht mehr nach oben oder unten bewegen kann, die Füße ins Geröll gekeilt. Denselben Pfad zurückzumarschieren hätte einen Umweg von mehreren Meilen bedeutet, hat Arthur gemeint; er kennt einen Weg, hat er behauptet, direkt hinunter zum Big Hump. Cyril ruft Arthur um Hilfe, ich sehe seinen irisch roten Schopf heraufleuchten. Wir ziehen ihn mit einem Seil herauf; Arthur redet sich damit heraus, daß ein Erdrutsch einen Teil der Klippe abgetragen habe und damit auch seinen Weg. Wir sind die 500 Fuß umsonst abgestiegen und kommen erst bei Einbruch der Nacht ins Dorf zurück.

Mir ist klar geworden, daß ich auf der Ebene oben, die die Siedler passenderweise ›die Basis‹ nennen, ein Lager aufschlagen muß, will ich nicht mehr Zeit mit Klettern als mit der eigentlichen Arbeit zubringen. Für die Dauer der Vermessungen aber kann Chris keinen Mann erübrigen. Die Siedler selbst sind dagegen; niemand hat je dort oben geschlafen, außer er hat sich verirrt, behaupten sie; und dann hätten sie ihn mit Laternen und Fackeln suchen müssen. Mehr als zwei, drei Tage aber kann auch von ihnen keiner erübrigen, weil sie jetzt auf den Feldern zu tun haben; einzig Ben bietet sich an, mich zu begleiten, und obwohl ich nicht weiß, ob er mit seinen siebzig Jahren und seinen verkrüppelten Armen mit der Meßlatte zurechtkommen wird, bin ich dankbar für jede Hilfe. Jock und Arthur bieten mir an, die nötige Verpflegung auf den Grat zu bringen; Ben und ich tragen sie dann zum Round Hill, wo wir unser Basislager am Rand der Sumpfebene einrichten.

Es ist still. Schreien die Pi-eus morgens nicht? Manchmal, antwortet Ben; selten. Ich wasche mich in einem Tümpel mit moorbraunem, aber gut trinkbarem Wasser. Ben pfeift ein paar Takte eines Liedes, das ich nicht kenne; es wird nicht oft auf der Insel getanzt, sage ich, um Konversation zu machen. Nein, Sir, erwidert er; es liegt am Missionar. Er schließt immer das Schulhaus ab; dafür haben's die Männer aber gebaut. Nur wenn ihm nach Tanzen ist – dann gibt's einen Tanz. Hast du den Regen in der Nacht gehört? Nein; war's viel? Ein Wolkenbruch; er hat ans Zelt getrommelt. Ben pfeift weiter, ich mache Sandwiches für den Marsch zum Cave Gulch Hill und schaue zum Gipfel; es ist schon wieder neblig, sage ich. Ja, Sir; es ist neblig. Du kannst zwei Haufen von Farnen am Round Hill aufschichten, fällt mir ein, einen an diesem Ende, den anderen dort – gerade unter dem kreisenden Albatros. Ja. Wo stellst du den Theodoliten auf, ruft er mir zu. Hier. Nach einer halben Stunde ist er wieder zurück. Gut gemacht, Ben, sage ich; ich hoffe, der Wind bläst sie nicht um. Nein, Sir, antwortet er, ich glaub nicht; ich hab die Punkte nicht aus Farnen, sondern Grassoden aufgeschichtet. War's windig oben, will ich wissen. Nein, der kam heute von zwischen Nightingale und Inaccessible her, also bleiben wir in Lee. Dann setze ich besser meine Kappe auf; die Sonne verbrennt einen. Ja, Sir, sagt Ben.

Wir marschieren los, bis wir an den Rand der nächsten ausgewaschenen Rinne kommen; Gulch oder Gully, frage ich. Cave Gulch, antwortet er, da kommen wir auch durch, wenn wir Fi-eus holen; siehst du die jungen, Sir? Ich wette, du kannst sie nicht sehen ... Ich schaue lange, bis ich ein Nest auf einer Felsspitze entdecke, ihre Federn kaum von Gestein unterscheidbar. Ja, jetzt sehe sie; ich brauche einen geraden Stock für eine Fahne. Den kriegen wir weiter vorn, meint Ben. Wir klettern wieder aus der Klamm heraus. Hinter ein paar Büschen treten wir fast auf einen jungen Albatros, rund, ein Ball schwarzen Flaums; er kann noch nicht fliegen, es ist zu früh im Jahr, er klappert nur laut mit seinem Schnabel. Er klatscht, sagt Ben; paß auf, daß er dich nicht anspeit. Wie, sage ich erstaunt, ›klatscht‹? Er kotzt dich an mit seinem öligen Zeug im Magen; man kriegt's nie wieder aus den Kleidern.

Auf welcher Seite wollen wir Cave Gulch Hill hoch? Auf dieser, meine ich. Der Wind ist nicht so stark wie gestern, sagt Ben; hörst du den Lärm? Ich nicke; die Kuppe ist voller Vögel. Warum fliegen die alle hier herum? Um den Wind aus dem Gulch zu kriegen; sie füttern die Jungen. Wir bauen eine Bake, ich lese die Meereshöhe vom Aneroiden ab: 2715 Fuß. Knapp unter dem höchsten Punkt ist ein Loch, fast vollständig mit Büschen zugewachsen. Die sind grundlos, die reichen bis in den Abgrund der Hölle, lacht Ben. Ich lasse einen großen Stein hineinfallen, er prallt von den Seiten ab, doch ein Aufprall ist nicht zu hören.

Wir gehen weiter in Richtung Klippenrand. Wie heißt der Grat dort, frage ich Ben. Das dort? Das ist die Ridge-Where-The-Goat-Jump-Off. Die heißt wirklich so? Ja, Sir, sagt er und erzählt mir die Geschichte im Gehen. Er zeigt auf zwei erwachsene Albatrosse auf einem Grashorst zwischen den Büschen; die beiden küssen sich, sagt er. Sie stehen gegeneinander und sehen sich an, einer still und wie gebannt, während der eine mit dem Schnabel gegen den des anderen schlägt. Wir schauen hinab auf den schmalen Schelf um den Stony Hill und sehen wilde Rinder in der Tiefe grasen. Wie heißt die Bucht unten? Das ist die Deadmans Bay; östlich davon liegt die Seal Bay und der Cave Point.

In Wirklichkeit befinden sie sich jedoch alle westlich von uns; ich habe lange gebraucht, um zu verstehen, daß die Siedler keine Vorstellung von Nord oder Süd haben, sondern alles auf ihr Dorf beziehen, ob etwas westlich oder östlich von ihm liegt. Es ist wie auf den mittelalterlichen Karten, die ihre Welt ausgehend von Jerusalem sahen. Der Westen reicht im Uhrzeigersinn um die Insel bis zum Deep Gulch, den man weder auf Meereshöhe noch irgendwo sonst, außer knapp unterm Gipfel queren kann; er bildet sozusagen den Meridian der Insel. Alles, was auf der anderen Seite liegt, vom Dorf über die Kartoffelfelder bis zur Ridge-Where-The-Goat-Jump-Off entspricht ihrem Osten. Warum die Bucht unten Deadman's Bay heißt, will ich wissen. Da war ich kaum fünfzehn, sagt er, ein englischer Kapitän setzte sein Schiff auf Grund und ging mit ihm unter; das einzige, was man von ihm noch fand, war seine Brieftasche da am Strand. Und der Grat da drüben, wo die Schlucht zur Seal Bay hinuntergeht? Ridge-That-Come-Down-The-West-Side-Of-Stony Gulch. Aha.

Ich öffne eine Sardinendose und reiche sie ihm mit etwas Brot. Manchmal trägt der Wind das Dröhnen der Brecher herauf, die über einem Riff von drei Felsen zusammenschlagen. Ich deute darauf. Die dort, sagt Ben mit vollem Mund, das sind die Sailhardies, ja, das sind sie, die Sailhardy Rocks. Du fragst besser Gaeta, der weiß alles über sie. Da gab's einen Schiffbruch, das war, bevor ich geboren wurde, und sie mußten an Land schwimmen. Einer ertrank beim ersten Hardy, obwohl's hieß, daß er ein guter Schwimmer gewesen sei. Der Segelmacher schwamm zwischen den anderen beiden durch, er war auch ein guter Schwimmer und fett, wie erzählt wird. Sein Fett war sein Rettungsreifen, sagten sie, deshalb kam er ans Ufer, ohne unterzugehen. Und darum nennen wir sie ›Sail‹ Hardies. Aber ich bin mir nicht sicher; red mit Gaetano.

Er ißt die Konserve mit meinem Messer leer. Klettern wir zum Stony Beach hinunter, will er wissen. Nein, heute nicht. Wir bauen ein Steinmännchen hier auf, daß ich's dann von unten sehen kann. Und dann will ich, daß du zur Ridge-Where-The-Goat-Jump-Off gehst und dort eine Bake errichtest. Ich werde mit dem Instrument auf dem Cave Gulch Hill sein. Es ist das Ende meiner Grundlinie; von dort werde ich auch die Winkel für Nightingale und Inaccessible bestimmen können. Nach einer halben Stunde ist Ben wieder zurück; er legt sich ins Gras und schaut mir bei der Arbeit zu. Ich glaube nicht, daß wir den Gipfel heute noch sehen, meint er. Ja, wir gehen besser wieder zum Zelt zurück. Wo läßt du dein Instrument, Sir? Unter einem der Büsche hier. Ja, Sir, das ist gut.

Auf dem Weg singen wir; Ben hat eine gute Stimme. Vielleicht wartet jemand beim Zelt auf uns, sage ich so dahin. Wenn du hallo schreist, würde man's dort hören; das Echo trägt, vom Hügel weg. Er tut's nicht, er ist mir gegenüber immer noch schüchtern. Im Gulch sammeln wir Holz fürs Feuer. Er wartet, ob ich den Weg weiter weiß. Sag's mir nicht, bitte ich ihn, ich find's allein. Ja, Sir, das stimmt; du kannst dich nicht mehr verirren. Ich kenne die Insel bald besser als ihr, meine ich. Nein, Sir! Aber ich bin jetzt bald drei Wochen auf dem Plateau und schlafe hier auch. Ja, Sir, gibt er zu. Wir übernachten hier nicht. Wir kommen an ein paar Rattenlöchern vorbei. Noch mehr Ratten, sage ich; es gibt einen ganzen Haufen hier. Die kamen mit der *Rose,* als ich zehn war – und mit Dodgson, fügt er in einem undeutbaren Ton an.

Abends nach dem Essen öffne ich zum Dessert eine Konservendose. Weißt du, was da drinnen ist? Ja, Sir, sagt er, Aprikosen. Woher weißt du das? Es steht auf dem Etikett, erwidert er. Ich habe nicht einmal vermutet, daß er lesen kann. Die Hälfte lassen wir für morgen, sage ich. Es geht kein Wind mehr, nur das Pieu der Albatrosse bricht die Stille und das Knacken des Feuers. Hier, nimm eine Zigarette, sage ich. Ich rauch' keine Zigaretten, sagt er und nimmt sie dann doch. Ist Marcus dein Bruder, frage ich nach einer Weile. Nein, Sir, mein Onkel. Und seine erste Frau. Starb, erwidert er; mehr ist aus ihm nicht herauszuholen. Eine Bö raschelt im Gras. Die Sterne sind alle draußen heute, sage ich, nicht wahr? Er schnauft. Die beiden hellen dort, die weisen auf das Kreuz des Südens; es zeigt immer den Südpol an. In England konnt' ich's nie sehen. Ja, Sir, antwortet er, ein wenig verwirrt. Wir schauen. Ben hat mich genausowenig wie die anderen je gefragt, wie es in ›unserer Welt draußen‹ aussieht; es interessiert sie nicht, sie ist weiter weg noch als der Krieg. Und wenn ich trotzdem davon erzähle, merke ich, daß ich zuviel erklären muß, um mich verständlich zu machen. Da schoß gerade ein Stern runter, sagt Ben. Sternschnuppen gibt's auch in England, sage ich. Die kam gerade neben dem Zelt herunter, meint er aufgeregt. Hab ich gar nicht gesehen. Ging glatt in den Hügel rein, sagt er. Ich muß jetzt ins Zelt und meine Aufzeichnungen machen, sage ich. Ja, Sir. Gute Nacht, Ben. Gute Nacht, Sir.

Es gibt vier Kategorien von Namen auf der Insel. Der weitaus größte Teil ist rein beschreibender Natur, wie The Archways, Berry Gutter, Cave Point, Deep Gulch, East Beach, Flat Gulch, Green Hill, The Hill-With-A-Hole-In-It … *Viele davon sind Begriffe, aus denen noch keine Namen im eigentlichen Sinn geworden, die noch in der Geste des Zeigens befangen sind, des bloßen Orientierens:* Below-The-Hill, Farmost Point, The Ponds-Up-The-East'ard, Under-The-Water; *sie zählen auf –* First Lagoon Gulch *– oder geben reine Größen an:* Big Beach, Long Bluff, Little Sandy Gulch.
An offiziellen Namen gibt es wenig. Bis auf jenen des Dorfes und des Gipfels – die nach einem englischen König und Maria Stuart benannt worden sind – wurde keine Person des öffentlichen Lebens hier verewigt; und sie werden auch kaum je verwendet. Nicht einmal die Schiffe, die über die Jahrhunderte die Nabelschnur der Insel waren, hat man einer solchen Ehre für wert befunden, außer sie liefen auf Felsen, wie die Julia *auf dem Riff vor dem Little Beach im Jahre 1817.*

Anders ist es mit den vielen Namen, in denen sich Bruchstücke der Geschichte Tristan da Cunhas bewahren. Derrick *heißt ein*

Stück Land um's Dorf, wo die englische Garnison, die ihre H.M.S. Julia *gerade untergehen gesehen hatte, einen Derrickkran aufbaute, um die Befestigungen eines Forts anzulegen. Sie hatte fünfzig Hottentotten vom Kap dabei, die in Zelten auf der anderen Seite des Gulches kampierten, da, wo heute das Dorf steht, über dem* Hottentot Point. *Das Fort wurde nie fertig, ebensowenig wie sich Napoleon auf St. Helena von ihm aus bewachen ließ; doch damit beginnt die Geschichte der Familien hier – mit dem Soldaten Glass, der beschloß, zu bleiben.*

Auf der Insel fand er damals nur einen gewissen Tomaso Corrie vor, der mit dem selbsterklärten König der Insel, dem Hochstapler Jonathan Lambert 1811 hierher gekommen war und ihn wahrscheinlich umgebracht hat. An ihn erinnern noch drei Namen: Tommy's Eyeloose, *wie es die Jungen nennen; die Alten kennen den Platz noch als* Down-By-Thomas's-Oil-House, *die Hütte, in der Corrie seine Ölfässer voll selbstgetreitem Elefantenrobbenfett hatte, das er den anlegenden Schiffen verkaufte und reich dabei wurde. Es geht aber auch die Geschichte um, er habe einen Schatz aus dem Wrack eines während des Unabhängigkeitskrieges bei einem Gefecht vor der Insel gesunkenen Schiffes retten können; an das Seegefecht erinnert der* Anchorstock Point, *wo der Ankerstock der Brig angetrieben wurde. Corrie hielt sich aber auch Schweine, von denen er einmal unter ich weiß nicht welch komischen Umständen gebissen wurde; seitdem heißt die Landspitze bei Tommy's Eyeloose* Pigbite.

An die Walfänger, von denen die Insel im letzten Jahrhundert mehr oder weniger lebte, erinnern die Trypot Bay *zwischen dem Stony und dem Noisy Beach, wo ein Trankessel stand,* Elephant Bay, *wo man sie ausrottete, und der* Runaway Beach, *wo sie vor den Schlächtern davonrannten.*

Und dann ist da noch der eine Name, der an die Frau erinnert, die mein Urgroßvater heiratete und dann sitzen ließ, Mary's Rock, *der Felsen, wo sie schwanger am Meer saß und vergeblich auf seine Rückkehr wartete, und* Out Mary's, *das Haus, das ihr ein anderer Mann dann in der Nähe der Kartoffelfelder baute; aber ich habe von ihm keine Spur mehr gefunden.*

In den übrigen hat der Alltag sich bewahrt. Am Burntwood *und am* Burnt Hill *brannte man das Unterholz nieder, um Erdäpfel zu pflanzen; beim* Salt Pot *siedete man Meerwasser zu Salz aus, bis das Holz auf der Insel zu kostbar wurde; seither kocht man die Fische und Kartoffeln in ihm. In den* Gypsys's Gulch *stürzte der Hund des alten Hagan, an der* Ridge-Where-The-Goat-Jump-Off *die Ziegen, die seither ganz von der Insel verschwunden sind, ohne daß einer zu sagen weiß, warum. Im* Miah's Orchard Gulch *setzte Jeremiah Swain Apfelbäume, weil sie dort vom Wind geschützt waren;* Joey's Garden *jedoch rührt daher, daß ein gewisser Joseph Beetham die verwilderten Katzen – deren Felle ein beliebter Tauschartikel auf den Schiffen war – mit seinen Hunden dort in die Enge trieb und sie keulte; zum Neidwesen der übrigen Siedler war er jedes Jahr so erfolgreich damit, daß man den Ort als* Down-Where-Joey-Has-His-Cat-Garden *bezeichnete.* Down-Where-The-Minister-Landed-His-Things *ist dabei einer der wenigen Bezeichnungen, die nicht verkürzt wurden; sie singen es fast wie eine Gedichtzeile – so heißt der schmale Streifen Sand, wo man Dodgsons Hab und Gut an Land schaffte, als sein Schiff erst nicht, der Dünung wegen, vor dem Dorf ankern konnte. Als es dann schließlich anlegte, sank es vor den Kartoffelfeldern auf den Hardies, wie die Siedler jeden aus dem Meer stehenden Felsen nennen.*

Die letzte Kategorie besteht aus Namen, deren Ursprung in Vergessenheit geraten ist, Bugsby Hole, *das vielleicht an eine Kneipe in Deptford erinnern soll,* Longwood, *nach Napoleons Exil auf St. Helena,* Redbody Hill, Hackel Hill, Knockfolly Gulch *und* Devil's Hole.

Guten Morgen, Sir, hat er gesagt wie jeden Morgen. Der Nebel ums Zelt. Heute lichtet er sich erst gegen Mittag. Gestern nachmittag ist Marah gekommen, mit einem Rucksack. Ich ging ihr entgegen, um ihn ihr abzunehmen, wir waren überrascht, wir haben gedacht, sie bringt uns Essen, aber er war leicht. Selbst als die Sonne tief stand, machte sie keine Anstalten zu gehen. Ben wurde immer unruhiger und ich hilflos. Abends saßen wir ums Feuer, und Ben ließ niemanden zu Wort kommen, als könnte er so die eigenartige Situation überspielen. Marah hat nicht gesagt, warum sie gekommen ist, und auch nicht, daß sie bleibt, wir blieben nur wach, seine Augen, die ihm schon vor Müdigkeit zufielen. Ich kroch zu ihm ins Zelt und ließ Marah meines. Jetzt will Ben gehen; er ist nicht mehr zu halten, ich bitte ihn inständig, er windet sich, aber er geht zurück ins Dorf. Marah sagt nichts, doch sie bleibt.

IM

Innehalten des Sturms ließ sich der Nebel vom Rauch über den Häusern nicht unterscheiden; er hob sich, die Welt erstarrte nach und nach und erkaltete, als würde rings um die Insel etwas neu entstehen. Als das erste Stück Blau sichtbar wurde, schien es nahe, viel zu nahe der Insel; das Meer gläsern und an manchen Stellen wie mit Feuer durchsetzt. Und dann, bei Sonnenaufgang, war alles wieder licht, spiegelte das Meer sich über der Kimm, daß man hätte glauben können, die Erde sich krümmen zu sehen.

NOOMI MORHOLT
JOURNAL DREI
MÄRZ / MAI 2003

DIE NACHT

I; DIE SONNE nur noch ein Punkt über dem schmalen Strich Licht, den sie wirft; mittags steht sie kaum fingerbreit über dem Horizont. Das Dunkel kommt langsam nieder, der ein halbes Jahr dauernde Tag an sein Ende. Es wird kalt, alles matt und stumpf, selbst die Schatten; das Zwielicht des düsteren Himmels wie zwischen Leben und Sterben.

Die Elektronik für Sender und Empfänger des Riometers ist in dem eine halbe Meile von der Basis entfernten Transportcontainer untergebracht, den die Arbeiter bewohnten, als sie die Station hier bauten. Karel kümmert sich darum, daß der Radar läuft, ohne daß er dauernd beaufsichtigt werden muß, und ein Kabel übermittelt die Bytes auch zur Basis, aber ich bin trotzdem, so oft ich kann, in dieser Baracke unterm Schnee, nur um allein zu sein. Meine Arbeit ein Journal gesammelter Daten.

Ich führe dieses Tagebuch nicht etwa aus innerer Unsicherheit, um ein Zeugnis meiner selbst zu hinterlassen, weil ich gerne schreibe oder die Einsamkeit jeder Gesellschaft vorziehe; es ist mir auch kein Ersatz für ein Gespräch. Ich bin nur froh um dieses Alleinsein mit den Worten; die Zeit für mich, in der mich nichts anderes bedrängt, will ich mir nicht nehmen lassen, nicht nach all den Jahren mit einem Mann. Aber ich habe weder etwas zu beichten noch etwas zu verewigen; das Schreiben hilft mir schauen. Und denken. Ein Bewußtwerden dessen, was mich umgibt, die Teilnahme an dem, was sich vor meinen Augen verändert, wechselt, wächst.

Liebe Noomi, Dich mir in Erinnerung zu rufen, sie nicht die Umrisse verlieren zu lassen, das ist es, was ich mit dem Schreiben jeden Tag tue, Deinen Mund mir vorzustellen, die Augen, das schwarze Haar, sie im-

mer wieder zum Bild zu vereinen (obwohl ich Dich mehrmals schon darum gebeten habe, schickst Du mir keines). Heute nachmittag aber stieß ich zufällig beim Blättern in einer Buchhandlung auf ein Photo von Edward Weston, als wäre es eines von Dir, am Strand von Conceição, die Arme verschränkt, die Schläfe ruhend darauf, der Oberkörper in silbriggrauem Sand, so preisgegeben und doch allem entzogen, das Weiß des Scheitels diesen Eindruck noch verstärkend: so sah ich Dich in dem einen Moment, bevor Du überrascht zu mir aufsahst und ich Dir den Zettel in die Hand drückte. Und jetzt weiß ich auch, daß ich mit diesem Blick der Augen meinen Roman zu schreiben begonnen habe.

Meine Zurückhaltung gebe ich deswegen nicht auf, nicht einmal für meine eigenen Zeilen; sie ist mein instinktiver Reflex. Doch dabei merke ich, wie allein ich bin, auf so grundlegende Weise, als essentiellste Bedingung meines Seins. Alles andere ist Illusion; wir wollen zwar selbst betrogen sein und betrügen darum aus Höflichkeit, Freundschaft, Liebe oder Selbstverteidigung andere darüber, aber wir bleiben allein. Wir kommen uns nicht aus und verstehen auch andere nur durch uns selbst; das Gegenteil zu behaupten wäre Lüge.

Früher war ich auf diese Form menschlicher Nähe angewiesen; jetzt aber, wo ich vierzig werde, fühle ich diese Abhängigkeit weniger und weniger. Als wäre ich mir nun eher selbst genug, weil ich den Tod mir ein Stück weit entgegenkommen spüre, auf mich selbst zurückgeworfen. Als sorgte die Natur vor, daß wir im Alter kaum mehr das Bedürfnis nach anderen empfinden, um uns das Sterben zu erleichtern. Oder als hätte es sich auch auf mein Denken übertragen, daß mein Körper nicht mehr lange fruchtbar sein wird. Nein. Ich bin nur zu feige, mir einzugestehen, daß ich den Tod bereits in mir trug, ihn austrug in meinem Bauch. Und die Totgeburt meines Kindes nie anders begriffen habe, als daß mit ihr auch unsere Liebe starb. Ohne daß ich auch Martin seinen Schmerz zugestehen hätte können.

Manchmal sehe ich ihn vor mir, dünn und schmalhüftig, sein Kopf klein und rund, das weiche Haar, die flache Nasenspitze, die einen großen Mund betont, sein ferner, beinahe immer abweisender Blick, und dann weiß ich, daß auch er nur nach etwas suchte, das er in mir nicht fand, versunken in einer Welt, die ihm alles bedeutete, seit ich es nicht mehr tat. Er verstand es nur schlecht zu verbergen. Daß er es dennoch versuchte, vermag ich ihm erst jetzt anzurechnen; damals haßte ich ihn dafür. Aber mir werfe ich das gleiche vor. Wenn er mich ansah mit diesem hilflosen Ausdruck in den Augen, weil wir nur mehr diese Blicke hatten und keine Worte mehr füreinander, sah ich seine Augen nur als Augen, die Pupille dunkel, das Grau der Regenbogenhaut, dem Blick aber wich ich aus, der Bitte darin. Ich nahm seinen Kopf in die Hände, aber es war keine Geste der Zärtlichkeit, ich ertrug seinen Blick nicht, fuhr ihm über die Haare und dachte daran, wie gern ich es einmal gemocht hatte, daß er morgens zu mir ins Badezimmer kam, sich neben mich stellte und ich unsere beiden Körper im Spiegel betrachtete, als unterzöge ich sie der Prüfung, wie gut sie zueinander paßten, als steckte in unseren Spiegelbildern ein tieferer Sinn, dem Weiß unserer Becken, der Breite der Schultern, dem Ansatz der Haare und seiner schlaksigen Figur, die die Rundungen an mir um so mehr herausstrich. Ich mochte sogar seine Scheu dabei, daß er seine Blöße außerhalb des Bettes kaum ertrug, sich höchstens kurz aus den Augenwinkeln musterte und lieber mich anstarrte, doch nun war es, als berührte ich nur mehr ein Äußeres, die Hülle einer Person, in der sich vor mir alles verschloß, undenkbar, was wir einander gewesen waren, selbst daß wir miteinander geschlafen hatten unvorstellbar in diesem Augenblick, mit dem das Ende unserer Liebe begann, das Gefühl von Fremdem unter meinen Fingern, die nur noch über bloße Haut streiften, daß ich erschrak und seinen Namen sagte, wie um mich seiner dennoch zu vergewissern.

Ao lembrar os objectos que enfeitavam o meu quarto, tudo perde a cor, a forma, o cheiro, Marah. Volto sempre a Fernando de Noronha, sempre à hora certa. O granito estrela e espelha a razão porque é vermelha a tarde do nosso amor do sol poente. Foi no Hotel Esmeralda (se menciono, é porque me importo com o nome dos lugares) onde eu te amei. Agora tenho um corvo à flor da pele; passa por aquela casa, acorda quando mei deito ... Se soubesse que sentias, não me importaria nada; é o que a minha alma te dá, sem nada em troca. Vem devagar e descobre que o melhor de mim é mais do que aqui vês.

Objekte, Formen, Stunden; der Granit der Sonne, ein Rabe und eine Blume; und nichts, das nicht ist – ich übertrage Ruis Worte vom Bildschirm ins Heft, male seine Lettern nach, langsam, als kennte ich noch keine Schrift, und fülle sie mit meinem Sinn aus, lasse die Vokale noch weicher werden, gebe den Buchstaben meine Schleifen und Rundungen. Er schreibt zum ersten Mal von dem Hotel, und daß er es zuvor nie erwähnt hat, nimmt mich für ihn ein. Das Einverständnis des Stillschweigens. Kraft dessen alles eine stumme Verabredung ist, uns in der Mitte eines unbekannten Terrains zu treffen, und alle Zeit, es zu erkunden. Dank dessen ich glauben kann, wir wären uns nur aus Versehen nah und näher gekommen. Dieselben altbekannten Vorspiegelungen, ein wenig aufgebrauchter vielleicht, aber doch immer wieder in der Hoffnung, sie würden wahr und wirklich, wenn man sie sich nur lange genug wünschte.

Ich würde jetzt gerne diesem spontanen Impuls nachgeben können und ihn anrufen, nur seiner Stimme wegen; und kann den plötzlichen Wunsch nach Nähe nur durch den sanften Druck auf die Tastatur befriedigen. Ich möchte laut werden, es reicht nicht aus, und bin doch auf die Stille der Distanz angewiesen; die Skala einer Nummer, der Einwahlton, die Triole seiner Obertöne pingend widerhallend und ein tiefes Rauschen dann, ein Geschwirr von Elektronen.

Danke. Du hast sehr schöne Worte; das ist wohl Dein Beruf . . . Aber schreib mir auf Englisch. Und nenn mich bitte nicht mehr Marah, es gibt schon zu viele Marahs, sag mir statt dessen, warum Du ausgerechnet über Tristan da Cunha schreibst, wie Du darauf gekommen bist. Es tut mir leid, daß ich Dir nicht so oft antworten kann, nicht auf jede E-Mail; ich würde verstehen, wenn Dich das so sehr enttäuscht, daß Du mir nicht mehr schreiben magst. Noomi.

Ein hohes Himmelslicht breitet sich jetzt diffus aus, Elementarteilchen, aus der Magnetosphäre ausgefällt, ohne die tieferliegende Ionosphäre zu erreichen, in der Luft zerfließend, flirrend.

Doch dieses Flackern ist nur Illusion. Die Atome, die dieses Licht abgegeben, bleiben selbst in Ruhe; es sind die Ströme aus der Magnetosphäre, ihre unsichtbaren Wellen, die in dieser Aurora für das Auge sichtbar werden. Die Schattierungen der Farbe verstärken diesen Eindruck von flutendem Licht noch; aber was sich bewegt, ist die Erde, die sich unter dem Himmel wegdreht.

Dasselbe Glimmern wandert im gleichen Augenblick auch über die andere Hälfte der Erde, irgendwo jenseits des arktischen Kreises. Die Norweger glaubten, daß die Nordlichter die Seelen unverheirateter Frauen seien, die um einen Berg geistern, Feuer machen, Fisch kochen, tanzen und mit ihren weiß behandschuhten Händen winken. Für die Finnen dagegen waren es alte Weiber, die in der Luft schweben; eine Sibylle, die ihre Wolldecke verbrennt; oder Mädchen, die ums Feuer rennen und ihre Unterhosen hinter sich herschleifen.

Dann aber wieder sieht man in ihnen die Seelen totgeborener Kinder, die sich in ihre Nabelschnüre verwickelt haben, ihre Körper bleich, nachdem sie so viel Blut verloren. Und nun spielen sie auf den Schneefeldern des Himmels Fußball; der Ball ist einmal ein menschlicher Schädel, dann wieder der Kopf eines Walrosses; oft genug noch ist er lebendig, mit klappernden Kiefern, drohend und brüllend, wenn er mit seinen Säbelzähnen nach den Spielern haut.

MITTAGS ging die Sonne unter; sie sank den ganzen Morgen über groß und rot und unendlich lange unter die Kante des Eises, das in flüssigen Farben zu Schlacken aufbrannte, die Erde auf unserem Breitengrad sich so viel langsamer als am Äquator mit seiner übergangslos herabfallenden Nacht drehend, daß ich zum ersten Mal das Gefühl bekam, daß sie es war, die unter der Sonne wegrollte. In ein Dunkel, das sich sturmblau über unseren Köpfen ausbauchte; was vom Tag blieb, war ein schmaler Streifen von unirdischem Zwielicht über dem Klotz des Vesles, fahl wie während einer Sonnenfinsternis. Doch obwohl sie jetzt dem Blick entschwunden ist, sieht man ihre Bahn weiter am Widerschein, der sich den Horizont entlangzieht.

Revals Journale und Thomsens Bögen; und manchmal eine stille Wut, weil sie von sich wie von jemand anderem sprechen. Die sich aus jedem Satz mitteilende Sehnsucht nichts als die gallige Melancholie jeden Selbstbetrugs. Die Angst einer Liebe, die sich selbst verachtet und den anderen ungeachtet aller Widersprüche idealisiert, um so absehbar daran zu scheitern.

Diese Art scheinbar bedingungsloser Hingabe machte mich immer schon unduldsam; ich wollte vor ihr flüchten und vermochte es doch nicht. Ich wollte nur verstanden werden, auch in meiner Widersprüchlichkeit angenommen werden, darauf wartete ich ebenso unbeirrbar wie vergeblich. Hoffend, daß das Begehren umfassender wäre als das Verklärende der Liebe, fester umrissen. Und war zugleich dennoch fasziniert von diesem Haltlosen; dem Absoluten eines vorausgesetzten Glaubens, egal woran – er gleicht sich stets, bloß um dann Stück für Stück von ihm abzufallen, sich selbst verratend. Eine Welle, die sich aufbaut, nur um sich wieder zu zerschlagen; eine Geschichte des Windes.

Das Verlangen, sich darin zu verlieren und damit zugleich auch jede Scham. Aber was Martin darunter verstand, war, mir Obszönitäten ins Ohr zu flüstern, die ihn erregten; nein, er war eher verzweifelt auf der Suche nach einer Rolle, an die er sich mangels eigener Einfälle halten konnte, unfähig, die Neugier aufeinander bis zum Ende zu ertragen, heimlich besessen, zu versagen, ein Stichwort zu überhören und plötzlich auf der Bühne allein dazustehen; nein, er wollte sich bloß durch die Nachdrücklichkeit meiner Hingabe in seiner Potenz bestätigt finden und griff deshalb auf ein eingeübtes Repertoire zurück, hinter dem er sich geschickt und unberührt verstecken konnte.

Ich fühlte mich unwohl dabei, ich merkte, daß ich mich seiner Regie fügen sollte, und weigerte mich, so gut es ging, diese Erwartungen zu erfüllen. Und dann immer wieder sein Vorwurf, wie unerreichbar ich sei. Nichts als diese monotone Niederträchtigkeit der Lust. Das Ungerechte daran, mein einziger Gedanke, ihn nicht zu verletzen, wenn er um sechs ins Haus kam, nach den zwei Gläsern Whiskey, die er sich jedesmal nach dem Büro mit seinen Kollegen genehmigte. Was brachte ihn bloß zum Ticken? Vom Klimakterium seiner Bedürfnisse angestachelt, hob er sich über mich wie ein Elefant und arbeitete sich an mir ab, sein Becken zwischen meinen Beinen, den Rumpf auf die Arme abgestützt, um jede weitere Berührung zu vermeiden und dann auf mir zusammenzusacken, seine Liebe gestehend in den ewig selben Worten, ehrlich darin und doch so unsäglich mutlos, daß er mir leid tat.

Aber alle Männer sagen einer Frau, daß sie sie lieben, in den paar Minuten, nachdem sie in ihr schlaff geworden sind. Lange genügte es mir, wenn wir dann später am Abend zu einer seiner endlosen Partys ausgingen, daß ich den Blick anderer Frauen auf meinen Mann sah und das Gefühl hatte, stolz sein zu können an seiner Seite, gespiegelt im Bild eines perfekten Paares.

Der Winter sammelt sich, unmerklich wie eine ansteigende Gezeit; die Nacht eine Flut, die täglich ein wenig weiter über das Ufer wäscht und ein wenig länger bleibt, während der Tag schmal und schmaler wird, abebbt, als ließe er Raum für etwas, das sich mit zeitloser Geduld in dieser Dämmerung vollendet. Und jeder meiner Sinne wird seltsam wacher, wie um dies auszugleichen, der Morgen in ein Blau getaucht, daß alles in der Luft zu hängen scheint. Sterne, größer manchmal als die Sonne aufblinkend und dann wieder nicht mehr, so daß ich das Fernglas holen ging: drei silbrige Punkte eng untereinander in einer Linie, vom Dunst immer wieder überlagert; und Stille. Die Windfahne Richtung Pol, aber in der Kälte kommt der Wind zum Erliegen; mein gefrorener Atem in einer Wolke über dem Kopf. Das Gefühl, an einem losen Ende angelangt zu sein.

Liebe Noomi, Du fragst, warum ich über Tristan da Cunha schreibe. Mein Vater hatte in seinen wechselnden Büros stets eine Weltkarte hängen, und ich mit meinen zwölf Jahren reichte kaum über den Äquator, auf Augenhöhe lag allein die Insel Tristan da Cunha; vielleicht ist das der Grund. Zumindest scheint mir dieser Umstand ebensoviel und ebensowenig zu erklären wie der historische Umstand, daß die Portugiesen dieses Land entdeckt haben, keine dreihundert Kilometer südlich von hier an der Küste von Itamaraju: die Insel des Wahren Kreuzes, an dem wir Brasilianer immer noch zu tragen haben, wir verehren jetzt ja unseren ersten wahrhaft demokratisch gewählten Präsidenten wie den Heiland höchstpersönlich, er schwingt für uns über den Favelas eine Nationalflagge, auf der sich immer noch das Kreuz des Südens findet, aber wir werden auch unter ihm miterleben, daß die Korruption wie eh und je die Oberhand behält – so wie jetzt die Syntax über meine Englischkenntnisse: daß wir also zuerst dieses Land entdeckten, bevor wir auf eine Insel mitten im Südatlantik stießen, die auf der Route zu den Chimären des Ostens lag. Oder besser: auf halbem Weg zwischen der einen Phantasmagorie hier und der anderen dort. Die unzugänglichste Insel der Welt; jener Ort, der am weitesten von allen anderen bewohnten Orten entfernt ist, weiter abliegend als Pitcairn oder Thule in Grönland. Der eigentliche Pol dieser Erde, sieht man vom Nordpol ab, wo niemand ist, außer vielleicht gerade ein Deutscher, der ihn jetzt rückwärts gehend für sich erobern will, oder der Südpol, wo ein paar Amerikaner in einem Dom hausen und ihre unterirdischen Atombomben zünden (nein, das wart ja Ihr Südafrikaner).

Ich aber brauche für meine Geschichten Menschen; und auf diesem Pol, der meine Insel ist, leben immerhin ein paar hundert, und das nun schon seit dreihundert Jahren, auf einem winzigen Schelf, auf dem man sich gerade noch gegen die Natur behaupten kann – in der extrem-

sten Existenzform, die es gibt (Ihr in Eurer Antarktis lebt ja nur ein Artifizium; keine Spur von Autarkie – sonst hättest Du längst schon anrufen können, nicht wahr?). Und sie leben dort ihre kommunistische Utopie aus (für die ich ungebrochen noch die größte Sympathie empfinde; kaum einer, mit dem ich in Lissabon studiert habe, der nicht ein den Kapitalismus verachtender Oppositioneller und Mitglied der KP war, obwohl von den Idealen nichts geblieben ist). Für Politik hatte ich trotzdem nie viel übrig; nicht weil ich in meinem Alter zu desillusioniert wäre, sondern weil mein Interesse immer eher dem Einzigen und seinem Eigentum galt. Wofür sich die Tristaner jedoch interessierten, für welches dieser drei Dinge, habe ich bisher nicht herausfinden können – und auch niemanden gefunden, der mir das beantwortet hätte. Eine undurchschaubare Gesellschaft, diese Insulaner; wie wir alle wahrscheinlich – nach außen zumindest. Ein Rätsel mehr (aus dem wir Schriftsteller ungeachtet aller humanistischen Ideale Kapital zu schlagen verstehen).

Doch dann bin ich hier in Brasilien auf zwei interessante Figuren gestoßen, einen Abenteurer namens Lambert, der sich zum König der Insel erklärt hatte (ähnlich jenem französischen Hochstapler, der sich zum König von Patagonien ernannte, Antoine de Tounens), und einen Reisegefährten Darwins, einen Maler namens Earle, der sich unfreiwillig ein Jahr lang auf der Insel aufhielt. Aus beiden habe ich meinem Helden Gestalt gegeben; Fleisch vom einen, Blut vom anderen (einen guten Schriftsteller unterscheidet von einem schlechten Schriftsteller, habe ich irgendwo gelesen, daß der schlechtere Anleihen nimmt, während der bessere klaut – weil die Kunst darin liegt, das Diebsgut so in den eigenen Zeilen zu verstecken, daß es sich fügt, nicht auffällt und wie aus einer Feder ist). Ich selbst war nur drei Tage auf Tristan, die Reise hat mich ein Heidengeld gekostet, ich kann also mit authentischen Eindrücken nicht gerade hausieren gehen – selbst wenn ich wollte. Aber an Originalität war mir noch nie gelegen; Literatur liegt für mich im Versuch, für archetypische Situationen und Emotionen die eine passende und allumfassende Formulierung zu finden, die rechten Worte und die richtigen Sätze – darin besteht ihre Formelhaftigkeit, schon seit Homers epischen Zeiten. Ich halte mir eher auf die Konstruktion etwas zugute.

Daß mein Name dann über dem Titel (den ich immer noch nicht gefunden habe) stehen wird, ist ein unvermeidliches Übel. Die Öffentlichkeit war mir stets ein Greuel – und dafür habe ich doch (um wieder auf meinen Roman zurückzukommen) seit meiner Jugend eine Vorliebe für Hochstaplerfiguren und andere Luftgänger gehegt. Wahrscheinlich, weil sie meinem melancholischen Temperament so entgegengesetzt sind und ich, wenn ich über meinen tintenblauen Schatten hätte springen können, gerne ein Seiltänzer wie sie geworden wäre. Doch das verhindert schon meine Familiengeschichte – die ein dritter Grund ist, mich mit Tristan da Cunha zu befassen: mein Ururgroßvater war Euclides da Cunha. Ich denke nicht, daß Du schon einmal von ihm gehört hast; hier aber gilt er mit seinem Wälzer über die Niederschlagung des Aufstands einer religiösen Sekte als Begründer der brasilianischen Literatur. Das hat mit meiner Arbeit zwar nur insofern zu tun, als es Korrespondenzen zwischen dem Leben auf Tristan da Cunha und dem Hinterland gibt, das mein Ururgroßvater beschreibt – der Hauptgrund liegt aber wohl in dem öffentlich stets abgeleugneten Wunsch, endlich mit einem eigenen Werk aus seinem generationenlangen Schatten zu treten.

Und weil wir uns nun schon mit meinen psychoanalytischen Geheimnissen beschäftigen, so will ich Dir auch den vierten und letzten Grund für die Wahl meines Sujets nennen: Tristan da Cunha ist eine Insel (nein, gleich drei, mit den schönen Namen Tristan, Nightingale und Inaccessible). Und eine Insel ist eben von vornherein allegorisch – letztlich für alles, für die Glückseligkeit und den Tod: ein Symbol für das Wasser, das sie umgibt, die Luft, indem sie den Winden ausgesetzt ist, dem Feuer der Sonne, die ihre Zeit bestimmt, der Erde, die sie ist. Unerreichbar mitten im Ozean. Ein Emblem des Unbewußten und das mythische Bild der Frau, der Jungfrau und Mutter – oder was immer wir Männer in sie projizieren; warum sonst bin ich Schriftsteller geworden, wenn nicht dieses Eros wegen? Ein Archetypus der Libido. Eine Insel als regressus ad uterum, *die Suche nach den Ursprüngen der Welt und des eigenen Ichs, um darin das Heil zu finden – das vorsintflutlichste Prinzip des Schreibens, das es gibt. Es ist in diesem Sinne, daß Tristan, tödlich verwundet vom Riesen Morholt – um auf Dich zurückzukommen – in einem Boot ohne Segel ausgesetzt wird, ein Spielball der Wellen, an die Küste Irlands treibt, wo er zum ersten Mal seiner Isolde ansichtig wird und von ihrer Mutter, der Königin der Inseln, geheilt wird.*

Ein langer Brief an Dich, meine Isolde, weiter abschweifend, als ich es vorhatte. Ich muß Dir mehr verschweigen, sonst wirst Du meiner bereits jetzt überdrüssig. Und da Du mir von Dir bisher nicht mehr als zwei Zeilen verraten hast … Nein, ich schreibe Dir keine schönen

Worte, weil das mein Beruf ist, ich sitze jetzt im Dunkeln, wo allein der Bildschirm meines Laptops über den Schreibtisch flackert, alle Lichter in der Stadt ausgegangen, weil die Elektrizitätswerke streiken, aber ich denke an Dich wie in jeder meiner weißen Nächte, Du bist so wirklich und doch ebenso unwirklich, so fern von mir und Deine Stimme mir doch noch so nahe, der Geruch Deiner Haut, Dein Gang, und ich wollte, Du würdest jetzt wieder nackt im Türrahmen stehen, nur um Dich lange, lange ansehen zu können, während das Dunkel um Dich fällt und Dich in Deiner Nacktheit kleidet, ihre Bitternis auf der Zunge, die auch die Deine ist, Marah, der Wind draußen wild in den Bäumen, bis Du kalte Füße bekommst und zu mir ins Bett kriechst, nur damit ich Dich in den Schlaf spreche, zu sagen, daß da etwas Dunkles in Deinen Augen ist, das ich immer sehen werde, nur so, zu sagen, daß da eine Stelle ist, an der Du immer verletzbar sein wirst, innen an Deinen Armen, hinter Deinem Ohr, unter dem Rund Deiner Brüste, nur so, um Dir zu sagen, daß dies auch für mich so unerwartet wie unerklärlich ist, nur so, zu sagen, daß ich geduldig sein werde, obwohl ich mich aufs Warten nie verstanden habe, nur so, zu sagen, daß all die Namen, die ich für Dich habe, nur der eine ist, Noomi, Dir all das zu sagen, jetzt und hier, und daß alle Schönheit immer fordernd war. Rui

Warum lese ich den Schluß seines Briefes wieder und wieder und mißtraue doch jeder Zeile? Weil ich weiß, daß dieses Begehren nur so lange vorhält, wie es ungestillt bleibt. Sich in diesem sehnsüchtigen Gestus etwas Ungeborgenes ausdrückt und ich Verbindlichkeit verlange; ich hinter der Maske dieser Worte etwas spüre, das nicht nur auf mich Anspruch erhebt, sondern über mich erst sich selbst verwirklichen zu können glaubt. Doch nicht mit mir. Ich will nicht mehr nur die Verkörperung all dieser unbehausten Begierden sein.

Und doch habe ich diese Rolle genossen. Ich brauchte nur beim Essen im Restaurant aufzustehen und mir auf der Damentoilette die Augenbrauen leicht mit blauem Kajal nachzuziehen, das genügte bereits, keinen Lidschatten und keinen Lippenstift, um an den Tisch zurückzukehren und den plötzlich wieder aufmerksamen, fast überraschten Blick zu sehen, ohne daß darauf je von einem Mann eine Bemerkung fiel, als wäre es so sehr Teil von mir, daß ein Kompliment jetzt nur bedeutet hätte, wie wenig hübsch ich ihnen noch ein paar Minuten vorher erschienen wäre. Dieses leichte Erstaunen bedeutete mir viel, nicht aus Eitelkeit, sondern weil es die Achtung war, die ich mir damit verschaffen konnte, diesen Moment überspielend, den Faden des Gesprächs aufnehmend, als wäre nichts geschehen, mir mit dem Daumen den bleiblauen Strich Antimon von der Fingerkuppe wischend. Die Komplimente, wenn ich mein schwarzes Kleid angezogen hatte, die Haare hochgesteckt über den silbernen Ohrringen, die ich mir selbst ausgesucht hatte, machten mich dagegen verlegen, die Eleganz, die man an mir bewunderte, galt nur einem Kostüm, in dem ich mir trotz seiner Einfachheit verkleidet vorkam; es hatte sowenig mit mir zu tun wie die Nacktheit, die Martin von mir wollte, als er mich bat, die Schamhaare abzurasieren; sie verschaffte ihm ein paar leidenschaftliche Nächte, aber sie galt nur einer glatten weichen Haut, nicht mir; das Entblößte an mir war für ihn nur obszön. Schön empfand ich mich erst, als ich schwanger war.

Jedem Mann, mit dem ich zusammen war, versuchte ich seiner Idee von Schönheit Figur zu verleihen; ich stellte sie dar für ihn, und wie gut ich dabei war, bestimmte, wieviel Nähe zwischen uns möglich war. Trotz aller Freundschaft und Kameradschaftlichkeit, die sich dabei einstellen mochte, war meine Identität dabei beschränkt darauf, was von ihnen auf mich zurückgespiegelt wurde. Es war ein Spiel des Sich-Entziehens, um wieder ein wenig nachzugeben, doch ohne dieses Unerreichbare ganz preiszugeben, das mich erst zum Objekt ihrer Begierde machte, ein Spiel, erotisch manchmal, künstlich meist und immer vorhersehbar, ich konnte darin aufgehen, wenn ich wollte, ja, aber es gab nichts anderes als dieses Spiel, das sich als Leidenschaft deklarierte oder Liebe und verlangte, daß ich dafür das Dunkle und Ferne, das sie in mir sehen wollten, bewahrte. Gar nicht so sehr eine Frage des Äußeren, nein, eher der inneren Haltung. Die ein ewiger Zwiespalt blieb, zwischen dem Wunsch, sich ganz auszuliefern an dieses uferlose Begehren, zu versinken darin, und ihm immer wieder zu widerstehen, ihm etwas entgegenzusetzen, um nicht überflutet zu werden davon.

Eine Insel, gleich jener, über die Rui geschrieben hat; oder jenem Nightingale, das ich in Dodgsons Briefen fand, in denen er über eine Vehemenz spricht, in der jedes Ich uneingeschränkt vom anderen, der Welt sein kann, in einem Moment reinster Gegenwart, jeder für sich allein und bei sich, um die Insel auftauchen zu sehen an der Wasserlinie dessen, was wir bereits wissen, und dessen, worüber es längst sinnlos geworden ist, nachzudenken, der Horizont allen Ahnens, das sich noch nicht auszusprechen wagt, diese eine dunkle Kontur an der Kimm, ein Ufer, wo die See gegen den Fels schlägt und der Fels von der in ihn einschneidenden See geformt wird, indem er jede See bricht, jedesmal wie zum ersten Mal; und in ihrem Widerstehen und ihrem Sichscheiden werden sie das, was sie sind.

Ein Bild, das wohl nur ein Mann so zu sehen versteht. Ich dagegen empfand mich zunehmend als eine ganze Versammlung von Krethi, Plethi und deren Beziehungen mit mir, willkürlich zusammengewürfelten Erinnerungen an Momente und bestimmbaren Hoffnungen an eine Zukunft, die von einem Mann abhängig wurden, angehäuft in mir, alles, worüber ich die Jahre über gestolpert zu sein schien, aus bloßen Überbleibseln zusammengestückelt zu einem Leben, wie meine Wohnung, in der jeder von ihnen ein und aus gegangen war, auch Martin schließlich, voller fremder Möbel, die sie mir daließen, Geschenken und Erinnerungen, von denen ich mich nicht glaubte trennen zu können, ich wechselte nur für jeden neuen Liebhaber die Matratze, damit wenigstens da für mich etwas beginnen könnte, das vom Alten unbelastet war, bis ich die Packer holte und alles dem Samariterbund schenkte, alles leer räumte, mir nur einen Tisch, einen Stuhl und wieder ein Bett kaufte, weil ich merkte, daß ich mit mir allein besser zurechtkam; es war ein Luxus, meiner Gegenwart in Abwesenheit anderer so uneingeschränkt bewußt werden zu dürfen, daß ich glaubte, jetzt endlich wäre ich ich selbst geworden – doch auch das habe ich nicht lange ausgehalten und mich deshalb für dieses Jahr in der Antarktis beworben.

Der Wind heult, wirbelt und wütet; es ist fürchterlich kalt, weit unter Null. Auf dem Weg von meiner Radarhütte zurück in die Station war es so kalt, daß mir die Brüste weh taten; sie zogen sich hoch, hart die Nippel aufgerichtet, daß alles schmerzte.

Ein marmorner Halo lag heute an der Kimm, Streifen nebeneinander, wellig sich überlagernd, glimmernd, moirierend schließlich: das Polarlicht, wie es nun Nacht für Nacht sichtbarer wird. Farben, die sich auffalteten, Grün aufblitzend darin, Finnisch Grün erst, dann Brasilgrün, kurz blinkend nun, sich windend dann und in Bänder teilend, die sich entflechten, das Grün immer klarer an den Enden, bis es zwischen Karmesin und Scharlach wechselt und sich ins Blau zieht, in das Ultramarin einer Atmosphäre, die sich unter dem Himmel öffnet, ganz in die Luft, wie vom Wind in Glas getrieben und splitternd weiter, nach und nach, je höher es steigt, die Spitzen zur Erde zeigend, phosphoreszierende Linien, die vom selben Punkt ausgehen, auf den sich auch die Nadel des Kompasses richtet, der Zenit die Mitte dieser Corona: Licht, das sich selber zeichnet, malt und mit dem Handrücken wieder verwischt. Eine Lichtpause.

MORGENS ist es am schlimmsten, weil der Kopf immer noch mit Nacht und Tag rechnet und sich nicht an dieses immer tiefere Dunkel gewöhnt. Die Kälte und die Finsternis laugen den Körper aus, unmerklich erst, das Denken wird immer träger, die Reaktionsfähigkeit beinahe wie betäubt. Ich brauchte lange, um wirklich wach zu werden, verloren in einem Halbschlaf, der zu viele verworrene Träume hatte, die kein Ende fanden; meine Kammer in einem dimensionslosen Schwarz, ohne Schatten und Kanten. Selbst nach all diesen Wochen weiß ich im ersten Moment nicht mehr, wo ich bin, merke, wie ich mich anstrenge, in der Stille auf etwas zu horchen, ich sehe die digitale Anzeige der Uhr neben dem Bett, doch ich höre kein Ticken; es ist, als hätte ich einen Hörsturz erlitten, mein Bewußtsein braucht unerträglich lange, um zu merken, daß nichts daran wahr ist, aber in dieser Minute ist der Schrecken wirklicher als alles, was mich umgibt, das rote Glimmen der Zahlen uferlos in der unbestimmbaren Tiefe dieses Raums, blinkend wie Bojen, und ich in einem Meer von Nacht, treibend darin, die Kälte über mich wegwaschend, bis ich Licht anmache, die Augen fest zusammengepreßt, aber selbst wenn ich sie dann öffne, bleibt das Dunkel in den Ecken und am Rand des Bettes liegen wie Teer an einer Wasserlinie. Mein eigenes Zeitgefühl verschwimmt, strömt durch Engen, setzt sich ab, absinkend in die Erinnerungen, Tod und Gedächtnis einsickernd in die Zeit.

Heute morgen bleibt nichts anderes, als einzugestehen, daß ich mich nun wirklich einsam fühle. Polar-T3-Syndrom; vielleicht sollte ich die Thyroxin-Tabletten schlucken, die Edward austeilt.

Lautlos die Zeit. An ihrer Oberfläche hallt die schwarze Sonne jedoch vor Schwingungen wider, der Schall eines auflohenden Flackerns, der vom Kern zurückgeworfen wird; die Sonne bebt, alle drei Minuten in einem für unsere Ohren unwahrnehmbaren Dröhnen. Noch tiefer jedoch ist der Klang, der von ihrem Innersten ausgeht, in dem das Gas dichter ist, sich hebt und fällt, aufgetrieben wird und wieder absinkt in die Tiefe, ein in sich geschlossenes Meer – sein Rauschen, Schallwellen, sechsundsechzig Minuten lang und unhörbar für unsere Ohren. Fackeln steigen auf, gewaltsam ausgeworfenes Plasma: der Sturm der Sonne, der uns erst nach Tagen erreicht.

Bei der Teepause sitzen wir und reiben unsere Glieder oder stehen und stampfen mit den Füßen, die heißen Tassen in der Hand und Unmengen von Schokolade essend, es stehen ganze Kartons voll im Lager, fast ebenso viele wie Seife aus den letzten Jahren, bloß daß man die nie aufbrauchen wird.

Wir reden lauter miteinander, seit das Winterdunkel eingebrochen ist, unsere Stimmen voller Aggression. Wenn ich geglaubt habe, hier keinen Avancen ausgesetzt zu sein, weil der Druck, unter dem wir stehen, dies von vornherein verhindert, das Wetteifern miteinander genügend Gelegenheit zur Sublimation bietet, wir inzwischen dreckig und häßlich genug geworden sind, habe ich mich getäuscht. Conrad, meine Kollege, der sich mit der Magnetosphäre beschäftigt, war der erste, der mir eindeutige Angebote machte, vor allen anderen, als wäre es bloß ein bei Tisch erzählter Witz; dann James, der sich vorher rasierte, Seifenschaum im Mundwinkel, daß ich's ihm nicht übelnahm, mich nur zusammenreißen mußte, nicht in Lachen auszubrechen. Und Fanus sitzt mir wieder im Nacken. Triebstau. Alle aber lösen wir unsere Differenzen auf scheinbar sachliche Art: ›Ich sehe es anders‹; ›Ich bin damit nicht einverstanden, und zwar aus folgenden Gründen ...‹ Nichts bricht offen aus, aber es schleicht sich Verbitterung ein und eine stille Gehässigkeit. Um die ›Meinungsverschiedenheiten‹, wie wir sie nennen, auszutragen, bin ich mit jedem nach draußen vor die Tür gegangen, das war der einzige Weg, um sie privat zu halten. Und weil es draußen so kalt ist, kam jeder gleich auf den Punkt.

Wie sehr wir einander brauchen und dabei gebrauchen, als Mittel zum Zweck, oft genug nur, um die Einsamkeit zu vertreiben. Wir tauschen uns aus und ab, helfen einander, jeder will an die Daten des anderen, es macht mir selbst auch nichts aus, bloß benützt zu werden, für ein wahres Gespräch fühle ich mich zu erschöpft, will nichts geben. Und immer sind es Dinge, um die es dabei geht; ich bitte Karel, mir endlich eine Verbindung herzustellen, Edward, sich einen schmerzenden Zahn anzusehen, André, daß er mir den im Wind scheppernden Fensterladen repariert, Fanus, mir seine Lupe zu leihen, und ich vergesse immer mehr die Menschen dahinter. Oder bemerke ihre Ticks und stoße mich daran. Kleinigkeiten. Und all die Orte, die nun fehlen, um mit ihnen eine Person verbinden zu können, Städte, Plätze, Cafés und Kinos, deren Gegenwart, die sie selbst noch in ihrer Abwesenheit zu verkörpern vermochten, sie wachriefen, allein beim durch die Straßen Gehen. Jetzt aber, wo wir nicht nur abgeschnitten von der Welt sind, sondern diese um uns auch unsichtbar geworden ist, scheints, als würde der Körper leerer, als wäre er nicht mehr zu füllen mit all dem, was sich sonst in uns wiederholt, um uns den Eindruck von Dauer vorzutäuschen und Verbundenheit.

Die Erde, ein Schiff. Weit im Raum draußen staut die Magnetosphäre den Sonnenwind auf, der sich vor einem Bug aufbauenden Welle gleich, das Kielwasser eine Strömung von Elektronen, aufgewühlt zur See, Wirbel bildend und Strudel; die Gischt sichtbar als Aurora und für Conrads Satelliten schließlich auch als Oberton hörbar, sirrend hoch wie das statische Rauschen im Funkgerät.

Atmosphärische Störungen und seit Tagen kein Empfang über Satelliten, keine Mails. Habe begonnen, in Thomsens Mikrogrammen zu lesen; unter dem Vergrößerungsglas werden die Buchstaben penibel, klar, wie gestochen. Die Leerstellen immer wieder auf den Seiten dazwischen, als wären Briefmarken da eingeklebt gewesen, die später wieder abgelöst wurden; vergilbte Quadrate wie abgerissene Masken, in die er immer wieder schlüpft, als bräuchte er sie, um von sich zu reden, weil er sonst keine Stimme dafür hat. Die Melancholie eines Mannes über den Verlust seiner Jugend, die Trauer über seine Frau und der Haß auf den Rivalen sind nur Vorwand; sich selbst gegenübergestellt zu werden. Ich habe irgendwo in der Mitte zu lesen angefangen, lese die Bögen nicht in ihrer Reihenfolge, erinnere mich von einem zum anderen Mal nicht an die Namen und merke doch, wie die Insel dabei immer mehr aus der Geschichte auftaucht; es ist seltsam, daß sie mir nun in dem völlig Geschichtslosen dieses Kontinents hier vor Augen steht.

Gesichtslos; und mein Tagebuch, das ich erst danach begann, Tristan da Cunha nur eine Etappe hierher, eine Station, die die Fahrt unterbrach, ein Umweg bloß auf einem Schiff voller Narren. Am Abend vor der Einschiffung traf ich den Kapitän, der uns erzählte, daß außer uns noch andere Passagiere an Bord sein würden, und wie nebenbei noch von dem Unterhaltungsprogramm, das er für sie veranstalte, dem Kapitänsdinner und den Kleidervorschriften, worauf ich noch am Sonntag an der Waterfront in Kapstadt ein Kleid kaufen ging, weil ich nur Hosen und Anorak dabeihatte, ein neonblaues Abendkleid aus Polyester samt Strickjacke, in dem ich mir wie eine amerikanische Kellnerin vorkam; es paßte weder zu meinen Schuhen noch zu dieser elegant gekleideten Gesellschaft von Pensionisten. Tontaubenschießen untertags, Walbeobachtung von der Brücke aus, Vorträge nachmittags, ein Quiz abends nach dem siebengängigen Menü.

An meinem Tisch Wenzel van Welden, dreieckiges Gesicht und Kinnbart, über achtzig bereits und seinen bloß mit einem ›Tristan The Cunt‹-Shirt bekleideten Sohn daneben, ohne ihn je zu Wort zu kommen lassen, weil er das Essen jeden Abend mit einer anderen Episode aus seinem Leben bestritt. Mit sechzehn war er in die Royal Navy eingetreten, einer der drei, die den Untergang der *Hood*, des größten englischen Schlachtschiffes, überlebt hatten, um dann als Midshipman Geleitzüge zu fahren und nach dem Krieg nach Südafrika zurückzukehren, wo er auf einem norwegischen Walfänger anheuerte, um irgendwann dann als Erster Offizier auf einem Seelenverkäufer Zionisten nach Palästina zu schippern, unter einem ständig betrunkenen Kapitän, aber jetzt lebte er zwischen Shepherd's Bush und Cheswick, ›London W 12‹, sagte er, als böte er mir seine Wohnung an. Neben ihm, auf seine kalte Pfeife beißend, ein gewisser Jimmy Crawford, der mir am zweiten Tag an Deck gestand, ein passionierter Philatelist zu sein; die Welt ist anscheinend voll von ihnen. Er sammelte alles, was seinen Namen trug, weil er es als Omen gesehen hatte, daß er in einer Poststelle arbeitete, die in der Londoner Crawford Street lag; und anscheinend kam man mit diesem Namen von dort rund um die Welt, es gab eine Miss World aus Jamaica, die so hieß, einen Sprinter aus Tobago, der die olympischen Spiele gewonnen hatte, den ersten amerikanischen Postballon, der 1859 in der Stadt gleichen Namens niederging, und ein Dorf südlich von Glasgow.

Wenn er sich mit jemandem unterhielt, dann mit einem rotgesichtigen schwedischen Rechtsanwalt, an den ich mich kaum noch erinnere. Dann Charlton Laughton, ein Designer für Düsenflugzeuge, der an der Lightning und der Thunderbolt gearbeitet hatte, ein Segler war und dauernd eine Papiertüte mit Biltong in der Hand hielt, ein Ostdeutscher, der kein Wort Englisch verstand, aber dafür am Mount Everest gewesen war, Iain, ein junger Antiquar, der auf Bücher über die englischen Kolonien spezialisiert war, und seine Frau Allison, mit der ich mich sofort verstand, sowie eine uralte, sich millionärshaft gebende Amerikanerin, die den Steward dazu überredet hatte, ihre Aquarelle an Bord auszustellen und dauernd an der Bar saß, um der Crew große Augen zu machen – und schließlich, *last,* aber wirklich *not least,* am Kopfende des langen Tisches von seiner dreißig Jahre jüngeren hochbusigen Frau bestens versorgt, Sir David Dalgleish, Exgouverneur der Falklandinseln und Exschiffsdoktor der Königlichen Yacht, den ich aufgab zu grüßen, weil er mich immer nur mit hochgezogenen Augenbrauen ansah, ohne ein Wort zu erwidern, die distinguiert englische Arroganz in Person.

Sie alle hatten eine Tour zur Insel gebucht, würden dort eine Woche bleiben und dann mit der *H.M.S. St. Helena*, dem englischen Postschiff, zurück nach Kapstadt reisen, sie alle hatten einen meist in der Kindheit liegenden Grund, warum sie Tristan da Cunha sehen wollten, die romantische Vorstellung eines Endes der Welt, oder waren einfach schon überall sonst gewesen, keiner litt die Gegenwart des anderen, es war ein exklusives Ziel, aber leider Gottes eben nur in einer Gruppe zu besichtigen, dieser Ort, der einem das Gefühl geben sollte, der einzige zu sein, der ihn entdeckt hätte, aber jeder von ihnen wußte alles über die Insel und ihre Geschichte, das war das große Thema am Tisch, und es artete über kurz oder lang jedesmal in einen Disput aus. Am Abend, bevor wir die Insel erreichten, gab es als nachgetragene Neujahrsfeier eine Pantomime, für die man sich zu verkleiden hatte; die meisten nahmen sich absehbar ein Vorbild an der Insel und kamen als eine ihrer Figuren, außer Sir David Dalgleish, der wie sonst auch im Nadelstreif erschien, die Goldfolie einer Schokoladenpackung um den Zeigefinger gewickelt, in Anspielung an einen James-Bond-Streifen, während sich seine Frau in eine englische Flagge gehüllt hatte. Den Vogel aber schoß die amerikanische Hobbymalerin ab, die bei ihrem Einmarsch auf Schoßhöhe ein Pappschild an einer langen Perlenkette umhängen hatte, auf dem ›Inaccessible‹ stand, um es dann, der Aufmerksamkeit aller sicher, kokett umzudrehen, worauf auf der Rückseite ›Down-Where-The-Minister-Landed-His-Thing‹ lesbar wurde. Schallendes Gelächter, das der hinter ihr in einer römischen Toga als König von Tristan schreitende Crawford auf sich bezog, und die Stimmung wurde dann so ausgelassen, daß ich trotz meiner Winterschuhe mit jedem tanzte, mit Fanus und den anderen, allen, mit denen ich bisher kaum mehr als fünf Sätze gewechselt hatte.

Am nächsten Morgen war ich noch in der Dämmerung draußen an Deck, und mit ihr stieg auch die Insel an Backbord auf. Nach all den Tagen auf dem flachen Meer wirkte sie riesig, schwarz vor dem Morgengrau, sie wuchs aus seiner Tiefe breit in den Himmel, die Wolken ein schmaler Strich dann, hell im ersten Licht, über denen sie dann noch einmal so hoch aufragte, ein Koloß, größer als alles, was mir je vor Augen stand, wuchtiger; so sieht das Ende der Erdachse aus, dachte ich mir, der Nabel des Ozeans, die Nabe, um die die Wetterfronten sich aufbauen, die Mitte der Welt. Ein Ort, der Ehrfurcht in einem weckte, ohne daß ich dort je hätte an Land gehen, geschweige denn leben mögen.

Noch bevor die Sonne über dem Horizont stand, kam auch schon ein Motorboot auf uns zu, zwei Gummiflöße im Schlepptau, sie kamen zu fünfzehnt an Bord, um die Fracht zu löschen. Um acht liefen wir in dem kleinen Hafen ein, ein paar dunkelhäutige Mädchen standen neugierig, aber scheu auf der Mole, der Priester und der Verwalter der Insel kamen uns entgegen und führten uns durchs Dorf, um uns vom Sturm zu erzählen, der es vor einer Woche heimgesucht hatte; sie zeigten uns die angerichteten Schäden. In einer Turnhalle saßen Frauen, die Wollsocken und Wollkappen verkauften, sie und wir hatten dafür bis sechs Uhr abends Zeit.

Ich sonderte mich ab und ging mit der photokopierten Karte zu den Kartoffelfeldern, froh, nur gehen zu dürfen, nichts besichtigen und mit niemandem reden zu müssen. Kein Mensch begegnete mir, ich sah bloß ein paar Pinguine und nach einer Stunde schließlich einen Saumpfad die steile Klippe hinauf, aber bis ich am Fuß ankam, mußte ich über das Geröll einer Wasserrinne nach der anderen steigen, das letzte Stück hinauf auf allen vieren, mich an Gras und Sträuchern festhaltend. Ich hatte keinen Rucksack dabei, aber auch keinen Durst, der Tag war strahlend blau, in der Ferne sah ich Glattwale blasen, ihre zwei Fontänen aufsteigen, unser Schiff weit draußen, ein spielzeuggroßer Traktor auf einem der Sträßchen zum Dorf, der Wind, der Gischt zu der kleinen Ansammlung von Häusern unter der Klippe trug, und die Wolken über meinem Kopf lösten sich auf. Da war ein Plateau voll Unterholz, aus dem sich der vulkanisch graue Kegel des Gipfels erhob, als würde hier erst Land beginnen, der Ozean im Abgrund, ich wollte zum Gipfel hinauf, nicht auf halbem Wege wieder umkehren, ein bergsteigerischer Ehrgeiz hatte mich erfaßt, nein, der Drang, die Welt einmal von oben zu sehen, ich wußte nicht, wie hoch, aber es kam mir höher vor als Ossa und Pelion übereinandergetürmt, die Luft war so frisch, der Geruch des Morgens wie vor meinem Fenster immer, die erste Sonne, die nur Licht noch ist, bloß warm auf den Wangen, Mund und Nase kalt, die Augen hell, aber plötzlich fiel mir ein, daß man beim Essen darüber gesprochen hatte, wie binnen Stunden das Wetter umschlagen konnte, die Dünung plötzlich so hoch, daß man nicht mehr an Bord kam, Tage von Sturm dann, und wie viele deswegen schon monatelang unfreiwillig aufs nächste Schiff hatten warten müssen, und ging zurück.

Bei den Feldern unten wartete jetzt ein Land Rover, der unsere Rentiers hierhergekarrt hatte und mich gegen 1 Pfund Sterling zurück ins Dorf brachte. Ich besaß nur einen 10-Pfund-Schein, den der Fahrer nicht wechseln konnte; er drehte sich zu dieser Gruppe um, sein Blick blieb an der imposanten aristokratischen Statur Sir David Dalgleishs hängen, er fragte ihn, ob er das

Geld für mich auslegen könne. Wir sind einander nicht vorgestellt worden, meinte der, um nach einer akzentuierten Pause nachzusetzen, daß es dazu wohl auch nicht mehr käme. Damit zog er wortlos die Münze aus seiner Uhrentasche und preßte sie dem Fahrer in die Hand. Ich nickte nicht einmal und setzte mich hinten in den Fonds. Im Dorf mit seinem pittoresken Namen ›Edinburgh of the Seven Seas‹ blieben wir vor einem Haus stehen, wo Sandwiches und Tee verkauft wurden; Crawford saß drinnen mit dem schwedischen Rechtsanwalt, schon leicht beschwipst von ihrem Flachmann, aus dem Kofferradio an der Wand war ein von der BBC übertragenes Fußballspiel zu hören. Die Frau, die uns bediente, korrigierte dauernd die Feineinstellung des Senders; trotzdem zerdehnte der Äther die Stimme des Reporters bis zur Unverständlichkeit. Ich war hungrig, bestellte und ging mit dem Wechselgeld meine Schuld bezahlen, überreichte Sir David Dalgleish formlos das Pfund Sterling; zu meiner Überraschung bat er mich, neben ihm Platz zu nehmen und mir von den Ähnlichkeiten und Unterschieden der hiesigen Flora mit der der Falklands zu dozieren, worauf ich mich höflichst verabschiedete.

Frauen standen vor dem Lagerhaus Schlange, um die Tomatendosen, Bierkartons, Fliegenklatschen, Batterien, Stiefel und Unterhosen einzuräumen, die von Hand zu Hand wanderten, der nächste Supermarkt war eineinhalbtausend Meilen entfernt und die Männer dabei, die Schäden an ihren Dächern zu reparieren. Ich folgte den Wasserleitungen hinauf zu einem Teich und stieg schließlich auf einen noch leicht rauchenden Vulkankrater der im Jahr meiner Geburt – wie ich dann las – ausgebrochen war; die Steine unter weißem Moos waren warm, und ich steckte mir einen schwarzen und einen roten in die Tasche. Das Museum dann hatte ich für mich allein. Es gab Nummern der *Tristan Times* aus dem zweiten Weltkrieg zu bestaunen, das Wappen der da Cunhas, Herren von Tábua – neun Keile unter einem der Asche entsteigenden Phönix mit azurblauen Flügeln – eine Karte der Schiffbrüche rund um die Inseln, die Galionsfigur einer portugiesischen Karavelle, Schnitzereien und Lederarbeiten in Glasvitrinen. Unter einer geologischen Tafel der mit Vulkankegeln übersäten Insel Gesteinsproben, von denen ich mir zwei Namen (als einziges an diesem Tag) auf der Rückseite meines Plans notierte, ohne daß ich sagen könnte, warum: ein Trachyt, der an manchen Stellen zu Glas erstarrt war, und ein Xenolith, ein fremder Stein, die aus dem Erdmantel mitgerissenen Kristalle darin eingeschlossen.

Darauf war es Zeit, der Reihe nach Hände zu schütteln. Als ich mich von Dalgleishs Frau verabschiedete, meinte sie, daß ihr David wirklich manchmal arrogant zu wirken verstünde. Ich stimmte ihr zu. Das käme aber bloß daher, daß er sein Hörgerät nie tragen würde, aus reiner Eitelkeit also. Aha, sagte ich. Und dann saß ich zum ersten Mal mit allen meinen Kollegen in einem Boot. Am Ufer war die gestrandete Hochseejacht zu sehen, an der ich am Weg zu den Kartoffelfeldern vorbeigekommen war, ihr Rumpf ein Anschlagbrett für Liebeserklärungen. *Warren loves Pa* ... akribisch weggekratzt; *Warren loves Ami,* durchgestrichen; *Warren loves Natasha*, unversehrt; daneben: *Shit.*

Bei Sonnenuntergang waren wir schon auf halbem Weg nach Nightingale. Von der Weite wirkte Tristan, bis auf die leichte Schräge des Plateaus auf der Südseite, wie erodiert vom ständigen Nordwest und den Wolken, vollkommen symmetrisch; und mit einem Mal glomm dann die Insel hell auf, rosarot, richtig kitschig. Um neun Uhr war die Dämmerung zu Ende, das Meer ölig schwarz und glatt; an Middle und Stoltenhoff vorbei liefen wir in eine windgeschützte Bucht ein. Als der Anker ins Wasser rasselte, stoben eine Million Vögel auf, die dunkel auf der Oberfläche gesessen hatten, das Rauschen ihrer Flügel ohrenbetäubend, bis sie sich wieder niederließen. Ich ging nicht zum Essen und blieb im Anorak auf einem Deckstuhl. Es war eine weiße Nacht, Orion im Hof des Mondes, die Deckbeleuchtung aus, damit die Sturmvögel nicht an die Fenster prallten, eine so warme, weiße Nacht wie vor Fernando de Noronha vor Anker, das Mondlicht reflektiert von den Wellen, die weißen Bäuche der Albatrosse kreisend am Himmel, der Radar, der sich unter dem Vollmond drehte, als schlüge er ihn wie einen Ball hoch, wieder und wieder. Das Kreuz des Südens war zu sehen und jenes des Nordens, Crux Christi; und gerade noch über der Silhouette der Insel die beiden Weisersterne, Rigil Centaurus und Hadar, das Gewicht. Sie flimmerten in dieser klaren Luft nicht, sondern standen orange und blauweiß vom

Himmel ab, scharf und doch so weit wie die Erinnerung an einen Gott, der weder Not tat, noch nötig war, nur Ferne hatte, bar jeder Bedeutung.

Lieber Rui, ich will Dich weder nach Deinem Sternzeichen fragen noch, wie viele Frauen Du schon gehabt hast, ich habe mich gerade an den Tag erinnert, als wir vor Tristan da Cunha ankerten; sag mir nur, ob Du an Gott glaubst, nein, sag mir, warum Du nicht an ihn glaubst. Noomi.

IM

Morgen fand sich die Insel leer. Farne und Tussok lagen geknickt auf der Erde, von einer dünnen Schicht Salz bedeckt, die auch an den Mauern der zerstörten Häuser glänzte. Der Wind hatte Schollen von Torf aufgeworfen, Seetang und Kelp auf die Hügel vertragen; Blaufische lagen zu Dutzenden am Fuß der Klippen und im Unterholz, Rinder staken im Geröll und brüllten verletzt, einen ganzen Schwarm Sturmvögel hatte es an die Bergflanke geschmettert, daß die Federn schwarz den Boden bedeckten, der Himmel aber leuchtete matt in einem Ring von Wolken, der sich langsam nach Osten schob.

CHRISTIAN REVAL
AUFZEICHNUNGEN ERSTER TEIL
1943 ZURÜCK
BIS 1942

DAS LEERE MEER

ERSTTAGSBRIEFE sollen es werden, meint Barrow; und da ich gut zeichnen könne, dazu die kleine Druckerpresse bedienen ... Auf die von allen unterzeichnete Petition an das *General Post Office* wird es wohl erst nach dem Krieg eine Antwort geben, aber wenn er jetzt ein paar Entwürfe dafür beilegen könnte, von meiner flinken Hand, wie Barrow sagt, würde das der Sache dienlich sein. Einer seiner Bekannten, der bei der philatelistischen Abteilung der Londoner Post arbeitet, hat ihm dazu geraten: eine Erstauflage von Briefmarken, falls sie gut organisiert wird, könnte der Insel einen Profit von über 20 000 Pfund einbringen. Denn was bisher an Briefen verschickt wurde, trug bloß ein sogenanntes ›Missionars-Cachet‹, einen runden Gummistempel mit dem Namen der Insel, der bewirkte, daß der Empfänger das Porto beglich, ohne daß er Strafe für den unfrankierten Brief zu zahlen hatte.

Wir schmieden Pläne, weil die Fronten so fern sind. Was Krieg ist, haben wir erst am 7. Dezember beim Entschlüsseln des Funktelegramms gemerkt, in dem unser Koch Reg Stoyel benachrichtigt wurde, daß das Schiff, das seine Frau von England über das Kap nach Tristan bringen sollte – in die *Married Quarters,* wie wir sie scherzhalber nannten – von einem deutschen U-Boot torpediert wurde. Und es keine Überlebenden gab. Chris mußte es ihm mitteilen, wir sprachen ihm unser Beileid aus, aber ich fühlte es so wenig wie die anderen, das ist das Schreckliche daran: der unteilbare Schmerz, durch den sich Reg plötzlich von uns abgesondert findet.

Ich mache die Nachtschichten, weil ich noch immer der langsamste Funker bin, kaum zwanzig Worte pro Minute. Am Anfang haben wir noch öfter Besuch von den Siedlern bekommen; die wunderten sich aber mehr darüber, daß mit einem Kippschalter das Licht angeht und wir telephonische Verbindung mit dem Hauptquartier in der Baracke zweihundert Schritte weiter halten, als daß sie sich für die Funkanlage interessierten. Auch Marah und Brangain habe ich versprochen, sie ihnen zu zeigen, aber sie sind nie gekommen.

In meiner Freizeit entwerfe ich einfache Motive für die Ersttagsbriefe; ich bin froh, etwas zu tun zu haben, aber das ist nicht der einzige Grund. Für die Halfpenny-Marke skizziere ich eine Karte der südlichen Halbkugel mit einem Pfeil, der auf Tristan zeigt, da kaum jemand eine Ahnung hat, wo die Insel liegt; eine Ansicht der Insel samt Pinguin für die Penny-Marke; eine grobe Karte für die Eineinhalb-Penny; dann ein Ochsenkarren vor den Kartoffelfeldern; ein Langboot, das von Nightingale zurückkehrt; ein Spinnrad auf den Wellen vor dem Dorf, das für Barrows Geschmack vielleicht zu surreal ist; Marah mit dem für die Frauen typischen Kopftuch, während die *Transvaal* im Hintergrund Anker wirft; unsere meteorologische Station mit den Wetterhäuschen davor und zuletzt – um Barrow einen Gefallen zu tun – die Kirche, schwarz und weiß, der Hintergrund ein schraffierter Himmel, Wellenlinien für das Meer und die englische Flagge natürlich rechts oben. Gleich wie bei der Zeitung aber markiere ich auch sie mit dem Wert, den sie hier haben: die Penny-Marke geht für vier, die Shilling für 48 Kartoffeln.

Ich probiere noch herum. Die Vakuumröhren werfen einen rötlichen Schein hinten aus dem offenen Chassis; wenn ich meine Hand darüber halte, sehe ich die Knochen und Sehnen meiner Finger, als hielte ich sie gegen die Sonne. Marah steht plötzlich in der Tür; wie ertappt lege ich meine Blätter in die Schublade. Ich bitte sie herein, ich versuche ihr alles zu erklären, bin aber zu überrascht, um den Eindruck vermeiden zu können, ich würde mich bloß wichtig machen. Im Lautsprecher ist nur Statik, wohin ich die Antenne auch drehe. Ich will ihr erklären, daß es Schichten in der Atmosphäre gibt, die sich erst bei Aufgang der Sonne aufbauen und die Funkwellen reflektieren, genauso wie das Meer dies tut, aber ich verhasple mich dabei, weiß nicht, wo beginnen, nehme an, sie begreift mich nicht, aber sie hat es gleich verstanden.

Sie fragt, über welche Entfernungen ich meine Buchstaben morsen kann, ich kann es nicht sagen, kaum weiter als bis nach Simonstown jedenfalls, theoretisch aber über die ganze Welt, bis an das andere Ende. Ans andere Ende? Ja, sage ich und äffe Chris' Tonfall nach: ›Das Signal breitet sich kreisförmig in alle Richtungen aus, die Wellen laufen um die Welt, aber weil die Erde rund ist, müssen sie auch an einem Punkt wieder zusammenkommen, an einem Gegenpol, bei unseren Antipoden; und dort wäre der Empfang wieder so klar wie nirgendwo sonst.‹

Wo dieser Ort liegt, möchte sie wissen. Irgendwo in Japan, rate ich. Also will sie jetzt dahin funken. Was? Das verrät sie mir nicht, sie hat die abgegriffene Tafel mit dem Morsecode auf dem Tisch liegen sehen, lang und kurz, sie sucht sich die Buchstaben aus und bedient die Taste, sie zeigt auf Anhieb mehr Gefühl dafür, als ich es je hatte. Ich bleibe auf einer Mittelwelle, Marahs Punkte und Striche sind kaum zu unterscheiden, die ersten Lettern habe ich überhört und versäume die anderen auch, ich kann es gar nicht glauben, daß sie plötzlich auf meinem Platz sitzt, obwohl mir nicht ganz wohl dabei ist – was wir tun, ist seit Kriegsausbruch strengstens verboten. Nach einer Weile hört sie auf, und ich schalte auf Empfang. Es rauscht, sie bittet mich, lauter zu drehen, es kommt nichts zurück, aber wir hören trotzdem aus diesem Geräusch alles mögliche heraus; es ist, als hielte man das Ohr unter Wasser, sagt Marah. Und dann sagt sie, sie muß gehen, mir fällt nichts ein, um sie zu halten, es scheinen kaum zwei Minuten vergangen zu sein, aber sie war fast eine Stunde bei mir.

Nachdem sie fort ist, sitze ich weiter da, will diesen Moment des Glücks nicht loslassen; ich habe noch immer nicht die Frequenz gewechselt, als wartete ich wirklich auf Antwort. Dann stelle ich wieder auf Langwelle um und hole den Atlas. Ich subtrahiere unsere 12° von der östlichen Länge und mache aus den 37° südlicher Breite eine nördliche und bin irgendwo im nordwestpazifischen Becken, südlich der Aleuten, wo es keine Inseln gibt, nur eine Gebirgskette unter dem Meer, die der *Kartographenrücken* heißt.

Bevor ich die Entwürfe Barrow bringe, werde ich sie Marah zeigen, es ist mehr als eine willkommene Ausrede. Brangain wird schlafen gehen, nachdem sie den Tee gebraut hat; Big Gordon aber bleibt auf, bis ich wieder gehe, sein hageres Gesicht neben der Feuerstelle, den Pfeifenstummel ewig zwischen den Zähnen. Seit er auf Nightingale ist, hat das Haus auch etwas von seinem Charakter verloren, die nackten Wände, die wenigen Möbel, das Bett mit der dunklen Decke, auf der die beiden Buben in ihren Kleidern schlafen, der Tisch mit der Teekanne und der rußenden Öllampe, deren Licht nicht bis in die Ecken reicht, das in die Mauer über der Feuerstelle eingelassene Brett, auf dem der Name der *Julia* kaum noch lesbar ist, Marah auf dem einen Ende, ich am anderen Ende der Bank, Marcus auf seinem eignen Stuhl rechts von uns – obwohl Gordon nicht besonders leutselig ist, wies seine Gegenwart doch allem einen Platz zu, ich der Verehrer, den man, allein des Brauches wegen, duldet, Marcus beinahe schon ihr Verlobter. Zumindest gibt er sich so, während Marah Socken strickt. Seit Marcus aber in Big Gordons Abwesenheit auf dessen Stuhl sitzt, hat das Zimmer seine Ruhe eingebüßt; ich weiß mich unablässig beobachtet von ihm und muß jedesmal meine Besuche vor ihm rechtfertigen.

Gleich, zu welcher Zeit ich komme, Brangain scheint immer gerade dabei zu sein, den Buben für ihr Skouse zwei oder drei Eidotter in die Milch zu schlagen. Ich sitze kaum, da erzählt sie mir schon triumphierend, daß Marah das Paar Socken, das sie gestrickt hat, Marcus geschenkt habe. Ich kann meine Enttäuschung nicht verbergen, obwohl Brangain entschlüpft, daß sie nur zwei rote Ringe einstickte, was nach altem Brauch bedeutet: daß es nicht drei sind. Marah sagt nichts dazu, ich kann es deuten, wie ich will; es erscheint lächerlich, doch nicht minder lächerlich ist es, wie ich ihr den Hof mache. Marah will sehen, was ich in der Hand halte; ich zeige ihr meine Skizzen, bin aber kurz angebunden. Da kommt auch schon Marcus herein, er zieht einen Sack hinter sich her, den er auf den Boden leert; ein halbes Dutzend Langusten kriecht in urzeitlicher Ungelenkheit über die Planken, Brangain greift sie eine nach der anderen, wirft sie in den Kessel und gibt einen Deckel darauf. Das Wasser siedet nur langsam; man hört ihr Kratzen am Kupfer. Erst als die Buben schon im Bett liegen, kocht das Wasser blubbernd über.

Marcus wirft einen Blick auf das Blatt mit den Zeichnungen, er grunzt bloß, dieses Mal jedoch übergeht er mich nicht wie jeden Abend, sondern sieht mich kurz an, prüfend. Schreibst du eine Geschichte über gestern, will er wissen. Ich nicke, ich weiß, er will darauf hinaus, daß er als einziger den Alarm verschlafen hat, Gott weiß, wie bei dem Krawall, und Cyril und ich ihn erst aus dem Bett werfen mußten, als wir die Häuser kontrollierten, aber ich verliere kein Wort darüber. Er nimmt Gordons Stuhl ein und beginnt, über die Armee zu schimpfen, daß es niemandem mehr erlaubt ist, an Bord von Schiffen zu gehen, um Handel zu treiben. Ich kenne die ewigen Klagen über das Ihr und Wir, ich habe sie satt und oft genug vermittelt – gehe ich jetzt aber, überlasse ich ihm auch Marah damit. Statt dessen bringe ich das Gespräch darauf, daß ich hier einen kleinen Flecken Land erwerben will. Er weicht aus, indem er sagt, daß unser Geld hier nichts wert ist. Ich erwidere, daß das nicht stimmt, die Siedler haben gerade ihr Tagegeld für die Hilfe bei der Garnison auf 2 Shilling erhöht bekommen, und ich kann mit diesen Coupons bezahlen. Marcus sagt, das muß ich vor die Versammlung bringen. Ich habe mir von ihm keine Unterstützung erwartet, ich wollte nur, daß er merkt, ich gebe mein Werben um Marah nicht auf.

Marah sitzt zwischen mir und ihm; spreche ich mit ihm, sehe ich sie an. Das Blaken der Öllampe leiht ihren hohen Wangen etwas Weiches, der Schatten ihrer Augen blau, mit der Dämmerung nachdunkelnd. Sie sagt kaum je etwas, sie hat sich schneller als ich an die schweigende Art der Insel gewöhnt, selbst wenn ich insistiere, antwortet sie nur einsilbig. Über Irland will sie nichts erzählen, es ist von Brangain, daß ich von ihrer Familie weiß, aber ihre Augen glitzern, wenn sie uns zuhört. Sie genießt es, im Mittelpunkt zu stehen, posiert, holt ein Band aus ihrer Schürzentasche, schüttelt ihr Haar, daß es ihr in Kaskaden über die Schulter fällt, bindet es lose damit zusammen, lächelt kokett und schaut mich groß an. Was bist du überhaupt noch da, sagt sie; willst du dir den Hosenboden durchsitzen? Ich bin ihre spitzen Bemerkungen gewohnt, sie treffen jedesmal. Also rede ich von der Ladung der *William L. Davidson* und daß ihr Kapitän berichtete, man habe auf Marion Island Patronenhülsen der Deutschen gefunden. Dann wird Marah müde. Sie lehnt ihren Kopf an meine Schulter und schläft ein, wirklich; Marcus mustert sie und mich, ich höre ihren gleichmäßigen Atem und halte still. Marcus und ich starren ins

Feuer. Viel später wünsche ich ihm eine gute Nacht, er weiß, daß auch er jetzt gehen muß, ich wecke Marah sanft, und sie legt sich verschlafen aufs Bett zu den Buben.

Bei Woolley brennt noch Licht; er sitzt über seinem Text mit den neuesten Kriegsnachrichten, und ich tippe den Kommentar zur gestrigen Komödie, übergehe stillschweigend die wahren Hintergründe, weil er sie ohnehin zensieren würde; den historischen Teil mit der Geschichte über den unfreiwilligen Aufenthalt auf der Insel von Darwins Gefährten, dem Maler Augustus Earle, habe ich bereits vor Tagen fertig gemacht:

> *Am Dienstag, den 14., sichteten wir spätabends im Osten ein Schiff. Da der diensthabende Offizier vom Hauptquartier keine Information über die Ankunft eines unserer Schiffe vorliegen hatte, waren wir gezwungen anzunehmen, daß es sich um ein feindliches handle. Deshalb wurde in der Garnison Alarm gegeben, und sowohl unsere Verteidigungseinheit als auch die örtlichen Tristan Defence Volunteers nahmen mit ihren Gewehren, Maschinengewehren und Handgranaten Position ein, um für jede Feindbegegnung gerüstet zu sein. Die Zivilbevölkerung evakuierte automatisch und höchst effizient die Häuser und bezog im Hottentot Gulch Quartier. Erst darauf kam Funkkontakt mit dem Schiff zustande, dem amerikanischen Truppentransporter* William L. Davidson, *der dringend der Verpflegung bedurfte und deshalb vom Kurs abgewichen war, um Tristan anzulaufen. So haben wir nach 16 Monaten Isolation eine ungefähre Ahnung vom Alltag des Krieges bekommen.*

REVAL! schreit Chris, als ich zur Ablöse in die Funkbaracke komme, er brüllt es laut heraus, weil er noch die Kopfhörer trägt: Reval, ich hab' ihn, da bin ich mir sicher! Ich schaue ihn groß an, aber er stenographiert bereits weiter und bedeutet mir mit der Linken, ans zweite Funkgerät zu gehen. Cyril dreht am Rahmen der Richtantenne, um die beiden Totwinkel der Stille zu finden, und bedient dazu die Feinabstimmungsknöpfe. Bis die Röhren warm werden, habe ich auf seine Frequenz geschaltet, 560 KHz. Ich höre gerade noch den Rest der Übertragung und schreibe die Morsezeichen mit; Sinn ergeben sie keinen. Wir vergleichen unsere Abschriften noch schnell, seine ist drei Zeilen länger als meine, Cyril gibt ihm die zwei Kompaßgrade der toten Winkel an, wir errechnen daraus die Richtung, aus der das Signal kam, und zusammen mit der Signalstärke läßt sich aus den Tabellen auch eine ungefähre Entfernung berechnen. Chris geht zur Karte an der Wand, zeichnet es mit dem Bleistift ein und markiert einen Kreis südöstlich der Martin-Vaz-Inseln. Es muß die *Schwabenland* sein, sagt er; beeil dich, nimm dir noch zwei Mann und leg den Draht aus, wir spielen wieder U-Boot.

Ich renne los, hole Charlie und Allan, von den Männern der Siedler ist keiner zu sehen, also laufen wir zu Gaeta, daß er uns mit seinem Boot hinausrudert. Die Brandung ist hoch, aber wir versenken dennoch fast eine halbe Meile Spulendraht im Meer, samt Gewicht und einem Treibanker, der ihn gespannt halten soll; Chris beobachtet uns mit dem Feldstecher.

Später in der Baracke sitzen wir alle um einen Tisch, während Chris erzählt. Ein Franzose war's jedenfalls nicht, meint er, die machen durch Geschwindigkeit wett, was sie nicht verstehen, und alle lachen beflissen über den alten Witz; aber so langsam wie ihr war er auch nicht, setzt Chris nach. Ich hab's an zwei Sachen gemerkt, daß es ein Deutscher sein muß, am Signal und am Ton. Er morste, als würde er Fraktur schreiben, das hörte man an seiner Melodie, genau und ordentlich zwar, aber eben als hätte er Verszeilen voller Jamben vor sich; mein Lehrer in Pretoria war deutscher Abstammung, und obwohl man's seinem Akzent nicht anhörte, brach doch diese hackende Modulation immer durch, während er uns Kipling eintrichterte. Chris sieht Cyril die Augenbrauen skeptisch hochziehen, und um jedem Zweifel an seinen Behauptungen zuvorzukommen, sagt er, daß er jeden von uns an seiner Signatur beim Morsen erkennt – außer er patscht wie Cyril mit dem Finger darauf herum; der hat noch immer nicht gelernt, aus dem Handgelenk zu tasten. Aber gleich, wie unterschiedlich ihr auch klingen mögt, im Englischen liegen uns die Anapäste näher, dazu brauch' ich euch wohl keinen Kipling zu rezitieren? Gelächter; die anderen verstehen nur halb, was er meint. Er ist der beste Funker unter uns, gerade weil es seine offenbare Schwäche ist, das Funken – das bei ihm wie das Verlängern des eigenen Körpers ist, alles Mitteilen ein Skandieren von kurzen und langen Tönen, das, sobald man nicht mehr an die Buchstaben und Zeichen denkt, etwas Hypnotisches hat, dieses da-da-di, endlos monologisierend sich fortsetzend – als tauche man in den Äther ein, wie er voll Pathos meinte, nachdem wir einmal zuviel Whiskey aus Woolleys ›Medizinschrank‹ hatten.

Aber das war nicht das einzige, sagt er. Wir sind penibel, was einen reinen Ton angeht, daß alles rund um das Funkgerät gut geerdet, abgeschirmt und entkoppelt ist. Aber bei ihm war da ein Brummen, das ich von unseren Schiffen nicht kenne, es hatte eine tiefere Frequenz, als erzeuge der Generator eine Funkenstrecke zum Sender; sie bauen eben andere Geräte, die Deutschen. Jedenfalls habe ich den kodierten Funkspruch nach Simonstown übermittelt, sollen die ihn nach Bletchley weitergeben. Und ich hab's auch nach St. Helena gemeldet. Es scheint aber die *Schwabenland* zu sein, die jetzt, wo der Sommer kommt, auf dem Weg in die Antarktis ist. Zumindest laut unserer Abwehr betreibt sie einen Pendelverkehr und transportiert ganze Bergbaueinrichtungen dorthin, um dem Führer sein Shangri-La zu bauen. Wie auch immer, es liegen uns weitere Berichte vor, denen zufolge deutsche Zerstörer Gough und selbst noch die Kerguelen weiter südlich als Häfen benutzen, um von dort aus Konvois zu überfallen – und Tristan, als Stützpunkt, wäre ihnen wohl auch etwas wert. Sie hätten die ganze Hemisphäre von hier aus in der Hand, meint er und lacht laut bei dem Gedanken.

Die Funksprüche, die ich abgesetzt habe, sobald der Draht ausgelegt war, sollen ihnen zumindest vortäuschen, daß sie von einem englischen U-Boot stammen, das hier vor der Insel liegt; hört der Funker der *Schwabenland* die Frequenzen ab wie wir, fällt er vielleicht darauf herein. Von seiner augenblicklichen Position aus können sie frühestens in 48 Stunden unsere Breite erreicht haben, aber das behaltet ihr für euch; es hat keinen Sinn, das Dorf in Panik zu versetzen.

Chris will zwei Mann als Ausguck auf die Basis schicken; ich melde mich freiwillig, weil ich damit auch die Vermessung der Nordseite vorbereiten kann.

In Ägypten hat die Offensive gegen Rommel begonnen, und auch in Nordwestafrika sind unsere Truppen gelandet; von den täglichen Radio-Bulletins einmal abgesehen, wissen wir jedoch von diesem Weltkrieg, dem einzigen Grund für unsere Anwesenheit auf der Insel, kaum etwas. Kriegsbegeisterung war bei uns wenig zu spüren; es kommt uns eher vor, als hätte man uns vergessen, ein verlorenes Kommando mitten im Atlantik. Wolkenfronten sind das einzige, worüber wir berichten, zweimal täglich; eine Garnison verraten nur der Funkmast und die Fahne; wir halten aber strikte Verdunkelung ein, obwohl der Schimmer der Öllampen in den Häusern ohnehin kaum sichtbar ist. So halten wir Wacht an einem Meer, in dem nur alle paar Monate ein Schiff an der Kimm auftaucht; hören verschlüsselte Funksprüche ab in einer Nacht jenseits des Horizonts, unwahrnehmbare Truppenverschiebungen auf einer anderen Hemisphäre. Und da ist ein Feind, der für uns nie wirklich geworden ist; dessen Bewegungen keine Spuren hinterlassen; seine Ziele in unserer Hälfte der Welt kaum mehr als imaginär; ein Warten, das nicht ihn erwartet, sondern nur die nächste Ablöse.

Doch selbst wenn er all dem jetzt ein Ende setzt und mit seinen Soldaten hier landet, würde sich wenig ändern. Wir müßten uns ihm gegenüber geschlagen geben; er aber hätte dann gleichermaßen vor einer Insel zu kapitulieren, deren Gewalt ursächlicher ist, urtümlicher ist noch als Krieg. Die unmenschlicher noch ist; und so unwirtlich wie das Wetter, die Stürme all der letzten Monate, die keiner von uns außer den Wettermeldungen noch verzeichnet, weil sie sich nur durchstehen lassen, ohne daß sie einer Beschreibung bedürften, eines Sinns oder Zwecks.

Die Wände rattern vor den Fallwinden, die ganze Hütte bebt, die Drähte, mit denen die Antenne verspannt ist, sich biegend unter der Gewalt des Windes, daß man kaum gegen ihn ankommt, sich am Zaun entlangziehend, während einem die Ölhaut um die Ohren schlägt. Andere Nächte so dunkel, daß man auf dem Weg daran vorbeigeht und weiter zur Klippe, wo einen nur das plötzlich lauter gewordene Rollen der Brandung bewahrt, den nächsten Schritt ins Leere zu setzen. Läßt der Wind nach, ist der Tag voll der eisernen Kälte des Schnees, der am Gipfel liegt, und des Packeises, das von der Antarktis langsam nach Norden kriecht. Aber dann kann man wenigstens dem tagelangen Eingeschlossensein in den Baracken entgehen und den Koller auf einem Spaziergang abmarschieren. Die fernste aller Inseln, die einsamste und entlegenste; und trotzdem hat es jeder von uns darauf abgesehen, in der von der Funkstation isolierten Empfangsstation draußen am Point Dienst zu tun.

Gerade groß genug für die Bank mit den Geräten, einen Stuhl und eine Koje für die Hundswache, eine quadratische Nissenhütte mit einem Fenster in jeder Wand, der Boden auf Stelzen errichtet und von einer Palisade gegen das Vieh umgeben, ist sie der einzige Platz im ganzen Dorf, bei dem man das Gefühl hat, er gehört einem. Ihre Enge ist das einzig Private hier; allzuoft das Wünschenswerteste, ein Rückzugsort vor der manchmal bedrängenden menschlichen Nähe, vor aufdringlicher Freundlichkeit ebenso wie unleidlicher Mürrischkeit. Sie hebt einen darüber hinaus wie ein Krähennest, ein Ausguck auf das tägliche Treiben und das Meer, das jeden Morgen ein anderes ist, das Jahr, das nur zwei Jahreszeiten kennt, die Boote von Nightingale und Inaccessible. All dies schreibe ich in mein Heft, ohne daß ich dabei jedoch die eigentlichen Worte für meine Fremdheit fände: Marah.

Es hat lange gebraucht, bis ich mir eingestand, daß ich sie liebe. Weil sie mich mit mir konfrontiert; ich aber insgeheim ahne, daß ich für sie ein anderer werden müßte. Nicht weiß, wie. Oder wer ich bin; was. Die Mühsal dieser Sätze; ihre Mühseligkeit. Aber von drüben kommt jedesmal, wenn der Wind eine Pause einlegt, Musik von Chris' Grammophon, Billie Holidays Stimme zwischen dem grauen Fels und dem grauen Meer: *All Of Me*.

Seitdem bin ich zum Chronisten der Insel geworden, sammle ich von allen Erzählungen und Anekdoten, von Gaeta, Barrow, Ben und Frances Repetto, versuche sie stimmig werden zu lassen und publiziere sie in unserer wöchentlichen *Tristan Times*, zum Preis von vier Kartoffeln (für die Siedler) und drei Zigaretten (für Marineangehörige). Ich schreibe mich ein in diese Geschichten und versetze mich dabei in jeden ihrer Protagonisten, in jedem von ihnen finde ich etwas von mir, von den ersten Abenteurern, den tragischen Komödianten der Schiffbrüchigen und anderen Windbeuteln wie meinem Großvater bis zu dem alten William Glass, der mit seiner Garnison auf ähnlich verlorenem Posten stand wie wir. Von der Inschrift auf seinem Grabstein haben sie längst das Blei ausgekratzt, um Kugeln für ihre Flinten zu gießen, aber sein Leben hängt über der Funkbank, getippt und mit blauer Druckfarbe hektographiert in der 27. Nummer meiner Zeitung, mit der ich die Wände hier tapeziere. Aber wenn ich einmal geglaubt habe, mir einen Platz auf der Insel erschreiben zu können, ist mir längst bewußt geworden, daß es ihn nur in dieser Nissenhütte für mich gibt, für die Stunden meiner Wache.

Charlie dagegen, der eigentlich aus Durban ist und Winifred heißt, nur daß ihn so keiner nennt, gebraucht auch seinen Revolver; er schießt auf leere Konservendosen am Zaun. Ich horche lieber den Funkmeldungen zu, und je länger ich das tue, desto weniger nehme ich die Zeichen wahr, einzig noch das Singen der Silben, ihr Klangbild, wie es anschwillt und breiter wird, bevor es wieder in den statischen Geräuschen untergeht, und höre die tastende Hand heraus, wie sie Freundlichkeit oder Kälte, Sarkasmus, Verzweiflung oder ein anzügliches Lachen mitstenographiert: Da ist die Nacht, durch die alles kommt, luftleuchtende Schichten in Hunderten Kilometern Höhe, die Sonne, die der Ionosphäre den

Atomen ihre Elektronen entreißt, freie elektrische Ladungen bis weit in den Morgen hinein, die jeden einzelnen Buchstaben zurückwerfen auf das Meer, das diese Wellen mit seinen eigenen reflektiert – und kein Wort geht dabei je verloren, es wird bloß schwächer, schwindet ins Unhörbare, statisch, aber weiter um die Erde kreisend, von Marconis Buchstaben S angefangen, den ich in diesem Rauschen schon unzählige Male überhört haben muß. Und weiter zurück in der Zeit noch, bis zur ersten öffentlichen Verbindung Samuel Morses am 24. Mai 1844, als er von Baltimore nach Washington den Satz *What hath God wrought* telegraphierte, ein Satz, der nichts als bloße Selbstüberhebung war. Ich weiß erst, seit ich hier bin, daß dies auch das Jahr gewesen ist, als mein Großvater die Insel und seine Frau zurückließ. Vielleicht morse ich deshalb jetzt das *da-da, di-da, di-da-di* ins Leere, waagrecht gegen den Tastarm drückend, die Blattfeder für die kurzen Zeichen schwingend, der Arm sich für die langen Zeichen in die entgegengesetzte Richtung bewegend: Marahs Namen.

Dann bin ich still. Und werde wie jeden Sonntag warten, daß die Leute zu uns nach der Messe herausspazieren, sie, die sie uns einfach akzeptiert haben, ohne zu fragen, was wir tun, viel zu höflich dafür. Hoffen, daß Marah dabei sein wird, wenn wir sie für eine Rauchpause und Tee hereinbitten, während die Mädchen am Klippenrand vor unserer Funkhütte stehen werden und die jungen Männer nicht wissen, wie sich ihnen nähern. Jetzt gerade reiten nur Brangains Buben auf den Eseln um uns herum, weil sie von hier aus zuerst sehen können, ob Marcus schon vom Fischen zurückkommt.

Den dritten Tag schon warten wir auf die *Schwabenland*. Wir haben unser provisorisches Lager auf der Basis über dem Pigbite Gulch aufgeschlagen, oberhalb der Wolkenlinie, wo der erste Thermohydrograph steht; ein zweiter steht knapp unterhalb des Gipfels. Wir klettern sonst bloß wöchentlich hinauf, um die Temperatur der Luftmassen auf unterschiedlichen Höhen abzulesen und die Windrichtung zu bestimmen; im Dorf wird sie durch die Klippen um bis zu 180° verfälscht.

Weil wir kein Feuer machen dürfen, frieren wir nachts erbärmlich, aber das Düstere der Tage hat etwas Bergendes, das Stürmische einen Grad von Wirklichkeit, daß einem die eigene Lebendigkeit erst bewußt wird, die Körperlichkeit der Welt. Meine Gefühle für Marah vermag ich nur in ihren Widersprüchlichkeiten zu greifen, es ist Traurigkeit darin, ein Aufbegehren, eine scheinbare Vertrautheit, wenn ich an sie denke, Eifersucht. Doch allem liegt Ohnmacht zugrunde; trag ich's eben mit dem Wind aus. Daß sie Marcus' Frau wird.

Die drei Kraterseen im Osten, Bottom, Middle und Top Pond voll klarem, aber schwarzem Wasser, als habe hier einmal der Eingang in die Unterwelt gelegen, der Abstieg in eine hohle Erde; zusammen mit dem Big Green Hill sind sie meine ersten Triangulationspunkte. Ich lese die Winkel am Theodoliten ab, lege die Entfernungen zwischen ihnen fest, aber irgend etwas mache ich noch hoffnungslos falsch. Trotzdem liegt fast Begeisterung in der Überschaubarkeit, das Ganze zu sehen und woraus es sich im einzelnen zusammensetzt, Felsen und Vegetation, an denen die Zeit sichtbar wird, die eine Insel haben entstehen lassen, die erst mit jeder Konturlinie Gestalt annimmt. Und doch wandert jede Minute der Blick wieder hinaus aufs Meer. Nachts sind da für Stunden manchmal Sterne in einer beinah unwirklichen Helligkeit, Bilder, die ich bis auf den Großen Wagen am Horizont und das Kreuz des Südens nicht kennen würde, wenn Cyril sie mir nicht gezeigt hätte: Winkelmaß und Lineal, Oktant, Okularnetz, den Kompaß und das Teleskop, Sternbilder, zu denen es keine Mythen gibt und die mit freiem Auge nur schwer auszumachen sind, wie willkürlich in diesem südlichen Himmel, der so eigenartig umrißlos ist, als wäre diese Hälfte der Welt nie für eine Inbesitznahme durch Menschen gedacht gewesen und Land nur im Norden – diesseits des Äquators aber alles noch im Entstehen begriffen, daß man gerade eben vor ein paar Jahrhunderten es zu vermessen begonnen hat.

Um zu den Seen zu kommen, mußte ich durch den Lagoon Gulch steigen. Ich blieb in der Mitte der Klamm stehen, der Himmel faltig zwischen den hohen Felsen, und ein Gefühl völliger Verlassenheit überkam mich. Es war eine Stille, die einfiel, sie hing wie eine unsichtbare Gegenwart an den leblosen Felsen, ein Stillhalten war es, in dem die Geräusche, die die Insel Tag für Tag bestimmen, wie ausgeblendet waren, kein Meer, kein Wind, kein Vogel zu hören, ein absolutes und entnervendes

Schweigen. Ich komme mit meinen Gedanken an kein Ende; ich schaue aufs Meer. Es bleibt leer, kein Schiff auszumachen, auch nicht ein deutsches.

Wir steigen wieder ab ins Dorf, wo wir eine unerklärliche Aufregung spüren, Frauen, die beeinanderstehen und reden; wir erstatten Chris Bericht; aber auch er hat keine Meldungen seiner *Schwabenland* mehr empfangen. Danach gehe ich in die Kirche, nur um im Dämmerlicht zu sitzen und alleine zu sein; aber Barrow findet mich. Misses Repetto hat ihre Autorität als Hauptfrau und Hebamme der Insel geltend gemacht, erzählt er, um bei Long Lena Green reinen Tisch zu machen. Sie bewohnt sicher das armseligste Haus der Insel, gestampfter Boden, nicht einmal mit den üblichen Kistenbrettern verkleidete Wände und Dreck überall. Ihre Familie ist zusammen mit der David Hagans die ärmste, doch bloß aus Trägheit und Sorglosigkeit; selbst noch ihre Holzbohlen hat sie gegen Kartoffeln eingetauscht. Wie sehr man sich auch gegenseitig bei allem aushilft, geschenkt bekommt keiner etwas; in dieser Gesellschaft von Selbstversorgern gibt es keine Wohlfahrt. Gegen diese ›Politik‹ hat Misses Repetto von Anfang an Stellung bezogen, nachdem Chris sie in seiner Funktion als Kommandant angesichts des Elends der beiden Familien darauf hingewiesen hat; es unterstütze nur Faulheit und Müßigang, meinte sie herrisch.

Dafür aber zog sie jetzt zusammen mit ein paar von ihren Handlangerinnen los und stellte Lena Greens Haus für einen Osterputz auf den Kopf. Als diese dann aber ihre Fäuste gegen die Weiber erhob und sie mit Unflätigkeiten überzog, brachte sie es vorgestern vor die Versammlung: und die hat beschlossen, sie einen Tag an einen eigens fabrizierten Pranger zu stellen, auf einem Flecken Gras mitten im Dorf, und sie außerdem an drei aufeinanderfolgenden Sonntagen vom Gottesdienst auszuschließen – was die schwerere Strafe ist. Woolley als unser Doktor aber hat darauf bestanden, daß die unterernährten Kinder in andere Familien gebracht werden sollen, die er mit den Coupons bezahlt, mit denen die Männer, die für uns arbeiten, Nahrungsmittel aus der Kantine beziehen

Misses Repetto hat Long Lena eine Lilith genannt, sagt er. Eine was, frage ich. Eine Lilith; ich weiß auch nicht, woher sie das hat. In den hebräischen Legenden hat man so die erste Frau Adams genannt, mit der er nur Streit hatte, weil sie beim Beischlaf nicht unter ihm liegen wollte und ihn dann im Zorn verließ. Der erste Blaustrumpf sozusagen, meint er und lacht. Aber dann werden seine Augen schmal, und er will wissen, was mit Marah ist. Warum? Man redet im Dorf über euch. Ich schweige, obwohl ich ihm gerne alles erzählen würde; eitler Stolz vielleicht. Es ist schwer, dir zu raten, ungebeten noch dazu ... Solange sie noch nicht verheiratet ist, erwidere ich, kann auch ich ihr auch den Hof machen. Du kennst die Insel nicht.

Ich kenne sie nicht, weil sich ihr Leben nicht teilen läßt: Wie wir alle bin ich ein Eindringling. Es hat lange gedauert, bis wir sahen, daß das Ablehnende in ihren Gesichtern nicht Mißmut bedeutet und Unzugänglichkeit, sondern Scheu und Zurückhaltung; daß sie zwar aus Jahren der Entbehrung heraus baten, nie aber bettelten; daß sie nicht servil sind, sondern eine höfliche Formalität einhalten und ihnen das ›Sir‹ nur deshalb so leicht über die Lippen kommt, weil sie allem aus einer ihnen fremden Welt mit Respekt begegnen – und sie Gastfreundlichkeit und Großzügigkeit bezeugen, selbst dann noch, wenn sie selbst Not leiden. Wenn sie uns grob erscheinen, mit ihren Kindern oder Tieren, dann weil das Leben auch grob zu ihnen ist. Die Geschichte mit Lena war der einzige offene Streit seit Menschengedenken; sonst ist jeder jedem gleich gestellt und doch auf sich, das ist das für mich Erstaunlichste. Es gibt weder Ablenkung noch Unterhaltung und dennoch strahlen sie irgendwie Zufriedenheit aus, sind sie an Leib und Seele gesund, wie's heißt, zumindest ihre Zähne sind besser als meine, obwohl sie sie nur mit einem Stoffetzen und Salzwasser putzen. Sie zeigen sie ebensogern wie ihr Lachen, ihren sarkastischen Witz und ihren Blick für alles Absurde und Groteske. Optimisten, möchte man meinen, wenn sie einen heulenden Sturm einen ›guten Wind‹ nennen und Wolkenbrüche als ›Schauer‹ bezeichnen.

Aber das Zeitlose dieser Zufriedenheit gerät ihnen wieder zu einem fatalistischen sich Bescheiden. Jetzt im Winter stirbt das frei grasende Vieh, weil es nicht genug zu fressen hat; aber sie sind es nicht anders gewohnt. Sie haben die Vögel so sehr dezimiert, daß die Egerlinge die Erdäpfel fressen und sie für ihr Fett und ihre

Eier nach Nightingale und Inaccessible segeln müssen, nur weil es immer schon so war. Sie kennen es nicht anders, als daß die Ratten die Hälfte alles Eßbaren vernichten, daß sie vom Fisch leben müssen, wenn die Kartoffeln verbraucht sind, es eine Fliegenplage im Sommer und das ganze Jahr über eine Läuseplage gibt. Die Zukunft kümmert sie nicht, weil sie immer schon so war, sie ist ihnen dadurch erträglich geworden, weil sie ihnen vertraut ist: Das schlimmste für sie ist der Wandel.

Im Kontakt mit uns wird ihnen dieser Traditionalismus aber zum Verhängnis. Die Insel gehört ihnen, es gibt keine Nachbarn, die sie zu etwas herausfordern würden, anspornen – wenn, dann nur Feinde, zu denen auch wir uns zählen müssen. Aber es ist auch etwas Lähmendes an der Art, wie sie leben. Es gibt kein Gericht und kein geschriebenes Gesetz, nur die ungeschriebenen von Gerüchten; ihre Ehre verteidigen sie wie ihren Individualismus, aber als Gesellschaft verschreiben sie sich samt und sonders dem öffentlichen Leumund. Es ist eine Republik freier Familien, die teils auf inzestuöse Weise miteinander verbunden sind und keine Autorität anerkennen: denn es gibt keinen Grund, einen von ihnen als klüger oder mächtiger als alle anderen anzusehen. Dieses Beharren auf Gleichheit schafft jedoch eine Trägheit, die alle wichtigen Beschlüsse nur hinausschiebt, daß es uns wie Faulheit erscheint. Dabei arbeiten sie hart; doch nur, wenn sie es für notwendig erachten. Sie verdrängen dabei aber, daß die Zeit einen bestraft, wenn man auf sie vergißt. Denn gleich wie sie früher von den Walfängern abhängig waren und dem Handel mit den Schiffen, so sind sie es jetzt von uns geworden, von unseren auf billigem Papier gedruckten Coupons für die Handlangerdienste, die sie an Geldes statt akzeptieren. Eine englische Kolonie sind sie, ohne die Rechte von Engländern zu haben; aber vielleicht ist eine wahre Autarkie von vornherein wirklich undenkbar, oder nur möglich, wenn man am Existenzminimum lebt.

Über all das haben wir stundenlang geredet, unter uns und mit Barrow, weil es ins Auge springt; wir und die anderen ist das Thema, das sich durch jedes Gespräch auf der Insel zieht. Ich erkenne darin noch etwas von der Sturheit meines Vaters wieder, seiner Beharrlichkeit und seiner Ohnmacht. Und doch erweckt die Eigenart ihres Glückes, das sie uns vor Augen führen, ihre gelassene Zufriedenheit, unseren insgeheimen Neid. Sie suchen sich ihre Frauen jung und heiraten sofort, Mitgift zählt mehr als Schönheit, sie kennen keine Seitensprünge und keine zerrütteten Ehen, es ist nur der Tod, der sie scheidet – und dieses Leidenschaftslose wirkt auf mich so anziehend wie unbegreiflich. Ich habe es vorgeführt bekommen, wie sich Marcus Marah eingehandelt hat, und sehe es dauernd an seinem temperamentslosen Werben um sie. Doch es zeigt eine Selbstsicherheit, die mir fehlt.

Die immer noch aufgebrachte Stimmung hält sie dennoch nicht von dem angesetzten Tanz ab, einem der ganz wenigen Anlässe offizieller Unterhaltung; seit Wochen haben die Frauen dafür geschneidert und Strümpfe gestrickt, um sich herauszuputzen. Zu trinken gibt's Tee, den wir aus unserer Kantine spendieren, weil er hier längst Luxus geworden ist; die Zeiten der alten trinkfesten Siedler scheinen lange vorbei. Wir kommen in geschlossener Formation ins Schulhaus marschiert, und dann beginnt das Händeschütteln. Es geht steif zu; die Frauen sitzen still auf Bänken an der Wand mit ihren Kindern und Töchtern, die Männer stehen in Gruppen in dem Raum, der als Tanzboden dient, lachend und redend, voller Verlegenheit. Die Mädchen haben einfache Kleider mit hellen Schärpen und Bändern an, bunte Kopftücher locker unter dem Kinn verknotet; die Männer mühsam aufgebügelte Anzüge. Kaum einer besitzt Schuhe, die meisten tragen lederne Mokassins, ausnahmslos alle aber Wollstrümpfe; die Männer haben sie über die Hosenbeine gezogen, damit die farbigen Ringe gut sichtbar sind. Je mehr, desto größer die Liebe seiner Frau; ich zähle höchstens drei. Familie um Familie kommt herein; sie begrüßen einander formell wie Fremde. Dann ist Marah mit Brangain da, sie schütteln uns die Hände, ich merke, wie ich rot werde, sie hat zum ersten Mal die Inseltracht an, sich bauschende Röcke mit einem roten Seidenband um die Hüfte, die sie voller aussehen lassen, fraulicher, aber ihr Haar vermag selbst ein Kopftuch nicht zu bändigen.

Die Musik beginnt, Chief Willi am Akkordeon, der alte, affenartig kleine Andrew Swain hält die Fiedel, sie kennen nur eine Handvoll Lieder, spielen aber abwechselnd, weil sie zusammen nichts zustande bringen, ein paar schottische Reels und irische Jigs,

Annie Rooney und *Sweet Lovely Nancy*, die ächzende Ziehharmonika abgelöst von der quietschenden und schlecht gestimmten Fiedel, die Schritte stets die gleichen, einfach, aber schnell, und jeder Tanz mit einem zweifachen Aufstampfen endend. Ich beobachte den jungen Alfred Rogers dabei, wie er sich seine Tanzpartnerin holt; er geht, ohne zu lächeln oder ein Wort zu sagen, auf Emily Hagan zu, die unter den aufgereihten Mädchen sitzt, greift mit abgewendeten Augen nach der Hand in ihrem Schoß und zieht sie hoch. Mit aufgesetzt lustloser Miene dreht er sich dann mit ihr im Kreis, hält sie auf Armeslänge, während sie ihn nur blank ansieht, beide, als wären sie sich der beinahe schon komischen Bewegungen ihrer Beine nicht bewußt.

Um Marah herrscht ein Gedränge, jeder will mit ihr tanzen, sie ist die einzig neue Frau auf der Insel; ich sehe Marcus an und er mich. Ich warte lange auf eine Gelegenheit, um auf sie zuzugehen und sie aufzufordern; sie aber schlägt nur die Lider nieder. Wir tanzen, ich ungelenk und mich auf die Schritte konzentrierend, die ihr leichtfallen. Es ist genug Lärm um uns, daß wir reden könnten, aber wir schweigen beide. Dann klopft mir Wilson Swain auf die Schulter und löst mich breit grinsend ab. Zu meiner Überraschung sehe ich, daß Marah bei ihm gesprächig wird, beide lachen ununterbrochen.

Als Höhepunkt des Festes, hat Barrow uns verraten, ist der Polster-Tanz geplant. Noch aber stehen wir herum, es ist Pause, und suchen nach Gesprächsstoff; über das, was uns die letzten Tage beschäftigt hat, dürfen wir nicht erzählen, und die Siedler vermeiden jedes heikle Thema und reden übers Wetter. Ich höre nur halb zu, verfolge Marah nervös mit meinen Augen. Alle reihen sich jetzt an den Wänden auf, Chief Willi spielt *Suikerbossie*, und Marcus ist der erste, der mit langsamen Schritten in dieses Rechteck tanzt, einen Polster im Arm, reihum, bis er ihn vor Marah fallen läßt; Brangain bedeutet ihr niederzuknien, Marcus und Marah schauen einander an und küssen sich. Daraufhin nimmt sie den Polster auf und tanzt damit, Marcus hinter ihr, durch den Raum, kommt an mir vorbei, sieht weg und läßt ihn vor Big Gordon fallen.

Die anderen Mädchen sind zu scheu, um das Spiel richtig zu spielen, sie wollen den Polster so schnell als möglich loswerden, machen ein paar zaghafte Schritte und bleiben vor dem nächsten männlichen Verwandten stehen, während die Männer bemüht sind, keinerlei Interesse zu zeigen. Sie drehen damit so oft die Runde, scheinbar unentschlossen, daß es am Ende aussieht, als fällten sie ihre Wahl schließlich nur aus reinem Überdruß, ein dummes Grinsen im Gesicht, während die Frau ihre Wangen mit Händen bedeckt und die anderen Weiber vor Lachen aufquietschen, über das offensichtliche Unglück mit ihrem Verehrer. Es wird zu einem riesigen Durcheinander, weil Chief Willi vor lauter Neugierde, wer auf wen trifft, zu spielen vergißt, wir reihen uns erst am Schluß in die lange Schlange, als kaum noch ein Mädchen übrig ist; ich bleibe vor Brangain stehen, sie sieht mich säuerlich an, und ihr Kuß ist wie bei allen anderen kaum mehr als ein Streifen der Lippen über die Wange. Die Alten brechen schon auf, die Jungen streiten sich mehr um den Polster als Trophäe, und am Ende hat ihn Wilson in der Hand und sieht damit aus, als suchte er einen Platz zum Schlafen. Das Fest ist damit zu Ende, die Kinder nehmen sich Kienspäne vom Feuer, die im Wind flackern und rauchen, um im Finsteren den Weg nach Hause zu finden. Ich bleibe noch, helfe die Teetassen abspülen und die Tische wieder aufstellen. Hast's h'auf Ma'ah h'abgesehen, stellt er fest. Ich hab' nur bemerkt, daß *du* mit ihr lang geredet hast. War h'eher so, daß sie mit mir 'edete, sagt er, und nachdem er vergeblich auf meine Frage wartet, meint er spöttisch: Weißt du, was sie gesagt hat? Was? Daß du schon 'n Kerl bist. Was soll das heißen? Heißt, du hast den Mund nicht aufgek'iegt bei h'ihr; sie hat sich beschwe't, daß du so maulfaul bist. Aber hübsch h'ist sie, meint er abschließend mit Kennermiene, Marcus' Zukünftige. Das nächste Mal bringst du *mir* so h'eine mit.

MITTEN IM MEER, und die massige Silhouette von Inaccessible im Fenster der Funkhütte unsere einzige Bake für die Klarheit eines Tages. Über das Meer hinweg erweckt sie einen ebenso fernen wie feindseligen Eindruck, abweisend und doch eine Invasion herausfordernd; ein unversöhnlicher Nachbar, der uns das Gefühl vermittelt, unsere Anwesenheit auf Tristan sei ein Akt der Aggression. Jeden Morgen bei Sonnenaufgang der Blick auf diesen Felsstock achtzehn Meilen im Südwesten, um die Sichtbarkeit für das erste Wettertelegramm abzuschätzen; jeden Abend wieder ihre Umrisse, die sich hart vom Zwielicht abheben und dann langsam ausbleichen in einem dunkeln Brennen, bis die Insel darin untergeht wie ein sinkendes Schiff. Nichts, um vorauszusagen, ob sie am nächsten Morgen wieder am Horizont stehen wird; oft genug bleiben wir in tagelangem Seenebel verhangen.

Mitten im Meer, und nur See und Himmel, um an ihnen die Zeichen des Wetters abzulesen, mit einem an Langeweile grenzenden Blick: die Dünung, die einen Sturm in der Antarktis verrät, die am Ufer auslaufenden Wellen, die weißen Schaumkronen, die von den Klippen zurückgeworfene Brandung und ihre Gischt das einzige noch, womit sich behaupten ließe, daß wir auf einer Insel sind; die Lee des Windes zu bestimmen, die Richtung und Schnelligkeit der Wolken aus ihrem ewigen Nordwesten. Dann aber steht uns Inaccessible in der Morgendämmerung wieder vor Augen, ist aufgetaucht, ihre Spitzen so deutlich umrissen, als machte sie Fahrt und hielte Kurs auf uns.

Der Zerstörer *H.M.S Tornus* hat Post gebracht. Auf Chris' Tisch liegt eine graue Mappe mit dem Stempel *Top Secret*, aber weil diese

Geheimniskrämerei auf der Insel ohnehin keinen Sinn hat, frage ich ihn danach. Er schiebt sie mir herüber; sie enthält einen Ausriß aus einer kaum ein halbes Jahr alten deutschen Zeitung, ein Photo der Insel Gough, vom Deck eines Kriegsschiffes aus aufgenommen, einen Artikel über die Visite dort, der auf einem beigehefteten Blatt übersetzt ist, dazu drei getippte Seiten über den Hintergrund der deutschen Aktivitäten im Südatlantik. Der englischen Abwehr zufolge gibt es Erkenntnisse, daß die Deutschen Gough, Marion, die Kerguelen und die Antarktis als Stützpunkte für ihre U-Boote und Zerstörer benützen, um unsere Schiffe zu überfallen. Es ist ein eigenartiger Bericht:

> *Im Jahre 1938 importierte Deutschland ein Fünftel der weltweiten Ausbeute des jährlichen Walfangs, der von den Norwegern dominiert wird und sich rund um die Antarktis konzentriert, um sie zu Margarine, Kosmetik, Salben, Fett, Fleischextrakten und Tierfutter zu verarbeiten. Seit 1933 ist Deutschland deshalb bestrebt, seine eigene Industrie aufzubauen und Ansprüche auf die antarktischen Gewässer geltend zu machen; 1936 wurde die erste Walfangflotte ausgeschickt: ›Zum ersten Mal flattert die Hakenkreuzfahne über einem Walfänger und verkündet dadurch Deutschlands Anspruch auf einen angemessenen Anteil der ökonomischen Produkte des südlichen Polarmeeres.‹ Im Winter 1939 ist sie mit 5 Fabriken und 38 Walfängern nach England und Norwegen die drittgrößte der Welt geworden: ›Wir lassen uns nicht mehr die Preise für Walöl diktieren! Die See ist frei! Wo immer unsere Flotte hinfährt, gibt es ein deutsches Jagdrevier, eine deutsche Kolonie, einen deutschen Lebensraum!‹.*
> *Hermann Göring hat einen Vierjahresplan ausgearbeitet, der auch die Erforschung der Antarktis miteinbezieht. Dazu wurde im Dezember 1938 die* Schwabenland *unter dem Kommando von Kapitän Ritscher in die Antarktis gesandt, ein Tankschiff der Lufthansa, die für die deutsche Flugbasis auf den Azoren eingesetzt und zu einem eistauglichen Katapultschiff mit zwei Flugbooten umgebaut worden war. Unseren Informationen zufolge wurde damit ein großes Gebiet der Antarktis südlich der Insel Bouvet erkundet, 250 000 km², zwischen 5° West und 15° Ost, die vermessen und kartographiert wurden; ein* Neu-

Schwabenland *getauftes Territorium wurde so von der Luft aus abgesteckt, mittels stählerner Fliegerpfeile, die auf einer ihrer Finnen das Hakenkreuz aufgeprägt haben und die Grenzen markieren sollen. Völkerrechtlich glaubt Deutschland durch diesen Akt Handlungsfähigkeit bewiesen zu haben, der den territorialen Anspruch legitimiert. In einem im Februar 1939 zwischen Goebbels' Reichsministerium für Volksaufklärung und Propaganda und der Deutschen Forschungsgesellschaft zirkulierenden Memorandum heißt es: ›Ausgehend davon, daß Deutschland im Begriffe ist, seine längst erhobenen Ansprüche auf die Rückgabe seiner Kolonien nun mit größtem Nachdruck vor der Welt geltend zu machen, besonders seit der letzten Reichstagsrede des Führers, scheint dieser Name für den eben erkundeten Teil des antarktischen Kontinents wünschbar, da er sowohl unsere wirtschaftspolitischen wie kolonialpolitischen Absichten deutlich macht. Hier findet sich ein Raum ohne Volk für ein Volk, das nicht genug Lebensraum hat. Heil Hitler!‹.*
Weiteren Informationen nach pendelt die Schwabenland *seit 1940 im vierteljährlichen Rhythmus zwischen Neuschwabenland und dem Heimathafen Hamburg, um Ausrüstungsgegenstände und ganze Bergbaueinrichtungen in die Antarktis zu befördern; dazu gehören auch Gleisanlagen und Loren sowie eine riesige Fräse, um Tunnelsysteme ins Eis bohren zu können. Die Deutschen scheinen zu vermuten, daß sich der südafrikanische Gürtel von Kobalt, Gold, Platin, Kupfer, Chrom und Mangan dort fortsetzt. Zudem haben wir aber auch Hinweise auf ein anderes Projekt erhalten. Einer Rede Admiral Dönitz' zufolge, des Oberkommandierenden der deutschen Marine, ›ist die deutsche U-Boot-Flotte stolz darauf, daß sie für den Führer in einem anderen Teil der Welt ein Shangri-La gebaut hat, eine uneinnehmbare Festung‹.*
Unseren Quellen nach sind die Pole Bestandteil einer okkulten Mythisierung durch die Nazis. In den Sitzungsberichten einer gewissen Thule-Gesellschaft, der Hitler und Himmler angehören, heißt es, daß die beiden Pole die unmittelbare Verbindung der Erde mit dem sie umgebenden Universum bilden; sie stellen das Tor dar, durch das die Erde ununterbrochen Zugang zu einer Energieform aus dem Himmel hat, die jegliches Leben zu seiner

Existenz bedarf; sie sind der Nabel der Welt, durch den sie ihre Lebenskraft, die sogenannte ›Ur-Radiation‹ erhält, die alles erschafft. Die Polarregionen werden anscheinend von ihnen als göttlich angesehen, die Urheimat der Arier und ein wiederzuerschaffendes Paradies. Die Indo-Germanen waren demnach vor vielen tausend Jahren in einer eisfreien Zone in Polnähe seßhaft – in einer Zeit, als es sonst überall auf der Welt kälter war, wie ihre ›Wissenschaftler‹ aus den Darstellungen der Perser und Assyrer schließen, die auf den Monumenten dicke, feste Kleidung tragen (!). Die astronomischen Errungenschaften der Chinesen, Assyrer und Äygpter erklären sie sich durch diese arischen Kulturträger, die aus dem Norden gekommen seien, aus der ›Symmetrie der Fixsternhimmel, der zirkumpolaren Sterne, dem Pol, der mit dem Zenit eines ist‹. Mit Beginn der Eiszeit aber hätten sie aus dieser sagenhaften Region – in der manche Atlantis sehen – auswandern müssen und sich vor der Flut durch unterirdische Tunnel in eine neue Heimat gerettet, die im heutigen Tibet (!!) liege.

Damit noch nicht genug, hängt die offizielle deutsche Kosmogonie einer Welteislehre genannten Theorie an, derzufolge das All über kurz oder lang zufrieren wird; die Erde selbst aber sei hohl und durch riesige eisfreie Öffnungen an den Polen zugänglich und beherberge ein unterirdisches Reich von Hyperboreern; sie gründen diese Theorie auf kolportierten Phänomenen, wie etwa, daß der Wind ab dem 76° Breitengrad wärmer werden soll und an den Polen zwei Sonnen sichtbar sind. Die Erdkruste sei nur etwa 1000 Meilen dick, voller Gänge und Höhlensysteme, die zu einer inneren Erde führen, die ähnlich beschaffen sein soll wie unsere, mit Meeren, Flüssen, Kontinenten und Leben, beleuchtet von einer Zentralsonne, die im Mittelpunkt der Erdschale schwebt. Diese Theorie wird seit 1937 im Zweig ›Wetterkunde‹ der SS-Forschungsgemeinschaft Ahnenerbe gelehrt; ihr hängen Reichsführer SS Himmler und Hitler an, der sein offizielles Placet zu weiteren Forschungen in dieser Richtung gegeben hat.

Behalt's für dich, sagt Chris; du kannst uns ja anderen Unsinn auftischen, falls aus deiner geplanten Zeitung etwas wird. Für die ich gerade dein Portrait schreibe, antworte ich. Das laß ich dich dann morsen, meint er, weil er weiß, daß ich immer noch bloß die Hälfte der Zeichen auswendig weiß. Vor dem Fenster liegt Nebel, die Häuser nieder und grau, unter ihren Grassoden und Flachsbüscheln wie aus der Erde gewachsen, kaum auszumachen unter den groberen Linien des Berges. Die sonnendurchschossenen Wolkenfetzen verwischen das Dorf halb, Stümpfe und unregelmäßige Blöcke zwischen Felsen und Rinnen, daß man nicht meinen würde, es wären auch wirklich Häuser dort. Fällt ein wenig Licht ein, gibt es in diesem Mai nichts Desolateres als die Gärten davor, selbst die paar Geranien und Sonnenblumen sind verwelkt. Wären die Siedler tot, von der Insel verschwunden wie zuvor die Ziegen und Robben, hätten Wind und Regen in ein, zwei Jahren alle Spuren ihrer Gegenwart getilgt. Die Steinwände würden zerfallen, die Dachbalken einstürzen, die Flachsgarben zu Heu und Zweigen, das Gras die Bodenbohlen auf brechen und um die Türschwelle sprießen.

Der Tag ist schneidend kalt, aber wenn sich der Nebel hebt, riecht es nach Torf und Sonne. Heute sind alle bei den Kartoffelfeldern, sie haben sich in Gruppen aufgeteilt, mit Speeren bewaffnet, Stöcken mit gerade gehämmerten Fischhaken, aber die Jagd übernehmen die Hunde, ein halbes Dutzend davon bei jeder Gruppe; sie bellen und winseln, wenn sie die Nester in den Mauern der Umfriedungen gefunden haben, und dann geht das Hauen und Stechen los. Die Männer schlagen auf die Ratten ein, die aus den losen Steinhaufen zu flüchten versuchen, die Buben greifen sie sich, zwicken den Schwanz zwischen Daumen und Zeigefinger ein und reißen die Haut mit einem scharfen Ruck ab, daß nur ein blutiger Stummel übrigbleibt, der Schwanz ihre Trophäe. Die Hunde riechen das Blut, ihre Lefzen tränsen in der frostigen Luft, während die Männer die Steine über den Nestern wegräumen, sie schauen nur, wohin die Ratten springen, ein wilder Enthusiasmus beherrscht ihre Gesichter, graue Körper überall, die Bäuche fahl, die rohen, roten Schwanzstummel im Gras, Blut verschmiert auf den Händen.

Barrow hat die Idee gehabt, einen Preis für die Gruppe auszusetzen, die am meisten Ratten tötet; am Abend werden es über dreihundert sein. Freds Hund hat nur Kelle'asseln gejagt, meint Johnnie Green, und alle brüllen vor Lachen; worauf Johnnie

Repetto, Chief Willis Bruder, sich nicht überbieten lassen will und einwirft, daß h'ein paar Hunde h'immer lügen! Sie sagen, sie haben h'eine Ratte, wir reißen die Mauer h'ein, und da h'ist nichts! Aber nach der Zählung ist er es, der die zwei Packungen Zigaretten erhält.

Truppenmanöver. Sie haben sich aufgebaut, alle sechzehn Mann der *Tristan Defence Volunteers*, und versuchen unterm Stahlhelm habtachtzustehen, um die Schießübungen abzuhalten, mit den alten 0.303 Gewehren, dem aufgepflanzten Bajonett, Handgranaten und vierzig Schuß Munition im Gürtel, die sie unterm Bett verstauen, falls ein Angriff mitten in der Nacht droht, vier, die sich an den Lewis-Maschinengewehren abschleppen, die noch von vor dem 1. Weltkrieg stammen, die kleinste operierende Einheit der Alliierten, stolze Soldaten in graublauem Serge, mit weißen Armbinden, auf die ihre Frauen *TDV* gestickt haben. Sie schießen schlecht, aber begegnen möchte ich ihnen trotzdem nicht, aufs Töten verstehen sie sich, das habe ich gesehen. Niemand glaubt, daß wir den Feind besiegen würden, sie sollen ihn nur so lange am Ufer zurückhalten, bis wir einen Funkspruch haben absetzen können; Chris hat für jeden ein Zertifikat verfaßt, das ihren Status definiert, ich habe es mit Symbolen der Insel verziert, man hat's in Simonstown abgestempelt, kopiert und zurückgesandt – dabei ist aus der Fontäne meines vor Tristan blasenden Wals jedoch eine Palme auf einer Koralleninsel geworden.

Das war, als Gaeta mit seiner *Wild Rose* fertig geworden war und mich zur Jungfernfahrt einlud, nur er und ich. Aber bevor wir das Langboot ins Wasser brachten, ging er noch einmal zurück ins Dorf und holte Marah, die mit Brangain kam; sie ist ja auch neu auf Tristan, meinte er, sie hat sie noch nicht richtig vom Meer aus gesehen. Die Frauen stiegen ins Boot, während wir auf die nächste große Welle warteten, das Boot dann durch die Brandung schoben, uns hineinstemmten, die Ruder ergriffen und die Segel setzten. Es war gut, wieder in einem Boot zu sein, jeder Handgriff, den man von selbst weiß, etwas, das man nie vergißt. Gaeta ließ mich an die Pinne, und Gischt spritzte uns ins Gesicht, ich war voller Übermut, als hätte ich zuviel Blut in mir.

Vom Meer aus sah ich zum ersten Mal den Gipfel, der bei unserer Ankunft in Wolken gehüllt gewesen war, und war überrascht, daß die Klippen, die hoch bis zu der Hochebene stiegen, nur ein Drittel der Insel bestimmten, das Dorf auf einem schmalen Schelf, der kaum über der Brandungslinie liegt. Wir hielten auf Sandy Point zu, die Dünung grau und glatt wie Rauchglas Marahs Wangen sind rot, sie hat die Hände in die Ärmel ihres Pullovers geschoben, sie sitzt mir auf der Ducht gegenüber und blickt zurück, über meine Schulter. Gaeta gibt mir ein Zeichen abzufallen und deutet auf die Wellen; Luftblasen platzen auf. Im nächsten Augenblick durchstoßen riesige schwarze Köpfe gleichzeitig das Wasser, japsen und wälzen sich mit dicken Bäuchen, während sie das Wasser durch die Barten pressen; sie kreisen um unser Boot, wir halten wie gebannt still, sie atmen tief, Fontänen steigen auf, und dann tauchen sie einer nach dem anderen mit einer Drehung wieder ab, ihre Haut funkelnd und glitzernd in der kalten Sonne. Die See beruhigt sich wieder, aber wir liegen noch immer beigedreht.

Nach Minuten stieg wieder eine schimmernde Luftblase auf, dunkel sich weitend, knapp neben dem Heck, noch eine und noch eine, im Bogen um unser Boot. Ein Wal durchbrach die Wellen vor uns und überzog uns mit seiner Sprüh aus Atem und Salz, ein feiner Nebel, der zu warmen, glitschigen Tröpfchen kondensierte, nach Krill und Fisch stinkend. Er warf sich empor in den Himmel, und wir starrten auf zu dem Schwarz des Walschädels hoch über dem Boot, sahen die dunklen Barten und die steife rosa Planke der Zunge im Maul, die Kiefer sich um die Luft schließen. Dabei drehte er sich in seinem Aufschnellen noch auf den Rücken und donnerte einen Herzschlag später zurück ins Meer, die mit walnußgroßen Seepocken übersäte Finne schrammte an unserem Rumpf entlang und drückte unser leichtes Boot wie spielerisch beiseite, in einen Maelstrom aufgeworfenen Wassers, stampfend und schlingernd, während der Wal untertauchte mit einem einzigen harten Schlag seiner Fluke, die eine schlierige Schicht zurückließ.

Er hätte das Boot zerschlagen können; Gaeta sah uns an, ob alles in Ordnung war, aber wir waren viel zu überrascht, beeindruckt von dieser vorgeführt gleichgültigen Gewalt. Ich hatte Marah unwillkürlich an den Knien gefaßt, um sie vor etwas zu beschützen, das so ungeheuerlich war, dieses breite Emporsteigen aus der Tiefe eine Gestalt des Todes, und zog meine Hand zurück, bevor ihre Schwester es bemerkte. Brangain aber holte einen Tonkrug selbstgebrannten Poteen aus ihrem Sack und gab ihn Gaeta; dann trank Marah einen Schluck daraus und reichte ihn mir weiter. Ich sah sie an dabei, ich wischte den Lippenrand des Kruges nicht ab, mein Mund auf ihrem; es war, als ahnte ich die Liebe, die die Angst in uns geweckt hatte. Und auch, daß Marah es spürte.

Seitdem gehen wir uns stillschweigend aus dem Weg; ich meide auch Marcus' Haus, obwohl niemand hier mir einen herzlicheren Empfang bereitet hat. Mit Barrow, einem kleinen, stillen, aber selbstbewußten Mann, habe ich inzwischen Freundschaft geschlossen; mit seinen drahtigen Muskeln wirkt er eher wie ein Dockarbeiter. Ich frage ihn stundenlang über die Vorgeschichte der Insel aus, er meint, ich sollte alles aufschreiben. Seine bescheidene Art nimmt einen sofort ein, man fühlt sich verstanden, ohne ihm etwas erklärt zu haben; aber das ist auch schon das einzige Priesterliche an ihm. Sowie daß er auf Marahs Schwester Brangain gerade nicht besonders gut zu sprechen ist; sie will eine katholische Gemeinde hier gründen, was ihm aus verständlichen Gründen nicht paßt.

Am meisten Zeit aber verbringe ich mit Gaeta, wie man Gaetano Lavarello nennt, den letzten noch lebenden Gründervater der Insel, der drei Generationen seinen Namen gegeben hat. Und auf Respekt legt er Wert, das habe ich gemerkt. Vor fünfzig Jahren blieb er zusammen mit Andrea Repetto auf Tristan, nachdem ihr Schiff, die *Roma*, Feuer gefangen hatte und am Stony Beach auf Grund gesetzt worden war. Seine über den Knöcheln aufgerollten Hosen sind so übergroß wie sein Kopf, das Haar steht ihm in Büscheln unter seiner flachen Glatze auf, aber das sieht man erst, wenn er seinen schiefen Hut abnimmt, was nur in der Kirche der Fall ist. Sein Gesicht hat etwas Kauziges: Die Enden seines silbrigen Schnurrbarts richten sich nach oben, wenn er lächelt, während ihm die dicken Brauen über den funkelnden Augen einen Ausdruck falschen Ernstes verleihen, den sein unüberhörbarer italienischer Dialekt noch verstärkt. Doch unter seinem Gehabe steckt etwas schwer zu Fassendes, ein mißgünstiger Ton beinahe, wenn er über die anderen Siedler spricht. Er stammt aus einem Dorf in der Nähe von Genua, ist mit elf von zu Hause weggelaufen und heuerte auf einem Segelschiff an; die halbe Welt hatte er bereits gesehen, bevor ihn die italienische Marine zum Dienst preßte. Er desertierte und heuerte wieder auf Schiffen an; dreimal wurde er schiffbrüchig, erzählte er, bevor er beim dritten Mal beschloß, zusammen mit seinem Schiffskameraden auf Tristan zu bleiben. Da war er 25 und sprach noch immer kein Wort Englisch; das lernte er erst, nachdem Andrea Repetto gestorben war.

Dessen Witwe Frances hat von ihrem Mann die Position als Sprecher der Gemeinschaft übernommen, dementsprechend nennt sie niemand bei ihrem Vornamen, sondern nur respektvoll ›Misses‹. Sechsundsiebzig, ihr Gesicht faltig und eckig, beinahe maskulin, das dünne weiße Haar ewig zu einem Knoten hochgebunden, ist mit ihr nicht gut Kirschen essen, wenn man sich gegen ihre peniblen Vorstellungen von Moral vergeht. Wie's Repetto mit ihr ausgehalten hat, der weiß Gott ein Lebemann war, ist mir ewig ein Rätsel gewesen, hat Gaeta gemeint; Chief Willi steht natürlich auch noch unter ihrer Fuchtel. Sie ist eine der Töchter von Peter Green, einem ebenfalls hier auf Tristan gestrandeten Holländer, der vor den beiden Repettos auf der Insel hier das Sagen hatte. Ich hab ihn noch erlebt, erzählte Gaeta, ein Bart wie Moses und ein Stolz wie der Herrgott selbst; als er Prinz Alfred, Duke of Edinburgh, dem zu Ehren man das Dorf dann benannte, vorgestellt wurde, soll ihm Green gesagt haben, daß Seine Königliche Hoheit in keinster Weise glauben dürfe, über den anderen zu stehen, denn hier wäre jeder gleich hoch. Das stimmte natürlich nicht ganz; tanzte man nicht nach seiner Pfeife, konnte Green äußerst unangenehm werden – das merkte auch der alte Hagan, der ewig im Streit mit ihm lebte und sich schließlich umbrachte. Darüber aber spricht keiner hier.

Nun reden wir darüber, während wir abends die Galionsfigur restaurieren. Gaeta hat sie vor zwei Jahren am Cave Point gefunden und sie erst für einen Schiffbrüchigen gehalten, der in der Höhle Schutz gesucht hatte, und sie schließlich mit ins Dorf gebracht. Barrows Neugier war durch sie angestachelt worden, er hatte ein Photo von ihr gemacht und es in einer Zeitung am Kap abdrucken lassen, worauf sie jemand identifizierte: Sie scheint von einer portugiesischen Karavelle zu stammen, vielleicht sogar dem Flaggschiff des alten da Cunha, der *Capitão Mor,* die den Chroniken zufolge unter ungeklärten Umständen vor Brasilien sank. Größer ist nur das Rätsel, wie und wo sie sich, obwohl faulig und zerschlagen, vierhundert Jahre so gut erhalten hat. In Gaetas Schuppen lag sie nur herum, jetzt aber, wo sein Boot fertig ist, haben wir begonnen, die wenigen Farbreste abzuschmirgeln und ihr den alten Glanz wiederzugeben; wir streiten uns nur darüber, ob wir sie auch anmalen sollen. Was sie darstellt, weiß auch Barrow nicht, aber sie hat es mir angetan, der Faltenwurf ihres Kleides, ihre rechte Hand, die einen zur Sichel geflochtenen Laubkranz über der Brust hält, der linke Arm abgeschlagen, der Kopf sehnsüchtig nach oben gerichtet, ewig zum Himmel aufblickend wie eine Göttin, die den ihren verloren hat.

Vielleicht sind deshalb alle Schiffe weiblich, weil sie dieses Irrende in uns verkörpern. Barrow aber läßt sich gern darüber aus, daß es für eine Allegorie des Staates steht und das ›Government‹ von dem lateinischen Wort für Ruder stammt – eigentlich jedoch nur die Kirche ein Schiff ist, das Kreuz der Mast einer Arche, außerhalb derer keine Rettung zu finden ist. Für beides habe ich nie Sympathie empfunden, die Idee eines Gottes blieb mir, seit ich denken kann, im gleichen Maße fremd, wie ich mich auch nie als Teil einer Gemeinschaft verstehen konnte; und doch litt ich an diesem Einzelgängertum, einer Einsamkeit, die die Nähe von Frauen immer nur vergrößerte.

In Mullion saß ich unten auf den Felsen, die See lappte dagegen, purpurrot sind sie in der Erinnerung, wenngleich es nur gewöhnliches graues Gestein war, über das die Flut mit ihrem gewöhnlichen Grün wusch und es abtrug, Splitter um Splitter, und versuchte die weißen Seepocken mit bloßen Händen vom Stein zu brechen, ihre konischen Kalkschalen wie winzige Vulkane; ich wollte an das Weiche innen, brach mir aber nur die Fingernägel ab, sie ließen sich genausowenig ablösen wie diese Gefühle, die ich in mir wachsen und sofort wieder vernarben spürte, sich abkapseln, weil dieses unbestimmte Verlangen, das sich an allem festsetzte, unerwidert blieb. Die Frauen, in die ich mich verliebte, waren zu alt für mich, ich beobachtete die Zimmermädchen im

Hotel manchmal durch das Schlüsselloch, das Weiß der Haut in dem einen Badezimmer am Korridor, das Schwarz ihrer Haare unter dem Bauch, bis eine von ihnen, Margaret hieß sie, mich dabei ertappte und Mitleid hatte. Sie legte sich mit mir aufs Bett, ohne sich ausziehen oder ein Wort zu sagen. Groß war sie und fleischig, sie ließ mich an ihren Brustwarzen saugen, die hart waren wie Entenmuscheln, ihr Mieder roch süßlich nach Mottenkugeln und kratzte an meinen Wangen, aber berühren durfte ich sie nur durch ihre Unterhose, sie rieb mich so hart, daß es weh tat, meine Vorhaut war zu eng und riß dabei, daß ich blutete, merkte ich aber erst abends dann, und während sie mich rieb, zog sich alles in mir zusammen, verknotete sich im Bauch zu einem dunklen faustgroßen Klumpen, verkrustetem Gallert; das war die einzige Vorstellung von Seele, die ich je hatte.

All dies beschämte mich, vor den anderen Jungen wollte ich damit nie angeben, doch die Mädchen meines Alters, wenn sie überhaupt mit mir sprachen und sich nicht über meine roten Haare lustig machten, schienen zu spüren, daß ich längst von dem Geheimnis ihres Frauseins wußte. Vielleicht war ich zu forsch, ich wollte ihre Haut riechen, sie berühren, wie sich Margaret nicht hatte berühren lassen, aber ich lernte nicht, mich ihnen zu nähern, sie begannen mir alle die kalte Schulter zu zeigen, kaum daß ich mich mit ihnen ein paarmal getroffen hatte. Ich weiß nicht, woran ich mich verriet, ich wollte doch nur stillhalten neben ihnen und sie riechen, ihre Haare, ihre Haut schmecken, als könnte mich dies erst ganz werden lassen, es war alle Unschuld darin, aber auch alles Drängen, das ich nicht zurückzuhalten verstand. Jede Zurückweisung schmerzte, und dann saß ich unten auf den Felsen, unfähig, einen klaren Gedanken zu fassen, es fraß sich in mir fest, ich wünschte mir, die Möwen würden es sich holen, die in diesem kalten Atlantik nach den Fischen tauchten, und lag dann tagelang bewegungslos in meinem Zimmer und rauchte, obwohl es meine Mutter nicht litt, während der Regen vor dem Fenster in Nadeln fiel, gärend vor Fäule, und ich auf das rote Wellblechdach des Schuppens gegenüber und die Fuchsien starrte, meiner unendlich müde.

Doch da ist noch eine andere Erinnerung an die Fahrt vor vier Jahren nach Gough, als ich siebzehn und von zu Hause fortgelaufen war, weil ich Tristan da Cunha sehen wollte, das mir nach all den Geschichten, die ich von meiner Mutter darüber gehört hatte, wie eine der Glückseligen Inseln vorkam, dabei aber auf Gough landete, wo ich meine erste Elefantenrobbe sah. Sie war riesig, wie sie da lag, reichte sie mir bis zum Kinn, groß wie ein Wal, ja; Marcus schoß sie am Strand der Quest Bay, damit er die Fahrt nicht umsonst gemacht hatte, wie er sagte.

Die Kugel war durchs linke Auge gegangen, der Augapfel hing dreigeteilt aus der Höhle wie die zerschlagene Linse eines Teleskops; das andere war halb geschlossen, aber das Helle darin zeigte, daß noch Leben in diesem zwanzig Fuß langen Koloß war. Der massive Körper war blutverschmiert und von schwarzem grobem Sand verklebt, der nicht sich von den Hunderten von Fliegen unterschied, die überall herumkrabbelten, auf dem Kopf, den nach unten gebogenen, armlangen Stoßzähnen, dem offenen Auge und dem Nerv des geblendeten, seiner weißlichen Masse; sie suhlten sich im dicken, blasigen Blut. Die Robbe verblutete innerlich, jeder ihrer Atemzüge dadurch erstickt, daß es ihr in den Rachen rann, sie würgte daran, ihre fette, schwere Karkasse von heftigem Zucken geschüttelt, Konvulsionen, die in Wellen durch ihre schwabbelnden Seiten liefen und das Blut, mit Galle und Wasser vermischt, aus dem Maul und aus den Nüstern preßten. Es spritzte in zwei fingerdicken Strahlen heraus, die dünner wurden, als das Würgen aufzuhören begann und schließlich einem bloßen Sickern wich, dem ich mit einer mir unerklärlichen Faszination zusah; ich wollte mit beiden Händen in diesen blutenden, zuckenden Körper greifen, es war in diesem fleischigen, fetten Geschwulst eines Körpers, daß das Leben lag, alles Geschlechtliche, und ich konnte dem Drang, in dieses herausquellende Blut einzutauchen, kaum widerstehen, es war nur das Plötzliche dieses Schauspiels, das mich davon abhielt und mich Marcus schließlich bitten ließ, das Vieh endlich umzubringen.

Er wollte keine weitere Kugel vergeuden, schlug statt dessen mit dem Gewehrkolben in den weichen Bauch und rollte den Körper auf die Seite. Die Muskeln verkrampften sich in einer letzten Anstrengung, er würgte mit weit offenem Maul, daß das Blut herausflutete und eine Wolke von Fliegen aufstieg, die sich erst wieder auf seinem Schädel niederließen, als der See-Elefant in die Sandlache zurückfiel. Da hatte Marcus auch schon sein Messer am Fell angesetzt und begonnen, ihn mit langen Schnitten zu häuten, und je weiter er am Fell riß, desto mehr begann der am Rücken liegende Kadaver einen menschlichen Anblick anzunehmen; er hielt eine der Flossen und schnitt das letzte Stück aus der Achsel, daß der Knochen zum Vorschein kam wie ein Ellenbogen, die dicke, graue Haut bald bis zum Hals und dem Kinn abgelöst, und mit ihr die Speckschicht, das rohe Fleisch darunter, die Rippen eines Skeletts, noch bevor sich das Weiß des einen, halb geschlossenen Auges mit glasigem Film überzogen hatte. Es war, als sähe ich mich selbst dort liegen, mein Innerstes; ich drehte mich um und spie meinen Magen leer.

Abend bald. Nachdem sie den Tag über am Himmel zirkelten, werden die Albatrosse zur Insel zurückkehren, mit klackenden Schnäbeln, so als wüßten sie Deinen Namen, Marah. Das Geißblatt, das sich aus den Erdwurzeln hoch zum Fenster rankt; wenn es noch Blüten hätte, würden sie sich der Nacht öffnen; Dein kühler Schlaf, Marah, still und tief, und nur diese Sätze, um Dir diese Liebe zu sagen. Die Augen weiß vor all diesem Schauen, Marah; Nacht, die Fliegen, die über den Sims kriechen, das Rasseln und Scharren der Kiesel am Ufer bei jedem Wellenschlag, der Atlantik.

MARCUS KOMMT und lädt mich ein, in seines Bruders Haus zu übernachten, bis die Station fertig ist; die anderen haben in der Kirche Unterschlupf gefunden. Brangain empfängt mich mit warmherziger Gastfreundschaft. Marah ist da und hilft Brangain beim Kochen, wir sitzen um einen Tisch mit Big Gordon und seinen zwei Jungen, als die beiden Neuankömmlinge müssen wir Abend für Abend erzählen, Marah davon, wie sich das Leben auf den Blaskets verändert hat, seit ihre Schwester in den zwanziger Jahren diese irische Insel verließ. Brangain weiß noch, wie weit sie gehen mußten, um Weiden für die geflochtenen Hummerkörbe zu finden. Jetzt aber kommt ein Franzose mit seinem Schiff, sagt Marah, er hat einen großen Tank mittschiffs, der offen ist zum Meer, und ein Gitter, von dem Speckstreifen herabhängen, daß die Hummer zu Hunderten hineinschwimmen. Was man zum Leben braucht, Netze, Tabak oder Rum, erhält man nun von ihm gegen Kredit auf die nächste Fangsaison; zum Beweis zählt sie auf französisch bis zehn. Trotzdem will niemand mehr auf der Insel bleiben, sagt Marah, keiner mehr heiraten. Vielsagende Blicke von Big Gordon und Brangain, weil Marcus nicht da ist. Zwischen Marah und mir aber hat sich die Komplizenschaft unserer ersten Begegnung wieder eingestellt; wir reden kaum miteinander, als verriete sich eine Nähe, die wir geheimzuhalten beschlossen haben, bestärkt dadurch, daß wir uns erst beide gemeinsam in ein neues Leben einfinden müssen.

Marah, die Buben und ich schlafen im Eßraum. Wir sind beide lange wach, ich höre sie atmen, der Strohsack raschelt, ich weiß, daß sie sich zu mir umgedreht hat, ohne daß wir einander sehen. Wenn wir beide den Arm nacheinander ausstrecken würden, könnten sich unsere Fingerspitzen berühren. Ich höre jede ihrer

Bewegungen, und es ist, als würden wir stumm miteinander sprechen, über alles hinweg, was uns trennt; in diesem Dunkel sind wir zusammen, liegen wir in einem Bett, ist dies unser Haus. Brangain muß trotzdem etwas ahnen; die erste Zeit habe ich gedacht, daß es Brauch ist auf der Insel, den Boden sauberzuhalten, indem man abends feinen Sand auf die Bohlen streut, um ihn morgens wieder zusammenzukehren, bis ich gemerkt habe, daß sie das nur tut, um zu sehen, ob ich nachts in meinem Bett geblieben bin.

Wir sind jetzt in die Baracken gezogen. Ginger, Cyril, Charlie, Johnny, Ernie, Fred, Nick und ich sind als Funker eingeteilt; Jock als Maschinist, Bill als Koch, Woolley als unser Arzt, Chris als kommandierender Offizier, seine zwei Maate, der Lagerverwalter, ein Sergeant und zwei Korporale als Personal der Wetterstation, die wir als letzte errichtet haben. Disziplin stellt sich von selbst ein, wir sind froh, etwas tun zu können. Kontakt zum Dorf aber ergibt sich kaum. Die Frauen gehen uns aus dem Weg; die Männer sind übertrieben höflich mit ihrem ›Good mawning, Sah‹, aber jede Konversation ist anstrengend, weil sie ebenso verschlossen sind wie ihr Dialekt schwer verständlich, mit den Rs, die sie fallen lassen, und den Hs, die sie jedem zweiten Wort voranstellen

Reverend Barrow gibt sich alle Mühe, das Eis zu brechen, ohne etwas zu beschönigen; die Insel ist keine Idylle und die Siedler stur. Er berichtet, wie schwer es war, sie zum Bau der Kirche zu bewegen. Lewis Carrolls Bruder hatte es vor ihm schon versucht und war gescheitert; beim Big Watron unter der Klippe, wo alle das Trinkwasser holen, ist der Grundriß der Ruine noch zu erkennen. Und so erzählt Barrow weiter von der Insel, mit einem Enthusiasmus, als fänden sich darin Weltläufte widergespiegelt. Eine Zeit, die kein breiter Strom ist, sondern aus Wirbeln besteht, Schichten, die sich nicht vermischen, wie salziges und süßes, kaltes und warmes Wasser, Strömungen, die mit unterschiedlichen Geschwindigkeiten fließen, das ist das Bild, das er dafür gebraucht. Ich dagegen begreife sie bloß als etwas, das mich allem wieder entreißt, meinen Blick zurück auf das Vergangene richtet, das ich immer in der Gegenwart zum Vorschein kommen sehe.

Als er von meiner Familiengeschichte erfährt, nimmt er mich zu Martha Rogers mit und stellt mich ihr in aller Form vor, während sie uns mit derselben umständlichen Höflichkeit Tee und Kekse vorsetzt. Ihre beiden Söhne Arthur und Alfred sind da, von ihrem verstorbenen Mann hängt eine Photographie an der Wand. Schließlich bringt Barrow das stockende Gespräch darauf, daß ich Jock Rogers' Urenkel bin. Ah ja, sagt sie, in einem Ton, als ob ich mich für ihn entschuldigen müßte. Diese Art der Verwandtschaft, die uns verbindet, bedeutet ihr trotzdem nichts, meine Frage, was sie von ihm noch weiß, läßt sie unbeantwortet und bringt die Rede darauf, daß wir Soldaten hier soviel fluchen; wir sind das nicht gewohnt, meint sie, und Barrow hat alle taktvolle Diplomatie aufzuwenden, um sie zu beschwichtigen, während Arthur und Alfred schweigend daneben sitzen.

Am nächsten Tag steht Denis Green in der Tür, der Sohn eines der ehemaligen Stammväter. Wir sitzen gerade beim Frühstück, und da ist er, dürr und bucklig, seinen Stock in der Hand, mit dem fixen Starren eines alten Mannes. Mit seinen langen Haaren und den nicht zusammenpassenden Kleidern sieht er wie eine Vogelscheuche aus, aber es ist klar, daß er uns zu Ehren seinen besten Anzug angelegt hat, einen schleißigen Schal unterm Jackett, den eine Messingnadel am Hals zusammenhält, drei Medaillen auf der Brust. Noch bevor er aber aufs Wetter zu sprechen kommt, holt er schon zu seiner Lebensgeschichte aus, seiner Jugend auf einem Walfänger, in England und dann im Burenkrieg, wo er, will man ihm glauben, für mindestens einen Sieg der Briten verantwortlich war. Nach einer Weile erwähnt er den eigentlichen Grund seines Besuches; er bietet uns an, daß seine Frau Charlotte uns die Wäsche macht. Es ist klar, daß er damit ein Geschäft machen will, auch wenn er mit keinem Wort Geld erwähnt; daraufhin lädt er uns zu sich ein und deutet mit dem Stock auf sein Haus. Jeder kennt mich hier, meint er noch und lacht.

Er ist der erste; danach folgen andere, und schließlich waschen fast alle Familien für einen von uns, ohne auch nur je Geld anzunehmen. Doch sobald wir näher Bekanntschaft geschlossen haben, sind es die Frauen, die uns zuerst nur um Kleinigkeiten aus unserem Lager bitten. Und je weniger scheu sie sich zeigen, desto größer werden die Bitten um Tee und Zucker, Tabak für die Männer und Süßigkeiten für die Kinder. Jeden Donnerstag knien sie so am Bach und reiben die nassen Kleider auf den Waschsteinen sauber; nur Brangain hat sich mir nicht angeboten, sie mag nicht mehr, daß ich Marah besuche. Marcus schweigt. Mache ich ihr den Hof, so baut er ihr ein Haus und läßt keine Gelegenheit aus, Marah um ihre Meinung zu fragen. Doch obwohl wir alle auf engstem Raum zusammenleben, sehen wir die Dorfbewohner nur selten; an manchen Tagen ist es überhaupt, als wären wir allein mit den im Teich paddelnden Gänsen, den schwarzen Schweinen, denen die Hühner die Insekten aus ihrem Fell picken, dem Blöken der Schafe, das der Wind manchmal von oben heruntertrágt, den Ochsen, die zwar zahm sind, aber nachts gegen jeden anstürmen, der eine Taschenlampe in der Hand hat, und den schlafäugigen Eseln, über die ich oft genug im Dunkeln stolpere, auf dem Weg zurück von Big Gordons Haus. Und überall liegen Knochen, auf den Weiden, im Schatten der Felsen, am Grund einer der vielen Felsrinnen, die sich vom Berg hinunterschneiden, leere Augenhöhlen, Zahnreihen und Rippen, manchmal ein ganzes Skelett noch, durch das das Gras wächst, Eselschädel, die Hörner der Rinder, die zerbrechlichen Kiefer der Schafe, weiß wie Kalkstein.

Seit Lavarellos älteste Tochter mir die Kleider wäscht, versuche ich mit dem alten Gaetano nähere Bekanntschaft zu schließen. Anders als in Brangains Haus ist die Wand innen mit Holz verkleidet, oben weiß und unten blau angestrichen, handkolorierte Bilder aus alten Magazinen mit Nägeln darauf, das Fenster mit dickem Butterpapier verkleidet; wir sitzen auf alten Seekisten, die ebenso wie die Planken aus der Zeit stammen, wo man noch in die Kirche ging, um insgeheim für einen Schiffbruch zu beten. Da die Missionare aber erst kamen, als die Zeit der Segelschiffe vorüber war, ist nicht klar, wem die Wendung zu zivilisierteren Sitten zuzuschreiben ist. Gaetano jammert jedenfalls dauernd darüber, daß früher alles besser war; es habe mehr zu essen gegeben; was sie brauchten, handelten sie sich durch frisches Gemüse auf den Schiffen ein, an Eiern und Milch habe nie Mangel geherrscht und jede Frau Butter und Käse zu machen verstanden: die jungen aber haben alles verlernt. Nur ein Boot zu bauen, waren sie hier immer zu ungeschickt, meint er mit einem unerwartet mißgünstigen Ton. Die schweren und steifen Boote der Walfänger wurden von der Brandung dauernd leckgeschlagen, und sie mit Robbenhaut zu flicken nützte wenig; ich mußte es ihnen erst beibringen, sagte er eitel.

Er zeigt mir das mit Seilen verspannte Skelett eines Bootes, das in einem Schuppen beim Strand steht; auf dem Weg dorthin aber macht er so viel Theater darum, daß man merkt, er will vor den anderen Siedlern damit großtun. Der Schuppen ist jedoch wirklich der ordentlichste Raum auf der Insel, die Werkzeuge säuberlich aufgereiht auf einer Werkbank, Sägen, Hämmer, Meisel, Bohrer, Hobel und Messer. Sie war den ganzen Sommer über draußen, um auszutrocknen, sagt er. Die Spanten haben wir aus dem Holz der Apfelbäume am Sandy Point flachgehobelt, deswegen sind sie ein wenig krumm; der Kiel aber ist aus Treibholz gezimmert. Der Rest kommt von den alten Booten, die wir sorgfältig auseinandernehmen, deren Nägel wir herausziehen und wieder geradehämmern. Der Mast daneben muß noch geschaftet werden; ihn hat's vor vier Jahren angeschwemmt. Über das Gerippe werde ich jetzt noch die Senten ausstraken; dann kommt der Kanvas darüber, geölt und bemalt. Dollen und Duchten, die Schot von der Baumnock zum Heck; das sind Namen, die ich noch gut von meinem Vater kenne.

Mit der Hand fahre ich die Kurve nach. Sie ist das größte Boot, das wir bisher gebaut haben, sagt er, siebenundzwanzig Fuß, für sechs Ruder diesmal. Gaetano steht breitbeinig, seine Schultern zurückgebogen, am Dollbord aufgestützt, und sieht mir in die Augen: ein ruhiger, abschätzender Blick. Viel Kiel ist nicht, sage ich. Die Spanten und Senten ersetzen ihn, erwidert er; das Holz, aus dem die Spanten sind, ist zwar weder stark noch steif genug, um dem Druck des Wassers auf die Seiten zu widerstehen, die längsverstrebten Senten aber halten sie gerade und stabil. Leicht ist sie und zeigt im Meer nicht viel; ihr Fleisch aber liegt unter der Wasserlinie. Um Bug und Heck scharf nach oben zu biegen, dazu fehlt es an Breitholz, deswegen ist die Kurve so sanft. Erst mittschiffs wird sie breit und füllt den Körper aus, während der Bootsboden sich erst in der Bilge hochrundet – nicht zu schmal, daß sie rollt, nicht zu breit, um den Wellen Widerstand entgegenzusetzen, gerade so, daß die See nichts von ihr merkt. Achtern aber wird sie voller, um flacher am Wasser zu liegen, das ist das Wichtigste: so erhält man zusätzlichen Auftrieb, wenn man vor dem Wind segelt, denn jedes Boot, wenn es Fahrt macht, wird achterlastig. Der schmalere Bug aber verhindert das und hebt das Heck an. So brechen die Wellen nicht an ihm über, sondern fließen unter ihm hinweg und machen es schneller, als gleite es mit der Brandung. Um so mehr, wenn es schwer beladen durch die Brecher am Strand schneiden muß, um an Land gezogen zu werden.

Ein Boot zu segeln ist das einzige, worin ich gut bin: vielleicht, weil mein Vater mir es beigebracht hat. Die Flut, die von Land's End hereinkam, der auffrischende Wind und die See, die kabbelig wird, daß die Wellen sich in alle Richtungen aufwerfen, ohne ersichtliche Ordnung mehr oder Fluß, nur diese Fläche voll tanzender Wasserspitzen, irritierend selbst bei leichtem Wind, wie alles Zufällige und Willkürliche, das Unvorhersehbare, demgegenüber man nur auf Kurs bleiben kann, indem man mit der Pinne auf jeden Kamm reagiert, die schieren Seiten der Widerseen, die der Wind gegen die Gezeit auftreibt.

EBBE; Fallstreifen von Wolken in der Winterdämmerung, die Wellen trostlos glucksend an der Mole, das Takelwerk der Schiffe in diesem ersten verschwommenen Licht das Wundgarn eines vernarbenden Himmels. Dockarbeiter, Beamte und Soldaten; an den Zementsockel eines Krans gelehnt, schaue ich halb verschlafen und halb aus Langeweile auf die Gesichter, die Kleider und Uniformen, ihren Gang. Plötzlich, keine zehn Schritte von mir, sehe ich sie auf mich zugehen, sie ist jung, eher einfach als ärmlich gekleidet, auch sie hat mich bemerkt oder mich vielleicht schon seit ein paar Augenblicken beobachtet. Anders als alle an diesem Morgen hält sie ihren Kopf hoch, ein unmerkliches Lächeln, das ich mir auch einbilden mag, und dann sind da ihre Augen unter den schwarzen langen Locken, ein Blau, wie ich es noch nie gesehen habe. Ohne ein Zögern bin ich es, der sie anspricht, und weit überraschter darüber als sie. Jetzt lächelt sie wirklich, flüchtig, aber irgendwie wissend, sie sagt meinen Namen, ich merke es nicht einmal, sehe ihr nur in die Augen und dann bloß noch, daß im Ring um die Pupille ein Stück herausgebrochen ist wie ein winziger Mosaikstein aus der Regenbogenhaut. Ohne nachzudenken antworte ich, daß ich Christian heiße, ja, sie sieht mich weiter offen an, ihr Blick verwirrt mich, diese eine dunkle Stelle darin, ich merke, wie mein Hals trocken wird, und ihr Name will mir kaum über die Lippen. Als wäre mir mit einem Mal bewußt geworden, daß von nun an jeder Augenblick eine Vergangenheit erhalten wird; als begänne mein Leben jetzt erst.

Wenn ich während meiner Internatszeit Ausgang hatte, ging ich zum Hafen und sah die Offiziere auf ihre Kriegsschiffe gehen, die von Southampton ins Mittelmeer, die Westindies oder Hongkong ausliefen, die Matrosen, die von den Frachtern kamen, die Packboote und Passagierschiffe, die von Lotsenbooten die Fahrrinne hinausgeleitet wurden, und ich blieb jedesmal vor der Schiffsagentur stehen, in deren Auslage ein Plakat hing, ›SÜDAFRIKA: LAND DES GOLDES UND DER SONNE‹, die stilisierten Umrisse der Südspitze Afrikas, das sandige Braun stellenweise mit Sehenswürdigkeiten übermalt, briefmarkengroße Miniaturen von Buschmännern und Löwen, den Minen von Kimberley, eine Frau mit Sonnenbrille im Liegestuhl auf einem Strand – eine Kartographie der Sehnsucht, das Meer grün ausgebleicht von den Jahren, die es dort schon hing, die Ränder gewellt vor Feuchtigkeit, daneben eine schematische Seekarte in Weiß und Gelb, ›NORD- UND SÜDATLANTISCHER OZEAN 1:16000000‹, in Augenhöhe darauf zwischen Montevideo und Kapstadt, die drei Punkte für die Inseln meines Großvaters. Ich wünschte mich weg, mein Mathematiklehrer war es, der mich verstand, der einzige, mit dem ich gut auskam; er hatte einen Freund in Transvaal und riet mir, diesem zu schreiben. Mit der telegraphierten Antwort in der Hand ging ich zu meiner Mutter, sagte, daß ich einen Job hätte in Südafrika, in einer Maschinenbaufirma, und bat sie, mir das Geld für die Passage vorzustrecken. Sie wollte nicht einwilligen, unter keinen Umständen, die Sommerferien wären gar nicht lang genug für so etwas, aber ich wollte ohnehin nicht mehr zurückkehren, schließlich aber ließ sie mich gehen, und noch am gleichen Tag fuhr ich zurück nach Southampton, um die Überfahrt zu buchen.

Das Wetter war widrig; kaum ausgelaufen, lagen wir schon zehn Stunden im Solvent beigedreht, die Isle of Wight im Regen und Zeit genug für einen Drill an den Rettungsbooten. Drei Tage später waren wir am Cabo Finisterre, wir hatten die Bucht von Biskaya des spanischen Bürgerkriegs wegen weit umfahren, und abends kam ich im Rauchsalon der *Arundel Castle* mit Chris Koch ins Gespräch, mit dem ich von da an auf der ganzen Fahrt beim Essen am selben Tisch sitzen sollte. Einen Kopf kleiner als ich, dicklich, penibel gekleidet und immer sauber rasiert, strahlte er eine Selbstsicherheit aus, die mich beeindruckte; ich merkte, daß ich seine Manierismen zu kopieren begann, wie er Messer und Gabel hielt, die Zigarette zwischen Ring- und Mittelfinger, der

Ton, mit dem er zu sprechen ansetzte, der bestimmt klang, ohne arrogant zu wirken. Was ich eigentlich aber von ihm lernte, war Schweigen. Er hatte in Cambridge Meteorologie studiert und vom Britischen Kolonialbüro jetzt den Auftrag, auf der Insel Gough zu landen, um sie zu englischem Hoheitsgebiet zu erklären und eine Karte der Insel anzufertigen.

Um sein Interesse zu wecken, konnte ich nur die Geschichte meines Großvaters vorweisen, von Tristan da Cunha wußte ich nichts sonst; er vieles mehr. Als wir schließlich Madeira erreichten, konnte ich nicht länger an mich halten, obwohl ich meine Frage so beiläufig wie möglich zu formulieren versuchte: daß ich gerne mitkommen und durch jede Arbeit für alle Kosten aufkommen würde. Er lachte lauthals und meinte, warum nicht. Worauf ich in die Funkkabine ging und ein entschuldigendes Telegramm nach Transvaal sandte; kaum in Kapstadt angekommen, fuhren wir ins Marinehauptquartier nach Simonstown, und drei Tage später nahm die *H.M.S. Milford* bereits Kurs auf Tristan.

Ich war maßlos enttäuscht, als wir vor der Insel lagen und nicht an Land gehen konnten. Im Nebel, der grauer war als unser Zerstörer, sah ich nur einen schmalen Streifen Land, der in der stürmischen Dünung unterzugehen schien wie jene Insel vor Cornwall, von der mir meine Mutter als Kind erzählt hatte, ein Hy Brazil, das sich nur einmal im Jahr aus den Fluten hob, damit die Toten zu ihr übersetzen konnten, bevor es wieder versank; jetzt aber kamen sie herausgerudert zu uns, Marcus Glass und David Hagan, und wollten uns als Führer dienen, weil sie vor zwanzig Jahren auf Gough gewesen waren. Wie geht's dem König und der Königin, fragte mich Hagan, der so dünn und hager aussah wie der Fährmann der Toten, nachdem wir alle in der Messe standen und er mich als Engländer erkannt hatte. Danke der Nachfrage, erwiderte ich, als wäre ich für ihr Wohlbefinden verantwortlich. Sind sie gek'önt wo'den? Ja, antworte ich, alles ging gut vonstatten. Darauf beginnt er voll offensichtlichem Stolz etwas zu erzählen, von dem ich nur jedes zweite Wort verstehe, daß sie nämlich im letzten Jahr zum Krönungstag damit beschäftigt gewesen waren, Tausende von Sonderausgaben als Souvenir abzustempeln – das erste Mal, daß sie Briefmarken in die Hand bekamen.

Marcus steht daneben und trinkt mit großen Schlucken aus dem Glas Bier, das wir ihm angeboten haben. Der Tonfall seiner Stimme ist weich, fast singend, amerikanisch gedehnt, der Händedruck dafür aber um so härter. Seine Augen stehen leicht hervor, stahlgrau; spricht er mit einem, blicken sie einen an, offen und dennoch irgendwie unpersönlich, daß man seinem Blick nie lange standhalten will. Es dauerte eine Weile, bis wir den Inseldialekt verstanden, aber er war gesprächig, und so kannten wir bald alle seine Geschichten. Mit achtzehn hatten ihn zwei südafrikanische Diamantensucher bezahlt, für sie auf Gough zu graben; ein erfolgloses halbes Jahr später folgt er ihnen nach Kapstadt, wo er zuerst in einer Kerzenfabrik arbeitete und dann auf einem Walfänger anheuerte. Er war in England gewesen, fragte mich gar nach einer Kneipe in London, Chris kannte sie, und ein paarmal in Amerika, bevor er wieder nach Südafrika zurückkehrte, dort heiratete und sich anfangs als Bergwerksarbeiter und dann als Farmer durchbrachte, um fünfunddreißig und immer noch kinderlos nach Tristan zurückzukehren. Das war vor drei Jahren; seine Pläne, die Siedlung durch Walfang mit eigenen Booten zu bereichern, scheiterten kläglich; und vor wenigen Monaten war ihm nun auch die Frau gestorben – vielleicht mit ein Grund für die Kälte, die von ihm ausging. Seine kameradschaftliche Art spürte man erst, wenn man mit ihm länger zu tun hatte und das Undurchschaubare an ihm dem Unaufdringlichen wich.

Wir – Chris, unsere Führer, ein Navigationsoffizier, zwei Matrosen und ich als Unterzeichnende – nahmen die Insel offiziell für die englische Krone in Besitz, indem wir einen Fahnenmast errichteten, Flagge hißten und den Regierungserlaß hinterlegten. Das Wetter in diesem März 1938 war erbärmlich, von einer genaueren Erkundung der Insel mußten wir Abstand nehmen; beim Landen schlug das Boot leck, daß wir mit einem Seil durch die Brandung an Bord gezogen wurden, froh um die Buddel Rum. Unsere Mission hatten wir jedoch damit erfüllt und verhindert, daß ein Magnat der Walindustrie namens Lars Christensen die Fischgründe rund um Gough zum norwegischen Hoheitsgebiet erklärte.

Zurück in Tristan, setzten wir Marcus und David ab; wieder war es so neblig, daß man von der Insel nichts sah außer dem

Leuchtfeuer, das sie entzündet hatten. Nach Hause aber wollte ich auch nicht mehr; doch Chris überredete mich, die Schule zu beenden, und bezahlte mir aus seiner Tasche das Retourbillett. Im Jahr darauf schrieb ich ihm, daß ich mich in Kapstadt für Landvermessung inskribiert hatte und nebenbei als Fischer arbeitete, um mein Studium zu bezahlen, erhielt aber keine Antwort. Dann brach der Weltkrieg aus, man zog mich meines Studiums wegen nicht gleich ein, verkürzte aber, weil man meine Arbeit für kriegswichtig hielt, die Dauer. Dann, Anfang dieses Jahres, kamen gleich zwei Briefe.

Der eine stammte von Chris, der inzwischen den Rang eines Captains bekleidete, mich nach Simonstown anforderte, um mir dort zu eröffnen, daß die Marine auf Tristan da Cunha eine Radio- und Meteorologie-Station einzurichten plane. Das Vorhaben sei streng geheim; ob ich mich als Freiwilliger melden wolle? Ich erwiderte, daß ich mein Studium noch nicht abgeschlossen hätte, er aber meinte, ich würde damit schon zurechtkommen. Um mehr von der Insel zu wissen, vor der ich schon zweimal geankert hatte, ohne daß der Nebel um sie sich lichtete, ging ich ins Museum von Kapstadt, wo ein Paar rindslederne Mokassins, das Modell eines ihrer mit Kanvas bespannten Langboote, ausgestopfte Pinguine und Albatrosse und ein altmodisches Spinnrad, das man noch mit der Hand drehen mußte, ausgestellt waren.

Kurz darauf erreichte mich über die Adresse meiner Mutter ein Brief von Marcus, den er bereits vor einem halben Jahr aufgegeben hatte. Darin erklärte er mir umständlich, daß er die Schwester von seines Bruders Frau zu heiraten gedenke. Er nannte ihren Namen, schrieb, daß sie aus Irland kommen werde, und bat mich – weil er mich in England glaubte – ich möge mich bis zu ihrer Einschiffung in Southampton um sie kümmern. Beigefügt waren ein paar Zeilen meiner Mutter, die sich ihrer an meiner Statt angenommen hatte und mir nun Namen und Ankunftstag des Schiffes mitteilte, mit dem Marah in Kapstadt einlaufen würde. Ich erwähnte es Chris gegenüber, er meinte, wir könnten ihr die Passage gewähren, eine Geste guten Willens, die uns den Einstand auf der Insel erleichtern mochte.

Ich trage ihren Koffer durch den Zoll, eine schriftliche Order beschleunigt die Formalitäten, und um sie nicht schon sofort in die

Kaserne bringen zu müssen, lade ich sie zum Frühstück in einem Pub ein. In dieser Herrgottsfrühe sind wir die einzigen Gäste; der Kaffee ist bitter, er schmeckt nach verbranntem Weizen. Sie fragt, wer ich bin. Ich weiß nicht, wie sie es meint, und rede von meiner Arbeit. Sie bedankt sich bei mir für die Gastfreundschaft meiner Mutter; die Worte ›überraschend‹ und ›unverhofft‹ benützt sie kein einziges Mal. Ich sehe sie an, bin unruhig, gleichzeitig aber ist sie mir auf seltsame Weise vertraut, der Funken Stolz in ihrem Blick. Sie erwähnt, daß sie mit ihrer Schwester Brangain, die nach Tristan heiratete, in Briefkontakt gestanden hat und sie sich gegenseitig Photos schickten; mit dem Karren mußte sie bis nach Killarney fahren, um eines machen zu lassen. Dann begann der Bruder ihres Schwagers ihr zu schreiben. Und jetzt heiratest Du einen Mann, den Du nicht kennst? Meine Schwester sagt, er ist ein guter Mann. Als wäre das der Erklärungen genug, fragt sie, wo ich sie unterbringen kann. Nicht, wie sie eine Passage nach Tristan findet; oder warum ich hier bin.

Ich bringe sie in Chris' Wagen nach Simonstown, wo sie bis zur Einschiffung ein Gästezimmer im Quartier der verheirateten Männer beziehen kann. Vor der Tür bleibt sie stehen, wir reden noch ein wenig. Sie nennt mich einen Rotschopf und meint dann, daß sie meine Art mag. Meine Art? Wieviel ich rede …

Die nächsten Tage sehe ich sie nicht. Ich gehe einmal zu ihrem Zimmer, aber mache kehrt, ohne angeklopft zu haben; ich bin beschäftigt mit den Vorbereitungen, in drei Tagen laufen wir aus. Die letzten Stunden, bevor wir an Bord gehen, sitzen wir alle mit unseren Seesäcken und zusammengerollten Hängematten im Africa Station Club gegenüber der Werft, trinken und reden über Tristan, als würde es uns auf eine Insel voller Kannibalen verschlagen. Cyril, mit dem ich den Funkkurs gemacht habe, ein Muttersöhnchen, der Vater durch eine Goldmine reich geworden, aber daß er sich als Freiwilliger gemeldet hat, obwohl er sich sicherlich hätte freikaufen können, machte ihn mir sympathisch – Cyril nennt dies zynisch unsere Einschiffung nach Kythera, wo immer das auch liegen mag.

Den ganzen Morgen habe ich an nichts anderes denken können als an Marah. Es ärgert mich. Wir begegnen uns überall auf dem

Schiff, als wollte sie mir nicht aus den Augen gehen. Ich frage mich nur, ob sie mich auch sieht; von der selbstverständlichen Vertrautheit unserer ersten Begegnung ist nichts mehr geblieben. Statt dessen geht etwas vollkommen Sorgloses von ihr aus. Und während ich diesen Satz schreibe, sitze ich in der Kabine und Marah geht draußen vorbei, kehrt wieder um und bleibt vor meinem salzverkrusteten Bullauge stehen. Sie sieht hinein, ohne mich mit der geringsten Geste zur Kenntnis zu nehmen, und zupft sich wie vor einem Spiegel die Locken hinter die Ohren.

Ich gebe es bald auf, einen Vorwand zu suchen, um mit ihr ins Gespräch zu kommen; sie meidet mich, sie muß mir wohl die kalte Schulter zeigen. Wir essen zusammen mit Chris an einem Tisch und tun doch so, als hätten wir uns nichts zu sagen. Manchmal aber lehnen wir gemeinsam an der Reling, ein paar Schritte voneinander entfernt; wir nicken uns zu, wechseln jedoch kein Wort. Der Wind sticht auf der nackten Haut. Eissturmvögel segeln über dem Kielwasser, der Horizont eine unruhig wandernde Linie, die vom Dunst wieder verwischt wird; 1500 Meilen sind es nach Tristan da Cunha, aber wenn ich neben ihr stehe, ist alles voneinander abgehoben, scharf umrissen, einzeln.

Der fünfte und letzte Tag unserer Fahrt zur Insel. Nicht einmal eine Meile vor uns, niedrig breit unter der triefenden Dämmerung von Wolken, ein schierer schwarzer Wall, aufragend aus der aufschäumenden Gischt. Beim Näherkommen werden Riefen und Schründe erkennbar, Flecken von moosigem Gras, der steinerne Sockel des Himmels und ein Meer, das sich daran mit aller Gewalt bricht. Feuchte, hohe Spalten dann, das Grün wuchernd darin, über Felskränze herabfallende Kaskaden, die sich im Wind auffächern und die Wellen nicht erreichen, der Fels selbst aber kahl und nirgends ein Ufer, so daß wir es zuerst für eine der beiden unbewohnten Inseln halten.

Dann aber umrunden wir einen Bergvorsprung, sehen einen breiten Streifen vulkanischen Sandes unter der Felswand und am anderen Ende einen flachen Schelf, das kleine Dorf wie hingekauert, aus der Entfernung wie eine Miniatur. Tristan da Cunha. Hinter der Siedlung erhebt sich der Berg steil in die Wolken; die Hochebene selbst fällt noch einmal hundert Fuß auf ein mit Felswacken übersätes Ufer ab, eine kleine Bucht darin. Boote liegen dort, an Land gezogen. Der Sand ist schwarz, der Wind verwirbelt den Rauch aus den Kaminen; auf einer Anhöhe schlägt eine Flagge hart gegen ihren Mast, daneben eine alte Schiffskanone.

Eine Meile vor dem Schelf gehen wir vor Anker. Winzige Figuren am Strand, die Boote ins Wasser schieben; sie werden von der Dünung angehoben, verschwinden wieder in den Wellen, ohne näherzukommen. Dann, als hätte unsere Position sich verändert, sind sie plötzlich auf Rufweite; ein paar Minuten später ist das erste längsseits und hält sich mit den Rudern ab von unserem schlingernden Rumpf. Einen Moment ist es unter uns, das Dollbord gegen unsere Stahlplatten schlagend, im nächsten Augenblick wieder von einem Wellenkamm hoch bis an die Reling fast gehoben; die Männer ergreifen die von uns zugeworfenen Taue, mühelos auf der Ruderbank ihr Gleichgewicht haltend. Wir beobachten sie neugierig, sie starren zurück, lachen und reden unter sich, erwidern aber unsere Zurufe nicht.

Ein paar kommen an Bord. Der Größte von ihnen nimmt seine Kappe ab, sie in Händen knetend, und richtet das Wort an uns, jeden als ›Sir‹ betitelnd. Wegen seines starken schottischen, mit Afrikaans durchmischten Akzents begreifen wir bloß, daß er uns willkommen heißen will; Chris bedankt sich für uns und nennt ihn Chief Willi. Dann werden unsere Sachen auf die Boote geladen, und wir steigen die Jakobsleiter hinab. Ich helfe Marah. Die Männer im Boot reden auch jetzt noch nicht mit uns, eine scheue, aber selbstbewußte Zurückhaltung ist ihnen anzumerken, die uns deutlich spüren läßt, daß wir Fremde sind. Ebenso stumm gehen sie dann an die Ruder, richten mit weit ausgreifenden Schlägen den Bug zur Insel, ohne daß dazu ein Kommando nötig ist; erst nach langem murmelt der Steuermann etwas, fast entschuldigend, er gibt keine Anweisungen, keine Order und keinen Befehl, sagt nur, was die Ruderer wissen müssen.

Ich sehe Marah an; ihr Gesicht ist voller Erwartung, als machte weder der jetzt sintflutartig einsetzende Regen noch die Düsterkeit des Tages oder diese seltsam gespannte Stimmung ihr etwas aus. Dann sind wir mitten in einem breiten Gürtel von Kelp, breite, dunkelbraun sich schlängelnde Blätter knapp unterhalb der Wellen, fahle, dicke Stämme, die in die Tiefe reichen, die

Äste sich um die Ruderblätter windend, daß die Männer einzeln mit kurzen, harten Schlägen einstechen, wie durch das Sargassomeer. Dahinter ist das Wasser ruhiger; der Kelp hält die Wellen vom Brechen ab, so rollen sie nur stampfend aus. Die letzte Woge treibt uns auf den Strand, wo wir alle ins Wasser springen und Hand anlegen, um das Boot über die glitschigen, in die Unterströmung der nächsten Welle rasselnden Kiesel an Land zu ziehen.

Auf dem Bühel oben mit dem Flaggenmast stehen die Frauen in weißen weiten knöchellangen Kleidern, die Kopftücher naß, ohne einen Schritt auf uns zuzugehen, die Männer dazwischen, die Kinder, an die zweihundert Menschen. Da ist ein kleiner Turm mit einer Laterne, eine Bake für die Boote nachts, eine Holzbrücke über einen rauschenden Bach, die glänzenden Bündel der gedeckten Dächer, Gartenumfriedungen aus aufgeschichteten Steinen voller Horstgras und raschelndem Flachs, aber bedrohlich knapp hinter den Häusern eine Klippe, einer dräuenden Gegenwart gleich, in der alles unwirklich wirkt, aus der Zeit gehoben. Die Siedlung wie ein verlassenes Dorf, verschwommene Silhouetten, die in den Wolkenfetzen hängen, und eine monotone Stille, in der einem erst gar nicht bewußt wird, daß der Ozean dumpf ans Ufer schlägt. Und überall der Geruch von verrottendem Tang und fauligem Gras, wie von Dingen, die lange im Meer trieben, verloren. Aus dieser Kulisse löst sich eine Frau, geht auf uns zu und umarmt Marah, küßt sie, die anderen kommen nun auch, begrüßen uns, allen voran ein Priester, der uns in sein Haus bittet.

Es dauert zwei Wochen, bis wir alles vom Schiff geholt haben, Ölfässer, Kohle, Holz, Zement, Möbel und die Kisten voller Proviant. Das Wetter bleibt stürmisch, es ist tagelang nicht daran zu denken, mit den Booten auszufahren, wir sind zur Untätigkeit verdammt und sitzen gereizt in den Zelten, die wir am Rand des Dorfes aufgebaut haben.

Der Sturm beginnt erst, obwohl das Wasser über die Klippen schießt, die Flut über den Rand des Hottentot Gulch tritt und den Weg mit sich reißt. Jenseits des Lees dieser Insel aber schleifen Wirbelwinde über ein Meer, in dem es keine Grenzen mehr gibt. Die Gischt der brechenden Wogen wird zu trübem Schaum, dick und faulig, der am Wellenkamm hängenbleibt, sich zusammenklumpt, Blasen wirft, die Wellen niedergehalten für einen Moment von der Schwere des Himmels, dem über sie heulend hinwegfahrenden Wind. Er zerreißt jeden sich dagegen aufwerfenden Grat zu Sprüh und verträgt sie, schlägt das Wasser auf, bis es zu gerinnen und fest zu werden scheint; die Böen nehmen sie auf, sich windende, schlingende Girlanden von Gischt, die in der Luft hängen, weiß wie Schnee, die Flocken einen Fuß oder zwei lang: das Branden gärt vor diesem Weiß, die Roller sind voll davon, ihre Massen halb Wasser, halb Luft. Der Wind selbst ist trocken, die Wolken haben sich längst ausgeregnet, sie hängen in Fetzen über der See, die sich in all ihrer Weite erhebt, Abgründe und Gipfel, wirbelig zerfurcht von diesem Aufruhr, daß zwischen Meer und Himmel nichts anderes mehr ist, es keinen Horizont mehr gibt und keinen eigenen Standort, die Luft rauchiger Nebel, als sähe man in einen Eissturm.

Gegen Abend läßt er manchmal kurz nach. Dann ziehen die Wolken purpurn ins Hohl der Nacht, die Fläche des Meeres geteilt in die Rücken einer breit sich hebenden Dünung. Licht glänzt in den Wellentälern, scharlach erst, dann in der Farbe der Wolken, während die Wogen unbestimmter werden in ihrer Form, fahler unter dieser leuchtenden Gischt, das Wasser dazwischen flach und grau, bis es wieder in dieses Rot kippt, als würde die See nun brennen. Schatten legen sich länger und länger auf den Dunst der Nacht, sie sammelt sich kalt und nieder und kriecht über die *H.M.S. Milford* in der Bucht, die zu krängen beginnt, die Masten und Rahen dünn gegen den eindunkelnden Himmel.

IM Schweigen des Mittags hob sich nur mehr die Dünung, nicht aber der Wind; die Wogen liefen aus, Wellen, die nie ein Ufer erreichen würden, andere wiederum, die weit über den Atlantik rollten, bevor sie sich an einer Küste zerschlugen. Es war eine Stille, an die man nur so lange glaubte, wie der mallende Wind haltlos über das Wasser hinwegstrich, ohne daß es sich ihm widersetzt noch.

EDWIN HERON DODGSON
LETZTER BRIEF
1886

DIE HÄLFTE DES HIMMELS

ROGERS IST TOT. Und ich der einzige, der ihn zu Grabe tragen kann. Den Überwurf vom Altar nehmen; das weiße Flachstuch darüber breiten. Die Kerzen anzünden, die Brotdose und das Meßkännchen, Becken, Wasserkrug und Handtuch aus der Sakristei holen. Dann ist die Holzkohle zu entfachen; das Kissen auf den Altar zu legen und das Buch mit den Episteln für den Meßdiener. Die Corporale in die Lade und das Reinigungstuch auf einen Tisch, für Kelch und Patene, Fingerkuppen und Lippen. Benjamin muß mir wieder der Meßdiener sein; er wird's nicht wagen, sich zu weigern. Er faltet mir den Amictus über der Soutane, über Hals und Schultern, hilft mir, die Albe überzuziehen und das Zingulum zu knoten, weil mir die Hände zittern. Dann wird er mir die Manipel über den linken Arm legen, in Erinnerung an die Fessel, mit der man Seine Handgelenke band, und darauf die neu mitgebrachte Stola um den Kragen legen, sie mir über der Brust kreuzen, das linke Ende vor dem rechten, um sie beide dann unter das Gürtband zu schieben, damit das Zingulum sie festhält. Joshua, Joshua. Ich sehe seine dunklen Augen sich weiten, ungläubig; voll der Ohnmacht. Lichtnelken am Klippenrand da, und die Sturmschwalben kreisend in der Luft, ein Wirbel von Vögeln, ein atmendes Geschwirr, driftend im Wind, abfallend und wieder sich hochschwingend, Joshua mitten unter ihnen, den Arm ausgestreckt, als könnte er sich im Fall halten; und dann stürzten sie in die Wellen, hoben und senkten sich mit den Wogen, kreischend, krächzend, während ich an der Klippe stehe, mein Leben ein ewiges Zurücktreten davor, ein Zurückschrecken, Herrgott, ich bereue, aber die Reue ist nichts, was je wirklich werden wird. Das mit Goldfäden in die Stola gestickte Kreuz ist nur ein Parament; darunter bin ich nackt: *Sende Dein Licht und Deine Wahrheit, sie sollen mich führen zu Deinem heiligen Berg, so will ich zum Altar Gottes treten.*

Sonach wird Benjamin die Kohlen in das Inszensarium geben, und die Ministranten und ich werden in einer Prozession zur Kirche schreiten, schweigend durch das Dorf gehen, hinauf zum Weiher, schiefergrau im Licht, die Silhouette des Berges dunkel im Wasser, in dem sich alles von Anfang an abzeichnete, kalt, einer Seele gleich, die nicht an der göttlichen Vereinigung teilhaben wird, solange sie sich nicht aller noch vorhandenen Liebe für Seine Geschöpfe entledigt und sich in Seinem Gewand sieht, um Sein Kreuz zu schultern und es den Hügel hinaufzutragen. Und ich werde die Messe feiern in meiner Kirche, die kein Dach kennt, keine Fenster und nur Mauern kopfhoch, überwachsen mit Flechten und Moos, sie feiern unter offenem Himmel. Was gewesen sein könnte und was war; es kommt in einem Ende zusammen, das ewige Gegenwart ist, jeder Schritt eine Erinnerung, das Echo der Worte im Gedächtnis. Und die Männer und Frauen stehen da, es ist etwas Demütiges an ihnen, wenn sie das Haupt senken vor dem Priester, und demütigend zugleich, wie sie vor mir jetzt zu Boden blicken und der Chor ihrer Stimmen zum Introitus anhebt.

Ich falte das weiche Leinen des Purificators am Altar, lege es über den Kelch und die flache Patene aus Ton darauf, eine schmucklose Schale, die dem alten Green gehörte, gerade groß genug, um Fisch darauf zu zerlegen, ein Oblatenteller, eine leere Gradalis, die mir die Ministranten reichen wie einen Gral, doch ich hab kein Blut darin aufgefangen, ich halte ihn nicht, und Benjamin sieht mein Zögern, nimmt die Schale und gibt sie auf den Kelch; in unserer Prozession jedoch trage ich den brennenden Speer, ich habe beim ersten Mal die Frage nicht gestellt und durfte jetzt wieder zurückkehren nach Jahren, um sie ein zweites Mal zu stellen, obwohl ich die Antwort darauf doch längst wußte. Wo ist Marah. Ich sehe sie nicht unter den barhäuptigen Männern und den Frauen mit ihren schwarzen Kopftüchern, ich nehme die mit Seide ausgelegte Lade für die beiden Corporale und stelle sie auf Patene und Kelch; das eine falte ich dreimal von jeder Seite her nach innen, um es später beim Sakrament über das Brot zu legen, das zweite, die Palla, um damit die nach der Kommunion noch auf der Schale verbliebenen Oblaten wieder bedecken zu können, und warte einen kurzen hoffnungslosen Moment, denn Hoffen wäre Hoffnung auf das Falsche. Und doch ist da noch der Glaube; aber Glaube und Liebe und Hoffnung liegen alle in diesem gedankenlosen Zögern, weil ich noch nicht bereit bin für Gedanken, die Dunkelheit ist noch nicht licht, da ist nur vollkommene Stille, in der der Chor zur nächsten Strophe ansetzt, Moos, grün auf Gestein, der Geruch von Seetang und Fliegen, schwärmend in der Luft, über der dunklen Kälte der Wellen, Wind wieder und die weiten Wasser der Schervögel: Im Ende ist der Anfang.

Die Gefäße werde ich nehmen, Benjamin wird mir vorausgehen und den gefalteten Schleier des Offertoriums tragen, vor ihm zwei der Ministranten, der eine mit dem Brot, dem Wein und dem Wasser, der andere mit dem Becken, dem Krug, einem Teller und dem Handtuch; alles wird auf einen Tisch an der Mauer gestellt werden und Benjamin mir Wasser über die Finger schütten, daß es laut in das blecherne Becken tropft. Dann trockne ich meine Hände, sie reichen mir die Meßkännchen, ich lege das Brot auf die Patene, gieße zuerst Wein und dann ein wenig Wasser in den Kelch, stelle den Oblatenteller wieder darauf und bedecke ihn mit dem Corporale. Erst danach gehen wir alle zusammen zum Altar zurück, und die Gemeinde verbeugt sich.

Benjamin hält mir sein Räuchergefäß hin, und ich streue den gelbgrünen körnigen Harz in die weißaschene Glut, er öffnet die beiden Lider dieses silbernen, breitgeschwungenen Weihrauchbootes, bei jedem Windstoß quillt es dicht heraus, und dann nehme ich es ihm aus der Hand, halte die Kette knapp am Deckel und beräuchere den Altar, zuerst auf seiner Südseite, dann im Norden und der Mitte, und trete daraufhin wieder zurück, den Blick auf die beiden Hügel des Hillpiece, zwischen denen sich der ausgetretene Weg zu den Feldern windet, den Streifen Meer, die Landzunge, wo mein Schiff damals vom Anker gerissen wurde. Den Fingern, die nicht loslassen wollen, entwindet Benjamin wieder die Kette des Räucherfasses und schwenkt es leicht vor mir; Schwaden dringen mir in die Augen, in Nase und Mund, sie rauben mir den Atem für einen Moment, in dem alles Vergangene verlöscht, um reiner wieder zu erwachsen, klarer, unausweichlich Gestalt annehmend, als stünde Joshua jetzt vor mir, während Benjamin die Deckel des Räucherfasses wieder schließt, um die Glut zu ersticken und es auf den Nagel an der Mauer zu hängen, und die Ministranten ihre Kerzen, deren Flammen sie mit vorgehaltener Hand geschützt haben, jetzt vor den Altar stellen, wo sie flackernd, eine um die andere, ausgehen.

Das Gesicht nach Norden, stehe ich vor der Tafel des Herren und wende mich ostwärts, den dunklen Felskranz vor Augen, und kein Himmel über ihrem schwarzen Hang. Der Fels des Sühneopfers Christi. Adams Grab. Nabel der Welt. Der Stolperstein und Stein des Anstoßes. Ein Opferfels. Der Tempelfels. Der Fels, den David zu bewegen versuchte; Bann und Siegel, durch die Erde und Himmel gebunden sind, das Firmament. Der Fels des Allerheiligsten, Sanctum Sanctorum. Fels Petri. Der Fels der Kirche. Der Fels der Erlösung; Fels allen Trostes. Horeb, der Berg Gottes. Monte Santo, der Heilige Berg. Zion. Sinai, Berg der Verklärung. Der Berg Tabor. Karmel, der Berg der Seligpreisungen. Der Berg der Versammlung und der Berg des Verderbens. Der Läuterungsberg. Der Gerichtsfelsen. Golgatha, der Schädelberg. Der schwarze Fels, in ewiger Strenge, taub und stumm, der eine Stein, der für immer den einen Ort der Erde bezeichnet. Dort, wo Gott sich während Seiner Schöpfung zeigte und sich wieder zeigen wird am Tag des Untergangs. Alle Materie, die abbrach von ihm. Ausbrach. Der Mund des Meeres sich öffnete und der Fels die Wasser in die Tiefe wieder schloß. Der Stein, der sich nicht mehr von der Stelle bewegen wird bis zum Jüngsten Tag. Der Stein war das erste Zeichen, glatt und vollkommen. Aus ihm erstand der Strahl des ersten Lichts, eine brennende Lanze, die die Dunkelheit durchbohrte und Licht sich weit über der Welt ausbreiten ließ.

In der dritten Stunde des sechsten Schöpfungstages nahm der Schöpfer vom trockenen schwarzen Lehm unter diesem Fels und formte das Haupt des Menschen. Und in der siebenten Stunde hauchte er ihm Leben ein, und der Lehm wurde zu Fleisch, Knochen, Blut und Sehnen, das ewige Sehnen des Menschen. In der zwölften Stunde aber aß er von der verbotenen Frucht, und das

Licht, in das er gekleidet war, fiel ab von ihm und wurde Haut. Und er kam auf die Erde und setzte seinen Fuß auf diesen einen Grundstein, Gottes Bußstein, und die Welt war öd und leer, die Sonne harsch und die Schatten tief, kahle Berggipfel und karg eingeschnittene Schluchten unter kalt leuchtenden Nächten. Und bei seinem Tod wusch man seinen Körper mit in Wasser getauchten Nesseln, wickelte seinen Leichnam in Leinen und begrub ihn unter demselben Fels, aus dem er entstand.

Herr, mein Fels. Mein Fels in der Brandung. Der Kalvarienberg. Sein Herz ruhend auf dem Fels der Zeit. Isaaks Altar für das Brandopfer Gottes. Der Fels, auf dem Jakob lag, zu einem Steinmal aufgerichtet und mit Öl geweiht. Esaus Felsen. Joshuas Berg. *Vater unser,* sein Leichnam ungesalbt und unbegraben, *der Du bist im Himmel,* in den Wassern der Tiefe, *geheiligt werde Dein Name,* angehoben und fallend wieder in einem Strom unter dem Meer, aus dem der Berg aufsteigt, *Dein Reich komme,* jeder Schlag der Wellen an den Strand eine Anklage. *Dein Wille geschehe,* und ich, um es vor allen zu bekennen. *Wie im Himmel so auf Erden,* zu sühnen, in seinem Angesicht. *Unser täglich Brot gib uns heute.* In mir er und Er; *und vergib uns unsere Schuld.* Sein Schweiß in meinem Angesicht. Sein Blut in meiner Seele. W*ie auch wir unseren Schuldigern vergeben.* Das ist es, was ich allein sagen muß: *Und führe uns nicht in Versuchung,* mit klarer, lauter Stimme, *sondern erlöse uns von dem Bösen.* Das Amen dann ohne Ton, in einer kurzen Silbe. Im gleichen Tonfall die Kollekte über die Reinheit, allmächtiger Gott, der alle Verlangen kennt und vor dem sich keine Geheimnisse verbergen lassen, reinige unsere Herzen, damit Chor und Gemeinde amen sagen können, tonlos wie zuvor. Dann muß ich mich ihnen doch zuwenden und jedem in die Augen sehen und laut, ohne ein Zittern in der Stimme, die Zehn Gebote nennen, doch wenn ich stammle, wird es nicht meine Zunge sein, sondern sein, als wäre da ein anderer Muskel im Rachen, ein anderes Zungenbein, das für mich spricht, beinah unhörbar flüsternd, und ein Streifen Sonne über dem Friedhof, Zweige raschelnd im Wind, entfernter jetzt und feierlicher, Lippen, die ein Gebet formen an zerbrochenen Steinen, dem groben Fels, und der Chor singt nach jedem Gebot die Akklamation.

Beim letzten Kyrie trete ich zur Südseite meines Altars, der nichts als ein Flaggstein ist, eine aus der Klippe gehauene und flach gemeißelte Tafel, auf der ich jeden Riß und jede Rauheit kenne, und bleibe stehen, Benjamin und die Ministranten an meiner Seite, um das *Laßt uns beten* zu intonieren, *wenn sich der Sünder abkehrt von seiner Sünde und Recht und Gerechtigkeit nun übt, wird er seine lebende Seele erhalten* und die Kollekte des Tages, *denn weil er gesehen und sich bekehrt hat von allem, das er beging, soll er leben und nicht sterben.* Darauf Davids Psalmvers: *Und er sagte, nachdem er zu Batseba gegangen war,* es ist die Woche nach Christi Himmelfahrt, *Gott sei mir gnädig nach deiner Güte,* im Wechselgesang. *Und tilge meine Sünden nach Deiner großen Barmherzigkeit,* Antiphon, mit den Kehr- und Rahmenversen des Chors. *Wasche mich rein von meiner Missetat.* Mehrere Noten auf einer Silbe. *Und reinige mich von meiner Sünde;* die Betonung immer auf der letzten. *Denn ich erkenne meine Missetat.* Ultima. *Und meine Sünde ist immer vor mir.* Meine Ultima ratio dieses Singen. Geborgen im Gesang, gedankenlos, nur Zunge, die für einmal trägt, weit, und bin nur Kehle, durch die Er spricht, aus dem Abgrund, jeder Vers ein Laut bloß, Vokal und eine Anrufung Seiner, in den Melismen sind es andere Worte, die mein Mund formt, Seine Stimme, die verborgen in den Silben war und nun hörbar wird, ein Anklang Seiner Sprache wie halbumrissene Bilder bloß, Konturen, Seine Stimme ein Rauschen von Wasser, der See jetzt brennend fahl wie Schwefel, das Licht ist grell, das Land eine weiße Wüste, und da ist ein Feld von Knochen, blankgenagt und bleichend, ihr Weiß das büßend, woran wir uns nicht mehr erinnern wollen, Gott, der nur dem Wind weissagt, weil nur der Wind zuhört, dies ist das Land, das wir untereinander aufteilten, das ist unser Erbe, Gebeine und Getreidehalme aufsprießend dazwischen, Fennich, aus seinen langen Blattspreiten die Grannen, alles, was dieser Erde erwächst, Blutfingergras in spelzigen Rispen, das Manna der Hirse und Himmelstau, und daran die dunkelbraunen Sporen des Brands, schwarzkantiges Gras, faulend wie das Horstgras an der Mauer, und dann sehe ich Dich, Marah, der Weiher grau nun im Wolkenschatten: *Entsündige mich mit Ysop, daß ich rein werde: wasche mich, daß ich schneeweiß werde. Laß mich hören, daß die Gebeine fröhlich werden: die Du zerschlagen hast.*

Sodann ist das Buch mit den Episteln vom Altar zu nehmen und der kürzeste Weg zur Sedile zu gehen, die mit einem Baldachin gekrönt ist, verzierten Spitztürmchen und all der ornamentalen Pracht einer Kirche, die ich zu bauen begann, Stein um Stein aus dem Berg brach, in der Vergeblichkeit allen Glaubens, daß sich Seine Kirche hier auf Erden verwirklichen möge, aber wir haben ihr nicht einmal ein Dach zu zimmern vermocht, ausgesetzt stehen wir unter dem Himmel, der Stuhl stammt noch von der *Vittery*, und die Ministranten sitzen zur Linken auf dem zertrampelten Boden. Die Apostelgeschichte ist aufzuschlagen, auch wenn ich jedes Wort auswendig weiß und nur mehr die Frakturen der Schrift sehe; die Verse nah an meinem Ohr, ist es, als wäre Seine Sprache nur aus einem einzigen Stammlaut gebildet, einem deutschen, Gott: aus Not, Tod und Gebot, das Brot, das Er uns zum Sakrament spendet, und auch das Leben Jesu ein deutsches, dem Buche des David Friedrich Strauß nach, das Ihn und mein Leben für immer veränderte, dem Glauben alle Wahrheit nahm und ihm nur die Wirklichkeit unseres Hoffens gab, hier und jetzt, denn alles Glück der Menschheit auf einen Glauben an Geschehnisse zu gründen, von denen einenteils gewiß ist, daß sie sich nie ereigneten, und über denen andernteils der größte Zweifel liegt, daß sie sich so ereigneten, wie es in der Bibel steht, das wurde undenkbar dadurch – so gänzlich unvorstellbar. Wie den Glauben an eine Offenbarung als göttliche und harmonische Wahrheit mit den Offenbarungen der Bibel in Einklang bringen. Das Buch der Bücher widerspricht aller Moral, widerspricht aller Vernunft und sich selbst ein ums andere Mal.

Nein, *Deus homini homo est*: der Mensch ist Gott, in all seiner Verworfenheit, habe ich John William Colenso wenig später in der Universitätskirche in Oxford über die Heilige Passion predigen gehört, kalt und klar wie Marmor, hypnotisierend durch seine ihm schnell über die Lippen kommenden Sätze, seine beabsichtigt gefühllose Betonung all der Missetaten, die die Bibel mit dem Segen Gottes für gerecht erklärte, das Massaker an den Amalekitern, deren Überlebende er in die Felsbrüche schickte, die Erschlagung der Baalspropheten; es war das Böse, das von Anbeginn an Wort geworden war: Abraham, der seine Frau als seine Schwester ausgab und lieber ihre Tugend opferte als sein Leben; David, der mit Urias Frau Bathseba Ehebruch beging, sie, während Uria die Lade Gottes bewachte, schwängerte und diesen schließlich eine Nachricht zu überbringen hieß, die den an ihm zu vollziehenden Mordbefehl enthielt; oder Jael, die Sisera bei sich im Zelt aufnahm, ihm Milch zu trinken gab und seinen Schlaf bewachte, um ihm dann mit dem Hammer einen Zeltpflock durch die Schläfe zu treiben, so tief, daß er in den Boden drang. Und für einen Moment hallte eine atemlose Stille durch die Kirche. Dann sagte er mit seiner klaren Stimme, deren feine Modulationen noch in der hintersten Ecke vernehmbar waren, daß er nun alle auffordere, sich daran zu erinnern, daß der Herr dies geschehen ließ. Es war, als ging ein elektrischer Schlag durch die Gläubigen, als ob ein jeder von ihnen nun zum ersten Mal die Bedeutung dessen begriffe, woran er sein Leben lang geglaubt hatte. Einen bestürzenden Augenblick nur, dann machte sich Unruhe breit und offene Auflehnung. Man versetzte ihn darauf nach Südafrika, wie das die Kirche mit jedem macht, der ihrer Scheinheiligkeit nichts abgewinnen kann.

Du hast mich ihm vorgestellt, Charles, der Du bei Gott der größte Heuchler bist, den ich kenne; Du schätztest ihn bloß seiner mathematischen Textbücher wegen, die er verfaßte, alles andere hast Du nie zur Kenntnis nehmen wollen. In Natal angekommen, tat er all das, was man sich von einem gewissenhaften englischen Missionar erwartete: Er beschützte Frauen und Kinder, wenn die Kaffern darauf beharrten, mehr als eine Frau zu nehmen, er schrieb eine Grammatik der Zulusprache und übersetzte Teile der Bibel zur Erbauung seiner Gemeinde, und war kein Ungläubiger dabei. Nein, jeder lobte seine eifrigen Versuche, die Stammesmenschen so respektabel wie jeden Bewohner von Tunbridge Wells erscheinen zu lassen, doch das änderte sich, als auch in Natal deutlich wurde, daß dieser arme, ernste John William Colenso ein Häretiker war. Ich aber werde ihm nie vergessen, daß er es war, der mich ermutigte, nach Brasilien zu gehen und dann, als mich das Wechselfieber befiel, es auf Tristan auszukurieren; er konnte ja nicht ahnen, niemand konnte es, daß ich hier das Schlimmste zu erleiden haben würde. Er war es, der mich unter seine Fittiche genommen hatte, mein Vorbild in vielem, selbst dann noch – nein, gerade weil sein Kommentar zu den Briefen an die Römer viele unserer

Zeitgenossen schockierte, da er darin behauptete, daß Paulus geglaubt habe, der Tod Christi hätte die Menschen nicht nur von allen Sünden erlöst, sondern auch für immer von aller Buße der Sünden, nicht nur uns Christen, sondern die gesamte Menschheit. Man warf ihm vor, keinen Sinn für Geschichte zu besitzen, keine Ahnung zu haben, wie man historische Dokumente zu kritisieren hätte, unbelesen zu sein und ein oberflächlicher Geist: dabei nahm er die Bibel bloß beim Wort. Und sie wörtlich zu nehmen heißt, zu zeigen, daß die Bibel bar jeden Ewigkeitsanspruchs nur Geschichte ist, eine Geschichte und so fiktiv wie nur je eine, die sich die Menschen ausdachten.

Ja, er nahm das Pentateuch wörtlich. Und indem er durch die Bücher Mose ging, die die Zahl der Israeliten in der Wildnis angeben, mit dem klaren Verstand eines Mathematikers, so unvoreingenommen wie Du es nie warst, errechnete er, daß es 600 000 bewaffnete Krieger unter den Horden Israels gegeben haben mußte, von der Zeit ihres Auszugs von Ägypten bis zur Ankunft im Gelobten Land vierzig Jahre später. Diesem, vom Herrn diktierten Bericht zufolge mußten sich sechs Väter zu insgesamt 2748 Söhnen bekennen. Und die Zahl der Priester, verbunden mit der Zahl der Vögel, die sie Ihm opferten, ergab, daß sie 88 Felsentauben täglich brauchten, so viele, wie sie unmöglich selber hätten verspeisen können. Und wem diese Arithmetik zu umständlich war, dem rechnete er wie ein Schiffsbauer vor, wie groß die Arche Noah gewesen sein mußte und daß sie allein ihrer Last wegen nie schwimmen hätte können; das war ein Argument, das jeder einfach nachvollziehen konnte. Die erste Reaktion war trotzdem, Colenso zu suspendieren; die Bischöfe von Kapstadt setzten ihn bei einer Synode wegen seiner vermeintlichen Irrlehren ab. Doch statt nun an das Kirchengericht zu appellieren, wandte er sich an den zivilen Gerichtshof in London, als einfacher Bürger des Britischen Imperiums, dem Unrecht widerfahren war, und Darwin und Lyell bezahlten seine Anwälte. Ihm wurde Recht gegeben, und zum Schrecken der Kirche kehrte er nach Afrika zurück, wo ihn eine johlende Menge auf den Docks von Durban empfing. Ich war dabei, als Bischof Gray, der Narr genug gewesen war, das Prozedere der Absetzung einzuleiten, vor versammelter Gemeinde in der Kathedrale von Pietermaritzburgh seine Exkommunikation verlas.

Colenso aber marschierte allein in die Kirche, er war eine hagere Figur mit einem Schopf weißen, langen Haars und trieb die Orthodoxen aus wie Jesus einst die Händler aus dem Tempel; es kam, wie es die Zeitungen nannten, zu einigen ›unerbaulichen Szenen‹.

Dabei waren seine Gedanken gar nicht so neu. Bereits in Rugby unter Arnold hatten wir die Griechen und Römer gelesen, von Aristophanes bis Vergil; unser Herrgott mußte nur deshalb existieren, damit nicht alles erlaubt war, die Wahrheit des Christentums an sich kümmerte kaum. Sie war eher ein unbeweisbares Theorem als die Lehre des Einen Gottes, und man hielt sich daran, weil es eben unsere Zivilisation ausmachte, als Erbe des Mittelalters; doch insgeheim hatte die heidnische Vielgötterei ebensowenig von ihrer Faszination verloren wie Prometheus' Auflehnung und Sisyphos' ewige Verneinung. Was die Kirche war, wer Gott ist, ob Er ergründbar sein wird oder ob es Ihn überhaupt jemals gegeben hat, schien bereits kaum mehr der Erörterung wert – bis die Oxforder Bewegung kam. Die High Church dann führte die katholischen Riten und die Liturgie wieder ein, samt Ornat, Weihrauch und Kerzen, sie sollten all dies ausräuchern und die Kirche wieder so rein werden lassen, wie die Urkirche einmal gewesen zu sein schien; nach diesen Vorstellungen schrieben sie ihre Traktate und glaubten, sich hehrer und strenger Pietät rühmen zu dürfen; das war die nüchterne Frömmigkeit unseres Vaters, der wirklich glaubte, daß die Taufe *ex opere operato* alle Sünden tilge, Brot und Wein wirklich zu Fleisch und Blut Christi würden. Sie war eine Flucht aus dem Elend und Schmutz von Londons Vorstädten. Eine prunkvoll gehaltene Messe bedeutete schon allein durch ihren Prunk etwas; Brot und Wein waren Körper und Blut Christi. Den Himmel konnte er sich nur als eine Art Kirche vorstellen, die uns bloß als Hölle erschien.

Wir hinwieder wuchsen mit beidem auf. Und trieben den Beelzebub des einen mit dem Daimon des anderen aus. Du, der Du mit beinahe katholischem Pomp abbüßtest, was Dir Deine Nymphchen und Dryaden an Gewissenqualen machten – und umgekehrt wieder das durch Dein Amt Ungestillte und Unterdrückte in diesen blutjungen Mädchen suchtest, sie nur desto mehr idealisiertest, ohne das geringste schlechte Gewissen. Nein; keine Erhöhung, sondern ein Kreislauf der Erniedrigung. Der mich nun in der Mitte meines Lebens zugrunde gerichtet hat. Christus fuhr bei Seiner Auferstehung in den Dritten Himmel auf, aber er hatte zuvor in den anderen zwei darunter noch die verschiedensten überirdischen Mächte und Dämonen zu überwinden, die Ihm den Zugang zu Gott zu verwehren trachteten. Mir hätte sich nicht einmal einer dieser niedern Himmel erschlossen; sie kamen auf mich hernieder. Und ich war allein damit. Wie es ganz England schien, als ich wieder zurückkehrte.

Wie sehr sich das England, das ich kannte, doch verändert hat, trotz aller Bemühungen, die längst gleichgültigen Massen wieder für die Kirche zu gewinnen. Oder vielleicht gerade deshalb. Eine Heilsarmee auf Parade samt Blaskapelle und ein uniformiertes Weibsbild, das sich vormachte, noch die Untersten der Unteren zum Bereuen der Sünden zwingen zu können; pfeiferauchende junge Oxforder in lose sitzenden Blazern und weiten Flanellhosen, die ihnen an den Knöcheln in Ziehharmonikafalten aufstanden, im Bemühen darum, sich der Sprache ihrer weniger begünstigten Nachbarn in Whitechapel anzupassen; ein Priester in Kutte und Birett, der mit amüsierter Feierlichkeit dem unglaubwürdigen Flehen eines zerlumpten Mitglieds seiner Kongregation sein halbes Ohr lieh; Etonier in Hackney Wing, die einigen mit allen Wassern gewaschenen Straßenjungen beizubringen versuchten, wie sie ihre Fäuste laut den Queensberry-Regeln einzusetzen hätten; und, am unglaubwürdigsten von allem, ein achtzigjähriger Kardinal der römischen Kirche, der in seiner kleinen dunklen Pferdekutsche durch die Straßen Londons ratterte und in Kensington High Street ausstieg, einem in Flammen gekleideten Geist gleich, während die versammelte Menge vor Reverenz auf die Knie fiel. Ich sah sie an allen Enden, doch an jeder gotischen Kirche, an der ich vorbeiging, gewahrte ich nur das bestialische Grinsen der Wasserspeier über mir, zur Erinnerung, daß uns die Himmel unerreichbar hoch sind, groteske Drachen und bizarre Vögel auf ihren Strebepfeilern, kaltäugig herabstarrend auf eine Stadt in Schwarz und Weiß, des Todes Traumreich, aus Stein und Bronze, Gußeisen, Eichenlaub und Pferdehufe auf dem Straßenpflaster, und Flaggen und Trompeten, Sonnenlicht auf einer zerbrochenen Säule, Ruß aus Kaminen, und die Themse braun sich dem Meer zuwälzend, Nebel, gelb, der mit seiner Zunge in die letzten Ecken des Abends leckt: *Und Er erschien ihnen, als sie beim Fleisch saßen, und tadelte sie ob ihres Unglaubens und der Härte des Herzens; wer im Fleisch gelitten hat, der hat aufgehört mit der Sünde. Denn es ist genug, daß ihr die vergangene Zeit zugebracht habt nach heidnischem Willen und euch in den Strudel der Leidenschaft hineinreißen habt lassen. Auch ihr werdet einmal Rechenschaft geben müssen dem, der die Lebenden richtet und die Toten. Denn dazu ist auch den Toten das Evangelium verkündigt, daß sie wie Menschen gerichtet werden im Fleisch. Es ist aber nahe gekommen das Ende aller Dinge. So seid nüchtern nun zum Gebet. Vor allem aber haltet fest an der Liebe, denn die Liebe deckt viele Sünden zu. Die Zeichen aber, die folgen werden denen, die da glauben, sind diese: In meinem Namen werden sie Geister austreiben, in neuen Zungen reden und Schlangen mit Händen hochheben. Und als Er das gesagt hatte, wurde Er zusehends aufgehoben, und eine Wolke nahm ihn auf, vor ihren Augen weg, und Er fuhr auf in den Dritten Himmel.*

Der Priester hat sich zum Volk zu wenden, bei der Lesung aus den Episteln, der Absolution und den Segnungen; doch spricht er in seinem Namen zu Gott, dann gehört es sich, daß die Gemeinde ihm dabei den Rücken zudreht und wie in der Urkirche in die andere Richtung blickt. Ich aber habe mich in meinen Briefen meist gegen die Menschen gewandt; und Du Dich beim Lesen ihrer von mir ab. Ja, ich erwartete Verständnis von Dir, Trost, Rat, aber das hätte wohl bedeutet, daß Du Dich mit etwas hättest auseinandersetzen müssen, das im Grund auch das Deine war; Du zogst es vor, es zu verdrängen, und außer ein paar wohlgemeinten Floskeln hörte ich nichts von Dir. War es wirklich zuviel verlangt von einem Bruder? Doch all dies ist inzwischen bedeutungslos geworden; jeder Vorwurf gegen Dich kann nur mehr Ausflucht sein, Teil einer Apologie, die Zeichen meiner heillosen Schwäche ist. Exkulpation? Nein, Rechenschaft will ich ablegen; für eine Beichte ist es zu spät. Das *simul iustus et peccator* gilt nicht mehr für mich. Im Glauben finde ich bloß noch Rechtfertigung für die Sünde – doch als Sünder bedarf ich der beständigen Annahme und Anrede des im Wort verkündigten Christus nicht. Wenn schon der historische Jesus, wie die deutsche Bibelkritik zeigte, ein Mensch gewesen ist, dann ist es auch der verkündigte Heiland – als das sich immer wieder aufs neue bei der Messe ereignende Wort Gottes. Das Kerygma Christi und seine Lehre sind jene des Priesters; sie nehmen in mir Gestalt an. Und finden durch mich zur Stimme. Stammelnd und stotternd.

Doch jetzt nimmt Benjamin das Buch vom Altar und liest den Beginn der Apostelgeschichte, nennt Kapitel und Vers und beschließt die Lesung aus den Briefen mit der üblichen Formel, während die Gläubigen, die jetzt sitzen dürften, stehen müssen, weil sie diese Kirche nie fertiggebaut haben. Mein Blick aber wird währenddessen über die Köpfe der Versammelten und die Mauern hinweg auf den Friedhof wandern, wo Glass' Grabstein steht und wir für Joshua das Kreuz errichten werden; das ist es, woran wir bauen, am Tod, Glass und die ersten Siedler hingegen daran, daß jeder gleich werde, ihre braunen und braungebrannten Gesichter, das krause Haar, die breiten Lippen, ihre Augen, die alle von einer Farbe sind, so, wie auch der Tod eines von ihnen alle trifft. Doch ich habe sie noch nie vom Tod reden gehört.

Die alte Swain sagte, ich könne nicht zuhören. Gott hatte ihr erstes Kind genommen, als es sechs Wochen alt war, und sie glaube, er habe dadurch zu ihr gesprochen, ohne daß sie es jedoch sogleich verstand. Er sagte, daß es Ihm gehöre, nicht ihr, und daß Er es nun zu sich genommen hatte, weil es nicht ihres war; Sein Kind wäre es, ja, nicht das ihre. Und dann, im letzten Jahr, nahm Er ihr auch den Mann. Es ist nicht grausam, nein, sagte die alte Swain; es ist's nur, wenn man weiß, daß Er groß ist und man selbst klein; hoch erhaben Er und wir tief unter Ihm, lebend begraben in unserer Erde. Aber du kannst das noch nicht verstehen, du bist zu jung, noch keine fünfzig und außerdem nicht von hier. Bei euch in eurer Welt muß Gott schon lange tot sein, das sieht man euch allen an, die ihr mit den Schiffen kommt und wieder fortgeht. Das Wasser, glaubt ihr, wäre Gott, aber das ist es nicht; denkt an unser Boot. Das Wasser ist nur wie wir selbst. Er aber ist die Erde. Wir dem Gespinstlein gleich. Schütter und grau ihr Haar, das einmal die Farbe von Flachs hatte. Weiß die Blüten und himmelblau in überhängenden Wickeln; lanzettförmig die Blätter, fächrig die Früchte. Und die Drossel stotternd psioi, psioi, psip-tsi – psioi, psioi, psi-tio in den Zweigen des Baums am Friedhof, *Nesocichla eremita*, ihre Eier von den Ratten aufgebrochen und zerschlagen im Nest. Die Seeschwalben, die nie weit von den Häusern nisten. Und Skuas, ihre braungesprenkelten Flügel, zirkelnd oben hoch, bis sie im Sturzflug herabschießen, wenn man ihren Jungen zu nahe kommt. Letzte Nacht war der Himmel klar und kalt und der Mond über Nightingale, sein Streifen breit über das Meer bis zu unseren Ufern, so hell, daß die See darunter gefroren schien, unsere ganze sublunare Welt, die erst in den Himmeln beginnt, den Sphären der Planeten um uns in einem Licht, das sich von ihnen zu uns herab verschattet.

In diesem Dunkel bauen wir unsere Kirchen, höher und höher zu Ihm, ohne Ihn je zu erreichen, eine zu Stein gewordene Predigt. Und von jedem Stockwerk der Türme starren die Fratzen der Wasserspeier auf uns herab, halb teuflisch, halb tierisch, dämonisch geflügelte Wesen, grotesk kopulierende Schandbilder, die das Böse verkörpern, unseren Blick hinauflenkend, auf die Nischen mit den Statuen der Heiligen spuckend, ihr groteskes Geifern auf Ecksteinen und Giebelwänden. Auf unserem niemals vollendbaren Gotteshaus sind die Eissturmvögel unsere Gargouillen, hören wir ihr Stammeln und Gurgeln in der Leere der Luft, diesem Zweiten Himmel, der erst hoch über ihnen beginnt, dem Blick entzogen.

Ich sah sie immer wieder an alten Kirchengemäuern, an Stadt, Burg und Friedhofsmauern, an Taufsteinen, auf Grabplatten und Stelen, das erste Mal aber in einer Kapelle in Croft. Über der Tür befand sich eine Nische, in der früher eine Bildsäule der Jungfrau gestanden hatte, und unter dieser Nische waren zur Verzierung die weit geöffneten Schenkel einer Frau herausgemeißelt, die ihre Nacktheit zur Schau stellte. Sie wirkte so anstößig, daß man sie verstümmelt hatte, doch die *ipsa rea* war immer noch deutlich zu erkennen. Und über dem Portal unserer St. Peterskirche in Croft sah ich schon als Junge, wie abgegriffen sie von den Händen der Kirchgängerinnen war, die sie beim Eintritt berührten, um ihren Segen zu erbitten, erfuhr aber erst als Mann, daß sie die nackte, barhäuptige Frau in Hockstellung eine *Marah-na-gig* nannten. Die mit beiden Händen nach ihrer Vulva griff, um sie zu entblößen; ihr breiter, runder Schoß unter einem skelettartigen Oberkörper und dem übergroßen haarlosen Schädel, Sirene und Vettel zugleich. Eine Schutzgöttin der Geburt, eine Hebamme, wie man sich ihre unverhohlen dargebotenen Geschlechtsteile erklärte, die Heb-Ahne der

Schwangeren, die man anrief in der Stunde der Not, Zwiesprache hielt mit den vorangegangenen Generationen im Traumreich des Todes, ihr lebensspendender Bauch unter einer abgestorbenen Brust, und darunter ein eiähnliches Gebilde, das aus ihrem Mutterleib fiel: Der Stein, der für immer taub und stumm den einen Ort der Erde markiert. Dort, wo Gott sich während Seiner Schöpfung zeigte und sich wieder zeigen wird am Tag des Untergangs. Alle Materie, die abbrach von ihm. Ausbrach in ihm. Der Mund des Meeres sich öffnete und der Fels die Wasser der Tiefe wieder verschloß. Der Stein, der sich nicht mehr von der Stelle bewegen wird bis zum Jüngsten Tag, glatt und vollkommen, rund, eine in sich geschlossene Schale.

Der Graal ist zu singen, das Graduale von den Stufen des Ambo, des grasüberwucherten Hügels im Schiff einer Kirche, die wir nicht aus der Erde gegraben haben; der Diakon, zu dem wir niemanden ernannt haben, hat von der Kanzel, die wir ihm nicht errichtet haben, wieder herabzusteigen, während die Gemeinde steht, weil es kein Holz gab, um Bänke zu zimmern; und auf das Graduallied wird kein Halleluja folgen, seine letzte lang in Jubel ausbrechende Silbe der Höhepunkt der Messe, denn dies ist eine Totenmesse; nein, ein Wechselgesang, auf den keiner zu antworten wissen wird, weil niemand diesen Psalmvers auswendig kennt: *Herr, warum bleibst Du so fern, verbirgst Dich in Zeiten der Not? Weil der Gottlose Übermut treibt, müssen die Elenden leiden; sie werden gefangen in den Ränken, die er ersann. Denn der Gottlose rühmt sich seines Mutwillens, und der Habgierige sagt dem Herrn ab und lästert ihn. Der Gottlose meint in seinem Stolz, Gott frage nicht danach. ›Es ist kein Gott‹ sind alle seine Gedanken. Er fährt fort in seinem Tun immerdar. Deine Gerichte sind ferne von ihm, er handelt gewaltsam an allen seinen Feinden. Sein Mund ist voll Fluchens, voll Lug und Trug; seine Zunge richtet Mühsal und Unheil an. Er sitzt und lauert in den Häusern, er mordet die Unschuldigen heimlich, seine Augen spähen nach den Armen. Er lauert im Verborgenen, er lauert, daß er den Elenden fange; er fängt ihn und stößt ihn in den Abgrund. Zerschmettert stürzen die Schwachen nieder und fallen in seine Gewalt. Er spricht in seinem Herzen: ›Gott hat's vergessen, er hat Sein Antlitz verborgen, Er wird's nimmermehr sehen.‹ Und der Gottlose lästert Gott und spricht in seinem Herzen: ›Du fragst doch nicht danach.‹*

Niemand wird es wagen, mich dabei anzusehen, und nichts der Worte mehr bedürfen, meine Schuld bekannt sein vor allen und Unserem Vater. Das Böse in meinem Herzen wie Leinsamen, der endlich aufging in der Erde, seine winzig braune Kapsel; so zeigte es mir unser Vater als Kind, indem er ein paar Büschel Flachs abriß. Ich glaube nicht, daß er uns alle je wirklich geliebt hat; nach dem frühen Tod unserer Mutter überließ er uns der Hebamme, wann immer er konnte, und da er uns mied, mieden wir ihn; er muß sich wohl gefragt haben, warum Kinder nicht schon erwachsen auf die Welt kommen. Du, Charles, hast versucht, Dir mit all Deinem Einfallsreichtum, Deinem frühreifen Dich-Produzieren, mit den Satiren und Possen, die du als Zehnjähriger schon verfaßtest, seine Liebe zu erkaufen. Mir aber brachte er, ehe ich noch krabbeln konnte, das Knien bei und, bevor ich überhaupt sprechen konnte, das Lob des Herrn zu lispeln. Und als er mich Schreiben und Lesen lehrte und meine Aufmerksamkeit nachließ oder mein Gedächtnis versagte, dann war das etwas, das gar zu schnell ins Kraut schießen konnte und ausgerissen werden mußte an der Wurzel, und seine Art, es auszurotten, war die Gerte, mich in den Kasten zu sperren oder mich irgendeines der kleinen Vergnügen meiner Kindheit zu berauben. Ja, er lehrte mich das Beten dabei. Er gab mir Heiligenbildchen, auf denen mit großen Buchstaben geschrieben stand: Alle Menschen sind Sünder; Gott sieht und hört alles; wohin ich auch ging, ich mußte sie mit mir tragen. Und unser Vater war darin auch Unser Vater der Herr. Um etwas zu bitten hieß, es Ihm zu sagen, auf daß Er es gewähre, so es Sein Wille war. Und ich hatte den buntbemalten Kreisel gesehen in der Auslage eines Geschäftes in Richmond. Also schloß ich das innigliche Flehen darum in mein Abendgebet ein und fügte gewissenhaft die Worte ›So es Dein Wille ist, Herr‹ hinzu. Meine Hebamme, unsere gute, liebe Martha, brachte dies in größte Verlegenheit, so daß ihr nichts anderes übrigblieb, als meinen Vater zu Rate zu ziehen, der aber nichts anderes darauf zu antworten wußte, als daß man für solche Dinge nicht beten dürfe. Warum, fragte ich ihn, wo er uns doch immer eingebläut hatte, daß wir für alles, was wir brauchten, beten sollten, und ich diesen mit winzigen Äffchen bemalten Kreisel weit weit mehr wollte als die Bekehrung der Heiden und die Rückgabe Jerusalems an die Juden, die ich in mein Nachtgebet stets aufzunehmen hatte. Vielleicht war es dieser winzige, aber für mich so bedeutsame Widerspruch, der mich erstmals an der Allmächtigkeit, Allwissenheit und Unfehlbarkeit Unseres Vaters zweifeln ließ.

Peg Powles, der Alp, der ein paar Meilen flußaufwärts unter der Brücke auf der Lauer lag und Opfergaben forderte; die *Marah-nagig* der Peterskirche; das Manor House in Darlington, wo der Geist einer ermordeten Frau umging, deren blutiger Handabdruck sich nicht mehr von der Wand waschen ließ; Monksend, wo ein Kloster einmal von einem Erdbeben zerstört wurde; und unser Pfarrhaus grau, groß und streng in der Mitte dieser prophetischen Landschaft. Unser Vater der Erzdiakon, der trotz allem Pomp seiner High Church über kirchliche Feste die eigenartigsten Ansichten hatte. Weihnachten war ihm seltsamerweise das Hassenswerteste überhaupt, nichts weniger als Götzenverehrung; Christmesse, schon allein das Wort ist papistisch, sagte er verächtlich und schürzte seine Lippen, als hätte man ihm Asant unters Essen gemischt, sich vor Ekel über diesen Teufelsdreck schüttelnd, und ließ sich dann über die heidnische Vergangenheit dieses sogenannten Festes aus, das für ihn nichts als ein verdammenswertes Überbleibsel der Julfeiern und ihrer abscheulichen Riten war, bis ich schon allein vom Anblick der Stechpalmenzweige und ihrer Beeren rot wurde.

Als ich acht Jahre alt war, Weihnachten 1854, ordnete unser Vater an, daß das Essen an diesem Tag nicht reichhaltiger sein sollte als an jedem anderen Tag auch. Man gehorchte ihm, aber die Dienerschaft buk insgeheim einen kleinen Rosinenpudding für sich. Früh am Nachmittag aber kam Martha und meinte, daß wenigstens ich, als der jüngste von uns, ein bißchen davon abhaben sollte, und holte mich heimlich in die Küche, wo ich ein Stück hinunterschlang. Es schmeckte wunderbar, aber schon wenig später, schwächlich wie ich nun einmal bin, bekam ich erst Bauchschmerzen, und dann drückten mich meine Gewissensbisse. Schließlich hielt ich die Qualen nicht länger aus und stürzte in das Studierzimmer unseres Vaters und rief: Papa, Papa, ich hab' von dem Fleisch gegessen, das man Götzen opfert! Es dauerte, bis ich unter Schluchzen erklären konnte, was geschehen war. Dann fragte er streng, wo dies verwünschte Ding wäre, und ich antwortete, daß der Rest noch auf dem Küchentisch stand. Er nahm mich bei der Hand, lief mehr, als er ging, mit mir hinunter, mitten unter die aufgeschreckte Dienerschaft, griff sich den Teller, mich immer noch an der linken Hand haltend, schritt zur Feuerstelle, warf die abgöttische Süßspeise in die Asche und schob sie mit dem Schürhaken tief in die Glut. Die unterdrückte Gewalt dieser grotesken Komödie werde ich nie vergessen. Von da an aber begann sich in mir etwas aufzulehnen. Noch in derselben Nacht, wie um das, wogegen man sich vergangen haben mochte, wieder zu besänftigen, versteckte ich unter dem Fußboden meine eigenen kleinen Weihgaben, einen Zettel mit der Handschrift meiner toten Mutter, ein Stück Lackmuspapier für unseren Vater und für jeden von uns Kindern einen Fingerhut, die Scherbe einer Tonpfeife, ein kleines Taschenmesser, eine Haarspange, den Deckel eines Teehafens für Puppen, Henriettas linken Schuh, den sie dann überall suchte, einen kleinen weißen Handschuh für Charles und für mich eine Krabbenschale und dazu einen Holzwürfel, auf den ich schrieb: *And we'll wander the wide world and chase the birds,* und legte all meine Heiligenbildchen dazu.

Ihnen jagte ich nach, bis zu jenem Tag oben mit Joshua. Reue verspüre ich trotzdem keine, zu so etwas ist man nur in der Lage, wenn man fühlen kann. Ich war zweiundzwanzig, als unser Vater starb, und darin ein Kind noch; all meine Gefühle gingen in Gebeten auf. Und ich hatte noch nie allein gelebt. Mein Anblick mache Dich niedergeschlagen, sagtest Du, Charles, weil Du jetzt dem Haushalt vorstehen mußtest, all das Nichtstun wäre schädlich für mich, ich bräuchte Arbeit, Du würdest Dich darum bemühen, vielleicht gäbe es eine Stelle als Postbeamter in London. Gebete sind für Erwachsene wie Puppen für Kinder; es ist die Welt, die sich ihnen dadurch erschließt, und sie haben immer nur für die Augen der anderen etwas Spielerisches. An dem Tag jedoch, als ich in den Zug nach London stieg, es war der 29. September 1868, hörte ich auf, sie zu sagen. Die Nacht zuvor hatte ich sie noch gebetet, und nie wäre mir der Zweifel gekommen, ich würde meine Gebete nicht mehr knieend am Fußende des Bettes zur Wand hin sprechen. An diesem Mittwoch aber, als ich nach London fuhr, hörte ich mit dem Beten auf. Gewissenbisse verspürte ich keine; doch die erwartete Erleichterung blieb ebenfalls aus.

Erst jetzt beim Schreiben, bei diesem Brief an Dich und Gespräch an mich, weiß ich, daß damals schon zu spät dafür war; mein Aufbegehren, zu dem ich mich endlich aufraffen konnte, dieses stille Verweigern verhallte ungehört. Es öffnete eine Leere in mir, die seither nichts mehr zu füllen vermochte, eine Leere, die London nur noch vergrößerte. Und nach mehreren Stellenwechseln wurde mir endlich bewußt, daß ich all die Abhängigkeit, die mir bloß Leiden war, daß ich sie brauchte, ihren inneren Zwang, der mich hielt, an dem ich mich festhielt, weil ich allein nichts war, kein Mensch war ohne sie, verloren, schlimmer noch: abwesend in dieser Welt. Und ich beschloß, in Vaters und Deine Fußstapfen zu treten, zu Eigenem unfähig, und trat in Chichester ins Priesterseminar ein. Vielleicht ahnte ich da schon, daß mit dem Tod unseres Vaters auch Er zu sterben begonnen hatte, daß ich mehr noch als Gott Geborgenheit suchte, in einem Zeremoniell, einem Orden, allem, was mich dem Säkularen und Profanen enthob, es mich nach der Liturgie verlangte, ihren Vorschriften und Gebräuchen, Schritt um Schritt vorgegeben, jedes Wort in den Mund gelegt. Nur durch sie wurde ich Herr über mich; das Tabernakel stand in einem vergänglichen Licht, und darin war bloß Brot. Joshuas Blut. Die See ringsum; die wirre Gezeit allen menschlichen Elends in einem Meer des Glaubens. Das einmal hoch in seiner Flut und gleißend rund um das Ufer der Erde gelegen hatte, jetzt jedoch nur mehr ein melancholisch lang verebbendes Rauschen war, wie es sich zurückzieht für immer unter dem Nachtwind, düster und leer alles zurückläßt, ein nacktes Ufer von Kies und Fels und Fliegen über faulendem Tang.

Das Wort Gottes. Das Meßbuch, das Benjamin auf das nördliche Horn des Altars zurücklegt. Ich, der ich mich während des Graduals vor seine Mitte stelle. Benjamin bringt das Weihrauchboot, ich gebe die Körner in die Glut, nehme es ihm aus der Hand und lasse es über die Mitte schwingen, grau der Rauch in Schwaden aufsteigend, die in der Luft verharren und dann im Wind vergehen. Atem in eisiger Luft. Benjamin tritt inzwischen mit den Ministranten zur Nordseite des Altars, sie haben die verlöschten Kerzen genommen und stellen sich auf, rechts und links von ihm, die Augen nach Süden gerichtet. Im Norden all das, was für mich verloren ging, was untergegangen ist, London, Croft und alle Heimat, mit dieser einen Tat, die mich von allem ablöst, darin fand ich zu mir, im Süden das Licht, Licht antwortend auf Licht in dieser stillen Mitte der Welt, die Sonne wie Schiefer, Sein Ort, den Er verließ, dessen Abwesenheit wir nun aus jedem Stein lesen, jedem Riß, jeder Spalte und Scharte zu entziffern suchen, gelbe Flechten verwachsen darüber, ein Felsbrocken, und nur das Licht, das Er uns ließ, sein Halo, der Himmel ein dunkler Ring darum: es ist dieser Schatten, den wir werfen. Und alle Seele nur die Sehnsucht nach Ihm, die ungestillt wächst, bis ihr der Körper zu eng wird; zum Bersten voll von ihr war ich, mein Körper paßte nicht mehr um sie, sie nicht mehr in ihn. Benjamin, der mich ansieht, nicht einmal mehr einen Vorwurf in den Augen. All seine Unschuld, die sich nur an den Sünden mißt, die er noch nicht begangen hat. Und irgendwann begehen muß, um selbst Mensch zu werden. Mann. Er wird mir das Rauchfaß aus der Hand nehmen und inmitten der ministrierenden Kinder stehen, einen Kopf größer als sie aber weich noch sein Gesicht, in das sich das Bittere erst einzeichnen muß, um ihm Ausdruck zu verleihen, das Innere in ihm, in jedem, das einzig der Grund ist, weshalb wir unseren Anblick im Spiegel nie lange zu ertragen vermögen, über uns hinwegsehen, im Glauben ein anderer zu sein, nach Seinem Angesicht erschaffen; Benjamin, mir gegenüber, trägt das Kreuz und hält es, während ich das Wort Gottes lese.

Ich habe das Buch genommen, das er auf den Altar zurückgelegt hat, schlage es auf und mache das Zeichen des Kreuzes mit dem Daumen über die Seite und sage, welches Kapitel aus dem Evangelium ich vorlesen werde; es ist Matthäus, Kapitel V, *Als Jesus Die Vielen Menschen Sah Und Auf Einen Berg Stieg*. Dann mache ich über Braue und Brust das Zeichen des Kreuzes, während alle sich zum Altar wenden und der Chor das Ehre Sei Dir, Gott In Der Höhe singt, und wende mich nach Westen, während alle mich ansehen; im Westen, da ist mein Brasilien und ein Berg, ein langer Pfad rauchgrauen Quarzes hinauf, über zahllose Stufen zum Gipfel, ein Kreuzweg, und an aus Urgestein gebrochenen Hängen die Buchstaben des Felsens, O und M und D, aber es ist nicht die Bergpredigt, die ich lesen werde, nein, ich werde meine Feldrede halten, hier in der Ruine meiner Kirche, und die Anklage in den

Augen der Gemeinde sehen, aber denkt nicht, *daß ich gekommen bin, um das Gesetz und die Propheten aufzuheben. Ich bin gekommen, um es zu erfüllen. Amen, das sage ich euch: Bis Himmel und Erde vergehen, wird auch nicht der kleinste Buchstabe des Gesetzes vergehen, bevor nicht alles geschehen ist*, denn alles, was geschehen kann, wird auch geschehen, das ist im Menschen, und es macht ihn erst dazu, sein Los ist es, das Maß aller Sünden erfüllen zu müssen, um zu seinem Schicksal zu finden, und die Erde eurer Äcker wird zu salzigen Schlacken verdorren dabei, das Meer sich über eure Felder ergießen in einem großen Sturm und ihr selbst nichts als das Salz dieser Erde sein, zermahlen unter Seiner Gewalt. Darum sage ich euch, richtet nicht, wenn ihr nicht selbst gerichtet wollt werden, richtet erst, *wenn eure Gerechtigkeit weit größer ist als die der Schriftgelehrten und aller Pharisäer. Ihr habt gehört, daß zu den Alten gesagt worden ist: Du sollst nicht töten; wer aber jemanden tötet, soll dem Gericht verfallen sein. Ich aber sage euch: Auch der, der seinem Bruder bloß zürnt, soll dem Gericht verfallen sein; und wer zu seinem Bruder sagt: Du Dummkopf!, soll dem Spruch der Versammlung verfallen sein; wer jedoch zu ihm sagt: Du Narr du!, soll dem Höllenfeuer verfallen sein.* Dessen Joshua mich geziehen hat. Und seine Worte waren an mich gerichtet und doch nicht, denn er zieh Frau und Kind des Bösen. *Ihr habt gehört, daß gesagt worden ist: Du sollst nicht die Ehe brechen. Er aber sagte auch: Wer eine Frau bloß lüstern ansieht, hat in seinem Herzen schon Ehebruch mit ihr begangen. Wenn dich dein rechtes Auge zum Bösen verführt, dann reiß es aus und wirf es weg! Und wenn dich deine rechte Hand zum Bösen verführt, dann hau sie ab und wirf sie weg! Denn es ist besser für dich, daß eines deiner Glieder verlorengeht, als daß dein ganzer Leib in die Hölle kommt.* Es war der Herr, der Joshua gerichtet hat, er nahm seinen Leib Glied um Glied, ich sah ihn im Geschwirr über den Wassern, Flügel, weiß und schwarz. *Und ich sage euch: Wer seine Frau verläßt, liefert sie dem Ehebruch aus; und wer eine Frau heiratet, die aus der Ehe entlassen worden ist, begeht Ehebruch.* Doch ihr habt es geduldet und befördert, ihr habt es stillschweigend mitangesehen und nichts dagegen getan, und nun glaubt ihr meinen Worten nicht, weil ihr euch damit selbst an den Pranger stellen würdet; ihr schwört allem ab. *Ihr aber habt gehört, daß schon zu den Alten gesagt worden ist: Du sollst keinen Meineid schwören, und: Du sollst halten, was du dem Herrn ge-*

schworen hast. Ich aber sage euch: Schwört überhaupt nicht, weder beim Himmel, denn er ist Gottes Thron, noch bei der Erde, denn sie ist der Fels seiner Füße, noch bei eurer Stadt, denn Gott wohnt nicht in ihr, noch hat er es je in eurem Jerusalem. *Doch euer Ja sei ein Ja, euer Nein ein Nein*; und ich werde mich eurem Spruch schicken. *Ihr habt gehört, daß gesagt worden ist: Auge für Auge und Zahn für Zahn. Ich aber sage euch: Wenn dich einer zwingen will, eine Meile mit ihm zu gehen, dann geh zwei mit ihm.* Und ich ging mit Joshua, und wir gingen bis dorthin, wo unsere Wege einer wurden, und ich gehe ihn nun bis an das Ende, zu dem jeder Weg findet, barfüßig und allein, Benjamin wird das Weihrauchfaß schwenken, die weißen Schwaden sich in den Falten der Alpe verfangen, es ist ein Rauch, der vom Feuer reinigt, von dem alles verzehrenden Feuer Seiner Glorie, vom Herrn, der am Berg inmitten des Brandes spricht, von der Brunst eines eifersüchtigen Gottes, von dem Feuer, dessen Nahrung wir Menschen sind, dem Feuer, das die Spreu verbrennt, die Zungen seiner Flammen gespalten, dieses Flackern, das zwischen Haut und Fleisch sich ausbreitet, diese dünne blaue Flamme des mich bis auf die Knochen versengenden Feuers, das all meine Sehnsucht ist. Das Bekenntnis jeden Glaubens. Ehre sei Dir, oh Herr; und die Silbe des letzten Wortes im Chor der Stimmen endet in einem harschen Kehllaut, in aller Endgültigkeit, ich höre Marahs Stimme unter all den anderen heraus, und das Licht um sie gefaltet, ummantelt von ihm, sehe sie still stehen, der Baum hinter ihr und seine Krone, ihren Kopf gesenkt, das Zeichen des Kreuzes machend, bis der Wind mit Tausenden von Blättern flüstert, wispert, mir ins Ohr, Joshua an der Klippe, das Meer gleißend unter ihm ...

Bekenntnis des Glaubens. Mit ausgestreckten Armen stehe ich vor dem Altar, ohne einen Ton auf den Lippen. Nicht an Ihn zu glauben ist eines, ein anderes, Ihn zu leugnen. Es war, als Charles mich in London besuchen kam. Er hatte mir seine Zufriedenheit bezeigt, denn ich verdiente Geld genug und die Arbeit bei der Post überforderte mich wahrlich nicht, ich fand sogar selbst Gefallen daran, daß mein Leben nun in geregelten Bahnen verlief; wir hatten gegessen, und dann kehrte ich ins Zimmer zurück, das ich in Untermiete genommen hatte, Ecke Kensington, High Street. Ich schürte die Glut, legte Kohle nach und starrte auf den Rost, versunken darin. Plötzlich aber und ohne jede Vorwarnung überkam mich eine Furcht, die mich an allen Gliedern zittern ließ; ich spürte eine unerklärliche Anwesenheit, irgendeine unsichtbare Ausgeburt, an meiner Seite hockend, kauernd in diesen vier Wänden, deren geisterhafte Augen mich verfolgten. Von meinem Schemel wollte ich aufstehen und konnte es nicht, fühlte nur dieses lebensbedrohliche Etwas, das von der Seite des Kamins auszugehen schien, keinen Muskel konnte ich rühren, war gebannt und gleichzeitig hellwach, ja, mußte mit ansehen, wie sich meine Gedanken in einem wachsenden Sturm von Angst, Zweifel und Verzweiflung umwölkten, ohne daß sie auch nur die geringste Linderung durch irgendeine Wahrheit erfuhren, derer ich mich versichern hätte können, nur ein fahles und fernes Glimmen göttlicher Existenz war es, das ich sah, aschen wie verbranntes Papier, und da kamen mir zum ersten Mal nach Monaten wieder Worte des Gebets über die Lippen, das vertraut Kindliche ihrer Laute, etwas, das mich wieder zur Besinnung brachte. Jahre immerwährender Niedergeschlagenheit folgten, in denen ich manchmal einen so schweren und heißen Bauch hatte und einen Druck auf der Brust, daß mir schien, als verengte sich nicht nur alles in mir, sondern um mich auch jeder Tag. Ich suchte einen Arzt nach dem anderen auf, der mir diese diabolische Präsenz hilflos als Folge meines grübelnden Hirns zu erklären suchte. Nichts half, außer das Vergessen, nach langer, langer Zeit. Die kranke Seele aber blieb mir. Bis ich Priester wurde; um diese unheimliche Gegenwart zu bannen, den einmal manifestierten Daimon auszutreiben.

Aber es kam wieder, in dem Jahr, als ich von der Insel fort war und in Guildford als Aushilfspriester einsprang, um mich auszukurieren, dabei aber in einen Zustand des philosophischen Pessimismus geriet, in eine heillose Melancholie. Im Pfarrhaus dort, es dämmerte bereits, ging ich ins Vorzimmer, um mir irgend etwas zu holen, als mich plötzlich, ohne sich nur irgendwie anzukündigen, gleich wie ein Jahrzehnt zuvor, als käme sie aus dem sich ausbreitenden Dunkel über den Bäumen, schrecklichste Lebensangst überfiel. Und zugleich mit diesem schemenhaften Gefühl schlich sich das Bild eines epileptischen Patienten vor meine Augen, den ich bei meinem letzten monatlichen Besuch im Asyl gesehen hatte, einen schwarzhaarigen Jungen mit grünlicher Haut, ein Schwachsinniger, der den ganzen Tag auf der Bank an der Mauer saß, die Beine hoch am Kinn und ein grobes, graues Unterhemd, das einzige, was er am Leib hatte, über die Knie gezogen. Er saß dort wie eine ägyptische Mumie, starr bis auf seine schwarzen Augen, die an nichts haftenblieben. Das bin ich, dachte ich. Vor einem solchen Schicksal kann auch mich nichts bewahren. Ich sah mit solcher Klarheit, daß das, was mich von ihm unterschied, jeden Moment wegbrechen konnte, daß es sich anfühlte, als ob irgend etwas in meiner Brust nachgab. Und wunderte mich, wie andere Menschen lebten, ohne diesen Abgrund unter der Oberfläche ihres alltäglichen Lebens zu spüren. Diese Angst ergriff mich so sehr, daß sich mein Geist damals gänzlich verwirrt haben würde, wenn ich mich nicht an die Heilige Schrift geklammert hätte. Seitdem aber ist mir, als ob es noch etwas anderes gibt, das größer ist als Gott, etwas Absolutes, das ein Teil Seiner sein mag, aber ihn noch weit übersteigt, unendlich ist, wie das Universum, in dem er Sich erschuf. Von diesem Absoluten ließ sich nicht mehr sagen, daß es die Menschheit liebte, oder auf Gebete antwortete oder selbst in etwas Verkörperung fand; als ob ein existierender Gott mit Gewißheit kein Gott mehr sein könnte. Daß Gott nur eine Gestalt war, die wir erfanden, um dieses Absolute überhaupt ertragen und damit denken und schließlich glauben zu können.

Mich plagten nur mehr Zweifel. Denn Gott hatte mit diesem Bild des Geisteskranken aufgehört, Vernunft zu sein und Verstand, Seine Welt zu erfüllen; mit unserem Geist ließ sie sich nicht mehr denken; was das Universum durchweste, war nur das Grauen und jeder Gedanke ein mögliches Abirren darin … und die Welt ließ sich weder als Emanation Seiner begreifen noch durch unser Hirn ermessen. Denn soviel wir wissen, es jetzt in diesem Jahrhundert gelernt haben, ist die Materie *a priori* der Urquell allen Lebens, Erde und Fels, aus denen es erschaffen wurde, und mit ihm erst der Geist dann … es war die Natur, die ihm solch verstörende Träume verschaffte, die Natur, die ein einzelnes Leben nicht bekümmerte, weder Genus noch Spezies; in jeder ausgewaschenen Klippe und jedem Steinbruch traten die Tausende von Lebensformen wieder zutage, die vom Antlitz der Erde getilgt worden waren. Und so wenig wie Gott gab es auch ein Ewiges

Leben, denn es müßte sich auf alles Stoffliche erstrecken, seit urdenklicher Zeit schon ... und dazu neue Universen erschaffen, in ebenso unendlicher Zahl ... und vielleicht war es ein Gott, der in ihnen aufgegangen war, der verstarb an Seiner eigenen Schöpfung und der in der Materie wiederauferstand ... zu grenzenlos ist die Tiefe des Alls geworden, als daß es noch das Außen Seines Himmels gäbe – solche wirren Gedanken gingen mir durch den Kopf, während ich mich an die Verszeilen der Bibel klammerte, daß Er die Auferstehung ist und das Leben. Und ich konnte und mußte mich allen Urteils darüber enthalten, denn sowenig zu wissen war, sowenig war auch zu glauben, aber all dies trieb mich nur weiter in einen unheilvollen Wahnsinn, während ich nach außen hin weiter Seine Riten zelebrierte, Messe um Messe in der Kirche las.

Priester und Ministranten bleiben, während das Glaubensbekenntnis gesungen wird, vor dem Altar stehen. Benjamin zu meiner Linken reicht mir das Buch zum Kuß, und am Ende des Bekenntnisses wende ich mich an das Volk, um das *Ich glaube an den einen Gott* zu singen, alle werden einstimmen, sich dabei zum Altar drehen und sich verbeugen beim *Und ist Fleisch geworden,* dem *Und wurde Mensch,* dem *Und wurde gekreuzigt* und wieder beim *Und das künftige Leben der Welt komme;* dann habe ich die Heiligen Tage und die Tage des Fastens zu verkünden, die Tage in roten und die in schwarzen Lettern, Hochzeitsbullen und Bannbullen der Exkommunikation, und auf das Lob des Herrn folgt die Predigt.

Doch ich predige, woran ich nicht mehr glaube; mir meinen Lebensunterhalt zu verdienen, indem ich Woche um Woche, Jahr um Jahr die Symbole eines überalterten Glaubens rezitiere und die Stimme erhebe im Echo eines vergeblich bleibenden Hoffens, ist mir längst zur Hölle geworden ... gegeißelt von dem Gedanken, daß alle Religion nur ein Schattenspiel war und alle Hoffnung nicht mehr als eine Verblendung von Massen ... Hunderte Male in zwölf Monaten salbungsvoll eine Eucharestie der Worte zu feiern, deren *hoc est corpus* zu Hokuspokus geworden war ... und bis ans Ende meiner Tage weiter all den leichtgläubig einfachen Menschen den Trost von Sakramenten zu spenden, überzeugt, daß ich sie damit zum Narren hielt ... und doch die heiligen Riten weiterhin imitierend in der trostlosen Schaustellerei einer Wahrheit, die vollkommen trostlos ist, in der abscheulichsten Verzweiflung des menschlichen Geistes dazu verdammt, zu hören, ohne zu verstehen, zu sehen, ohne zu erkennen – und zugleich zu beobachten, wie diese spirituelle Agonie als das letzte Refugium des Heiligen nur mit Füßen getreten wird, in den Schmutz gezogen ... mitansehen zu müssen, wie ringsum immer mehr Menschen ihre Augen verschließen vor der unauslotbaren Tiefe dieses Abgrunds, um sie nur für die eitlen Vortäuschungen der Dinge zu öffnen. Insgeheim noch ein unermeßliches und unbegreifliches Universum zu apostrophieren, doch anstelle eines Gottes und Seiner Gesetze nun das Prinzip Des Größten Glücks für Alle zu setzen und Ihn unseren parlamentarischen Sachzwängen unterzuordnen ... in den Himmeln bloß noch eine astronomische Uhr zu sehen, bloße Zielscheibe für Herschel-Teleskope ... und alles andere, alle Not und Verzweiflung als Sentimentalität abzutun: ja, der Mensch hatte Gott seine Seele verschrieben, und jetzt merkt er, daß sie ihm fehlt ... es gibt keine Religion und keinen Glauben mehr; der Mensch hat seine Seele verloren und greift statt dessen nun zu seinen antiseptischen Salzen. Gott ist gestorben, Gott ist tot – das ist der entsetzlichste aller Gedanken, daß alles Ewige und Wahre *nicht ist,* und diese Verneinung noch in Gott zu finden, und Gott allein in der Leugnung Seiner. Alle Wahrheit darin ... Die tiefste Angst, das Gefühl endgültigen Verlustes, die Vernichtung von allem Hohen und Hehren sind in diesem Gedanken einbeschlossen ... Und doch, je weiter ich dachte, auf wirren Wegen, ohne je Klarheit zu erlangen, eine Ordnung der Dinge, hörten diese Vorstellungen nicht auf, sich weiterzuspinnen, ohne je an ein Ende zu gelangen, nein: alles drehte sich wieder um, kippte ins Gegenteil: in dem sich die Idee Gottes dennoch bewahrte ... denn sein Tod war auch der Tod des Todes, einer, der im Abgrund thronte, im Dunkel, und darin wiederauferstand, den es wieder nach Seinen Himmeln verlangte ...

Und Jesus war zu Joshua geworden, an seinem Kreuz, Joshua, der alles auf sich nehmen mußte. Joshua, dem niemand beistand, Joshua, der an der Last seiner Herkunft trug, Joshua, der alles Leid des allein gelassenen, vom Himmel verlassenen Sohnes in sich barg, Joshua, der ich war, Joshua, der stumm an meiner Seite ging, so reglos wie ich und voller Begierden, die sich keiner Sprache mächtig sahen, ausgeliefert, wie ich ihm, Joshua; Joshua, der mir alles nahm, Marah, Martha und mein Leben mit ihnen, Joshua, der es an meiner Statt büßte, Joshua.

Die Predigt aber hat von der Kanzel aus zu erfolgen, denn vom Altar aus mit Kasel und Manipel zu predigen hieße, die Liturgie zu widerrufen, gegen ihre Gesetze zu verstoßen und die Pietät vorsätzlich zu verletzen: Ja, ich wollte eine von Chorschranken umgebene Kanzel neben dem Ambo, Eckpfeiler, eine Orgel, das Gewölbe eines Daches, Bogenfenster und Licht durch bleiernes Glas auf die Bänke, den Ort der Predigt umfassend, doch es gibt keine Kanzel, keine sieben Stufen die Treppe hinauf, das Geländer aus Holz geschnitzt, Gold, aufgetragen auf reinem Grund, das Licht darin im Düstern gebannt, glosend in sich, nur wir weit im Wind stehend jetzt, in dem die Stimme kaum trägt, der Schatten der Mauer im hohen Gras und alle Geste der Segnung gezeichnet ins Leere, ins Ungeborgene, die Blendung des Lichts.

Ein feuchtes Glitzern auf dem Fels, während ich stehe und stumm über die Klippe starre, unsichtbar darunter das Dunkel, ausbrechend von diesem Urgrund, und Gott noch in der Abwesenheit ahnbar, sein Blut still, die Haut kalt, nicht einmal ein Schemen mehr, seine Augen in dieses Hohl sinkend, tief ab zum Dunkel einer Mitte, von ihr angezogen alles, die Schwerkraft Gottes, die der Tod ist, der Tod schlafend in jedem, das Leben der Traum dieses Todes, bis er in uns wieder erwacht, jede Geburt bereits der erste Schrei des Schmerzes und das Leben Tag für Tag absterbend in uns, während er weiter wacht und wir mit Staub auf der Zunge weiter nach Leben ringen, das Unendliche daran stets unserem Blick entzogen, verlassen von einem Unbegreiflichen Gott, der nur die allererste Bewegung war, den äußersten Kreis des Alls in Bewegung setzte, damit sie sich Sphäre um Sphäre übertrug und uns mitriß darin, die Erde im ewigen Wandel begriffen und wir, ohne eine Mitte darin zu finden, denn alle Mitte ist die Unwandelbarkeit Gottes. Alle Dinge aber sind beseelt von einer fliehenden Kraft, fliehend von Ihm und doch in Seinem Bann. Das, was uns grausam daran erscheint und tyrannisch, göttliche Willkür, ist nur die Gleichgültigkeit dessen, der sich zurückgezogen hat von seiner Schöpfung, sie ihrem Lauf überläßt, Kreis um Kreis, von einer einzigen Urform sich zu den Formen des Lebens ausgestaltend, höher und höher, während alles doch nur zurück zu diesem Anfang verlangt. Doch je weiter sich das Leben davon entfernt, desto stärker wächst die Angst an in ihm und wird unermeßlich, weil sie Gott nicht mehr in Seiner Gegenwart findet, das Sühneopfer Jesu war nichts anderes, Furcht und Grausamkeit sind leichter zu ertragen noch als diese ferne Tiefe, die Leere Gottes, die uns erfüllt, unsere Seele substanzlos, nur dieses Prinzip ewigen Wandelns und seine fliehende Kraft, die uns übersteigt und vom kleinsten Wesen bis zum menschlichen Leben anwächst, ohne je Vollendung zu finden, zurückzufinden zu der Vollkommenheit der allerersten Bewegung, in der sich Gottes Schöpfungskraft, einmal und für immer vergangen, offenbarte, eine Schöpfung, die sich uns zum Ziel setzte, Gott außerhalb aller Zeit, der alles vorhersah und damit auch uns als Seinen Schöpfungsakt, Flut und Erdbeben, den Tod in allen seinen Formen, aus dem Er uns erschuf, auf daß es in uns Gestalt erlange, Sein Wille sich in uns verkörpere, Sein dunkles Licht, und wir blind darin und bewußtlos, Teil dieser einen einfachen Bewegung, Seiner Willkür, weil wir Seiner nicht ansichtig werden können: sind wir nichts als die Erinnerung an Gott. Unser Schmerz.

Verstoßen und Gott fremd, ist Sünde unsere Natur geworden und der Schmerz unser Schicksal; der Schmerz ist es, der uns in die Tiefe Gottes hinabzieht, Schmerz, in dem alle Bedeutung des Glaubens liegt, Schmerz, der sich jeder Vernunft widersetzt, Schmerz, der das wahre Mysterium ist, unfaßlich und unergründlich, die Agonie der Kreuzigung und all die Verzweiflung in dem einen Satz, Gott, mein Gott, der Du uns verlassen hast. Und aller Glauben, über diese Tiefe hinweg ausgreifend, nur Ohnmacht, die Arme vergeblich ausgestreckt, endlos fallend, im Sturz hin zu Gott.

Doch die Natur ist nicht Gott; sie ist Ihm zu fern. Und in diesem Abfallen von Ihm liegt alle Gewalt. Die Natur ist roh und rot an Reißzähnen und Klauen, in der Ferne von Gott ist der Tod ihr Wesen geworden, und von ihm hat der Mensch das Töten gelernt, das ist sein unauslöschliches Kainsmal, nur in diesem Tod sind wir begründet, wir wurzeln in ihm ... das Töten hat alles ausgerottet, was zwischen Primaten und Untermenschen, den Affen und den Neanderthalern war, das fehlende Glied zwischen ihnen und uns, Gott und der Natur ... doch das Raubtier in uns ist weitergewachsen, es steckt im Körper und giert und giert nach der Natur, der es entfremdet wurde ... und verwildert dabei und wird räudig, daß wir nicht mehr wissen, wie es bändigen und knebeln: Darin liegt der Ursprung unserer Spezies, daraus ersteht alle Sünde, und wir können nur versuchen, es zu besänftigen, aber ihm nicht entkommen, denn dieses Tierische lauert in uns, faulig der Atem, mit schäumendem Maul, eine Hyäne mit gelben Augen und geschecktem Fell, das ist das biblische Tier, das sich von Kadavern ernährt, das Urbild der gedankenlosen Grausamkeit aller Wandlung. Und dennoch all unseres Mitleids würdig, wenn ich es in Benjamin sehe, seine Arme zurückgewachsen zu Flossen, die schmalen Augen mit den schweren Lidern, als dränge alles vom Land wieder ins Meer, zurück zum Urzustand der Schöpfung als Fels und Flut eines war, Materie glühend und Gott, der in diesem Brand aufging.

All das predigende Pathos einer in Gedanken wieder und wieder ausformulierten, doch immer uneingestandenen Apologie. Und jeder Trugschluß eines Sermons darin, im *Argumentum ad baculum* und *ad misericordiam*, um bei einer *Ignoratio elenchi* anzulangen; die Rhetorik eines *post hoc, propter hoc.* Um mit dem Herzen zu rechten – zu rechten über die Seele. Doch worauf kann sich die Vernunft noch stützen. Welchen Gottesbeweis führen. Denn die Existenz Gottes beantwortet keine Frage und erklärt nichts. Also stellt man Ihn außerhalb aller menschlichen Logik und behauptet Ihn. Und alle Theologie nur, um dieses Wunder zu deuten: die Jungfräuliche Geburt, Mariä Himmelfahrt, Jesu Auferstehung von den Toten, Lazarus' Wiedererweckung und das Weiterleben der Seele nach dem Tod; mehr noch als die figurative Rede von Dogma und Doktrin sind dies alles auch Behauptungen wahrlich wissenschaftlicher Natur. Hatte Jesus einen menschlichen Vater oder nicht? Lag Lazarus im Sterben oder war nur in Starre verfallen? Lebt unsere Seele weiter oder stirbt sie mit uns? Selbst für eine Heiligsprechung wird ein wissenschaftliches Procedere in Gang gesetzt: Die Kanonisation verlangt mindestens ›zwei beweisbare Wunder‹, die im Disput mit einem offiziell eingesetzten Skeptiker verifiziert werden, dem eigentlichen Advokaten des Teufels. Aber in Lourdes sieht man nur weggelegte Stöcke, Stützbinden und Krücken, kein einziges Glasauge, Holzbein oder Toupet. Folglich beschränkt man jetzt Gottes Eingreifen in die Welt mit Darwins Theorie und fragt sich, ob man mütterlicherseits oder väterlicherseits vom Affen abstammt; Gottes Magnifizenz darin, daß er mit dem einfachen Mechanismus der natürlichen Auslese den *Homo sapiens* schuf. Nur um wieder die heillose Verworfenheit des Menschen in die Begriffe unserer scheinbaren Vernunft kleiden zu können, in eine andere Genesis ... der Kampf ums Dasein, der uns bestimmt, eine Natur, die nur die an ihre Grausamkeit am besten angepaßten Kreaturen überleben läßt ... um dann, in diesem naturgegebenen Egotismus jeden Lebens, das sich auf Kosten anderer fortpflanzen will, alle Sünde dieser Welt zu sehen: Geiz, Zorn, Lust, Völlerei und die anderen Todsünden ... die Erbsünde ist dann nicht mehr die einer Vertreibung aus dem Paradies, weil es nie ein Paradies gab, sondern von den Tieren ererbt, sich immer stärker ausprägend in uns: Das ist unsere Seele dann, dieses Tierische, das von unseren Eltern an uns weitergegeben wird wie jede Erbkrankheit. Warum aber hat Gott dann solche Qual auf uns geladen? Die Antwort darauf ist, daß wir in unserem beschränkten Denken Seinen unergründlichen Ratschluß nicht nachzuvollziehen vermögen. Und in unserer Ignoranz gar behaupten, Gott wäre die Liebe. Weil Er die Liebe ist; und all der Schrecken in ihr begründet: zwischen dem, was ist, und dem, was sein sollte. Nein, Vernunft und Gefühl sagen beide dasselbe, ihren Sätzen gemäß beschreiben sie allein, was Ist. Die Religion aber nunmehr darauf eingeschränkt, Moral zu sein, das, was Sein Sollte. Das bloße Ethos als Conclusio jeden Arguments *ad hominem*. Gottes Beweisführung an uns. Das Ungesühnte allen Lebens, für das es keine Buße gibt. Den Menschen, denen es nur zukommt, darüber ein Urteil zu bilden, nicht aber zu richten.

Und Joshua, der tot Ist. Der verstieß, gegen das, was Sein Sollte. Was Ist, kann nicht gegen Gott verstoßen, denn es ist Natur. Joshuas Tod, der ein Verstoß wider alles Sein-Sollende im Menschen ist. Und Joshua, der starb, weil er sich gegen das wandte was hätte Sein Sollen. Marah, Martha, Ich. In Gedanken, Taten und Wort. In seiner Ohnmacht wie in meiner. Und zwischen dem was

Ist, und dem, was Sein Soll, der Abgrund. Dieser eine Blick in seine Augen, wo ich stark war. Gott, der darin Gestalt fand, ahnbar in diesem einen Blick aus Joshuas Augen. Und er, der mich ansah, ohne mich zu sehen. Das kalte dunkle Leuchten darin. Der Tod, damals und jetzt. Und mein Leben ein Traum seiner, bis er wiedererwacht in mir, Staub auf meiner Zunge. Bitter im Mund, im Rachen. Das Salz der Erde.

Am Ende der Predigt habe ich wieder zur Mitte des Altars zu gehen, mich nach Westen zu wenden und mit natürlicher Stimme einen Vers für das Offertorium zu sagen, während Benjamin zum Tisch geht, den Offertoriums-Schleier über seine Schultern legt, seine verstümmelten Hände darunter verbergend, mit denen er nach dem Kelch greift, der darauf liegenden Patene, den beiden gefalteten Corporalen. Die Ministranten mit ihren Wachskerzen sind ihm bereits vorausgegangen, sie allein begegnen mir unschuldigen Blickes, da sie von nichts wissen, und der Chor singt die Hymne, es ist kaum Harmonie in den Stimmen, ich höre sie einzeln heraus, das Lob Christi in rauhen Kehlen, das Volk steht, doch ein Almosenteller geht keiner herum, sie haben für mich über die Jahre mehr bezahlt, als ich wert war, und jetzt weiß ich, daß ich ihnen zu jenem Prediger geworden bin, den ich in Monte Santo sah, eine leichenhafte Erscheinung in einem Überwurf, schwarz wie ein Totenhemd, die Haare strähnig und verfilzt, bärtig und ungewaschen seit dem Tag mit Joshua auf dem Berg, und ich sehe Benjamin, die unverhohlene Neugierde in seinen Zügen, gebannt von der Widerwärtigkeit meines Aussehens, und weiß, daß auch dieser Prediger das Dunkle des Heiligen gesehen hat, das Gottlose.

Und dann schreitet Benjamin feierlich zum Altar und stellt die Weihgefäße auf die Tafel des Herrn, den Kelch in die Mitte, die Patene davor mit dem Brot, das ich nun mit dem Corporale bedecke. Darauf hat er mir wieder das Inszensarium zu reichen, und ich beräuchere die noch ungeweihten Oblaten, um sie von allem Irdischen zu reinigen, mache dreimal mit drei Fingern das Zeichen des Kreuzes darüber, von rechts nach links, und schwinge das Rauchfaß dann einmal auf jeder Seite über sie hinweg, nicht aber den Altar, bis mir Benjamin das Weihrauchboot wieder abnimmt, zur Südseite geht, sich vor mir verbeugt. Er beräuchert mich, dann die Ministranten, doch nicht die Gemeinde oder sich selbst, während ich zum südlichen Horn des Altars gehe, um meine Hände zu waschen. Joseph Green, der lieber Spielzeugboote schnitzt, als in Marahs Unterricht zu gehen, hält das Becken und den Wasserkrug, und Jeremiah Glass reicht mir das Handtuch, während ich den ersten Vers des Psalms zu sagen habe, *Lavabo inter innocentes,* es sind nur Worte, Silben, fremde Vokale, und dann drehe ich mich mit dem *Laßt uns beten für die Insel* zur Gemeinde, und wer gehen muß, weil er nicht für die Kommunion gefastet hat, nicht rein ist, um sie zu empfangen, kann nach der nächsten Kollekte sich abwenden, wenn ich das Zeichen dazu gebe.

Ein Raunen geht durch die Gemeinde, ich höre ihre Füße scharren, da dreht sich Hagan um und geht, dann der alte Green, einer um den anderen, das ganze Dorf wendet sich ab und geht diese dreißig Schritte zum Durchlaß in der Mauer, jeder Schritt eine Abwendung von dem Judas, den sie in mir sehen, es will niemand an der Kommunion teilhaben, alle gehen, nur Benjamin und die Ministranten bleiben. Es ist totenstill jetzt, und die Gläubigen stehen an der Mauer, keiner spricht mit dem anderen, sie sehen mir stumm dabei zu, wie ich Joshuas Totenmesse feiere, ich allein, nur ich, Benjamin und die Ministranten. Die Röte steigt mir in die Wangen, ich stehe da mit steifem Nacken und weiß nicht mehr weiter, es steigt langsam zur Kehle, ein Schluchzen, das sich nicht mehr unterdrücken läßt und mich nun überläuft, mich schüttelt und alles in mir aufbricht, es bricht aus, einen unendlich langen Moment, um mich leer zurückzulassen, eine Hülle, bloße Haut mehr, schwach und fahrig jetzt, fiebrig und flehend. Marah hat sich halb hinter dem Rücken ihres Vaters verborgen, das Profil ihres Gesichts hell in der Sonne, fast weiß vor dem Laub des Baumes vor dem Friedhof, unter dem Joshuas Kreuz liegt, das ich in die Erde setzen wollte inmitten der Menschen, das Gebet für ihn sprechend, laut, so kraftvoll ich es vermocht hätte, den Wind übertönend und das granitene Ufer, fünffingrige Flügelspitzen seewärts, all die Worte zwischen Geburt und Tod auf den Lippen, als würde der Fels antworten, auf daß Er meinen Schrei höre – aber nichts antwortet, es ist nur im Schrei, daß Nähe zu Ihm Ist, im

Rufen allein bin ich Ihm nahe, so lange nur, wie ich rufe, in jeder Silbe Ist Er in mir, den Mund voll des Gottes, die Arme hingestreckt zu Ihm, jeder Laut an Ihn gerichtet, jeder kreatürliche Laut ein Gebet zu Ihm, eine Anrufung Seiner, diese eine Geste, in der wir erst existieren.

Dann ist nur Weinen mehr in mir, all das Verhaltene meines Lebens darin, das Auferlegte, mein Brustbein wie gebrochen, jedes Atemholen ein einziger Schmerz, jeder Laut hart, Kieseln gleich am Strand, ein Ausrollen der Wellen darauf, das Scharren von Kies bei jedem Schritt, die See hat viele Stimmen, wir sind nur Echo ihr, zersplittert das Ruder, Bootsplanken, ein Körper treibend darin, jetzt, vom Kamm angehoben, in seiner einen sanften Bewegung hin zu Ihm, bis der Grat bricht, er in die Welle sackt, unter das Wasser sinkend, in das rauschende Mahlen, wo sich die Dünung in Fels gräbt, das pfeifende Heulen um das Riff, Salz auf dem Heidekraut und im Gras, auf den Klingen der Farne, und die Sonne noch nicht im Mittag, aber durch die Wolken brechend, in diesem einen einzigen unwiederholbaren Moment der Erlösung bin ich ein anderer, ist Joshua in mir und Marah, bin ich Mensch geworden, es erst geworden im Anblick des Todes, und meine Buße ein fortwährendes Erinnern an mich, in all dem, was sich nicht sühnen läßt, bin ich, Ich, ich, niemand mehr, der mir folgt in die Mitte dieses Dunkels, im tiefsten Kern, schwarz, ein Brocken ausgeglühter Schlackstein, schwer, unendlich schwer, das Stück meteoritisches Eisen, das ich in Monte Santo fand, inmitten von Windkantern auf der Kiesebene, es stach unter ihnen heraus, metallisch gleißend und doch schwarz, und ich nahm es in die Hand, schloß die Finger um es, unsichtbar darin das Dunkel, ausbrechend von diesem Urgrund, und Gott darin, sein Blut still, die Haut kalt, nicht einmal ein Schemen mehr, seine Augen in dieses Hohl sinkend, tief ab zum Dunkel einer Mitte, von ihr angezogen alles, die Schwerkraft Gottes, die der Tod ist, der Tod schlafend in jedem, das Leben der Traum dieses Todes, bis er in uns wieder erwacht und das Leben Tag für Tag absterbend in uns, um mit Staub auf der Zunge weiter nach Leben zu ringen.

Sine titulo et sine conclusione, das Wort Gottes. Schwarz und Blau die Farben der Totenmesse, violett das Altartuch des Frontals.

Dies Irae auf den Lippen, die Hände zu erheben und sie vor Ihm zu falten, sich zum Altar zu drehen, die Arme ausgestreckt, beim *Sanctus* sie wieder zu kreuzen, zu knien dann und zu beten, das Weihgebet zu sprechen, die alten Zeichen über Brot und Wein zu machen, *Sein Körper, Sein Blut,* auf die Opfergabe zu sehen, *und noch in derselben Nacht,* Daumen und Zeigefinger am Corporale zu reiben, nach der Patene auf dem Kelch zu greifen, die Augen zu erheben, den Teller auf den Altar zu stellen und mich zu verbeugen, das Brot zu nehmen, es mir vor Augen zu halten. *Und er brach es,* um es auf die Gradalis zu geben; *nehmt es und*, meine rechte Hand auf dem Brot: *Dies ist mein Körper,* die Stimme klar, ohne zu zögern, neige ich den Kopf, Daumen und Zeigefinger aneinandergepreßt. *Eßt davon, im Gedenken meiner*, und nehme den Kelch in beide Hände. *Und er nahm ihn*, zu trinken daraus, und ihn wieder auf die Tafel des Herrn zu stellen, *und als er Dank gesagt hatte, gab er es ihnen,* sich zu verbeugen, *dies ist mein Blut,* die rechte Hand auf den Kelch und auf den Weinkrug, ohne sich zu verbeugen jetzt oder zu knien noch. Und nach der Kommunion das Sakrament der Gemeinde erteilen, die an den Quadern der Mauer steht und zu Boden blickt, nur Marah nicht, sie sieht mich an, sie hat Martha im Arm, sie hat sie aus dem Haus geholt, Martha schreit, ihnen hätte ich das Brot brechen sollen, Wasser und Wein zum Trank, ihnen das Sakrament spenden, nein, Mensch ihnen sein, Edwin Heron, doch so bedecke ich nach der Weihe jetzt das unberührte Brot mit der Palla und spreche die Kollekte. Ich wende mich zum Altar zurück und esse, was vom Sakrament übrigbleibt, nehme den Kelch und sehe Benjamin mir die Ablutionen geben, ich esse vom Brot und trinke vom Wein, ich halte den Becher des Kelchs mit den letzten drei Fingern beider Hände, daß die zwei anderen sich um den Rand spreizen, und Benjamin gießt mir ein wenig Wasser und Wein über Zeigefinger und Daumen und gießt es über die Patene, um sie zu säubern, und wieder trinke ich daraus, Benjamin nimmt mir alles aus der Hand schließlich, stellt den Kelch mit dem Becher auf die Gradalis, das Corporale darüber, und dann wasche ich meine Hände, und Benjamin geht voraus und die Ministranten, und die anderen treten beiseite und lassen uns zum Friedhofstor ziehen, die Ministranten halten Laternen jetzt für die Totenprozession, und jeder im Dorf, die

Stirn zerfurcht, die Augen groß und stechend, einen Farnzweig in der Hand, doch da ist kein Sarg und kein Grab, Benjamin nimmt das Kreuz auf unter der schottischen Kiefer, dem einzigen Baum der Insel, den der alte Glass pflanzte, und ich bleibe bei der Umfriedung meiner Kirche stehen und sehe Benjamin zwischen den Gräbern, vor dem Geviert, das Joshua geweiht ist, Joshua, der in den dunklen Wassern treibt, das fleischgewordene Wort Gottes, ein Arm wie ein Stück Holz, der Mund voll Wasser und Salz, der Himmel über ihm geschlossen; und Benjamin steht mit dem Gesicht nach Westen, so wie Joshuas Leichnam am Fuß nach Osten weist, *Erde zu Erde,* und er streut eine Handvoll Erde zuerst vom Kopfende zur Mitte, *Bein zu Bein,* dann eine zweite Hand voll vom Fußende zur Mitte, *Asche zu Asche,* und schließlich Erde von rechts nach links auf das Gras, um das Zeichen zu vollenden. *Aus der Tiefe rufe ich, Herr, zu Dir;* dann setzt er die Spitze des Kreuzes auf, *höre meine Worte, Herr,* und drückt es in die feuchte Erde. *Aus der Tiefe der Welt schreie ich um Hilfe;* er stemmt seine beiden Arme dagegen, und dann treten Green und Hagan dazu, *meine Seele wartet auf den Herrn mehr als die Wächter auf den Morgen,* und sie rammen es mit aller Kraft in den steinigen Boden, bis das Kreuz frei und aufrecht steht, *Wächter, wie lange noch dauert die Nacht,* während ich die Totenglocke anschlage, dreimal drei Schläge, weil Joshua ein Mann war, *geh mit deinem Knecht nicht ins Gericht,* und dann einen Schlag für jedes Jahr seines Lebens, so läute ich den Toten heim, und jeder Glockenschlag ist eine letzte Minute meines Lebens, *denn keiner, der lebt, ist gerecht vor Ihm. Niemand besteht vor seinem Groll; niemand hält stand in der Glut seines Zorns; sein Grimm greift um sich wie Feuer, und die Felsen bersten vor ihm:* De profundis.

IM

Meer dann, nachdem das Auge des Sturms vorübergezogen war, prägten sich erneut Kronen aus, Kämme, Windseen schäumend wie zuvor, Wogen, die mit jeder Böe höher wurden und kürzer, Kreuzseen im Schwell – und jede Welle, bevor sie sich einer voransetzte, durchlief alle anderen. Das Wasser aber floß dabei nicht mit, nein, es wurde nur immer wieder hinab in die Tiefe gewälzt; dennoch, ließe der Wind wieder ab, würde die Dünung immer weiterrollen, weiter und weiter, indem sie unaufhörlich in das Wellental vor ihr fiele.

NOOMI MORHOLT
JOURNAL VIER
MAI / JUNI 2003

EPILOG

EIN DUNKEL unter der Haut. Ich hatte Bilder davon; eine mattgoldene Scheibe auf einem blau veräderten Hintergrund, im Raum schwebend wie ein Planet, von schwefeligem Nebel umgeben, der leuchtende Schein einer Ansammlung nährender Zellen, zwei Stunden nach dem Eisprung. Dann eine schartige Ebene, über der eine nunmehr metallisch grüne Sonne aufgeht, die Buckel winziger Protuberanzen, wo der Samenkopf eindrang. Am achten Tag die braun zerklüftete Mondlandschaft des Uterus, fahle Gesteinsbrocken, das Ei eine Sonde auf diesem Trabanten und jede dieser Aufnahmen so falschfarben wie die eines Radioteleskops von Konstellationen und Himmelsarealen, Glasfasern durch den Muttermund geschoben, ein winziges elektronisches Weitwinkelobjektiv: doch es war nichts Photographiertes, sondern etwas dargestellt Unsichtbares, aus mikroskopischen Meßresultaten zusammengesetzt, bloß ein aus Licht gemachter Schein. Und dennoch so wirklich wie die Aufnahme des achtzehn Wochen alten Fötus, der mit angewinkelten Armen in einer Flüssigkeit schwebte, die gleich salzig war wie das Wasser, in dem alles Leben seinen Ursprung genommen hatte, eine durchsichtige Blase vor einem schwarzen Himmel von Sternen.

Bis zur Geburt aber blickte das Auge nicht über diesen Horizont; was leiblich in mir war, spürte ich wachsen und sich verkrampfen, mein Blut stocken und eine Haut daraus werden. Ich fühlte es innen, manchmal, wie eine Nuß im Fruchtwasser schwimmen; ich dachte mir, daß es darin seine Händchen über die Brust hielt, die Arme auf die Knie gestützt, die beiden Fersen unter dem Popo, der Mund geschlossen. Bei der Geburt würde sich alles öffnen in meiner Bauchhöhle, aber bis dahin würde es sich nicht hin und her bewegen, nicht in das Leere darin fallen, sondern mit offenen Augen von einem Ende der Welt zum anderen schauen und geborgen sein in mir. Doch dann, dann sah ich es, eine flimmernde Erscheinung auf dem Bildschirm, ein zerfranster Schatten, die Umrisse eines kleinen Schädels, die Knochen seiner Glieder; und in all diesen grauen Echos war der eine Ton, der plötzlich ausgesetzt hatte, sein Herz, das nicht mehr schlug. Und ich sah dieses ewig Ungeborene mit meinen Augen, mußte in diesem Rauschen hören, daß es tot war.

Liebe Noomi, vor der Kirche, die unserem Senhor do Bonfim geweiht ist, stehen Kinder, die einem kleine bunte Stoffarmbänder verkaufen wollen, die genausolang sind wie der Armabstand der Jesusfigur am Kreuz; man schlingt sie sich ums Handgelenk, macht drei Knoten und wünscht sich etwas dabei, das in Erfüllung gehen wird, wenn das Band reißt, weil es verschlissen genug ist: das ist Religion; und ich glaube an dieses Zerreißen, dem man am Ende etwas Tröstliches geben will, selbst wenn es so ausdruckslos ist wie die Statue der Boa Morte auf dem Altar eines Seitenschiffs. Bei dem Fest do Bonfim am ersten Sonntag nach Epiphanias führen die Töchter der Heiligen eine riesige Prozession durch die Stadt und balancieren Schüsseln voll Wasser und Vasen voller Blumen auf dem Kopf; bei der Schwelle der Kirche angekommen, stellen sie sie ab, nehmen Eimer in die Hand und beginnen, den Vorplatz zu schrubben: auch das ist Religion; und ich glaube an das Reinigende eines Rituals, aber mehr noch an die jungen Mädchen. Wenn ich aber in die Kirche gehe, dann früh abends, wenn sie fast leer ist und sich ihre blauschimmelnde Front mit einem Goldschimmer überzieht; auf der rechten Seite des Chores ist der Saal der Wunder, wo Opfergaben in Form von Votivbildern von der Decke baumeln, aufgrund eines Gelübdes gestiftete Weihgaben und all die inbrünstige Verehrung, die sich darin ausdrücken will: Man kann die Modellformen aus dünnem Blech dafür kaufen und sie selbst gießen, Herzen und Hände, Augen und Münder, oder man gibt eine lebensgroße Nachbildung seiner geheilten Gliedmaßen in Auftrag, Beine, Bäuche und Arme, die herabhängen, Köpfe und Brüste, rußig von den Kerzen darunter, kränklich gelb glänzend in ihrem Licht unter dickem Staub; jedesmal, wenn jemand durch das Portal geht, schlagen sie im Luftzug aneinander, und es ist dann erst, daß man merkt, daß sie aus Wachs sind, weil man keinen Laut hört. Und das ist ebenfalls Religion, für mich, dieser Versuch, die Glieder zu einem Leib zu versammeln, trotzdem es vergeblich bleiben muß, das Körperliche nur scheinbar, schlechte Kopien bestenfalls, die aber aus uns etwas vivisezieren; Abbilder unserer selbst, vom denkbar entferntesten Fluchtpunkt aus gezeichnet. Ein Ex-voto unseres Wünschens, gerichtet an etwas, so weit außerhalb unserer selbst, daß es bedeutungslos ist, ob es existiert, nein: denn erst wenn ER nicht existiert, werden unsere Sehnsüchte auch wirklich.

Und Du, Noomi, bist mindestens genauso fern; auch Du sprichst nicht von Dir und gibst keine Antwort auf meine Fragen. Weil Du weißt, daß dadurch mein Verlangen nur um so größer wird, nicht wahr? Wegen Dir bin ich vorhin in die Sala dos Milagres gegangen und dann weiter zur Mercado São Joaquim am Ufer im Norden, dem Gerempel um die Garnelenkörbe, Tabakschlangen, die Früchte und das in tausend verschiedenen Flaschen abgefüllte Palmöl, und habe in dieser Fülle an Dich gedacht. Wie gerne hätte ich Dich jetzt hier zum Essen, sähe Dich die Stufen heraufkommen, und diese enge Küche hier wäre plötzlich auch groß genug für zwei; schreib mir doch wenigstens, ob ich Dich je wiedersehen werde. Nicht, ob es Sinn hat; nur ob. Aber wie unsere schwarzen Heiligen hier wirst Du auch wieder nichts darauf erwidern und nur warten, bis das armlange Band zwischen uns reißt, weil nur dadurch unsere Wünsche Erfüllung finden. Und so werden auch wir nicht darüber sprechen können, was Du bist, sondern nur was wir miteinander teilen. Also erzähl mir wenigstens von dem, was uns gemeinsam ist; Rui.

Wie ähnlich sie sich alle sind; Reval, Dodgson, Thomsen. Wahlverwandtschaften. Gelänge es mir, mich außerhalb meiner selbst zu stellen, könnte ich auch meine Seiten mit ihren vergleichen. Nicht so sehr, um die eigene Vergangenheit zu bewältigen, sondern um auf Distanz zur eigenen Selbstverständlichkeit zu gehen: Herauszufinden, ob ich auch anders denken kann, als ich denke, anders wahrnehmen, als ich sehe, weil man ohne diese Distanz überhaupt nicht über sich hinaus sehen und nachdenken kann. Mit Fanus, James, Conrad, Frank und den anderen verbindet mich die Realität einer Alltäglichkeit, in der für mich nichts Gestalt gewinnt. Wenn ich aber in den Handschriften dieser drei Hefte lese und dann an mich beim Schreiben denke, ist es, als bildeten wir die vier Eckpunkte eines Quadrats. Und Rui in der Mitte, ohne daß ich es wahrhaben will; besser, statt seiner diese Insel. Dabei aber ist keiner eine Insel, wie's heißt, ganz für sich selbst, jeder Teil eines Kontinents, selbst noch dieses dunklen hier. Der Tod in uns allen; und alles Schreiben, um ihn uns einzugestehen. Als wären all diese Hefte von einem Autor und aus einem Buch, die Seiten herausgerissen daraus, um sie in eine andere Sprache zu übersetzen, immer wieder. Die Geschichte der Insel, die einmal wirklich war, bis sie zu einem Kapitel wurde, aus dem jeder von ihnen ganze Absätze übernommen, sie manchmal ein wenig verändert hat, um sich selbst darin einzuschreiben, manche Sätze mit der Handschrift des Alters oder der Krankheit, doch ohne daß die Blätter je zu einem Band versammelt würden; sie liegen aufgeschlagen nebeneinander. Das ist es, was wir gemeinsam haben.

In Martin hatte ich mich verliebt, um etwas zu beenden und etwas Neues zu beginnen; doch dessen wurde ich mir erst später bewußt. Und daß es stets so ist, daß man erst dann in die Liebe fällt, über sie stolpert. In ein neues Leben, wie man glaubt; oder endlich zu sich selbst. Er kam als ›Rechtsanwalt jener Stiftung, die unsere Forschungen förderte‹ – mit genau so einem Satz erwartete ich, daß er sich bei unserer Sitzung vorstellen würde, und dann war es Liebe auf den ersten Blick. Seine klugen hellgrauen Augen; die Selbstsicherheit, die er ausstrahlte in seinem grauen, maßgeschneiderten Nadelstreif. Und daß er dennoch ohne Krawatte gekommen war. Liebe auf den ersten Blick; ein Sich-plötzlich-Wiedererkennen. Atemlos vor Überraschung, als es an mir dann war, ihn zu begrüßen, in diesem Raum, an den ich mich nicht erinnere; bloß an das Geräusch einer defekten Klimaanlage. Und beklommen. Wonach suchte ich nur? Was fehlte mir? Nein, ich stelle die Frage falsch: Ich als Liebende wurde mit einem Mal zu der Person, die ich mich nie getraut hatte zu sein.

Es war nichts bemerkenswert an diesem Nachmittag, nichts, woran sich die Erinnerung zwischen glatt verschalten Betonwänden und verchromten Designersesseln festsetzen könnte, keine Anekdote, kein Zusammentreffen unvorhersehbarer Umstände. Ich wußte bloß, daß er mich bemerkt hatte, und ließ absichtlich die Projektmappe fallen; bückte mich, von der Hüfte herab, ich ging nicht in die Knie, was diskreter gewesen wäre, ich wollte mich ihm zur Schau stellen. Seinem Blick standhalten, als ebenso schönes Artefakt wie die Skulptur vor dem Eingang; Aufforderung sein, eine Geste.

Ich spürte meine Wangen rot werden, es war dieselbe Blöße, die ich fühlte, als ich die pornographischen Magazine meines Vaters entdeckte, diese Mischung aus Widerwillen und Erregung, die auf der Vorstellung beruhte, wie es sein würde, selbst nackt von einem Mann betrachtet zu werden. Und fühlte mich doch nur verletzlich; und diesen Aktmodellen nicht gewachsen, in jedem Sinn des Wortes. Ohnmächtig. Auf der Suche danach, was mir selbst die Macht einer solchen Anziehung verleihen könnte; ohne daß ich noch mehr als bloß ahnte, daß sie in der Sexualität lag. Abend für Abend zog ich mich vor dem Spiegel im Badezimmer aus, um diese Gesten der Verführung einzustudieren, so lächerlich sie auch wirkten, an mir und beim Blick aus dem Fenster über die Äcker und wie wir zuvor noch bei Tisch gesessen hatten. Abend für Abend mit den Händen über die eigene Haut fahrend, wie um die Kindheit damit abzustreifen. Und darunter dieses pralle Erwachsensein zu entdecken. Wie alle Mädchen um mich wußte ich, daß wir passiv zu bleiben hatten. Bis man uns bemerkte. Und das Warten darauf war Teil der Romantik. Aber in dieser Zurückhaltung lag auch unsere Macht; die Männer warfen es uns als bloßes Hinhalten vor. So war es der erste Junge, die erste Liebe, der man sich dann rückhaltlos offenbarte, sein über die Jahre hinweg immer geheimer und unheimlicher werdendes Ich. Weil man sich von ihm erkannt fühlte; von ihnen allen. Und deswegen an die Liebe glaubte und an sie. So lange, bis ich Martin traf. Und es bei Rui schon gar nicht mehr glaubte; bloß um dann dasselbe wieder zu tun. All das Verlangen in mir, das herbeigewünscht Fehlende. Das Desiderat meiner Liebe; *de sider-, sidus*: von den Sternen. Die Sehnsucht, die Raum greift.

In Martin verliebt zu sein gab mir das Gefühl, daß alles nun ausgerichtet, einer Konjunktion von Planeten gleich, alles noch so Unbedeutende und Alltägliche in eine Linie und die Welt um mich in einen Fokus gebracht war – allein dadurch, daß ich ihn so klar und völlig begehrte: die winzigen Schweißperlen in der Grube zwischen Daumen und Zeigefinger der Hand, mit der er mir über die Knöchel streifte, die Blütentrauben der Glyzinien in der Pergola der Kaffeeterrasse, wo wir saßen, die Farbe der aufgedruckten Buchstaben der Zuckertütchen auf den Untertassen, die Bienen, die in der Luft schwirrten, der Geruch nach Karamel und warmem Asphalt von der Straße, der Verkehrslärm, der von den Häuserwänden widerhallte, Martins tiefe Stimme nahe an meinem Ohr, die Orange, die in den Kies unter seinem Stuhl gerollt war, blau vor Schimmel, der Kondensstreifen eines Flugzeugs quer über das Rechteck des Himmels … und wenn er abends die Tür für mich öffnete, ein Versprechen von Nähe, wie es niemandem sonst gehörte.

Zu Beginn war das Erotische an Martin seine Offenheit; daß er stark genug schien, um sich verletzlich zeigen zu können. Es dauerte lange, bis ich realisierte, daß mich nur die Geschichten seiner Einsamkeit verführt hatten. Ich diese Beichte als Ausdruck von Feingefühl mißverstand; seine Bereitschaft, über seine Einsamkeitsgefühle zu reden, als aufrichtige Geste mißdeutete. Mich gleichzeitig als die einzige fühlte, die für ihn wirklich Verständnis hatte – während er nur seine Selbstzweifel, sein Gefühl von Unzulänglichkeit, all seine Unsicherheiten auf mir ablud. Aber eine Frau verliebt sich nicht in die Bedürftigkeiten eines Mannes; sie verliebt sich darin, daß er ihrer bedarf. Das war die Nähe meiner Nacht mit Rui. Meine Hingabe an ihn, die sich an seinem Verlangen maß, allein daran. Das war das Vertrauen, das ich noch aufbrachte.

Lieber Rui, die Nacht und die Insel sind das, was wir gemeinsam haben. Für die Nacht haben wir keine Sprache gebraucht, von der Insel weiß ich wahrscheinlich weniger als Du. Das einzige, was ich Dir deshalb erzählen könnte, ist wahrscheinlich die Geschichte des Sturms. Der uns in Simonstown zwei Tage am Auslaufen hinderte, obwohl dann das Meer seltsam glatt war. Auf Tristan erzählten sie, daß der Morgen grau und düster gewesen sei, regnerisch verhangen, aber jeder wie gewohnt zur Arbeit ging. Um neun Uhr sei Wind aus dem Südosten aufgekommen, das Meer bald verwirbelt vor Gischt, und mittags ein Sturm über die Insel, wie man sich seit einer Generation nicht mehr erinnern konnte. Jeder hatte damit zu tun, die Fenster und Türen zu verbarrikadieren, und von den der englischen Regierung gehörenden Gebäuden wurden die Asbestdächer abgerissen, die die in Deckung laufenden Siedler glatt geköpft hätten, bevor sie ins Meer hinausgeweht wurden. Drei der Langboote, die von Metallkrampen gesichert waren, wurden durch die Luft getragen; als ich dort war, lag eines noch 200 Fuß weiter im Garten des Priesters, wo es seinen Schuppen zertrümmert hatte, die Stromleitungen überall verstreut und verknotet. Der durch ein Dutzend armdicke Stahlkabel verankerte Radiomast wurde geknickt, das Fenster der Funkhütte zerschlagen und die Anlage durch den Druck einfach herausgesogen, der Wind kreischend wie knickendes Blech, sagte der Verwalter. Vierzig Rinder kamen um, wie viele Schafe, wußte man noch nicht. Der Kühlraum der Fischfabrik war aus seinem Fundament gerissen worden und der Container vom Wind die Straße hinaufgerollt; der Glockenturm stürzte ein mit der halben Kirche, zugleich auch der Teil des Spitals, wo der OP und der Röntgenraum waren – der Rest hielt nur, weil man übers Dach Taue festzurrte. Die ganze Nacht über saßen die Menschen im Dunkeln, Wasser fußhoch in den Häusern, einem Sturm ausgesetzt, der sich ungehindert über dem Atlantik austobte, ohne daß etwas seine Kraft brach – nur diese Insel, die kaum auf einer Karte zu finden ist, dieser Ort, wo sich Menschen weiter von anderen Menschen zurückziehen können als irgendwo sonst, die dreihundert in den sieben Großfamilien, die dort leben, die Häuser so nah beieinander, daß man sich zurufen kann, aber genügend weit auseinander, um sich nicht zu nahe zu sein, eine Insel, auf der, wer nicht früh heiratet, lange allein bleibt. Wer es tut, sich nicht mehr scheiden läßt. Und wo es jetzt keine Kinder mehr geben wird. Selbst wenn man nach Kapstadt fährt und die Hilfe der modernen Medizin beansprucht. Außer dem Priester dort hat niemand darüber gesprochen. Vielleicht sind die Pestizide schuld, die sie auf den Kartoffelfeldern gegen die Ratten einsetzen, sagte er. Der Alkohol, der die Männer unfruchtbar macht. Oder die Gene. Als versuche die Natur, die Verbreitung ihres begrenzten Erbgutes zu verhindern, um das Ergebnis ihrer zwei Jahrhunderte langen Auslese nicht zu gefährden. Ihr Durchschnittsalter genau das meine jetzt. Und die Zahl der Siedler so weit zurückgehend, daß sie die tägliche Arbeit in wenigen Jahren nicht mehr werden bewältigen können. Außer die Insel öffnet sich neuen Siedlern, die hier fern von Kriegen und Katastrophen leben wollen; um dafür anderen Naturgewalten ausgeliefert zu sein. Anfragen gibt es genug, hat der Priester gemeint. Doch der Inselrat will es nicht, will niemanden, der nicht von klein auf an die Abgeschiedenheit und Einsamkeit gewöhnt ist. Es ist eine der Welt verschlossene Insel. Das ist mein Tristan, Rui.

Ein Leuchten jetzt im Fenster, die Wolken silhouettiert und ein Planet, der hindurchscheint, Mars vielleicht; ein Leuchten wie das Streulicht über einer Stadt hinter dem sich darin abzeichnenden Horizont. Dann löst sich diese schemenhafte Helle auf in einen Bogen, der sich über den Himmel spannt, sein höchster Punkt über dem geomagnetischen Pol, ein fahles U und sein Grün so unbeweisbar wie jedes Argument – das Grün von Ysop, Alfalfa und Riedgras, Mangold, Pfefferkörnern und Lotus, wildem Hafer, Junikäfern und Seeigelroggen, ein nahes Grün von Saat und Samen. Wenn die Aurora aufglimmt, sagen die Finnen, wird der Himmel gebären, das Licht kreißen.

RADIERUNGEN DER NACHT, die mit dem Stichel des Lichts in ihre Aquatinta geritzten Skizzen; die unter den Farben liegenden Konturen, die im Säurebad des Dunkels erneut hervortreten. Ihr geisterhafter Glanz hatte schon den Einfall der Longobarden in Rom ankündigt, Rebellionen in England, im Mittelalter Pest, Plagen und die apokalyptischen Reiter und im letzten Jahrhundert den Einmarsch der Nazis in Österreich und den Überfall auf Pearl Harbour, ebenso wie die Epiphanie der Mutter Gottes in Fatima: Bilder einer Götterdämmerung, aus dem Himmel gekratzt.

Mit dem Radar sind zwei unterschiedliche Bilder zu erkennen: eine *diffuse* Aurora, das unspektakulär breite Schimmern von aus der Magnetosphäre einsickernden Partikeln; und eine *diskrete* Aurora mit all ihren Bögen, Strahlen, Bändern und Schleiern, der Corona von Elementarteilchen; sie werden entlang magnetischer Linien, die durch das Sonnenlicht elektrisch leitfähig gemacht wurden, herab in die Ionosphäre beschleunigt – in eine Schicht, die sich erst bei Tag bildet und danach von der Nachtseite der Erde wieder kurzgeschlossen wird. Deshalb dürfte eine Aurora eigentlich nur an dem Pol zu sehen sein, der gerade auf der Tagseite liegt – denn je dunkler der Himmel, desto weniger Spannung ist in der Ionosphäre vorhanden, um die Elektronen aufglühen zu lassen. Daß das Polarlicht trotzdem alle elf Jahre bis zum Äquator reichen kann, hat allein mit den sich dann mehrenden Sonnenflecken und deren Magnetstürmen zu tun, ihrem Drometenrot, das seit jeher Tod zu verkünden schien.

Doch wider allen bisherigen Glauben zeigt der Radar, daß dieser Blutfluß nur ganz geringfügig von dem elfjährigen Zyklus der Sonne oder der durch sie aufgebauten Leitfähigkeit der taghellen Schichten abhängt, ganz im Gegenteil – die magnetischen Gewitter der Aurora sind dann am intensivsten, wenn die Ionosphäre am wenigstens leitfähig ist: in der Nähe des Pols, mitten in unserem Winter hier, im Dunkel der Atmosphäre, Nacht für Nacht um Mitternacht.

Mein Sinn für geringfügigste Unterschiede ist größer geworden; ich spüre die Differenz von ein paar Millibar am Barometer, wenn die Temperatur um fünf Grad steigt, und höre, wie der Schnee je nach Wetter anders klingt. Der Sinn der anderen dagegen scheint sich abgestumpft zu haben; am Anfang ließ sich noch jeder von mir für das Schauspiel des Polarlichts wecken, jetzt ist ihnen das Oh und Ah zu einfältig geworden.

Ich selbst hingegen merke, je länger ich mich damit beschäftige, wie sich mein Blick verändert; ich sehe immer weniger das Monumentale ihrer farbigen Flächen und die Kalligraphie des Lichts, sondern etwas, das momentaner ist, temporärer. Ungreifbares aus dem Augenwinkel, ein Blitzen über einem kreidigen Dunkel. Die Nacht über dem Eis von einem unklaren Grau.

Alles wird spröde jetzt vor Kälte. Der Schraubenzieher bricht, wenn ich den Deckel einer Dose öffne; das Plexiglas des Fensters ist gesprungen, Beschichtungen lösen sich, Kabelisolierungen zerbröseln, und Öl wird zäh wie Molasse.

Im Mond ein Fahl über dem Eis. Die Eiswoge zwischen den Pfeiler des Vesles jener gleich, die Shackelton sah, nachdem seine *Endurance* vom Eis zerdrückt worden war und er im offenen Boot bei den achthundert Meilen entfernten Inseln von South Georgia Rettung suchte. Die weiße Linie am Horizont der Nacht jedoch, die er für eine Spiegelung des Mondlichts an den Wolken gehalten hatte, war die schäumende Gischt einer hundert Fuß hohen Welle, die sich über ihnen zu brechen begann. Allein noch Planken, die sie von diesem kalten Meer trennten, zu dem sie längst geworden waren; so wie ich zu dieser Nacht. Die Zeit ausgesetzt; die Augenblicklichkeit eines Immer. Eine Wende: etwas, das wechselt wie die Gezeit. Nichts von mir, das sich verliert, sondern einem Wandel zu etwas Fremdem unterworfen ist, *a sea-change into something strange.*

Ich erhebe das Glas auf Dich und stelle es wieder zwischen meinen vollgekritzelten Seiten ab, Embleme jener Insel, die inzwischen immer mehr die meine geworden ist, mit der Farbe des Wassers gemalt. Die transparenten Blätter einer Allegorie, auf welcher die mit blauer Tinte sorgfältig einzuzeichnenden Punkte meiner Geschichte Gestalt erhalten, Figuren und Masken, deren Stimme ich mich bediene. Was glauben, was tun, wonach suchen? Wen kümmert's. Du erwiderst meine Sehnsucht nicht, Du antwortest auf jeden meiner täglichen Briefe, als kennten wir uns nicht, während meine Erinnerung an Dich immer schwächer wird, ich all ihre Mosaiksteine immer wieder zu einem neuen Bild von Dir zusammensetze, ohne daß Du Dich darin erkennen willst. Bin allein hier, allein und leidlich betrunken; meine Weinration ist für die nächsten Tage überzogen, und auch der Sarkasmus wird nicht mehr lange vorhalten. Danach kommen wieder die blanke Verzweiflung, die Selbstgespräche, das Dunkel, an das Fenster gefroren, die Hände vor das Gesicht gefaltet. Aber noch bete ich nicht, bin nur kurz auf die Knie gefallen, weil die Sicherungen gerade wieder rausgehauen wurden. Nichts in dieser Stadt funktioniert noch. Was wollte ich dort gerade holen? Egal.

Ich sitze an meinem Schreibtisch, eine Sperrholzplatte über zwei Böcke gelegt. Den ganzen Tag hat es geregnet, erst gegen Abend hob sich der Himmel, und nur eine Front blieb, ein Cumulus wie eine Plattkarte der Antarktis, auf der sich die Breitengrade immer weiter ausdehnten, bis sie in Cirren ausliefen, starrend kalt auf diesem höhersteigenden Himmel, und ich bin zurückgegangen zu meinem Computer, für so lange, wie der Mond braucht, um wieder aus den Wolken zu kommen, so hielt ich schon damals die Dinge, wie ihr auf englisch sagt, at bay, *in der Bucht, so habe ich diesen Ausdruck für mich übersetzt, obwohl ich weiß, daß damit das Gebell einer Jagdmeute gemeint ist, das Mit Dem Rücken Zur Wand Stehen, der Mauer, an die ich mich lehnte, als der Mond dann aus den hohen Himmeln glitt und sein Glanz über den Wassern lag, über dieser sich scheinbar um das Meer schließenden Bucht vor mir, ein Schimmer widergespiegelten Lichtes, dem Eisblink gleich, so wie ich ihn mir vorstelle. Ich dachte an Dich und schlug* glaukopis *nach, die fahl flimmernden Augen der Athene unter den Olivenbäumen, doch hier gibt es diese Götter nicht, und auf den Bäumen wachsen Mangos und Bananen; die Lichter der Häuser auf den Inseln wie Konstellationen in dieser nur zur Hälfte dunklen Nacht, die in meinem Rücken nicht untergehen wollte, das unablässig streifende Licht des Leuchtturms draußen im Atlantik, der unserer ist, und plötzlich stehst Du neben mir, und das Licht fällt Dir von der Brust zu den Schenkeln, die Haut, als würde sie leuchten, ein Glanz, der sich über die vollkommen windstille Bucht legte, und jetzt habe ich mich erneut von diesem einen Satz hierherjagen lassen, habe es wieder nicht in Schach halten können und beobachte mich selbst über die Schulter, wie die Finger nach den Buchstaben suchen und ich auf den Bildschirm starre, aber da ist keine Nachricht von Dir, es macht mich taub, dieses Verlangen, und es weitet sich aus, daß ich wieder mitten im Schlaf aufwachen und Dich über das Eis gehen sehen werde, über ein Land, das keine Ufer hat, keine Länder und Grenzen.*

Ich habe Dir noch nicht erzählt, daß ich gerade aus Chicago zurückgekommen bin, der Tag über dem See von Tausenden hechelnden Hundezungen saubergeleckt, und ich dort im Naturgeschichtlichen Museum in der Vitrine eines Dioramas einen winzigen Eskimo gesehen habe, der in dieser Wüste aus Papier und weißem Karton reglos an dem Loch wartete, um eine Robbe zu harpunieren. Das künstliche Licht in diesem Raum trug dazu bei, die Illusion dieses fahlen Glimmerns im Schaukasten zu erzeugen, und so kehrte ich bei meinem Gang durch das Museum immer wieder zu ihm zurück, betrachtete seine Spuren im Schnee, die nachgezogenen Kufen, dort, wo er über das offene Wasser gesprungen sein mußte, und ich wartete mit ihr, dieser kaum fingergroßen Figur, auf Seelöwen und See-Elefanten, ihr grau im Wasser glänzendes Fell, und mein Atem gefror mir am Bart zu Klumpen, das schützend in die Handschuhe gelegte Gesicht wurde nur noch kälter davon, Gott weiß, was all dies zu bedeuten hat, es war ein kalter Glanz, der vom Glas des Schaukastens reflektiert wurde, so wie es auch in Deiner Antarktis keine Menschen gibt, nicht einmal kaum fingergroße Eskimos. Wieviel habe ich Dir geschrieben, um schließlich nur dieses eine zu sagen, jeder Satz, um mit Dir auf meine Insel zurückzukehren, zu den Fallwinden von ihrem Gipfel, und jetzt weiß ich nicht mehr weiter, aber Du warst da, ich konnte deine Stimme hören, die Stimmen, als würden sie sich wie von weit etwas zurufen, in einer Sprache, die zu verstehen mir mehr und mehr Mühe bereitet, weil ich die Worte kaum mehr vor mir sehe, um Dir alles zu sagen, was ich bin und sein kann.

Und jetzt gleitet der Mond wieder aus den Wolken und über die Fensterscheiben, es herrscht eine tropische Schwüle, sage ich Dir, ich sitze über meine Karten, Aufzeichnungen und Bücher gebeugt und male nichts als Notizen an ihren Rand, Maximen einer massiven Selbsttäuschung, die an ihr Ende zu bringen ich nun gezwungen bin, eine mehr oder minder kunstvoll konstruierte Utopie; noch eine Handbreit, und der Mond hat wieder ein Fensterkreuz passiert, er visitiert mich wie einst Kapitän Gamaliel Nightingale sein Gebroocken Eylandt, und wieder ist aus meinen Zeilen nichts geworden, sind nur die Himbeeren halb aufgetaut, die ich, mit Schnaps übergossen, hinuntergewürgt habe, zusammen mit etwas Zwieback, weil ich im Kühlschrank nichts anderes fand, es gibt hier weder Bäume noch Brennholz, nicht einmal Gestrüpp, bloß Ried, in dem die Pinguine Nester bauen, und faule Äste, zwischen den Felsbrocken verstreut, und einen halben Kanonenschuß entfernt Halt auf sandig schwarzem Grund, die See und das Stück einer Planke, auf einen Pflock genagelt, ein Name darauf, die Nacht, die sich wie Rauch über die Wellen frißt, darin gerade noch sichtbar die horizontale Linie des Kreuzes, die auf das Sternbild des Zentauren weist, aber es ist nicht Chiron, der an seiner unverheilten Wunde litt, bis er Prometheus von seinen Fesseln und sich selbst durch den Tod erlösen konnte,nein, sondern der betrunkene Ixion, der Zeus mit seiner Frau Hera zu betrügen glaubte, nur um dann zu merken, daß er sich mit einer Wolke vergnügt hatte – und dafür auf dem Höhepunkt seiner Lust an ein flammendes Rad gebunden wurde, das ewig über den Himmel rollt, auch morgen wieder, um mir diese Nachtgedanken auszutreiben; Rui.

Ich kam aus der Hotelbar, als Rui mir über den Weg lief; er blieb, glaube ich, als erster stehen. Eine Stille, die nicht peinlich war, als wäre es Einverständnis genug gewesen, daß wir uns am Strand nicht aus den Augen gelassen hatten und in der Bucht der Delphine zusammen getaucht waren, ohne je das Wort aneinander gerichtet zu haben. Ich war zu überrascht, um länger als nur für einen Augenblick innezuhalten, und ging weiter über den mit Steinplatten ausgelegten Gartenweg zu meinem Zimmer. Er hielt Schritt mit mir, als hätte er es als Aufforderung aufgefaßt, und ich sagte nichts, auch nicht, als ich in meiner Tasche nach dem Schlüssel kramte und die Tür aufmachte. Ich blieb mitten im Raum stehen. Er zog die Tür hinter sich zu, stieg aus seinen Kleidern und legte sich nackt aufs Bett, seine Hand flach auf das Laken, als bäte er damit, daß ich mich zu ihm legte. Seite an Seite, sein Bauch an meinem Rücken, und ich fühlte mich warm vom Wein, seltsam sicher und geborgen, sein Atem kitzelnd am Ohr, daß ich lachen mußte. Seine Arme schlossen sich um meine Brust und drückten mich fester an ihn, dann legte er eine Hand auf meine Schulter und drehte mich auf den Rücken. Er legte sich auf mich, preßte seine Erektion gegen meinen Bauch und dann auf mein Schambein, rieb sich an mir durch mein Kleid. Ich fühlte mich gefangen, unfähig mich zu bewegen; das Licht fiel matt durch den Spalt im Vorhang, und ich sah nur seine Silhouette gegen den Raum, nicht aber sein Gesicht, eine dunkle Gestalt über mir, die mich in das Leintuch preßte, mir Angst machte, obwohl sie sich nur zu meinem Nacken beugte und ihn küßte. Laß mich auf, sagte ich, laß mich auf, und setzte mich auf den Bettrand, streifte mein Kleid gerade. Stand auf und ging ins Bad.

Der Schweiß rann mir zwischen den Brüsten, mein Busen brannte von der Sonne und schmerzte von dieser Enge in mir, aber ich hakte trotzdem den Büstenhalter unter dem Stoff auf und ließ dann das Kleid fallen. Mein Bild im Spiegel betrachtete mich, wie ich mich ins Profil drehte, eine Hand unter eine Brust legte, sie hochhob und wieder fallen ließ, sah das Altwerden daran, um die Augen, an den Wangen und Hüften, und daß bald das Verlangen danach schwinden würde, ich fühlte mich nicht begehrenswert und wußte nicht, was er begehrte, fuhr mit dem Finger über die Narbe, versuchte mich damit abzufinden, konnte es nicht und ging hinaus ins Halbdunkel des Zimmers.

Rui legte seinen Finger auf den Mund. Wir glitten zu Boden, er drehte mich um und hielt meinen Hintern in seinen Händen, die Knie auf den Fliesen, stieß in mich, hart, bis er keuchend auf meinen Rücken fiel. Hab' ich dir weh getan, fragte er. Ja, flüsterte ich. Er küßte mich auf die Nase. Plötzlich verlegen, entwand ich mich ihm und setzte mich auf, die Knie hochgezogen, die Arme um sie geschlungen. Er stand auf, sein Schwanz dick vor mir, er roch nach mir, seine Hand war ausgestreckt, ich ergriff sie, und wir gingen ins Badezimmer. Und plötzlich lachten wir, es hallte laut an den Wänden und in der Wanne wider, er seifte mich ein, während ich den Duschkopf hielt, und dann nahm ich die fast aufgebrauchte Hotelseife und rieb ihn damit in der Furche zwischen den weißen Hinterbacken; er zuckte zusammen und bat mich, aufzuhören, aber ich wußte, daß er es mochte. Und dann begann etwas, das anders war als Liebe; ich weiß nicht, vielleicht.

Später hob ich mein Kleid vom Boden auf, das feucht geworden war. Ich drehte mich, um den Büstenhalter vorne einzuhaken und wandte mich ihm wieder zu, meine Brüste in die Körbe zwängend, zog dann die Unterhose an; als wollte ich gehen. Mein Haar hing in nassen Strähnen herab. Er streckte die Hand aus und berührte eine Locke über der Stirn, schlang sie sich um den Finger. Mir stockte der Atem, er war nahe, so nahe, und dann zog er die Hand zurück; ich wollte sie wieder nehmen, meine Wange in seine Handfläche legen, seine Finger über mein Gesicht streifen fühlen, aber der Augenblick dafür war plötzlich vorbei. Er küßte mich auf den Mund, ich presste meine Lippen zusammen, ging langsam mit ihm zur Tür, er blieb auf der Schwelle stehen, um etwas zu sagen, aber ich schloß sie sanft. Er klopfte mit dem Knöchel; ich lehnte mit der Stirn an der Türfüllung, Ruis Stimme nur zwei Zoll entfernt. Erst als ich seine Schuhe auf dem Steinboden hörte, setzte ich mich aufs Bett. Die Dämmerung graugrün über der Balustrade, den Bäumen und dem Wasser.

Es ist spät, aber ich will es doch noch aufschreiben. Saß in meiner Hütte, schaute auf die Fächer, die der Radar auf den Schirm zeichnete, die Fältelung der Aurora wie der Mantelwurf der Mutter Gottes auf einer Ikone, nur fehlfarben; und wir, die sie durchleuchten, als könnte man dies alles für eine Fälschung halten. Um Mitternacht ging ich hinaus, um einen letzten Blick zum Himmel zu werfen, fand ihn aber nur wie matten Firnis, Mennig stumpf darunter. Die Nacht unendlich still; die Konstellationen klar herausstechend. Ich ließ die Tür offen, um gleichzeitig die Diagramme am Computer sehen zu können.

Dann begann die Aurora jedoch plötzlich zu fließen, Adern, in denen sie zu pulsieren begann, Wellen von Rot, pochend an Gefäßwänden, wie vom Herzschlag weitergeleitetes Blut, stockend, dann wieder jagend, schwächer werdend, um erneut einzusetzen, hämmernd schließlich in den Schläfen, als es sich über den Zenit zog: Und dann hörte ich es. Ich hörte dieses Rauschen, als wäre es das Echo des Windes drinnen in dem leeren Raum, ich wußte, daß es nicht vom Polarlicht ausgehen konnte, weil jeder Laut durch seine Höhe sich verzögern müßte wie bei einem Wetterleuchten, es bloß die elektrischen Impulse der Augennerven waren, die in den Teil des Gehirns streuten, welcher Töne wahrnimmt – aber ich hörte sie, sie waren auf jede der Bewegungen der ausfächernden Strahlen gestimmt, erreichten ein Crescendo über meinem Kopf, und nur wenn ich die Lider schloß, hörte auch das hallende Rauschen auf.

Was blieb dann, war ein papiernes Rascheln, das über das Eis schwebte, das Knistern von Kristallen im Gestein des Vesles, die der magnetische Sturm in Resonanz versetzt hatte, winzige Quarzplättchen, die mitschwangen; das war der Klang der Aurora.

IM NORDEN nennen die Eskimos die Mitte des Winters *perlerorneq,* das Gewicht des Lebens. Das auf dem Eis draußen, und drinnen; die Nacht, die stündlich ein wenig mehr Farbe aus den Adern saugt. Sie kennen aber auch noch einen anderen Namen für das Nordlicht: *runtis-jammij;* streitsüchtige Geister, die in einer großen Halle wohnen, dauernd in Raufhändel verwickelt, einander eiserne Messer in den Bauch stoßend, das Blut in Lachen auf den Bohlen, daß es durch die Fugen rinnt und auf die Erde tropft, wo man es oft als rote Kiesel findet, Blutsteine.

Das Leben auf engstem Raum ist etwas Unnatürliches und führt über kurz oder lang zu menschlichen Funktionsstörungen, heißt es in einer psychologischen Studie zum Überwintern in der Antarktis. Wir reden kaum noch miteinander, der Enthusiasmus des Anfangs hat sich aufgebraucht, jeder ist mit sich selbst beschäftigt. Admiral Byrd brachte für eine seiner Expeditionen zwei Särge und zwölf Zwangsjacken mit. Und jeder kennt hier die Geschichten von dem Expeditionsleiter, der alle Baracken seiner Basis in Brand steckte, dem Mechaniker, der plötzlich zu lispeln begann, dem russischen Koch, der auf alle mit dem Fleischermesser losging.

Wostok liegt 12 000 Fuß über dem Meeresspiegel in der Nähe des geomagnetischen Punktes; weil es dort kälter ist als am Südpol, minus 129° Fahrenheit die tiefste jemals gemessene Temperatur, trug dies der Basis den Ruf eines Gulags ein. Auf dem Höhepunkt des kalten Krieges betrieben es die Sowjets als Versuchslabor für Verhaltensforschung, um zu sehen, wie die Kosmonauten ihres Saljut-Programms im Raum reagieren würden. Einer der Wissenschaftler ging schließlich nach einem Remis auf seinen

Gegner los und erschlug ihn mit einem Eispickel; worauf man dort das Schachspielen verbot.

Jetzt ist die Mannschaft der Station, wie wir über Funk erfahren haben, nach einem Treck von 1000 Meilen sicher in ihrem Observatorium an der Küste angekommen; sie mußten die Station aufgeben, weil, wie sie behaupten, ihr Versorgungsschiff im Eis steckenblieb und ihnen Proviant und Treibstoff ausging.

Gestern stritten sich Fanus, Karel und Conrad über die Herkunft des Wortes O.K. Fanus behauptete, es sei ein altes indianisches Wort, Karel, daß es ein Begriff aus der Telegraphie wäre und ›Open Key‹ bedeute, sie breiteten ihre Argumente aus und kamen ins Streiten, während Conrad amüsiert zuhörte, um sich über sie lustig zu machen und einzuwerfen, es handle sich um eine Abkürzung für ›Oll Korrekt‹, worauf Fanus und er aufeinander mit Fäusten losgingen. Okay. Und nicht einmal das Lächerliche mehr erträglich.

Plötzlich hielt ich es nicht mehr aus und rief Rui an. Die Verbindung über den Satelliten so, als säße er im Nebenraum. Wir hatten beide nicht die richtigen Worte; während er es besser überspielte, merkte ich, daß ich ihm so viel zu sagen hatte, aber es keinen Anfang dafür gab. Seine Stimme völlig anders, als ich ihn in Erinnerung hatte; als spräche ich mit einem feisten, glatzköpfigen Mann, der kaum richtig zum Atmen kam. Es war eine seltsame Vorstellung, ich kann mir nicht erklären, warum. Und schon während der ersten Sätze ein Ziehen im Unterleib; all die langen Telefonate mit Martin auf einmal wieder gegenwärtig.

Ich weiß nicht mehr, was Liebe ist. Habe bloß noch ein Bild von ihr. Wie bei den vier Frauen, die vor ein paar Jahren auf Schiern Antarktika durchqueren wollten. Eine von ihnen hatte einen verstauchten Knöchel und eine Bronchitis, die in der dünnen Luft über der Eiskappe immer schlimmer wurde. Und dann waren sie noch zehn Tage vom Pol entfernt, in einem vollkommenen White Out, als sie ein Flugzeug sahen, seine Luke sich öffnen und eine Viertelmeile entfernt einen schwarzen Punkt herabsinken. Auf dem Paket war ein Zettel, auf dem die Piloten ihnen alles Gute wünschten, Kekse darin, Schokolade, Süßigkeiten – und eine Rose, eine frische Rose. Das erste, was sie bemerkte, als sie die Plastikverpackung aufriß, hatte die Norwegerin erzählt, war, wie sehr sie sie riechen konnte. Mochte man auch in der Mitte von Nirgendwo, fast schon am Pol und am Ende der Erde überrascht werden, zählte allein der Geruch dieser Rose.

Die trockene Luft in der Basis ertrage ich immer weniger. Ryan scheint dauernd deprimiert. Wir alle fühlen uns isoliert. Fanus macht alle verrückt mit seinem riesigen Ego; weil er auf niemanden hört und jeden wie einen Studenten behandelt. Frank hätte ihn heute fast geohrfeigt. Stundenlang zu arbeiten, kaum richtig schlafen zu können und mich dann noch zusammenreißen zu müssen, um mit Fanus auszukommen. Die *persona*, die ich aufrechterhalten muß, fröhlich, munter, aufmerksam und immer auf Abruf bereit, nur um dann mißfällig zu diesen Seiten zurückzukehren, entmutigt, traurig und voll Zorn.

Und doch mag ich dieses Dunkel, gerade weil es asozial ist, ein Rückzugsort vor den Menschen; und mir. Ich weiß, wie kalt ich trotz meines Bemühens auf die anderen wirke; als gäbe es ein Gesetz, daß man nicht zugleich Sympathie für die Natur *und* den Menschen empfinden kann. Mein Leben hier spielt sich zusehends nur im Kopf ab.

Noomi, Deine Stimme zu hören . . . nach all der Zeit, in der ich mich fast fragte, ob Du auch wirklich existierst; Gefühle fließend wie Schatten. Oder ob ich nicht wie jedesmal zuvor einer Selbsttäuschung erlegen bin, weil ich nur das Bild liebte, das ich auf Dich projiziert habe. Aber Deine Stimme war so klar, nah und weich in der Kehle, daß ich nicht wußte, was sagen: darin lag alles. Du.

Vielleicht aber war diese Suche nach der Einsamkeit wieder nur ein Sichfügen; ein Nachgeben in eine Rolle, die mir andere auf den Leib schrieben, um die Figur des Unerreichbaren darzustellen. Und ich, die ich geglaubt habe, es wäre ich. Ich werde dieses Tagebuch Rui schicken, ja, ihm werde ich es schicken, sobald diese Zeit hier zu Ende ist und der Eisbrecher uns holen kommt. Noch sechs Monate.

Fast hundert Seen gibt es im Inneren Antarktikas; doch Wostok ist der einzige tiefe. Unter dem zwölftausend Fuß dicken Eisschild reicht er noch einmal viertausend Fuß hinab bis zum Grundgestein des Kontinents; leicht brackig, hundertfünfzig Meilen lang und dreißig breit, liegt er zwischen steilen Felswänden, vom extremen Druck des Gletschers ebenso wie von der Erdwärme vor dem Gefrieren bewahrt: die Sichel eines riesigen blauen Halbmondes in der Nacht all diesen Eises.

Er ist mindestens zwanzig Millionen Jahre alt; und darin eingeschlossen gibt es Leben, das durch den im Wasser gelösten Sauerstoff existieren kann, Zellen, stäbchenförmig wie in der Netzhaut des Auges.

Die Russen haben dort vor zwanzig Jahren zu bohren begonnen, um etwas über die Klimageschichte der Erde zu erfahren, vor drei Jahren jedoch innegehalten, um den See nicht zu kontaminieren; das Bohrloch ist bloß noch vierhundert Fuß von seiner Oberfläche entfernt. So weit, wie unsere Station von meiner Radarhütte; wenn ich es mir so vorstelle, wird es faßbarer.

Wie es jetzt weitergeht, nachdem sie die Station verlassen haben, ist nicht zu sagen. Aber ich wünschte mir, man würde nicht weiter in diese Tiefe vordringen, das Dunkel darin unangetastet lassen, die letzten Spuren einer Zeit vor dem Menschen. Ein Tertiär, als Land und Meere ihre heutigen Umrisse erhielten. Es nur Primaten gab, die sich ausbreiteten im Norden dieses von einem Meteoriten verwüsteten Planeten, unser und der Affen gemeinsame Vorfahren wie der *Proconsul* und dann der *Equatorius*. Erste gottgleiche Kreaturen bereits, wenn man glauben will, daß Gott den Menschen nach seinem Ebenbild erschaffen hat. Groß wie Brüllaffen, bloß ohne Schwanz. Das Gesicht schmal, das erste auch ohne Schnauze, weil der Geruchssinn seinen Vorrang eingebüßt hatte vor dem im Hinterkopf wachsenden Gehirn und den Augen. Das Licht wichtiger geworden war, das räumliche Sehen und der Farbsinn.

Nur ein paar Dutzend unserer dreißigtausend Gene sind es, die uns von ihnen unterscheiden. Von diesem Ursprung, der uns als Utopie erscheint, weil alle utopischen Vorstellungen sich in der Zeit zurückwenden zu jenem Zustand, in dem uns nichts noch von der Natur unterschied. Dem Vermögen, für sich zu sein und bestehen zu können; sich selbst genügend und selbstgenügsam. Und dieser See, das einzige, was sich über Äonen von diesem Unberührten erhalten hat; eine Idee des Heiligen, jetzt.

Dieses Ich, das ein anderer ist. Als wäre die eigene Mitte identisch mit einer unbewohnbaren Leere. Ein Niemandsland; voller Schemen und Schatten. Und die Einsamkeit Ort der Täuschung ebenso wie ein Ort der Wahrheit. Daß das, was mein Innerstes ausmacht, sich, je näher ich mir in dieser Einsamkeit komme, in Nichts auflöst.

Die Mare des Neumonds unsichtbar im Nachthimmel; und immer nur seine ewig erdabgewandte Seite. Seine schmale Sichel dennoch deutlich zu erkennen, wenn sich die Augen an das Dunkel gewöhnt haben: Erdschein. Das von uns auf ihn zurückfallende Licht, flirrend, je nachdem wie dicht Wolken über der Erde liegen.

Das Eis als geologisches Teleskop. Frank arbeitet hier am Ablegerprojekt vom AMANDA der Amerikaner auf der antarktischen Halbinsel (dem Stammhirn, wie wir es scherzhaft nennen). Hunderte von Bohrlöchern hat man mit nichts anderem als heißem Wasser herausgeschmolzen, eine Meile tief, um Photovervielfacher darin zu versenken; bei uns sind es bloß zehn. Wie Bildröhren in einem Fernsehgerät registrieren sie die Lichtblitze, die von Neutrinos ausgehen, Geisterteilchen, die keine elektrische Ladung besitzen, mit der Materie kaum wechselwirken und nur eine unvorstellbar kleine Masse besitzen; 60 Milliarden davon gehen in der Zeit, in der ich diesen Satz schreibe, durch den Halbmond jedes Fingernagels, ohne daß sie sich selbst irgendwie nachweisen ließen.

Ganz, ganz selten aber reagiert ein Neutrino mit einem Atom, um ein Teilchen zu produzieren, das Muon genannt wird und bei dieser Kollision Tausende Fuß lange, blaue Leuchtstreifen hinterläßt. Licht, das immer noch so schnell wie Licht ist, obwohl die Materie es bremsen müßte. Dessen Spur man verfolgen kann im reinen Eis des Gletschers. Das auch ein Schild ist gegen ungewollte Störfaktoren, die die Meßergebnisse nur verrauschen.

Über die Funkenspur dieser Muonen läßt sich feststellen, aus welchem Himmelsareal die Neutrinos kamen. Und sich Vermutungen darüber anstellen, was ihre Quelle sein mag. Der Nebel im Krebs etwa, Überrest einer Supernova; die Schockwellen, wenn ihre sich aufblähende Materie auf Gas und Staub zwischen den Sternen trifft. Die Explosionsschauer von Gammastrahlen. Oder Schwarze Löcher, die diese Partikel so zu beschleunigen vermögen wie kein anderes bekanntes Magnetfeld. Kosmische Hintergrundstrahlung vom Anfang des Universums. Diese selbst wieder nur ein Anzeichen jener dunklen Materie, aus dem es zum größten Teil bestehen muß. Die Planeten, Sonnen und Galaxien nichts als Schaum auf diesem nachtschwarzen Meer, seinen unsichtbaren Wellen.

Die Neutrinos jedoch, die ihren Ursprung in der Sonne haben, sind langsamer. Sie bilden sich in ihrem Inneren, unter dem Gewicht ihrer Materie. Wobei sich vier Wasserstoffkerne zu einem Heliumatom verbinden. Was Licht freisetzt. Und zugleich Neutrinos: unmerklich dunkles Licht.

AMANDA (Antarctic Muon And Neutrino Detector Array): wenn die Akronyme all dieser vielen Projekte nicht die Namen von Göttern ergeben, dann die von Frauen; auch Antarktika ist weiblich und ohne bestimmten Artikel – als müßten auch wir immer das Ungewisse verkörpern, das unauflöslich Dunkle.

Als ich mit Frank darüber sprechen wollte, meinte er bloß, er hielte das a) wenn schon nicht für belanglos, dann b) für ein Kompliment und c) die einzige dunkle Materie hier wären meine Haare. Ich reagierte so unwirsch, als wäre auch mir jeder Vorwand recht, um meine Aggressionen abzubauen. Dabei ist Frank der einzige, mit dem ich die ganzen Monate anstandslos auskam

Die Nacht mit Rui, als wir nicht redeten. Die Fremdheit unserer Körper erschien uns noch das Vertrauteste an uns. Alle unsere Phantasien. Seine. Der Hals der Weißweinflasche, den er mir in den Arsch steckte, während er mich leckte. Die Geilheit, die aus der Lust an seinem Begehren kam. Das unkörperlich war, bei ihm nur in der Vorstellung bestand. Als wollte er nur schauen; das Zuschauen, wie ich mich damit fickte, war es, was ihn erregte. Und dann nahm ich meinen Lippenstift und zog ihm die Naht am Schwanz nach, über den Hodensack bis zum Anus; und leckte ihn mit der Zunge ab, sein bitteres fettes Rot. Ohne zu wissen, woher dieser Wunsch in mir rührte. Und woran. Ohne daß ich ihn je zuvor verspürt hatte. Und doch, als hätte ich damit alles von mir preisgegeben. In all den Antworten an Rui, all meiner Verweigerung ist es, als wollte ich es nur wieder zurückholen.

MEINE LIEBE NOOMI, *ich weiß nicht, wen Du in mir siehst. Es ist, als schriebst Du Deine kurzen Briefe, wenn Du Dich überhaupt einmal entschließt, die meinen zu beantworten, an einen anderen. Und ich weiß nicht mehr, was Dir erwidern. Wie es Dir begreiflich machen. Oder zum Lachen bringen. Es ist mit uns wie bei diesem Funkgespräch zwischen Amerikanern und Kanadiern vor Neufundland, das ich auf der Homepage der kanadischen Marine fand:*

Amerikaner: *Bitte ändern Sie Ihren Kurs um 15° nach Norden, um eine Kollision zu vermeiden.* Kanadier: *Wir empfehlen Ihnen, IHREN Kurs um 15° nach Süden zu ändern, um eine Kollision zu vermeiden.* Amerikaner: *Hier spricht der Kapitän eines Schiffes der US Navy. Ich sage noch einmal, ändern Sie IHREN Kurs.* Kanadier: *Nein. Ich sage Ihnen zum zweiten Mal, daß SIE nach Süden ausweichen sollen.* Amerikaner: *Dies ist der Flugzeugträger U.S.S. Lincoln, das zweitgrößte Schiff der Atlantikflotte der Vereinigten Staaten. Wir werden von drei Zerstörern und drei Kreuzern begleitet. Ich verlange, daß Sie Ihren Kurs um 15° ändern, eins fünf Grad Nord, oder Gegenmaßnahmen werden ergriffen, um die Sicherheit unseres Schiffes zu gewährleisten.* Kanadier: *Wir sind ein Leuchtturm. Bitte kommen.*

Das Licht fehlt, nichts anderes; und doch ist es alles; Tag für Tag, Woche um Woche ohne Sonne, wie die Rückkehr in die Nächte einer Eiszeit. Alles Zivilisierte nur mehr notdürftige Fassade, die aufrechtzuerhalten alle Mühe kostet. Dahinter grundlose Ressentiments; die Abneigungen untereinander, als bräuchte es diese Gegnerschaft, um uns unserer selbst zu versichern. Weil wir uns sonst ganz verlieren. Letzte Woche habe ich zusammen mit Karel – meinem Telephonisten, wie ich ihn scherzhalber nannte, bis er mich deswegen anschnauzte – die Bar blau gestrichen, weil sie wie ein Schweinestall aussah; blau, weil keine andere Farbe da war. Die anderen waren der Meinung, daß sie dabei auch ein Wort mitzureden gehabt hätten. Es kam zu Wortwechseln, jeder froh, sich Luft zu machen, ungeachtet des lächerlichen Anlasses. Seitdem sprechen wir kaum noch miteinander. Fanus im Fitneßraum, die anderen bei den Videos oder in der Küche, und ich wie schon von Anfang an im inoffiziell zweiten Lager, bei den Mechanikern.

Das Wetter in diesem Monat hat gezeigt, wieviel Unterschied ein Tag macht. Vorgestern hatte es minus 60 °F bei fast völliger Windstille, gestern war es ungewöhnlich warm, doch bei einem Wind von 50 Knoten. Er nahm den Rauhreif von der Treppe und den Kabeln und blies den frisch gefallenen Schnee weg, im Firn darunter kamen wochenalte Fußspuren und Raupentrassen zum Vorschein, weißgrau im Mondlicht.

Als ich heute morgen von meiner Nachtschicht in der Radarhütte in die Station zurückkam, erschien mir alles so still. Wie in einem Museum nach der Schließzeit. Dann hörte ich Stimmen reden, lauter werden und das Lachen einer Frau. Ich horchte, woher sie kamen und ging ihnen nach. Beim Videoraum preßte ich mein Ohr an die Tür, weil ich immer noch glauben wollte, sie öffne sich plötzlich zu einer anderen Welt, voller Leben und anderer Menschen. Mich so sehr zurückwünschte nach Hause. Zu Martin mit einmal. Als ich sie öffnete, stieg Katharine Hepburn gerade auf ein Schiff, ihr Kinn hoch und mit diesem eigenartig wackelnden Kopf; Conrad war vor der Leinwand eingeschlafen, das Video auf Wiederholung gestellt: *Ein Löwe im Winter.*

Dieses Ich, das ewig ein anderer ist. Als erführe man es nur im Fortgehen, in einer Trennung und in der Imagination eines anderen Ortes; die Projektion aller Einsamkeit auf das Fremde. Und stets sind es Orte, wo Menschen nicht leben, nur überleben können. Ob das Meer des Odysseus, die Felsenhöhlen der Einsiedler, die Einöden der Säulensteher, die Wälder Tristans und Parzivals, Petrarcas Berge, die Inseln Robinsons oder Rousseaus, die menschenleeren Steppen aller Frontierbewegungen oder das ewige Eis unserer Forschungsexpeditionen. In ihnen liegt die andere, negative Utopie unserer selbst; dort, wo wir uns nicht mehr an die Natur, sondern in ihr verlieren.

Erinnerungen sind es, die uns bestimmen. Aber man besitzt seine Vergangenheit nicht, und die Wahrheit liegt ebensowenig darin; man macht sie sich, indem man Fakt und Fiktion vermischt. Es gibt keine Rückblenden, in denen das Gedächtnis Szenen des Lebens mit der scheinbaren Wahrhaftigkeit eines Videorecorders wiederholen könnte. Es sind unsere Träume, Wünsche und Begierden, die in dieser gedachten Eindrücklichkeit immer wieder anders Gestalt annehmen, als erfänden wir uns erst die Personen, gleichsam aufgrund der Fußstapfen draußen im Schnee.

Die Bilder, die ich von Martin im Kopf habe. Als ich ihn auf seiner Geschäftsreise nach Europa begleitete, wir Neujahr feierten in einem Fünf-Sterne-Hotel an der portugiesischen Küste. Wir auf die Terrasse hinausgingen, allein waren mit der Brandung, die rauschend am Strand auslief, allein mit uns und plötzlich nicht mehr wußten, was wir uns noch zu sagen hatten. Durch das Glas der Fensterfront sahen wir die betrunkene Gesellschaft drinnen, Konfetti, Tröten und Tischkracher, und hörten die Band Walzer spielen. Martin nahm mich in den Arm, und wir begannen zu tanzen, was wir sonst nie getan hatten, er hielt mich und versuchte zu führen, aber ich merkte, wie er sich schwertat, gleichsam mit anderem beschäftigt. Ich fragte ihn, woran er denke, dachte, daß wir uns jetzt hier aussprechen könnten, in diesem Moment, wo alle immer daran glauben, daß in einer Viertelstunde mit dem Jahr auch sie selbst neu begännen, und er sagte, seltsam verlegen, daß er das Walzertanzen nur beigebracht bekommen hätte als ein Zählen von Schritten, eins, zwei und drei, aber nie wüßte, wohin mit seinem Fuß bei diesem *und*, das ihn jedesmal aus dem Takt brächte. Wir brachen in Lachen aus. Und dann nahm ich seinen Arm, sagte, daß es nur zwei lange Schritte bräuchte und einen kurzen, es wäre so einfach, es brauche dieses Kopfrechnen gar nicht, nein, und dann führte er mich, wir drehten uns, als hätten wir nie etwas anderes gemacht als tanzen, waren glücklich und gingen, noch bevor das Jahr zu Ende war, ins Zimmer hinauf; in dieser Nacht war es, daß ich schwanger wurde.

Jetzt aber sehe ich auf das Foto, das Rui mir vor langem als Anlage einer Mail geschickt hat, und merke, wie verstraut mir sein Gesicht geworden ist, wie oft ich es bereits angestarrt habe, wie er mir gefällt, ohne daß ich es ihm je gesagt hätte, weil, je näher ich ihm in meinen Gedanken kam, die Erinnerungen an Martin nur um so stärker wurden, als hätte ich nun begonnen, zu zählen und zu stolpern beim *und*.

Es ist wirklich warm geworden, während die Temperaturmessungen der Amerikaner am Pol und in Wostok das Gegenteil belegen. Fanus' Forschungen beziehen sich darauf; über die Arbeit hat sich wieder ein Gesprächsklima entwickelt. Aber die Daten sind widersprüchlich. Daß im Sommer nach dem Larsen-B-Eisschelf nun noch ein zweites, noch größeres halbmondförmiges Stück vom Thwaite-Gletscher abgebrochen ist und in wenigen Tagen das eintrat, was in 12000 Jahren nicht geschehen ist, führt er auf die Erwärmung der Meereströmungen und das sommerliche Ozonloch zurück.

Gleichzeitig aber gibt es Messungen, die nahelegen, daß die Antarktis kühler wird. Er glaubt, daß die Stratosphäre (von der man bisher glaubte, daß sie zu schwach wäre, um die dichteren Luftmassen darunter zu bewegen) einen Stromvortex bildet, der die Kälte über dem Pol hält, die warme Luft dagegen an den Rand des Kontinents drückt und deshalb selbst im Winter noch verhindert, daß sich die beiden Massen vermischen. Ein beständig sich bildender Wirbelsturm, in dessen offenem Auge die kalte Schicht absinkt, um als Wind dann über die Eiskappe hinab zu uns zu fallen.

Caelum non animum mutant qui trans mare currunt; ich aber kann mich weder mir noch diesem Ort entziehen, um den Punkt zu finden, von dessen Perspektive aus alles in einer Kontur zusammenfallen würde; es bleiben nur die Schattierungen des Himmels.

Die unterschiedlichen Luftschichten sind auch am Spektrum der Aurora abzulesen; in welcher Höhe die Farben zu sehen, wie sie gebrochen sind, die Tiefe ihres Tons gleichsam eine Skala, an der sich die Elemente ablesen lassen:

Von 600 Meilen herab bis auf 200 Meilen prallen die Elektronen der magnetischen Gewitter auf die Wasserstoff-, Helium- und Sauerstoffatome in der Ionosphäre; sie nehmen diese Kollisionsenergie binnen Sekundenbruchteilen auf und strahlen sie als Licht wieder aus: Wasserstoff gibt einen hellblauen, Helium einen sanft purpurnen und Sauerstoff ein grünliches Schimmern ab.

Dieses grüne Leuchten jedoch geht 60 Meilen über der Erde verloren, weil die Luftschicht dort dicker wird; die Sauerstoffatome stoßen in diesen Partikelschauern dauernd aneinander und bauen dabei die Energie zu schnell wieder ab, als daß sie noch Licht abgeben könnten. Statt dessen sieht man bloß noch das Leuchten der Stickstoffatome, ein Lila, das in dieser Höhe aber für die Augen nur schwer erkennbar ist und bloß vom Radarschirm erfaßt wird.

Etwas weiter unten jedoch, an der untersten Grenze der Aurora, in 40 Meilen Höhe, hellt sich dieses Lila auf, wird rötlicher, fast rosa. Und da der Stickstoff leichter reagiert und schneller als der Sauerstoff weiter oben, bilden sich diese farbigen Bordüren und Säume, die sich zu wellen beginnen wie ein Vorhang im Wind; das Grün des Polarlichts darüber dagegen steht, eine starre Leiste.

In einem schweren magnetischen Sturm jedoch kommt es zu dem Phänomen, daß der Sauerstoff selbst wieder Elektronen abgibt, die, sobald sie von anderen Atomen in deren innere Bahnen aufgenommen werden, zu dem selteneren dunkelroten Polarlicht führen. Für dieses Glühen muß das Atom seine Ladung minutenlang ungestört wahren; und das ist nur in den dünnen obersten Schichten der Atmosphäre möglich. Je weiter die kalte Luft dann aber herabsinkt auf die Erde, um so dunkler wird dieses Scharlach – und desto tiefer senkt sich der Vorhang des Lichts, prägt sich sein Faltenwurf aus.

Eine Geschichte des Windes. Wir immer schon Teil davon, unser Körper nichts als nur dieser Staub vom Beginn der Welt. Das, was von den Sternen blieb. Und ein buntes, billiges Licht. Wie das des Hotels auf Fernando de Noronha, die Strahler auf die gemauerte Steinwand gerichtet und Ruis langer Schatten, als ich ihn über den Hof gehen sah.

21. Juni 2003; 17^h. In den Farben des Himmels den Prolog des Universums ebenso wie die Dramaturgie des darin entstandenen Lebens zu erkennen; und auch den letzten Akt in ihnen zu sehen. Am Blau des Wasserstoffs und dem Purpur des Heliums noch die erste halbe Stunde nach dem Urknall zu gewahren, in der sie als erste Elemente geformt wurden; am Violett und Rot das Erstarren der Erdkruste, als sich der Stickstoff bildete; und am Grün den Sauerstoff, wie ihn die Pflanzen aus dem Licht gewinnen, in diesem dauernden chemischen Ungleichgewicht der Atmosphäre, das durch das Leben bedingt wird, Leben *ist*:

Die Kulisse für den Epilog aber wird weder blutrot noch immergrün sein, nur kaltes Purpur mehr und Blau für ein Spektakel ohne Zuschauer; denn dann gibt es kein Leben mehr. In dem ohnehin bloß die Fältelungen dieser Farben zu erkennen waren; Falten in einem Vorhang, der sich Abend für Abend über einer leeren Bühne hebt. In einem Theater von Nacht und Eis. Stille, Schatten und Schemen nur in diesem Nichts.

Bin betrunken jetzt. Habe meine allererste Zigarette geraucht. Und die Wette mit Conrad verloren. Mittwinterfest. Wir alle haben uns die Haare geschnitten, Ryan sie sich blond gefärbt und die Männer ihre Bärte abrasiert. Edward hatte die Idee, die *Rocky Horror Picture Show* aufzuführen. Jeder improvisierte seine Kleidung. Edward kam als Monster, seinen Körper mit Mullbinden bandagiert, Fanus natürlich als Frank N'Furter mit einem Eishelm auf; das Laszive an der Rolle stand ihm überraschend gut. Der Rest tat, was er konnte. Ich als Janet, um die Brave zu spielen. Wir sangen erst zur CD, dann ohne sie. Ließen uns richtig in die Geschichte hineinfallen. Es war schön, eine ganz andere zu sein.

Lieber Rui, ich wünsche Dir viel Spaß bei Deinem Schriftstellertreffen in Portugal. Schickst Du mir eine Postkarte, c/o Sanae IV, Vesleskarvet, Antarktika? Sie wird zwar erst mit dem Schiff ankommen, das uns wieder abholt. Doch ich würde mich freuen, etwas von Dir zu mir unterwegs zu wissen. Auch wenn es nicht den Anschein hat, ich denke oft an Dich. Vergiß mich nicht, bei all diesem Warten auf den Sommer – der bei Dir das ganze Jahr über herrscht. Ich kann nicht anders, so oder so. Noomi.

MEHR MACHT, und mit immer neuer tobt der Sturm jetzt, vierundzwanzig Stunden schon. Sein hohler Unterton zu einem nicht nachlassenden Grollen angeschwollen. Hin und wieder, als hörte ich die Eiswoge zwischen den Pfeilern des Vesles losbrechen, ihre donnernde Brandung. Der Wind so stark, daß ich von der Radarhütte nicht zur Station zurück kann. Nach den ersten paar Schritten riß er mich um und warf mich zu Boden, die Tür des Containers so hart gegen den Rahmen schlagend, daß sie sich verformte. Feiner Schnee, der sich nun innen aufhäuft, überall das Glitzern seiner Kristalle im Neonlicht. Meine Hände steif vor Kälte. Dann brach auch die Stromversorgung zusammen; ich habe nur mehr meinen batteriebetriebenen Laptop, sein fahles Leuchten, bis sich nach zehn Minuten der Bildschirmschoner einschaltet und mich im Dunkeln zurückläßt. Die Lichter der Station drüben kurz auftauchend wie ein Sternbild, das im waagrechten Schneetreiben wieder untergeht. Bin müde. Sitze zitternd auf den beiden zusammengestellten Stühlen, aber es ist leichter an den Schlaf zu denken, als einzuschlafen in der Kälte und dem ohrenbetäubenden Lärm. Die Tür, die in den Angeln rattert, die Wände, die sich wölben unter dem Druck des Windes. Ein Klopfen und Schlagen. Der Sturm immer noch zunehmend. Kein Geräusch mehr vom anderen unterscheidbar, alles in dieser Gewalt aufgehend. Die Angst, daß er diese Hütte aus der Verankerung reißen könnte. Und zum ersten Mal begreife ich, daß in dieser Einsamkeit inmitten in einer übermächtigen Natur die Dinge einen andere Bedeutung erhalten; daß es schwieriger ist, das Menschliche darin zu behaupten, als sich ihrer Gewalt zu widersetzen.

Wir waren alle draußen, um den Schaden abzuschätzen, den der Sturm angerichtet hat. Wir haben 170 Meilen Windgeschwindigkeit gemessen, und seine Gewalt hat die fünf T-Träger der Antennen gefällt. Bei denen, die noch stehen, haben sich Haarrisse gebildet, die Fundamente gelockert; bei einigen sind die Stahlbänder stark verbogen. Auch die meisten Transmitter funktionieren nicht mehr, wahrscheinlich wegen der statischen Elektrizität, die der Sturm aufgebaut hat. Vielleicht können wir ein paar notdürftig wieder zum Laufen bringen, aber selbst, wenn, wird die Integrität der Daten für die nächste Periode schwer eingeschränkt bleiben.

Liebe Noomi. Danke für Deine Mail. Ich hatte eine gute Reise, habe aus meinem Manuskript gelesen, aber noch mehr geredet, Reden, Reden, als hätten Schriftsteller über das hinaus, was sie bereits geschrieben haben, noch etwas zu sagen. Dir aber muß ich es jetzt. Es fällt mir schwer; und eine Hälfte von mir wünschte, es wäre nur Fiktion. Während sich die andere in Lissabon bewußt wurde, daß alles zwischen uns leider wirklich bloß Fiktion war. Der ich mit dem Schreiben nur desto angestrengter Wirklichkeit verleihen wollte. So zumindest erkläre ich es mir nun im nachhinein. Es ändert aber nichts daran, daß alles, was ich schrieb, wahr ist und bleiben wird ...

Um es kurz zu machen: Ich habe eine Frau getroffen. Nein, wir trafen aufeinander, ohne daß es der Worte bedurfte oder daß ich auch nur nach ihr suchte. Bloß als hätte all die Sehnsucht nach Dir nun ihre Gestalt angenommen. Ich konnte mich nicht wehren dagegen, und ich muß gestehen, daß ich es auch nicht wollte. Es geschah einfach, und seitdem denke ich an nichts anderes als an diese Frau. Fühle mich verwirrt. Durch sie vervollständigt. Und in Frage gestellt. Verstehe es selbst nicht. Im Augenblick kann ich einfach nicht mehr sagen. Was nicht heißt, daß ich Dich vergessen habe. Nur daß sie Dir sehr ähnlich sieht. Rui.

Als ich mit Martin in den Höhlen war. Unterirdische Gänge, näher an der Quelle der Dinge, ihrem Grundwasser, aber die Wände so nahe. Der Wind draußen ein weiter Akkord der Stille. Die Lampe des Führers ein bengalisches Licht im schorfigen Dunkel des Felsens, Wasser aus allen Rissen sickernd und tropfend, die Narben von Stalagmiten und Stalaktiten, der Schatten sich sammelnd und tiefer werdend um sie, mein eigener wie eine fremde

Person neben mir; eine Furcht, so grob behauen wie sie. Rote Inkrustationen im Gestein wie Korallen einer See, die sich diese Schächte gegraben hatte. Martins Hand in meiner, wie wir uns unwillkürlich fester hielten. Räume plötzlich, zu hoch für unsere Lampe: Kathedrale, Säle und Kammern, Bögen, Passagen und Pässe, benannt nach den Kreisen des Purgatoriums, einer mythischen Unterwelt und ihren Entdeckern. Das Echo unserer Schritte überall und übermächtig. Ein Fluß, den wir zu queren hatten, als schimmerte er mit einem inneren Licht, die mit Fackelruß auf den Fels geschriebenen Namen, die die Besucher des letzten Jahrhunderts hinterließen, rund um das Loch, wo er in die Tiefe stürzt. Seine phosphoreszierende Gischt. Salbänder im Gestein, wo sich ein austrocknender Ozean einmal abgelagert hatte; die Zeitalter, die ihre geraden Linien zu einer kursiven Schrift verworfen haben, Notizen eines Binnenmeeres, einer Kontinentaldrift, dem Süden eines Äquators, der sich immer weiter nach Norden verschob und Stein hier wurde. Dort, wo der Fluß abfließt und dabei weiter diese Höhlen ausgräbt, der Fluß wie der fehlende Teil meiner Geschichte. Und zu wissen, wo er wieder zutage tritt; wie ihn hören und das, was er lehrt: wie in diesem Körper aus Blut, Knochen und Eingeweiden sein, dem Teil von mir, der auch von mir bleiben wird, wenn nichts anderes mehr ist. Dann, auf dem langen Weg zurück, stellten sich unsere Leben wieder zwischen uns. Das Licht draußen vor dem Stolleneingang, an dem das Dunkel zerbrach. Gras und modriger Humus, Felder und Zäune, die asphaltierte Straße zurück zur Stadt. Die Schuhe ausgezogen, die Füße auf dem Armaturenbrett, die Hände über meinem prallen Bauch, die Luft flirrend über den Eukalyptusbäumen, sah ich Martin von der Seite an, wollte ihn lieben und wußte nicht mehr, wie.

Ich habe mich so an die Stimme des Windes gewöhnt, daß die Satellitentelefonate, die wir mit Kapstadt des Sturmes wegen führen mußten, diese Worte und Sätze alle, die in der weißen Plastikverkleidung der Funkkabine so wohlgeordnet klangen, klar, mir nur mehr fremd und leer vorkamen.

Der pochende Schmerz der Erfrierungen, die ich mir während des Sturmes zuzog, ist mittlerweile einer Taubheit gewichen. Der

Himmel heute, er war den ganzen Tag bedeckt; gegen Abend aber riß er auf, ein Horizont wurde ahnbar, als könnte sich die Rückkehr der Sonne bereits ankündigen. Als ich eine Stunde später wieder aus der Tür trat, lag es wie nebliger Dunst über dem Horizont, der hoch zum Zenit kroch. Dann begann es darin zu pulsieren, leicht erst, dann immer heftiger, konvulsiver. Ein Flammen, wie es über die Nacht strich, blendend aufblitzend hier und dort, flackernd, doch ohne eine Corona zu bilden. Bögen und Bänder und vereinzelte Stellen, die minuntenlang zu pochen anhoben, daß ich es wieder hörte, dieses Knistern um mich. Wie ein klopfender Nerv, die mitten in der Nacht plötzlich vom linken Arm über die Schulter sich ausbreitende Fühllosigkeit, die ich mir nicht erklären konnte. Und das Kind in meinem Bauch zu treten aufgehört hatte, daß ich glaubte, nun setzen die Wehen ein. Martin, der mich ins Krankenhaus fuhr, der freudige Ausdruck in seinem Gesicht. Aber schon bevor sie mir das Gel auf den Bauch schmierten, wußte ich, es war tot. Sein Herzschlag hatte ausgesetzt. Sie legten mich auf dieses schmale Bett, setzten mir eine Infusion in die Venen, um die Geburt einzuleiten, und rollten mich in diesen Raum, der aussah wie ein OP. Ich wollte keine Spritze gegen den Schmerz, wollte pressen, pressen, als könnte ich ihm dadurch wieder zum Leben verhelfen, die Finger um die kalten verchromten Griffe gekrallt, ohne daß ich meinen Mund öffnen hätte können, einen Laut geben, nur durch die Nase schnaufend, heiß, mein Gesicht gespannt von diesem Druck, die Wehen bis in die Schläfen zuckend, über Stunden, Stunden, die Knochen meines Beckens zu hart für diese Geburt, aber ohne daß ich noch meinen Unterleib spürte, mich nur offen fühlte, ins Leere gespreizt. Die Farben jetzt, fahle Streifen von Grün und Rot, verrinnend im Fruchtwasser des Himmels; und ich, die ich auf den Stufen der Leiter sitze, die Kälte vergessend und meine ganze Schwäche. Blasse Bänder, die sich verknoten um eine Tiefe, aus der die Farben aufgesogen werden, tropfend wie die Kanüle in meinem Arm, wachsend wie der Fleck auf dem Laken, diese immensen Kontraktionen am Himmel jetzt. Der im nächsten Augenblick wieder leer ist, alles Blut abgeflossen wie durch einen Drainagekanal und nur mehr dieser gelbe Mutterkuchen, die Nachgeburt, die ich zwischen meinen Beinen liegen sah, blau geädert, als ich mich aufrichtete, nachdem sie das

Kind hielten, aber ich nicht zu ihm sah, es einfach nicht konnte. Ich muß es in den Arm nehmen, sagten sie, sie sagten es durch ihren Mundschutz, ich muß es, aber ich wollte nicht, ich wehrte mich dagegen, schrie jetzt, daß ich nicht wolle, schrie aus meiner Leere heraus, sie sagten es immer wieder, und dann rollten sie mich schließlich in den Saal mit den anderen Müttern, die ihre Babys hielten, sie stillten, das war das Schlimmste, in diesem Saal unter den anderen Frauen dann liegen zu müssen, und wieder fragten sie mich und ich sagte ja, ich hielt mein Kind in den Armen, es war kalt und tot, sie hatten das Blut aus seinem winzigen Gesicht gewischt, ihn sauber abgenabelt sogar, und diesen Ausdruck auf seinem kleinen Gesicht, als hätte es etwas sagen wollen, als wüßte er davon bereits, von seinem Tod und meiner Totgeburt, und ich weinte, meine Arme um ihn gelegt, an die Brust gedrückt, seine schmalen Handgelenke, das wirre Büschel schwarzer Haare noch feucht von mir, weinte, weil es keinen anderen Trost gab, ich weinte statt seiner lange danach noch, als sie ihn mir längst wieder genommen hatten, bis alles ruhig war. Erst dann begann der Schmerz. Licht ausgreifend, heller als zuvor. Bis es sich loslöst vom Horizont und wieder über den Zenit gleitet. Sammelt in einer sich weitenden Corona, brandend. Ein Strahlenkreis. Taghell beinahe, auf dem körnigen Harsch.

Cappaghglass, Juni–September 1999,

Der Engel der Geschichte hat das Antlitz
der Vergangenheit zugewendet. Er möchte
wohl verweilen, die Toten wecken und
das Zerschlagene zusammenfügen.
Aber ein Sturm weht vom Paradiese her
und treibt ihn unaufhaltsam in die Zukunft,
der er den Rücken kehrt, während vor ihm
der Trümmerhaufen zum Himmel wächst.

Angelus Novus

März 2002–März 2003

INHALT

Für das Robert-Musil-Stipendium zur Arbeit
an diesem Buch bedankt sich der Autor
beim BMUK, Wien.